Legenden

Zu diesem Buch

Tad Williams hat noch nicht alles aus dem »Otherland«-Kosmos erzählt: In einem neuen Kurzroman schickt er seinen Helden Orlando Gardiner in ein virtuelles Leben nach dem Tod. Neil Gaiman führt wieder ins mythische Zeitalter seines Romans »American Gods«. Elizabeth Haydon erzählt von der Zerstörung des magischen Reichs Serendair aus der »Rhapsody-Saga«. Terry Brooks, Anne McCaffrey und Raymond E. Feist zeigen bislang unbekannte, überraschende Seiten der Fantasy-Welten, mit denen sie berühmt geworden sind.

Ob als Wiedersehen mit bekannten Helden oder als Einstieg in die Werke, die man kennen muß – in diesem Band sind die Superstars der Fantasy versammelt.

»Genügend Farbigkeit, Frische und Bravour, um treue Fans und neue Leser für den Stoff zu begeistern, aus dem Legenden sind«
Publishers Weekly

Robert Silverberg, geboren 1935 in New York, zählt zu den bedeutendsten Science-Fiction- und Fantasy-Autoren unserer Zeit. Der Workaholic veröffentlichte unzählige Abenteuer in »Pulp«-Magazinen sowie über fünfzig phantastische Romane und durchlebte so viele Schaffenskrisen wie kaum ein anderer Autor. Robert Silverberg lebt in Oakland, Kalifornien.

Legenden

Das Geheimnis von Otherland und andere Abenteuer

von Tad Williams, Anne McCaffrey, Raymond E. Feist, Elizabeth Haydon, Neil Gaiman und Terry Brooks

Herausgegeben von Robert Silverberg

Piper
München Zürich

Die amerikanische Originalausgabe erschien 2004 unter dem Titel »Legends II« bei The Random House Publishing Group in New York (A Del Rey Book).

Die vorliegende Anthologie ist der 2. Teil von »Legends II«. Der 1. Teil ist im Frühjahr 2005 im Piper Verlag erschienen, unter dem Titel »Legenden. Lord John, der magische Pakt und andere Originalerzählungen von Diana Gabaldon, George R. R. Martin, Orson Scott Card, Robin Hobb und Robert Silverberg«.

ISBN-13: 978-3-492-75005-9
ISBN-10: 3-492-75005-2

Umschlaggestaltung: Nele Schütz Design, München
Umschlagabbildung: Christoph Vacher
via Agentur Schlück GmbH
Satz: Filmsatz Schröter, München
Druck und Bindung: Pustet, Regensburg
Printed in Germany

www.piper.de

Für George R. R. Martin,
der den Köder ausgelegt und mich in die Falle gelockt hat,
und für Terry Brooks
mit Dank für die mutige Hilfe von unerwarteter Seite.

Inhalt

Vorwort

Legenden ist ein Buch der Visionen und Wunder – ein Buch mit exotischen, sinnlichen neuen Geschichten der bekanntesten und besten zeitgenössischen Schöpfer von Fantasy-Literatur, jede in dem speziellen Universum der Phantasie angesiedelt, das seinen Erfinder weltberühmt gemacht hat.

Fantasy ist der älteste Zweig der Literatur – so alt wie die menschliche Phantasie selbst. Es ist durchaus vorstellbar, dass derselbe künstlerische Impuls, der vor fünfzehn-, zwanzig- und sogar dreißigtausend Jahren die außergewöhnlichen Höhlenmalereien von Altamira und Chauvet hervorgebracht hat, ebenfalls erstaunlichen Geschichten von Göttern und Dämonen, Talismanen und Zaubersprüchen, Drachen und Werwölfen und wundersamen Ländern jenseits des Horizonts Leben einhauchte; Geschichten, die in Tierfelle gekleidete Schamanen gebannten Zuhörern im Europa der Eiszeit an den Lagerfeuern erzählten. Und auch im heißen Afrika, im prähistorischen China, im alten Indien, in Nord- und Südamerika: im Grunde überall, und das über einen Zeitraum von tausenden oder hunderttausenden von Jahren. Mir gefällt der Gedanke, dass der Impuls, Geschichten zu erzählen, universell ist – dass es Geschichtenerzähler gibt, seit Wesen auf dieser Welt existieren, die man als »Menschen« bezeichnen kann – und dass diese Geschichtenerzähler ihre Fähigkeit, Energie und Begabung die ganze lange Evolution hindurch speziell der Schöpfung außerordentlicher Fabeln und Wunder gewidmet haben.

Wenn man Fantasy als Literatur definieren kann, die eine Welt jenseits der gewöhnlichen Realität und den Kampf des Menschen beschreibt, sich der Herrschaft über jene Welt zu vergewissern, dann ist die älteste Geschichte, die uns überliefert wurde – das sumerische Epos vom Helden Gilgamesch, das ungefähr aus dem Jahre 2500 v. Chr. stammt –, in der Tat Fantasy, denn ihr Thema ist Gilgameschs Suche nach dem ewigen Leben.

Homers Odyssee, in der es von Gestaltwandlern, Zauberern, Hexen, Zyklopen und menschenfressenden Kreaturen mit vielen Köpfen nur so wimmelt, quillt ebenfalls über von phantastischen Elementen, genau wie eine Vielzahl anderer griechischer und römischer Sagen. Tasten wir uns an unsere eigene Zeit heran, begegnen wir dem grauenhaften Ungeheuer Grendel aus dem angelsächsischen *Beowulf*, der Schlange von Midgard, dem Drachen Fafnir und dem apokalyptischen Fenriswolf der altnordischen Sagen, dem unglücklichen, nach Unsterblichkeit strebenden Dr. Faust aus dem deutschen Volksbuch, den Myriaden Zauberern aus *Tausendundeine Nacht*, den überlebensgroßen Helden des walisischen *Mabinogion* und des persischen *Schahname* und einer unendlichen Vielzahl weiterer fremder und wunderbarer Schöpfungen.

Auch in der modernen, technischen Zeit verschwand die Neigung zur Erschaffung des Phantastischen nicht. Die Epoche, in der feine Mikroskope, Dampfmaschinen und Telegraphen entstanden, schenkte uns auch Lewis Carrols zwei unvergleichliche Geschichten über die Abenteuer von Alice in anderen Wirklichkeiten, H. Rider Haggards zahlreiche Romane über untergegangene Kulturen und Mary Wollstonecraft Shelleys *Frankenstein*. Und sogar im Jahrhundert von Luftverkehr und Atomenergie, Fernsehen und Computern, chirurgischen Eingriffen am offenen Herzen und Geschlechtsumwandlungen versorgt eine ganze Schar Phantasten des Maschinenzeitalters – James Branch Cabell und A. Merritt, Lord Dunsanay, E. R. Eddison, Mervyn

Peake und L. Frank Baum, H. P. Lovecraft, Robert E. Howard und J. R. R. Tolkien, um nur einige der bekanntesten zu nennen – die Welt auch weiterhin ausreichend mit den außergewöhnlichsten Geschichten.

Allerdings fand doch ein Umschwung im zwanzigsten Jahrhundert statt. Als die Science Fiction ihren Siegeszug begann, betrachtete man »reine« Fantasy (das heißt Fantasy, in der kein Versuch einer empirischen Erklärung der Wunder unternommen wurde) bald als ein Genre, das weitgehend für Kinder bestimmt war, ähnlich wie Sagen und Märchen.

Das änderte sich allerdings in den sechziger Jahren, als plötzlich eine Taschenbuchausgabe von J. R. R. Tolkiens Trilogie *Der Herr der Ringe* erschien (zuvor hatte ein störrischer Verleger sich einer Veröffentlichung im Taschenbuch widersetzt) und in Millionen Lesern einen unstillbaren Hunger nach Fantasy weckte. Ihr gewaltiger Erfolg löste eine Flut Hobbitesker Romane aus, weckte aber auch erneut das Interesse an klassischen Meisterwerken der »Adult Fantasy« und ermutigte jüngere Schriftsteller zur Erschaffung ihrer eigenen phantastischen Welten. Die vorliegende Auslese moderner Fantasy-Legenden stößt das Tor zu manchen dieser Welten auf.

Ende der sechziger Jahre begann Ursula K. Le Guin ihre eindringliche und feinfühlige *Erdsee*-Serie, während sich Anne McCaffrey des uralten phantastischen Drachenmotivs für ihre *Pern*-Romane annahm, die an der Grenze zwischen Fantasy und Science-Fiction angesiedelt sind. Einige Jahre später eroberte Stephen King eine erstaunlich große Leserschaft, indem er die archetypischen Ängste der Menschheit anzapfte und zu kraftvollen Romanen formte, die die dunkleren Bereiche der Fantasy besetzten. Terry Pratchett dagegen hat in überragender Weise das komische Potential satirischer Fantasy demonstriert. Schriftsteller wie Orson Scott Card und Raymond E. Feist haben mit ihren

Büchern über Alvin Maker und mit der *Schlangenkrieg*-Saga eine riesige Anhängerschaft gefunden. In jüngster Zeit haben Robert Jordans monumentaler Zyklus vom *Rad der Zeit*, George R. R. Martins Bücher über das *Lied von Eis und Feuer* und Terry Goodkinds Geschichten um das *Schwert der Wahrheit* einen ebenso festen Platz im Pantheon moderner Fantasy erobert wie Tad Williams Chronik von *Osten Ard*.

Robin Hobbs *Dschungelreich der Altvorderen* und Diane Gabaldons *Outlander*-Geschichten haben es bei Fantasy-Begeisterten neuerdings ebenso zu Ruhm gebracht wie Werke von Neil Gaiman und Elizabeth Haydon. Terry Brooks möchte ich dagegen schon fast als einen großen Veteran der Gattung ehren.

Für ihre Unterstützung bei der Vorbereitung dieses Buchs möchte ich meiner großartigen Ehefrau Karen danken, ebenso meinem Agenten Ralph Vicinanza und Betsy Mitchell von Del Rey Books für ihren klugen Rat und ermunternden Zuspruch.

Robert Silverberg

Tad Williams

Otherland

Stadt der goldenen Schatten (1998)
Fluss aus blauem Feuer (1999)
Berg aus schwarzem Glas (2000)
Meer des silbernen Lichts (2002)

Die Personen in Tad Williams' vierbändigem Werk *Otherland*, das in der allernächsten Zukunft spielt, entdecken ein anderes Universum neben ihrem eigenen – ein phantastisches künstliches Universum, das sich im weltweiten Informationsnetz verbirgt. Und in diesem Universum gibt es Welten über Welten.

Sie entstehen aus dem Otherlandnetzwerk, der Schöpfung einiger der reichsten und mächtigsten Personen unserer Welt, einer skrupellosen Gemeinschaft, die sich die Gralsbruderschaft nennt. Otherland, oder Anderland, enthält hunderte solcher virtueller Welten, so lebensecht ausgestaltet, wie das mit höchster Programmierkunst und gigantischen Investitionen möglich ist. Viele sind Nachbildungen vergangener Epochen, andere Umsetzungen berühmter literarischer Stoffe wie der Oz-Bücher oder Tolkiens *Herr der Ringe*, und einige, wie zum Beispiel das Unendliche Haus oder die Cartoonküche, sind eigens für das Netzwerk entwickelt. Die Magnaten der Gralsbruderschaft haben die Absicht, diese sündhaft teuren Spielwiesen nicht nur gelegentlich zu besuchen, sondern dauerhaft dort zu bleiben – ihre alternden Körper abzustreifen und als die unsterblichen Götter dieses selbst geschaffenen Universums ewig online zu leben.

Etwas Besonderes an Otherland bewirkt jedoch, dass Kinder im realen Leben ins Koma verfallen. Die Gralsbruderschaft schreckt vor nichts zurück, um das zu vertuschen, auch nicht vor

Mord, doch mit der Zeit werden gewöhnliche Leute rund um den Erdball auf ihr Treiben aufmerksam und versuchen, zusammengeführt und angeleitet von dem mysteriösen Herrn Sellars, online in das Otherlandnetzwerk einzudringen und herauszufinden, was genau mit den Kindern geschieht. Doch einmal in das virtuelle Universum eingedrungen, machen diese Freiwilligen eine furchtbare Entdeckung: Das Netzwerk hindert sie daran, in ihre wirklichen Körper zurückzukehren, und nicht nur das, diese Körper (die jetzt genauso im Koma liegen wie die der Kinder, die sie eigentlich retten wollten) sind auch den Gefahren der virtuellen Welten schutzlos ausgeliefert. Wenn sie in Anderland ums Leben kommen, werden sie auch in Wirklichkeit sterben. Gefangen in hyperrealistischen Welten voller Monster und Schrecken, laufen sie vor Lewis Carrolls Jabberwocks um ihr Leben, kämpfen vor Troja oder werden von einem zornigen ägyptischen Gott durch die Wüste gejagt.

Die Geheimnisse des Systems sind jedoch, wie sich herausstellt, in Wahrheit noch makabrer als der Mechanismus, der die Eindringlinge darin festhält. Je tiefer diese Helden wider Willen in die unerforschten Räume vorstoßen, umso deutlicher wird ihnen, dass nicht allein das Netzwerk komplexer ist, als sie dachten, sondern dass darüber hinaus in seinem Zentrum ein lebendiges Wesen sitzt – und dieses Wesen hat seine ganz eigenen Pläne.

Durch sein Wirken werden diese ganz gewöhnlichen Leute zum Kristallisationspunkt der außergewöhnlichsten Ereignisse, die man sich vorstellen kann, und müssen nicht nur gegen die reiche, mächtige Gralsbruderschaft und deren gedungenen Mörder John Dread wie auch gegen die bizarren Gefahren der virtuellen Welten kämpfen, sondern auch gegen ihre eigenen Ängste und Schwächen. Orlando Gardiner, ein unheilbar kranker Jugendlicher, der sich nur dann wirklich lebendig fühlt, wenn er Abenteuer im Netz besteht, ficht bis zum letzten Moment, um seine Freundin Sam Fredericks und die übrigen Anderlandfahrer zu retten, und es ist zum großen Teil ihm zu verdanken, dass diese zuletzt als unerwartete Sieger aus dem Kampf hervorgehen. Dieser Sieg hat allerdings einen hohen Preis: Orlando und andere haben dafür ihr leibliches Leben gegeben.

Doch im Otherlandnetzwerk ist selbst der Tod keineswegs eine völlig eindeutige Angelegenheit.

Tad Williams

Der glücklichste tote Junge der Welt

Der Weltläufer Tharagorn war im stillen Schatten der Kaminhalle in ein Gespräch mit dem Halbelb Elrond vertieft. Der Westmensch war soeben von einem seiner Streifzüge durch die Welt zurückgekehrt, und er und der Elbenherrscher hatten sich schon lange nicht mehr unterhalten. Schwerwiegendes lag ihnen auf der Seele, nicht zuletzt der sprunghafte Anstieg räuberischer Überfälle der Goblins am Rande des Nebelgebirges. So kam es, dass der Bote mit der selbstverständlichen Bescheidenheit seiner elbischen Art eine ganze Weile wartend in der Türe stand, ehe die beiden ihn bemerkten.

»Ein Besucher ist hier, der Tharagorn zu sprechen wünscht«, erwiderte der Elb auf Elronds Frage. »Er scheint ein Halbling zu sein.«

»Schätze, das bin ich.« Die Stimme war lauter und leider Gottes etwas weniger kultiviert, als man es sonst im Letzten gastlichen Haus gewohnt war. Die Erscheinung im Eingang war halb so groß wie die übrigen Anwesenden und wies eine derart dichte und verfilzte Fußbehaarung auf, dass es aussah, als stände sie knöcheltief in den Kadavern zweier kleiner Bergziegen. »Bongo Fusselnussel, zu deinen Diensten«, sagte er mit einer schwungvollen Verbeugung. »Nette Bude hast du hier, Elrond. Solide Wertarbeit aus der Alten Welt, find ich toll. Tharagorn, hast du mal 'ne Sekunde Zeit für mich?«

»Oh, Herrgott noch mal, Beezle!«, sagte der Weltläufer im Flüsterton. »Ich bedaure sehr«, beschied er den Herrn des Hauses. »Würdest du mich kurz entschuldigen?«

»Selbstverständlich.« Elrond blickte ein wenig verdutzt, obwohl die Simulation ansonsten Anomalien hervorragend integrieren oder schlicht ignorieren konnte. »Ist er wirklich ein Halbling? So einen haben wir, glaube ich, nicht mehr gesehen, seit Gandalf vor Jahren seinen Freund Bilbo Beutlin aus dem Auenland zu uns brachte.«

»Ja, hm, er … er gehört zu einer anderen Art von Hobbits.« Tharagorn senkte ein wenig die Stimme. »Eine leicht verunglückte Abart – du verstehst?«

»He! Das hab ich gehört!«

Elrond und der Bote zogen sich zurück und ließen Tharagorn, auch Orlando Gardiner genannt, mit seinem kleinen, zotteligen Besucher in der hohen Halle allein.

»Beezle, was zum Teufel soll das vorstellen?«

»Gib mir nicht die Schuld, Boss, du warst es schließlich, der gesagt hat, ich dürfte mich hier nur blicken lassen, wenn ich nicht aus dem Rahmen falle.« Er hob einen Fuß an und betrachtete ihn bewundernd. »Na, wie findste das? Ganz nette Wolle, was?«

»Bongo Fusselnussel?«

»Ist das nich so'n Name, wie sie ihn hier alle haben? Herrje, mein Speicherplatz für diesen Tolkienfirlefanz ist begrenzt.«

Orlando starrte die papierkorbgroße Missgeburt an. Ob sie besser in die Simulation passte als Beezle Bugs normale vielbeinige Cartoongestalt, mochte dahingestellt bleiben, aber er hatte zweifellos den hässlichsten Hobbit der Welt vor sich. Orlando kam langsam der Verdacht, dass der Humor des Softwareagenten ein wenig über das vom Hersteller vorgesehene Maß hinausgegangen war. Vielleicht hatte er Beezle über die Jahre doch etwas zu viel Freiheit gelassen, sich außerhalb des Netzes selbst weiterzuprogrammieren.

»Meine Fresse«, sagte Beezle. »Schönes Glashaus hast du dir da zum Steineschmeißen ausgesucht, Boss. Tharagorn? *Thara-*

gorn? Da wirst du wohl auch auf die Rückkehr des Thkönigs warten?«

»Ha, ha, ich lach mich tot. Ein urkomisches Stück Code bist du. Den Namen hab ich mir gegeben, weil er wie Aragorn klingt.« Dieser kraftstrotzende barbarische Schwertkämpfer und Spielweltenerobérer war Orlandos halbe Kindheit über sein Online-Avatar gewesen, damals, als es für Orlando Gardiner noch eine wirkliche Welt gab, in die er nach Abschluss des Abenteuers zurückkehren konnte. Inzwischen jedoch war ihm die Erinnerung daran peinlich. »Herrje, ich wollte einen Namen haben, den ich mir leicht merken kann. Weißt du, wie viele Namen ich in diesem Netzwerk habe?« Ihm ging auf, dass er sich vor einem Spielzeug rechtfertigte, das einst ein Geburtstagsgeschenk gewesen war, und nicht einmal das teuerste, das er in dem Jahr bekommen hatte. »Was wolltest du eigentlich?«

»Nur meine Arbeit machen, Boss.« Beezle klang tatsächlich ein wenig gekränkt. »Im Moment bin ich der pelzfüßige Verwalter deines vollen Terminkalenders. Über das Essen mit deinen Alten haben wir schon geredet, das müsstest du eigentlich im Kopf haben. Du weißt, dass vorher noch Fredericks auf dem Programm steht, ja?«

»Klar. Sie wird hierher kommen.«

»Oh, toll. Das wird sicher ein Mordsspaß für alle Beteiligten. Darf ich die Halle der endlosen Weltschmerzgesänge vorschlagen? Oder vielleicht den Silbrigen Kichersalon?«

»Ich nehme deinen Sarkasmus zur Kenntnis.« Auch Orlando konnte es passieren, dass er gelegentlich nicht ganz so ehrfürchtige Gedanken über die Tolkienwelt hegte, aber das änderte nichts daran, dass er sich dort, wenn überhaupt irgendwo, noch am meisten zu Hause fühlte. Am Anfang seines Vollzeitlebens im Netzwerk, als Orlando von all den seltsamen Erlebnissen noch völlig überwältigt gewesen war, hatte Mittelerde – und Bruchtal im Besonderen – ein paradiesisches Asyl für ihn bedeutet, ein vertrauter und geliebter Ort, an dem er ausspannen und genesen und sich an seine Pflichten gewöhnen konnte, sogar an die Möglichkeiten der Unsterblichkeit, ein Thema, auf das er in Elronds altehrwürdigem Wohnsitz überall stieß, wo er ging und stand.

»Übrigens ist heute in der Wodehousewelt der erste Freitag im Monat«, fuhr Beezle fort. »Hast du daran auch gedacht?«

»Oh, fen-fen. Nein, das hatte ich vergessen. Wie viel Zeit habe ich noch?«

»Die Sitzung fängt in etwa drei Stunden an.«

»Danke. Das werde ich schaffen.« Aber Beezle blieb erwartungsvoll stehen, so dass Orlando nichts anderes übrig blieb, als ihn zu fragen: »Was gibt es denn noch?«

»Tja, wenn ich nicht aus dem Rahmen fallen darf und zu Fuß aus dieser Sommerfrische im Grünen bis über die Brücke latschen muss, bloß damit ich die Simulation verlassen kann, dann könntest du wenigstens so was sagen wie: ›Gehab dich wohl, Bongo Fusselnussel!‹«

Orlando sah ihn finster an. »Du machst Witze.«

»Es wäre nur höflich.«

»Fen-fen.« Aber Beezle machte keine Anstalten, ohne förmliche Verabschiedung zu gehen. »Chizz, von mir aus. Gehab dich wohl, Bongo Fusselnussel.«

»Vergiss nicht zu sagen: ›Mögen die Haare auf deinen Zehen immer krauser werden.‹«

»Zieh Leine!«

»Okay. Lebe auch du wohl, o Tharagorn, du großer Elbenknuddler.«

Es erwies sich, dass Beezle sich auf seinen pelzigen Füßen sehr flink fortbewegen konnte, wenn es sein musste.

Sam Fredericks erschien mit fast einer Stunde Verspätung, aber das machte nichts: In Bruchtal bekamen Gäste praktisch zu jeder Tages- und Nachtzeit zu essen und zu trinken, sie mussten sich nur mit dem bescheidenen Sortiment der Speisen abfinden. Die Leute, die diese Simwelt vor Jahren programmiert hatten – ein Team aus den Niederlanden, wie Orlando inzwischen wusste –, hatten sich sehr eng an das Original gehalten. In den Büchern war nirgends die Rede davon, dass in Imladris, dem elbischen Namen für Elronds idyllisches Domizil, Fleisch aufgetischt wurde, und daher beschränkte sich das, was Küche und Keller zu bieten hatten, weitgehend auf Brot, Honig, Obst, Gemüse und Milchprodukte. Orlando, der sich am Anfang seines Lebens im Netzwerk viel in der Tolkiensimulation aufgehalten hatte, erinnerte sich an Zeiten, in denen er für ein Stück Salami liebend gern nach Mordor gekrochen wäre.

Als sie eintraf, sah sie genauso aus wie bei ihrem letzten Besuch: gekleidet nach Art eines männlichen Elbs, schimmernde, milchkaffeebraune Haut und die widerspenstigen Ringellocken nur von einem Tuch zusammengehalten, was ihr ein leicht piratisches Flair verlieh. Sie und Orlando umarmten sich. Sam ließ zuerst los.

»Was zu essen?«

»Ich habe keinen Hunger«, erwiderte sie. »Aber du kannst ruhig essen, wenn du willst.«

»Sam, das Essen hier würde dich auch nicht satt machen, und ich muss eigentlich überhaupt nicht essen. Es wäre nur aus Geselligkeit.« Er führte sie auf einen der überdachten Balkone. Sie hörten unten im Tal den Fluss rauschen, doch die Laternen von Bruchtal beschienen nur die Baumwipfel.

Sam rutschte auf eine Bank. Orlando setzte sich neben sie und streckte genüsslich seine langen Beine aus. Das war eine der unverkennbaren Nachwirkungen seiner Krankheit: das befreiende

Gefühl, nie wieder in einem gebrechlichen oder verkrüppelten Körper stecken zu müssen. »Und, wie steht's?«, fragte er. »Alles okay?«

»Mir geht's gut. Und dir?«

»Na ja, wie gehabt. Viel auf Achse, viel zu überwachen. Dieser Job hat sich ganz anders entwickelt, als ich erwartet hatte. Als ich damals einwilligte, so eine Art Oberaufseher zu werden, dachte ich, ich würde, was weiß ich, Kriege beenden oder so was.«

Sam schmunzelte. »Wie Superman?«

»Oder wie Gott persönlich. Ich bemühe mich, unziemliche Bescheidenheit zu vermeiden.« Er wartete; Sams Lachen kam etwas verspätet. »Aber da Sellars und Kunohara alle andern davon überzeugten, dass man den Entwicklungen freien Lauf lassen sollte, bin ich eher so etwas wie ein Ethnologe.«

Patrick Sellars hatte seinerzeit die Menschen zusammengebracht, die verhindert hatten, dass das Netzwerk seinen vorgesehenen Zweck erfüllte, nämlich der Gralsbruderschaft, einer Gruppe ebenso widerwärtiger wie steinreicher Personen, in seiner Sphäre das ewige Leben zu schenken. Kunohara, ein früheres peripheres Gralsmitglied, das aus der Bruderschaft ausgetreten war, hatte Sellars am Schluss geholfen, Otherland zu retten und damit das Leben aller dort existierenden Sims. Dazu gehörte letztlich auch Orlando, der vor seinem physischen Tod in das Netzwerk hineinkopiert worden war und jetzt nur noch ein Datendasein führte. Auch Sellars hatte bald darauf seinen sterbenden Körper aufgegeben und war ganz nach Otherland übergewechselt, doch anders als Orlando hatte er diesen Schritt freiwillig vollzogen.

»Ethnologe?«, hakte Sam nach.

»Na ja, außer offensichtliche Codefehler zu berichtigen, die nicht häufig vorkommen, verzapfe ich hauptsächlich massenhaft Berichte und behalte die interessanten, unerwarteten Phänomene im Auge. Aber da Sellars jetzt weg und Kunohara immer megabeschäftigt ist, frage ich mich, für wen ich diese Berichte eigentlich mache.«

»Für uns Übrige, nehme ich an. Und für andere Menschen, die es eines Tages vielleicht mal erforschen.« Sam zuckte die Achseln. »Vermisst du ihn? Sellars?«

»Schon. Ich kann nicht behaupten, dass wir dicke Freunde gewesen wären oder so, nicht wie du und ich.« Er hoffte auf ein Lächeln, doch sie nickte bloß. »Er war einfach zu … ich weiß nicht. Alt. Klug. Aber ich mochte ihn sehr gern, sobald ich ihn besser kannte. Und er war der einzige Mensch, der hier mit mir lebte, Sam. Ich wusste, dass er nicht dableiben würde – dass er müde war, dass er diesen Informationswesen auf ihrem Flug sonstwohin folgen wollte. Aber ich dachte irgendwie, er würde uns noch ein paar Jahre erhalten bleiben.« Er spielte die Sache natürlich herunter, um Sam zu schonen. Sellars' Weggang hatte ihn viel tiefer getroffen als erwartet. Orlando hatte sich ausgesetzt, allein gelassen gefühlt. Schließlich war der verkrüppelte ehemalige Pilot außer ihm der einzige Mensch im Universum gewesen, der wahrhaft nachvollziehen konnte, wie es ihm in dem Bewusstsein ging, nur in einem Netzwerk am Leben zu bleiben, während sein wirklicher Körper längst Staub und Asche war und ihn die meisten, die ihn gekannt hatten, für tot hielten … und das letztlich zu Recht.

Außerdem war Sellars ein guter Mensch und – sei es wegen oder trotz seines eigenen Leidens – ein guter Zuhörer gewesen. Er war einer der ganz wenigen, die Orlando Gardiner jemals hatten weinen sehen. Das war natürlich ganz am Anfang des Netzwerklebens gewesen. Heute weinte Orlando nicht mehr. Für so etwas hatte er einfach nicht mehr die Zeit.

Sam und Orlando blieben noch eine gute halbe Stunde auf dem Balkon in Bruchtal sitzen und unterhielten sich über dies und das, erzählten sich sogar ein paar Witze, aber eine gewisse Befangenheit im Verhalten seiner Freundin blieb. Das Gefühl, das Orlando dabei beschlich, hatte er in Bezug auf Sam Fredericks so wenig erwartet, dass er es erst nach einer ganzen Weile als Furcht erkannte: Er fürchtete sich davor, dass sie gar nicht hier bei ihm sein wollte, dass ihre Freundschaft zuletzt zu nichts weiter als einer leidigen Pflicht verkümmert war.

Sie waren wieder auf das Thema Otherland zurückgekommen. Zu seiner Verwunderung schien sie zu glauben, dass er es sei, der aufgemuntert werden müsse, nicht sie. »Es ist trotz allem eine großartige Aufgabe, die du da hast – die Aufsicht über ein ganzes Universum zu führen. So viele Welten, alle in deiner Verantwortung.«

»Dreihundertachtundneunzig im Augenblick, aber ein paar andere sind nur vorübergehend abgestürzt und fangen demnächst wieder mit ihrem Zyklus an. Das ist ungefähr ein Viertel des früheren Bestands, aber Sellars hat viele endgültig abgeschaltet, weil sie zu scännig waren, zu brutal oder zu pervers oder kriminell.«

»Ich weiß, Orlando. Ich war bei der Sitzung dabei.«

»Ist bestimmt alles in Ordnung mit dir, Sam? Du bist so … ich weiß nicht. Traurig.« Er musterte sie von Kopf bis Fuß. »Und wenn ich's recht bedenke, hast du schon seit mindestens einem Jahr deinen Sim nicht mehr gewechselt.«

»Na und? Mensch, Gardiner, du bist derjenige, der darauf besteht, dass alle Welt hier im Elbenschick antanzt.«

»Die Kleidung hab ich nicht gemeint.« Er hätte ihr fast von Beezles Auftritt in Bruchtal erzählt, aber die Sache, die ihn auf einmal störte, ließ ihm keine Ruhe. »Sam, was ist los? Hat es einen bestimmten Grund, dass du deinen Sim nicht wechselst? Du musst doch zu Hause was Aktuelleres haben, das du für Telesachen und Netzfreunde und so benutzt.«

Sie zuckte die Achseln – eine häufige Geste derzeit –, schaute ihm aber nicht in die Augen. »Klar. Doch was spielt das für eine Rolle? Ich dachte, du wärst mein Freund, Orlando. Ist es wirklich wichtig, ob ... ob meine Brüste sich seit dem letzten Mal entwickelt haben?«

Er verzog schmerzlich sein Gesicht. »Du denkst, ich will dich deswegen so sehen, wie du wirklich bist?«

»Nein. Ich weiß nicht. Weswegen dann?«

Er schluckte den Ärger hinunter, nicht zuletzt deshalb, weil die Furcht wieder hochkam. Es gab Zeiten, in denen er den Eindruck hatte, seine Freunschaft mit Salome Fredericks sei das Einzige, das seine Verbindung zu der Welt aufrecht erhielt, aus der er ein für alle Mal verstoßen war. Mit seinen Eltern lagen die Dinge anders – sie waren eben seine Eltern, Herrgott noch mal, und würden es immer bleiben –, und die anderen Überlebenden der Anderlandabenteuer würden sicherlich immer seine Freunde bleiben, aber Sam ... »Verdammt, Fredericks, kapierst du denn nicht? Du ... du bist ein Teil von mir.«

»Vielen Dank auch.« Trotz des spöttischen Tons sah sie eher bedrückt als wütend aus. »Mein ganzes Leben lang wollte ich was Bedeutendes sein, aber ein Teil von Orlando Gardiner? Das hätte ich doch nie zu hoffen gewagt ...«

»Das meine ich nicht, und das weißt du genau. Fen-fen, ich meine, du bist in meinem ... okay, du bist in meinem Herzen, auch wenn sich das voll schwülstig anhört. Nur deinetwegen fühle ich mich noch wie ein lebendiger Mensch, auch wenn, hm, wir beide wissen, dass ich das nicht bin.«

Jetzt war es an ihr, schmerzlich das Gesicht zu verziehen, aber die Wand zwischen ihnen blieb bestehen. »Was hat das mit meinem Sim zu tun? Als wir uns kennen lernten, dachtest du, ich wäre ein Junge!«

»Das ist was anderes, Sam.« Er zögerte, dann legte er ihr eine

Hand auf den Arm. Die beste Simulationsmaschine der Welt sorgte dafür, dass sich alles völlig echt anfühlte, die warme Haut an ihrem Handgelenk, die samtenen Falten ihres Ärmels über Muskeln und Sehnen und Knochen. »Ich weiß, dass ich niemals erwachsen werde, nicht auf die normale Art. Ich hab vielleicht keinen richtigen Körper mehr, aber deswegen verlange ich doch nicht von allen anderen, dass sie für immer und ewig hier mit mir auf diesem Peter-Pan-Spielplatz herumtollen. Sieh mich an, Sam!« Er wusste, dass sie der Aufforderung hauptsächlich deshalb nachkam, weil sie sich schuldig fühlte, aber im Augenblick war er bereit, sich das zunutze zu machen. »Wenn du Dinge vor mir verbirgst, vor allem die ganz alltäglichen, weil du denkst, ich könnte sie nicht verkraften – ach, Sam, das ist das Schlimmste, was ich mir vorstellen kann. Ich bin ein Leben lang ein Krüppel gewesen. Progerie zu haben hieß für mich nicht nur, jung sterben zu müssen und das ganz genau zu wissen, es hieß auch, dass alle, die mich zum ersten Mal sahen, ganz schnell wieder wegguckten, wie beim Opfer eines grauenhaften Verkehrsunfalls. Selbst die Bemühten, die versuchten, mich ganz normal zu behandeln … na ja, sagen wir, ihre Bemühungen waren offensichtlich. Ich will nie wieder bemitleidet werden, Sam.«

Sie blickte unglücklich drein und beschämt. »Ich verstehe es immer noch nicht, Orlando. Was hat das mit meinem Sim zu tun?«

»Du willst nicht, dass ich dich so sehe, wie du jetzt aussiehst, aber nicht weil du ’nen Pickel hast oder so und es dir peinlich wäre, sondern weil dir klar ist, dass du dich verändert hast, erwachsen wirst oder dich entwickelst oder was weiß ich. Hab ich Recht? Herrje, Fredericks, ich lebe jetzt schon fast drei Jahre in dieser Simwelt, meinst du, ich dächte, es gäbe draußen keine Veränderungen? Die werden mir nicht weh tun. Aber wenn du dich mir nicht mehr zeigen kannst, dann … dann ist das, als würdest du unserer Freundschaft nicht trauen. Als könnten wir nur noch Kinderspielkameraden sein wie früher in Mittland.«

Die Miene, mit der sie ihn ansah – spöttisch, obwohl sie verärgert war –, erinnerte ihn an die Sam von früher. »Immer noch der alte Gardiner. Allwissend wie eh und je.« Sie holte tief Atem. »Okay, du willst wissen, wie ich jetzt aussehe? Gut.« Einen Moment lang erstarrte ihre Bruchtalpersona, während sie ein anderes Äußeres wählte und die neue Information durch die diversen Blind Relays floss, die das sorgfältig verborgene Otherland-Netzwerk vom normalen Netz abschirmten. Dann wechselte plötzlich Sams Erscheinung, als ob ein Drucker ein neues Computerbild auf einen Stapel spuckte. »Zufrieden?«

»So anders siehst du gar nicht aus«, sagte er, aber das stimmte nicht. Sie war drei oder vier Zentimeter gewachsen und im Ganzen runder, fraulicher – sie hatte breitere Hüften, die von den elbischen Kniebundhosen noch zusätzlich betont wurden. Die Sam, die er gekannt hatte, war eine windhundschlanke Sportlerin gewesen. Zudem hatte sich ihr Gesicht nobel gestreckt, ihre Züge besser ausgeprägt. Sie war wirklich schön, und nicht nur deshalb, weil sie die Sam war, die er liebte. Er begriff auch, dass er ihr nicht die Wahrheit gesagt hatte: Sie so plötzlich ein Jahr älter zu sehen, als Siebzehn- statt als Sechzehnjährige, tat weh. Höllisch weh. »Danke.«

»Ach, Orlando, entschuldige. Ich bin voll durch den Wind. Mein Aussehen und so … das ist nicht der Grund.« Sie sank in sich zusammen und stützte sich mit den Ellbogen auf die Knie. Wieder sah sie ihm nicht in die Augen. »Der Grund ist, dass … dass ich mit jemand gehe.«

Im ersten Moment verstand er nicht, was sie meinte, dachte, sie redete immer noch von Sims. »Ach so. Ist es … was Ernstes?«

»Ich weiß nicht. Na ja, ich denke. Wir sind jetzt seit gut zwei Monaten zusammen.«

Orlando atmete tief durch. »Tja, ich hoffe, es wird was mit euch. Fen-fen, Frederico, ist es das, was dich drückt? Die Eifersuchtsscheiße haben wir doch schon längst hinter uns.« Das war allerdings, musste er zugeben, größtenteils Sams Verdienst. Gleich zu Beginn ihrer echten Freundschaft, nachdem er über ihr Geschlecht und sie über seine Krankheit aufgeklärt war, hatte sie deutlich kundgetan, dass sie ihn zwar genauso sehr liebte wie er sie, aber nicht auf die romantische Art; niemals. Was ihm nur recht war, hatte er sich gesagt, denn was sie verband, sollte ein Leben lang halten und nicht mit Sex vermischt und vermasselt werden.

Er fragte sich oft, ob richtig lebendige Jugendliche sich die gleichen erbärmlichen Lügen vorsagten wie er.

»Ich weiß nicht, es … es ist mir igendwie unheimlich. Manchmal habe ich das Gefühl, dass ich …« Sie schüttelte den Kopf. »Dass ich dir keine besonders gute Freundin bin. Ich besuche dich nicht so oft, wie ich sollte. Du findest sicher, ich vernachlässige dich.«

Er lachte verwundert auf. »Das ist mir noch nie in den Sinn gekommen. Weißt du, Sam, nichts für ungut, aber ich sitze hier nicht nur bloß rum und warte auf deinen nächsten Besuch. Vor zwei Tagen hab ich in Edo in einem regelrechten Pfeilhagel gestanden, weil diverse Heerführer gerne das Tokugawa-Schogunat stürzen wollten. Die Woche davor war ich mit Käptn Nemo unterwegs, um Ruinen auf dem Meeresgrund zu erforschen.«

»Das heißt … es geht dir gut? In jeder Beziehung? Dir ist nicht langweilig, du … bist nicht einsam?«

Er drückte noch einmal ihren Arm, bevor er losließ. Die Elben sangen in der Kaminhalle, eine Meditation über das Licht der zwei Bäume. Die Stimmen schienen beinahe zum Tal selbst zu gehören, klangen wie das gemeinsame Lied von Nacht und Wald und Fluss. »Langweilig? Nicht, wenn ich die Alternative bedenke.

Nein, gräm dich nicht meinetwegen, Frederico – ich muss ständig hierhin und dorthin, Sachen erledigen, Leute treffen. Ich bin bestimmt der glücklichste tote Junge auf der ganzen Welt.«

Was ihn beunruhigte, war weniger, dass Sam einen festen Freund hatte, dachte er, als es für ihn langsam Zeit wurde, sich in das Haus seiner Eltern einzuwählen, nicht einmal, dass sie es für eine Weile geheim gehalten hatte. Überhaupt, genau genommen wusste er noch immer nicht, ob ihre neue Flamme nun Männlein oder Weiblein war. Sam hatte sich in dieser Hinsicht von je komisch angestellt, hatte über bestimmte Themen nicht reden wollen und auf Fragen gereizt reagiert, als ob Orlando seine Meinung über sie ändern würde, wenn sie in geschlechtlichen Dingen jemals Farbe bekannte. Nein, es war weniger der feste Freund, auch nicht, dass sie erwachsen wurde. Er liebte sie wirklich und wahrhaftig und wünschte ihr unter allen Umständen, glücklich zu werden. Ihn beunruhigte vielmehr die jäh erwachte Sorge, er könnte seinerseits nicht erwachsen werden, wovon er trotz seines aberwitzigen Schicksals immer fraglos ausgegangen war. Ein eisiger Schauder überlief ihn bei dem Gedanken, und er fragte sich, ob er vielleicht in jeder Hinsicht bedeutungslos werde, nicht nur für Sam, ob seine Erfahrungen hier etwas völlig anderes waren, als erwachsen zu werden, auch wenn die Jahre für ihn in dieser Scheinwelt genauso vergingen wie für sie im realen Leben.

Vielleicht muss man dazu ein richtiger Mensch sein, der richtige Sachen macht – sich auf einer Party danebenbenimmt, hinfällt und sich das Knie aufschürft, sich verliebt oder einfach … einen Herzschlag hat. Vielleicht werde ich mich niemals wirklich verändern. Ich werde wie einer der Sims sein – der Sim eines vierzehnjährigen Jungen. Für alle Zeit. Er schob den grässlichen Gedanken weit von sich. Jetzt war erst mal Familienabend angesagt, und den durchzustehen war auch unter günstigen Umständen schwer genug.

Er fand es irgendwie ungerecht, dass er tot war und trotzdem zu Besuch nach Hause kommen musste. Nicht, dass er Conrad und Vivien nicht geliebt hätte. Im Gegenteil, gerade weil er sie so sehr liebte, konnte es so schwierig sein.

Er tat einen tiefen Atemzug – jedenfalls hatte er das Gefühl, einen tiefen Atemzug zu tun –, und dabei fiel ihm wieder ein, dass seine Eltern an diesem Abend offenbar eine Überraschung für ihn bereithielten. Sie hatten ihn gebeten, sich bei diesem Besuch an einer anderen Stelle im Haus als dem Wandbildschirm einzuwählen. *»Na ja, eigentlich ist es Conrads Überraschung«*, hatte seine Mutter ihm erklärt. Sie hatte gelächelt, doch dabei nicht den Eindruck gemacht, das bevorstehende Ereignis freudig zu erwarten. Orlando hatte diesen Gesichtsausdruck bei ihr schon früher gesehen, damals, als Conrad ihm zu seinem elften Geburtstag das Fahrrad geschenkt hatte. Jeder, selbst Orlando, hätte seinem Vater sagen können, dass seine Knochen zu zerbrechlich und seine Muskeln zu schwach waren, um an Radfahren auch nur zu denken, aber nach Conrad Gardiners Meinung musste sein Sohn alle Möglichkeiten geboten bekommen, normal zu sein.

Als er in seinem letzten Jahr weitgehend ans Bett gefesselt gewesen war, hatten sie es endlich weggegeben, um in der Garage mehr Platz zu schaffen für medizinische Geräte, Ersatzfilter und Sauerstoffbehälter. Er war natürlich nie damit gefahren. Progerie, die Krankheit, die sein Leben zerrüttet und schließlich beendet hatte, machte aus Kindern tatternde Greise und brachte sie dann meistens noch vor der Pubertät um.

Als er die Verbindung herstellte, fragte sich Orlando, warum er nicht einfach auf dem Wandbildschirm bei ihnen sein konnte wie sonst immer. Er mochte das gern, weil es wie ein normaler Anruf zu Hause war, so als ob er lediglich in einem anderen Bundesstaat auf ein Internat ginge und nicht praktisch in einem anderen Universum lebte.

Vielleicht hat Conrad den alten Bildschirm ja gegen eins von diesen Tiefenfelddingern ausgetauscht. Er hat vor einer Weile davon gesprochen, sich so ein Festkristallteil zuzulegen.

Das Bild kam, und er sah seine Eltern an, die ihrerseits ihn ansahen. Seine Mutter hatte Tränen in den Augen wie bei jedem Wiedersehen. Sein Vater strahlte – offenbar vor Stolz. Aber etwas an der Art, wie sie ihm beide erschienen, war ungewöhnlich; er brauchte einen Moment, bevor er die Ursache erkannte.

Ich gucke durch einen andern Bildgeber, sagte er sich. *Ich hab richtig geraten – es ist ein neuer Bildschirm.* Doch falls seine Eltern wirklich ein neues Gerät gekauft hatten, so wurde ihm plötzlich klar, dass sie es dann im Esszimmer installiert haben mussten statt im Wohnzimmer: Er sah hinter ihren Köpfen das alte Eichenbüfett und daneben das Poster mit den französischen Cancantänzerinnen, das dort schon seit vielen Jahren an der Wand hing.

»Hi. Was ist das – ein neuer Bildschirm?« Ohne nachzudenken setzte er an, seiner Mutter eine Kusshand zuzuwerfen, wie er das immer tat – ja, es war peinlich, aber manches musste man einfach anders machen, wenn man die Leute nicht berühren konnte –, und etwas Schattenhaftes kam auf ihn zugesaust. Selbst nach Jahren ohne richtigen Körper zuckte er unwillkürlich ein bisschen zusammen. Das Ding hielt an und blieb genau wie eine simulierte Hand in seinem Blickfeld stehen.

Es *war* eine Hand, allerdings keine, die auf seiner Seite simuliert wurde. Sie schien vielmehr vor dem Bildschirm seiner Eltern zu hängen und versperrte ihm damit die Sicht: eine seltsame, glatte, rotbraune Hand, wohl aus glänzendem Plastahl. Er vergaß seinen körperlosen Zustand und griff danach. Die Hand griff ebenfalls aus und streckte sich von ihm weg, ganz als ob sie seine eigene wäre und auf seine Gedanken reagierte. Fasziniert und ein wenig beunruhigt, als er langsam den Zusammenhang begriff, versuchte er mit den Fingern zu wackeln, wie er das mit einer simulierten Hand gemacht hätte. Die Finger wackelten. Aber diese Finger befanden sich nicht an einem seiner Sims, ja sie befanden sich überhaupt nicht im Netzwerk, sondern in Conrads und Viviens Esszimmer in der wirklichen Welt.

»Was zum Teufel ist das?«

»Gefällt es dir?« Sein Vater nickte auf die gleiche Art wie früher, wenn jemand sein selbst gebrautes Bier probiert hatte, damals, als sie gelegentlich noch Besuch bekamen.

Immerhin etwas, dachte Orlando. *Jetzt, wo ich nicht mehr da bin, können wenigstens wieder Leute zu ihnen kommen.* »Ob es mir gefällt? Was ist es denn? So was wie ein Roboterarm am neuen Bildschirm?«

»Es ist kein neuer Bildschirm, es ist ein kompletter Körper. Damit du hier sein kannst, nicht wahr? Hier bei uns im Haus. Wann du willst.«

Orlando hatte den anderen Arm entdeckt. Er bewegte ihn, hielt beide Hände hoch und blickte dann nach unten. Die Perspektive verschob sich, und er sah den zylindrischen, rötlichen Oberkörper, die mit Gelenken versehenen Beine. »Ein … Körper?«

»Ich hätte schon früher darauf kommen sollen«, sagte sein Vater. »Ich weiß nicht, warum ich nie daran gedacht habe. Dein Softwareagent hatte doch diesen kleinen Körper mit den vielen mechanischen Beinen, damit er im Haus herumkrabbeln konnte, weiß du noch? Ich habe mich umgeschaut, bis ich etwas fand, das aussah, als könnte es funktionieren. Es ist eine ferngesteuerte Puppe, die sie für bestimmte Erkundungsoperationen benutzen – ich glaube, sie wurde ursprünglich für die Antarktis gebaut, vielleicht vom Militär. Ich habe einen Sammler ausfindig gemacht und sie gekauft. Ich musste andere Füße anmontieren lassen – sie hatte Hände am Ende der Beine.« Er war sichtlich ein wenig nervös: Wenn er nervös war, redete er immer ohne Punkt und Komma. »Besser zum Klettern und zur Fortbewegung auf Eis oder so. Wundert mich, dass keine Skier dran waren oder Laufketten oder vielleicht –«

»Conrad«, sagte Vivien, » das reicht jetzt. Ich will von Händen an Beinen nichts mehr hören. Ich finde das … geschmacklos.« Sie warf einen raschen Blick auf Orlando, der mehr als verdutzt war.

»Was … was ist das, wo ich rausgucke?«

»Das Gesicht«, antwortete sein Vater. »Na ja, theoretisch, aber wir werden deinen Output verändern müssen. Ich wollte dir nicht die Überraschung verderben, und deshalb steht im Moment ein kompletter kleiner Orlando im Gesichtsbildschirm.«

»Ich blicke immer noch nicht durch. Du meinst, ich soll … darin herumgehen?«

»Sicher, nur zu!« Conrad freute sich mächtig über die Frage. »Probier's! Du kannst überall im Haus hingehen!«

»Er muss nicht, wenn er nicht will«, bemerkte seine Mutter.

Orlando bewegte die Muskeln, beziehungsweise er vollzog den geistigen Akt, der in der wirklichen Welt und den gehobenen virtuellen Welten Muskelbewegung bewirkte. Die komischen Finger griffen nach dem Tisch und fassten die Kante. Er zog die Füße zurück und stand auf, und der Blickpunkt stieg in die Höhe, wenn auch nicht ganz gleichmäßig. Da er jetzt darauf achtete, hörte er das schwache wässrige Zischen abwechselnd arbeitender Fibromotoren.

»Brauchst du Hilfe?«

»Nein, Conrad. Es geht schon.« Er tat ein paar schwankende Schritte und blieb dann stehen, um die Füße zu betrachten – es waren große Ovale, wie Micky-Maus-Schuhe. Es war ein merkwürdiges Gefühl, in so einem plumpen Körper zu stecken, denn seine Anderlandkörper verhielten sich alle genauso, als ob sie sein eigener wären, und machten ihn stärker, schneller und viel geschickter, als er in Wirklichkeit jemals gewesen war.

Er war seit seinem Tod nicht mehr im Badezimmer gewesen. Es war interessant, irgendwie sogar ergreifend für ihn, sich in seinem alten Heim wieder frei bewegen zu können, aber die ganze Sache verunsicherte ihn auch. Er betrachtete sein Bild im Spiegel, die rohe Gestalt dieses Dings. Der Bildschirm im Gesichtsfeld zeigte Orlandos ganzen Sim, so dass er wie eines von diesen riesigen japanischen Robotermonstern aussah, in deren Kopf ein lebendiger menschlicher Lenker herumfuhrwerkte. Er regelte den Output seines Sims, so dass nur noch das Gesicht erschien, und obwohl es durchaus nicht sein wahres Gesicht war – das hatte seit der Einäscherung seines fleischlichen Körpers niemand mehr gesehen, nicht einmal Orlando selbst –, wurde dadurch die ganze Darstellung plötzlich realer und auch um einiges beklemmender.

Wollen sie das etwa an meiner Stelle haben? Dieses … Ding? Er wusste, dass Conrad es gut meinte, dass seine Eltern nur versuchten, seine anhaltende Präsenz in ihrem Leben auf irgendeine Weise realer, körperlicher zu gestalten, aber er wusste nicht, ob er es aushielt, als diese wandelnde vollplastische Vogelscheuche zu leben, und sei es auch nur für kurze Zeit.

Er schaute in das Gesicht, das er bei seinen Eltern benutzte, ein seinem Alter gemäßes Jugendlichengesicht, das mithilfe diverser polizeilicher Phantombildverfahren nach den Maßen seines eigenen Schädels konstruiert worden war und Züge seiner beiden Eltern in sich vereinigte. *Das Gesicht des Jungen, den sie hätten haben sollen,* dachte er. *Auf dieses Ding draufgesteckt wie ein Lutscher auf den Stiel.*

Orlando gab sich alle Mühe. Er brachte das Abendessen hinter sich und versuchte, konzentriert zuzuhören, während seine Eltern ihm Neuigkeiten von Bekannten und Verwandten erzählten, von ihrer Arbeit und den kleinen Unbilden des Lebens in der abgeschirmten Sicherheitssiedlung Crown Heights, doch er fühlte sich noch fremder und ausgeschlossener als gewöhnlich. Die Servomuskeln an dem Kunstkörper waren schwerfällig und die Taktoren technisch nicht auf dem Stand, den er gewohnt war: Er stieß zweimal das Glas seiner Mutter um und hätte beinahe den Tisch umgekippt, als er am Ende des Essens aufstand.

»Ich muss heute Abend leider früh los«, verkündete er.

»Fehlt dir was?«, fragte seine Mutter. »Du siehst ein wenig bedrückt aus.

»Mir geht's gut, ich muss nur noch auf eine Sitzung im Drones Club.«

»Ist das in dieser englischen Zwanzigerjahrewelt, von der du uns erzählt hast?«, wollte Conrad wissen. »Das muss interessant sein. Hast du nicht gesagt, dass dort Krieg ist?«

»Quasi.« Es war immer noch schwer, seinen Eltern begreiflich zu machen, was es mit John Dread auf sich hatte, was für eine furchtbare Verwüstung der Mörder in den wenigen Tagen seiner Herrschaft über das System als eine Art böser Gott in vielen Otherlandwelten angerichtet hatte. »Die Simulation pendelt sich langsam wieder ein, aber weil wir auf allmähliche Selbstbereinigung setzen, statt alles zu löschen und die Zyklen wieder bei null zu starten, laufen in einigen Welten ziemlich scännige Sachen ab. Anpassungen, beinahe wie in einem Ökosystem nach einem verheerenden Waldbrand. Echt blaffig.« Er bemerkte ihre ratlosen Gesichter. »Blaffig? Das heißt komisch. Auf unschöne Art komisch.«

»Du weißt so viel über diese Dinge«, sagte seine Mutter. »Über dieses komplizierte Netzwerk. Du hast so viel gelernt. Und du hast dich wirklich ungeheuer angestrengt, um das Beste aus …« Vivien Fennis hätte beinahe etwas gesagt wie: *aus deiner schrecklichen Situation zu machen*, aber natürlich war sie viel zu erfahren und auch zu herzensgut, um das Lob, mit dem sie ihn aufbauen wollte, zunichte zu machen. »Aus deinem Leben in dieser neuen Welt zu machen. Diesem neuen Universum, muss man wohl sagen. Es ist immer noch kaum zu glauben, kaum zu begreifen.«

»Unterm Strich kommt dabei so etwas wie eine erstklassige wissenschaftliche Ausbildung heraus«, pflichtete Conrad bei. »Auch wenn du nicht Brief und Siegel darauf erhältst. Aber Lebenserfahrung zählt schließlich auch etwas, nicht wahr? Vielleicht kannst du eines Tages –«

»Das muss alles geheim bleiben – ich, das Otherlandnetzwerk, alles. Falls es jemals an die Öffentlichkeit gelangt, wird es jahrzehntelange Prozesse darum geben, wem das Netzwerk gehört. Es ist von unschätzbarem Wert – das Mindeste wird sein, dass das Militär es auf der Suche nach waffenfähigen Codes in seine Einzelteile zerlegt. Das weißt du.« Orlando musste den Fantasien seines Vaters die Luft ablassen, auch wenn er sich bemühte, es möglichst schonend zu tun: Conrad ließ sich alle paar Monate irgendwelche gut gemeinten, unbrauchbaren Pläne einfallen, und gegen einige nahm sich der rotbraune Roboterkörper nachgerade genial aus. »Versteh doch, es ist nicht damit zu rechnen, dass ich je wieder in der wirklichen Welt leben werde. Bedaure. Ich wünschte, ich hätte hier ein Erwachsenenleben führen und all die Sachen machen können, die ihr mit mir im Sinn hattet.« Er hielt kurz inne: Er merkte, dass er ärgerlich wurde, und das wollte er nicht. Aber warum projizierten alle ständig ihre absurden Erwartungen und Vorstellungen auf ihn? Dass seine Eltern das machten, erstaunte ihn nicht sonderlich, aber Sams geringes Vertrauen in ihn tat immer noch weh. »Na, ist auch egal. Dieser Zustand ist jedenfalls viel besser, als tot zu sein. Macht euch um mich keine Sorgen. Wie du schon sagtest, Mama, das Netzwerk ist ein ausgewachsenes neues Universum, und mir ist es vergönnt, es zu erforschen. Ich bin glücklich.«

Ob glücklich oder nicht, er bekam langsam so etwas wie Atemnot. Er gab sich alle Mühe, beim Abschied ein fröhliches Gesicht zu machen, ließ es sogar zu, dass seine Eltern den Roboterkörper umarmten, obwohl es eine eher peinliche Übung war, wahrscheinlich sogar für Conrad. Als er das mechanische Ding auf einen Stuhl setzte, damit es nicht umkippte, wenn er es nicht mehr belebte, musste Orlando sich zusammenreißen, um seine schlechte Laune zu verbergen. Aus diesem scheußlichen surrenden Gefängnis in die Freiheit des Netzwerks zu entkommen war ein ähnliches Gefühl, wie den kratzenden und zu engen Weihnachtspullover ausziehen zu dürfen, nachdem die Tante, deren Geschenk er war, endlich nach Hause gegangen ist.

Vor der Sitzung des Vereins der Weltenfahrer musste er noch eine halbe Stunde totschlagen. Grübelnd schlenderte er durch die Straßen von P. G. Wodehouses London.

Vor Dread war diese Simulationswelt ein schnuckeliges und lustiges kleines Juwel gewesen, ein London, wo die Armen in Frieden arm waren und die Reichen sich frei von Schuldgefühlen auf wichtige Dinge konzentrieren konnten, wie zum Beispiel ein herzhaftes Frühstück einzunehmen und drachenhaften Tanten zu entkommen (die urplötzlich auftauchen und das besagte Frühstück wie auch Unmengen anderer unschuldiger Vergnügungen schnell wie der Blitz verderben konnten). Von diesem London war nichts mehr übrig geblieben. Wie der schlimmste sozialistische Demagoge, der die Vorstellungen selbst des paranoidesten Torys bei weitem übertraf, hatte John Dread die arbeitende Klasse der Stadt – eine bei Wodehouse nur am Rande vorkommende gesellschaftliche Gruppe – erst aufgewiegelt und dann bewaffnet. Eine aus Gärtnern, Butlern, Chauffeuren, Lieferanten, Dienstmädchen und Taxifahrern bestehende Meute war losgestürmt und hatte die Reichen in ihren Landsitzen, ihren Wohnungen in

Kensington und ihren Clubs angegriffen. Einige der wilden Sozialisten und Anarchisten, die bei Wodehouse bestenfalls ein Gerücht gewesen, aber kaum je in Erscheinung getreten waren, hatten ihr gerüchtweises Dasein in ein handfestes verwandelt und sich als ziemlich geschickte Brandstifter erwiesen, die ganze Häuserblocks in Flammen aufgehen ließen. Es hatte sogar ein paar Massaker gegeben, öffentliches Abschlachten der Klassenfeinde – wobei die Klasse der Feinde davon abhing, welche Seite gerade die Oberhand im Kampf hatte –, doch wegen des schnurrigen Charakters der Wodehousewelt war mit dem Ende der direkten Regentschaft Dreads zersetzender Einfluss rasch abgeklungen. Als Sellars und Kunohara einige Wochen nach seinem Sturz endlich dazu kamen, Dreads perverse Eingriffe in diese Welt aufzuheben, fanden sie die Stadt in einen unheimlichen Dämmerzustand versunken, eine Mischung aus dem zerstörten London nach Hitlers Blitzkrieg, der rauen Gesetzlosigkeit der viel früheren elisabethanischen Zeit und der ängstlichen Atmosphäre, die im neunzehnten Jahrhundert während der Verbrechen von Jack the Ripper über ihr gelegen hatte.

In der Curzon Street tummelten sich derzeit die Pferdegespanne – sehr wenige Autos hatten die »Unliebsamkeit« überstanden, wie die Schreckensherrschaft allgemein tituliert wurde –, und Orlando musste auf seinem Weg zum Hyde Park aufpassen, wo er hintrat. Obdachlosenlager, entstanden in den ersten Wochen des Aufruhrs, hatten sich zu mehr oder weniger dauerhaften Siedlungen entwickelt, und wenn es abends kalt wurde, brannten überall Feuer. Es empfahl sich nicht, allzu selbstvergessen durch den Park zu spazieren – frierende und hungrige Leute hatten dort schon vor langem die Eichhörnchen des Parks und die Wasservögel auf der Serpentine ausgetilgt und die meisten schönen alten Bäume als Brennholz gefällt. So mancher wohlhabende Herr, der gemeint hatte, mit dem Ende der Unliebsamkeit könnte er jetzt wieder auf der Rotten Row ausreiten, hatte feststellen müssen, dass ein Pferd zwar wie früher auf eigenen Hufen in den Park hineinkam, aber nur in den Mägen skrupelloser Esser wieder hinaus.

Doch wenn jemand in diesen Zeiten sorglos durch den Hyde Park spazieren konnte, dann war es Orlando Gardiner, der verschämte Halbgott des Systems, und der Halbgott hatte eine Menge zum Nachdenken.

Liegt es nur an mir? Conrad und Vivien meinen es gut. Warum fällt es mir so schwer, ihnen eine kleine Freude zu machen? Schließlich bin ich ihr einziges Kind, und es ist ziemlich offensichtlich, dass nichts so läuft, wie sie es sich erhofft hatten – kein Studium, keine Freundinnen, keine Frau, keine Enkel… Aber wie er es auch drehte und wendete, die Vorstellung, diesen ferngesteuerten Körper zu tragen, löste bei ihm nur Erbitterung und Widerwillen aus. Er fühlte sich damit nicht lebendiger, im Gegeneil, das Ding verschärfte die Distanz zwischen seinem neuen Leben und dem alten, gab ihm das Gefühl, die wirkliche Welt sei ein fremder Planet geworden, dessen verseuchte Atmosphäre er nur in einem scheppernden Roboteranzug betreten konnte. Die Tatsache, dass die wirkliche Welt für ihn genau das geworden war, und das seit nahezu drei Jahren, spielte keine Rolle: Solange er seine Eltern nur telefonisch besuchte, konnte er fast so tun, als lege er einfach ein freiwilliges Afrikajahr im UN-Hilfskorps ein oder so etwas in der Art, jetzt aber brachte Conrad mit seinem zwanghaften Normalitätsbedürfnis Orlandos hart erkämpfte Selbstverleugnung ernsthaft ins Wanken.

Es war jedoch die Sache mit Sam, die ihm wirklich an die Nieren ging. Er wollte nicht jemand sein, der nie erwachsen wurde, sich allen Erfahrungen zum Trotz niemals veränderte. Das war schlimmer als der Roboter – das war so, als wäre er endgültig tot. Nur noch eine Art Gespenst.

Ein Gespenst in einer toten Illusion. Wo sich nichts verändert, ich nicht, diese Welt nicht.

Er machte kehrt und ging durch den Park zurück zum Club in der Dover Street. Horden jungen Rabauken standen um Mülltonnenfeuer und sangen Spottlieder auf ihre Rivalen. Es hörte sich an, als wärmten sie sich für einen Bandenkampf auf.

Sie haben volle Verhaltensfreiheit, erinnerte er sich. *Es geht mich nichts an. Passiert ohnehin ständig, und ich kann nicht überall sein und schützend eingreifen.*

Er besah sich die lachenden jungen Männer mit ihren Schals, fingerlosen Handschuhen und gestohlenen Zylindern, kecke dickenssche Straßenbengel. Einige wetzten unverhohlen Messer und Rasiermesser. Im Normalbetrieb dieser Simwelt würden sie nichts Schlimmeres im Schilde führen, als ahnungslose Pfarrer und dicke Onkel mit Schneebällen zu bewerfen, doch selbst der Umstand, dass somit das System eine gewisse Flexibilität aufwies und unterschiedliche Verhaltensweisen zuließ, änderte nichts an Orlandos Sicht der Dinge. Auch wenn sie sich vielleicht an das herrschende hochgradige Chaos angepasst hatten, waren diese Rowdys im Prinzip immer noch die gleichen unbedeutenden Randfiguren wie schon in den früheren Ausprägungen dieser Welt. Es wurde allmählich offensichtlich, dass das Otherlandnetzwerk mit dem Tod des Betriebssystems eine gewisse Realitätstiefe, eine gelegentlich aufflackernde Unberechenbarkeit ein für alle Mal verloren hatte, Kunoharas und Sellars' früheren rosigen Prognosen zum Trotz. Was noch übrig war, war weiterhin sagenhaft komplex, aber letzten Endes leblos.

Kein Wunder, dass alle mich fragen, ob es mir gut geht. Nicht ich bin das Problem, sondern dieses Netzwerk. Nichts verändert sich wirklich, oder wenn, dann bloß so, wie Efeu wild bei jemandem im Garten wächst – immer wieder die gleichen Veränderungen. Es ist kein Universum, das sich weiterenwickelt, es ist ein riesenhaftes kaputtes Spielzeug, und selbst wenn es komplizierter ist als alles, was es vorher je gegeben hat, wird es doch niemals an das Leben in der wirklichen Welt herankommen. Was ihn deprimierte, war weniger, dass ihm andere Menschen fehlten, wurde ihm klar – die Simbewohner der verschiedenen Welten waren erstaunlich vielfältig und eigenständig. Ihre Interaktionsprogrammierung war so flexibel und der Umfang ihrer eingespeicherten Lebensgeschichten so groß, dass man in den meisten Fällen keinen von ihnen jemals gut genug kennen lernte, um die Lücken in ihrer nahezu vollkommenen Mimikry des Lebens zu bemerken. Aber Orlando *wusste*, dass sie nicht real waren, und das war mit das Hauptproblem. Außerdem war er jetzt, da Sellars fort und Hideki Kunohara so häufig abwesend war, die mächtigste Person in diesem künstlichen Universum, was das Ungleichgewicht zwischen ihm und den anderen Bewohnern noch verstärkte.

Genau, das ist es, das beschreibt mich wirklich, erkannte er. *Ich bin nicht Tharagorn, der einsame Weltläufer, im Grunde bin ich Superman, genau wie Sam gesagt hat. Ich bin der Einzige meiner Art in diesen Welten, und ich werde mein Leben lang Sachen für Leute machen, die auf einer niedrigeren Stufe stehen als ich – die in meinen Augen niemals völlig real sein werden. Und ein Leben ist verdammt lang, wenn man nie etwas anderes macht, vor allem eines, das möglicherweise ewig währt.*

Zum ersten Mal, seit er in dem System quasi wiedergeboren worden war, kam ihm seine potentielle Unsterblichkeit eher belastend als beglückend vor.

Die Sitzung war bereits im Gange, doch noch ein paar andere außer ihm drückten sich verspätet in den Bertram W. Wooster Memorial Salon – soweit Orlando wusste, ein Gedenkraum zu Ehren eines früheren Drones-Club-Mitglieds, das während der Unliebsamkeit von einem Mob fanatisierter Bahngepäckträger erdrückt worden war. Orlando nahm seine Coca-Cola und setzte sich ganz nach hinten. Als er das Getränk die ersten Male verlangt hatte, war die Bedienung im Club völlig ratlos gewesen, doch dann hatte sich der Besitzer eingeschaltet, und jetzt wartete immer eine Flasche Sirup und ein Siphon mit Sodawasser auf ihn, wenn er hereinschaute.

Das tat er natürlich nur an Sitzungsabenden – die Wodehousesimulation war im Grunde keine Welt nach seinem Geschmack, und als Orlando noch am Leben gewesen war, hatte er nie Interesse daran gehabt, einem Club beizutreten, aber bei diesem Verein hier war das anders.

»Bevor wir den Redner des heutigen Abends willkommen heißen«, verkündete der Vorsitzende gerade, »haben wir noch etwas anderes auf der Tagesordnung, nämlich Schreiben von Mitgliedern, die heute Abend nicht unter uns weilen können, die aber dennoch wichtige Informationen für uns haben.« Der Vorsitzende, Sir Reginald de Limoux, war ein gut aussehender, hagerer Mann Mitte dreißig mit einer Adlernase und einem sonnengebräunten Teint, der ihn in dieser Welt entweder als Arbeiter oder als Entdeckungsreisenden auswies. Ein Arbeiter war er eindeutig nicht. »Das Gateway zwischen dem frühen Byzanz und Toyland ist nicht mehr sicher. Toyland ist weiterhin instabil, und irgendeine militärische Gruppierung hat das Spielwarengeschäft erobert, in dem sich der Durchgang befindet, und es zu ihrem Hauptquartier gemacht. Es sind Holzsoldaten, wie ich höre, das heißt, falls Sie keine Termite sind, sollten Sie dieses Gateway bis auf weiteres meiden.« Einige Clubmitglieder lachten höflich. »Besucher von Toyland können nach wie vor die Waldpforte benutzen, die von eher reisefreundlich eingestellten Fraktionen geschützt wird. Um weiter beim Thema Gateways zu bleiben: Wir haben die Meldung bekommen, dass ein neues in Benin entdeckt wurde, in einer Oase außerhalb von Kandi …«

Während de Limoux mit seinen Bekanntmachungen fortfuhr, trank Orlando seine Cola und sah ihn sich näher an. Er fragte sich, wie viel von der Quellpersönlichkeit des Vorsitzenden erhalten geblieben war. Er war einer der Jongleurschatten, gestaltet nach Kopien, die vom früheren Herrn des Otherlandnetzwerks, Felix Jongleur, zu einem Zeitpunkt angefertigt worden waren, als der steinalte Großindustrielle noch vorhatte, als ein Gott über viele Welten ewig in den Schaltkreisen des Systems zu leben. Jongleur hatte in der Tat so etwas wie Unsterblichkeit erlangt, genau wie viele andere der reichen, mächtigen und zumeist völlig skrupellosen Netzwerkbegründer aus der Gralsbruderschaft, aber nicht so, wie er oder sonst einer von ihnen sich das erhofft hatte.

Statt wie beabsichtigt als Grundlage für künftige unsterbliche programmierte Inkarnationen zu dienen, waren diese Kopien in den letzten wahnwitzigen Tagen des alten Betriebssystems verzerrt und entstellt und dann über das ganze System zerstreut worden. Niemand wusste, wie viele es davon gab oder was aus ihnen geworden war, da es kein zuverlässiges Verfahren gab, einzelne Sims in dem riesigen Netzwerk aufzuspüren. Orlando Gardiner in seiner Eigenschaft als Hüter Otherlands war unter anderem deswegen dem Verein der Weltenfahrer beigetreten, weil er so diese verschiedenen Gralsklone, von denen viele wohl durch einen unterbewussten Zwang von diesem Club angezogen wurden, im Auge behalten konnte.

Orlando hatte sich anfangs darüber gewundert, dass Kunohara und Sellars, die beiden Männer mit dem tiefsten Einblick in das Otherlandsystem, nicht einmal versucht hatten, diese Überreste des früheren Netzwerkbeherrschers zu beseitigen. Doch sie hatten ihm erklärt, dass diese Schattenkopien, selbst gesetzt den Fall, sie könnten alle gefunden und identifiziert werden, genauso wenig automatisch kriminell waren, wie man den Kindern eines

Diebes angeborene Unehrlichkeit unterstellen konnte, und dass selbst die widerwärtigen Originalvertreter der Gralsmitglieder nicht schlimmer als andere fiese Simpersönlichkeiten waren, die von jeher zum Grundbestand einiger der Netzwerkwelten gehörten. Was sie gefährlich gemacht hatte, waren der Reichtum und die Macht der Gralsherren gewesen und auch ihre Kontrolle von außen. Innerhalb des Netzwerks fingen diese Imitationen und Klone noch einmal bei null an, einige zugegebenermaßen mit Persönlichkeitsstörungen, die sich in den meisten Inkarnationen einschlichen, andere jedoch in erstaunlichem Maße fähig, als anständige Bürger zu leben. Während er den Vereinsvorsitzenden bei der Ausübung seines Amtes beobachtete, hatte Orlando den Eindruck, dass diese konkrete Vision von Jongleur, Sir Reginald de Limoux, irgendwo in der Mitte zu liegen schien: hitzig und offensichtlich ehrgeizig, aber ganz gewiss kein ausgemachter Schurke.

Darüber hinaus hatten die Gralsschatten wie auch ein paar verwandte Gestalten, die das alte Betriebssystem geschaffen hatte – einige basierend auf realen Freunden und Bekannten von Orlando, wie zum Beispiel dem Engländer Paul Jonas –, als Einzige von allen simulierten Personen im Netzwerk noch ein anderes Vermächtnis mitbekommen, nämlich das Bewusstsein, dass es außerhalb der Simulation, in der sie lebten, andere Welten gab, sowie das Vermögen, zwischen den diversen Welten relativ frei hin und her zu reisen. Im Unterschied zu Orlando wussten diese Entdeckungsreisenden nicht, was sie waren oder was für ein Universum sie bewohnten, aber sie hatten durchaus eine Gedankenfreiheit, die sie über die restlichen Sims hinaushob. Sie waren damit Orlando Gardiner so ebenbürtig, wie er das unter den gegebenen Verhältnissen erwarten konnte. Wenn er nach einer Weltenfahrersitzung noch eine Weile im Drones Club saß und den humorigen Geschichten und übertriebenen Prahlereien der Vereinsmitglieder zuhörte, fühlte er sich an die Zufriedenheit erinnert, die er einst in den Abenteurertavernen seiner alten Spielwelt Mittland verspürt hatte.

Und natürlich enthielten selbst die verstiegensten Geschichten dieser Wanderer zwischen den Welten stets kleine Informationsperlen, die für Orlando überaus kostbar waren. Auch wenn er ein Aufseher mit gottgleichen Kräften war, konnte er doch nicht in vierhundert verschiedenen Welten jedes unbeaufsichtigte Lagerfeuer löschen.

Als der Vorsitzende mit seinen Bekanntmachungen fertig war, trat der angekündigte Redner ans Pult und begann, die Ergebnisse seiner jüngsten Expedition vorzustellen. Dieser Gentleman schien seine Zeit größtenteils in Troja und Xanadu verbracht zu haben, zwei Simwelten, die Orlando gut kannte, so dass er seine Gedanken in andere Richtungen schweifen ließ. Er versank in Überlegungen darüber, wie er wohl wieder einen guten Draht zu Sam bekommen konnte, und merkte deshalb einen Moment lang gar nicht, dass jemand, der sich schon mehrmals vernehmlich hinter seinem Rücken geräuspert hatte, ihm jetzt auf die Schulter tippte.

»Herr Roland? Jemand wünscht dringend mit Ihnen zu sprechen.« Der Schultertipper war der Besitzer des Drones Club, ein stoisch dreinblickender langer Lulatsch namens Jeeves, von dem gemunkelt wurde, dass er vor der Unliebsamkeit in häuslichen Diensten gestanden hätte, aber in diesen labilen Zeiten sehr rasch aufgestiegen sei. »Haben Sie mich verstanden, Herr Roland?«

Orlando brauchte noch einmal eine Weile, bis er sein Wodehouse-Pseudonym erkannte. »’tschuldigung, ’tschuldigung. Jemand will mich sprechen?« Konnte es schon wieder Beezle sein, vielleicht im Kummerbund oder mit Tropenhelm, um die Peinlichkeit auf die Spitze zu treiben? Andererseits durfte der Agent ihn nur dann nicht direkt kontaktieren, wenn Orlando in seinem

Rückzugsort Bruchtal war; man konnte sich nur schwer entspannen und die friedvollen Gesänge der Elben und das Flackern des Feuers genießen, wenn man in der Stunde vier oder fünf Anrufe von einem Agenten mit der rauen Stimme und der schroffen Art eines Brooklyner Taxifahrers der alten Schule bekam.

»Jawohl, Besuch, Sir«, bestätigte Jeeves und beugte sich näher heran. »Eine junge Dame. Sehr attraktiv, wenn ich mir die Bemerkung erlauben darf, aber vielleicht ein wenig … verwirrt. Ich habe mir die Freiheit genommen, sie in einen der ungenutzten Salons zu bringen – ein paar von den älteren Mitgliedern sind Frauen im Club gegenüber nicht eben sehr aufgeschlossen, selbst heute noch. Bitte um Verzeihung, dass ich Sie stören musste. Die Dame meint, die Sache dulde keinen Aufschub, und nach ihren Äußerungen zu schließen, dürfte es sich um etwas handeln, das Sie vielleicht lieber … diskret behandeln möchten.«

Orlando blickte auf den melancholischen Mund des Mannes, seine hohe, intelligente Stirn. Jeeves durfte eigentlich nicht wissen, wer die Weltenfahrer in Wirklichkeit waren – nach außen hin waren sie nur ein gewöhnlicher blasierter Club von Reisenden und Entdeckern, der einmal im Monat im Drones Club zusammenkam –, und von Orlando Gardiners wahrer Identität durfte er schon gar keine Ahnung haben, aber er hatte Orlando immer mit besonderer Aufmerksamkeit und einem gewissen Funkeln in den Augen behandelt, als ob er ihn in Verdacht hätte, mehr zu sein, als er durchblicken ließ. Orlando seinerseits hatte sich öfter gefragt, ob der neue Besitzer des Clubs nicht vielleicht selbst ein heimlicher Weltenfahrer war. Wenn ja, dann hatte er die perfekte Tarnung gefunden, direkt vor der Nase des Vereins.

Er nahm sich vor, Nachforschungen über diesen Jeeves anzustellen, sobald er die Zeit dazu fand, und ließ noch einmal den Blick über den Raum schweifen. Die Vereinsmitglieder führten eine zivilisierte, aber kontroverse Debatte über eine vorgeschlagene neue Expedition. Orlando wusste, dass sie das Thema mindestens eine halbe Stunde lang hin und her wälzen und wahrscheinlich in diesem Monat zu keiner Entscheidung mehr kommen würden. Expeditionen kosteten Geld, und Weltenfahrer, die in ihrer heimatlichen Simwelt reich waren, konnten Vermögenswerte oder Bargeld selten in eine andere Simulation überführen. Das einzige wirklich zuverlässige, hundertprozentig mobile Kapital war Wissen, und nicht zuletzt deswegen war den meisten die Mitgliedschaft im Verein mehr wert als alles andere außer ihrem Leben. Er erhob sich. Er würde heute Abend schwerlich etwas verpassen, was er nicht später an der Bar noch erfahren konnte.

Jeeves brachte ihn bis vor die Salontür und entfernte sich dann auf leisen Sohlen. Orlando betrat den gemütlichen Raum und hätte beinahe eine junge Frau in einem hellen Kleid angerempelt, die sich am Kaminfeuer wärmte. Erst als er sich an der Wand abstützte, merkte er, dass er immer noch seine Coca-Cola in der Hand hielt.

»Entschuldigung«, sagte er und stellte das Glas vorsichtig auf den schmalen Kaminsims. »Mein Name ist Roland. Man sagte mir, sie wünschen mich zu sprechen?«

Sie war hübsch, wie Jeeves schon angedeutet hatte, der Typ der großäugigen, schwindsüchtigen Schönheit, und ihre dunklen Locken und geröteten Wangen hoben die geradezu durchscheinende Blässe der Haut noch mehr hervor. Sie erwiderte seinen Blick leicht verunsichert, als könne er jeden Moment auf sie losgehen – oder, schlimmer noch, sie auslachen.

»Vielleicht ist das ein Missverständnis. Mir wurde gesagt … Ich war der Meinung, der Herr, den ich suche, wäre hier zu finden. Mir wurde der Name Roland genannt. Ich suche einen Orlando Gardiner.« Sie beäugte ihn, als ob sie kurzsichtig wäre oder in einem eben kennen gelernten, sehr entfernten Verwandten eine Familienähnlichkeit zu bemerken suchte. Enttäuschung trat in ihr Gesicht. »Aber Sie sind es nicht. Ich habe Sie noch nie gesehen.«

Es überraschte ihn, seinen richtigen Namen aus dem Mund eines Sims zu hören und zudem gesagt zu bekommen, er sei nicht er selbst, aber der Klang ihrer Stimme bestätigte ihm, was er bei ihrem Anblick gleich vermutet hatte. Diese junge Frau war einer der Schatten von Avialle Jongleur, entweder eine der Originalkopien von Felix Jongleurs toter Tochter oder eine Variante, die in den letzten Tagen des Betriebssystems nach diesen Kopien erstellt worden war. Die ursprüngliche Avialle war unsterblich in den Engländer Paul Jonas verliebt gewesen, und die meisten Kopien, jedenfalls alle, die von der lebenden Avialle nach ihrer Begegnung mit Jonas angefertigt worden waren, hatten diesen Wesenszug beibehalten. Sie waren während der Irrfahrten des gedächtnisgestörten Jonas durch das Otherlandnetzwerk in zahlreichen Erscheinungsformen aufgetaucht, hatten ihn manchmal ermuntert, ihm manchmal aktiv geholfen und ihn manchmal auch nur am Boden zerstört angefleht, sie zu lieben oder zu verstehen.

Aber keine von ihnen hatte jemals viel oder überhaupt irgendetwas mit Orlando zu tun gehabt, und er hatte keine Ahnung, warum eine jetzt nach ihm suchte, zumal unter seinem richtigen Namen.

»Sie sagen, sie hätten mich noch nie gesehen.« Er forderte sie mit einer Geste auf, sich zu setzen – sie sah aus, als wolle sie wie ein Kaninchen beim geringsten Geräusch die Flucht ergreifen, und er war neugierig geworden. »Ich muss gestehen, dass ich Sie meinerseits auch nicht kenne. Ich kenne jedoch in der Tat jemanden namens Orlando Gardiner, und ich könnte ihm unter Umständen eine Nachricht zukommen lassen. Mögen Sie mir vielleicht Ihr Anliegen verraten?« Die Atmosphäre färbte langsam auf ihn ab, merkte er. Er hörte sich schon an wie eine der in der Simwelt heimischen Figuren.

»Oh. Sie … Sie kennen ihn?« Sie sah ihn mit ein klein wenig mehr Hoffnung an, doch es war eine armselige Hoffnung, etwa so, als hätte sie die Nachricht bekommen, dass statt der Folter ein gnädiger schneller Tod auf sie wartete. »Wo kann ich ihn finden?«

»Ich kann ihm etwas von Ihnen ausrichten. Ich verspreche Ihnen, dass er davon erfährt.«

Sie legte eine Hand auf den Mund, dachte nach. Sie war sehr bleich und zitterte ein bisschen, aber Orlando erkannte jetzt, dass dem äußeren Anschein zum Trotz in ihren Rehaugen ein Ausdruck fester Entschlossenheit lag. *Sie ist mit ihrem Kommen ein Risiko eingegangen*, dachte er bei sich. *Es muss ihr sehr dringend mit diesem Anliegen an mich sein.* »Nun gut«, sagte sie schließlich. »Meine Schande kann ohnehin nicht mehr größer werden. Ich vertraue auf Ihre Diskretion, Herr Roland. Ich vertraue darauf, dass Sie sich wie ein Gentleman benehmen werden.

Bitte richten Sie Herrn Gardiner aus, dass ich ihn so bald wie möglich sehen muss. Ich bin furchtbar in Not. Ganz furchtbar. Wenn er nicht zu mir kommt, weiß ich nicht, was ich tun soll.« Mit einem Mal verlor sie die Fassung; Tränen stiegen in ihre Augen. »Ich bin völlig verzweifelt, Herr Roland.«

»Aber warum?« Orlando suchte vergebens nach einem Taschentuch, doch da hatte sie schon eines aus dem Ärmel gezogen und tupfte sich damit das Gesicht ab.

»Entschuldigung, Fräulein … Frau … ich weiß leider Ihren Namen nicht. Hören Sie, ich will es Ihnen nicht noch zusätzlich schwer machen, aber ich muss wirklich wissen, warum Sie ihn sprechen wollen, bevor ich ihm Ihre Nachricht übermitteln kann.«

Sie sah ihn mit tränennassen Augen an, schien sich zu einer Entscheidung durchzuringen. Ihre Unterlippe hörte auf zu zittern. Sie schlug einen Ton ironischer Förmlichkeit an. »Es ist in unserer verworfenen Welt keine so ungewöhnliche Geschichte, Herr Roland. Ich heiße Livia Bard. Ich bin eine unverheiratete Frau, und ich trage ein Kind unter dem Herzen. Der Vater des Kindes ist Herr Gardiner.«

Als ob damit der Höhepunkt eines besonders guten Zauberkunststücks erreicht worden wäre, löste sich die junge Frau daraufhin einfach in Luft auf.

Eine einzelne Frau in bloß vierhundert verschiedenen Simwelten finden, jede Welt geographisch im Maßstab eins zu eins, ein paar Millionen simulierte Bewohner und kein zentrales Suchsystem? Klar, gebongt. Ein Klacks. Er konnte das derzeit nicht lustig finden. »Beezle? Irgendeine Rückmeldung aus dieser Amazonaswelt mit den Dinosauriern, diesem Abklatsch von Arthur Conan Doyles ›vergessener Welt‹? Wie hieß sie noch mal?«

»Maple White Land, Boss. Yeah, sie ist dort gesichtet worden. Scheint sich tatsächlich um einen andern Avialle-Jongleur-Schatten zu handeln, aber sie sieht anders aus, und sie führt einen andern Namen – Valda Jackson oder so ähnlich. Ist auch älter, wenn unser Informant Recht hat. Und wie eine schwangere Lady führt sie sich nicht gerade auf. Sie leitet Expeditionen ins Landesinnere, und sie säuft wie ein Loch.«

»Fen-fen.« Er sah sich stirnrunzelnd in dem weitläufigen Zimmer um. Das melodische Rauschen des Flusses erfüllte es, und die Luft roch nach grünen Pflanzen, doch die wohltuende Wirkung blieb aus. Er fing an, Bruchtal weniger erholsam zu finden als früher, und obwohl er Beezle mittlerweile erlaubte, ihn innerhalb der Simulation direkt zu kontaktieren, ohne leibhaftig in Erscheinung treten zu müssen, hatte er immer mehr den Eindruck, dass es für eine derartige Arbeit nicht der beste Ort war. Schließlich wollte er das Letzte gastliche Haus, das Ideal seiner

Kindheit, nicht in die allzeit geschäftige Hauptstadt von Orlandoland verwandeln. Vielleicht sollte er über eine Verlegung seiner Operationsbasis nachdenken. »Drei Monate jetzt schon, und es ist, als wäre diese Frau einfach aus dem Netzwerkcode gedrezzt worden, so wenig kriege ich über sie heraus. Wo kann sie nur stecken?«

»Es ist 'ne schlichte Suche, Boss. Wie du immer sagst, so was wie 'ne zentrale Meldebehörde gibt's hier nicht. Es braucht Zeit. Und Zeit hast du ganz gewiss jede Menge, würd ich mal meinen.«

»Wenn ich das Bedürfnis nach Philosophie habe, kauf ich dir ein entsprechendes Einsteckmodul. Solltest du Sam zu fassen kriegen, frag sie, ob wir uns diesmal woanders treffen können. Sie kann sich aussuchen, wo.«

»Dein Wunsch ist mir Befehl, o Herr und Gebieter.«

»Es ist wirklich schön hier, nicht wahr? Japanische Teehäuser und so haben mir schon immer gefallen.«

Orlando rümpfte die Nase. »Ich glaube, das ist das erste Mal, dass ich dich das Wort ›schön‹ in einem andern Zusammenhang gebrauchen höre als zum Beispiel in: ›Schön blöd, was du da wieder von dir gegeben hast, Gardiner.‹«

Sam Fredericks runzelte leicht die Stirn, doch ihr Samuraisim machte daraus eine Fratze, die einer No-Maske würdig gewesen wäre. »Was soll das jetzt schon wieder heißen? Dass ich mich endlich wie ein richtiges Mädchen benehme oder was?«

»Nein, nein.« Seine Stimmung sank. Es hatte seit der Sache mit Livia Bard nur wenige kurze Besuche von Sam gegeben, und sie hatte ihm gefehlt, doch die Verstimmung zwischen ihnen schien anzuhalten. »Ich hatte nur nicht erwartet, dass du dir für unser Zusammensein einen solchen Ort aussuchst.«

»Sonst redest du immer davon, wie sehr es dir hier gefällt.« Sie schaute zum Teehaus hinaus, dessen eine Wand entfernt worden war. Jenseits des winzigen, ordentlichen Gartens aus Steinen, Sand und kleinen Bäumen erstreckten sich, so weit das Auge reichte, die hölzernen Dächer der Stadt. Auf der anderen Seite der Nihonbaschi, der majestätisch geschwungenen Holzbrücke über die Sumida, ragte stolz das Edo-Schloss empor.

»Na ja, mir gefällt das Kriegerische daran, aber damit ist es für diesen Zyklus so gut wie vorbei – der Schogun sitzt jetzt fest im Sattel. Auch die Rüstungen sind ho-dsang.«

»Ho-dsang! Das hab ich schon lange niemanden mehr sagen hören.« Sie sah seinen Gesichtsausdruck und fuhr mit nervöser Hast fort: »Ja, die Rüstungen sind toll, vor allem die Helme mit diesen hochstehenden Dingern – daneben sehen deine Elben beinahe piefig aus. Nur mit der Musik kann ich nichts anfangen. Ich finde immer, sie hört sich wie Katzenjammer an.«

Orlando klatschte in die Hände und schickte die Geisha fort, die sich auf ihrer Samisen leise zu einem Dschiuta begleitet hatte. Der einzige Gesang war jetzt der heisere Ruf eines Wasserverkäufers, der unten von der Straße heraufdrang. »Besser?«

»Ich denke schon.« Sie betrachtete ihn eingehend. »Tut mir Leid, dass ich derzeit so schwer zu erreichen bin. Was macht deine ritterliche Suche?«

»Ritterliche Suche? Von der Art wie unsere Abenteuer damals in Mittland?« Er unterdrückte eine Anwandlung von Panik – dachte sie, er hätte sich überhaupt nicht geändert? »Du redest von dieser schwangeren Frau.«

»Klar.« Sie rang sich ein Lächeln ab. »Und es ist eine ritterliche Suche, Orlando, weil du der typische Ritter auf der Queste bist.«

»Nur dass ich anscheinend dieses arme Mädel geschwängert und sie dann sitzen gelassen habe. Nicht grade das, was man gemeinhin ritterlich nennt.«

Sam runzelte die Stirn, diesmal allerdings, weil seine Schnoddrigkeit sie ärgerte. »Aber du warst es doch gar nicht. Bloß weil so eine fiese Klonversion von dir in der Gegend rumrennt ...«

»Kann sein, aber ich glaube das nicht. Es hat vorher noch nie Anzeichen für eine andere Version von mir gegeben, nicht das geringste. Glaub mir, ich hab Beezle sämtliche Aufzeichnungen seit dem Neustart des Netzwerks durchkämmen lassen.«

»Ich dachte, so was wie ein Gesamtarchiv gibt's nicht.«

»Gibt's auch nicht, aber es gibt ein informelles Archiv, das Kunohara einführte, als er und Sellars das System wieder in Betrieb nahmen, und die meisten Welten haben ihre eigenen Aufzeichnungen, die Teil der Simulation sind. Die Wodehousewelt beispielsweise, wo ich dieser Frau begegnet bin, war am Anfang ganz ähnlich wie das echte London des frühen zwanzigsten Jahrhunderts, das heißt, es gibt Geburtsurkunden und Sterbeurkunden und Telefonbücher und was weiß ich noch alles. Die Daten sind manchmal ein bisschen dubios, weil es eine Art Comedywelt ist, aber eine Livia Bard war auch nirgends verzeichnet.«

»Du denkst also, dass sie anderswo herkommen muss. Demnach wäre sie eine von diesen frei beweglichen Personen, die von einer Welt zur andern gelangen können. Ich kann mich nicht mehr erinnern – konnten das alle Schatten dieser Jongleurtochter?«

Er schüttelte den Kopf und fühlte den Haarknoten wackeln. »Weiß ich nicht. Ihre Schatten sind von jeher die verrücktesten überhaupt gewesen, weil das Betriebssystem so viel an ihnen herumgemacht hat.« Er lehnte sich zurück und spielte mit seiner Teeschale. Es war nicht verwunderlich, dass seine schöne Unbekannte sich für schwanger hielt – viele der Avialleschatten dachten das von sich, weil das Original schwanger gewesen war, wenigstens kurzzeitig. Zum besseren Verständnis hatte Orlando Sellars' geschichtliche Darstellung samt Kunoharas Randbemerkungen gründlich durchgearbeitet, auch wenn er einen Teil der Aviallegeschichte schon aus Paul Jonas' Mund gehört hatte, aber er fand die Sache nach wie vor bizarr und schwer zu durchschauen.

»Orlando?«

»Entschuldige, Sam. Ich hab grad über was nachgedacht.«

»Ich wollte bloß fragen … Bist du absolut sicher, dass … dass du es nicht warst?«

»Dass ich was nicht war? … Fen-fen, Fredericks, du meinst, ob ich sie geschwängert habe?« Er fühlte, wie seine Backen auf höchst unsamuraihafte Art rot wurden.

Sam blickte betreten drein. »Ich wollte dich nicht in Verlegenheit bringen.«

Er schüttelte den Kopf, obwohl er natürlich verlegen war. Bei seinem Tod war er ein vierzehnjähriger Invalide gewesen, ein Junge, dem eine normale Kindheit und Jugend verwehrt gewesen war. Beschenkt mit einem Leben nach dem Tode und mehr Gesundheit und Kraft, als er je zuvor gekannt hatte, ganz zu schweigen von der nahezu vollkommenen Abwesenheit elterlicher Kontrolle, hatte er natürlich experimentiert. Anfangs hatte ihm das Wissen nichts ausgemacht, dass seine Partnerinnen im Endeffekt nicht realer waren als das Angebot in den primitivsten interaktiven Puffknoten – so wenig wie die buchstäbliche Zweidimensionalität der Frauen in den Herrenmagazinen frühere Generationen gestört hatte –, aber der Neuheitswert hatte sich bald abgenutzt, und zurück blieb ein Gefühlsgemisch aus Einsamkeit und Ekel. Da er sich zudem fest vorgenommen hatte, mit den weiblichen Mitgliedern des Weltenfahrervereins keine intimen Beziehungen einzugehen, weil ihre Herkunft ihm nicht ganz geheuer war, sah er sich praktisch jeder Möglichkeit beraubt, ein Verhältnis mit einer Frau zu haben, die echte Willensfreiheit besaß.

Wobei Liebe und Sex natürlich Themen waren, über die er mit Sam Fredericks noch nie sehr entspannt hatte reden können. »Ich will es mal so sagen«, meinte er schließlich. »Wenn ich in einer Situation gewesen wäre, wo es hätte passieren können, würde ich mich erinnern. Aber, Sam, das spielt überhaupt keine Rolle. Sie ist kein richtiger Mensch, und das ist keine richtige Schwangerschaft – sie ist ein Konstrukt!«

»Haben diese ganzen Abigail Jongleurs nicht sowieso 'ne Schwangerschaftsklatsche gehabt und gedacht, sie bekämen ein Kind, manche jedenfalls?«

»Avialle Jongleur. Ja, und wie gesagt, das sind keine richtigen Schwangerschaften. Aber das tut nichts zur Sache. Die Frage ist: woher kennt diese Version meinen wahren Namen, warum denkt sie, dass das Kind von mir ist?«

Sam nickte bedächtig. »Mann, das blafft alles mordsmäßig. Und, was willst du tun?«

»Ich wünschte, ich wüsste es. Ich suche schon seit Monaten nach ihr, aber sie ist wie vom Erdboden verschluckt. Beezle will, dass ich einen Haufen Mini-Beezles autorisiere, damit wir das System effektiver durchforsten können, nicht nur im Fall dieser Frau, sondern immer, wenn Bedarf ist. Eigentlich keine schlechte Idee, aber ich bin mir nicht sicher, ob ich der Napoleon über eine Armee von Krabbelviechern sein will.«

Sam Fredericks lehnte sich zurück. »Du wirkst, ich weiß nicht ... ein bisschen besser gelaunt als die letzten beiden Male.«

Er zuckte die Achseln. »Das macht das betriebsame Leben. Ich dachte, die Deprimierte von uns beiden wärst du.«

»Oberscänner. Wahrscheinlich war ich wegen irgendwas verblockt.«

Orlando grinste. »Wahrscheinlich.«

Sam richtete sich auf. »Ich hab dir was mitgebracht. Kannst du es ins Netzwerk importieren? Es ist auf der obersten Ebene meines Systems, Dateiname ›Orlando‹.«

»Du hast mir was mitgebracht?«

»Du denkst doch nicht, dass ich deinen Geburtstag vergessen habe, oder?«

Den hatte er selbst fast vergessen. »Eigentlich ist der erst morgen.« Seltsam, wie wenig Bedeutung so was wie ein Geburtstag hatte, wenn man nicht in die Schule ging und kaum Freunde hatte – jedenfalls kaum normale Freunde.

»Ich weiß, aber morgen werde ich dich nicht zu sehen bekommen, stimmt's?«

»Siebzehn Jahre. Ich bin jetzt ein alter Mann.«

»Alter Mann, ha! Den Quatsch kannst du exen, du bist jünger als ich!« Ein kleines Geschenkpäckchen erschien auf dem niedrigen Tisch. »Gut, du hast es gefunden. Mach es auf!«

Er nahm den Deckel ab und betrachtete das Ding, das in der viertuellen Schachtel auf genauso virtueller Watte lag. »Das ist echt nett, Sam.«

»Alles Gute zum Geburtstag, Gardino. Glotz es nicht nur an – es ist ein Freundschaftsband, du Idiot. Du musst lesen, was draufsteht.«

Er hielt das schlichte silberne Armband schräg. Die Inschrift lautete: FÜR ORLANDO VON SAM, FREUNDE FÜR IMMER. Seine Stimme drohte zu versagen. »Danke.«

»Ich weiß, dass du an Orte gehst, wo du es nicht tragen kannst, aber ich hab lange darüber nachgedacht, was man jemandem schenkt, der alles haben kann, was es gibt – Raketenwagen, einen lebenden Dino als Haustier, einfach alles. Das Einzige, was ich dir schenken kann, das du in keiner von diesen Welten kriegst, bin ich. Wir sind Freunde, Gardiner, und das darfst du nie vergessen. Komme, was wolle. Solange wir beide leben.«

Orlando war sehr dankbar, dass dieser Sim zu buschi war, um zu weinen – das Rotwerden war schon schlimm genug gewesen. »Klar«, sagte er. »Komme, was wolle.« Er atmete tief ein. »He, sollen wir noch einen Spaziergang machen, bevor du wieder losmusst? Ich zeig dir ein Stück des Tokaido – das ist quasi die Hauptstraße. Da gibt's am meisten zu sehen. Wenn wir Glück haben, kommen noch ein paar Daimyos in die Stadt. Das sind die Adeligen, und sie müssen zweimal im Jahr eine Wallfahrt hierher unternehmen. Einige kommen mit tausenden von Gefolgsleuten und Soldaten, mit Pferden und Fahnen und Konkubinen und dem ganzen Fen, ein Riesenzug. Das reinste Samurai-Disneyland.«

»Du kennst dich hier wirklich aus.«

»Das macht das betriebsame Leben.«

»Du hast dir doch heute den Abend freigehalten, nicht wahr?«, fragte Beezle, als Orlando seinen Bruchtalsim reanimierte. »Deine Eltern haben was geplant.«

»Oh, liebe Güte, ja, mein Geburtstagsessen. Das bedeutet, dass ich wieder diesen tschi-sin Roboterkörper anziehen muss. Conrad hat wahrscheinlich einen Luftschlauch dran angeschlossen, damit ich die Kerzen auf meinem Kuchen auspusten kann.« Es war ihm dermaßen zuwider, in dem Ding durch die Gegend zu stiefeln, dass er deswegen den Kontakt zu seinen Eltern auf ein Minimum reduziert hatte. Trotzdem hatte er bei nur drei Besuchen ein Tischbein und mehrere Vasen kaputtgemacht und versehentlich eine Tür aus den Angeln gerissen. Das Ding hatte sehr feine Handreflexe, doch ansonsten war es dafür gemacht, in Bergwerksschächten oder im Bauch versunkener Schiffe herumzustapfen, und zwar ungefähr so graziös wie ein Elefant auf Rollschuhen. Orlando wollte die beiden nicht verletzen, und Conrad war so stolz auf seine Idee, aber er konnte es einfach nicht ausstehen.

Als ob ich nicht auch so schon genug am Hals hätte. Derzeit kamen zwei Vereinsmitglieder nicht mehr aus der Haussimulation heraus, weil sie in einen bewaffneten Aufstand geraten waren, es gab in der Brontëwelt eine Programmstörung oder so etwas in der Art, die zur Folge hatte, dass die Pflanzen mutierten und das Pfarrhaus in Haworth von Fleisch fressenden Kakteen belagert wurde, und er hatte noch immer keine Ahnung, wo Livia Bard stecken mochte, und erst recht keine Erklärung für ihre abstruse Anschuldigung. *Na klar, das macht das betriebsame Leben.*

»Hast du dich schon entschieden, ob ich'n paar Subagenten in die Welt setzen darf, Boss?«

»Ich denke noch darüber nach.«

»Übernimm dich nicht! Bei so richtig schwerem Nachdenken soll sich ja schon mancher 'nen Bruch gehoben haben. Bist du bereit für deine Alten? Du hast nämlich 'ne dringende Nachricht von diesem Elrond, um die du dich vorher noch kümmern musst. Du möchtest bitte sofort nach unten kommen.«

»Herrje, hört das denn nie auf! Stell die Verbindung zu diesem verblockten Spielzeugroboter bei meinen Eltern her, ja? Sobald ich unten fertig bin, verdrück ich mich in einen Wandschrank oder so und geh direkt hin.«

»Yeah, dass es bloß keinen Bruch in der Handlung gibt.« Das hörte sich wieder verdächtig nach Sarkasmus an. »Keine Bange, Boss. Ich seh schon zu. Geh jetzt erst mal zu Elrond.«

Auf halbem Weg die zierliche Holztreppe hinunter, die sein kleines Domizil mit dem Haupttrakt verband, kam ihm der Gedanke: *Wieso zum Teufel überbringt Beezle mir eine Botschaft von Elrond? So läuft das doch gar nicht in Bruchtal.*

Alles klärte sich auf, als er in die große Halle kam, wo schon seine Mutter, sein Vater und etliche Schock Elben, Zwerge und diverse andere Mittelerdlinge auf ihn warteten.

»Überraschung!«, riefen die meisten aus. »Alles Gute zum Geburtstag!«

Orlando blieb wie vom Donner gerührt in der Tür stehen. Die Halle war mit goldenen Wimpeln behängt, und überall brannten

Kerzen. Auf Böcken stehende lange Tischplatten waren mit Speisen und Getränken beladen. Seine Mutter trat auf ihn zu, umarmte, drückte und küsste ihn. Als sie ihn wieder freigab, sah sie ihn leicht besorgt an, doch sie war auch ganz rot vor Aufregung. »Ist dir das recht? Du hast gesagt, dein Netzwerk kann Unstimmigkeiten kompensieren. Dadurch wird doch nichts verdorben, oder?«

»Ist schon in Ordnung, Vivien. Ich bin bloß … na ja, überrascht.«

Sie trug Elbentracht, ein langes Kleid in buttergelben und hellbeigen Tönen, und hatte ihre Haare mit diamantbesetzten Nadeln hochgesteckt. »Sehe ich komisch aus?«, fragte sie. »Das nette Mädchen dort hat mir diesen Haarschmuck geliehen – Arwen, so heißt sie doch, nicht wahr? Ich kann mich gar nicht mehr an sie erinnern, aber es ist auch lange her, dass ich die Bücher gelesen habe.«

»Das nette Mädchen?« Orlando musste grinsen. »Ach was, du siehst toll aus.«

Conrad kam mit einem Kelch in der Hand dazu. »Diese Zwerge sind ziemlich trinkfreudig, was? Und? Haben wir dich überrascht?«

Orlando konnte nur nicken, gleichermaßen entsetzt und gerührt. Die Party schien schon in vollem Gange zu sein. Jemand drückte ihm einen Krug Bier in die Hand. Elrond trat heran und verneigte sich vor Orlandos Eltern. »Sei gegrüßt an diesem Festtag, Tharagorn«, sagte der Elb. »Du bist stets eine Zierde für unser Haus.«

Zu Orlandos Schrecken fing Vivien an, mit Elrond zu flirten, aber der Herr des Hauses ließ es gnädig geschehen. Glücklicherweise war Conrad bereits weitergegangen, um das Deckengebälk näher in Augenschein zu nehmen – er war Hobbyzimmermann –, und so musste Orlando sich wenigstens keine Sorgen machen, dass sein Vater aus Eifersucht einen Streit mit einem Elbenherrscher vom Zaun brach.

Arwen Undómiel, Elronds Tochter, von seiner Mutter als »nettes Mädchen« bezeichnet, stand mit ihrem Geliebten Aragorn zusammen, der einen zerschlissenen Mantel umhatte und aussah, als wäre er nach einem langen Ritt eben erst eingetroffen. Der Mann, dessen Namen Orlando für seine Inkarnation in dieser Welt mehr oder weniger gestohlen hatte, wich kurz von der Seite seiner Verlobten, um Orlando die Hand zu drücken. »Alles Gute, Vetter. Lange Jahre haben wir uns nicht mehr gesehen. Ich wusste gar nicht, dass auch außerhalb der Halblingsländer Leute den Tag ihrer Geburt auf diese Weise begehen.«

»Daran sind meine Eltern schuld.«

»Von Schuld kann keine Rede sein. Es sind edle Leute.« Aragorn umarmte ihn und kehrte zu Arwen zurück, neben der jetzt auch ihre Brüder Elladan und Elrohir standen, genauso gezeichnet von den Strapazen der Reise wie Aragorn, als ob sie alle weit und schnell geritten wären, um hier zu sein. Die Elbenprinzessin grüßte Orlando mit erhobenem Glas. Er wäre geschmeichelt gewesen, wenn er nicht gewusst hätte, dass alles nur Theater war, nichts als Programmierung.

»Ich will gar nicht wissen, wie du das alles organisiert hast, Vivien«, sagte er zu seiner Mutter.

»Beezle hat geholfen.« Sie deutete auf einen kleinen, verboten aussehenden und extrem pelzfüßigen Gesellen am anderen Ende des Raumes, der eifrig dabei war, drei Zwerge aus Thal unter den Tisch zu trinken. »Er ist fast wie ein Mensch, findest du nicht?«

»Wer ist das nicht?« Er drückte sie noch einmal. »Danke. Damit hatte ich wirklich nicht gerechnet.«

Vivien wandte sich an Elrond und fragte ihn irgendetwas Häusliches – er meinte, die Worte »Küchenhilfe finden« zu verstehen –, als Orlando plötzlich auf eine bleiche Gestalt aufmerksam wurde, die sich in der Mitte der Halle einen Weg durch die Menge bahnte. Im ersten Moment konnte er nur fassungslos gaffen, weil ihm nicht einfallen wollte, welche Tolkienfigur sie darstellte, woher er sie kannte.

»O Gott!«, sagte er. »*Sie* ist das!«

Bevor Vivien ihre Frage, wo er hinwollte, beenden konnte, war er bereits durch den Raum geeilt und fing die Frau in Weiß ab, als sie gerade die Kaminhalle betreten wollte. Der flackernde Flammenschein verlieh ihr ein gespenstisches Aussehen, aber falls es nicht Livia Bard höchstselbst war, die da vor ihm stand, dann war es ihr exaktes Ebenbild.

Verdutzt und sogar ein wenig erschrocken blickte sie ihn an, als er auf sie zutrat. »Was willlst du von mir?«

Er begriff, dass seine Miene einem anderen wahrscheinlich einen schönen Schrecken einjagen konnte. Dass sie nach monatelanger Suche einfach an ihm vorbeispazierte …! »Fräulein Bard. Livia. Ich suche dich schon seit längerem.«

Sie drehte sich ihm zu, und er bekam einen zweiten Schock. Unter dem lockeren weißen Kleid war sie ganz unverkennbar hochschwanger. »Wer bist du?« Sie musterte ihn, und ihre Augen verengten sich. »Kann das sein? Bist du es wirklich …?«

Und damit verschwand sie abermals.

»Beezle!«, brüllte er. »Das war sie! Sie war hier, und dann ist sie verschwunden! Wo ist sie hin?«

»Ich hab keinen Dunst, Boss. Warte, ich roll eben mal Snori von mir runter, dann bin ich sofort zur Stelle.«

Als seine Eltern und sein treuer Softwareagent schließlich bei ihm waren, kniete Orlando in der Kaminhalle auf dem Boden und drosch mit den Fäusten wütend auf die Dielen ein. Conrad und Vivien schlugen vor, die Feier abzubrechen, doch Orlando wusste, dass sie ebenso sehr für sie wie für ihn stattfand, und so rappelte er sich auf und ließ sich zu dem Gelage zurückführen.

Aber trotz aller Vergnügungen und Zerstreuungen, die ein festlich gestimmtes Bruchtal zu bieten hatte, bekam er kaum mit, was um ihn herum vorging. Sobald es der Anstand halbwegs zuließ, entschuldigte er sich und begab sich zu Bett, wobei er auf dem Weg in seine Gemächer noch kurz ein paar Worte mit Beezle wechselte.

»Okay, du hast mein Einverständnis – ich bin mit meinem Latein am Ende. Du kannst deine kleine Armee von Subagenten zusammenschustern. Aber tu mir den Gefallen und mach keine Krabbler aus ihnen, ja? Ich werde Kunohara aufsuchen müssen, und danach wird mein Bedarf an Insekten und Ähnlichem auf Jahre gedeckt sein.«

»Alles klar, Boss.«

Orlando legte sich schlafen. Beezle blieb noch lange auf und trank mit den Zwergen aus Thal um die Wette. Er zeigte ihnen, wie man mehrere komplette Strophen des Liedes der Königin Berúthiel rülpste, und außerdem, dass es einen Punkt gibt, an dem selbst Zwerge zu trinken aufhören sollten.

Elben beklagen sich nie, aber Elronds Diener hatten am nächsten Morgen eine heillose Schweinerei aufzuwischen.

»Herr Gardiner, ich freue mich stets, dich zu sehen, aber ich hoffe auf dein Verständnis.« Kunohara bedeutete ihm, auf einem der Stühle auf dem Balkon Platz zu nehmen, von wo aus der Blick über eine ungeheuer weite Flur mannshoher Gräser hin zu einem gigantischen Gestrüppwald wanderte, der sich dahinter erhob wie eine Riesenwelle von Hokusai. Er war ein kleiner, adretter Mann in modern geschnittenem Kimono und anscheinend mittlerem Alter, jedenfalls vermittelte sein Sim mit den grauen Strähnen in Haupt- und Barthaar immer diesen Eindruck. »Meine Zeit ist momentan sehr knapp bemessen. Ein Neffe von mir – kaum aus der Pubertät heraus, kommt es mir vor – führt eine feindliche

Übernahme gegen mich an. Der Vorwurf lautet, dass das Geld des Familienunternehmens in zu großem Umfang in die ›Vergnügungen des Vorsitzenden‹ fließt, wie die lieben Verwandten es ausdrücken. Womit ich gemeint bin, und diese Simulation wäre wohl eine besagter Vergnügungen, nur wissen sie nicht, dass sie noch existiert.« Er blickte finster. »Das Unternehmen wurde mit meinen Patenten aufgebaut, doch sie bilden sich ein, sie könnten es mir wegnehmen. Ich werde sie zermalmen, versteht sich, aber es ist betrüblich für die Familie und ärgerlich für mich. Die Sache frisst viel von meinen Mitteln.«

Orlando nickte. »Ich weiß es zu schätzen, dass du dir Zeit für mich genommen hast.« Er war mit Hideki Kunohara noch nie richtig warm geworden, zumal er ihn auch von früher nicht so gut kannte wie einige seiner anderen Gefährten; Kunohara hatte eine Art, niemals richtig vorhanden zu sein, selbst wenn er direkt vor einem saß und allem Anschein nach liebenswürdig und offen mit einem plauderte. Orlando hatte sich immer gefragt, was der Mann tatsächlich dachte, und ihm wegen dieser Unsicherheit niemals restlos vertraut, aber nach Sellars' Fortgang war Kunohara jetzt derjenige, der die tiefere Logik des Systems besser als jeder andere lebende Mensch verstand.

Sofern man dabei von Logik sprechen kann, dachte Orlando missmutig.

»Ich habe mir deine Mitteilungen angeschaut«, sagte Kunohara und unterbrach sich dann plötzlich, um zu beobachten, wie ein phantastischer orangeschwarzer Schmetterling von der Größe eines kleinen Flugzeugs in ihr Blickfeld niederflatterte, beinahe den Boden berührte und mit im Sonnenschein leuchtenden Flügeln wieder aufstieg. »Ein Heliconius«, erklärte er, »numata, wie es aussieht. Nett, sie so nahe bei der Station zu sehen.«

Hideki Kunoharas Haus war ein frisch renoviertes Riesengebäude, das man sich, wenn überhaupt, nur von einem könig lichen Hofstaat bewohnt vorstellen konnte, wenigstens wäre das in der wirklichen Welt so gewesen, wo die Leute von so kleinlichen Beschränkungen wie den physikalischen Gesetzen behindert wurden. In einem Privatknoten jedoch, in dem man sich augenblicklich von einem Ort an den anderen versetzen konnte, war Größe kein Thema. Das Haus war früher eine Forschungsstation gewesen, die Kunohara an staatliche Stellen und die biologischen Fachbereiche etlicher Universitäten vermietet hatte, weil alle Besucher seiner Welt dort kleiner erschienen als die meisten der Insekten und sonstigen wirbellosen Tiere. Es war eine faszinierende, wenn auch gelegentlich erschreckende Perspektive. Während der Störungen im Netzwerk hatten Wanderameisen die Forschungsstation vernichtet und auch alle menschlichen Sims darin getötet. Auch Kunoharas Privathaus hatte dran glauben müssen. Der Balkon, auf dem er und Orlando im Augenblick saßen, war ursprünglich einer der erhöhten Beobachtungsposten an der Südwand des Hauptgebäudes gewesen. Während sie sich unterhielten, wurde Orlando zum Zeugen, wie alle möglichen monströsen Tiere im abschüssigen Gelände unter ihnen fraßen oder gefressen wurden, darunter auch Vögel von der Größe eines Passagierjets, die Würmer, lang wie eine ganze U-Bahn, aus dem taufeuchten Boden zerrten.

»Wie gesagt, ich habe deine Mitteilungen gelesen und kann letztlich nicht viel dazu sagen, Herr Gardiner. Hast du die Möglichkeit in Betracht gezogen, dass sie jemand von außen sein könnte? Eine reale Person, die irgendwie deinen Namen herausgefunden hat, oder sogar eine, die dich kennt und dir einen Streich spielen will?«

»Das wäre schlimmer als das Rätsel, mit dem wir es zu tun haben«, meinte Orlando. »Denn wenn es keiner von meinen Freunden ist – und ich kann mir nicht recht vorstellen, dass einer von ihnen so was lustig fände –, würde das bedeuten, dass unser

Schutzwall durchbrochen ist. Noch gehen wir davon aus, dass dieses Netzwerk ein Geheimnis ist.«

»Und es gibt ein paar Außenstehende, die uns aktiv dabei unterstützen, es als ein dezentrales Netzwerk aufrecht zu erhalten.«

»Sicher, aber selbst diese Leute wissen nichts von mir.«

Kunohara nickte. »Die Möglichkeit, dass hier ein Außenstehender am Werk ist, erscheint gering, das muss ich zugeben.«

»Ich denke, es muss einen Schatten-Orlando geben, auch wenn ich vorher noch nie einen gesehen oder auch nur andeutungsweise von einem gehört habe.«

»Das würde ebenfalls Fragen aufwerfen, Herr Gardiner. Es kann durchaus sein, dass es einen Doppelgänger von dir gibt, und es kann auch sein, dass er fast drei Jahre lang deiner Aufmerksamkeit entgangen ist, so groß, wie das Netzwerk ist. Es kann sogar sein, dass dieser Doppelgänger deinen richtigen Namen benutzt und dass er uns trotzdem nicht auffällt. Aber eine Frage bleibt bestehen, die beantwortet werden muss, bevor wir diese Hypothese als gültige Theorie akzeptieren können.«

»Ich weiß.« Orlando beäugte zwei Fliegen – waren es Fliegen?–, die sich über den Spitzen der baumhohen Gräser gegenseitig jagten, taxigroße schillernde Brummer, die einen Pas de deux in der Luft vollführten, dass ihre glasartigen Flügel im Licht nur so blitzten. Er war kein großer Freund von Insekten, erst recht nicht, wenn diese Insekten wesentlich größer waren als er, aber in Augenblicken wie diesem konnte er Kunoharas Welt beinahe verstehen, wenn schon nicht Kunohara selbst. »Das Problem mit der Theorie vom Schatten-Orlando ist, woher sie wusste, dass *ich* etwas mit Orlando Gardiner zu tun habe, als sie mich in der Wodehousewelt aufspürte – und wie sie es anstellte, mich in der Tolkienwelt abermals aufzuspüren. Wie konnte sie mich ausfindig machen?«

»Die von Felix Jongleurs Tochter abgenommenen Kopien sind

wirklich bemerkenswert, wie du weißt«, sagte Kunohara. »Einige der Avialleschatten scheinen nach Belieben von einer Simulation in die andere wechseln zu können. Andere können zwischen den Simulationen hin und her reisen, aber nur auf die konventionelle Art deiner Weltenfahrer, durch Gateways. Und einige der Avialles verlassen ihre Heimatsimulationen anscheinend überhaupt nie, dafür bekleiden diese Versionen in ihren Welten meistens irgendeine mächtige oder sonst wie herausragende Position.«

»Ja, wie die eine, der wir in der Küchenwelt im Eisschrank begegnet sind. Ich vermute, dass die ursprüngliche Avialle – die reale Person – für das alte Betriebssystem voll wichtig war, vielleicht sind darum ja alle ihre Schatten immer noch wichtig für das System.« Irgendetwas wühlte in ihm, ein Gedanke, der nicht recht Gestalt annehmen wollte. »Aber warum? Wo wir doch jetzt ein völlig anderes Betriebssystem haben, oder nicht?«

»In gewisser Hinsicht sicherlich, aber es ist leider noch viel komplizierter.« Kunohara schnalzte mit der Zunge. »Nicht alle Überreste des alten Betriebssystems, der armen gefolterten Kreatur, die der Andere genannt wurde, ließen sich aus dem Netzwerk entfernen. Unter anderem deshalb haben wir seinerzeit vermutet, einige seiner Versuche, so etwas wie Leben zu schaffen – so geschehen etwa mit dem Rohmaterial von Sellars' Experimenten –, könnten sich im ganzen Netzwerk verbreitet und es in etwas qualitativ Neues verwandelt haben. In ein lebendes, entwicklungsfähiges Wesen.«

»Aber der Verdacht hat sich nicht bestätigt. Das betonst du doch immer wieder.«

»Richtig, es gibt keinerlei Anzeichen dafür. Es sind keine anderen Informationswesen aufgetreten als diejenigen, die es damals hervorgebracht hat, und die sind verschwunden. Und nichts deutet darauf hin, dass der Entwicklungsprozess variieren und neu einsetzen könnte – nicht das Geringste. Du kannst mir glauben,

Herr Gardiner, die Wandlungsformen des Lebens und nunmehr auch des Pseudolebens sind meine Passion, und ich habe dieses Netzwerk lange und konzentriert nach Anhaltspunkten dafür untersucht. Es ist eine unglaublich komplexe Schöpfung, aber im Wesentlichen ist es geworden, was jedes andere Netzwerk auch ist: ein lebloses Kunstprodukt. Ich fürchte, mit dem Tod des Anderen und dem Entweichen seiner Informationswesen in den Weltraum ist das Netzwerk jetzt faktisch tot.«

Orlando hatte das im Großen und Ganzen schon vorher gewusst – schließlich machte ihm die Monotonie des Ganzen, das Fehlen wirklicher Veränderungen, schon seit Monaten zu schaffen –, doch es derart kategorisch von Kunohara gesagt zu bekommen war ein wenig wie ein Schlag in die Magengrube. »Aber die Sims selbst pflanzen sich in ihren Simwelten fort. Sie kriegen Kinder. Die Tiere bekommen Junge. Schau dir deine Insekten hier an – sie legen Eier, nicht wahr? Aus denen kleine Rieseninsekten schlüpfen.«

»Ja, aber nur innerhalb der Matrix der Simulationen. Es gehört zum Programm, dass die Sims sich scheinbar fortpflanzen, aber deren Nachkommen besitzen etwa so viel Lebenswirklichkeit wie ein Kind, dessen Geburt lediglich in einer Erzählung beschrieben wird. Neues Leben in diesem System ist stets ein Konstrukt. Nimm zum Beispiel deine Avialleschatten: Einige von ihnen sind ständig schwanger, so wahrscheinlich auch derjenige, nach dem du suchst. Das ist keine echte Schwangerschaft, sondern eine einprogrammierte Eigenschaft, ähnlich wie die Haarfarbe eines Sims oder seine Fähigkeit, so und so schnell zu laufen.«

»Aber als sie mir das letzte Mal über den Weg lief, sah sie tatsächlich schwanger aus! Bei keinem der Avialleschatten kommt es sonst dazu, dass man ihm die Schwangerschaft ansieht. Das habe ich deinen eigenen Randnotizen entnommen.«

Kunohara schüttelte den Kopf. »Herr Gardiner, du bist ein

intelligenter junger Mann und ein ausgezeichneter Hüter der Netzwerkwelten, und ich bin sicher, dass Patrick Sellars, wo er im Augenblick auch sein mag, stolz darauf ist, dass er dich ausgewählt hat, aber du bist kein Wissenschaftler, jedenfalls noch nicht. Weißt du mit Sicherheit, dass sie tatsächlich den Bauch einer hochschwangeren Frau hatte, oder stützt sich diese Behauptung allein darauf, was du wenige Sekunden lang aus mehreren Metern Entfernung gesehen hast? Die simulierten Personen können psychisch beinahe so komplex sein wie richtige Menschen. Vielleicht hat sie das Gefühl, ein Kind in sich zu tragen, aber ihr Bauch wird nicht dicker – er wird niemals dicker werden, aber das weiß sie nicht –, und so stopft sie ihr Kleid mit einem Kissen oder etwas Ähnlichem aus, vielleicht zu ihrer eigenen Beruhigung. Nein, Herr Gardiner, mein Freund, wenn du oder ich sie untersuchen und feststellen können, dass sie tatsächlich in anderen Umständen ist, dann können wir anfangen, darüber nachzudenken, in welcher Beziehung sie sich von den anderen Avialle-Jongleur-Schatten unterscheidet. Bis dahin rate ich dir, keine vorschnellen Schlüsse zu ziehen.«

Orlando schätzte es nicht besonders, schulmeisterlich belehrt zu werden. »Also deiner Meinung nach steckt hinter diesem ganzen absurden Kuddelmuddel nur einer von vielen hysterischen Avialleklonen, der irgendwie an meinen Namen gekommen ist, weiter nichts.«

»Ich äußere mich nicht dazu, was es *ist*, Herr Gardiner, weil ich dafür nicht genug Informationen habe.« Kunohara legte die Fingerspitzen zusammen und schüttelte langsam den Kopf. »Ich teile dir mit, was ich vermute und was ich stark bezweifle. Leute haben Billionen Krediteinheiten in dieses Netzwerk investiert, um alles so real wie möglich *erscheinen* zu lassen, aber bitte bringe Schein und Sein nicht durcheinander, und verwechsle vor allem nicht den Schein der Fortpflanzung und anderer Symptome des Lebens, einerlei wie täuschend, mit wirklicher Fortpflanzung und wirklichem Leben. Das Leben ist ein sehr hartnäckiges Phänomen, das sich mittels einer erstaunlichen Vielfalt von Strategien zu erhalten sucht. Dieses Netzwerk tut nichts anderes, als solche Prozesse nachzuahmen, um für seine menschlichen Benutzer eine naturgetreue Umwelt zu erzeugen. Aber die Kluft zwischen der simulierten Sache und dem tatsächlichen Vorgang ist in Wahrheit riesig. Und jetzt entschuldige mich, ich habe meine Anwälte bereits eine halbe Stunde warten lassen.«

Orlando bedankte sich, doch Kunohara war schon bei seinem Anruf und nickte nur. Orlando ließ ihn seine Selbstgespräche führen – so sah es jedenfalls aus – und dabei den Blick über das extrem überdimensionierte Reich des Mannes schweifen. Blumen, hoch wie Mammutbäume, knarrten und schwankten in der auffrischenden Brise.

Als Orlando in sein Schlafzimmer in Bruchtal zurückkehrte, wurde er dort schon von Beezle Bug erwartet. Der Notwendigkeit enthoben, für die elbische Öffentlichkeit die Fassade aufrecht zu erhalten, verzichtete der Agent darauf, sich als Hobbit zu maskieren, und erschien wieder in seiner gewohnten Gestalt, die ein schwarzer Staubwedel mit Augen, eine Zeichentrickspinne oder gar ein besonders skurriler dreidimensionaler Rorschach-Tintenklecks hätte sein können. Beezles natürliche Schönheit wurde heute noch von einem schlappen gestreiften Zylinder gekrönt. Bei Orlandos Ankunft grinste er zähnefletschend und vollführte einen kleinen vielbeinigen Tanz.

»Du bist gut gelaunt, wie es aussieht.«

»Du klingst so, als wärst du es nicht, Boss. Hat der Besuch bei Kunohara nichts gebracht?«

»Nichts, was die Sache klarer gemacht hätte. Er denkt wahrscheinlich, dass ich überreagiere.«

»Na, ich weiß was, das dich aufheitern wird. Du kannst meine Truppe kennen lernen.«

»Deine was? Ach so, die Subagenten. Hör zu, Beezle, ich glaube nicht, dass ich im Augenblick versessen darauf bin, mich von einem Haufen Krabblern umwuseln zu lassen …«

»Ha, ich hab aber bereits dein Einverständnis!« Der Agent zog schwungvoll den Hut, und eine Horde kleiner Wesen kam herausgeströmt. In Sekundenschnelle hatten sie den Fußboden rings um Orlando überflutet. »Ich hab die Idee aus der Dr.-Seuss-Welt geklaut. Darf ich vorstellen: Kätzlein A1 bis A99, B1 bis B99, C1 bis C99 …«

»Ich hab das Prinzip begriffen.« Orlando stand bereits knöcheltief in einer Lagune aus winzigen Katzen mit Hut. »Ich muss nicht alle zweitausendsechshundert namentlich vorgestellt bekommen. Wahrscheinlich kann ich noch von Glück sagen, dass du deine Idee nicht aus *Hop on Pop* gestohlen hast.« Er musterte misstrauisch die kleinen Katzen, die mittlerweile am Bettzeug emporkraxelten und auf seinem Kissen Trampolin spielten. »Wie um alles in der Welt sollen diese Kreaturen diskret die Informationen besorgen, die wir brauchen? So richtig unauffällig sind sie nicht gerade, was?«

»Boss, Boss.« Wenn Beezle einen Hals gehabt hätte, hätte er wohl den Kopf geschüttelt. Stattdessen machte er so etwas wie eine schlenkernde Hulabewegung. »Das sind meine Subagenten. Du glaubst doch nicht, dass ich so aussehe, wenn ich Informationen nachgehe, nicht wahr? Oder dass ich dabei überhaupt irgendwie aussehe. Ich bin Gear, gutes Gear. Ich schalt mich direkt auf Maschinenebene mit dem Zeug zusammen, und die machen es genauso. Ich dachte bloß, die Berichte wären auf die Art witziger.«

»Klasse.« Beezle war der Zweite in einer Stunde – oder *das* Zweite –, der ihm erklärte, dass er den Fehler beging, Dinge nach ihrem äußeren Anschein zu beurteilen. Das Netzwerk verleitete einen dazu, denn es war Zeit und Geld genug darauf verwandt worden, die Welten lebensecht erscheinen zu lassen. Bei dem Gedanken blickte Orlando auf sein virtuelles Handgelenk, sein Tharagornhandgelenk, da er sich gerade in Bruchtal befand, und auf das virtuelle Freundschaftsband, das er jetzt daran trug. Es sah aus wie ein echtes Armband, war es aber nicht; es war nicht im Geringsten echt, doch es bedeutete ihm genauso viel wie ein wirkliches Stück bearbeitetes Metall, wenn nicht mehr, weil die Freundschaft, die es symbolisierte, echt war.

Irgendwie lag darin der Kern einer Idee, etwas, worüber er nachdenken musste, aber er wurde von dem lebenden Teppich abgelenkt, der sich urplötzlich in eine wirbelnde Wolke klitzekleiner Katzen verwandelte und mit einem lauten Knall wieder in Beezles Hut verschwand. »He, Boss, ich hab vergessen, dir was auszurichten. Sie brauchen dich noch mal in der Wodehousesimulation – irgendwer hat in deinem Fach im Club eine Nachricht hinterlassen.«

»Aber bis zur nächsten Sitzung sind es noch Wochen hin.«

»Krisensitzung des Lenkungsausschusses, und du bist turnusmäßig an der Reihe.«

»Ich hab keine Zeit. Schick für mich eine Entschuldigung.«

»Vielleicht solltest du lieber hingehen. Sie wollen diesen Dingsbums abservieren, de Limoux, den Vorsitzenden.«

»Wieso das?«

»Anscheinend bekommen zwei Frauen aus dem Verein Kinder, und sie behaupten, dass er der Vater sei.«

»Ich habe nichts mit ihnen gehabt!« Sir Reginald war beinahe weiß vor Zorn. »Mit keiner von beiden! Frau Hayes kenne ich kaum, und ich verabscheue Maisie Macapan. Das weiß jeder.«

Was Orlando anbelangte, so kannte er die erste Dame kaum:

Sie war eine stille, farblose Frau, die ihre Simexistenz vielleicht frühen Zubehörtests einer der Ingenieurinnen des Gralsprojekts zu verdanken hatte. Die Zweite war ein Schatten von Ymona Dedoblanco, die als einzige Frau im inneren Kreis der Gralsbruderschaft tätig gewesen war. Die wirkliche Person hatte man mit Recht als ein Monster bezeichnen können, aber ihr Schatten schien lediglich einige ihrer weniger mörderischen, wenn auch durchaus nervtötenden Eigenschaften zu besitzen, vor allen Dingen eine Selbstverliebtheit, die schon an Größenwahn grenzte. Wie ihr Vorbild war sie zudem reichlich mit Ehrgeiz gesegnet, weshalb sie und der Jongleurschatten Sir Reginald sich häufig in die Wolle bekamen.

»Warum sind die beiden Frauen nicht hier?«, fragte Orlando. »Sollte de Limoux nicht Gelegenheit bekommen, seinen Anklägerinnen entgegenzutreten?«

»Roland, Sie sind ein Ehrenmann«, sagte Sir Reginald. »Ja, wo sind sie? Wieso diese anmaßende Untersuchung auf der Grundlage von Anschuldigungen, die ganz offensichtlich absurd sind? Jeder weiß, dass ich ein glücklich verheirateter Mann bin, der Frau und Kinder im Paris des Fin de Siècle hat.«

»Auch glücklich verheiratete Männer können fremdgehen«, bemerkte ein schnurrbärtiger Reisender namens Renzi, den Orlando in Verdacht hatte, ebenfalls der Schatten eines an der Entwicklung des Netzwerks beteiligten Ingenieurs zu sein oder möglicherweise sogar eine extrem entartete Version seines Freundes Paul Jonas.

»Aber nicht mit dieser Macapan!« De Limoux schien die Vorstellung beleidigender zu finden als die Anklage an sich. »Eher würde ich mich in einen Käfig mit einer hungrigen Löwin werfen.«

»Die Frauen sind beide unpässlich, Herr Roland«, erklärte Renzi Orlando. »Und ihre Geschichten, muss man sagen, sind ein bisschen konfus. Aber beide schwören, dass ihre Vorwürfe der Wahrheit entsprechen, und auch wenn Fräulein Macapan, wie man weiß, Sir Reginald nicht eben gut leiden kann, kommt mir Frau Hayes nicht wie eine vor, die sich so etwas aus den Fingern saugen würde.«

»Es sei denn, diese Hexe hätte sie bestochen«, fauchte de Limoux. »Sie würde alles tun, um sich selbst zur Vorsitzenden zu machen.«

»Wenn sie eine bestechen kann, kann sie auch zwei bestechen«, meinte Orlando. »Falls sie es nur darauf anlegt, Ihren Ruf zu ruinieren, Sir Reginald, ist es merkwürdig, dass sie sich selbst als eines der Opfer ausgibt, wo doch alle wissen, dass sie nicht sehr gut auf Sie zu sprechen ist.«

»Sie wollen doch damit nicht sagen, dass Sie diesen Quatsch glauben, Herr Roland?«

»Ich glaube weder das eine noch das andere, Sir Reginald. Dazu habe ich nicht genug Informationen. Ich habe nur laut gedacht.«

Danach ließ er die anderen reden, weil die Idee vom gestrigen Abend in ihm weiterarbeitete. Selbst in ihrer frühesten Gestalt war es eine höchst absonderliche Idee.

Er hatte die Reiseaufzeichnungen der drei betroffenen Mitglieder des Weltenfahrervereins in Papierform – von Hand mit Tinte vollgeschriebene Seiten in Lederbänden, wie es sich für die Simulation gehörte – auf dem Holztisch ausgebreitet, den er in Bruchtal für Schreibarbeiten benutzte. Ein Jahr zuvor hatte Orlando im Hintergrund ein paar Fäden gezogen, damit ein Paragraph in die Satzung aufgenommen wurde, der alle Mitglieder anwies, auf ihren Reisen Tagebuch zu führen und diese Berichte in der Vereinsbibliothek im Drones Club einsehbar zu machen, und jetzt war er froh darüber.

Orlando war an de Limoux und seinen beiden Anklägerinnen etwas sehr Interessantes aufgefallen, und er hatte eine kleine Skizze gezeichnet, um einen Überblick über ihr Kommen und Gehen zu erhalten. Soeben hatte sich sein Verdacht bestätigt, und er starrte die Skizze an und kaute einigermaßen konsterniert an seinem Bleistift, als er die Stimme seines Agenten im Ohr hörte.

»Boss?«

»Lass mich raten, Beezle. Du hast Neuigkeiten für mich. Es gibt die nächste Schwangerschaft im Verein, und wieder streitet der Beschuldigte alles ab.«

Nach kurzem Stutzen sagte der Agent: *»He, verdammt gut, Boss. Woher weißt du das mit dem Verein?«*

»Ich bin dabei, das eine oder andere zu erraten.«

»Willst du wissen, wer es ist?«

»Falls ich richtig rate, spielt das keine Rolle. Lass mich in Frieden weiterarbeiten, Beezle. Ich sag dir Bescheid, wenn ich dich brauche, und das dürfte sehr bald der Fall sein.«

»Boss?«

»Beezle, ich versuche, mich zu konzentrieren. Danke, dass du mir Bescheid gesagt hast, und jetzt hau ab, okay?«

»Es ist wichtig, Boss.«

Orlando seufzte. »Was gibt's?«

»Es geht um die Kätzlein N42 und N45 – zwei meiner Subagenten, ja? Ich dachte, du möchtest ihnen vielleicht eine kleine Freude machen. Eine Jahresrate Fischköpfe oder so was.«

»Fischköpfe …? Beezle, du machst mich wahnsinnig. Was soll der Quatsch?«

»Als Belohnung, dachte ich. Dafür, dass sie deine Freundin gefunden haben.«

»Sie …« Er fuhr auf. »Bist du sicher?«

»Avialleschatten, dunkle Locken, offensichtlich schwanger. Yeah, so ziemlich.«

»Fischköpfe für alle. Nein, sie sollen die ganzen Fische haben. Wo?«

»In einer Wohnung in Old Chicago, ausgerechnet. Wir glauben nicht, dass sie schon lange da wohnt. Ich hab dir die Adresse geschickt, es ist leicht zu finden. Es liegt über einem Club in der 37th Street Ecke Giles Avenue.«

»Bin schon da.«

Und das war er, denn ein subvokalisierter Befehl brachte ihn rascher und sicherer in das Herz der Simwelt als jeder fliegende Teppich. Manchmal war es ganz angenehm, ein Gott zu sein.

Die 37th Street war laut und belebt. Es waren nirgends Gangster à la Al Capone zu sehen, wie Orlando sie gemeinhin mit Old Chicago assoziierte, aber auf den Bürgersteigen drängten sich ziemlich viele normale Leute unterschiedlicher Hautfarbe. Alle waren fein gekleidet wie für ein besonderes Ereignis, alle Männer mit Krawatten, die Frauen in Abendkleidern. Die Wohnung befand sich über einem Club, der Toothy's Free-For-All hieß und über dessen Eingang ein surrender Neonröhrenmund grinste. Ein halbes Dutzend schwarze Männer in edlen, breitschultrigen Anzügen standen rauchend, redend und zum verhangenen Himmel aufblickend unter dem Vordach und versperrten dabei ganz zufällig die Treppe des Mietshauses neben der Clubtür. Orlando fragte sich, ob die Männer vielleicht Gangster seien. Er war sich nicht einmal sicher, ob es in Old Chicago schon afroamerikanische Gangster gegeben hatte, aber er wollte keine Zeit mit unnötigen Scherereien vergeuden. Leider war der einzige Sim, den er für die Chicagoer Welt parat hatte, unübersehbar europid und, wenn auch einigermaßen groß und stark, eher darauf berechnet, nicht aufzufallen, als andere Leute abzuschrecken. Aber die Männer vor der Tür schienen viel mehr an der Zigarette interessiert zu sein, die sie unter sich herumgehen ließen; sie nahmen kaum von ihm Notiz, als er sich zwischen ihnen hindurchschob und die schmale Treppe hinaufstieg.

»Missy kriegt Herrenbesuch, scheint's«, bemerkte einer hinter Orlando.

»Ist nicht der erste, den die Kleine kriegt«, meinte ein anderer, und die Männer lachten leise.

Im Flur roch es schwach nach Schimmel, und der Läufer war vom Schmutz der Jahre so dunkel, dass er nicht einmal mehr sein Muster erkennen konnte, obwohl er sicher war, dass er eines hatte. Er klopfte an die Tür mit der Nummer, die Beezle ihm gegeben hatte.

Sie machte mit vorgelegter Kette auf. Ihre Augen wurden weit. Sie ließ ihn hinein, wirkte aber, als ob sie schlafwandelte: Sie war sichtlich verängstigt und verwirrt. Sie trug einen blassblauen gesteppten Morgenrock, und ihre Haare hingen ihr offen über die Schultern.

»Wer sind Sie?«, fragte sie.

Wenn sie verwirrt war, dann war er es erst recht. »Wer sind *Sie*?« Doch er wusste, wer sie war, sie war ein Avialle-Jongleur-Schatten – die dunklen Locken, die großen Augen und besonders die Stimme hatten alle Zweifel beseitigt. Und, wie Beezle bemerkt hatte, sie war ganz offensichtlich schwanger. Das Problem war, sie war nicht *sein* Avialle-Jongleur-Schatten, und die Unterschiede waren unübersehbar. Von den ähnlichen Haaren und Augen abgesehen war dies eine völlig andere Frau.

»Ich … ich heiße Violet Jergens.« Sie schien kurz davor, in Tränen auszubrechen. »Was wollen Sie? Sie kommen mir irgendwie bekannt vor.«

Ihm fiel nichts anderes ein, und so ging er aufs Ganze. »Ich bin Orlando Gardiner.«

Im ersten Moment schien sich ihre Miene zum staunenden und freudigen Heiligabendgesicht eines Kindes aufhellen zu wollen, dann verblasste ihr Lächeln, und Befremden und Angst traten wieder an seine Stelle. »Ich … ich habe von dem Tag geträumt, an dem Orlando zu mir zurückkommen würde, an dem wir eine Familie sein würden. Aber Sie habe ich noch nie gesehen.« Sie wich zurück, hob abwehrend die Hände. »Bitte, wer Sie auch sein mögen, tun Sie mir nichts!«

Orlando schüttelte den Kopf. Er hatte sich eine Theorie zurechtgelegt gehabt, die ihm sehr verheißungsvoll erschienen war, doch jetzt war er wieder verunsichert. »Beruhigen Sie sich. Ihnen wird nichts geschehen.« Vielleicht war seine Idee doch nicht ganz verkehrt. Er beschloss, ihr dieselbe Frage zu stellen, die er Livia Bard gestellt hätte. »Sagen Sie mir nur eines: Wie sieht Orlando Gardiner aus?«

Die Frage schien sie zu erbosen, doch gleich darauf veränderte sich ihr Gesicht. »Ich … Es ist alles sehr hart für mich in letzter Zeit. Das Ganze ist … Ich würde …«

»Sie können sich nicht erinnern, stimmt's?«

Jetzt weinte sie. »Es geht mir nicht gut.«

Er sah die Chance, in einem weiteren Punkt Gewissheit zu erlangen. »Sie müssen mir jetzt vertrauen. Darf ich … darf ich mal Ihren Bauch fühlen?«

»Was?«

»Ich schwöre, ich werde weder Ihnen noch dem Baby etwas tun, Fräulein Jergens. Bitte. Ich verspreche, ich werde ganz vorsichtig sein.«

Sie willigte nicht ein, aber sie wich auch nicht zurück, als er näher trat. Er streckte langsam die Hand aus und legte sie auf ihren runden Bauch, der ihren Morgenrock aufbauschte wie ein Segel im Wind. Die Wölbung war fest und, soweit er feststellen konnte, von warmem Leben erfüllt.

Es wunderte ihn nicht im Geringsten, als Violet Jergens urplötzlich aus ihrer Wohnung verschwand wie eine platzende

Seifenblase. Er machte sich nicht die Mühe, auf der 37th Street oder sonst wo nach ihr zu suchen. Er musste sie nicht ausfindig machen, so war er sich langsam sicher, weil er sie mit hoher Wahrscheinlichkeit wiedersehen würde, und andere ihrer Art auch.

Kunohara, dachte er, *du bist mir Abbitte schuldig.*

»Ich kapier's nicht«, sagte Sam. »Jetzt denkt also *noch* eine von diesen Avialles, du wärst der Vater ihres Kindes?« Sie redete am Fon mit ihm, weil sie mitten in der Abschlussprüfung steckte und sich keine sehr lange Lernpause leisten konnte. Es war irgendwie nett, fand Orlando, dass sie schlicht von zwei verschiedenen Orten aus von Angesicht zu Angesicht miteinander sprachen. Er konnte sich fast einreden, wieder in der wirklichen Welt zu sein, nur dass Sam Fredericks in West Virginia war und er im Augenblick in Atlantis – das hieß, er schwebte über dem nassen Grab der Stadt und bereinigte ein Problem mit der Wellenbewegung, bevor sie dem Meer entstieg und ihren Zyklus wieder von vorn antrat. »Was läuft da?«

»Ich hab noch mal bei Kunohara vobeigeschaut. Wir glauben, wir haben die Nuss endlich geknackt.« Er konnte sich nicht verkneifen hinzuzufügen: »Zum größten Teil hab ich sie geknackt, aber er ist meiner Meinung, und bei einer Sache, wo ich nicht weitergekommen bin, ist ihm etwas eingefallen. Was bei mir den Anstoß gab, waren die Schwangerschaften im Weltenfahrerverein – es sind übrigens mittlerweile sechs oder sieben. Mir ist noch nicht klar, wie ich das Schlamassel dort in Ordnung bringen soll. Alle sind voll durchgescännt, Anklagen werden erhoben und bestritten, Sitzungen platzen, und einige drohen mit gerichtlichen Schritten. Und der Witz ist, dass genau wie bei mir und den Avialleschatten alle im Recht sind.«

»Halt mal.« Sam legte ihr Buch hin. »Ich führe hier schon den ganzen Tag für meine Chemieprüfung einen Kampf auf Leben und Tod mit kolligativen Eigenschaften, aber das ist ja noch schlimmer. Was soll das heißen, alle sind im Recht? Du hast gesagt, du hättest die Frau vorher nie gesehen, von Schäferstündchen ganz zu schweigen.«

Orlando schüttelte den Kopf. »Da war nichts. Mit der andern genauso wenig, und mit ziemlicher Sicherheit werden noch mehr kommen. Und der Vereinsvorsitzende de Limoux hat sich nicht plötzlich in seine Erzfeindin Maisie Macapan verknallt und ihr Mutterfreuden beschert – und trotzdem hat er genau das getan.«

»Das meine ich – du schwafelst totalen Scänblaff, Gardiner. Du blaffst zum Mond und zurück, und dann machst du noch einen kleine Umweg über Blaffonesien. Ich hab keine Ahnung, wovon du redest.«

»Kunohara hat mich neulich darauf gebracht. Er warf mir vor, dass ich Schein mit Sein verwechsele, und sagte so was wie: ›*Du darfst nie unterschätzen, wie viele Strategien das Leben zu seiner Erhaltung einsetzt, Herr Gardiner.*‹ Auf seine typische nervige Art. Na ja, mich nervt sie jedenfalls. Und das hat mich noch mal darüber nachdenken lassen, wie unheimlich komplex dieses Netzwerk von jeher ist. Das ursprüngliche Betriebssystem, der Andere, hat aus Informationsviren und -antiviren tatsächlich Leben erzeugt. Und es hat nach dem Vorbild echter Kinder eigene unechte Kinder geschaffen. Sie waren vielleicht nicht lebendig, aber sie waren auch nicht einfach normale Sims.«

»Nicht es, *er*. Der Andere war ein Mensch, Orlando, trotz der ganzen grauenhaften Sachen, die ihm die Gralstypen angetan haben. Aber er ist nicht mehr.«

»Sicher, aber das System wurde um sein Hirn herum gebaut, deshalb wirken sich seine Impulse immer noch auf alles aus, was mit dem Netzwerk zusammenhängt. Vor allen Dingen – und das hat den Anstoß zu meiner Idee gegeben – ist sein Einfluss auf die

Schattenpersonen voll stark, die ganzen Kopien, die er gemacht und dann in das System entlassen hat.«

»Wie deine Vereinskameraden, die Leute, die durch die Gateways von Welt zu Welt reisen können. Und die Avialleschatten.«

»Die keine Gateways brauchen, aber sie dennoch nutzen können. Tatsächlich sind die Avialleschatten außer mir die einzigen Sims, die sich frei im ganzen Netzwerk bewegen können. Damit sind sie von allen Kopien die am höchsten entwickelten, auch wenn viele von ihnen ein bisschen gestört sind. Also, ich und die Avialleschatten sind so ziemlich die am höchsten entwickelten Wesen im Netzwerk. Macht's da bei dir langsam klick?«

Sam runzelte die Stirn. »Spiel nicht den großen Professor Mysterioso. Ich hab praktisch die ganze Nacht über meinem Chemiebuch gehangen und hab tierische Kopfschmerzen.«

»Tja, ich hab mich mehrere Nächte hintereinander mit Biologie herumgeschlagen, also wer toppt wen?«

»Erklär's einfach.«

»Wie wär's, wenn ich sagen würde, dass du mich und die Avialleschatten statt ›die am höchsten entwickelten‹ auch die anpassungsfähigsten Wesen im Netzwerk nennen könntest? Im Sinne von ›Überleben der Tüchtigsten‹?«

»Du meinst, es hat was mit Evolution zu tun?«

»Ja, es sieht allmählich so aus. Auch ohne das ursprüngliche Betriebssystem hat das Netzwerk irgendwie immer noch eine Tendenz zu … na, wenn nicht zu richtigem Leben, dann doch immerhin zu lebensähnlichem Verhalten. Es will sich fortpflanzen. Überhaupt könnte es jetzt, wo sein Hirn fort ist, einem richtigen Organismus noch ähnlicher sein. Es probiert einfach dies und das aus, und wenn etwas klappt, macht es damit weiter. Schau, in gewisser Hinsicht sind die Personen im Netzwerk richtige Menschen, wenigstens solche wie ich und die Vereinsmitglieder, die mehr oder weniger lebendig sind. Wir denken, wir fühlen, wir machen Pläne. Aber für das Netzwerk sind wir eher wie Zellen in einem einzigen Organismus – oder vielleicht wie Individuen, aber in einer Art Bienenstockkultur. Das Netzwerk ist der Bienenstock, und wir sind die Drohnen und Arbeiterinnen und so weiter. Das ist jedenfalls das Beispiel, das Kunohara immer wieder benutzt hat. Er ist übrigens voll aus dem Häuschen wegen dieser Sache, obwohl es bedeutet, dass er mit seiner Theorie, das Netzwerk wäre tot, falsch gelegen hat.«

»Logisch, dass er begeistert ist, wenn es was mit Bienenstöcken zu tun hat. Aber richtig begriffen hab ich es immer noch nicht, Orlando. Willst du behaupten, das System hätte es darauf abgesehen, dass ihr euch zusammen fortpflanzt, du und die Avialleschatten? Aber ihr seid euch nie begegnet, und trotzdem ist sie schwanger. Das ergibt keinen Sinn.«

»Doch, es ergibt einen, wen du daran denkst, was Kunohara gesagt hat: dass wir Schein und Sein nicht verwechseln dürfen, dass das Leben viele Strategien hat. Nur weil wir wie Menschen aussehen und die Frauen scheinbar auf normale menschliche Art schwanger werden, muss es sich noch lange nicht um ein und denselben Vorgang handeln. Denk mal an Blumen. Sie pflanzen sich auch fort, doch manchmal kommt die Erbinformation von zwei Pflanzen, die meilenweit auseinander stehen – mit Sicherheit begegnen sie sich nie. Nur wenn Menschen oder wir menschenähnlichen Sims schwanger sind, dann wird fraglos vorausgesetzt, dass es auf die althergebrachte Weise passiert ist.« Er legte die Stirn in Falten. »Ich muss sagen, im Unterschied zur normalen menschlichen Fortpflanzung kommt im Modell des Netzwerks die Motivation deutlich zu kurz – der Spaßaspekt der Sache, du verstehst?«

»Langsam, langsam, Sherlock. Du meinst, das System … wirft einfach Erbmasse von dir und irgendwelchen Simfrauen zusammen, um neue Personen zu schaffen? Du *hast* doch gar keine Erbmasse.« Sie hielt bestürzt inne. »Entschuldige, Orlando, ich wollte nicht …«

»Lass gut sein, ich denke seit Tagen über solches Zeug nach. Dieses Spiel ist verrückt und echt mal was anderes, und selbst ein Toter wie ich kann es spielen. Schau, es gibt zwar keine Erbmasse im üblichen Sinne, aber es gibt, wie Kunohara sagt, unsere Kodierung durch das Netzwerk, die Blaupausen zu unseren Kopien, und die entsprechen ungefähr dem, was bei euch die Gene sind. Das System hat schlicht einen Weg gefunden, sie zu mischen.« Sam blickte immer noch betroffen, und so lächelte er. »Ja, man kann schon sagen, dass das Zeug zusammengeworfen wird, allerdings nicht wahllos. Ein gutes Reproduktionssystem funktioniert immer nach dem Grundsatz: ›Die Besten dürfen sich paaren.‹ Deshalb kam meine Erbmasse als Erste dran und wurde mit einem Avialleschatten gepaart – die anpassungsfähigsten Eltern, nicht wahr? –, und deshalb ist mehr als eine von diesen Avialles von mir schwanger. Wir haben die größte Mobilität, und ich für meinen Teil habe die meiste Macht – wobei ich mir nicht sicher bin, ob die für das Netzwerk wirklich ein Kriterium ist –, darum ist meine Erbmasse … ich brauche ein anderes Wort, ›Masse‹ trifft's einfach nicht … meine Information am attraktivsten. Von meiner Sorte gibt es nur mich, aber es gibt eine ganze Reihe von Avialleschatten, und sie wählen meine Information aus, wenn sie sie kriegen können.«

»Aber wie? Werden sie vom Netzwerk einfach damit … befruchtet?«

»Nein. Das ist die nächste verrückte Geschichte. Den ersten Verdacht hatte ich, als das mit den Vereinsmitgliedern passierte. Zwei Frauen wurden schwanger, und der Jongleurschatten erklärte, er wäre es nicht gewesen. Nach meiner eigenen Erfahrung hielt ich es für denkbar, dass er die Wahrheit sagte. Also ging ich die Reisetagebücher der drei Beteiligten durch und stellte fest, dass sie so gut wie nie zur gleichen Zeit in ein und derselben Welt gewesen und schon gar nicht zusammen gereist waren. Nahe gekommen waren sie sich überhaupt nur während der Weltenfahrersitzungen in der Wodehouseversion von London, und der Jongleurschatten war gleich im Anschluss daran immer in seine Heimatwelt zurückgekehrt, so dass kaum die Gelegenheit zu einer simulierten Zeugung und Schwangerschaft nach der normalen, hergebrachten Art bestanden hatte. Allerdings hatten die drei viele derselben Gateways zwischen den Netzwerkwelten passiert, de Limoux zuerst – er ist der Mann – und dann die Frauen.«

»Gateways? Du meinst, es waren die Gateways?«

»Ja, das glauben wir. Ähnlich wie Bienen Pollen abstreifen und sie dann zu einer anderen Blüte transportieren oder wie Fische oder Insekten dieselbe Stelle aufsuchen, um Samen oder Laich abzulegen, ohne dass sie gleichzeitig dort sein müssen. Das System veranlasst, dass männliche Informationen – von Leuten wie mir und de Limoux – irgendwie aktiv befruchtend wirken, und empfängnisfähige Frauen können sie dann beim Gang durch die Gateways aufnehmen. Ich und Kunohara werden die Erfolgsrate der Verbindungen reduzieren müssen, sonst werden die weiblichen Vereinsmitglieder ununterbrochen schwanger sein.«

Sam schlenkerte mit den Händen, wie sie es immer machte, wenn sie Verständnisprobleme hatte. »Du meinst, ihr wollt das zulassen? Aber ... aber was für Kinder werden diese Frauen kriegen? Das ist trans scännig, Orlando! Herrje, wenn diese Schwangerschaften wie bei Fischen oder Insekten sind oder so, vielleicht kriegen sie dann ... igitt! ... ganze *Schwärme* von Babys.« Zum zweiten Mal in wenigen Minuten blickte sie bestürzt. »Werden sie überhaupt wie menschliche Kinder aussehen?«

»Wir glauben ja. Auch wenn die Methode eher wie bei Bienen ist, scheint das Netzwerk für die Schwangerschaften an sich viele menschliche Vorbilder zu benutzen – es wurde schließlich darauf programmiert, solche Vorgänge zu simulieren, vergiss das nicht. Zeitlich liegt offenbar alles im Plan, und die Ärzte in der Wodehousewelt, die die Frauen untersucht haben, hören bei jeder Mutter nur *einen* kindlichen Herzschlag. Außerdem gibt es noch zwei weitere Indizien, die dafür sprechen, dass es menschliche Kinder werden – jedenfalls so menschlich, wie das System das angesichts der Tatsache hinkriegt, dass es nicht mit realen Menschen als Eltern arbeitet, sondern mit Kopien, von denen einige sehr zu wünschen übrig lassen. Zum einen wäre es ein ziemlicher Unfug, die menschlichen Sims im System als Informationsspender – Eltern – zu benutzen, wenn die Information hinterher völlig verändert werden soll. Es ist einfacher, die bereits einprogrammierten menschlichen Eltern und Kinder als Vorbilder zu nehmen, verstehst du? Und das zweite Indiz ist die Antwort auf eine Frage, die mich auch dann noch quälte, als ich schon langsam durchzublicken begann. Ich kam nicht darauf, aber dafür Kunohara.«

»Schieß los! Ich werd mich bemühen, alles zu schlucken.« Sam sah wirklich aus, als hätte sie einen Schlag vor den Kopf bekommen. »Dutzende von Frauen im ganzen Netzwerk stellen sich an, um von dir Kinder zu kriegen, Gardiner. Du musst vor Stolz geradezu platzen.«

»Es wäre wesentlich schmeichelhafter, wenn es auf die traditionelle Art geschehen würde. Wie dem auch sei, während wir das alles austüftelten, erzählte ich Kunohara, dass ich mir an zwei Fragen weiterhin die Zähne ausbeißen würde. Erstens, woher die Avialleschatten meinen Namen kannten, obwohl wir uns niemals begegnet waren. Nach Kunoharas Auffassung ist das ein weiterer Beweis dafür, dass wir Babys von menschlicher Art bekommen werden. Bei höheren Säugetieren, vor allem Menschen, ist die Kindheitsphase lang und die Jungen brauchen viel elterliche Zuwendung. Es liegt im Interesse der Fortpflanzungsstrategie des

Netzwerks, beiden Spendern die Gelegenheit zur Paarbildung zwecks gemeinsamer Kinderaufzucht zu geben, und daher wird den Frauen nicht allein die männliche Erbinformation eingepflanzt, sondern auch das Wissen um die Identität des Vaters und die Fähigkeit, ihn ausfindig zu machen, auch wenn sie keine Ahnung haben, wie es eigentlich zur Schwangerschaft gekommen ist. Aus diesem Grund wussten die weiblichen Vereinsmitglieder, dass de Limoux der Papa war, und die Avialleschatten, dass sie meine Kinder austragen – ich vermute, ich muss sie so nennen, auch wenn ich nicht aktiv zu ihrer Entstehung beigetragen habe.«

»Aber das ist doch widersinnig, Orlando. Na ja, in gewisser Hinsicht auch wieder nicht, aber wenn das Netzwerk wirklich will, dass du dich diesen Kindern gegenüber wie ein Vater verhältst, wieso verschwinden dann die Mütter jedes Mal, wenn du mit einer zusammentriffst?«

»Siehst du? Obwohl du dein armes Hirn stundenlang an höherer Chemie wund gerieben hast, Frederico, bist du immer noch schlauer, als du denkst. Das war genau meine zweite Frage. Kunohara hat auch die gelöst. Ein bisschen peinlich, die Sache.«

»Chizz. Erzähl!«

»Na ja, bei höheren Säugetieren, vor allem solchen wie uns, die beide Eltern brauchen, gibt es meistens ein kompliziertes Werbungsritual, das dazu beiträgt, den Vater an die Mutter und den künftigen Nachwuchs zu binden. Da es in der Fortpflanzungsstrategie des Netzwerks vor der Schwangerschaft nichts auch nur annähernd Werbungsähnliches gibt … hm, hat sich das System einen Ersatz ausgedacht. So was wie Werbung *nach* der Zeugung. Wie ein Balztanz oder … wie nannte es Kunohara noch mal, das, was Bienen machen? Ein Hochzeitsflug.«

»Hä?«

»Richtig gut geht das nur bei den Avialleschatten, weil sie sich im Nu an einen andern Ort versetzen können, aber einige der

Frauen aus dem Verein sind ebenfalls ausgebüxt, wenn auch auf herkömmlichere Art. Diese Maisie Macapan zum Beispiel hat sich ins Rom der Kaiserzeit abgesetzt. Mit der ganzen Flieherei soll das Interesse des Vaters wach gehalten werden. Er jagt ihnen nach, verstehst du?« Er schüttelte den Kopf. »Mannomann, unglaublich, wie das bei mir funktioniert hat.«

Der härteste Brocken stand ihm noch bevor, und Orlando war klar, dass er sich am liebsten davor gedrückt hätte. Er dachte über die letzte Bemerkung nach, die Sam am Schluss des Gesprächs gemacht hatte.

»Vermutlich ist all dies nicht schlecht«, hatte sie gemeint, *»denn du wirkst voll aufgekratzt und interessiert. Ich hatte mir wirklich schon Sorgen um dich gemacht – eine Zeit lang warst du so deprimiert. Aber wie geht es jetzt weiter? Wie willst du es schaffen, diesen vielen Kindern ein Vater zu sein, wenn es denn dazu kommt? Was willst du tun, Orlando?«*

Und die Wahrheit war, er wusste es nicht – so wenig wie die Antwort auf hunderte anderer Fragen. Wie war das System, allem Anschein nach schlagartig, an diesen Punkt gelangt? Hatte es in irgendeinem Evolutionslabor, verborgen in den Nischen und Winkeln des Netzwerks, diverse Möglichkeiten ausprobiert? War es mit Bewusstsein begabt, wie es das frühere Betriebssystem gewesen war, oder agierte es einfach alte Tendenzen aus, die vom Originalsystem noch geblieben waren? Oder bewegte es sich tatsächlich auf ein Bewusstsein neuer Art zu – würden Orlando und die anderen Sims irgendwann Zellen in einem größeren Lebewesen werden? Einige der Fragen waren ausgesprochen gruselig. Die Hochstimmung nach der Lösung des Rätsels war nicht gänzlich verflogen, doch er wusste, dass es nicht annähernd so simpel sein würde, mit der Wirklichkeit der Sache zu leben, wie sie anderen zu erklären. Nicht dass es besonders leicht gewesen wäre, sie zu erklären – vor allem nicht in dem Fall, vor dem er sich am liebsten gedrückt hätte.

Falls es allein von mir dutzende von Kindern gibt, kann ich unmöglich allen ein richtiger Vater sein. Vielleicht müssen wir nach diesem ersten Jahrgang den Vorgang abstellen, wenigstens für meine Erbinformation – ansonsten … Was ist, wenn das Netzwerk vorhat, das laufend zu machen, Generation für Generation? Wenn es mich igendwie zur Bienenkönigin ausersehen hat oder zum Bienenkönig oder was weiß ich und tausende von Kindern mit mir als Vater hervorbringen will? Ihm blieb zumindest etwas Zeit, darüber nachzudenken und das Problem mit Kunohara zu diskutieren, da die Zahl der potentiellen Mütter begrenzt war und die Schwangerschaften genauso lange zu dauern schienen wie in der wirklichen Welt. Der Entomologe war von diesen neuen Entwicklungen begeistert und beeilte sich mit seinem Gerichtsverfahren, damit er sich auf die Erforschung des neuen Paradigmas stürzen konnte.

Der hat's leicht, seine Information wird nicht in das System kopiert. Er wird nicht der Vater dutzender von Kindern sein und die ganze Verantwortung tragen müssen. Doch falls je ein Mann in der Position war, seine Kinder zu beschützen, dann war es Orlando Gardiner, der Weltläufer des Netzwerks. *Ich kann mit den Sheriffs im Wilden Westen sagen: Diesseits der Wirklichkeit bin ich das Gesetz.*

Gott, ich weiß es nicht. Ich werd's rauskriegen. Ich hab Freunde. Es wird verrückt werden, aber ich bin tot, und ich bin im Begriff meine Eltern zu besuchen, also wie viel verrückter kann es noch werden? Auf jeden Fall wird es ein Abenteuer.

Ich werde Vater! Ich! Es ging ihm nicht in den Kopf. Es war erschreckend und erregend. Wie mochten die Kinder werden? Was mochte mit dem Netzwerk geschehen, wenn diese erste Generation herangewachsen war und sich dann ihrerseits fortpflanzte und damit immer komplexere Vererbungsmuster entstanden? In der gesamten Menschheitsgeschichte hatte noch nie jemand so etwas erlebt. *Unbekanntes Territorium. Alles unbekanntes Territorium, was vor mir liegt.*

»Ich geh jetzt, Beezle«, verkündete er. »Ich möchte nicht gestört werden, sofern nicht das ganze Universum zusammenbricht, okay? Falls was ist, kannst du es mir später sagen.«

»Alles klar, Boss. Ich tummel mich einfach hier im imaginären Raum und spiel mit den Katzen.«

Orlando rief die Verbindung zum Haus seiner Eltern auf. Diesmal war er sogar bereit, diese grässliche Vogelscheuche aus Plastahl überzuziehen. Nach der ganzen Arbeit, die sich Conrad und Vivien mit dieser ebenso surrealen wie rührenden Geburtstagsparty in Bruchtal gemacht hatten, war er ihnen etwas schuldig, fand er. Vor allen Dingen aber wollte er, dass sie gut gestimmt waren, wenn er ihnen eröffnete, dass sie wider alle Logik offenbar doch noch Großeltern würden.

Schätzungsweise vierzig- bis fünfzigfache.

Terry Brooks

Shannara

The Sword of Shannara (1977) – dt.: Das Schwert von Shannara, Der Sohn von Shannara, Der Erbe von Shannara
The Elfstones of Shannara (1982) – dt.: Die Elfensteine von Shannara, Der Druide von Shannara, Die Dämonen von Shannara
The Wishsong of Shannara (1985) – dt.: Das Zauberlied von Shannara, Der König von Shannara, Die Erlösung von Shannara

The Heritage of Shannara:
The Scions of Shannara (1990) – dt.: Die Kinder von Shannara, Das Mädchen von Shannara, Der Zauber von Shannara,
The Druid of Shannara (1991) – dt.: Die Schatten von Shannara, Der Druide von Shannara
The Elf Queen of Shannara (1992) – dt.: Die Elfenkönigin von Shannara, Die Verfolgten von Shannara
The Talismans of Shannara (1993) – dt.: Die Reiter von Shannara, Die Talismane von Shannara

First King of Shannara (1996) – dt.: Der Ausgestoßene von Shannara

The Voyage of the Jerle Shannara – Die Reise der Jerle Shannara:
Ilse-Witch (2000) – dt.: Die Hexe von Shannara
Antrax (2001) – dt.: Die Labyrinthe von Shannara
Morgawr (2002) – dt.: Die Offenbarung von Shannara

High Druid of Shannara – dt.: Die Magier von Shannara:
Jarka Ruus (2003) – Das verbannte Volk
Tanequil (noch nicht erschienen)

Das Zeitalter von Shannara folgt auf eine Apokalypse, während der die alte Welt zerstört und die Menschheit fast vollständig ausgelöscht wurde. Der Romanzyklus beginnt nach tausend Jahren der Barbarei mit der Entstehung einer neuen Zivilisation, in der Magie die Wissenschaft als wichtigste Quelle der Macht ersetzt hat. In einem Druidenrat sitzen die begabtesten der neuen Rassen – Menschen, Zwerge, Trolle, Gnomen und Elfen, benannt nach alten Legenden –, und dieser Rat hat die schwierige Aufgabe übernommen, die Welt wieder aufzubauen und die Fehden zwischen den Rassen zu beenden, die unter den Überlebenden der so genannten Großen Kriege noch zahlreiche Opfer gefordert haben.

Doch der Krieg geht weiter, wenn auch in anderer Form. Die Magie ist, wie die Wissenschaft, eine zwiespältige Angelegenheit, denn sie kann zum Guten oder Bösen eingesetzt werden und entsprechende Auswirkungen auf denjenigen haben, der mit ihr in Berührung kommt. In *Das Schwert von Shannara* lässt sich ein Druide dazu hinreißen, nach einer von Trollen und Gnomen manipulierten Magie zu streben, mit deren Hilfe er die Herrschaft über die anderen Rassen erlangen will. Er scheitert an Shea Ohmsford, dem letzten einer Elfenfamilie mit dem Namen Shannara. Shea gelingt es mit Unterstützung seines Bruders, einer kleinen Schar Gefährten und dem legendären Schwert von Shannara, den finsteren Widersacher zu vernichten.

In *Die Elfensteine von Shannara* steht sein Enkel Wil einer ganz ähnlichen Herausforderung gegenüber, deren Bewältigung mit der Magie der Elfensteine verbunden ist. Doch verändert der Einsatz dieser Elfensteine Wils Gene, und als Folge davon werden seine Kinder bereits mit der Gabe der Magie geboren. So werden im nächsten Buch der Reihe, *Das Zauberlied von Shannara*, seine Tochter Brin und ihr Bruder Jair vom Druiden Allanon dazu bewegt, den Ildatch, das Buch der schwarzen Magie, zu suchen und zu vernichten. Dieses Buch verführte schon den Dämonenlord zum Bösen und übt nun eine ähnliche Wirkung auf die geistähnlichen Schattenwesen aus.

Die nun folgende Geschichte spielt einige Jahre nach diesen Ereignissen, die im *Zauberlied* beginnen und mit der *Erlösung* enden; ihr Held ist Jair Ohmsford. Jair will mit seiner Vergangenheit ins Reine kommen und muss auch noch einiges über den Gebrauch seiner Magie lernen, vor der ihn seine Schwester stets so eindringlich warnte.

Terry Brooks
Unbeugsam

Die Vergangenheit ist stets gegenwärtig.

Obwohl Jair Ohmsford gerade erst das Alter erreicht hatte, in dem man ihn als Mann bezeichnen konnte, hatte er die Bedeutung dieser Worte schon lange verstanden. Sie besagten zunächst, dass er durch die Ereignisse in seinem Leben geprägt und immer wieder aufs Neue geprägt würde, wodurch alles, was noch geschähe, in gewisser Weise eine Folge dessen war, was sich bereits ereignet hatte. Außerdem enthielten sie einen Hinweis, dass die Menschen, die er kennen lernte, sein Verhalten und seine Anschauungen beeinflussen würden. Seine Erfahrungen aus der Vergangenheit würden sich auf seine Entscheidungen in der Zukunft auswirken. Das Leben ähnelte einer Kette, deren fest geschmiedete Glieder nicht voneinander getrennt werden konnten.

Für Jair bestand das stärkste dieser Glieder in Garet Jax. Mit ihm verband er so viele Erinnerungen, die er nicht missen wollte und wie Kleinodien aus Glas hütete, welche man nur gelegentlich aus dem Regal nimmt, um sie vorsichtig abzustauben, und dann ebenso behutsam wieder zurückstellt.

Noch im Sommer des zweiten Jahres nach der Rückkehr von Graumark stand er unter dem Eindruck dieser Erinnerungen. Oft erwachte er mitten in der Nacht aus Träumen, in denen Garet Jax mit dem Jachyra kämpfte, er hörte einen Nachklang der Stimme des anderen, während er sich mit Freunden und Nachbarn unterhielt, und er entdeckte Züge des Waffenmeisters in den Gesichtern von Fremden. Solcherlei Erscheinungen beunruhigten ihn nicht; im Gegenteil, er freute sich darüber. Denn sie gaben ihm die Bestätigung, dass die Vergangenheit, die ihm so sehr am Herzen lag, in seinem Inneren am Leben blieb.

An dem Tag, als das Mädchen ins Shady Vale ritt, arbeitete er am Gasthaus der Familie und half dem Verwalter und seiner Frau. Er wollte seinen Eltern einen Gefallen tun und hatte das Geländer erneuert, das im Sturm ein herabfallender Ast beschädigt hatte. Die Art, wie das Mädchen im Sattel saß, erregte seine Aufmerksamkeit und lenkte ihn von der Arbeit ab. Er beschattete die Augen, da sich die Sonne grell im Metalldach spiegelte und ihn blendete. Die junge Reiterin kam zwischen den Bäumen hervor. Stocksteif saß sie auf einem riesigen schwarzen Hengst, dessen Stirn eine weiße Blesse zierte, und ihr dunkles Haar fiel in dicken, glänzenden Locken hinab bis zur Hüfte. Groß war sie nicht, doch erweckte sie den Eindruck, ihr Selbstvertrauen hänge nicht von Körperkraft ab.

Sie entdeckte ihn im gleichen Moment wie er sie und lenkte den großen Schwarzen in seine Richtung. Sie brachte das Pferd vor ihm zum Stehen, auf ihrem runden, forschen Gesicht erschien ein schelmisches Lächeln, und sie strich sich die Haarsträhnen aus dem Gesicht. »Hast du deine Zunge verschluckt, Jair Ohmsford?«

»Kimber Boh«, staunte er, nicht ganz sicher, ob sie es tatsächlich war. »Ich kann es kaum glauben.«

Sie schwang sich aus dem Sattel, ließ die Zügel einfach fallen, als könne sich der Schwarze leicht um sich selbst kümmern, ging zu Jair hinüber und umarmte ihn innig und herzlich. »Du bist ja richtig erwachsen geworden«, sagte sie und zerzauste sein blondes Lockenhaar, um zu verdeutlichen, wie wenig sie das beeindruckte.

Er hätte das Gleiche über sie sagen können. Während sich ihr Körper an seinen schmiegte, war nicht zu verkennen, dass sie die Kindheit hinter sich gelassen hatte. Es fiel ihm nicht leicht, sich mit dieser Veränderung sofort abzufinden. Er erinnerte sich noch an das schlanke kleine Mädchen von vor zwei Jahren, das er in den Ruinen des Croagh nach dem Kampf um die Rettung seiner Schwester Brin kennen gelernt hatte.

Kopfschüttelnd antwortete er: »Beinahe hätte ich dich nicht erkannt.«

Sie trat zurück. »Ich habe dich sofort erkannt.« Nun blickte sie sich um. »Ich wollte mir schon immer einmal anschauen, wie du wohnst. Ist Brin da?«

War sie nicht. Brin lebte zusammen mit Rone Leah, den sie im Frühjahr geheiratet hatte, oben im Hochland. Sie war in freudiger Erwartung des ersten Kindes; wenn es ein Junge würde, wollten sie ihn Jair nennen.

Er schüttelte den Kopf. »Nein, sie wohnt jetzt in Leah. Warum hast du keine Nachricht geschickt, dass du uns besuchst?«

»Noch vor einer Woche wusste ich es selbst nicht.« Sie betrachtete das Gasthaus. »Ich bin müde vom Ritt und durstig. Wieso gehen wir nicht hinein und unterhalten uns dort weiter?«

Sie betraten den kühlen Innenraum und nahmen am Tisch vor einem Fenster Platz, das von dem vorspringenden Dach vor der Sonne geschützt war. Der Wirt brachte einen Krug Bier und zwei Becher, zwinkerte Jair zu und ging wieder.

»Zwinkert er dir jedes Mal zu, wenn du ein hübsches Mädchen herbringst?«, fragte Kimber, als der Wirt außer Hörweite war. »Bist du häufig hier?«

Er errötete. »Das Gasthaus gehört meinen Eltern. Kimber, was machst du hier?«

Sie dachte über die Frage nach. »Ich bin nicht ganz sicher. Eigentlich wollte ich dich überreden, mich nach Hause zu begleiten. Jetzt, da ich hier bin, fehlen mir die Worte. Womöglich versuche ich es gar nicht. Ich kann ebenso gut so lange hier bleiben, bis du mich wegschickst. Was sagst du dazu?«

Er lehnte sich in seinem Stuhl zurück und lächelte. »Ich würde sagen, du bist herzlich willkommen und kannst hier bleiben, solange du möchtest. Wolltest du das?«

Nachdem sie an ihrem Bier genippt hatte, schüttelte sie den Kopf. »Was ich will, ist nebensächlich. Vielleicht auch das, was du willst.« Sie blickte zum Fenster hinaus in den Sonnenschein. »Großvater hat mich geschickt. Ich soll dir ausrichten, dass die Sache, von der wir glaubten, wir hätten sie vor zwei Jahren zu Ende gebracht, ganz und gar nicht abgeschlossen ist. Es scheint da einen losen Faden zu geben, der dringend abgeschnitten werden muss.«

»Einen losen Faden?«

Sie blickte ihn wieder an. »Erinnerst du dich daran, wie deine Schwester das Buch des Ildatch in Graumark zerstört hat?«

Er nickte. »Das werde ich wohl nie vergessen.«

»Großvater ist der Meinung, sie habe eine Seite übersehen.«

Das Abendessen nahmen sie bei ihm zu Hause ein. Er kochte eine Suppe aus frischem Gartengemüse, dazu gab es Brot und einen Teller mit Käse und Dörrobst. Die Vorräte hatten ihm seine Eltern dagelassen, während sie eine Reise nach Süden unternahmen, wo ihre besonderen Fähigkeiten als Heiler dringend gebraucht wurden.

Die beiden saßen am Tisch und schauten zu, wie sich die Dunkelheit langsam, einem Schleier aus schwarzer Seide gleich, über das Land legte. Der Himmel blieb klar, die Sterne kamen hervor und glitzerten hell am Firmament.

»Er hat dir nicht zufällig gesagt, weshalb er mich braucht?«, fragte Jair nun schon zum fünften oder sechsten Mal.

Geduldig schüttelte sie den Kopf. »Er hat nur gesagt, ich solle dich holen, und nicht deine Schwester, deine Eltern oder Rone Leah. Nur dich.«

»Und die Elfensteine hat er auch nicht erwähnt? Bist du dir da sicher?«

Sie blickte ihn an, und in ihren blauen Augen glänzte ein Fünkchen Gereiztheit. »Weißt du, ich habe selten so gut gegessen. Ehrlich. Die Suppe ist hervorragend, und ich möchte gern wissen, wie man sie zubereitet. Doch im Augenblick bin ich erst mal damit zufrieden, sie zu genießen. Warum hörst du nicht mit deinen Fragen auf und genießt sie ebenfalls?«

Darauf antwortete er mit einer reumütigen Grimasse, aß ein wenig von der Suppe, hielt für eine Weile den Mund und dachte nach. Was sie ihm erzählt hatte, war für ihn schwer einzuordnen, und weitaus schwerer fiel ihm noch, ihrer Bitte nachzukommen. Vor zwei Jahren hatten die Ohmsford-Geschwister getrennte Wege eingeschlagen, um das Versteck des Ildatch zu finden, des Buches der dunklen Magie. Dessen gefährliche Zauberkraft hatte zu Zeiten von Shea und Flick Ohmsford den Dämonenlord und seine Schädelträger und später, in ihrer eigenen Zeit, die Schattenwesen hervorgebracht. Die Magie, die das Buch enthielt, besaß solche Macht, dass dieses Buch ein Eigenleben begonnen hatte und zu einem Geist geworden war, der Wesen aus Fleisch und Blut auf immer in monströse untote Kreaturen verwandeln konnte. Das war dem Ildatch schon wiederholt gelungen, und es wäre so weitergegangen, hätten Brin und Jair es nicht geschafft, ihn zu zerstören.

Allerdings hatte der Ildatch zuvor beinahe Brin vernichtet. Ausgestattet mit der Magie des Wunschliedes, einer Fähigkeit, mithilfe von Musik und Worten zu erschaffen oder zu zerstören, war Brin ein beachtlicher Gegner, aber auch ein begehrter Verbündeter. Vielleicht wäre sie für den Ildatch zu Letzterem geworden, hätte Jair nicht rechtzeitig geschafft, dies zu verhindern. Denn genau zu diesem Zweck hatte der König vom Silberfluss ihn schließlich losgeschickt, nachdem Brin längst mit Allanon aufgebrochen war, und deswegen hatte er auch schon im Voraus gewusst, was von ihm erwartet wurde. Seine eigene Magie war nicht so stark wie Brins, er besaß lediglich die Fähigkeit, Dinge dem Anschein nach eine andere Form zu geben, ohne allerdings zu wirklichen Veränderungen in der Lage zu sein; in der damaligen Bedrängnis hatte er jedoch das Notwendige damit erreichen können.

Aus diesem Grund war er so verwirrt, dass Kimbers Großvater ausgerechnet ihn zu sich rief. Welche Gefahr auch immer von einer Wiedergeburt des Ildatch drohen mochte, von allen Mitgliedern der Familie war er am wenigsten gerüstet, sich ihr zu stellen. Außerdem hegte er ein gewisses Misstrauen gegenüber dem Mann, der diese Wahl getroffen hatte, denn Cogline mit seinen wilden Augen handelte oft unberechenbar und ließ nicht immer alle Ruder ins Wasser. Kimber vertraute ihm, gewiss, aber das galt noch lange nicht für Jair.

Größere Sorge bereitete ihm die Behauptung des Mannes, der Ildatch sei nicht vollständig vernichtet worden, obwohl Brin so gründlich dafür Sorge getragen hatte. Mit ihrer Magie hatte sie ihn zu Asche verbrannt, den ganzen Wälzer, sämtliche Seiten. Wie also hatte er in irgendeiner Form überleben können? Wie konnte Brin sich so schrecklich getäuscht haben?

Er wusste, das würde er nur herausfinden, wenn er mit Kimber den alten Mann aufsuchte und ihn ausfragte, doch nach Hearthstone war es eine weite Reise, denn der Ort lag tief im Ostland, und es würde ihn viel Zeit und Kraft kosten, dorthin zu gelangen. Dies alles wäre obendrein vergeblich, falls sich erwies, dass der alte Mann einem Irrtum aufgesessen war.

Deshalb hatte er seine Fragen in der Hoffnung gestellt, etwas Hilfreiches und Erhellendes zu erfahren. Dabei wiederholte er die gleichen Fragen öfter als notwendig, denn neue gingen ihm bald aus.

»Ich weiß, du glaubst, Großvater sei in mancher Hinsicht schwer zu verstehen«, sagte Kimber. »Das weißt du schon aus der allerdings kurzen Zeit, die du vor zwei Jahren mit ihm verbracht hast, also brauche ich dir nichts vorzuspielen. Natürlich ist er manchmal schwierig und launisch. Aber er sieht auch Dinge, die anderen entgehen, und verfügt über Fähigkeiten, die sonst niemand vorzuweisen hat. Ich kann eine Fährte finden und lesen, doch er vermag Spuren bereits in der Luft zu erkennen. Aus den verschiedensten Mischungen und Pulvern kann er Dinge herstellen, die seit der Zerstörung der Alten Welt vergessen sind. In ihm steckt mehr, als man auf den ersten Blick meint.«

»Demnach glaubst du, ich sollte zu ihm gehen, weil er möglicherweise Recht hat, was den Ildatch betrifft?« Jair hatte das Essen vergessen und beugte sich vor. »Sag mir bitte die Wahrheit, Kimber.«

»Ich denke, es wäre klug, sich anzuhören, was er zu sagen hat.« Ihr Gesicht war ruhig, doch ihre Augen wirkten besorgt. »Ich hege ebenfalls meine Zweifel an Großvater, andererseits erinnere ich mich nur allzu gut an den Eindruck, den er auf mich gemacht hat, als er mich zu dir schickte. Das hat er nicht nur aus einer Laune heraus getan, über diese Entscheidung hatte er gründlich nachgedacht. Er wäre sogar selbst gekommen, aber das habe ich nicht zugelassen. Er ist zu alt und gebrechlich. Weil ich ihn die Reise nicht unternehmen lassen wollte, musste ich selbst kommen. Das sagt wohl einiges darüber aus, wie ich die Angelegenheit einschätze.«

Sie sah auf ihren Teller und schob ihn von sich. »Räumen wir den Tisch ab, dann können wir uns nach draußen setzen.«

Also trugen sie das Geschirr ab, spülten es, stellten es an seinen Platz und gingen hinaus auf die Veranda, wo sie sich auf eine Holzbank setzten, die in Richtung Südwesten stand. Die Nacht war lau, es roch nach Jasmin und Immergrün, und irgendwo in der

Ferne plätscherte ein Bach. Schweigend saßen sie eine Weile da und lauschten dem Gesang des Wassers. Eine Eule flog vorüber, ihre dunkle Gestalt zeichnete sich kurz als Silhouette im Mondlicht ab. Aus dem Dorf unten hallte leises Gelächter herüber.

»Es scheint schon so lange her zu sein, dass wir in der Feste Graumark waren«, sagte sie leise. »Seit den Ereignissen vor zwei Jahren.«

Jair nickte und erinnerte sich. »Ich habe oft an dich und deinen Großvater gedacht. Dann habe ich mich immer gefragt, wie es euch wohl geht. Ich weiß allerdings nicht, warum ich mir Sorgen um euch gemacht habe. Euch ging es gut, ehe Brin und Rone euch gefunden haben. Vermutlich ging es euch seitdem auch gut. Habt ihr die Moorkatze noch?«

»Wisper? Ja. Er beschützt uns vor den Wesen, vor denen wir uns selbst nicht schützen können.« Sie zögerte. »Aber vielleicht ging es uns gar nicht so gut, wie du meinst, Jair. Die Dinge ändern sich. Großvater und ich sind älter geworden. Er braucht mich mehr; ich brauche ihn weniger. Wisper geht häufiger auf Streifzug und kehrt seltener zurück. Das Land um uns herum verändert sich. Es ist nicht mehr so wild wie früher. Keine fünf Meilen von uns entfernt steht jetzt ein Elfendorf, und ständig ziehen Gnomen vom Wolfsktaag zum Rabenhorn und wieder zurück.« Sie zuckte mit den Schultern. »Es ist nicht mehr das Gleiche.«

»Was wirst du nach dem Tod deines Großvaters tun?«

Sie lachte leise. »Der wird vielleicht niemals sterben. Er könnte ewig leben.« Sie seufzte und machte eine vage Geste mit ihrer schlanken Hand. »Manchmal denke ich darüber nach, von Hearthstone fortzuziehen und an einem anderen Ort zu leben. Ich würde gern etwas von der großen weiten Welt sehen.«

»Warum kommst du nicht ins Grenzland?« Er blickte sie an. »Warum lebst du nicht hier? Es würde dir bestimmt gefallen.«

Sie nickte. »Vielleicht.«

Sonst sagte sie nichts, und so schaute er wieder in die Dunkelheit und dachte nach. Ihm würde es jedenfalls gefallen, sie hier zu haben. Er unterhielt sich gern mit ihr. Sicherlich würden sie im Laufe der Zeit gute Freunde werden.

»Du musst mit mir kommen«, sagte sie plötzlich und sah ihn unerwartet eindringlich an. »Ich kann dir ja auch genauso gut die Wahrheit sagen. Es geht mehr um mich als um Großvater. Ich schaffe es einfach nicht mehr mit ihm. Das gebe ich nur ungern zu, weil es mich so schwach erscheinen lässt. Aber er fällt mir immer mehr auf die Nerven, je älter und schwieriger er wird. Ich habe keine Ahnung, ob an dieser Geschichte mit dem Ildatch tatsächlich etwas dran ist oder nicht. Nur werde ich die Wahrheit allein nicht herausfinden. Daher ist es gewissermaßen reiner Eigennutz, dass ich dich nach Hearthstone holen will. Großvater hat sich vollkommen in diese Sache verrannt. Vielleicht ändert sich daran etwas, wenn er mit dir sprechen kann.«

Zweifelnd schüttelte Jair den Kopf. »Ich kenne ihn kaum. Was sollte sich ändern, nur weil ich mich mit ihm unterhalte?«

Sie zauderte und seufzte tief. »Großvater hat deiner Schwester geholfen, als sie ihn brauchte, Jair. Ich bitte dich darum, den Gefallen zu erwidern. Er braucht dich, glaube ich, ob die Gefahr, die vom Ildatch ausgeht, nun real ist oder nicht. Seine Sorgen sind schließlich real genug. Deshalb möchte ich dich mitnehmen, damit du mir hilfst, die Sache zu klären.«

Jair dachte lange darüber nach, zwang sich dazu, obwohl er schon wusste, was er antworten würde. Er überlegte, was Garet Jax an seiner Stelle getan hätte.

»Also gut, ich komme mit«, sagte er schließlich.

Er wusste, dass sein Waffenmeister an seiner Stelle nicht anders gehandelt hätte.

Beim Gastwirt hinterließ er einen Brief an seine Eltern, in dem er erklärte, wohin er aufbrach, dann packte er einige Sachen zusammen und schloss das Haus ab. Bestimmt würde er bei seiner Rückkehr Ärger bekommen, doch das hielt ihn nicht zurück. Der Gastwirt lieh ihm ein Pferd, einen ausdauernden, verlässlichen Braunen, der sich weder widerspenstig noch ängstlich verhalten würde. Jair war kein großer Freund von Pferden, doch sah er angesichts der Entfernung die Notwendigkeit zu reiten ein.

Sie brauchten eine Woche bis Hearthstone, ritten nördlich durch das Shady Vale und den Dulnwald, um die Westseite des Regenbogensees herum, am Callahorn und am Mermidon entlang zur Rabbebene. Sie überquerten den Rabb, folgten dem Fluss zum Oberen Anar, dann ging es weiter durch die Senke zwischen dem Wolfsktaaggebirge und Darklin Reach, wobei sie sich von beidem fern hielten. Unterwegs geriet Jair immer wieder ins Grübeln darüber, wie sehr sich die Umstände dieser Reise ins Ostland von der letzten unterschieden. Damals war er verfolgt worden, und an all die Gefahren, die auf ihn gelauert hatten, mochte er lieber nicht zurückdenken. Garet Jax hatte ihm mehrmals das Leben gerettet. Jetzt fürchtete er keine Angriffe, brauchte nicht ständig über die Schulter zu spähen, und Garet Jax war nur noch eine Erinnerung.

»Glaubst du, wir haben vor diesem Leben schon andere gehabt?«, fragte Kimber ihn bei ihrem letzten Nachtlager vor Hearthstone.

Sie saßen am Feuer in einem Wäldchen am Südarm des Rabb, tief in den Wäldern von Darklin Reach. Die Pferde weideten zufrieden ein Stück entfernt, und das Mondlicht beschien die Grasebene, die sich rundum ausdehnte. Ein Hauch von Kälte lag in der Luft, der Herbst kündigte sich bereits an.

Jair lächelte. »Damit habe ich mich eigentlich noch nie beschäftigt. Ich habe schon genug Schwierigkeiten in meinem jetzigen Leben, da brauche ich mich nicht auch noch mit früheren abzugeben.«

»Oder damit, ob weitere folgen werden.« Sie bürstete ihr langes Haar, das sie jetzt beim Reiten als Zopf trug, abends jedoch wieder löste. »Großvater glaubt fest daran. Ich wohl auch, nehme ich an. Alles ist miteinander verbunden, glaube ich. Die Leben sind, wie Momente in der Zeit, miteinander verkettet: Fische in einem Bach, die schwimmen und schwimmen. Die Vergangenheit schreitet voran und wird zur Zukunft.«

Er sah in die Dunkelheit. »Mit der Vergangenheit sind wir sicherlich verbunden, doch vor allem mit den Ereignissen und Personen, die sie geformt haben. Ich glaube, in gewisser Weise greifen wir stets zurück und holen nach vorn, woran wir uns erinnern, manchmal des Wissens wegen, manchmal, um uns zu trösten. An frühere Leben kann ich mich nicht erinnern, dafür jedoch an meine eigene Vergangenheit. Ich erinnere mich an die Menschen, die darin eine Rolle gespielt haben.«

Einen Moment lang wartete sie, ehe sie aufstand und sich neben ihn setzte. »So wie du das sagst – denkst du manchmal an das, was vor zwei Jahren am Himmelsbrunnen passiert ist?«

Er zuckte mit den Schultern.

»An den, den du den Waffenmeister nennst.«

Er starrte sie an. »Woher weißt du das?«

»Es ist kein großes Geheimnis, Jair. Anschließend hast du über niemand anderen geredet. Nur über ihn, wie er dich auf dem Croagh gerettet und gegen den Jachyra gekämpft hat. Schon vergessen?«

Er schüttelte den Kopf. »Ich glaube nicht.«

»Vielleicht reicht deine Verbindung mit ihm in der Zeit weiter zurück als nur in dieses Leben.« Sie zog die Augenbrauen hoch. »Hast du darüber schon einmal nachgedacht? Möglicherweise wart ihr in einem anderen Leben schon einmal verbunden, und deshalb hat er einen solch tiefen Eindruck bei dir hinterlassen.«

Jair lachte. »Ich glaube, er hat mich vor allem deshalb beeindruckt, weil er der beste Kämpfer war, den ich je gesehen habe. Er war so …« Er unterbrach sich und suchte nach dem passenden Ausdruck. »Unbeugsam.« Sein Lächeln verschwand. »Gegen ihn konnte nichts bestehen, nicht einmal ein Jachyra. Nicht einmal etwas, das Allanon überfordert hat.«

»Aber mit den früheren Leben könnte ich trotzdem Recht haben«, beharrte sie. Sie legte ihm die Hand auf die Schulter und drückte leicht zu. »Wenigstens das kannst du mir zugestehen, Talbewohner.«

Das konnte er, dieses und viel mehr. Gern hätte er ihr das gesagt, nur fand er nicht die richtigen Worte, ohne dabei töricht zu klingen. Sie übte eine große Anziehungskraft auf ihn aus, und das überraschte ihn. So lange hatte er sie als kleines Mädchen betrachtet, und nun konnte er sich nur schwer damit abfinden, dass sie erwachsen geworden war. Diese Verwandlung erschien ihm unmöglich. Sie verwirrte ihn. Welche Gefühle hegte Kimber ihm gegenüber, und hatten die sich ebenso verändert wie seine? Er stellte sich wohl die Frage, getraute sich jedoch nicht, sie laut auszusprechen.

Am späten Nachmittag des folgenden Tages erreichten sie Hearthstone. Er war nie zuvor hier gewesen, doch hatte ihm Brin den kaminförmigen Felsen so oft beschrieben, dass er ihn auf Anhieb entdeckte, während sie durch die Bäume ritten, ein dunkles, gewaltiges Steinmal, das über einem flachen bewaldeten Tal aufragte. Die unverkennbare, zerklüftet auslaufende Berggestalt passte genau zu diesem Land der dunklen Gerüchte und seltsamen Vorkommnisse. Dennoch gehörte auch das zur Vergangenheit. Heute lagen die Dinge anders. Sie ritten auf einer Straße, die es vor zwei Jahren noch nicht gegeben hatte. Sie hatten ein neu gegründetes Zwergendorf passiert, Häuser gesehen und die Stimmen von Kindern gehört. Das Land verwandelte sein Gesicht, die Wildnis wurde zurückgedrängt. Veränderung war das Dauerhafteste in einer sich entwickelnden Welt.

Kurze Zeit später erreichten sie das Haus. Es war aus Holz gebaut und mit Efeu überwuchert, hatte vorn und hinten eine Veranda, und der Garten war bepflanzt und mit Wegen durchzogen. Es sah aus, als würde es gut instand gehalten; alles wirkte liebevoll gepflegt, und die Mischung von Formen und Farben bot dem Auge eine angenehme Abwechslung. Man hatte weniger den Eindruck, es sei ein Haus in der Wildnis als vielmehr ein Anwesen in einem Dorf. Hinter dem Haus standen in einer Koppel eine Stute und ein Fohlen. Dort weidete auch eine Milchkuh. Hinter der Koppel gab es Schuppen, die sorgfältig gestrichen waren. Schattige Bäume verbargen die Gebäude vor Blicken; die Dächer waren nahezu unsichtbar, wenn man heranritt.

Er blickte Kimber an. »Kümmerst du dich ganz allein um das alles?«

»So gut wie.« Sie schenkte ihm ein schiefes Lächeln. »Mir gefällt es, das Haus zu besorgen. Das mache ich schon, seit ich alt genug dazu bin.«

Sie ritten in den Hof, stiegen ab, und sofort erschien Cogline in der Tür. Er war uralt und knochendünn, trug ausgebeulte Kleidung, und sein weißes Haar stand in alle Richtungen ab, als wäre er gerade aus dem Bett gestiegen. Er zupfte an seinem Bart, während er zu ihnen trat, und auf seinen Fingern sprossen drahtige Borsten. Seine Augen blickten eindringlich und fragend, und er musterte Jair, als sei er nicht sicher, was er von ihm zu halten habe.

»So!« Mit diesem Wort kam er zu ihnen und stellte sich so dicht vor den Talbewohner, dass dieser einen Schritt zurückweichen musste. Er starrte Jair in die blauen Augen und studierte sein Elfengesicht. »Ist er das?«

»Ja, Großvater.« Kimber wirkte verlegen.

»Bist du sicher? Kein Irrtum möglich?«

»Ja, Großvater.«

»Denn er könnte auch jemand anders sein, weißt du. Er könnte irgendjemand sein.« Cogline runzelte die Stirn. »Bist du der junge Ohmsford? Der Knabe, Jair?«

Jair nickte. »Der bin ich. Erinnert Ihr Euch nicht an mich? Wir haben uns vor zwei Jahren in den Ruinen von Graumark kennen gelernt.«

Der alte Mann starrte ihn beharrlich weiter an, als habe er die Frage überhört. Jair spürte, wie der andere ihn mit seinem harten Blick auf unangenehme Weise erforschte. »Ist das notwendig?«, fragte Jair schließlich. »Können wir nicht hineingehen und uns setzen?«

»Wenn ich es sage!«, erwiderte sein Gegenüber barsch. »Wenn ich sage, dass ich fertig bin! Unterbrich mich nicht!«

»Großvater!«, rief Kimber.

Der alte Mann beachtete sie nicht. »Lass mich deine Hände sehen«, sagte er.

Jair streckte die Hände mit den Flächen nach oben aus. Cogline betrachtete sie eingehend, grunzte, als habe er gefunden, wonach er suchte, und sagte: »Kommt rein, und ich mache euch etwas zu essen.«

Sie gingen ins Haus und setzten sich an den groben Holztisch, doch es war schließlich Kimber, die das Essen, einen Eintopf, zubereitete. Während Cogline über die Vergangenheit und Jairs Anteil daran sprach und einen erstaunlichen Mischmasch aus Wissen und Beobachtung zum Besten gab, ermahnte Kimber ihn immer, wenn sie es für notwendig hielt.

»Ich erinnere mich an dich«, sagte er gerade. »Warst noch ein Junge und kamst mit deiner Schwester aus der Ruine von Graumark, beide wart ihr mit Staub bedeckt und habt nach Tod gerochen! Ha! Ich kenne mich mit diesem Geruch aus, das sag ich dir! Habe schon viele Ungeheuer aus der Unterwelt bekämpft, ehe du geboren warst, bevor überhaupt irgendwer, der heute noch lebt, geboren wurde. Hab zwar den Orden verlassen, aber meine Fähigkeiten nie eingebüßt. Keine einzige. Niemand von denen hat je auf mich gehört, aber nicht deswegen habe ich aufgegeben. Das Neue spiegelt das Alte. Man kann Wissenschaft und Magie nicht voneinander trennen. Die sind aus einem Guss, und die Lektionen der einen sind die Lektionen der anderen. Allanon wusste das genauso gut wie ich. Wusste gerade genug, um sich umbringen zu lassen.«

Jair hatte keine Ahnung, worüber der alte Mann redete, doch er reckte den Kopf bei der Erwähnung des Druiden. »Ihr habt Allanon gekannt?«

»Nicht, als er noch lebte. Kenne ihn jetzt, nachdem er tot ist. Deine Schwester, sie war eine Gabe für ihn. Sie war die Antwort auf das, was er für notwendig hielt, als er das Ende kommen sah. So ist sie für manche, die Gabe. Vielleicht eines Tages auch für dich.«

»Welche Gabe?«

»Weißt du, ich war auch mal jung. Und ein Druide.«

Jair starrte ihn an und wusste nicht recht, ob er das glauben sollte oder nicht. Es war schwierig, sich den alten Mann als Jungen vorzustellen, und noch schwieriger, in ihm einen Druiden zu sehen. Falls er tatsächlich ein Druide war – nicht, dass Jair es auch nur einen Moment lang glaubte –, was machte er dann hier in der Wildnis mit Kimber? »Ich dachte, Allanon wäre der letzte Druide gewesen.«

Der alte Mann schnaubte. »Du hast bestimmt schon eine Menge Sachen gedacht, die alle ganz anders waren.« Er schob seinen Teller zurück, den Eintopf hatte er kaum angerührt. »Willst du wissen, weshalb du hier bist?«

Jair hörte mitten im Bissen zu kauen auf. Kimber, die ihm

gegenüber saß, blinzelte und sagte: »Besser du wartest, Großvater, bis er mit dem Essen fertig ist.«

Der Alte überhörte sie. »Deine Schwester glaubte, sie hätte den Ildatch vernichtet«, erklärte er. »Sie lag allerdings falsch. Das ist nicht ihr Fehler, trotzdem hat sie sich geirrt. Sie hat ihn zu Asche verbrannt, nur noch verkohlte Reste hinterlassen, und das hätte sein Ende bedeuten müssen – war aber leider nicht so. Möchtest du dich mit mir nach draußen setzen, während wir uns unterhalten? Manchmal helfen die frische Luft und der Nachthimmel beim Nachdenken.«

Sie gingen nach draußen auf die vordere Veranda. Der Himmel im Westen leuchtete purpurn und rosa über den Wipfeln der Bäume, im Osten sah man bereits die Mondsichel und einige Sterne. Der Alte setzte sich in den Schaukelstuhl, und Jair und Kimber nahmen auf einer Bank mit hoher Lehne Platz. Dem Talbewohner fiel ein, dass er sein Pferd füttern und striegeln musste, eine Aufgabe, die er mit ein bisschen Verstand längst hätte erledigt haben können.

Schweigend schaukelte der Alte eine Weile vor sich hin, dann zeigte er plötzlich auf Jair. »Letzten Monat, in einer Vollmondnacht, als am Himmel ein Meer von Sternen stand, einer wirklich wunderschönen Nacht, wachte ich auf und spazierte zu dem kleinen Teich, der südlich von hier liegt. Ich weiß nicht warum. Etwas trieb mich dazu. Ich legte mich ins Gras und schlief, und während ich schlief, träumte ich. Nur war es eher eine Vision als ein Traum. Früher hatte ich solche Visionen häufig. Ich war den Schatten der Toten näher, und sie kamen zu mir, weil ich mich ihrer Nöte annahm. Aber das ist lange her, und ich hatte gedacht, diese Dinge seien erledigt.«

Der Gedanke schien ihn zu beschäftigen. »Damals war ich ein Druide.«

»Großvater«, drängte Kimber vorsichtig.

Der Alte schaute wieder Jair an. »In meinem Traum kam Allanons Schatten aus der Unterwelt zu mir. Er sprach mit mir. Er sagte, der Ildatch sei noch nicht zerstört, sondern ein Stück davon habe überlebt. Eine einzelne Seite nur, an den Rändern versengt, die sich während der Verbrennung des Buchs daraus gelöst habe und unter die Steine der Burg geweht worden sei. Vielleicht fand das Buch selbst die Möglichkeit, in seinen Todesqualen diese eine Seite zu retten. Ich habe keine Ahnung. Der Schatten hat es mir nicht erzählt. Nur, dass diese Seite die Bemühungen deiner Schwester überlebt habe und im Schutt von Mwellrets gefunden worden sei, auf der Suche nach Artefakten, die ihnen die einstige Macht der Schattenwesen verleihen sollten. Diese Rets wussten, was sie in den Händen hielten, da die Seite es ihnen verriet, mit einem Wispern, das große Dinge verhieß! Noch als Fragment besaß sie Leben, so mächtig war diese Magie!«

Jair sah Kimber unsicher blinzeln. Offensichtlich war dies auch ihr neu. »Eine Seite«, sagte er zu dem Alten, »ist doch nicht genug, um eine Gefahr darzustellen, oder? Solange sich darauf nicht ein Zauber befindet, den die Mwellrets benutzen können?«

Cogline fuhr sich mit der Hand durch das drahtige weiße Haar. »Nicht genug? Ja, das habe ich zunächst auch angenommen. Eine Seite von so vielen. Welchen Schaden könnte die anrichten? Ich verscheuchte die Vision beim Aufwachen und war überzeugt, es handele sich um die gehässige Störung eines friedlichen Lebens, eine grundlose Furcht, die vorübergehend fruchtbaren Boden in der Gebrechlichkeit eines alten Mannes gefunden habe. Doch die Vision wiederholte sich, und diesmal lag ich in meinem eigenen Bett. Sie war stärker und eindringlicher. Der Schatten schalt mich für meine Unentschlossenheit, für meine früheren und heutigen Versäumnisse. Er befahl mir, dich aufzusuchen und herzubringen. Das ließ mir keine Ruhe mehr, nicht in dieser Nacht und auch später nicht.«

Er wirkte in der Tat ausgesprochen beunruhigt, als sei die Erinnerung an den Besuch des Schattens eine Art Heimsuchung, mit der er lieber nichts zu tun hätte. Jair verstand nun, weshalb Kimber es für derart wichtig gehalten hatte, ihn nach Hearthstone zu holen. Cogline war ein alter Mann am Rande des geistigen Zusammenbruchs. Vielleicht halluzinierte er, möglicherweise hatte er tatsächlich mit den Schatten der Toten Verbindung, ob nun mit Allanon oder nicht, aber was auch immer er erlebt hatte, es hatte ihn zutiefst erschüttert.

»Und da ich jetzt hier bin, was soll ich tun?«, fragte er.

Der Alte sah ihn an. In seinen alten Augen zeigte sich tiefe Müdigkeit. »Ich weiß es nicht«, sagte er. »Es wurde mir nicht mitgeteilt.«

Dann blickte er in die Dunkelheit und schwieg.

»Es tut mir Leid«, entschuldigte sich Kimber später. In ihrer Stimme lag unverkennbarer Überdruss. »Ich habe nicht gedacht, dass er uns weiter so im Ungewissen ließe, wenn er endlich die Gelegenheit bekäme, mit dir zu reden. Das hätte ich besser wissen müssen. Ich hätte dich nicht herholen sollen.«

Sie saßen nun wieder auf der Bank, tranken kaltes Bier und lauschten den Geräuschen der Nacht. Vor einer Weile hatten sie den alten Mann ins Bett gebracht und bei ihm gehockt, bis er zu schnarchen begann. Kimber hatte dem mit einem Schlafmittel im Tee nachgeholfen.

Er lächelte sie an. »Es braucht dir nicht Leid zu tun. Ich bin froh, dass ich hier bin. Zwar weiß ich nicht, ob ich helfen kann, aber du hattest Recht mit dem Wunsch, diese Angelegenheit nicht allein ausstehen zu müssen. Er würde wahrscheinlich sehr viel schwieriger werden, wenn du sein Reden einfach nicht beachten würdest.«

»Aber das ist solch ein Unsinn! Er ist seit Monaten nicht aus dem Bett gekommen. Er hat nicht unten am Teich geschlafen.

Seine Träume sind das Ergebnis seiner Weigerung, richtig zu essen.« Niedergeschlagen seufzte sie. »Diese Sache mit dem Ildatch, der irgendwie in einer einzigen Seite überlebt haben soll! Ich habe ihm stets alles geglaubt, was er mir erzählt hat, als ich klein war und ihn für den weisesten Mann der Welt hielt. Doch jetzt, denke ich, verliert er langsam den Verstand.«

Jair nippte an seinem Bier. »Ich weiß nicht. Er wirkt sehr überzeugt.«

Sie starrte ihn an. »Du glaubst ihm doch nicht etwa, oder?«

»Nicht ganz. Aber möglicherweise ist er auf etwas gestoßen, dem man Aufmerksamkeit widmen sollte. In Träumen enthüllt sich manches auf eine Weise, die wir nicht sofort verstehen. Sie brauchen Zeit, um entschlüsselt zu werden. Nachdem man einmal darüber nachgedacht hat …«

»Warum sollte Allanons Schatten in einem Traum zu Großvater kommen und ihn bitten, dich herzuholen, anstatt gleich dir zu erscheinen?«, unterbrach sie ihn erhitzt. »Welchen Sinn ergibt es, Großvater einzubeziehen? Er gehört doch sicher nicht zum Kreis der Menschen, denen du gern zuhörst!«

»Dafür gibt es ohne Frage einen gewichtigen Grund, falls es sich tatsächlich um die Vision von einem Schatten handelt. Der alte Mann muss auf irgendeine Art darin verwickelt sein.«

Er blickte sie an und suchte nach Bestätigung, doch sie hatte sich abgewandt und presste missbilligend die Lippen aufeinander. »Wirst du ihm helfen, Jair? Machst du ihm begreiflich, dass er nur einer Einbildung nachhängt, oder willst du seine selbstzerstörerische Haltung auch noch unterstützen?«

Bei dieser Zurückweisung errötete er, beherrschte sich jedoch. Kimber suchte dringend nach Hilfe für ihren Großvater, um ihn aus dem Treibsand seines Irrglaubens zu befreien, und stattdessen bot er an, selbst mit hineinzuspringen. Aber er konnte die Worte des alten Mannes nicht mit der gleichen Überzeugung abtun wie sie. Ihn belasteten keine gemeinsam verbrachten Jahre und geteilten Erfahrungen; auch betrachtete er Cogline mit gänzlich anderen Augen. Außerdem zweifelte er nicht so schnell an Visionen und Träumen und Schatten. Er hatte so etwas schon mehrmals erlebt, zum Beispiel mit dem Besuch des Königs vom Silberfluss unter recht ähnlichen Umständen vor zwei Jahren. Diesen Besuch hätte er vielleicht abgetan, wäre er weniger aufgeschlossen gewesen, und hätte dadurch Brin verloren, und die ganze Welt hätte sich gewandelt. Solche Ereignisse vergaß man nicht so schnell. Mit dem Wunsch, nicht zu glauben, näherte man sich Dingen, die sich dem sofortigen Verständnis entzogen, nicht immer auf die beste Weise.

»Kimber«, sagte er ruhig, »ich habe noch keine Ahnung, was ich zu tun gedenke. Ich weiß nicht genug, um eine Entscheidung zu treffen. Doch wenn ich den Worten deines Großvaters keine Beachtung schenke, wird alles vielleicht noch weitaus schlimmer, als wenn ich herausfinde, was sich dahinter verbirgt.«

Er wartete, während sie in die Ferne schaute. Ihre Augen waren gerötet, ihr Mund verkniffen. Dann plötzlich drehte sie sich zu ihm um und nickte langsam. »Tut mir Leid. Ich wollte dich nicht angreifen. Du warst so gut und bist auf meine Bitte hergekommen, und ich lasse meine Niedergeschlagenheit über meinen Verstand siegen. Ich weiß ja, du willst nur helfen.«

»Ja«, versicherte er. »Lassen wir ihn schlafen, und schauen wir, ob er wieder diese Vision hat. Wenn er aufwacht und ausgeruht ist, können wir darüber reden. Vielleicht entdecken wir ja die Quelle der Visionen.«

Sie schüttelte rasch den Kopf. »Aber wenn es nun der Wahrheit entspricht, Jair? Wenn er Recht hat? Möglichweise habe ich dich aus Eigennutz hergeholt und dich dadurch einer Gefahr ausgesetzt. Das wollte ich zwar nicht, doch wenn es nun so ist?«

Jetzt sah sie wieder wie ein kleines Mädchen aus, einsam und verlassen. Er lächelte und zwinkerte ihr zu. »Gerade hast du mir erzählt, es könne überhaupt nicht wahr sein. Willst du deine Meinung ändern, bloß weil ich gesagt habe, wir sollten die Sache nicht voreilig abtun? Ich habe auch nicht behauptet, dass ich die Geschichte glaube, sondern lediglich, dass ein Fünkchen Wahrheit daran sein könnte.«

»Ich will nicht einmal dieses Fünkchen. Es soll einfach nur Großvaters wilde Fantasie sein und sonst nichts.« Sie starrte ihn eindringlich an. »Das soll alles aus meinem Leben verschwinden und nicht wiederkommen. Wir haben genug mit diesen Schattenwesen und Büchern dunkler Magie zu schaffen gehabt.«

Er nickte langsam, dann streckte er die Hand aus und strich ihr sanft über die Wange, wobei ihn seine Kühnheit selbst überraschte. Als sie die Augen schloss, spürte er, wie sein Gesicht heiß wurde, und rasch zog er die Hand zurück. Plötzlich schwindelte ihm. »Warten wir es ab, Kimber«, schlug er vor. »Vielleicht kommt der Traum nicht wieder.«

Sie öffnete die Augen. »Vielleicht«, flüsterte sie.

Er wandte sich der Dunkelheit zu, trank einen großen Schluck Bier und wartete darauf, dass sein Kopf wieder klar wurde.

Der Traum suchte Cogline in dieser Nacht nicht heim. Sondern er kam zu Jair Ohmsford.

Jair rechnete nicht damit, als er in sein Bett kroch. Er war müde von der langen Reise und ein wenig betrunken nach zu viel Bier. Die Pferde waren gestriegelt und gefüttert, sein Gepäck hatte er im Schrank verstaut, und im Haus war es dunkel. Er wusste nicht, wie lange er geschlafen hatte, als es begann, nur, dass alles ganz plötzlich geschah und er auf einmal das Gefühl hatte, wach und munter zu sein.

Er stand am Rande eines großen Gewässers, das sich ausbreitete, so weit das Auge reichte; die Oberfläche war grau und glatt und spiegelte den Himmel flach und farblos, so dass man das eine vom anderen kaum unterscheiden konnte. Der Schatten war bereits da und schwebte über dem Wasser, ein riesiger dunkler Geist, gegenüber dem sich Jair wie ein Zwerg fühlte und der einen großen Teil des Horizonts verdeckte. Eine Kapuze verbarg das Gesicht, dort waren lediglich zwei rote Lichter sichtbar, die in einem schwarzen Loch glühten.

Kennst du mich?

Natürlich kannte er ihn. Er wusste in seinem Inneren, wer es war, ohne darüber nachdenken zu müssen, ohne mehr als diese drei Wörter zu brauchen. »Ihr seid Allanon.«

Im Leben. Im Tod bin ich sein Schatten. Erinnerst du dich daran, wie ich war?

Jair sah den Druiden vor sich, der auf Brin und Rone Leah und ihn selbst wartete, als sie spät in der Nacht heimkehrten. Er sah eine dunkle und imposante Gestalt, die für ihr Haus zu groß wirkte. Er hörte, wie der Druide ihnen vom Ildatch und den Schattenwesen berichtete. Die ausgeprägten Gesichtszüge und die entschlossene Stimme hatten ihn tief beeindruckt. Er hatte nie mehr eine so gebieterische Persönlichkeit wie Allanon kennen gelernt – außer vielleicht Garet Jax.

»Ich erinnere mich«, sagte er.

Schau!

Ein Bild erschien in der Luft vor ihm, düster und undeutlich. Es zeigte die Ruinen einer riesigen Festung, Trümmer und Schutthaufen vor einem Wald und Bergen. Das zerstörte Graumark. Schattenhafte Gestalten bewegten sich durch die Trümmer und stocherten in den zerbrochenen Steinen. Sie trugen Fackeln, einige der Sucher wagten sich weit in die unterirdischen Tunnel vor, die jederzeit einstürzen konnten. Sie trugen Mäntel und Kapuzen, doch das Licht enthüllte Reptilienschuppen an Händen und auf den Gesichtern. Mwellrets. Sie drangen tiefer in die Ruinen vor, in die Katakomben, zu Orten, wo allein Dunkelheit und Tod herrschten. Langsam kamen sie voran, sie nahmen sich Zeit, hielten oft an, um Nischen und Spalten zu durchsuchen, jeden Hohlraum, in dem etwas verborgen sein konnte.

Dann begann einer der Mwellrets zu graben, hastig und erregt, schob Steine und Balken zur Seite und zischte wie eine Schlange. Er arbeitete allein über eine längere Zeit, die anderen zogen weiter. Staub und Blut bedeckten bald die schuppige Haut, und der Mwellret keuchte vor Anstrengung.

Am Ende fand er jedoch, wonach er suchte, und barg aus dem Schutt die versengte, zerrissene Seite eines Buches, ein Blatt mit einer Schrift, die wie Adern unter der Haut pulsierte …

Schau!

Ein zweites Bild erschien, von einer anderen Festung, eine, die Jair nicht gleich erkannte, obwohl sie ihm nicht ganz fremd vorkam. Sie war so düster und unheimlich wie Graumark, voller Schatten und Finsternis, das Mauerwerk ebenso kantig und grob behauen. Das Bild verweilte einen Augenblick auf den Wehrtürmen, ehe es den Talbewohner ins Innere führte, durch Tore und an Bastionen vorbei in die tieferen Bereiche. In einem Raum, der von qualmenden Fackeln erhellt wurde und dessen Luft schwer vom Dunst war, hockten Mwellrets über der Buchseite, die aus den Ruinen von Graumark geborgen worden war.

Sie vollzogen einen geheimnisvollen Ritus. Jair war nicht sicher, doch er hatte das unbestimmte Gefühl, dass sie nicht recht begriffen, was eigentlich mit ihnen geschah. Sie bewegten sich wie das Räderwerk einer Maschine, jeder synchron mit dem anderen. Die Köpfe hielten sie gesenkt, die Blicke waren starr, und ihre Stimmen und Bewegungen wirkten benommen, so als stünden sie im Bann eines Zauberers, den Jair nicht sehen konnte. In der Dunkelheit und dem Rauch erinnerten sie ihn an die Spinnengnomen auf dem Tofferkamm, die sich selbst den Werbestien in dem Irrglauben opferten, sie könnten mit ihrem Leben das vieler anderer retten.

Alle gemeinsam hielten sie nun die Hände über das Papier und nahmen in sich auf, wie sich die geäderte Schrift anfühlte, murmelten geheime Sprüche und kurze Gebete. Unter ihren Reptilienfingern glühte die Seite auf, und die Schrift pulsierte. Sie antwortete auf ihre Bemühungen. Jair spürte einen starken Sog, mit dem Leben ausgesaugt wurde.

Das Fragment des Ildatch, das nach einem Ausweg aus der Verbannung suchte und dringend Nahrung benötigte, mit deren Hilfe es sich erinnern und die verlorenen Zaubersprüche anwenden konnte, suchte sich Nahrung.

Das Bild verblasste. Jair war wieder allein mit Allanons Schatten, zwei einsame Figuren, die sich in einer leeren Landschaft gegenüberstanden. Die Dunkelheit war tiefer geworden, der Himmel düsterer. Der See spiegelte kein Licht mehr.

Im Nachhinein verstand er, weshalb ihm die zweite Festung so bekannt vorgekommen war. Es war Dun Fee Aran, der Gnomenkerker, wohin er von dem Mwellret Stythys gebracht worden war und wo man ihn hatte zwingen wollen, zunächst seine Magie preiszugeben und schließlich sein Leben zu opfern. Es erinnerte ihn an seine Verzweiflung, als er tief unter der Erde in den Gewölben der Burg in einer Zelle eingesperrt gewesen war, allein in Finsternis und Stille. Diese Furcht hatte er nicht vergessen.

»Dorthin kann ich nicht zurückkehren«, flüsterte er, da er vorausahnte, was ihm der Schatten auftragen würde.

Doch der Schatten trug ihm nichts auf. Stattdessen machte er eine Bewegung, und ein drittes und letztes Mal begann die Luft vor dem Talbewohner zu flimmern.

Schau!

»Ich wusste es!«, rief Cogline fröhlich. »Er lebt noch! Habe ich es euch nicht gesagt? Habe ich es nicht gesagt? Du hast mich für einen verrückten alten Mann gehalten, Enkelin, aber wie verrückt sehe ich jetzt aus? Halluzinationen? Wilde Einbildungen? Ha! Muss man mich immer noch behandeln wie eine empfindliche Blume? Muss ich immer noch bemuttert werden?«

Er tanzte im Zimmer herum und kicherte wie der Verrückte, der er, wie Jair annahm, beinahe war. Der Talbewohner beobachtete ihn geduldig und versuchte, Kimber nicht anzuschauen, die so wütend und entsetzt war, dass er die Hitze ihres Blickes regelrecht spüren konnte. Es war Morgen, sie saßen an dem alten Holztisch, und das helle Sonnenlicht, das durch die offenen Fenster hereinfiel, täuschte über die Dunkelheit des Moments hinweg.

»Du hast uns noch nicht erzählt, was der Schatten von dir möchte«, sagte Kimber ruhig, obwohl ihm die Schärfe ihrer Worte nicht entging.

»Was du sicherlich schon vermutest«, antwortete er und sah sie widerstrebend an. »Was ich schon wusste, ehe das dritte Bild erschien. Ich muss nach Dun Fee Aran und den Vorgängen ein Ende bereiten.«

Cogline hörte zu tanzen auf. »Nun, dazu bist du in der Lage, nehme ich an«, sagte er und tat mit einem Schulterzucken ab, welche Bedeutung sich hinter diesen Worten verbarg. »Du hast es doch schon einmal geschafft, oder?«

»Nein, Großvater, nicht er«, berichtigte Kimber ihn ungeduldig. »Das war seine Schwester, und ich verstehe nicht, weshalb sie nicht geschickt wurde, wenn es darum geht, die Sache zu Ende zu bringen, die sie vor zwei Jahren begonnen hat. Schließlich ist es ihre Schuld, dass der Ildatch noch lebt.«

Jair schüttelte den Kopf. »Es ist niemandes Schuld. Es ist einfach geschehen. Außerdem ist Brin verheiratet und schwanger und benutzt ihre Magie nicht mehr.«

Und würde sie nie wieder anwenden, dachte er. Was am Maelmord passiert war, hatte sie erst nach langer Zeit überwunden. Er hatte gesehen, wie lange es dauerte. Seit jenen Ereignissen war sie nie mehr die Alte gewesen. Sie hatte ihn davor gewarnt, welche Gefahren der Magie innewohnen konnten, dass man ihr niemals trauen durfte und wie rasch sie sich gegen einen wenden konnte, wenn man sie als Freund betrachtete. Er erinnerte sich an ihren gehetzten Blick.

Jair beugte sich vor und faltete die Hände vor sich. »Allanons Schatten hat verdeutlicht, dass sie dem Ildatch nicht ein zweites Mal ausgesetzt werden darf – nicht einmal dem Fragment einer Seite. Sie ist der Magie gegenüber zu verwundbar, zu empfänglich für das, was Magie Menschen antut, obwohl Brin selbst sehr stark ist. Jemand anders muss es erledigen, jemand, der der Macht des Buches zuvor nicht ausgesetzt war.«

Kimber ergriff plötzlich seine Hände und sah ihn eindringlich an. »Aber weshalb ausgerechnet du, Jair? Das könnte doch jemand anders erledigen?«

»Wohl nicht. Dun Fee Aran ist eine Feste der Mwellrets, und das Fragment wird irgendwo in ihren Tiefen aufbewahrt. Allein es zu finden stellt ein Hindernis dar, das die meisten abschrecken würde. Ich dagegen verfüge über die Magie des Wunschliedes und kann sie nutzen, um mich zu tarnen. Ich kann den Eindruck erwecken, als wäre ich überhaupt nicht da. Auf diese Weise gewinne ich ausreichend Zeit, um die Buchseite zu finden, ohne entdeckt zu werden.«

»Der Junge hat Recht!«, rief Cogline, den dieser Vorschlag mit neuem Leben erfüllte. »Er ist die richtige Wahl.«

»Großvater!«, fauchte Kimber ihn an.

Der alte Mann drehte sich um und strich sich mit den knorrigen Fingern durch den Bart. »Schrei mich nicht an!«

»Dann hör auf, solch lächerliche Schlüsse zu ziehen! Jair ist nicht die richtige Wahl. Vielleicht kann er sich an den Rets vorbei in die Festung schleichen, doch dann muss er die Seite vernichten und wieder hinausgelangen. Wie soll er das schaffen, wenn seine Magie lediglich in der Lage ist, Illusionen zu erzeugen? Rauch und Spiegelfechterei! Wie sollte er sich gegen einen gewalttätigen Angriff wehren, mit dem er in der Festung jederzeit rechnen muss?«

»Wir begleiten ihn!«, verkündete der alte Mann. »Wir werden ihn beschützen! Dazu nehmen wir Wisper mit – sobald das Tier von seinem Streifzug zurück ist. Verdammte Moorkatze!«

Kimber fuhr sich mit der Hand über die Augen. »Jair, hast du verstanden, was ich sage? Es ist hoffnungslos!«

Der Talbewohner verstand es, war jedoch nicht überzeugt. Er dachte an die dritte Vision, die Allanons Schatten ihm gezeigt hatte, die, über die er nicht gesprochen hatte. Ein Wirrwarr undeutlicher Bilder, die aus schemenhaften Bewegungen bestanden, hatte ihn verängstigt und verwirrt. Doch gleichzeitig hatte ihn diese Vision mit dem starken und unverkennbaren Gefühl erfüllt, dass er Erfolg haben würde.

»Der Schatten sagte, ich würde einen Weg finden«, antwortete er ihr. Er zögerte. »Wenn ich an mich selbst glaube.«

Sie starrte ihn an. »Wenn du an dich selbst glaubst?«

»Ich weiß. Es klingt töricht. Und ich habe Angst vor Dun Fee Aran, schon seit ich dort von dem Mwellret Stythys vor zwei Jahren auf der Suche nach Brin eingekerkert wurde. Ich dachte, ich würde in dieser Zelle sterben. Noch schlimmer war die Angst vor dem, was sie mir antun würden, bevor es so weit wäre. Nie zuvor habe ich solche Angst gehabt. Ich schwor, diesen Ort niemals wieder aufzusuchen, falls ich jemals lebend herauskäme.« Er holte tief Luft und atmete langsam aus. »Aber ich glaube, ich muss trotzdem zurückkehren, zum Teil, weil der Ildatch vernichtet werden muss, aber auch, weil Allanon mir vermittelt hat, ich solle keine Furcht mehr haben. Er hat mir ein Gefühl der Sicherheit gegeben, dass es diesmal nicht wie beim letzten Mal wäre, sondern anders, weil ich älter und stärker als damals bin – besser gewappnet, mich dem zu stellen, was mich erwartet.«

»Damit wollte er dich nur überreden, dorthin zu gehen, wo er dich hinlocken will«, hielt Kimber dagegen. »Das ist ein Druidentrick, eine jener Täuschungen, für die Schatten so berüchtigt sind.«

Er nickte. »Könnte sein. Aber so ist es mir einfach nicht vorgekommen. Es erschien mir ehrlich. Es schien die Wahrheit zu sein.«

»Natürlich war es so«, sagte sie leise. Sie wirkte kläglich. »Ich habe dich hergeholt, damit du Großvater hilfst, seinen Frieden zu finden, was seine Träume angeht, nicht damit du dieser Träume wegen dein Leben in Gefahr bringst. Das, wovor ich solche Angst hatte, wird tatsächlich geschehen. Das beunruhigt mich zutiefst.«

Sie drückte seine Hände so heftig, dass es ihm wehtat. »Wenn ich nicht gekommen wäre, Kimber«, wandte er ein, »wer nähme sich dann der Träume deines Großvaters an? Wir sind da einfach hineingeraten, aber wir können nicht einfach übergehen, was zwingend erledigt werden muss. Ich muss gehen. Ich muss.«

Sie nickte langsam und zog die Hände zurück. »Ich weiß.« Daraufhin schaute sie Cogline an, der jetzt sehr still war und angespannt wirkte, als sei ihm plötzlich bewusst geworden, was er angerichtet hatte. Sie lächelte ihn freundlich an. »Ich weiß, Großvater.«

Der alte Mann nickte langsam, doch die Freude war ihm vergangen.

Sie entschieden, am nächsten Tag aufzubrechen. Die Reise war selbst zu Pferde weit. Es würde sie fast eine ganze Woche kosten, durch das Rabenhorngebirge zu gelangen und das Altmoor zu umgehen, wo Dun Fee Aran oberhalb des Silberflusses im Schatten der Hohen Hügel lag. Das Land war rau, überwiegend Wildnis, abgesehen von einigen Zwergensiedlungen und Gnomenlagern. Der größte Teil bestand aus Sumpf und Urwald, in manchen Gebieten lauerten zu viele Gefahren, um sie zu durchqueren. Daher kam der kürzeste Weg nicht in Frage. Im besten Fall würden sie einen Pfad am östlichen Rand des Rabenhorns finden. Vorräte und Wasser nahmen sie mit, da sie mit dem Schlimmsten rechnen mussten.

Jair gefiel der Gedanke nicht, dass ihn sowohl Kimber als auch Cogline begleiten würden, aber er konnte nichts daran ändern. Er würde in das Land zurückkehren, das er bis vor zwei Jahren noch nicht gekannt hatte und das ihm auch heute fremd war. Ohne Hilfe würde er den Weg nicht finden, und seine einzige Hilfe bestand nun einmal in dem Mädchen und seinem Großvater, die den Anar besser kannten als jeder andere, an den er sich hätte wenden können. Es wäre ihm lieber gewesen, sie hier in Sicherheit zurückzulassen, allerdings bezweifelte er, dass die beiden nicht trotzdem darauf bestanden hätten, ihn zu begleiten, auch wenn er sie nicht gebraucht hätte. Aus nahe liegenden Gründen beabsichtigten sie, die Angelegenheit mit ihm durchzustehen.

Den Rest des Tages verbrachten sie damit, die Vorräte zusammenzustellen, eine langweilige Arbeit, die auch durchaus bedrückend war, denn die Vorbereitungen ähnelten dem Aufstieg an einem steilen Hang, ehe man von der Klippe sprang. Sie sprachen kaum miteinander und meist nur über die anstehenden Aufgaben. Wenigstens verging bei der Arbeit die Zeit schneller.

Häufiger, als ihm lieb war, fragte sich Jair, inwieweit er sein Glück auf die Probe stellte, indem er in das Land zurückkehrte, dem er zuvor nur knapp entkommen war. Er konnte natürlich vorweisen, dass er dieses Mal keine andere Wahl habe – wie schon beim letzten Mal –, aber eigentlich hatte er eine. Er konnte einfach fortgehen und die Träume und ihre Bedeutung hinter sich lassen. Oder er vertrat Kimbers Ansicht, dass er aus Gründen, die er nicht beurteilen konnte, ausgenutzt wurde. Er hätte sogar einwenden können, die Wiederbelebung des Ildatch sei auf jeden Fall zum Scheitern verurteilt, weil seine Schwester ihn mit ihrer Magie so gründlich vernichtet habe, dass die Neuschöpfung aus einer einzigen Seite unmöglich war. Auch konnte er die Angelegenheit einfach beenden, indem er verkündete, nach Hause zu gehen und Hilfe von seinen Eltern und seiner Schwester zu erbitten. Wäre es nicht klug, sie in die Sache mit einzubeziehen?

Aber das würde er nicht tun. Das wusste er schon, während er sich die Möglichkeit noch ausdachte. Denn er war gerade erwachsen geworden und würde nicht eher um Hilfe bitten, ehe er unbedingt musste. Den Beistand der Familie zu suchen, hätte er als Herabsetzung empfunden. Genau das erwarteten sie doch von ihm, dem Jüngsten und am wenigsten Erfahrenen, dem sie schon seit so langer Zeit unter die Arme griffen. Natürlich setzte er sich mit dieser Entscheidung großen Gefahren aus, das war nicht zu leugnen. Aber darauf wollte er es ankommen lassen. Er war einmal in dieses Land gegangen und zurückgekommen, und was immer dort drohte, er würde es wieder schaffen.

Seine Laune besserte sich auch nach Einbruch der Nacht nicht, als es nichts weiter zu tun gab, als auf den Morgen zu warten. Kimber bereitete das Essen zu, und während sie speisten, gab der Alte Gedanken über die alten Zeiten und die neue Welt zum Besten, über die Druiden der Vergangenheit und über die Zukunft ohne sie. Eines Tages würden sie wieder erscheinen, darauf beharrte er. Die Druiden wurden gebraucht, das stand fest. Jair hielt den Mund. Er wollte seine Meinung über Druiden und ihre Notwendigkeit lieber für sich behalten.

In dieser Nacht träumte er wieder, aber nicht von Allanons Schatten. In seinem Traum befand er sich bereits in der Festung von Dun Fee Aran, schlich durch die feuchten und dunklen Gänge, hatte sich hoffnungslos verlaufen und suchte nach dem Ausgang. Eine zischende Stimme, die er nicht einordnen konnte, wisperte ihm ins Ohr: *Niemalss verlässsst du diessen Ort.* Furcht erregende Wesen verfolgten ihn, doch sah er von ihnen lediglich die Schatten. Je länger er umherirrte, desto schlimmer wurden seine bösen Ahnungen, bis er sich schließlich mit aller Macht beherrschen musste, nicht laut zu schreien.

Als vor ihm ein Raum auftauchte, in dem es schwarz wie Tinte war, blieb er auf der Schwelle stehen und hatte Angst, auch nur einen Schritt weiter zu gehen, denn er wusste, wenn er das täte, würde etwas Schreckliches geschehen. Dennoch konnte er nicht anders, weil die Schatten von hinten näher kamen und ihn bedrängten. Also betrat er den Raum – ein Schritt, zwei, drei – und erspürte den Weg mit einer Vorsicht, die ihn hoffentlich retten würde, obwohl er daran starke Zweifel hegte.

Dann streckte sich ihm eine Hand entgegen, schlank und braun, und er wusste, sie gehörte Kimber. Er griff danach, hätte vor Dankbarkeit weinen mögen, als ihn etwas kräftig in den Rücken stieß und er vorwärts in eine Grube stürzte. Er fiel, war nicht fähig, sich zu retten, die Hand war verschwunden, seine Flucht gescheitert. Er fiel und fiel und wartete auf den Aufprall, bei dem sein Körper zerschmettert würde, den Aufprall, der immer näher kam …

Dann griff eine zweite Hand nach ihm und packte ihn mit solcher Kraft, dass man es kaum glauben mochte, und der Fall endete …

Mit einem Ruck erwachte er, saß aufrecht im Bett, keuchte heftig und umklammerte die Decke, die er im Schlaf beiseite getreten hatte. Es dauerte einen Moment, bis er den Traum abschütteln konnte und damit die Angst vor dem Fall. Er schwang die Beine über die Bettkante, setzte sich, ließ den Kopf zwischen die

Knie hängen und atmete langsam. Der Traum hatte ein Gefühl von Furcht und Einsamkeit bei ihm ausgelöst.

Schließlich blickte er auf. Draußen zeigte sich das erste Licht der Dämmerung über den Bäumen. Plötzlich erfasste ihn Panik.

Was tat er da eigentlich?

In diesem Augenblick erkannte er, dass er der Aufgabe nicht gewachsen war, die er sich gestellt hatte. Er war weder stark noch mutig genug. Zudem verfügte er nicht über die notwendigen Fähigkeiten und Erfahrungen. Noch nicht einmal zwei Jahrzehnte war er alt. In manchen Gegenden hätte man ihn schon als Mann betrachtet, doch an dem Ort, der zählte, in seinem Herzen, war er ein Junge. Wenn er schlau wäre, würde er sich zur Tür hinausschleichen und dorthin zurückreiten, wo er hergekommen war.

Darüber dachte er lange nach; er sollte seiner Eingebung folgen, aber am Ende würde er es nicht tun.

Draußen hellte der Himmel weiter auf, und der Tag brach an. Schließlich stand er auf und zog sich an.

Am Vormittag brachen sie auf, lenkten ihre Pferde von Hearthstone fort zu den Pässen unterhalb des Tofferkamms, über die sie tiefer ins Ostland gelangen würden. Cogline, der an diesem Tag ausgesprochen redselig war, führte sie an, da er eine Route ausgesucht hatte, die es ihnen gestattete, den ganzen Weg zu reiten, solange das Wetter und die Umstände dies nicht verhinderten, Voraussetzungen, auf die er bei jeder Gelegenheit hinwies. Gewiss kannte sich der Alte im Land besser aus als jeder andere, abgesehen von den Gnomen und ein paar ansässigen Spurenlesern. Jair bereitete vielmehr Sorgen, an wie viel von seinem Wissen er sich noch erinnern konnte, wenn es darauf ankam. Doch gegen Coglines Unberechenbarkeit vermochte er nichts auszurichten; er konnte lediglich das Beste hoffen. Im Augenblick schien es dem Alten gut zu gehen, er war offensichtlich sogar darauf erpicht, die Sache anzupacken, und mehr durfte Jair nicht erwarten.

Er war ein wenig ungehalten, weil Wisper vor ihrem Aufbruch nicht zurückgekehrt war, denn die Moorkatze hätte ihre Gesellschaft bereichert. Nur wenige Wesen, ob nun Mensch oder Tier, würden es wagen, sich einer ausgewachsenen Moorkatze entgegenzustellen. Aber auch daran ließ sich nichts ändern. Sie mussten ohne Wisper zurechtkommen.

Während der ersten drei Tage blieb das Wetter gut, und die Reise verlief ohne Zwischenfälle. Sie ritten nach Norden und hielten sich von Altmoor fern, wo die Werbestien lebten. Auch reisten sie nur bei Tageslicht, um nicht vom Weg abzukommen. Nachts lagerten sie an Stellen, die Cogline sorgsam aussuchte und mit denen sich Kimber einverstanden erklärte, Stellen, wo sich die Umgebung gut überschauen ließ und die eine gewisse Sicherheit versprachen. Kimber bereitete das Essen für sie zu und legte ihren Großvater anschließend schlafen. Der alte Mann ließ dies ohne Widerspruch geschehen und schlief sofort ein.

»Es ist der Tee«, gestand sie Jair. »Ich gebe ein wenig von seinem Schlafmittel dazu. Manchmal ist es die einzige Möglichkeit, dass er Ruhe findet.«

Sie begegneten nur wenigen Menschen unterwegs, und ihre Reise verlief ausgesprochen ereignislos, was ganz im Gegensatz zu deren Anlass stand. Manchmal fühlte sich Jair wie auf einem Ausflug in die Wildnis, einer Erkundungsfahrt in ein unbekanntes Land, die keinen anderen Zweck hatte, als sich ein wenig umzusehen. Dann fiel es ihm leichter, nicht an die Gefährlichkeit ihrer Unternehmung zu denken und an seine Angst.

Diese angenehmen Momente dauerten leider nie lange an, und wenn sie vorüber waren, kehrten die düsteren Gedanken an das zurück, was bei ihrer Ankunft in Dun Fee Aran zu bestehen wäre. Jair kam immer wieder zu dem gleichen Schluss. Hineinzugelan gen würde leicht sein. Er wusste, wie er seine Magie einsetzen konnte, um sich zu tarnen. Anders als Brin hatte er nicht aufgehört, sie anzuwenden, übte sich ständig darin und erprobte ihre Grenzen. Solange er sich nur daran erinnerte, diese Grenzen nicht zu überschreiten, würde alles gut gehen.

Was ihm Sorgen bereitete, war die Vorstellung, im Innern der Festung ertappt zu werden. Gewiss war er älter und kräftiger als vor zwei Jahren, und er hatte bei seiner Rückkehr ins Tal den Umgang mit Waffen und den Nahkampf erlernt. Allerdings war er kein erfahrener Kämpfer, und er würde sich tief in eine feindliche Feste begeben. Dabei war es nicht gerade ermutigend, dass ihm als einzige Verbündete eine junge Frau und ihr halb verrückter Großvater beistanden. Kimber hatte ihre Wurfmesser mitgenommen, die sie tödlich einzusetzen wusste, und der Alte führte in seiner Tasche seltsame Pulver und Chemikalien mit, von denen einige ganze Wände zum Einsturz bringen konnten, doch eigentlich wollte sich Jair auf keines von beidem verlassen. Wenn er nicht gerade darüber nachdachte, einfach umzudrehen und heimzukehren – was er wenigstens einmal am Tag tat –, grübelte er darüber, wie er Kimber und ihren Großvater überreden könnte, ihn nicht in die Festung hinein zu begleiten. Worin sein Schicksal auch immer bestehen mochte, er wollte verhindern, dass ihnen etwas zustieß. Er war von Allanons Schatten gerufen und entsandt worden. Die Aufgabe, das Fragment des Ildatch zu zerstören, hatte man ihm übertragen.

Seine Ängste und Zweifel verfolgten ihn. Sie hafteten ihm an wie der Staub der Straße, kleine Mahnungen, dass diese Sache kein gutes Ende nehmen würde, dass er der Aufgabe nicht gewachsen sei. Er konnte sie nicht abschütteln, konnte ihre beharrlichen leisen Einwürfe nicht als Lügen entlarven, die nur seine Zuversicht erschüttern sollten. Mit jeder Meile fühlte er sich mehr wie der Junge, der er beim letzten Mal gewesen war, als er diesen Weg ging. Dun Fee Aran war eine Feuergrube des Schreckens, und die Mwellrets waren die Ungeheuer, die in der Glut stocherten. Er erwischte sich dabei, wie er sich seine alten Gefährten herwünschte – Garet Jax, den Grenzländer Helt, den Elfenprinzen Edain Elessedil und den Zwerg Foraker. Selbst der wortkarge Gnom Slanter wäre ihm willkommen gewesen. Doch außer dem Gnomen, den er seit ihrem Abschied vor zwei Jahren nicht mehr gesehen hatte, waren alle in Graumark umgekommen. Es gab keine Möglichkeit, sie zu ersetzen, neue Verbündete zu finden, die aus dem gleichen Eisen geschmiedet waren. Wenn er sich also entschied, Cogline und Kimber lediglich als Führer und Reisegefährten zu betrachten, musste er folglich allein hineingehen.

Am vierten Tag wurde das Wetter schlecht. Im Morgengrauen wälzte sich eine dunkle Wolkenwand von Westen heran, und schon am Vormittag regnete es heftig. Inzwischen hatten sie das Rabenhorn hinter sich und ritten im Schatten der Berge nach Südosten. Das Gelände war felsig und mit Büschen durchsetzt, und so waren sie gezwungen, abzusteigen und die Pferde durch den heftiger werdenden Regen zu führen. Unter Mantel und Kapuze waren sie gewissermaßen voneinander abgeschnitten, schemenhafte, gesichtslose Gestalten.

Ausgerechnet in dieser feuchten Kälte und durchnässter Kleidung kam Jair zu der Überzeugung, dass er seine Erfolgsaussichten unterschätzt hatte, dass er besser vorbereitet war, als zuvor angenommen, und dass seine Magie ihm schon weiterhelfen würde. Er brauchte nur in die Festung Dun Fee Aran einzudringen, auf seine Gelegenheit zu warten und das Fragment des Ildatch zu zerstören. Es war anders als beim letzten Mal, als das Buch der Magie noch als wissendes Wesen handelte, das sich selbst verteidigen konnte. Es gab keine Schattenwesen, denen man ausweichen musste. Die Mwellrets waren gefährlich, doch nicht im gleichen Grade wie die Wandler. Er konnte es schaffen.

Das glaubte er zwei Stunden lang, ehe die Zweifel und Ängste zurückkehrten und sich seine Zuversicht in Luft auflöste. Während sie durch Zwielicht und Schlamm dahinzogen, sah er sich, wie er auf den Rand einer Klippe zusteuerte und einen Weg wählte, der nur in eine Richtung führte.

Seine düstere Stimmung war wieder da, und von neuem bedrückte ihn die Last seiner Unzulänglichkeit.

In dieser Nacht lagerten sie unterhalb von Graumark am Ufer des Silberflusses zurückgezogen im Wald. Im Schutz von dicken Eichen, deren Äste nur winzige Flecken des Himmels erkennen ließen, entfachten sie ein Feuer. Holz gab es reichlich, es war sogar nach dem Regen noch trocken genug, um zu brennen. Näher an Dun Fee Aran hätten sie es vermutlich nicht gewagt, doch die gefährlichsten Wesen in diesen Wäldern bewegten sich auf vier Beinen. So weit draußen in der Wildnis würden sie bestimmt niemandem sonst begegnen.

Doch nicht lange, nachdem sie gekocht und gegessen hatten, wurden sie von einem Rasseln und dem Wiehern eines Packtieres aufgeschreckt. Dann rief ihnen jemand aus der Dunkelheit die Frage zu, ob er sich zu ihnen gesellen dürfe. Cogline bejahte und murmelte etwas in seinen Bart, und der Besucher trat ins Licht des Feuers, wobei er ein Maultier an einem Strick führte. Der Mann war groß und dünn, von Kopf bis Fuß in einen alten Mantel gehüllt. Das robuste Maultier trug ein Holzgestell, an dem Dutzende von Töpfen und Pfannen und anderes Kochgeschirr hingen. Ein Händler mit seiner Ware war auf sie gestoßen.

Er band das Maultier an, setzte sich ans Feuer und lehnte den Tee, den man ihm anbot, zugunsten von Bier ab, das er dankbar hinunterstürzte. »Langer nasser Tag«, stellte er mit müder Stimme fest. »Das Bier hilft, ihn runterzuspülen.«

Sie überließen ihm die Reste des Essens, das noch warm war,

und schauten ihm zu, wie er sie verspeiste. »Das ist gut«, freute er sich und nickte Kimber zu. »Die erste warme Mahlzeit seit einer ganzen Weile und vermutlich vorerst die letzte. Hier draußen sieht man nicht viele Lagerfeuer. Und auch nicht viele Leute. Heute Nacht ist mir sehr nach Gesellschaft zumute. Ich hoffe, das stört Euch nicht.«

»Und was macht Ihr dann hier draußen?«, fragte Jair ihn, geschickt anknüpfend.

Der Händler hatte sich gerade einen Bissen in den Mund schieben wollen, hielt aber inne und lächelte gequält. »Ich ziehe hier mehrmals im Jahr lang und versorge die Orte, die andere Händler links liegen lassen. Es sieht vielleicht nicht so aus, aber am Fuß der Berge gibt es Dörfer, die brauchen, was ich verkaufe. Ich erledige dort meine Geschäfte und kehre wieder nach Hause zurück – zum Rabb. Ein ganz schöne Reiserei, doch mir gefällt's. Ich muss mir nur Gedanken um mich und mein Maultier machen.«

Er schob sich nun den Bissen in den Mund, kaute sorgfältig und sagte dann: »Und Ihr? Was führt Euch auf die Ostseite des Rabenhorns? Entschuldigt, aber Ihr seht kaum aus, als seiet Ihr aus der Gegend.«

Jair wechselte rasch einen Blick mit Kimber. »Wir sind unterwegs nach Dun Fee Aran«, verkündete Cogline, ehe sie es verhindern konnten. »Haben da Geschäfte zu erledigen. Mit den Rets.«

Der Händler verzog das Gesicht. »Ich würde mir das zweimal überlegen, Geschäfte mit ihnen zu machen.« Sein Ton verriet Abscheu. »Dun Fee Aran ist kein Ort für Euch. Sucht Euch was anderes, das nicht so …«

Er brachte den Satz nicht zu Ende, schaute von einem Gesicht zum anderen und fand offensichtlich nicht die Worte, mit denen er seine Sorge ausdrücken konnte, dass ein Junge, ein Mädchen und ein alter Mann auch nur daran dachten, Geschäfte mit den Mwellrets zu machen.

»Wir werden nicht lange brauchen«, sagte Jair, um die Sache in günstigerem Licht erscheinen zu lassen. »Wir müssen lediglich etwas abholen.«

Der Händler nickte, und sein dünnes Gesicht wirkte nicht nur vor Kälte und Nässe abgespannt. »Nun, seid vorsichtig. Den Mwellrets darf man nicht trauen. Ihr wisst, was man über sie sagt. Schaut man ihnen in die Augen, gehört man zu ihnen. Sie stehlen einem die Seele. Das sind keine Menschen, und sie haben keine menschlichen Eigenschaften. Bei denen lasse ich mich nie blicken. Nie.«

Er wandte sich wieder dem Essen zu, und währenddessen sprach niemand mehr. Doch nachdem er seinen Teller zur Seite gestellt und den Becher ausgetrunken hatte, füllte Kimber diesen neu und fragte: »Habt Ihr nie etwas mit ihnen zu tun gehabt?«

»Einmal«, antwortete er leise. »Unglücklicherweise. Sie haben mir alles abgenommen, was ich besaß, und mich ausgesetzt, damit ich elendig verrecken sollte. Doch ich kenne dieses Land gut, deshalb habe ich es nach Hause geschafft. Habe mich niemals wieder in ihre Nähe gewagt, nicht nach Dun Fee Aran, und sogar auf der Straße halte ich mich von ihnen fern. Sie sind Ungeheuer.«

Er zögerte. »Ich will Euch von Dun Fee Aran erzählen, da Ihr dorthin wollt. Habe es noch niemandem erzählt. Es gab keinen Grund, und wahrscheinlich hätte mir sowieso keiner geglaubt. Aber Ihr solltet es wissen. Ich war im Inneren dieser Mauern. Da haben sie mich festgehalten, während sie überlegten, was sie mit mir machen sollten, nachdem sie mir Waren und Maultier gestohlen hatten. Ich habe schlimme Dinge gesehen. Schatten, die durch Mauern gingen, als wäre der Stein nicht fester als Luft. Ich habe meine Mutter gesehen, die seit fünfzehn Jahren tot ist. Sie rief mich zu sich und versuchte, mich hinauszuführen. Aber ich konnte nicht mit ihr gehen, da ich nicht durch die Wände hindurch konnte wie sie. Es ist wahr. Ich schwöre es. Und es gab noch mehr. Dinge, über die ich nicht reden will. Aber sie waren da. Die Rets haben sie anscheinend nicht gesehen. Oder sie haben sich nicht darum geschert.«

Er schüttelte den Kopf. »Wenn man aus der Festung einmal heraus ist, will man nie wieder hinein.«

Daraufhin verstummte er und starrte in die Dunkelheit, als hielte er Ausschau, ob seine Erinnerungen, denen er kaum entfliehen konnte, gleich erneut körperlich Gestalt annähmen. Furcht zeigte sich in seinen Augen, und ein helles Glitzern ließ ahnen, welches Leid solche Erinnerungen auslösen konnten. Er wirkte weder feige noch abergläubisch, doch in den Schatten der Nacht sah er anscheinend Dämonen, die andere nicht wahrnahmen.

»Glaubt Ihr mir?«, fragte er leise.

Jairs Mund war ausgetrocknet. Ein Moment des Schweigens folgte. »Ich weiß nicht«, sagte er.

Der Mann nickte. »Ihr solltet mir besser glauben.«

In der Morgendämmerung verabschiedete sich der Händler. Sie schauten zu, wie er sein Maultier in Richtung Norden am Silberfluss entlang zwischen die Bäume führte. Einem dieser Schatten gleich, die er in den Verliesen von Dun Fee Aran gesehen haben wollte, ging er in die Mauer des frühmorgendlichen Nebels hinein und verschwand.

Sie zogen den ganzen Tag durch Land, das dicht mit Gestrüpp und Buschwerk bewachsen war und über dem graue Nebelbänke hingen. Die Welt war leer und still, ein Ort, an dem Nässe und Dunkelheit alles Leben erstickten, eine verwilderte Landschaft. Ohne das gewundene Band des Silberflusses hätten sie sich leicht verirrt. Sogar Cogline musste gelegentlich überlegen, wo der Weg weiterging. Der Himmel verschmolz mit dem Boden, und das

Land fühlte sich an wie ein Kokon. Oder wie ein Sarg. Es schloss sich um sie und weigerte sich, sie aus seinem tödlichen Griff zu entlassen. Es umklammerte sie mit der frostigen Verheißung einer Beständigkeit, die lediglich das Ende allen Lebens brachte. Die Ödnis war gleichermaßen niederdrückend wie schaurig, und stärkte nicht gerade Jairs längst erschütterte Zuversicht. Schlimm genug, dass der Händler schon die letzten Flammen des Feuers, das von seiner Entschlossenheit geblieben war, erstickt hatte; jetzt würde das Land auch die Glut löschen.

Cogline und Kimber sprachen wenig unterwegs, waren in Gedanken vertieft und im Schatten ihrer Mäntel und Kapuzen verborgen, wie Gespenster im Nebel. Sie führten ihre Pferde wie müde Krieger, die aus dem Krieg heimkehren, gebeugt vor Erschöpfung, voller Erinnerungen an dunkle Orte. An diesem Tag ging die Reise langsam voran, und manchmal war sich Jair der Vergeblichkeit ihres Unternehmens so sicher, dass er anhalten und seine Gefährten zurückschicken wollte. Nur Scham über seine eigene Schwäche hielt ihn davon ab. Er durfte sich dieser Schwäche nicht hingeben, durfte sie sich nicht gestatten. Denn dann könnte er sich genauso gut dem Tod überlassen.

Die Nacht verbrachten sie am Fluss, wo sie in einem Fichtengehölz Schutz fanden. Sie banden die Pferde in der Nähe an und teilten die Wache ein. Ein Feuer machten sie nicht. Dazu waren sie bereits zu nah an Dun Fee Aran. So gab es nur eine kalte Mahlzeit, Bier gegen die Kälte, und mürrisch und voller widersprüchlicher Gefühle legten sie sich schlafen.

Kalt und steif wachten sie in stetem Nieselregen auf. Eine Meile vom Lager entfernt wurde der Weg am Ufer besser passierbar, und sie stiegen auf und ritten bis zum Nachmittag, als schließlich, während sich die Nacht schon senkte und ein eisiger Wind aus den Bergen herunterwehte, ihr Ziel in Sicht kam.

Es war kein Augenblick, den sie willkommen hießen. Dun Fee

Aran erhob sich vor ihnen in Gestalt massiger Mauern und Türme, eingehüllt in Dunst und Regen. Fackelschein flackerte auf den rauen Oberflächen der eisenverstärkten Tore und durch die schmalen Schlitze der vergitterten Fenster, als würden gefangene Seelen nach Atem ringen. Rauch stieg von den zischenden Flammen auf und ließ den Bergfried wie eine schwelende Ruine wirken. Es gab kein Zeichen von Leben, nicht einmal Schatten, die sich bewegten. Auch hörte man keinerlei Geräusche. Die Burg schien der Finsternis und den Geistern des Händlers überlassen worden zu sein.

Die drei Reisenden lenkten ihre Pferde in einiger Entfernung zwischen die Bäume und stiegen ab. Gemeinsam standen sie da, während die Nacht anbrach, die Dunkelheit zunahm, und sie warteten und schauten, ob sich nur etwas oder jemand zeigen würde. Vergeblich.

Jair starrte den Unheil verkündenden Bergfried an und wusste genau, was ihn dort erwartete. Ein Schauer rann ihm den Rücken hinunter.

»Du kannst da nicht hineingehen«, sagte Kimber plötzlich mit dünner, gepresster Stimme.

»Ich muss.«

»Du musst überhaupt nicht. Lass es sein. Ich rieche das Böse dieses Ortes, ich schmecke es in der Luft.« Sie packte ihn am Arm. »Der Händler hatte Recht. Hierher gehören nur Geister. Großvater, sag ihm, er braucht nicht weiterzugehen.«

Jair blickte Cogline an. Der alte Mann sah ihm in die Augen, dann wandte er sich ab. Er wollte die Entscheidung dem Talbewohner überlassen. Zum ersten Mal, seit sie sich begegnet waren, nahm er eine neutrale Haltung gegenüber Jairs Selbstverpflichtung ein. Das sprach Bände über seine Gefühle, jetzt, da Dun Fee Aran vor ihnen lag.

Jair holte tief Luft und sah wieder Kimber an. »Ich hätte einen langen Weg umsonst zurückgelegt, wenn ich es nicht wenigstens versuchen würde.«

Sie starrte hinaus in den Regen und die Dunkelheit, hinüber zur Burg der Mwellrets, die im Schatten der Berge kauerte, und schüttelte den Kopf. »Mir ist es gleich. Ich wusste nicht, wie es hier sein würde. Dieser Ort erzeugt in mir ein weitaus schlimmeres Gefühl, als ich für möglich gehalten hätte. Ich habe es dir schon gesagt – ich möchte nicht, dass dir etwas zustößt. Das da«, sie zeigte zu der Festung, »sieht aus, als könnte es niemand bezwingen.«

»Die Burg sieht verlassen aus.«

Sie warf ihm einen tadelnden Blick zu. »Sei nicht töricht. Das glaubst du doch selbst nicht. Du weißt, was sich im Innern befindet. Warum tust du so, als wüsstest du es nicht?« Sie presste die Lippen zusammen. »Kehren wir um. Sofort. Soll sich doch jemand anders mit dem Ildatch befassen, der dazu besser geeignet ist. Jair, das ist zu viel!«

In ihrer Stimme schwang Verzweiflung mit, die auf Jair überzuspringen drohte. Die Angst des Händlers spiegelte sich in ihren Augen, diese Andeutungen dunkler Orte und dunklerer Gefühle. Sie folgte dem, was ihre Empfindungen an Dun Fee Aran wahrnahmen, seine Härte und Unergründlichkeit, die massive Gestalt und die Unveränderbarkeit. Ein Feigling war sie nicht, doch eingeschüchtert. Das konnte er ihr nicht vorwerfen. Selbst er vermochte sich kaum zu überwinden hineinzugehen. Es war leichter, einfach umzukehren.

Er blickte sich um, als beabsichtige er genau das. »Heute Abend ist es zu spät, um noch weiterzuziehen. Schlagen wir das Lager zwischen den Bäumen auf, wo wir ein wenig Schutz haben. Essen wir und schlafen wir. Und denken wir darüber nach, was wir am besten tun. Morgen früh treffen wir die Entscheidung.«

Diesen Vorschlag nahm sie an, ließ die Angelegenheit auf sich beruhen und führte die Gruppe in den Wald, fort vom Anblick der Festung mit ihren verborgenen Bewohnern, fort von allem, was hier vielleicht unterwegs sein konnte. Der Regen hörte nicht auf, der Wind legte sich nicht, und diese unangenehme Mischung machte die Hoffnung auf nur die geringste Bequemlichkeit zunichte. Schutz vor dem Wind fanden sie in einem Fichtenwäldchen, mehr durften sie nicht erwarten, und sie sattelten die Pferde ab, banden sie an und schlugen das Lager auf.

Ihre Vorräte gingen zur Neige, doch Jair überraschte das Mädchen und den Großvater, indem er einen Schlauch mit Bier hervorholte, den er für diesen Moment aufbewahrt hatte. Das Bier würden sie jetzt trinken, eine kleine Belohnung zur Feier der Ankunft an ihrem Ziel und eine Ablenkung von den schlimmen Gefühlen und dem noch schlechteren Wetter. Er schenkte ihnen großzügig ein, schaute zu, wie sie tranken, trank selbst jedoch nur zum Schein mit.

Seine Täuschung setzte ihm zu. Und doch handelte er nur zum Besten aller, und das rechtfertigte in seinen Augen weit Schlimmeres.

Binnen kurzer Zeit hatten sie sich auf dem Waldboden ausgestreckt und waren eingeschlafen. Das Schlafmittel hatte er Kimber gestohlen und dem Bier beigefügt. Er rollte ihre Decken aus, wickelte seine Gefährten darin ein, legte sie unter den Schutz der Fichtenäste und ließ sie schlafen. Jeden Abend hatte er Kimber zugeschaut, wie sie ihrem Großvater das Mittel verabreichte, und schon bei ihrem Aufbruch von Hearthstone hatte er diesen Plan geschmiedet. Wenn er die Dosis richtig abgeschätzt hatte, würden sie vor dem Morgen nicht aufwachen.

Zu dieser Stunde wäre er entweder längst wieder da oder tot.

Er legte seinen Schwertgurt an, steckte sich einen Dolch in den Stiefel, hüllte sich in seinen Mantel und brach auf, um herauszufinden, was davon eintreten würde.

Er fühlte sich nicht besonders mutig, was seine Entscheidung betraf. Vor allem verspürte er Niedergeschlagenheit. Wenn Kimber glaubte, er habe in dieser Angelegenheit eine Wahl, so stimmte das nicht. Jair gehörte nicht zu jener Sorte Mann, der sich vor seiner Verantwortung davonstiehlt, und es spielte dabei keine Rolle, ob er um diese Aufgabe gebeten hatte oder nicht. Der Schatten Allanons hatte ihn wohlerwogen und mit besonderer Absicht gerufen. Die Bedeutung dessen durfte er nicht missachten. Schon zuvor war er in seinem jungen Leben seinen eigenen Weg gegangen, und dadurch hatte er eine grundlegende Wahrheit verstanden, die andere vielleicht abtaten, er jedoch nicht. Wenn er nicht handelte, würde es vermutlich sonst auch niemand tun.

Insofern hatte er die Angelegenheit bereits zu Anfang entschieden, und seine Zweifel und Ängste waren lediglich eine Probe seiner Entschlossenheit.

Daraus, dass es ihm gelungen war, Kimber und ihren Großvater davon abzuhalten, ihn zu begleiten, zog er einen gewissen Trost. Natürlich wären sie mitgekommen, aus gutem Willen, und vielleicht wären sie sogar eine Hilfe gewesen. Aber er hätte sich ständig Sorgen um sie gemacht, und das hätte ihn doch bloß abgelenkt. Außerdem war es schwierig genug, sich selbst zu tarnen. Zwei weitere Personen verbergen zu müssen, während er in die Festung eindrang, hätte ihn überfordert.

Nebel und Regen behinderten die Sicht, und er war gezwungen, sich vorsichtig zu bewegen, da er kaum mehr als einige Meter in jede Richtung sehen konnte. Vor ihm leuchteten die Fackeln der Festung schwach wie durch einen Schleier. Unter seinen Füßen war der Boden matschig und mit Laub und Ästen bedeckt, die der Wind abgerissen hatte. Die Luft war kalt und roch nach feuchter Erde und nasser Rinde. Der scharfe Geruch des brennenden Pechs drängte sich dazwischen und führte ihn zu seinem Ziel.

Dann öffnete sich der Wald vor ihm, und die massiven Mauern der Festung kamen in Sicht, wie sie in Regen und Dunst schwarz glänzten. Er ging langsamer, betrachtete wachsam die Zinnen und Fenster und suchte nach Bewegungen. Inzwischen sang er bereits und beschwor so die Magie des Wunschliedes. Anders als Brin begrüßte er sie wie einen alten Freund. Möglicherweise war das der Grund, weshalb er hier gelandet war.

Vor ihm ragte das Haupttor aus starken, eisenbeschlagenen Eichenbohlen auf. Es war wenigstens zwanzig Fuß hoch. Ein abschreckendes Hindernis, jedoch hatte er bereits die kleine Seitentür entdeckt, durch die Reisende des Nachts eingelassen wurden, wenn es zu gefährlich war, das große Tor zu öffnen. Er ging auf diese Tür zu, sang weiter und hüllte sich nicht länger in Unsichtbarkeit, sondern tarnte sich als jemand, der er nicht war.

Langsam nahm er die Gestalt an, die ihm gewiss Einlass verschaffen würde.

Als er die kleine Tür erreichte, sandte er eine geflüsterte Aufforderung an die Wache im Inneren. Er zweifelte nicht, dass dort eine stand. Wie Kimber spürte er das Böse an diesem Ort und wusste, seine Quelle schlief nie. Augenblicke später wurde geantwortet. Ein Schlitz öffnete sich im Eisenbeschlag, und gelbe schmale Augen spähten heraus. Was sie sahen, war in Wirklichkeit nicht da. Was sie sahen, war ein durchnässter Mwellret, der Wut und Befehlsgewalt ausstrahlte, die man lieber nicht herausfordern mochte. Rasch wurde eine Entscheidung getroffen, die Tür schwang mit dem Ächzen eingerosteter Angeln auf, und ein Reptilgesicht erschien in der Öffnung.

»Ssag, wass dich herführt …«

Der Wächter verschluckte den Rest seiner Frage. Der Mwellret, den er erwartet hatte, war verschwunden. An seiner Stelle stand dort eine schwarz bemäntelte Gestalt von sieben Fuß Größe, die seit zwei Jahren als tot galt.

Denn vor dem Wächter stand der Druide Allanon.

Jair wagte ein verwegenes Spiel, aber er erzielte die beabsichtigte Wirkung. Vor Angst und Abscheu zischend, wich der Wächter ins Torhaus zurück, und er war zu schockiert, um auch nur daran zu denken, die Tür zu schließen. Jair trat sofort hindurch und drängte den Mwellret noch weiter in das kleine Torhaus. Zu spät griff der Wächter nach einem Spieß, eine einzige drohende Geste genügte zudem, dass er die Waffe voller Schrecken fallen ließ und abermals zurückwich, diesmal bis an die Wand.

»Ihr versteckt bei euch ein Fragment des Ildatch«, donnerte die Stimme des Druiden aus Jair heraus. »Übergib es mir.«

Der Mwellret rannte durch die Hintertür hinaus in das Innere von Dun Fee Aran, schrie laut, und seine zischende Stimme war schon heiser, ehe er den Hauptturm erreichte und darin verschwand. Er machte sich nicht die Mühe, einen Blick über die Schulter zu werfen, ob Allanon ihm folgte, denn zu sehr war er mit seiner Flucht beschäftigt und damit, die anderen zu warnen und bei ihnen Hilfe zu finden. Hätte er sich umgeschaut, wäre ihm aufgefallen, dass der Druide verschwunden und stattdessen der Mwellret wieder aufgetaucht war, dem er ursprünglich das Tor geöffnet hatte. In seiner ersten Tarnung verfolgte Jair den fliehenden Wächter. Wenn andere Rets an ihm vorbeirannten, um ins Torhaus zu eilen und sich der – nicht mehr bestehenden – Bedrohung zu stellen, trat er entweder in den Schatten oder machte unterwürfig Platz wie ein Untergebener den Höhergestellten.

Dann befand er sich im Bergfried und suchte sich seinen Weg, ging durch Gänge und stieg Treppen hinunter, wobei er sich gegen einen Strom von Mwellrets bewegte, die ihm entgegenkamen. Die ganze Festung war zum Leben erwacht, ein Schlangennest, ein Schwarm von Reptilien mit kalten, stechenden Augen. *Sieh ihnen nicht in die Augen!* Er kannte die Geschichten, wie die Rets Menschen die Seele stahlen. Einmal war er bereits Opfer dieser hypnotischen Wirkung geworden, und er beabsichtigte, dies nicht ein zweites Mal geschehen zu lassen. Er mied also ihre Blicke, während er sich an den Mwellrets vorbeischob, drang tiefer in den Bergfried ein und ließ die Rufe und Schreie hinter sich zurück, die inzwischen überwiegend im Haupthof laut wurden.

Er spürte, wie Zeit und Glück sich gegen ihn wandten. Wo war dieser Torwächter?

Nicht weit vor sich entdeckte er ihn, wie er keuchend einem anderen Mwellret die Neuigkeiten berichtete, einem, der wesentlich befähigter aussah, mit dieser unerwarteten Störung fertig zu werden. Dieser zweite Ret lauschte aufmerksam, schickte den verängstigten Wächter zurück und wandte sich einem Korridor zu, der abermals tiefer in den Bergfried führte. Jair brachte seinen ganzen Mut auf und folgte ihm.

Zielstrebig bewegte sich der Ret den Gang entlang und stieg dann einige Wendeltreppen hinunter. Ein- oder zweimal blickte er zurück, doch inzwischen hatte Jair erneut seine Erscheinung verändert und war nun kein Mwellret mehr, sondern ein Teil der Festung selbst. Er war Wände, Boden, Luft und eigentlich nichts. Der Mwellret konnte so oft er wollte über die Schulter schauen, doch er würde sehr genau hinsehen müssen, um festzustellen, dass etwas nicht stimmte.

Jair machte sich Sorgen darüber, ob dieser Ret ihn überhaupt zu dem Fragment des Ildatch führen würde. Er hatte angenommen, der Wächter würde ihn genau dorthin bringen, um die Wachposten der Buchseite zu warnen, dass Allanon aufgetaucht sei. Doch jetzt wies nichts darauf hin, dass dieser Ret ihn nun tatsächlich zu seinem Ziel brachte. Wenn Jair sich getäuscht hatte, würde er in ernsthafte Schwierigkeiten geraten, die er sich lieber gar nicht erst ausmalte. Seine Fähigkeit, die Magie der Tarnung aufrechtzuerhalten, war keinesfalls unerschöpflich. Früher oder später würde er ermüden. Dann wäre er nicht nur entlarvt, sondern auch noch wehrlos.

Der Gang vor ihm war in Fackelschein getaucht. Eine eisenbeschlagene Tür und Wachen mit Spießen versperrten den Weg. Der Mwellret, dem er folgte, gab den Wachen ein Zeichen, während er aus dem dunklen Teil des Ganges ins Licht trat, und diese öffneten die Tür und machten ihm Platz. Jair, der für alle in seiner Umgebung unsichtbar war, nutzte den Vorteil des Lichtwechsels, schloss zu seinem Führer am Eingang auf und schlüpfte genau hinter ihm in die Kammer. Die Tür wurde wieder geschlossen.

Rasch sah sich Jair in dem riesigen, raucherfüllten Raum um und betrachtete die Anwesenden. Es handelte sich um sieben, nein acht Mwellrets, die sich um einen großen Holztisch drängten, der mit Flaschen, Phiolen und ähnlichen Gefäßen vollgestellt war. Dazwischen lagen alte Bücher und Tafeln. In der Mitte befand sich erhöht auf einem Pult eine einzige Seite alten Papiers, deren Ränder angesengt und gewellt waren. Von diesem Fragment ging ein seltsames Glühen aus, und die Schrift pulsierte gleichmäßig. Die Aura war so abstoßend, dass Jair unwillkürlich zurückwich, und Übelkeit erfüllte ihn.

Es war keine Frage, was er vor sich sah. Er verdrängte seinen Ekel, nahm sich zusammen und legte den Riegel vor, der die Tür von innen verschloss.

Neun Köpfe fuhren herum, Schuppengesichter wendeten sich aus den tiefen Kapuzen dem Licht zu. Einen Augenblick lang blieben die Mwellrets wie angewurzelt stehen, dann ging derjenige, dem der Talbewohner gefolgt war, zur Tür zurück, ein langes Messer in der klauenartigen Hand. Jair bewegte sich schon zur Seite, umrundete den Raum an den Wänden entlang. Die Mwellrets schoben sich nun zwischen die Tür und ihren kostbaren Besitz und richteten ihre Aufmerksamkeit auf das, was draußen im Gang vorgehen mochte. Der Talbewohner würde nur einige Momente brauchen, um hinter sie zu gelangen und die Seite zu ergreifen. Er würde sie einfach an eine der Fackeln halten, ehe sie ihn daran hindern konnten. Wenn er rasch genug handelte, würden sie ihn nicht einmal bemerken.

Bleib ruhig. Keine Hast. Verrate dich nicht.

Der Mwellret an der Tür zog den Riegel zurück und riss die Tür auf. Die Wachen dahinter drehten sich erschrocken um, doch er blickte wortlos an ihnen vorbei und suchte den Gang ab. Jair hatte den Tisch erreicht und schlich auf das Fragment zu. Der Weg vor ihm war frei. Die Mwellrets unterhielten sich murmelnd, schauten sich voller Unbehagen um und versuchten zu entscheiden, ob es tatsächlich eine Bedrohung gab oder nicht. Jair blieben nur noch wenige Augenblicke.

Er packte die Fragmentseite und ließ sie heulend wieder fallen, da er sich die Finger wie an einem Stück glühender Kohle verbrannt hatte.

Augenblicklich wandten sich die Mwellrets um, sahen, wie ihr kostbares Relikt in der Luft schwebte, sich auf die Unordnung auf dem Tisch senkte und dabei dampfte und sich wand, als würde es ein Eigenleben führen. Die Beschützer stießen Rufe aus, manche holten unter den Mänteln Waffen hervor, und sie schwärmten im ganzen Raum aus. Wütend auf sich selbst und durch sein Scheitern erschüttert, wich Jair zurück und rang um seine Beherrschung. So wie Magie einst das Buch des Ildatch beschützt hatte, wachte sie nun auch über sein Fragment. Ob es sich nun um die Magie des Buches handelte oder um die der Hüter, war einerlei, jedenfalls erforderte diese neue Erschwernis ein anderes Vorgehen. Wenn er die Seite nicht mit den Händen ergreifen konnte, wie sollte er sie dann den Flammen übergeben? Wie konnte er sie vernichten?

Er drückte sich an die Wand, schob sich an den suchenden Rets vorbei, die noch immer unsicher waren, wonach sie eigentlich Ausschau hielten. Sie wussten, jemand war da, doch nicht, um wen es sich handelte. Wenn er sie lange genug im Ungewissen lassen könnte …

Seine Gedanken rasten, in seinem Kopf huschten die verbliebenen Möglichkeiten wie Ratten in einem Käfig hin und her.

Dann nahm einer der Mwellrets, der vielleicht Jairs List ahnte, einen runden Holzbehälter vom Tisch, griff hinein und verstreute weißes Pulver. Überall, wo das Pulver hinfiel, überzog es die getroffenen Gegenstände mit einer Schicht. Jair wusste, was nun kommen würde. Sobald das Pulver in seine Richtung gestreut würde, zeigte sich seine Gestalt so deutlich wie ein Umriss vor hellem Sonnenlicht. Er durfte allenfalls hoffen, das Fragment des Ildatch zu vernichten, ehe es so weit war, und höchstwahrscheinlich würde er nur noch eine einzige Gelegenheit bekommen.

Er blickte über die Schulter zu einer Fackel, die an der Wand hinter ihm in einer Halterung steckte. Wenn er sich die packte und nach vorn schnellte, konnte er sie an das Papier halten. Das sollte genügen, um der Sache ein Ende zu bereiten.

Ruhig. Nichts überstürzen.

Die Mwellrets bewegten sich nun wieder auf den Tisch zu, tasteten mit den Händen in der leeren Luft herum, als versuchten sie, den unsichtbaren Eindringling zu erhaschen. Der Mwellret mit dem Pulver verstreute dieses weiterhin, doch befand er sich noch auf der anderen Seite des Tisches und näherte sich nur langsam. Der Talbewohner setzte das Wunschlied fort, während er seine Aufmerksamkeit stärker auf das Erreichen seines Zieles richtete. Er musste seine Gegner abermals ablenken, damit er handeln konnte.

Da drehte sich der Ret mit dem Pulver abrupt um und schleuderte es mit vollen Händen in seine Richtung.

Diese plötzliche Bedrohung war für den Talbewohner zu viel. Er gehorchte einer Eingebung und unterbrach die Beschwörung der Magie, die ihn tarnte, um etwas Mächtigeres zu erschaffen. Bilder von Garet Jax füllten den Raum, schwarz verhüllte Gestalten schwangen Klingen mit beiden Händen und bewegten sich wie erfahrene Krieger. In seiner Panik war Jair nichts Besseres eingefallen, und jetzt packte er die Gelegenheit beim Schopf wie ein Ertrinkender die Rettungsleine.

Zunächst schien dieser Zauber zu genügen. Die Mwellrets wichen erschrocken zurück, waren überrascht und auf so viele Gegner nicht vorbereitet. Sogar die Wachen an der Tür zogen sich mit erhobenen Spießen zurück. Welche Magie auch immer am Werke war, sie waren damit nicht vertraut und wussten nicht, wie sie sich dagegen wehren sollten.

Es war genau die Art von Ablenkung, die Jair brauchte, und er nutzte den Moment, ohne zu zögern. Rasch griff er nach einer der Fackeln in den Wandhalterungen hinter sich, packte sie am Griff und zog sie heraus. Doch seine Hände waren vom Schweiß nass, und er bekam sie nicht aus der Halterung. Die Mwellrets zischten wütend, da sie ihn jetzt deutlich erkennen konnten hinter der Wand aus Beschützern, und sofort verstanden sie, was er vorhatte. Unter anderen Umständen hätten sie vielleicht gezögert, ehe sie handelten, doch nun trieb sie ein wahnwitziger und überwältigender Drang, das Ildatch-Fragment zu beschützen. Ganz bestimmt würden sie nicht tatenlos zuschauen, wie ihre Hoffnung auf Unsterblichkeit verbrannte.

Sie gingen auf die Bilder von Garet Jax zu, schwangen wild die Messer und Kurzschwerter und schlugen ohne Rücksicht auf die eigene Sicherheit zu. Die Wucht und Schnelligkeit ihres Angriffs überraschte Jair, und seine Konzentration ließ nach. Eins nach dem anderen verschwanden die Bilder. Die Mwellrets merkten, dass sie es keineswegs mit wirklichen Kriegern zu tun hatten, sondern mit Gestalten, die nur aus buntem Nichts bestanden.

Der Talbewohner gab seine Anstrengungen auf, die widerspenstige Fackel zu lösen, und wandte sich den Mwellrets zu. Sie hatten ihn umzingelt und kamen näher, ihre Klingen aus scharfem Stahl bildeten einen Kreis, dem er nicht entkommen konnte. Er war zu langsam gewesen, hatte gezaudert. Der günstige Moment war vertan. Verzweifelt zog er sein eigenes Schwert, um sich zu verteidigen. Flüchtig dachte er an Garet Jax und versuchte sich daran zu erinnern, wie der Waffenmeister sich bewegt hatte, wenn er von Feinden umzingelt war, um eine Vorstellung davon zu bekommen, was er nun tun könnte.

Und wie als Folge davon formte sich ein neues Bild, vollkommen unerwartet. Schon erschien der Waffenmeister wieder, eine Replik jenes Bildes, das zuvor zerstört worden war, Garet Jax in schwarzem Mantel, der eine der tödlichen Klingen schwenkte, die er im Leben stets getragen hatte. Aber dieses Bild trennte sich nicht von Jair, so wie die anderen. Stattdessen schloss es sich einer zweiten Haut gleich um ihn. Dies geschah mit solcher Geschwindigkeit, dass der Talbewohner keine Zeit hatte, den Vorgang aufzuhalten.

Sofort wurde er eins mit dem Bild.

Augenblicklich warf sich dieser Kämpfer, der aus ihm selbst und aus dem Waffenmeister entstanden war, mit atemloser Zielstrebigkeit auf die Mwellrets. Die Rets, die ihn für harmlos hielten, hoben kaum die Waffen. Für diese Sorglosigkeit starben zwei gleich auf einen einzigen Streich. Der dritte fiel durch einen Stich, bei dem Jair die Klinge so tief in das Reptil bohrte, dass sie regelrecht herausgezerrt werden musste. Zu spät erkannten die Mwellrets die Bedrohung durch diesen neuen Gegner. Sie schlugen zurück, doch genauso gut hätten sie auch Holzschwerter schwingen können. Jair hörte einen tiefen Seufzer, wenn seine

Waffen ihre Ziele fanden; er spürte das Schaudern der Körper und fühlte, wie die Gliedmaßen um sich schlugen. Mwellrets taumelten, starben noch auf den Beinen mit verblüfften Mienen, während er durch sie hindurchfuhr und sie wie mit einer Sense ummähte.

Es war gleichermaßen schrecklich und ergötzlich, und der Talbewohner tauchte ganz ein und lebte sich im Kampf aus. Für wenige Augenblicke war er jemand anders, jemand, dessen Gedanken und Erfahrungen nicht zu ihm gehörten. Er sah Garet Jax nicht einfach nur zu – er *war* Garet Jax. So sehr war er in sich selbst versenkt, so sehr ein Teil des Waffenmeisters, dass ihn sogar dieses düstere und Furcht erregende Abenteuer mit Zufriedenheit und dem Wunsch nach weiteren erfüllte.

Jetzt warfen sich auch die Ret-Wachen in den Kampf und stießen mit ihren Spießen auf ihn ein. Die Wachen waren gut ausgebildet und ließen sich nicht so leicht abwimmeln. Eine hakenförmige Spitze schnitt ihm den Schwertarm auf, und Schmerz schoss durch seinen Körper. Er täuschte eine Finte an und wich dem nächsten Hieb aus. Die Wachen schlugen auf ihn ein, doch jetzt war er darauf vorbereitet und entzog sich ihnen. Und ehe sie noch begriffen, dass sie ihn nicht aufhalten konnten, stürzte er sich auf sie.

Kurze Zeit später ging der letzte Ret leblos zu Boden.

Als er sich nun umschaute und das Gemetzel betrachtete, sah er den jungen Talbewohner, der immer noch auf der anderen Seite des Tisches stand. Ihre Blicke trafen sich, und er spürte, wie sich in seinem Inneren etwas veränderte. Der Talbewohner verblasste allmählich.

Er würde verschwinden.

Tu etwas!

Er riss eine Fackel von der Wand hinter ihm und warf sie auf die Pulver und die Flüssigkeiten auf dem Tisch. Im nächsten

Moment loderte die Mischung mit weißen heißen Flammen auf. Das Ildatch-Fragment pulsierte in der Mitte, erhob sich von dem Tisch in die versengte Luft und trieb auf unsichtbaren Strömungen, die durch die Hitze erzeugt wurden.

Es drohte zu entkommen …

Er schnappte sich den Dolch aus seinem Stiefel und sprang vor, spießte den Papierfetzen auf und bohrte ihn in den Holztisch, und zwar an der Stelle, an der die Flammen am heftigsten loderten. Das Papier legte sich um seine Hand, und er riss den Kopf zurück, als ihm ein stechender Schmerz den Arm hinauf und in die Brust fuhr. Dennoch ließ er nicht los. Er widerstand dem Schmerz und hielt das Papier an Ort und Stelle. Als das Feuer schließlich so heiß wurde, dass er den Griff des Dolches doch loslassen musste, war das Fragment des Ildatch kaum noch zu erkennen. Er hielt sich die versengte Hand und schaute zu, wie sich das Papier langsam in Staub verwandelte.

Dann ging er um den Tisch herum, durch das Bild des Talbewohners und befand sich wieder in seinem eigenen Körper. Er fühlte sich, als wäre ihm eine große Last von den Schultern genommen worden, und blickte zu der in Schwarz gehüllten schattenhaften Gestalt, in der er gesteckt hatte und die nun langsam verblasste, in den Äther zurückkehrte, aus dem sie gekommen war, in das Land der Toten.

Er verließ den Raum, stolperte über die Leichen der Mwellrets durch die Tür hinaus und lief an den Wänden entlang durch die rauchgefüllten Gänge und über Treppen, die in die Sicherheit führten. In seinem Kopf drehten sich Bilder dessen, was er gerade erlebt hatte, machten ihn unsicher und ließen ihn zweifeln. Obwohl er sich mit dem Wunschlied tarnen konnte, fühlte er sich vollkommen entblößt.

Was war dort bloß geschehen?

Hatte Garet Jax einen Weg gefunden, von den Toten zurückzukehren, um Jair ein letztes Mal zu beschützen? Hatte Allanon ihn durch einen Kunstgriff der Druidenmagie geschickt, der sich sogar über die Gesetze des Todes hinwegsetzte?

Vielleicht.

Aber Jair glaubte das nicht. Stattdessen meinte er, selbst dafür verantwortlich zu sein. Irgendwie musste das Wunschlied dem letzten Bild Leben eingehaucht haben.

Das war zwar eigentlich unmöglich, doch er wollte es trotzdem glauben.

Er holte tief Atem, um sich zu beruhigen, während er die Verliese von Dun Fee Aran hinter sich ließ. Es war verrückt zu glauben, seine Magie könne Toten Leben einhauchen. Es warf Möglichkeiten auf, über die er lieber nicht nachdenken wollte. Den Toten Leben zu schenken verletzte alle Naturgesetze. Ihm kroch ein Schauer über den Rücken.

Aber dieses Phänomen hatte ihn gerettet, oder? Es hatte ihm die Fähigkeit verliehen, den Ildatch zu vernichten, und deswegen war er nach Dun Fee Aran gekommen. Welche Bedeutung hatte es da schon, auf welche Weise er sein Ziel erreicht hatte?

Dennoch machte es für ihn einen Unterschied. Er erinnerte sich daran, welche Gefühle er empfunden hatte, während er diese Mwellrets tötete, ihre panischen Schreie hörte, ihre verängstigten Gesichter sah, ihr Blut und ihre Furcht roch. Er erinnerte sich, wie seine Klinge an ihren Knochen geknirscht hatte, wie sich das schuppige Fleisch überraschend leicht durchdringen ließ. Das war ihm nicht widerwärtig gewesen; er hatte es genossen – in den wenigen Momenten, die er mit dem Waffenmeister verbunden gewesen war, hatte es ihn geradezu danach verlangt. Sogar jetzt, nachdem Blutrausch und Töten vorbei waren und ihm Sinne und Körper wieder allein gehörten, lechzte er nach mehr.

Wenn er sich nun nicht im letzten Moment umgeschaut und seinen verblassenden Körper gesehen hätte?

Wenn er nicht die unerwartete Gefahr gespürt hätte, in die er sich begeben hatte, weil er sich mit einem Geist außerhalb von Zeit und Raum verband?

Den Weg zurück fand er leichter, als er erwartet hatte, rasch und ohne Schwierigkeiten folgte er den winkeligen Gängen. Mwellrets begegnete er erst wieder in den Hallen oben, wo sie sich zu wütenden Gruppen zusammengeschlossen hatten, die noch immer nach etwas suchten, das nicht mehr vorhanden war, nicht wussten, dass der Druide, dem sie nachspürten, nur eine Illusion gewesen war. Vielleicht waren die Kampfgeräusche durch Mauern und Eisentore gedämpft worden, denn sie hatten überhaupt nicht bemerkt, was sich unter der Erde ereignet hatte. Sie sahen ihn nicht, während er vorbeiging, da er sich in seine Magie gehüllt hatte, und kurz darauf befand er sich am Tor. Er lenkte die bereits verwirrten Wächter lange genug ab, um das Tor zu öffnen, dann verschmolz er draußen mit der Nacht.

Durch Regen und Nebel entfernte er sich von der Festung, sang das Wunschlied, bis er den Wald erreicht hatte. Hier erst hörte er auf, und die Magie erstarb. Seine Beine gaben unter ihm nach, er setzte sich auf den nassen Boden und starrte ins Leere. Seine verbrannten Hände pochten, und die Wunde am Arm schmerzte. Er lebte, doch innerlich fühlte er sich tot. Aber wie er sich innerlich fühlte, war seine eigene Schuld. War es nicht stets sein Wunsch gewesen, Garet Jax von den Toten zurückzuholen? Hatte er deshalb nicht sämtliche Erinnerungen an Graumark und den Croagh in sich zu bewahren gesucht? Um die Vergangenheit, die er so hoch schätzte, zu einem Teil der Gegenwart zu machen?

Er legte eine Hand auf die kühle Erde und starrte sie an.

Da stimmte doch etwas nicht.

Wenn es der Waffenmeister gewesen war, der gegen die Mwellrets gekämpft und das Fragment des Ildatch zerstört hatte, warum war dann seine Hand verbrannt? Warum war sein Arm verwundet?

Er starrte genauer hin und erinnerte sich. Garet Jax hatte nach dem Kampf mit den Mwellrets Jairs Dolch benutzt, um das Fragment auf dem Tisch festzunageln, während die anderen Illusionen nur mit einer einzigen Waffe gekämpft hatten.

Seine eigene Klinge.

Die Kehle schnürte sich ihm vor Schreck zusammen. Er betrachtete die gesamte Geschichte aus dem falschen Blickwinkel. Das Wunschlied hatte nicht Garet Jax von den Toten zurückgebracht. Es hatte Garet Jax überhaupt nicht zurückgeholt. Nur eine Person war in diesem Leichenhaus heute Nacht zugegen gewesen.

Er selbst.

Jetzt begriff er die Wahrheit, vollkommen und ganz, das, was er so falsch gedeutet hatte. Brin hatte ihn gewarnt; der Magie nicht zu vertrauen, hatte ihn davor gewarnt, wie gefährlich sie war. Doch er hatte ihre Worte in den Wind geschlagen. Weil seine Magie anders war als ihre, weniger mächtig und anscheinend harmloser, hatte er geglaubt, er wäre nicht auf gleiche Weise gefährdet. Brin konnte Dinge verändern, konnte erschaffen oder zerstören, wohingegen er nur einen Anschein erzeugen konnte. Wo drohte da Gefahr?

Aber die Magie hatte sich entwickelt. Vielleicht, weil er selbst gewachsen war. Möglicherweise war das die natürliche Folge der vergehenden Zeit. Wie auch immer, irgendwann in den letzten zwei Jahren hatte sich seine Magie einer erschreckenden Wandlung unterzogen. Und heute Nacht, in den Verliesen von Dun Fee Aran, hatte sie sich ihm, während er in höchster Not war, mit ihren neuen Möglichkeiten zum ersten Mal enthüllt.

Er hatte nicht den Schatten von Garet Jax beschworen. Er hatte nicht einem toten Mann auf mysteriöse Weise Leben eingehaucht. Sondern er hatte sich in der Gestalt des Waffenmeisters neu erschaffen. Er selbst war es gewesen, in der Form seines einstigen Beschützers, eine Replik des Meisterkämpfers, den der andere verkörpert hatte. Deswegen hatte er alles so deutlich gefühlt, deshalb war es ihm so wirklich erschienen. Es war die Wirklichkeit. Der Garet Jax in den Gewölben von Dun Fee Aran war ein Spiegelbild seiner selbst, seiner eigenen dunklen Natur, die unter der Oberfläche verborgen war.

Ein Spiegelbild, erinnerte er sich mit Schaudern, in dem er beinahe vollkommen aufgegangen war.

Weil es notwendig war, dieses Wagnis einzugehen, wenn er überleben und den Ildatch zerstören wollte.

Dann wurde ihm noch etwas klar, etwas gänzlich Schreckliches, obwohl er schon in dem Moment, als der Gedanke auftauchte, sicher war, dass er wahr sein musste. Allanon hatte gewusst, wozu Jairs Magie fähig war, als er ihn durch Coglines Traum gerufen hatte. Allanon hatte gewusst, dass diese Magie zur Oberfläche durchbrechen würde, um ihn gegen die Mwellrets zu beschützen.

Kimber Boh hatte Recht gehabt. Der Druide hatte ihn benutzt. Sogar im Tode konnte er die Lebenden noch beeinflussen. Da die Umstände es erforderten und die Not es verlangte, hatte er Jair das unfreiwillige Opfer aufgezwungen, sich selbst zu erkennen: Jair musste einen Blick auf den schwärzesten Teil seiner Seele werfen.

Er schloss die Augen, weil ihm seine Gefühle zusetzten. Er wollte nach Hause. Alles, was in dieser Nacht geschehen war, wollte er vergessen. Das Wissen um die Möglichkeiten seiner Magie wollte er begraben. Er wünschte sich, er wäre niemals hergekommen.

Daraufhin strich er mit den Fingern durch das feuchte Laub und über die vom Regen weiche Erde zu seinen Füßen, roch den durchdringenden Duft von beidem und zeichnete sinnlose Muster, während er wartete, dass sich der innere Aufruhr beruhigte und sein Kopf wieder klar würde. Irgendwo in der Ferne hörte er Schreie aus der Festung. Sie hatten die Kammer entdeckt, in der die Toten lagen. Nun würden sie versuchen zu verstehen, was geschehen war, allerdings würde ihnen das nicht gelingen.

Er war der Einzige, der es verstehen konnte.

Nach einer Weile schlug er die Augen wieder auf und wischte sich den Schmutz von der verletzten Hand. Er würde zu Kimber und ihrem Großvater zurückkehren und die beiden wecken. Einiges von den Ereignissen der letzten Nacht würde er ihnen erzählen, jedoch gewiss nicht alles. Vielleicht würde er niemals jemandem alles erzählen.

Er fragte sich, ob er von nun an den Rat seiner Schwester beherzigen und die Magie niemals wieder anwenden würde. Er überlegte, ob er diesen Ratschlag missachten würde, wenn Umstände oder Schicksal ihm keine andere Wahl ließen, wie es eben heute Nacht der Fall gewesen war. Und am Ende stellte er sich die Frage, welche Auswirkungen die Anwendung seiner Magie nächstes Mal nach sich ziehen würde.

Die Vergangenheit ist stets gegenwärtig, nur manchmal erkennen wir sie nicht sofort.

Er stand auf und ging los.

Anne McCaffrey

Die Drachenreiter von Pern

Die Drachenreiter von Pern Trilogie:
Die Welt der Drachen (1969)
Die Suche der Drachen (1971)
Der weiße Drache (1978)

Die Harfnerhallen Trilogie:
Drachengesang (1976)
Drachensinger (1977)
Drachentrommeln (1978)

Weitere Romane der Pern-Saga:
Die Drachenherrin von Pern (1983)
Neriklas Abenteuer (1986)
Drachendämmerung (1988)
Die Renegaten von Pern (1989)
Die Weyr von Pern (1991)
Die Chroniken von Pern: Ankunft (1992)
Die Delphine von Pern (1994)
Drachenauge (1996)
Drachenklänge (1998)
Der Himmel über Pern (1999)
Das Drachenkind (2002)
Drachenwege (2003)

Unzufrieden mit dem Leben auf der technologisch weit fortgeschrittenen Erde, reisten hunderte von Kolonisten durch den Weltraum zum Stern Rubkat, um den sechs Planeten kreisten, fünf davon in stabilen Umlaufbahnen und einer, genannt der

»Rote Stern«, der einen erratischen Orbit um diese Himmelskörper beschrieb. Auf einem der beruhigten Planeten konnte Leben gedeihen; dort ließen sich die Raumfahrer nieder und nannten ihre neue Heimat Pern. Um das wertvolle Material zu nutzen, schlachteten sie ihre Raumschiffe aus und begannen, Unterkünfte zu bauen.

Pern erwies sich als ideal zur Besiedlung, mit einer Einschränkung. In unregelmäßigen Großintervallen näherte sich der sechste Planet dieses Sonnensystems und brachte Schwärme von tödlichen mykorrhizoiden Sporen auf Pern aus, die alles Organische fraßen, womit sie in Berührung kamen, und den Boden, auf dem sie landeten, auf Jahre hinaus unfruchtbar machten.

Verzweifelt suchten die Kolonisten nach einer Methode, die »Fäden«, wie sie die Sporen nannten, zu vernichten. Es gelang ihnen, sich mithilfe einer einheimischen Tierart zur Wehr zu setzen, kleinen, flugfähigen Echsen, die sie zuvor gezähmt hatten. Diese Reptilien vermochten Feuer zu spucken und hatten sich beim ersten Fädenfall als nützliche Helfer erwiesen. Indem sie die Tiere genetisch optimierten und über Generationen hinweg weiterzüchteten, schufen die Kolonisten eine Spezies von Drachen, die groß genug waren, einen menschlichen Reiter zu tragen.

Diese symbiotischen Teams aus Drachen und Reitern ermöglichten es den Pernesern, die todbringenden Fäden effektiv zu bekämpfen und sich den Planeten als Lebensraum zu erhalten. Dabei bildete sich eine quasi feudale Agrargesellschaft heraus: die Administratoren und Feldarbeiter wohnten in Burgen, die Handwerker in Zunfthallen, und die Drachen mitsamt ihren Reitern lebten in so genannten Weyrn, den Kraterkesseln erloschener Vulkane.

Viele Romane der Pern-Saga behandeln ausführlich die Politik und die Ereignisse in den Burgen und Weyrn zwischen den einzelnen Fädenfällen. Die gesamte Serie umfasst mehr als zweitausendfünfhundert Jahre, von der ersten Landung der Siedler bis zu dem Zeitpunkt, als ihre Nachkommen Jahrhunderte später den Hauptcomputer entdecken, der sich an Bord des Führungsschiffs befunden hatte.

Die Welt der Drachen, der erste Band der Reihe »Die Drachenreiter von Pern«, spielt in der Zeit zweitausendfünfhundert Jahre nach der Ankunft der Kolonisten. Vierhundert Jahre lang hat es keine Fäden geregnet, und die Menschen werden leichtsinnig gegenüber dieser Bedrohung aus dem Weltall, messen den alten Warnungen keine Bedeutung mehr bei.

Drei Drachenreiter, Lessa, F'lar und F'nor, glauben indessen sehr wohl, dass die Fäden zurückkehren werden, und versuchen, die Verteidigungskräfte des Planeten zu mobilisieren. Lessa weiß, dass es nicht genug Drachen gibt, um die Fäden effektiv zu bekämpfen; deshalb reist sie vierhundert Jahre in der Zeit zurück, in die Ära kurz nach dem letzten Fädenfall, als die Drachenreiter aus Mangel an Herausforderungen unruhig werden und sich langweilen. Die meisten von ihnen kann sie dann auch dazu überreden, mit ihr zu kommen und sie in ihre Gegenwart zu begleiten, um gegen die Fäden zu kämpfen. Der Plan funktioniert, und Pern vermag sich gegen die Plage aus dem All zu wehren.

Die Suche der Drachen, das zweite Buch, beginnt sieben Jahre nach dem Ende des ersten Bandes. Zwischen den »Oldtimern«, den »Alten«, wie die durch die Zeit gereisten Drachenreiter genannt werden, und der gegenwärtigen Generation herrscht eine gespannte Atmosphäre, und die Unstimmigkeiten häufen sich. Nachdem sich F'nor dazu hatte hinreißen lassen, mit einem der alten Drachenreiter zu kämpfen, schickt man ihn auf den Südkontinent von Pern, damit er sich dort von seinen Verletzungen erholt. Er stellt fest, dass es in diesen Gefilden eine Spezies von Würmern gibt, welche die Fäden fressen können, nachdem diese sich in den Erdboden eingegraben haben. F'nor erkennt die

Bedeutung dieser Würmer als neue Waffe gegen die Sporen und plant, die Spezies auf beiden Kontinenten zu verbreiten.

Derweil entfacht ein erneuter Fädenfall einen Streit zwischen F'lar, dem Weyrführer von Benden, und T'ron, dem Anführer der »Alten«. Aus einem Duell geht F'lar als Sieger hervor und verbannt alle Drachenreiter, die seinen Status als Oberster Weyrführer nicht anerkennen wollen. Die Geächteten ziehen sich auf den Südkontinent zurück. Dort beginnt man mit der Zucht der Fäden fressenden Würmer, um sie über ganz Pern zu verteilen.

Das dritte Buch, *Der weiße Drache*, beschreibt die Probleme des jungen Jaxom, der den einzigen weißen Drachen großzieht, den es je auf Pern gegeben hat, eine genetische Anomalie. Jaxom wird mit den Vorurteilen und dem Spott der anderen Drachenreiter konfrontiert, weil sein Drache kleiner ist als alle anderen seiner Artgenossen. Außerdem soll Jaxom die Führung einer der ältesten Burgen übernehmen, und viele zweifeln an seiner Fähigkeit, eine Gemeinschaft zu regieren. Am Ende sind aber Jaxom wie auch sein Drache Rut an den an sie gestellten Herausforderungen gewachsen und beweisen, dass Erfolg nicht an eine bestimmte Körpergröße gebunden ist. Jaxom verwaltet in exzellenter Weise seine Burg und heiratet das Mädchen, das er liebt.

Die Trilogie über die Harfnerhalle (*Drachengesang*, *Drachensinger*, *Drachentrommeln*) wendet sich vornehmlich an die jüngeren Leser. Diese Bücher handeln vom Leben eines Mädchens namens Menolly; von ihrer eigenen Familie unterschätzt, schafft sie es, bis zur Harfnergesellin und Halterin mehrerer Feuerechsen aufzusteigen.

In vielen der darauf folgenden Romane und in der hier veröffentlichten Erzählung beleuchtet Anne McCaffrey unterschiedliche Aspekte des Lebens auf Pern, von der Ankunft der ersten menschlichen Siedler bis hin zu Ereignissen, die zweieinhalb Jahrtausende später stattfinden.

Anne McCaffrey

Jenseits des Dazwischen

Als die Menschen den dritten Planeten der Sonne Rubkat im Sagittarius-Sektor entdeckten, schenkten sie einem Wanderplaneten, der irgendwann einmal vom Zentralgestirn eingebunden worden war, keine Beachtung. Die Kolonisten von der Erde, allesamt Kriegsveteranen, wollten eine agrarisch ausgerichtete Gesellschaft gründen und mit möglichst wenig Technologie auskommen.

Acht Jahre nach dem Verlassen ihrer Schiffe, die weiterhin in einem Orbit um die neue Welt kreisten, wurden die Siedler von einer Bedrohung aus dem All heimgesucht – einem empfindungsunfähigen Organismus, der in dünnen Strängen vom Himmel regnete und sämtliches organische Material auffraß. Diese »Fäden«, wie die Menschen den todbringenden Eindringling tauften, ertranken in Wasser, vermochten weder Stein noch Metall anzugreifen und konnten von Feuer vernichtet werden.

Die Kolonisten besaßen keine Waffe, um dieser Invasion zu begegnen, von der man annahm, dass sie in Zyklen immer wieder auftreten würde. Einigen Siedlern fiel jedoch auf, dass eine auf Pern heimische Tierart, ein kleines, geflügeltes, echsenartiges Wesen, neugierig und intelligent, ganz einfach »verschwand«, sowie ein Fädenschauer sich ankündigte. Mitunter kehrten diese Flugechsen auch zurück, spien Feuer und vernichteten die Sporen aus dem Weltall.

Mithilfe der mitgebrachten Biotechnologie züchteten die Siedler aus den kleinen Echsen wesentlich größere Tiere mit den beiden relevanten Eigenschaften, die sie befähigten, sich gegen die

Fäden zur Wehr zu setzen – sie vermochten Flammengarben aus dem Rachen zu schleudern und beherrschten die Teleportation. Und die Menschen statteten diese am Ende gigantischen Kreaturen mit einer weiteren speziellen Eigenart aus: gleich nach dem Schlüpfen aus ihren Eiern gingen die Drachen mit einem Menschen eine telepathische Bindung ein. Dieses Band war unauflöslich und hielt ein Leben lang. Wenn der Reiter starb, beging sein Drache Selbstmord. Kam umgekehrt der Drache ums Leben, verlangte es seinen Reiter ebenfalls, sich zu töten, da er die Trennung von einem Teil seines Selbst nicht ertragen konnte. Ließ er vom Freitod ab, führte er eine unerfüllte Existenz.

Nachdem der erste, fünfzig Jahre dauernde Angriff der Fäden überwunden war, bildeten sich auf Pern drei unterschiedliche soziale Schichten. In den Burgen lebten willensstarke Männer und Frauen; von dort aus verwalteten sie die Ressourcen des Landes und sorgten für die Sicherheit der Menschen während eines Fädenfalls. Es gab Zünfte, die sich in Gildehallen zusammenschlossen und über die Ausübung und Perfektionierung handwerklicher Berufe wachten. In den Weyrn, den Kraterkesseln erloschener Vulkane, ließen sich die Drachen und ihre Reiter nieder.

Während des Sechsten Vorbeizugs des Roten Sterns, im Jahr 1543, am dritten Tag des zehnten Monats, kam es zu einer weiteren Heimsuchung Perns, in den akribisch genau geführten Aufzeichnungen der Harfnerhalle und in den Protokollen der einzelnen Weyrn ließ sich kein vergleichbares Ereignis aus früheren Zeiten finden. Eine Seuche wütete auf dem Kontinent, doch den Heilern war es gelungen, einen Impfstoff dagegen zu entwickeln. Dieses Vakzin musste verabreicht werden, sobald die Drachenreiter es verteilt hatten. Von einer Küste zur anderen wurden jede Burg und jede Zunfthalle angesteuert.

In dem Bemühen, diese lebenswichtige Aufgabe zu erfüllen,

verließen sich die Drachen und ihre Reiter auf eine kaum bekannte und ebensowenig erklärbare Fähigkeit der Drachen, nicht nur jeden beliebigen Ort aufzusuchen, den ihre Reiter sich in Gedanken vorstellen konnten, sondern auch in der Zeit hin- und herzuspringen. Es war ein sehr riskantes Manöver, nicht nur eine räumliche Entfernung, sondern auch eine Zeitspanne mittels Teleportation zu überbrücken; und selbst der besttrainierte Drache und sein Reiter begingen Fehler, wenn sie vor lauter Erschöpfung unkonzentriert handelten.

Thaniel hörte, wie seine Renner unruhig über die Koppel stürmten, und er erkannte das schrille Wiehern des alten Rusty, seines Lieblingsreittiers. Der Renner fürchtete sich vor Drachen, aber so angestrengt Thaniel auch nachdachte, er konnte sich keiner Warnung erinnern, dass in Bälde hier auf den Ebenen von Keroon mit Fädenschauern zu rechnen wäre. Dann fiel ihm wieder ein, was der Kurier ihm neulich mitgeteilt hatte – es ging um einen Impfstoff gegen die Seuche, die sich über den ganzen Kontinent ausbreitete und sogar Drachen und deren Reiter tötete. Doch, ja, jemand sollte ihm das Vakzin bringen, zusammen mit einer Gebrauchsanweisung. Ob ein Drachenreiter zu ihm unterwegs war?

Thaniel war ein älterer Mann, doch mit einem drahtigen, durchtrainierten Körper, an dem kein Gramm Fett zu viel war. Das kam von seiner jahrzehntelangen Arbeit mit den Rennern, die er selbst fleißig ritt. Vor drei Planetenumläufen hatte er einen Huftritt vor das Knie abbekommen; seitdem hinkte er und hatte einen Teil seiner Behändigkeit eingebüßt, wenn er die Renner versorgte. Bei schlechtem Wetter brachte er den Pachthof in Schuss, damit seine Familie ihr Auskommen fand.

Zum Glück waren seine Kinder bereits erwachsen und halfen auf dem Gut tüchtig mit. Der jüngste der ganzen Bande war Bill, dessen schwere Geburt die Mutter leider nicht überlebt hatte; doch oftmals kam es Thaniel vor, als spüre er die Anwesenheit seiner Frau auf dem Hof, so als ob sie über ihn wache. Maynar, der älteste Sohn, war der tüchtigste, wenn es um das Zureiten und Trainieren der Renner ging. Jerra war zu einer robusten jungen Frau herangereift, und Thaniel hoffte, sie würde sich demnächst mit einem jungen Burschen von einem benachbarten Pachtgut vermählen. Ihre jüngere Schwester, Brailli, war sehr klug und strebte eine Ausbildung in der Weberhalle an. Destry, ein Träumer, wollte Herdenmeister werden und würde in nicht allzu langer Zeit seine Lehre in der dafür zuständigen Zunfthalle antreten.

Als Thaniel den Aufruhr draußen vernahm, hatte er sich gerade einen Becher heißen, gesüßten Klah eingeschenkt. Mit dem Getränk in der Hand verließ er die Küche, trat durch die Vordertür nach draußen und spähte zum Himmel empor. Dann wanderte sein Blick über die sanft gewellte Grassteppe, aus der sich vereinzelt kleine Gruppen der winterharten Bäume erhoben, die auf dem windgepeitschten, oftmals von klirrender Kälte heimgesuchten Plateau gedeihen konnten. Der Stall für die Renner schmiegte sich hinter einen der flachen Hügel, doch er diente lediglich als Unterstand, wenn eine Stute fohlte. Keinesfalls war er vergleichbar mit einer dieser steinernen Unterkünfte für Vieh, wie es sie in Crom oder Nabol gab. Dort war es ein Leichtes, solche massiven Schutzräume zu bauen, denn an Steinen herrschte in diesen Gegenden kein Mangel; einige der dort ansässigen Pächter pflegten zu behaupten, Steine seien das Einzige, was sie ernteten.

Vom Stall aus führte ein eingezäunter Weg zur nächsten Koppel. Die Umfriedung bestand aus dicken Latten, die an wuchtigen

Pfählen befestigt waren; ein kräftiger Mann hatte einen ganzen Tag lang gebraucht, um die Pfosten in den harten Erdboden zu treiben. Neben dem Tor im Zaun befand sich ein Wassertrog; ein erfinderischer Vorfahre hatte eine Leitung zu einer zwölf Drachenlängen entfernten Wasserstelle, genannt Billabong, konstruiert, und auf diese Weise war die Tränke stets gut gefüllt. Und tatsächlich entdeckte Thaniel einen Drachen im Schwebeflug, der sich anschickte, auf der freien Fläche neben dem Wassertrog zu landen.

Kein Wunder, dass die Renner scheuten. Thaniel konnte nur hoffen, dass sich kein verängstigtes Tier bei dem wilden Hin- und Hergaloppieren verletzte. So rüstig ausschreitend, wie es sein lahmes Bein erlaubte, marschierte er den Ankömmlingen entgegen, wobei er Acht gab, dass kein heißer Klah auf seine Hand spritzte.

Als Erstes fiel ihm die ungewöhnlich blassgoldene Farbe des Drachen auf – es handelte sich um eine Königin. Sie ließ den Kopf hängen, was auf große Erschöpfung schließen ließ. Als sie landete, berührte ihre Nase beinahe den Boden, doch sie richtete sich wieder auf und gewann die Balance zurück, derweil sie einen langgezogenen erleichterten Seufzer ausstieß. Drachenköniginnen waren die größten und stärksten Drachen, die es auf Pern gab, und noch nie zuvor hatte Thaniel eine Königin gesehen, die sich derart schwerfällig und unelegant bewegte, selbst wenn sie gerade von einem langen, ermüdenden Kampfeinsatz gegen die Fäden kam.

»Thaniel«, grüßte die Reiterin, und seine Verblüffung wuchs ins Unermessliche, denn er erkannte Moreta, die Weyrherrin von Fort; aber Fort war nicht der Weyr, der seinem Pachthof am nächsten lag. Thaniel schuldete der Burg Hochland Tribut, und die dortigen Feudalherren sorgten üblicherweise dafür, dass sein Land von den Fäden verschont blieb. Moreta hatte er bei den offiziellen Versammlungen gesehen, die regelmäßig stattfanden und Festcharakter hatten. Nun fasste die Frau in den Transportsack, der am Hals ihres Drachen befestigt war, und fischte ein Päckchen heraus, das sie ihm entgegenhielt. Hastig nahm er es ihr ab und bot ihr seinen Becher Klah an.

»Der Klah ist frisch gebrüht und gerade eingeschenkt. Du siehst aus, als hättest du eine Stärkung nötiger als ich«, meinte er freundlich.

»Die Erfrischung kommt wie gerufen. Du ahnst ja gar nicht, wie sehr ich mich darüber freue«, erwiderte sie mit dankbarem Lächeln und nippte an dem heißen Getränk. Nach dem ersten Schluck ließ sie ein wenig die Schultern kreisen, als wolle sie eine Muskelverspannung lösen. Moreta war eine sehr hübsche Frau mit blonden Haaren und tief liegenden Augen, die nun jedoch von dunklen Ringen umschattet wurden. In jeder Hinsicht merkte man ihr die Müdigkeit an. Sie richtete den Blick gen Westen auf die untergehende Sonne und stieß einen von Herzen kommenden, zufriedenen Seufzer aus. Warum sie sich so offenkundig befreit fühlte, erklärte sie Thaniel nicht, und er hätte auch nichts dergleichen erwartet. Königinreiterinnen und Weyrherrinnen waren dem gemeinen Volk, dem er angehörte, keine Rechenschaft schuldig.

»Das ist der Impfstoff für dich und deine Familie, Thaniel. Ein Heiler kommt vorbei, wenn ihr euch das Serum nicht selbst spritzen wollt.«

Thaniel schauderte bei der bloßen Vorstellung, jemand anders oder gar sich selbst eine Injektion zu geben, doch artig bedankte er sich für das Medikament. »Die Impfung muss auf jeden Fall erfolgen«, betonte sie, »am besten heute noch, spätestens morgen.« Sie zeigte ihm, wie er den Nadeldorn in den Muskel des Oberarms oder des Schenkels drücken sollte. Dann ließ sie den Blick über den großen freien Platz vor dem Gehöft schweifen, als erwarte sie, weitere Menschen zu erblicken. Thaniel hatte Verständnis für ihre Neugier.

»Meine Kinder sind unterwegs und schauen nach den Jährlingen«, erläuterte er, derweil er das Päckchen öffnete und die sorgsam abgepolsterten Phiolen betrachtete, die ihn und seine Familie vor der Seuche schützen sollten. »Es sind genauso viele Ampullen vorhanden, wie Leute auf meinem Hof leben.« Dankbar blickte er zu Moreta hoch und gewahrte, dass die letzten Kräfte sie zu verlassen schienen. Sie wirkte völlig abgekämpft, wie sie in schlaffer Haltung und mit glanzlosen Augen mehr auf ihrem Drachen hing als saß.

Moreta war noch jung, doch ihre Haut war grau und fahl wie die einer alten Frau. Leri war die älteste Weyrherrin von Fort, nicht Moreta. Doch vielleicht lag es auch am matten Schein der tief stehenden Sonne, die ihr Gesicht unvorteilhaft beleuchtete. Auch der Drache wirkte überanstrengt und ausgelaugt. Die Haut hing in Falten vom Widerrist und von den Keulen, und die sonst in glühenden Farben funkelnden Facettenaugen wirkten getrübt und leblos.

»Warum verrichtest du solche niederen Arbeiten, für die eigentlich Rekruten und Jungreiter zuständig sind?«, wunderte sich Thaniel und gestattete sich einen kritischen Unterton. Ein so kleiner, unbedeutender Pachthof wie der seine hätte doch von einem Anfänger mit dem Vakzin versorgt werden können. Er ließ sogar einen gelinden Groll spüren, soweit sein ausgeglichenes Gemüt dies zuließ.

»Ich bin in Keroon aufgewachsen und war schon einmal hier am Pachthof beim Billabong. Keiner der Reiter vom Hochland-Weyr kennt sich in dieser Gegend so gut aus wie ich. Und denk daran, den Impfstoff so rasch wie möglich anzuwenden, Thaniel.« Er schmunzelte erfreut, weil sie ihn mit seinem Namen ansprach, und griff nach dem Becher, den sie ihm reichte. Dann hielt sie sich mit beiden Händen am Nackenwulst der Drachenkönigin fest, als fürchte sie, vor Entkräftung herunterzufallen. »Der Klah hat mir gut getan. Er war genau das, was ich brauchte. Sei bedankt.«

»Ich habe dir zu danken, Weyrherrin.« Er trat einen Schritt zurück, als er merkte, dass die Drachenkönigin am ganzen Leib zu zittern begann. Er konnte nicht glauben, dass Moreta der erbärmliche Zustand ihres Reittieres entging.

»Dein Hof war unsere letzte Station, Thaniel«, erklärte sie und streichelte den Hals der alten Drachenkönigin. Dann lächelte sie wie erlöst. »Wir haben sämtliche Päckchen mit Impfstoff abgeliefert.« Abermals heftete sie den Blick auf die Sonnenscheibe, die sich dem Horizont näherte.

»Ich wünsche euch einen sicheren Heimflug, Weyrherrin. Bald wird es dunkel sein.«

»Noch ein letzter Sprung durch das *Dazwischen*, dann haben wir es geschafft, Holth«, munterte sie den Drachen auf und trieb ihn mit leichtem Schenkeldruck ein Stückchen weiter nach links.

An ihrem inbrünstigen Tonfall hörte Thaniel, wie glücklich Moreta über das Ende ihrer Tour war, und auch die Drachenkönigin schien frische Kraft zu schöpfen, denn sie stieß sich mit den Pranken ab, schnellte in die Höhe und verschwand. Thaniel fand, sie sei ziemlich dicht über dem Erdboden ins *Dazwischen* eingetaucht, aber es stand ihm nicht zu, darüber zu urteilen. Er brachte den Becher und den Behälter mit dem Serum in das Gehöft, wo er das Päckchen vorsichtig mitten auf den großen Tisch stellte, an dem die Familie ihre Mahlzeiten einzunehmen pflegte.

Er goss sich einen neuen Becher Klah ein, süßte ihn und empfand eine Anwandlung von Stolz, weil er der Weyrherrin höchstpersönlich eine Erfrischung hatte anbieten können. Der Klah, den er aufbrühte, schmeckte fantastisch, das sagten alle, und auch Moreta hatte sich aufrichtig bei ihm bedankt. Er setzte sich hin, den Becher aus Ton in seinen von schwerer Arbeit verbrauchten Händen haltend, weil die Wärme die Schmerzen in den Fingergelenken linderte.

»Holth?« Verblüfft sprach er laut den Namen aus. Das war höchst merkwürdig, obschon an diesem Tag nichts wie gewohnt verlief – angefangen damit, dass eine Königinreiterin ihm ein Päckchen lieferte –, doch auf sein gutes Gedächtnis und sein Wissen über die Burgen und die Weyr konnte er sich verlassen. Forts Weyrherrin, Moreta, ritt die Königin Orlith, die erst kürzlich Eier gelegt hatte und vielleicht darum in der Brutstätte bleiben musste. Möglicherweise war Moreta deshalb mit einer anderen Drachenkönigin losgezogen. Die Königinnen waren dafür bekannt, ihr Gelege eifersüchtig zu hüten; wie es hieß, hatte Orlith fünfundzwanzig Eier gelegt, und aus einem würde höchstwahrscheinlich wieder eine Königin schlüpfen.

Holth wiederum war mit der alten Weyrherrin Leri verbunden. Dessen war er sich absolut sicher, denn sie gab im Weyr den Ton an, seit er den Pachthof, den seine Familie seit ewigen Zeiten bewirtschaftete, übernommen hatte. Angeblich litt Leri schwer unter einer Gelenkerkrankung, und mittlerweile war sie zu hinfällig, um das Königinnengeschwader in einem Kampf gegen die Fäden anzuführen. Und vielleicht hatte Holth so blass und elend ausgesehen, weil sie von Moreta geritten wurde und nicht von ihrer eigentlichen Herrin. Thaniel war sich sicher, dass Leri ihre Königin, die auch nicht mehr die Jüngste war, niemals bis zur völligen Erschöpfung strapaziert hätte.

Plötzlich brach draußen wieder lautstarkes Getöse los. Die Herde, die sich nach dem Abflug von Holth und Moreta wieder beruhigt hatte und friedlich graste, geriet erneut in Aufruhr und galoppierte zur Ostseite der Koppel. Der alte Rusty wieherte so aufgebracht, dass es Thaniel eiskalt den Rücken herunterlief. Es klang, als würde er von einer Feldschlange gewürgt. Sonderbarerweise machten die großen Steppenschlangen mit ihren platten Leibern dem Hengst normalerweise keine Angst. Er schien es sogar zu genießen, sie mit seinen wuchtigen Hufen zu zertrampeln. Bei Rustys panischem Wiehern befürchtete Thaniel, es sei etwas Schreckliches passiert; er konnte sich zwar nicht vorstellen, was sich ereignet haben mochte, doch ihn beschlich eine vage Furcht.

Egal, in welche Richtung Thaniel blickte, nirgendwo deutete eine Staubfahne darauf hin, dass seine Kinder auf dem Heimweg waren; auch am Himmel fand sich kein Hinweis, was Rusty in Angst und Schrecken hätte versetzen können. Thaniel schaute über den großen, flachen See, den Billabong, nach dem das Pachtgut benannt worden war. Diese Wasserstelle versiegte nie, sie wurde aus einer unterirdischen Quelle gespeist, die sich in der Mitte des Sees durch ein ständiges Sprudeln und Brodeln bemerkbar machte.

Jeder, der hier vorbeikam, durfte sich mit Wasser versorgen, und manche nahmen dafür große Entfernungen auf sich, karrten Fässer herbei und füllten sie auf, weil ihre eigenen Anwesen unter Dürre litten. Natürlich führte der Keroon-Fluss immer Wasser, aber für einige Nachbarn im Westen lag der Billabong näher. Und alle sagten, dieses Wasser schmecke frischer.

Er kehrte an den Küchenherd zurück und rührte den Eintopf um, der in einem großen Kessel vor sich hinköchelte. Nachdem er sich einen weiteren Becher Klah gegönnt hatte, dachte er über die Ereignisse des Tages nach.

Thaniel, der seit jeher zum Grübeln neigte, schloss nun die Finger fester um den Becher. Wieso hatte Moreta nicht ihre eigene Königin geritten, als es erforderlich wurde, den Impfstoff noch an die abgelegensten Höfe zu verteilen? Für eine Weile hätte Orlith ihr Gelege ruhig im Stich lassen können, ohne den Drachenembryos zu schaden. Und noch etwas kam ihm eigenartig vor –

wieso versorgte Moreta die Provinz im Hochland, für die sie gar nicht zuständig war?

Er erinnerte sich genau, dass sie den Drachen mit Holth angesprochen hatte, da irrte er sich nicht. Nun ja, wenn erst der Heiler eintraf, um das Vakzin zu verabreichen, konnte dieser vielleicht eine Erklärung geben. Wieder begab er sich an den Herd und rührte in dem Eintopf, dessen würziges Aroma ihm angenehm in die Nase stieg. Begierig sog er den Duft nach gekochtem Fleisch ein und konnte es kaum erwarten, dass seine Kinder heimkehrten. Er brannte darauf, ihnen den Vorfall mit Moreta und Holth zu schildern.

Maynar, Jerra, Brailli, Destry und Bill waren rechtzeitig daheim, ehe das letzte Tageslicht zu schwinden begann. Begeistert erzählten sie, wie viele kräftige, gesunde Jährlinge heranwüchsen, und dass sie genaue Lagezeichnungen mit Erkennungsmarken erstellt hätten, um die kleineren, in der Steppe versprengten Herden demnächst leichter aufspüren zu können. Thaniel berichtete vom Besuch Moretas, die ihnen das Serum gebracht hatte. Und dass ein Heiler vorbeikäme, um es ihnen zu injizieren.

»Das ist doch nicht nötig, Vater«, wandte Jerra ein, die nach dem Tod der Mutter das Regiment über den Haushalt führte. »Das kann ich genauso gut. Ein winziger Pieks in den Arm, und es ist überstanden. Wir brauchen nicht auf den Heiler zu warten.« Und ernst fügte sie hinzu: »Die Seuche kann mit dem nächsten ungünstigen Wind hierher getragen werden, und wenn wir uns erst angesteckt haben, nützt uns der schöne Impfstoff auch nicht mehr. Was hat es für einen Sinn, wenn die Ampullen ungenutzt auf dem Tisch liegen? Zuerst essen wir, dann spritze ich uns allen das Vakzin. Ich habe zugesehen, wie ein Heiler es macht – bei Menschen und bei Tieren.«

Mitunter trat Jerra ein wenig gebieterisch auf, ganz im Gegensatz zu ihrer Mutter neigte sie zum Befehlston, aber sie hatte für ihre Familie immer nur das Beste im Sinn. Deshalb nickte Thaniel zustimmend, und die ganze Familie nahm Platz, um zu essen, obwohl aller Augen während der gesamten Mahlzeit auf dem kleinen Päckchen ruhten, das immer noch mitten auf dem Tisch lag.

Rustys durchdringendes Gewieher ließ Thaniel zusammenschrecken; es hätte nicht viel gefehlt, und er wäre von seinem Stuhl gekippt.

»Was ist los? Der Hengst spielt schon den ganzen Tag lang verrückt.« Maynar saß dem Fenster am nächsten und sprang hoch, um nach draußen zu schauen. Thaniel stellte sich neben seinen Sohn und spähte gleichfalls in die Dämmerung.

»Besucher? Und vom Eintopf ist kaum noch etwas übrig«, verlautbarte Jerra. Es war ihr höchst peinlich, dass sie Gäste, die zu so vorgerückter Stunde noch eintrafen, nicht angemessen bewirten konnten.

»Es sind Drachen«, verkündete Thaniel. Er nahm den Leuchtkorb vom Haken und ging hinaus auf den Hof, um die Ankömmlinge geziemend zu begrüßen. Zu seiner Verblüffung gewahrte er drei Drachen mitsamt ihren Reitern, und jedes Paar beförderte noch einen Passagier. Die Menschen saßen ab und blickten sich um.

»Ist dies hier der Pachthof beim Billabong? Und das der See, den man Billabong nennt?«, rief ein Mann.

»Ja, ihr seid hier richtig. Darf ich fragen, mit wem ich die Ehre habe?«, erwiderte Thaniel.

»Ich bin der Meisterharfner Tirone, das ist Kamiana, die Reiterin der Drachenkönigin Pelianth, und hier steht Desdra von der Heilerhalle … Dann wären da noch A'dan, Tigraths Reiter, und D'say mit dem Drachen Critith. Wir möchten dich fragen, ob Moreta dir heute Nachmittag einen Besuch abgestattet hat.«

»Allerdings, sie traf bei Sonnenuntergang hier ein und brachte uns den Impfstoff«, antwortete Thaniel, dessen Stimme in der Nachtluft besonders laut klang. »Kommt ins Haus. Wir bieten euch Wein und Klah an.«

Als Thaniel die Besucher zu sich winkte, dachte er daran, dass ein Gast der Heilerzunft angehörte und den Impfstoff fachgerecht injizieren konnte; dann wären sie nicht mehr Jerras beherzten Bemühungen ausgesetzt. Zum Glück wurde gerade frischer Klah aufgebrüht, und Jarra und ihre Geschwister holten auch die kostbaren Trinkgefäße aus Glas hervor, entkorkten hastig eine Flasche Wein und kredenzten einen ganz passablen Roten, der in den Hügeln von Crom geerntet wurde.

»Vielen Dank für die Einladung, Thaniel, Jerra, aber wir haben keine Zeit zu verlieren, obwohl wir die Gastfreundschaft zu schätzen wissen. Erzähle uns jetzt bitte, wie die Begegnung mit Moreta und Holth verlaufen ist.«

Thaniels Herz krampfte sich vor Furcht zusammen. Moreta und Holth hätten längst wieder im Fort Weyr eingetroffen sein müssen. Vor vielen Stunden schon. Er berichtete, was sich zugetragen hatte.

»Ich gab ihr noch einen Becher Klah«, schloss er und war sich auf einmal nicht mehr sicher, ob er das Richtige getan hatte. »Sie ließ uns den Impfstoff hier.« Er deutete auf das Päckchen in der Mitte des Tisches, von dem man schleunigst das benutzte Geschirr abgeräumt hatte.

»Was hat sie gesagt?«, erkundigte sich Kamiana.

»Sie dankte mir für den Klah«, gab Thaniel zurück.

»Machte sie noch irgendeine Äußerung kurz vor dem Abflug?«

»Ach so, ja, und ich muss sagen, dass die arme Holth mir Leid tat. Vor Erschöpfung war sie sehr blass, und man sah ihr an, wie alt sie ist, wenn ihr wisst, was ich meine.« Thaniel fürchtete, seine Bemerkung sei unbedeutend, und eilig fuhr er fort: »Ehe Moreta aufbrach, sagte sie – und daran erinnere ich mich genau –: ›Noch ein letzter Sprung durch das *Dazwischen*, dann haben wir es geschafft, Holth.‹ Ich weiß noch, wie ich mich wunderte, dass sie die Königin mit Holth ansprach, denn ich bin mir sicher, dass Moretas Drache Orlith heißt.« Niemand widersprach ihm.

»Aber sie wird sich doch sicherlich Fort Weyr vor Augen gehalten haben«, sagte Desdra in die beklommene Stille hinein, die nach Thaniels Ausführungen eintrat. Mit bleichen Gesichtern sahen sich die Besucher nervös an.

»Die beiden müssen bereits völlig entkräftet gewesen sein, als sie hier ankamen«, meinte Kamiana. »Den ganzen Vormittag lang war Moreta auf Orlith geritten. Und für eine alte Königin wie Holth muss es eine Strapaze gewesen sein, die vielen Haltepunkte in Keroon anzusteuern.«

Desdra zog den Behälter mit dem Vakzin zu sich heran und schaute hinein. »Habt ihr etwas dagegen, wenn ich euch das Serum injiziere?«

»Nein, keineswegs«, erwiderte Thaniel prompt. »Wir wissen nicht, wann der für uns zuständige Heiler hier vorbeikommt – unser Hof liegt wirklich sehr einsam –, sodass meine Tochter sich erboten hat, die Spritzen zu setzen. Sie sagt, sie hätte gesehen, wie ein Heiler es macht.«

Falls Jerra enttäuscht war, dass sie nun auf das Vergnügen verzichten musste, ihre Familie zu impfen, so ließ sie sich nichts anmerken. Stattdessen rollte sie den Ärmel ihrer Bluse hoch und nahm als Erste Desdras Angebot in Anspruch.

»Thaniel, welchen Eindruck machte Holth, als sie abflog und ins *Dazwischen* ging?«, fragte Kamiana besorgt.

»Ach, ich würde sagen, es geschah alles ganz ruhig, doch sowohl Holth als auch Moreta wirkten kraftlos, irgendwie angeschlagen.«

Kamiana stieß seufzend den Atem aus. »Vielleicht fehlte Moreta zum Schluss einfach die Kraft, um ihrem Drachen die notwendige Orientierung zu geben. Und ohne ein gewisses Maß an Konzentration klappt der entscheidende Schritt nicht, besonders, wenn man ein fremdes Tier reitet.«

»Moreta war mit Holth sehr vertraut«, hielt Meisterharfner Tirone ihr entgegen.

Kamiana winkte ab. Diesen Einwand ließ sie nicht gelten. »Moreta hielt sich oft in Leris Weyr auf, deshalb kannte sie Holth so gut. Aber man kann nicht behaupten, dass sie oft auf ihr geritten wäre. Vermutlich ist das der Grund für das Problem, mit dem wir uns jetzt befassen müssen. Mit Schwierigkeiten dieser Art hatten wir nicht gerechnet.«

»Man bedenke nur, wie viele Zeitsprünge die beiden vollführt haben müssen. Das allein reicht aus, um jedem die Orientierung zu nehmen«, wandte Desdra ein. Nachdem sie den Impfstoff in Jerras Oberarm injiziert hatte, presste sie einen Wattebausch auf die Einstichstelle. Den Ärmel hochgekrempelt, nahm nun Thaniel den Platz neben der Heilerin ein. Desdra kniff ein paarmal in seinen Arm, um das Gewebe zu lockern, dann stach sie die Nadel hinein. Thaniel zuckte leicht zusammen und stieß einen Seufzer aus, als das Serum in den Muskel eindrang. Er fand, sie hätten großes Glück gehabt, dass die Gruppe der Drachenreiter ausgerechnet von einer Heilerin begleitet wurde.

Nachdem sämtliche Familienmitglieder geimpft waren, erhoben sich die Besucher, entschuldigten sich, weil ihre Zeit drängte und sie aufbrechen mussten, und bedankten sich für den Wein. Dabei hatten sie kaum etwas getrunken, und nachdem sie das Haus verlassen hatten, goss Jerra die Reste aus den Kristallgläsern in die Flasche zurück. Ein guter Tropfen durfte nicht verschwendet werden. Das Glas ihres Vaters war noch halb voll, und sie rührte es nicht an, weil sie wusste, dass er den Roten austrinken würde.

»Ich glaube, sie sind im *Dazwischen* umgekommen«, mutmaßte Kamiana. Thaniel, der ihnen mit einem Leuchtkorb den Weg zu den wartenden Drachen erhellte, hörte den Kummer aus ihrer Stimme heraus. Gerade ging der Mond auf, als sich die Reiter mit ihren Drachen zum Abflug rüsteten. »Wir dürfen nicht vergessen, dass die Drachen ihren Klagegesang angestimmt haben – vermutlich, um die beiden zu betrauern. Drachen können es spüren, wenn einer der ihren stirbt.«

»Was für ein Tod«, meinte Meister Tirone. »Du musst dafür sorgen, dass so etwas nicht noch einmal passiert, Kamiana.«

»Selbstverständlich unternehmen die Weyr unverzüglich Schritte, um zu vermeiden, dass sich ein tragischer Unfall wie dieser wiederholt. Ich begreife nur nicht, wieso eine erfahrene Reiterin wie Moreta nicht imstande war, sich ihr Ziel unmissverständlich vor Augen zu halten. Oder warum Holth nicht von selbst zu Leri zurückflog. Ihre Mission war doch beendet.«

»Wohin fliegen wir als Nächstes?«, erkundigte sich Tirone, der hinter dem blauen Reiter saß und sich in eine bequeme Position rückte.

»Nach Burg Fort. Mittlerweile musst auch du erschöpft sein, Meister Tirone. Dasselbe gilt für dich, Heilerin Desdra«, erwiderte Kamiana. Sie vergegenwärtigte sich, dass sie in Wahrheit nur die Rückkehr zum Fort Weyr hinauszögern wollte, weil es ihr davor graute, Leri die traurige Nachricht zu übermitteln. »Ich bringe euch zu euren Zunfthallen.«

Widerstrebend kamen alle überein, dass ihnen nichts anderes übrig blieb, als den Heimweg anzutreten. Dabei hatten sie inständig auf einen besseren Ausgang dieses Besuchs gehofft. Begleitet von dem erschrockenen Wiehern der Renner, schnellten die Drachen mit gewaltigen Sätzen in die Luft und gewannen rasch an Höhe.

In der nächsten Nacht weilte Thaniel allein in seinem Haus am Billabong. Seine Kinder waren fortgeritten, um nach den Herden zu sehen, und sie würden erst sehr spät heimkommen. Plötzlich stieß Rusty ein unglaublich schrilles Wiehern aus. Thaniel fragte sich, ob ein Wherry seinen alten Renner angriff. Vorsichtig zog er den Fenstervorhang zur Seite und spähte nach draußen. Rusty war der einzige Renner, der sich fürchterlich aufregte; alle anderen Tiere blieben ruhig, obschon sie das eigentümliche Gebaren des alten Hengstes neugierig beobachteten. Thaniel überlegte, ob der hochbetagte Rusty vielleicht ein bisschen wirr im Kopf wurde; wenn es noch schlimmer kam, musste er womöglich getötet werden.

Ein sonderbarer Schauder überlief Thaniel, auf einmal bibberte er am ganzen Leib. Er verspürte eine entsetzliche, namenlose Angst; hastig riss er den Vorhang wieder zu. Schwer atmend und mit wild klopfendem Herzen ging er zur Tür, öffnete sie einen Spaltbreit und lugte hinaus. Er vermochte nichts Ungewöhnliches zu sehen, bis auf Rusty, der aus unerfindlichen Gründen in Panik geraten war.

»Ist da jemand? Was ist los?«, rief Thaniel.

Rusty wieherte furchtsam, und Thaniel blickte zu dem aufgeregten Hengst hin.

»Blödes Vieh! Es gibt nichts, was dich beunruhigen könnte. Hier ist doch niemand.« Mit weit ausholenden Handbewegungen deutete Thaniel auf den freien Platz vor der Koppel. Doch Rusty hörte nicht auf, nervös zu wiehern.

»Wirst du wohl still sein!«, brüllte Thaniel. »Die Reiter, die nach Moreta fragten, sind alle in ihre Weyr zurückgekehrt. Kein einziger Drache ist am Himmel zu sehen.«

Plötzlich hatte Thaniel das Gefühl, etwas Eiskaltes berühre ihn. Fröstelnd presste er die Arme dicht an den Körper und brummte in seinen Bart: »Wieso friere ich auf einmal, als wäre es tiefster Winter und ich hätte mir eine Erkältung eingefangen?« Ihm kam ein entsetzlicher Gedanke, und laut fügte er hinzu: »Oder hat mich trotz der Impfung diese Seuche erwischt, und ich habe mich angesteckt?«

Am ganzen Körper schlotternd, drehte sich Thaniel um, stürmte ins Haus zurück und schlug die Tür hinter sich zu.

Als eine geraume Zeit später Jerra, Maynar und die anderen zurückkehrten, erschraken sie über den Zustand, in dem sich ihr Vater befand. Thaniel wirkte äußerst angespannt und machte einen verstörten Eindruck.

»Was ist passiert, Vater?«, fragte Jerry bestürzt.

»Nichts, gar nichts. Aber … ich hatte ein ähnliches Erlebnis wie damals, einen Tag, nachdem eure Mutter starb.«

»Hast du etwas gesehen?«, forschte Maynar.

»Ich habe überhaupt nichts gesehen«, entgegnete Thaniel und starrte wie hypnotisiert ins Herdfeuer.

Anderentags trafen zwei Drachenreiter am Pachthof beim Billabong ein, um nachzuprüfen, ob die Bewohner das Vakzin erhalten hatten und ob nach der Impfung eventuell Beschwerden aufgetreten seien. Bei ihrer Ankunft fing Rusty wieder panisch an zu wiehern. Thaniel versicherte den Reitern, dass sie das Serum nicht nur bekommen hätten, sondern sogar von der Meisterheilerin Desdra höchstpersönlich geimpft worden seien.

Es lag ihm noch der Hinweis auf der Zunge, dass die einzigen aufgetretenen Beschwerden im offenbar blitzschnellen Auftauchen von Drachen bestanden, die seinen alten Renner in Angst und Schrecken versetzten. Doch er verkniff sich diese despektierliche Bemerkung. Stattdessen erkundigte er sich, ob man Moreta gefunden habe. Die Drachenreiter antworteten, man ginge davon aus, dass sie und der Drache im *Dazwischen* gestorben seien.

In der Nacht und am anderen Tag blieb ständig eines von Thaniels Kindern bei ihm im Haus, derweil die anderen ausritten, um wie üblich nach den Herden zu sehen. Am späten Nachmittag kam Bill auf seinem kleinen Renner angaloppiert und verkündete wichtigtuerisch, ein Tier sei in eine schmale und tiefe Bodensenke gestürzt und könne sich nicht mehr selbst daraus befreien. Jeder müsse mit Hand anlegen, um den Renner in Sicherheit zu bringen.

Thaniel und Bill rafften Stricke und Ledergurte zusammen, beluden damit Bills Renner, und der Bursche sprengte los, um seinen Geschwistern zu helfen, das gefangene Tier aus dem Loch zu hieven. Bill passte es nicht, dass der Vater allein auf dem Hof zurückbleiben sollte, doch Thaniel überzeugte ihn davon, dass es ihm selbst gut ginge und der wertvolle Renner um jeden Preis gerettet werden müsse.

Kaum hatte sich der Staub gelegt, den Bills Reittier beim Lospreschen aufgewirbelt hatte, da beschlich Thaniel ein beklemmendes Gefühl, das sich verstärkte, als Rusty schon wieder angstvoll zu wiehern anfing. Sein Herz setzte ein paar Schläge aus und begann dann wie rasend zu hämmern. Bewaffnet mit einem dicken Knüppel, schlich er an die Tür. Vorsichtig zog er sie ein wenig auf und suchte den Horizont nach im Anflug befindlichen Drachen ab.

Doch er sah nur Rusty, der sich aufbäumte und mit den Vorderhufen nach einem unsichtbaren Feind schlug. Kurz darauf beruhigte sich der Hengst, aber nicht für lange, und stieß dann abermals dieses schreckhafte, nervtötende Wiehern aus. In heller Panik scheute Rusty vor dem Zaun zurück und galoppierte davon. Unvermittelt blieb er wie angewurzelt stehen, nur um mit trübem Blick vor sich hin zu starren – ins Leere. Vor Sorge um sein altes Reittier, das nun heftig mit den Hufen stampfte, verließ Thaniel seinen sicheren Platz an der Haustür und näherte sich der Koppel. Mit Rufen versuchte er, Rusty zu sich zu locken. Doch der Hengst sprach nicht darauf an; die Ohren lauschend nach vorn gestellt, richtete er sein Augenmerk auf einen Punkt genau vor ihm.

»Was hast du nur, alter Knabe? Was macht dir solche Angst?«, fragte Thaniel, als er bemerkte, wie Rustys Muskeln an den Schultern vor Nervosität zitterten. Abermals scharrte Rusty heftig mit den Hufen. Thaniel rieb sich mit der Hand die Augen, ehe er neuerlich angestrengt auf die leere Stelle blickte, die Rusty zu paralysieren schien. Jählings machte der Renner einen gewaltigen Schritt rückwärts, und in seiner Hast, sich zu entfernen, hätte er sich um ein Haar auf die Hinterbacken gesetzt. Nachdem er kräftig mit den Hinterhufen ausgekeilt und mit den vorderen aufgestampft hatte, preschte er wie ein ungezähmter Jährling über die Koppel; er gebärdete sich wie toll, buckelte, stieg und brach seitwärts aus, als versuche er, sich vor einem Fädenfall oder einem anderen abscheulichen Gegner in Sicherheit zu bringen.

Vor Verblüffung klappte Thaniel die Kinnlade herunter, derweil er zuschaute, wie sein alter Hengst gegen eine unsichtbare Bedrohung ankämpfte.

»So führt er sich normalerweise nur auf, wenn Drachen in der Nähe sind«, sinnierte Thaniel. »Vielleicht hat der gute Rusty vor Altersschwäche einen Koller gekriegt, und das Barmherzigste wäre wirklich, ihm den Gnadentod zu geben. Es geht nicht, dass er jede Nacht so herumtobt.« Kopfschüttelnd wandte er sich von der Koppel ab und ging ins Haus zurück.

Rusty behielt sein unerklärliches Verhalten bei und ließ sich durch nichts beruhigen. Dann, in der fünften Nacht nach Moretas Verschwinden, geschah etwas Merkwürdiges. Thaniel hatte es sich zur Gewohnheit gemacht, zu der Stunde, in der Rusty stets der Koller überkam, die Koppel zu beobachten, und auch jetzt wieder behielt er die Renner und den alten Hengst aufmerksam im Auge. Gerade blinzelte der Vollmond hinter einer Wolkenbank hervor, da tauchte die glänzende Silhouette eines Drachen mitsamt seiner Reiterin am Himmel auf. Es war das gleiche Bild, das Thaniel vor wenigen Tagen schon einmal gesehen hatte. Fassungslos vor Staunen stieß er hervor: »*Moreta!*«

Thaniels Schrei übertönte sogar Rustys panisches Wiehern. Entsetzt ließ er den Knüppel fallen, stürzte ins Haus und verrammelte die Tür hinter sich.

Moreta fühlte sich gestärkt nach dem Becher Klah, den der alte Pächter ihr angeboten hatte. Sie konnte sich nicht erinnern, wann sie das letzte Mal etwas gegessen hatte, obwohl es vermutlich nicht zu lange her war, denn sie verspürte keinen Hunger. Sie merkte lediglich, wie nach dem Genuss des heißen Klah eine wohlige Wärme ihren gesamten Körper durchströmte.

Doch sie fühlte sich schrecklich müde, und selbst der längste Kampfeinsatz gegen einen Fädenfall hatte sie nicht so viel Kraft gekostet wie die derzeitige Mission. Nur noch dieser letzte Sprung ins *Dazwischen*, dann durften sie beide sich ausruhen, denn auch Holth hatte sich tapfer geschlagen und verausgabt. Als Holth mit einem gewaltigen Satz vom Boden hochschnellte, um ihre letzte Etappe des heutigen Tages anzusteuern, rezitierte Moreta ihre übliche Litanei, um sich von ihrer Angst vor dem *Dazwischen* abzulenken: »Schwarz, schwärzer, am schwärzesten …«

Noch nie zuvor war ihr die Kälte im *Dazwischen* so erbarmungslos erschienen, obwohl sie sich mit einem Becher heißen Klah dagegen gewappnet hatte. Sie schloss die Augen und schlang die Arme um ihren Oberkörper, um sich ein wenig vor dem eisigen Hauch zu schützen. Doch sofort schlug sie die Augen wieder auf, weil ihr Blick noch etwas erhascht hatte, das eigentlich unmöglich sein konnte – irgendwo in dieser abgrundtiefen Düsternis schimmerte ein Licht. Aber im *Dazwischen* gab es keine Lichtquelle, und selbst Leuchtkörbe vermochten die Finsternis nicht zu erhellen.

Ist dort Licht? Sie schaute in die Richtung. Tatsächlich gewahrte sie einen strahlenden Schein, der so anheimelnd und tröstend wirkte wie ein Leuchtkorb in einer dunklen Nacht im Fort Weyr. Plötzlich kam ihr die Kälte nicht mehr so schneidend vor. Sie wollte auf den Lichtkegel zuhalten, weil sie hoffte, in dessen Nähe sei es warm. In diesem Augenblick merke sie, dass Holth sich nicht bewegte, wie erstarrt verharrte sie am selben Fleck. Dabei mussten mittlerweile mehr als acht Sekunden verstrichen sein. Ihren beruhigenden Singsang hatte sie heruntergeleiert, und sie befanden sich immer noch im *Dazwischen* – ohne sich von der Stelle zu rühren …

Holth?, fragte sie. *Was ist passiert? Wir befinden uns nicht im Fort Weyr.*

Wir sind immer noch im Dazwischen. *Ich hatte keine Vorstellung, welches Ziel wir ansteuern. Ich bin sehr müde, aber du hast mir nicht gesagt, wohin wir fliegen. Du befahlst mir lediglich, ins* Dazwischen *einzutauchen*, beklagte sich Holth in quengelndem Ton und stieß einen verzweifelten Ruf aus.

Moreta versuchte sich zu erinnern, was sie zu Holth gesagt hatte, als die abgekämpfte alte Drachenkönigin vom Boden hochsprang. Resigniert schüttelte sie den Kopf.

In Gedanken stellte ich mir ganz sicher das Bild vom Fort Weyr vor, Holth!, verteidigte sie sich. Verwirrt von den vielen Sprüngen durch die unterschiedlichsten Zeiten, fiel es ihr nicht leicht, sich ihrer genauen Worte vor dem letzten Abflug zu entsinnen. *Ich bin eine erfahrene Drachenreiterin, und mir unterlaufen keine Fehler mehr, die höchstens einem Grünschnabel von Weyerling passieren.*

Wir sind beide übermüdet, gab Holth unumwunden zurück. *Wir gingen ins* Dazwischen, *wie du verlangt hast. An mehr kann sich mein armer alter Kopf nicht erinnern.*

Warum hast du mich nicht nach dem genauen Bestimmungsort gefragt?, erkundigte sich Moreta ärgerlich. Sie wunderte sich, wieso eine derart erprobte Drachenkönigin nicht nachhakte, wenn ihre Reiterin versäumte, sich den Zielort plastisch vor Augen zu führen. Trotz ihrer Erschöpfung hätte Holth imstande sein müssen, Moretas Patzer zu korrigieren.

Den ganzen Tag lang hast du mir gesagt, wohin ich fliegen und welche Zeit ich ansteuern soll. Gelegentlich musste ich nachfragen, wieso wir in die Vergangenheit reisen, aber du gabst mir immer die genaue Route an, wobei du dich nach dem jeweiligen Stand der Sonne gerichtet hast. Beim letzten Mal sagtest du bloß, ich sollte ins Dazwischen *gehen.* In Holths telepathisch übertragene Stimme schlich sich ein trotziger Unterton.

Gegen ihre eigene Panik ankämpfend, gestand sich Moreta ein, dass sie der erschöpften Drachenkönigin wirklich nur aufgetragen hatte, ins *Dazwischen* zu springen, ohne sich den Fort Weyr bildlich vorzustellen. Sie war davon ausgegangen, dass Holth auch gehört hatte, wie sie erleichtert sagte, dies sei ihr letzter Sprung für den Tag. Damit meinte sie natürlich, dass sie den Heimflug nach Fort Weyr anträten, wo sie sich beide nach einer äußerst anstrengenden Mission hätten ausruhen können und wo Leri und Orlith auf sie warteten. Moreta verschränkte die Arme fest vor der Brust und schaute sehnsüchtig zu dem strahlenden Licht hin, das sie anzulocken schien.

Sollen wir nachsehen, was es mit diesem hellen Fleck auf sich hat, Holth? Vielleicht finden wir von dort aus den Weg zurück. Holth gab einen skeptischen Laut von sich und zuckte weder mit einem Bein noch mit einer Schwinge. Sie blieb einfach bewegungslos in der Schwebe.

Das Licht befindet sich sehr weit weg, und ich vermag nicht hinzufliegen. Auf das Wort »vermag« legte sie eine eigenartige Betonung.

»Was soll das heißen, du ›vermagst‹ diesen Ort nicht anzusteuern?«, fragte Moreta laut.

Es ist mir noch nicht gestattet, ihn aufzusuchen; außerdem darf ich dich nicht mitnehmen, lautete Holths rätselhafte Antwort.

Wir müssen endlich nach Hause zurück. Dort erwartet man uns. Leri macht sich sicher schon Sorgen, und Orlith ist außer sich vor Angst.

Ich weiß, bestätigte der Drache. *Aber ich kann weder Leri noch Orlith mit meinen Gedanken erreichen*, fügte Holth nach einer kleinen Pause hinzu.

Erschrocken sandte Moreta ein telepathisches Signal aus und forschte nach Orliths aufmunternder Präsenz; normalerweise spürte sie ständig das innere Band, welches sie und ihren Drachen zusammenhielt und oftmals an Intensität gewann, wenn sie voneinander getrennt waren. Nun war diese Verbindung zum ersten Mal abgerissen, und entsetzt schnappte Moreta nach Luft.

Langsam wandte sie den Blick von dem hellen Licht ab, das einen ungemein verlockenden Reiz auf sie ausübte. Die Entfernung dorthin kam ihr gar nicht so groß vor, und sie fand, selbst ein alter und erschöpfter Drache hätte mühelos dorthin gelangen können.

Im nächsten Moment nahm sie eine Bewegung wahr, ein grauer Schatten vor einem grauen Hintergrund näherte sich ihnen. Der verschwommene Fleck nahm Gestalt an, und sie erkannte einen Drachen mitsamt Reiter.

»Hallo, ihr da drüben!«, rief eine Männerstimme. Der Drachenreiter hob den Arm und winkte ihnen zu. »Wartet auf mich!«

Fassungslos starrte Moreta auf die eigentlich unmögliche Erscheinung, bis der fremde Drache eine Nasenlänge von Holth entfernt anhielt. Die alte Drachenkönigin reckte die Schnauze nach vorn und berührte mit dem Maul den Neuankömmling, wie es Höflichkeit und Tradition erforderten. Gleich nach der Begrüßung zuckte Holth heftiger zurück, als Moreta ihr noch zugetraut hätte.

Duluth?, vergewisserte sich Holth verblüfft.

»Von welchem Weyr stammt ihr?«, erkundigte sich Moreta, der dieser Drachenname seltsam vertraut vorkam, obwohl sie ihn nirgends einordnen konnte.

»Ich gehöre keinem Weyr an«, erwiderte der Reiter. Holth wich einen weiteren Schritt zurück.

Ihr gehört zu keinem Weyr? Das gibt's doch gar nicht. Alle Drachen leben in einem Weyr.

»Ich bin Marco Galliano«, stellte sich der junge Mann vor, der auf Duluth saß. Jedenfalls machte er auf Moreta einen recht jugendlichen Eindruck. Er konnte noch nicht lange Drachenreiter sein, denn so angestrengt sie auch nachdachte, sie kam nicht darauf, was es mit dem braunen Drachen Duluth und seinem Reiter auf sich haben mochte.

»Seid unbesorgt. Wir sind einander noch nicht begegnet. Aber ich versichere euch, dass Duluth und ich harmlos sind. Ist euch kalt? Ihr zittert beide.«

»Wundert dich das?«, gab Moreta schnippisch zurück. Sie fand die Frage müßig, denn kälter als im *Dazwischen* war es wohl nirgends.

»Ich weiß, dass euch all das hier merkwürdig vorkommen muss.

Aber ihr seid in einer Art Verwerfung gelandet. Duluth und ich fliegen jeden Tag Patrouille, um nach Drachenreitern Ausschau zu halten, die es hierher verschlagen hat.«

»Patrouille? Um nach verirrten Drachenreitern zu suchen?«, wiederholte Moreta ungläubig.

»Ihr zwei seid nicht das erste Gespann, das ich hier auflese, obwohl es sich bei den anderen meistens um Kinder oder Jugendliche handelte. Mir ist es ja selbst so ergangen.« Lässig zuckte er mit den Schultern. »Aber ich wurde nie dazu ausgebildet, ins *Dazwischen* zu gehen, deshalb habe ich für meinen Fehltritt eine Entschuldigung. Kommt mit, ich bringe euch an einen Ort, wo es warm ist und ihr euch erholen könnt. Ihr erzählt mir, was sich alles auf Pern zugetragen hat, und bringt mich auf den neuesten Stand der Ereignisse. Das Rad der Geschichte dreht sich ja immerzu.«

Duluth wendete.

»Warte! Wohin fliegen wir?«

Ihr braucht mir nur zu folgen. Keine Sorge, es geht ganz leicht, beschied ihnen Duluth gelassen.

»Ich weiß selbst nicht warum«, teilte Marco ihnen mit, »aber ich finde immer wieder ins Paradies zurück.«

Duluth nahm einen langen Anlauf und spreizte die Schwingen. Er flog los und entfernte sich so rasch, dass Moreta Holth drängte, sich ihm unverzüglich anzuschließen. Holth ließ sich nicht lange bitten und stürmte los, als könne sie kaum erwarten, an einen warmen Platz zu gelangen, wo auch immer der sich befinden mochte. Vielleicht konnte Marco dafür sorgen, dass sie den Heimweg fanden, und Moreta wäre schon damit zufrieden gewesen, wieder am Pachtgut beim Billabong zu landen. Sie selbst wünschte sich in erster Linie einen Ort zum ausruhen. Die Kälte setzte ihr weniger zu als ihre Erschöpfung. Zudem fühlte sie sich völlig desorientiert.

Sie flogen in gerader Linie, und geraume Zeit schien zu vergehen, bis Marco und Duluth sich plötzlich zum Sinkflug neigten; steil schossen sie in die Tiefe und durchstießen die dunkle Bodenlage des *Dazwischen*. Es war, als seien Drache nebst Reiter von einem gigantischen Rachen verschluckt worden. Moreta feuerte Holth an, Duluth schleunigst hinterherzufliegen.

Plötzlich glitzerte unter ihnen ein tiefblaues Meer; eine Landzunge aus weißem Sand stieß weit ins Wasser hinein, und hinter dem Strand reckten sich hohe, schlanke Baumfarne empor, deren zerzauste Schöpfe sich in einer linden Brise wiegten. Duluth landete am Ufer, gefolgt von Holth, die einen gewaltigen Seufzer ausstieß, als sie beim Aufsetzen auf den heißen Sand die Schwingen spreizte, um möglichst viel von der angenehmen Wärme aufzunehmen. Der grelle Sonnenglanz verstärkte Moretas Mattigkeit. Sie gähnte und blickte in den einladenden Schatten unter den Baumfarnen.

»Ihr zwei scheint ja todmüde zu sein, und dein Drache macht es genau richtig. Komm mit«, forderte Marco Moreta auf. Er fasste sie unter und führte sie in den Schatten. Um sich Kühlung zu verschaffen, knöpfte Moreta ihre dicke Flugjacke auf. Sollte sie sich ein Nickerchen gönnen, obwohl ihr so viele Fragen im Kopf schwirrten?

Die überwältigende Schläfrigkeit und der Schock, nicht nach Fort Weyr und zu Orlith heimgekehrt zu sein, verschlugen ihr zunächst die Sprache. Schweigend ließ sie sich von Marco zu der Reihe von Baumfarnen bugsieren und blickte nur einmal kurz über die Schulter, um sich zu überzeugen, dass Holth am Strand ein bequemes Plätzchen gefunden hatte. Die alte Königin stieß ein zufriedenes Brummen aus, zuckte ein paar Mal mit den Schultern, ließ den Schwanz in den Sand sinken und fing geräuschvoll an zu schnarchen.

»Hier kannst du dich ausruhen.« Marco hob einige trockene

Farnwedel vom Gras auf, das im Schatten der Bäume wuchs. »Glaub mir, es bleibt genügend Zeit, um all die Fragen zu beantworten, die dich jetzt sicher bewegen. Doch zuerst solltest du ein wenig schlummern. Ich verscheuche derweil die Wanderkäfer.«

Er drückte sie buchstäblich auf den Boden. Sie leistete keinen Widerstand, dazu fehlte ihr die Kraft. Als er ihr die Flugjacke aus den schlaffen Händen nahm und sie zu einem Kissen zusammenrollte, streckte sie sich zum Schlafen aus und schloss die Augen. Sie hoffte, sich beim Aufwachen daheim in ihrem eigenen Weyr wieder zu finden und all dies nur geträumt zu haben.

»Wenn du wach wirst, bin ich bei dir. Ich habe alle Zeit der Welt zur Verfügung«, raunte ihr der sonderbare junge Reiter noch zu, während sie beinahe sofort in einen tiefen Schlaf fiel.

Moreta wurde von dem Lärm geweckt, mit dem Holth sich im Schlaf auf dem Sand herumwälzte. Wie versprochen, saß Marco neben ihr.

»Es war kein Traum, so sehr du es dir gewünscht haben magst. Das hier ist die Realität. Du und dein Drache seid im *Dazwischen* verloren gegangen, und ich habe euch gefunden. Und bevor du nun glaubst, ich könne Gedanken lesen, lass dir gesagt sein, dass mir diese Fähigkeit abgeht. Allerdings bin ich schon so lange hier, dass ich nahezu jede Frage kenne, die dir einfallen könnte.«

Marco, der eine fremdartige Fliegermontur trug, bedeutete ihr, sich hinzusetzen und den Rücken gegen einen Baumstamm zu lehnen. Dann reichte er ihr eine Wasserflasche, die sie mit einem gemurmelten Dankeswort annahm. Sie achtete darauf, das herrlich kühle Wasser in kleinen Schlucken zu trinken und nicht hinunterzustürzen. Sie warf einen Blick auf Holth, die sich auf dem Strand in eine bequeme Positur rückte.

»Deinem Drachen geht es gut. Gerade dreht sie sich so, dass auch ihre andere Flanke von der Sonne beschienen wird. Seit Holth sich zum Schlafen hinlegte, hat sie sich nur selten bewegt. Sie schnarcht allerdings sehr laut, aber das wirst du ja bereits wissen.«

Marco war ein gut aussehender junger Mann – aber nicht annähernd so hübsch wie Alessan, fand sie. Resolut unterdrückte sie jeden Gedanken an ihren Liebhaber. Es fiel ihr schon schwer genug, in dieser bizarren Situation zu bestehen, und die Vorstellung, Alessan möglicherweise niemals wiederzusehen, hätte sie nur unnötig belastet.

»Wo befinden wir uns, Marco? Und wenn wir uns im *Dazwischen* verirrt haben, wie hast du uns gefunden?«

»Holth sagt, dein Name sei Moreta, und du seist sogar Weyrherrin von Fort«, verlautbarte er, ohne auf ihre Frage einzugehen. Und der dreiste Blick, mit dem er sie musterte, verriet wenig Respekt vor ihrem hohen Rang. »Duluth wenigstens ist gebührend beeindruckt.«

»Wie hieß doch noch mal der Weyr, aus dem ihr kommt?«

»Ich nannte keinen Weyr, denn Duluth und ich haben nie in einem gelebt. Erzähl mir bloß nicht, dass du die Geschichte der Drachenreiter nicht kennst.« Er setzte eine enttäuschte Miene auf.

Moreta wollte diesen Vorwurf nicht auf sich sitzen lassen und konterte pikiert: »Natürlich kenne ich die Geschichte in- und auswendig.«

»Soso, wer waren denn die ersten Reiter?«, erkundigte er sich ruhig.

Sie merkte, dass ihr der Mund offen blieb, während sie ihn anstarrte. Selbstverständlich wusste sie, wer die ersten Drachenreiter waren, und … sie bemühte sich, die Zusammenhänge zu verstehen.

»Du und Duluth …«, begann sie, in ihrem Gedächtnis forschend, »wart das erste Paar, das ins *Dazwischen* ging, und zwar um einem Luftschlitten auszuweichen. Das passierte in der Nähe des Landguts am Paradiesfluss …« Sie hielt inne und schaute sich um.

»Die Technik, gefahrlos ins *Dazwischen* zu gehen und wieder in seiner eigenen Welt aufzutauchen, entdeckte man allerdings erst später«, half Marco aus. »Damals handelten Duluth und ich nur aus einem Instinkt heraus.«

»Und seitdem seid ihr im *Dazwischen* gefangen?«

»Mehr oder weniger. Es dauerte eine Weile, bis ich begriff, dass ich zum Paradiesfluss zurückkehren konnte, wann immer ich wollte. Doch als ich die Gegebenheiten endlich verstanden hatte und an diesem Ort landete, gab es hier niemanden mehr. Jim Tilleks Armada war weitergesegelt, und an den Stränden fanden sich nur noch die Spuren von alten Lagerfeuern und nutzloses Gerümpel. Ich flog nach Osten in die Richtung, die sie meines Wissens einschlagen wollten, aber ein schwerer Orkan zog auf, und eine Windbö riss mich um ein Haar von Duluths Rücken. Vorerst musste ich deshalb den Versuch aufgeben, den anderen zu folgen.«

Nach einer kurzen Pause fuhr er fort: »Duluth hatte sich in der linken Flügelspitze eine Bänderzerrung zugezogen. Zum Glück hatte ich genügend Taubkraut bei mir, um die Schmerzen zu lindern. Als wir dann endlich aufs Neue aufbrechen konnten, merkten wir schon bald, dass der Sturm der Armada böse zugesetzt hatte. Unter dem Treibgut, das an den Strand gespült wurde, befanden sich Trümmer von Schiffen. Aber wir sahen keine einzige Leiche. Ständig hielten wir Ausschau. Zum Schluss, als wir nirgends Lebenszeichen von Schiffbrüchigen entdeckten und auch sonst keine lebendige Seele fanden, kehrten wir hierher ins Paradies zurück und schlugen unser Basislager auf. Ein

Stück weiter weg gibt es einige Gebäude. Anfangs sammelte ich alles, was die Wellen an Land schwemmten, nur für den Fall, dass doch einmal jemand hier auftauchte und nach seinen Sachen suchte. Doch es kam niemand, der zu Jim Tilleks Armada gehört hatte. Dafür verschlug es andere Personen hierher, zuletzt euch.«

»Dann leben hier noch mehr Menschen? Wo stecken sie alle?«

»Wahrscheinlich befinden sie sich auf einem Jagdausflug. Die Drachen lieben nämlich noch immer die Jagd, musst du wissen. Ihr Instinkt treibt sie dazu, Beute zu schlagen. Obwohl sie nicht einmal mehr das Blut trinken, wenn sie ein Tier getötet haben. Ich glaube, heute sind sie nach Roma geflogen, wo meine Familie früher ein Pachtgut bewirtschaftete. Vor der Zweiten Überfahrt mussten wir ganze Herden freilassen, prachtvolle Tiere. Aber auf den Schiffen, mit denen wir die neue Heimat ansteuerten, gab es nur Platz für die edelsten, zur Nachzucht bestimmten Exemplare. Die Herden haben sich in der Zwischenzeit natürlich kräftig vergrößert, und die Katzen …«

»Katzen?«, fiel Moreta ihm nervös ins Wort.

»Jawohl, Katzen. Die großen Raubkatzen, die Ted Tubberman züchtete und hier aussetzte.«

»Oh! Das sind die Tiere, die uns eine verheerende Seuche brachten. Lass keines von ihnen an dich heran!«

Marco lachte. »Da passen wir schon gut auf, Moreta. Zum Glück fürchten sich die Katzen grundsätzlich vor Drachen, denn wir besitzen keine Waffen, mit denen wir einen Angriff der Tiere abwehren könnten.« Er spreizte die Finger. »Also wahren wir Distanz. Wie kommt es, dass sie eine Krankheit verbreiten?«

»Den genauen Grund kenne ich nicht«, entgegnete Moreta, »ich weiß nur, dass sie einen Erreger übertragen, an dem schon viele Menschen gestorben sind. Doch die Heiler haben einen Impfstoff entwickelt. Deshalb flog ich kreuz und quer durch

Keroon, um das Serum zu verteilten und mich darum zu kümmern, dass die dort ansässigen Leute gegen die Seuche geimpft werden.«

»Wie gelangten die Katzen eigentlich nach Norden?«, wunderte sich Marco.

Moreta schnalzte verächtlich mit der Zunge. »Ein paar Seeleute erzählten, sie seien an der Küste gestrandet, nachdem ihr Schiff untergegangen war, und gaben zu, die Katzen dort entdeckt und später mit heimgebracht zu haben, um mit dem Fang zu prahlen. Ehe wir die Seuche zu diesen Tieren zurückverfolgen konnten, hatte sie sich bereits rasend schnell verbreitet, und viele Menschen übertrugen den Erreger bereits.«

»Kennt man bei euch denn keine Quarantäne?«, fragte Marco erstaunt.

»Natürlich, aber es ging alles furchtbar rasch. Zuerst wusste keiner, woher diese Erkrankung kam. Hin und wieder brechen bei uns ansteckende Krankheiten aus, doch meistens treten sie nur vorübergehend auf und befallen nur sehr junge oder sehr alte Menschen. Diese Seuche indes, die derzeit grassiert, macht vor niemandem Halt.«

»Auch nicht vor den Drachen und ihren Reitern …«

»Das stimmt«, räumte sie traurig ein. »Woher weißt du das?«

»Ich sah ein paar von ihnen auf ihrem letzten Weg«, erklärte er und verzog schmerzlich das Gesicht. »Es waren mehr als nach einem schweren Kampfeinsatz gegen den Fädenfall.«

»Dann weißt du, wohin sie geflogen sind?«

Er schüttelte den Kopf. »Nein. Ich bin selbst noch nie dort gewesen.« Ein merkwürdiger Ausdruck huschte über sein Gesicht.

Nachdenklich sah Moreta ihn an. Ihr war eingefallen, dass er und die ersten Reiter ungefähr neunzehn oder zwanzig Planetenumläufe alt gewesen sein mussten, als die erste Gegenüberstellung mit den Drachen stattfand. Inzwischen musste er fünfzehnhundert Planetenumläufe alt sein. Am liebsten hätte sie die Hand ausgestreckt und Marco berührt, um festzustellen, ob sie sich dieses Erlebnis nicht doch nur einbildete.

»Ich verstehe immer noch nicht …« Ihre Stimme schwankte vor Unsicherheit.

»Wie ich am Leben bleiben konnte?«, beendete er für sie den Satz. »Ich begreife es selbst nicht, aber ganz offenkundig bin ich nicht tot. *Cogito, ergo sum.*«

»Wie bitte?«

»Das ist Latein, eine uralte Erdensprache. Übersetzt heißt es: ›Ich denke, also bin ich.‹«

»Ach!«

»Erstaunlich, nicht? Übrigens, welches Jahr – ich meine, welchen Planetenumlauf schreibt man derzeit auf Pern?«

Moreta blickte ihn verdutzt an und antwortete: »Wir befinden uns im eintausendfünfhundertdreiundvierzigsten Planetenumlauf. Der Sechste Vorbeizug des Roten Sterns nähert sich seinem Ende.«

Er nickte, und sein Blick glitt aufs Meer hinaus und fing sich am Horizont. Und Marco seufzte leise.

»Aber *wie* hast du überlebt?«

»Nun ja, ich bin zu dem Schluss gelangt, dass die Zeit im *Dazwischen* keine Bedeutung hat. Das erhärtet meine Theorie, dass wir uns dort in einer anderen Dimension befinden; vielleicht handelt es sich auch um eine alternative Realität oder um eine temporale und räumliche Verwerfung.«

»Fühlst du dich nicht manchmal … einsam?«, erkundigte Moreta sich vorsichtig.

»Ich habe doch Duluth.«

Als Marco sich seinem Drachen zuwandte, sah Moreta in seinen Augen den liebevollen Blick, den strahlenden Glanz, der von seiner innigen Partnerschaft mit dem Drachen kündete und den jeder Drachenreiter kannte. In diesem Moment sehnte sie sich wieder nach Orlith.

Als Liebesbeweis für seinen Reiter gab Duluth ein freundliches Grummeln von sich, und Holth, die auf dem warmen Sand lag, rührte sich ein wenig.

»Wie kam es, dass ihr euch so hoffnungslos verirrt habt, du und Holth?«, fragte Marco.

»Wahrscheinlich war es einfach Pech, manchmal versagt die Fantasie des Reiters eben, und er stellt sich das Bild von seinem Zielort nicht ausgeprägt genug vor. Oftmals ist Unerfahrenheit die Ursache. Bei mir lag es ganz eindeutig daran, dass ich übermüdet war und zu viele Zeitsprünge hinter mir hatte.«

»Zeitsprünge?«

Sie sammelte ihre Gedanken, ehe sie ihre Geschichte begann. Während sie die Ereignisse der letzten Tage schilderte, fiel die wunderbare Ruhe, die sie am Paradiesfluss überkommen hatte, von ihr ab, und sie wurde immer aufgewühlter.

»Ich sagte lediglich zu meinem Drachen: ›Noch ein letzter Sprung durch das *Dazwischen*, dann haben wir es geschafft, Holth.‹ Danach steckten wir fest, bis du uns fandest.« Moreta verlor die Beherrschung und brach in Tränen aus, als sie sich das Versäumnis eingestehen musste, Holth keine klare Anweisung gegeben zu haben. »Ich konnte mich nicht einmal richtig von Orlith verabschieden«, schluchzte sie.

»Ich helfe euch«, erklärte Marco mit weicher Stimme. Er legte seinen Arm um Moretas Schultern und wiegte sie sanft hin und her, bis sie sich beruhigte. »Im Laufe eines einzigen Nachmittags hast du Päckchen an vierzig verschiedene Orte transportiert?« Er klang ein wenig skeptisch. »Dabei nehmen Start und Landung des Drachen doch eine Menge Zeit ein.«

»Nun ja, wir dehnten die Zeit so aus, dass wir aus jeder Stunde eineinhalb oder zwei machten. Du musst wissen, dass Drachen auch in ein zeitliches *Dazwischen* eintreten können.«

»Wie, die Drachen vermögen durch die Zeit zu reisen?«, staunte Marco.

»Allerdings. Aber es kann sehr gefährlich sein und dem Reiter die Orientierung rauben. Ich bin nicht das erste Mal durch die Zeit gesprungen, einmal begab ich mich sogar in die Zukunft, aber ich tat dies nur, weil es nötig war, um die Seuche einzudämmen. Zeitsprünge ließen sich nicht vermeiden, andernfalls hätten wir unseren Auftrag, das Serum zu verteilen, nicht erfüllen können. Es gab einfach nicht genug Reiter, um die Aufgabe auf herkömmliche Weise zu bewältigen. Und da ich mich in den Ebenen von Keroon am besten auskenne und weiß, wo die einzelnen Wohnstätten liegen, erbot ich mich, diese Runde zu übernehmen. Ich orientierte mich am Stand der Sonne, aber um jedes einzelne Gehöft mit dem Impfstoff zu versorgen, musste ich gelegentlich in die Zeitströmung zurück, die bereits der Vergangenheit angehörte. Als wir das letzte Päckchen ablieferten, waren wir beide, Holth und ich, mit unseren Kräften am Ende.«

Tröstend streichelte Marco ihre Schulter und schaute sie so mitfühlend und verständnisvoll an, dass sie vor Überraschung mit den Augen blinzelte.

Dann fragte sie ihn vorsichtig: »Marco, wieso bist du schon so lange hier?«

Er zuckte mit den Schultern. »Ganz einfach. Wir können nirgendwo anders hin.«

»Aber hast du nie versucht, einem der anderen Drachenreiter zu folgen, wenn du sie im *Dazwischen* sahst?«, fragte sie.

»Doch, natürlich«, räumte er ein. »Aber es ist mir nie gelungen, egal, wie sehr Duluth sich anstrengte, die Distanz schien sich nie zu verringern. Es war beinahe so, als rücke er im selben Maße von uns ab, wie wir uns näherten.«

Er holte tief Luft. »Manchmal allerdings ... sehe ich Drachen, zumeist mit ihren Reitern auf dem Rücken, die geradewegs auf ein Licht zusteuern ...« Er reckte einen Arm nach oben, als wolle er die Richtung andeuten. »Sie wollen nicht ins *Dazwischen* fliegen, denn sie sind ja bereits darin. Sie nehmen scheinbar Kurs auf ein Ziel, das jenseits des *Dazwischen* liegt.«

»Jenseits des *Dazwischen*?« Ein kalter Schauer lief ihr über den Rücken. »Aber hinter dem *Dazwischen* gibt es nichts mehr.«

»Bist du sicher?«, fragte Marco leise.

»Du müsstest es doch am besten wissen. Du kamst in einem Raumschiff hierher, also konntest du Pern in seiner Gesamheit aus großer Höhe sehen.«

»Das ist richtig.« In seine Stimme schlich sich ein wehmütiger Beiklang. »Man schaltete alle Bildschirme auf Bugsicht, damit wir die Annäherung an den Planeten beobachten konnten. Die meisten von uns waren wach, die Landung stand ja kurz bevor, und ich glaube, kaum einem stand der Sinn nach Essen oder Schlafen. Wir konnten uns nicht satt sehen an dem Anblick.« Seine Augen leuchteten. »Diese Welt war schöner als die Erde, mit herrlichen blauen Ozeanen, grünen Landflächen und, dazwischen eingesprenkelt, ein paar kargen Wüstengebieten. Ein phantastischer Planet. Und er gehörte UNS!«

»Habt ihr das *Dazwischen* gesehen?«

Er bedachte sie mit einem grüblerischen Blick, ehe er langsam den Kopf schüttelte. »Vom *Dazwischen* erfuhren wir erst durch die Drachen. Sie haben es uns gezeigt, ohne sie hätten wir es auch niemals entdeckt. Und nur mit ihrer Hilfe können wir dieses Phänomen überhaupt erst nutzen.«

»Aber Drachen gehen ins *Dazwischen*, um zu sterben ...«, sagte Moreta nachsinnend.

»Sie durchqueren das *Dazwischen*, wenn ihr Ende gekommen ist«, berichtigte Marco sie, »aber sie verweilen nicht dort. Im

Dazwischen gibt es keine toten Lebewesen, noch nie bin ich auf einen Leichnam gestoßen. Einige Male bin ich hinterhergeflogen, wenn ein Drache zielstrebig einen Ort ansteuerte, der nur außerhalb dieser Sphäre liegen konnte. Die Drachen verschwanden irgendwo hin und tauchten nie wieder auf.«

»Bist du sicher?«

»Hundertprozentig.«

Moreta hegte ihre Zweifel, äußerte sie jedoch nicht. Sie wusste, dass Drachen, deren Reiter ums Leben kamen, ins *Dazwischen* gingen. Ab und zu tauchten Reiter mitsamt ihren Drachen ins *Dazwischen* ein, um nie wieder zurückzukommen; das geschah, wenn für einen aus dem Paar das Leben unerträglich wurde. Plötzlich spürte Moreta eine Anwandlung überwältigender Sehnsucht.

»Ich muss zu Orlith und Holth zu Leri zurückbringen«, stellte sie fest.

»Diesen Wunsch kann ich gut verstehen«, entgegnete Marco.

»Erwähntest du nicht, ich könnte an den Ort zurückkehren, an dem ich zuletzt gestartet bin?«, vergewisserte sie sich. »Das wäre der Pachthof beim Billabong auf der Ebene von Keroon.«

Sein Blick wurde unergründlich. »Gewiss, du kannst dorthin zurückfliegen, aber es wird dir nichts nützen.« Er legte den Kopf schräg und kniff die Augen leicht zusammen. »Es gibt da ein Problem, weißt du. Deine Freunde glauben, du seist verschollen.«

Perplex starrte sie ihn an.

»Du hättest mit Orlith ins *Dazwischen* gehen sollen, nicht mit Holth.«

»Kann ich nicht eine Nachricht schreiben und sie jemandem mitgeben, der sie zu Leri bringt?«

Ein sonderbares Lächeln umspielte seine Lippen. »Man wird dich nicht sehen«, beschied er ihr leise. »Und ich glaube nicht, dass du imstande sein wirst, eine Botschaft zu übermitteln.«

»Warum denn nicht?« Sie schaute sich um. »Hast du denn nichts zum Schreiben?«

Er seufzte. »Der Haken liegt darin, dass man deinen Brief nicht sehen kann. Du bist nämlich tot.«

Moreta erstarrte vor Schreck und blickte trotzig und verzweifelt auf die tief stehende Sonne, die bereits den Horizont berührte. Sie schickte sich an, die Flugjacke überzustreifen. »Ich muss sofort aufbrechen. Man wird vermutlich schon am Billabong nach mir suchen.«

Sie stand im Begriff, Holth zu wecken, doch Marco legte ihr eine Hand auf die Schulter und hielt sie zurück.

»Anstatt meine Zeit hier zu vertrödeln, hätte ich unverzüglich umkehren sollen«, fuhr sie fort und entzog sich seinem Griff.

»Nein!«, entgegnete er energisch. Holth hob den Kopf, und Duluth, der auf dem warmen Sand vor sich hin döste, schaute ihn aus seinen Facettenaugen an, die in friedlichen Grüntönen schimmerten. »Es hätte dir nichts geholfen. Da bin ich ganz sicher.«

Verwirrt gab sie nach. Sie weigerte sich noch aufzunehmen, was er vorhin gesagt hatte. Und er schien noch mehr zu wissen, was sie vielleicht nicht hören wollte.

»Weißt du eigentlich, dass Drachen unsterblich sein können? Ich glaube, deswegen bin ich mit Duluth noch hier.«

»Drachen sollen unsterblich sein?« Ihre Aufmerksamkeit war geweckt.

»Sie altern nicht in derselben Weise wie wir Menschen, und ihre Körper verwesen nicht. Ihre natürliche Lebenserwartung beträgt auf jeden Fall hunderte von Planetenumläufen.«

»Aber Drachen werden bei Kampfeinsätzen gegen die Fäden verletzt, und sie können krank werden«, hielt Moreta ihm entgegen.

»Gewiss, aber ihre inneren Organe degenerieren nicht, deshalb können sie so lange überdauern, wie sie wollen. In der Realität leben sie aber nur so lange, wie ihre Reiter; denn das geistige Band, das Mensch und Tier miteinander verknüpft, ist so stark, dass ihr Lebenswille erlischt, sowie ihr menschlicher Gefährte stirbt.« Marco hielt inne, schöpfte Atem und schien nach den richtigen Worten zu suchen, ehe er fortfuhr.

»Auf der alten Erde existierten zahlreiche Glaubenssysteme, die davon ausgingen, dass es ein Leben nach dem Tod gebe. Vereinfacht ausgedrückt, stellten sich die Menschen vor, dass ein Teil von ihnen unstofflich sei, also nicht aus Fleisch, Blut und Knochen bestünde.«

Als Moreta völlig verdattert den Kopf schüttelte, holte Marco mit seiner Erklärung weiter aus.

»Weißt du, was mit dem Geist eines Menschen gemeint ist, Moreta?«, fragte er. »Es sind dein Verstand, deine Seele, dein Bewusstsein – die Wesenszüge, die dich zu einer einmaligen Persönlichkeit machen.«

»Aber ich bin gar nicht anders als die Menschen, die ich kenne.« Sie glaubte, sich verteidigen zu müssen.

»Doch, das bist du«, korrigierte er sie. »Du bist zum Beispiel eine Königinreiterin, und dein Geist und der deines Drachen sind auf ewig miteinander verbunden. Ihr könnt nie voneinander getrennt werden.«

Ein gequälter Gesichtsausdruck entstellte ihr hübsches Gesicht. Seine Worte verwirrten sie, und sie spürte das dringende Bedürfnis, endlich etwas zu *tun*.

»Zur Zeit bin ich von meiner Orlith getrennt«, stellte sie richtig und stand auf, ehe er sie daran hindern konnte. »Wenn es mir möglich ist, zum Pachthof am Billabong zurückzukehren, dann muss ich jetzt aufbrechen. Es ist beinahe dunkel.«

Er erhob sich ebenfalls und warf einen Blick auf Duluth, der sich sogleich aus seiner behaglichen Kuhle im Sand hochrappelte. Holth schrak auf und schaute sich wachsam um, wobei sich ihre Augen vor Aufregung orangerot verfärbten und unruhig zu kreisen begannen.

»Schon gut, meine Liebe, es ist alles in Ordnung«, beruhigte Moreta die Drachenkönigin. »Wir fliegen lediglich zum Pachthof am Billabong zurück. Ich will zu meiner Orlith. Thaniel soll Leri eine Nachricht zukommen lassen. Sie soll sich unverzüglich zu uns gesellen.«

Sie wandte sich an Marco. »Und du bist sicher, dass ich den Hof beim Billabong erreiche?«

Marco nickte nachdrücklich. »Jeder, der hier gestrandet ist, kann an den Ort zurückkehren, von wo aus er den letzten Sprung ins *Dazwischen* unternahm. Aber das ist auch schon alles – und natürlich bleibt jederzeit die Möglichkeit, diesen Fleck am Paradiesfluss wieder aufzusuchen, weil ich Reiter und Drachen führen kann.«

Er seufzte und berührte in einer Geste der Anteilnahme ihren Arm. »Allerdings ist es dir bereits versagt, dich an den Ort zu begeben, an dem du landen wolltest.«

Er schlüpfte in seine abgewetzte Flugjacke. »Und deshalb komme ich auch mit dir und führe euch.«

Holth verließ nur ungern ihr Ruhelager auf dem warmen Sand, doch sie ließ sich von Duluth den nahe gelegenen Bachlauf zeigen, aus dem sie trinken konnte. Nachdem sie sich an dem kühlen Wasser gelabt hatte, wirkte sie erfrischt. Moreta lobte die alte Königin, tätschelte ihren Hals und murmelte ihr aufmunternde Worte zu, ehe sie auf ihren Rücken stieg.

»Jetzt musst du dir dein Ziel am Billabong plastisch vor Augen halten, damit Duluth und ich das Bild aufgreifen können«, verlangte Marco und setzte seinen Flughelm auf. »Wir warten dann im *Dazwischen* auf dich, damit ihr wieder sicher hierher zurückfindet.«

Moreta rief sich die Gegend um den Billabong ins Bewusstsein, konzentrierte sich auf die Stelle, wo der Pachthof umgeben von Koppeln lag, und malte sich in Gedanken aus, wie sich der Glast der untergehenden Sonne auf den graublauen Dachpfannen aus Schiefer spiegelte.

»Ich hab's«, verlautbarte Marco, sowie Duluth sich das Bild eingeprägt hatte, das Holths Geist ihr übermittelte. Zur Bekräftigung hob er beide Fäuste und reckte die Daumen hoch.

»Auf geht's zum Billabong, Holth!«, befahl Moreta. Die Königin nahm Anlauf, geriet auf dem Sand ein wenig ins Rutschen, doch dann sprang sie mit mehr Energie in die Höhe, als sie bei den beiden letzten Starts aufgebracht hatte.

»Schwarz, schwärzer, am schwärzesten«, leierte Moreta aus Gewohnheit herunter, während sie spürte, wie der massige Leib des Drachen vom Boden abhob.

»Du kannst jetzt zur Landung übergehen, Moreta«, rief Marco ihr alsbald zu.

Ehe sie sich's versah, flog sie auf Holth durch die frische, klare Nachtluft, und der kleinere der beiden Monde trat gerade seine Wanderung über das Firmament an. Ein Renner wieherte sich die Lunge aus dem Leib, ein Rotschimmel mit angegrautem Fell, dessen ungewöhnliche Zeichnung im Mondlicht schimmerte. Die restliche Herde galoppierte wie wild über die Koppel. Marco und Duluth waren ihr und Holth nicht gefolgt, und Moreta beschlich ein leises Unbehagen. Angenommen, sie fand ihren Retter nicht mehr, wenn sie wieder ins *Dazwischen* eintauchte. Waren sie und Holth dann für immer »verloren«?

Holth setzte zu einem eleganten Gleitflug in Richtung der Koppeln an. Moreta gewahrte das gelbliche Glühen von Leuchtkörben. Sie hörte ängstliche Schreie, dann gingen sämtliche Lichter aus, und die Tür zum Gehöft wurde zugeworfen. Wer auch immer nach draußen gegangen war, um nachzuschauen, was die

Renner derart in Panik versetzte, wollte sich nun im Haus verbarrikadieren. Gerade als sich Moreta und Holth dem Gebäude näherten, ging die Tür noch einen Spaltbreit auf, und sie sah die Silhouette eines Mannes.

»Ist da jemand? Was ist los?« Moreta erkannte sogleich Thaniels Stimme.

»Ich bin's, Thaniel, Moreta!«, rief sie. Der Mann spähte angestrengt in die Runde, doch ganz offensichtlich glitt sein Blick durch sie und Holth hindurch. Abermals stieß der Renner ein schrilles Wiehern aus, und Thaniel kam nun doch wieder heraus und wandte sich der Koppel zu.

»Blödes Vieh! Es gibt nichts, was dich beunruhigen könnte. Hier ist doch niemand.« Er fuchtelte mit den Händen herum, wie um zu demonstrieren, dass wirklich nichts da war, obschon Moreta und ihr Drache ganz in seiner Nähe standen.

»Thaniel. Hier bin ich. Kannst du mich nicht sehen?«, schrie sie aus Leibeskräften und drängte Holth ein paar Schritte nach vorn.

Rusty hörte gar nicht mehr auf zu wiehern.

»Wirst du wohl still sein?«, brüllte Thaniel den Hengst an. »Die Reiter, die nach Moreta fragten, sind alle in ihre Weyr zurückgekehrt. Kein einziger Drache ist am Himmel zu sehen.«

Moreta war wie vom Donner gerührt. Man suchte sie also schon. Sie hätte früher zurückkehren müssen. Wieso hörte Thaniel sie nicht, obwohl sie aus voller Kehle schrie, fragte sie sich verzweifelt. Hastig sprang sie von Holths Rücken, rannte zu Thaniel hin und baute sich unmittelbar vor ihm auf. Sie stand so dicht bei ihm, dass sie unwillkürlich ein Stück zurücktrat, als er den Kopf in ihre Richtung drehte, damit ihre Nasen sich nicht berührten. Moreta fasste nach seinem Arm, und Thaniel fing plötzlich stark zu zittern an. Ein Schauer durchlief ihn von Kopf bis Fuß.

Er murmelte etwas, das Moreta nicht verstand, dann schlang er die Arme um sich. »Oder hat es mich trotz der Impfung erwischt, und ich hab mich mit dieser Seuche angesteckt?«, lamentierte er laut.

»Nein, du alter Narr! Ich versuche nur, dich auf mich aufmerksam zu machen«, versetzte Moreta. Aber er schien sie nicht zu hören. Nur der Rotschimmel gebärdete sich weiterhin wie verrückt, wieherte und preschte über die Koppel, wobei er seine Aufregung auf die anderen Renner übertrug, die sich zwischenzeitlich schon wieder beruhigt hatten. Indessen machte Thaniel auf dem Absatz kehrt, stapfte ins Haus zurück und warf die Tür hinter sich zu.

»Marco hatte Recht. Wie soll ich mich mit ihm verständigen, wenn er mich weder hören noch sehen kann? Das ist ja unerträglich!«, schimpfte Moreta, als sie zu Holth zurückging und sich auf ihren Rücken schwang.

Moreta sah, wie Thaniel an einem der Fenster stand und hinausblickte, die Arme über der Brust gekreuzt, als wolle er ein Unheil abwenden.

Wir sind unsichtbar, Moreta, klagte Holth. *Wir gingen ins* Dazwischen, *ohne an unser beabsichtigtes Ziel zu gelangen. Wir sind in der Leere irrgegangen.*

Ich schlage vor, Holth, dass du jetzt mit aller Kraft an den Fort Weyr denkst und versuchst, dorthin zu fliegen. Führe dir die Bergkette hinter dem Weyr vor Augen. Stell dir das Felssims vor, auf dem du so viele Jahre gelegen hast, um Leri in ihren Gemächern zu beschützen. Denk an zu Hause, Holth. Bring uns heim.

Moretas letzter Satz war sowohl ein sehnsüchtiger Wunsch als auch ein Befehl. Holth sammelte ihre letzten Kräfte, schnellte hoch und schlug tapfer mit den Schwingen. Ihr Körper schraubte sich in die Höhe, und dann tauchten sie ein ins *Dazwischen.* Dort war es kalt und … grau. Wohl war die Kälte ein wenig abgemildert, sie drang nicht mehr bis ins Mark, wie es früher der Fall gewesen war, doch Moretas Singsang hatte seine tröstliche Wirkung verloren. Sie war sich keineswegs sicher, dass sie über dem Fort Weyr wieder in den Normalraum eintreten würden. Wäre alles wie geplant verlaufen, hätten sie kurz vor Sonnenuntergang dort sein müssen, über dem heimischen Kraterkessel schwebend, in der Ferne der vertraute Anblick der Bergkette, und genau unter ihnen die Felssimse, auf denen die Drachen lagen und die letzten wärmenden Sonnenstrahlen auskosteten.

Moreta lief eine Gänsehaut über den Rücken. Sie beugte sich vor und presste ihren Körper gegen den Hals des Drachen, um seine tröstende Wärme in sich aufzunehmen. Sie blieben im *Dazwischen*, dessen Zwielicht in der Ferne mit Schwärze verfloss.

»Kein Glück gehabt, was?« Vor ihnen tauchte Marco auf und flog mit Duluth dicht an sie heran.

»Thaniel sprach mit sich selbst und sagte, Drachenreiter hätten nach mir gefragt«, erzählte sie und versuchte, sich ihre Panik nicht anmerken zu lassen. »Aber er konnte mich nicht sehen.« Abermals überlief sie ein eiskalter Schauer.

»Lass uns zum Paradiesfluss zurückkehren. Danach überlegen wir, was wir weiterhin unternehmen können.«

»Was meinst du damit?«, fragte Moreta entnervt.

»Wenn du dauernd am Billabong erscheinst, kann es sein, dass das Verhalten des alten Renners auch Thaniel stutzig macht«, erklärte Marco unbekümmert.

»Ich soll also weiterhin vor Thaniel in Erscheinung treten?«

»Ja, wie ein Spuk. Auf der alten Erde behaupteten manche Leute, es gäbe Geister, die stets an einem ganz bestimmten Ort auftauchen.« Er unterbrach sich, als er merkte, dass Moreta ihn verständnislos anstarrte. »Du weißt wirklich nicht, wovon ich rede, oder? Ein Gespenst ist ein Geistwesen, das den Menschen erscheint, um sie an eine frühere Missetat zu erinnern, oder einfach, um sie gehörig in Angst und Schrecken zu versetzen, manchmal aber auch, um ihnen zum Beispiel eine Botschaft zu übermitteln.«

»Davon weiß ich nichts. Ich weiß nur, dass ich niemanden in Angst und Schrecken versetzen will«, entgegnete sie resolut.

Als sie ihm erzählte, welche Panik sie bei Thaniel und seinen Rennern ausgelöst hatte, musste Marco grinsen. »Offenbar hast du den alten Pächter zu Tode erschreckt.« In nüchternem Ton fuhr er fort: »Aber das ist doch wunderbar, Moreta. Du bist auf dem richtigen Weg. Auf Pern nimmt man an, du seist tot. Und wenn du häufig genug am Billabong auftauchst, wird man über kurz oder lang einen Plan austüfteln, um deinen Geist zu vertreiben.«

»Wie bitte?«

»Du kehrst so lange zu Thaniel zurück, bis er dich vielleicht einmal sieht. Dann sagst du ihm, was du von ihm verlangst. Du teilst ihm mit, jemand solle diese Leri im Fort Weyr bitten, sich mit dir am Billabong zu treffen. Und sie soll auf Orlith hinfliegen. Nur so kannst du wieder mit deinem Drachen zusammenkommen.«

»Soll ich sofort zum Billabong zurückkehren?«

»Hm, nein, ich glaube, dazu ist es noch zu früh. Angeblich tauchen Gespenster immer zur selben Zeit am selben Ort auf. Vornehmlich bei Dunkelheit. Das Beste wird sein, du fliegst morgen noch einmal hin. Und jetzt bringe ich dich und Holth wieder an den Paradiesfluss.«

Moreta schien es, als dauere der Flug viel länger als beim ersten Mal. Endlich gab ihr Marco mit der nachtwandlerischen Sicherheit eines erfahrenen Geschwaderführers ein Zeichen, wies mit dem ausgestreckten Arm nach unten und verschwand in der wogenden Grenzschicht des *Dazwischen*.

»Erschöpft, gewiss, sie muss völlig ausgepumpt gewesen sein«, meinte Leri. Kamiana fragte sich, wie oft sich die alte Weyrherrin noch die tragischen Ereignisse vor Augen halten würde, durch die sie ihre über alles geliebte Holth verloren hatte. »Beide bestanden darauf, den Impfstoff auszuliefern, und ich konnte sie guten Gewissens nicht davon abhalten, weil doch diese schreckliche Seuche grassiert. Trotzdem begreife ich nicht, wieso sie es nicht schafften, in den Fort Weyr heimzukehren.«

Leri stöhnte und griff mit ihrer knorrigen, verkrüppelten Hand nach dem Becher mit dem Heiltrunk, der immer in ihrer Nähe stand. Sie seufzte tief auf, ehe sie einen großen Schluck trank und wartete, dass das Gebräu seine schmerzlindernde Wirkung entfaltete.

»Ich wünsche mir so sehr, dass endlich alles vorbei wäre«, erklärte Leri resigniert. »Ich bin es leid, mich mit diesem alten Körper herumzuquälen. Orlith hat mir versprochen, mit mir ins *Dazwischen* zu gehen, sowie ihre Jungen geschlüpft sind.«

Kamiana senkte den Kopf, denn ihr fiel keine passende Antwort ein. Schweigend saß sie da, eine Hand sanft auf Leris Arm gelegt. Im steinernen Korridor vor Leris Quartier ertönten Schritte, und Kamiana hörte, wie sich jemand räusperte. Ruhig erhob sie sich von ihrem Platz neben Leris Bett und ging zur Tür.

»Wir wollten Leri besuchen«, beschied ihr Sh'gall. Er deutete auf Desdra, Lidora, Levalla und den Harfnermeister Tirone, die mit besorgten und ängstlichen Mienen hinter ihm standen.

»Bitte, kommt herein.« Kamiana bedeutete ihnen einzutreten. »Sie ist sehr matt, weil sie an starken Schmerzen leidet, und sie möchte am liebsten sterben. Doch ich glaube, dass sie sich über euren Besuch freuen wird – dann vergeht die Zeit ein wenig schneller ...« Kamiana führte die Gruppe in Leris Gemächer, und die alte Weyrherrin begrüßte sie, indem sie leicht eine Hand hob und ein Winken andeutete.

»Ich mache mir die schwersten Vorwürfe«, erklärte Leri den Gästen, die sich um ihr Bett versammelten. »Ich hätte es nicht zulassen dürfen, dass Moreta und Holth dieses Serum ausliefern. Das Hochland sollte Tillek versorgen und die kleinen Pachthöfe auf den Ebenen von Telgar. Aber M'tani legte Protest ein, und deshalb teilten wir die restlichen Päckchen auf. Orlith war bei all der Unruhe im Weyr nicht bereit, ihr Gelege zu verlassen ...« Leri verstummte, weil ihr vor Trauer über den Verlust ihres Drachen die Stimme versagte.

»Und Holth ...«, sprang Kamiana ein und neigte respektvoll den Kopf, »erbot sich freiwillig, Moreta und das Vakzin zu transportieren.«

»Auf mein Drängen hin«, fuhr Leri in scharfem Ton fort, und Kamiana nickte. »Holth meinte, sie würde es schaffen. Sie wollte Moreta helfen, die letzten Lieferungen auszuteilen. Nachdem sie den Entschluss gefasst hatte, war sie nicht mehr zu halten«, fügte Leri hinzu. »Und ich gab ihr meine besten Wünsche mit auf den Weg.« Tränen quollen aus ihren Augen und perlten über das faltige Gesicht, bis Kamiana ihr ein Taschentuch reichte. »Holth war nicht mehr jung, aber sie strotzte vor Selbstvertrauen und war äußerst zuverlässig.«

Kamiana tauschte Blicke mit Tirone und Desdra. Man würde wohl nie mit letzter Gewissheit erfahren, was mit Moreta und Holth passiert war. Beide waren verschwunden, und über die Ursachen konnte man nur mutmaßen.

Leri straffte ihre gebeugten Schultern. Mit ihrer letzten Feststellung wollte sie keinesfalls den Eindruck erwecken, dass sie Moreta die Schuld an dem Vorfall gab. »Moreta war eine der tüchtigsten Reiterinnen in unserem Weyr. Wisst ihr noch, wie sie Kordeth rettete, als eine seiner Schwingen schwerste Verbrennungen davontrug? Sie und Orlith flogen so dicht an ihn und seinen Reiter heran, dass V'sen einfach auf Orliths Rücken umsteigen konnte. Und ihnen gelang das Kunststück, Kordeth sicher auf den Boden zu geleiten. So etwas bringt nur ein erstklassiger Drachenreiter zuwege!«

Alle pflichteten ihr bei, denn diese Rettungsaktion in der Luft galt als triumphale Heldentat. Sowohl V'sen als auch sein blauer Drache Kordeth dienten immer noch dem Weyr.

Mit ihren knotigen Fingern zupfte Leri an dem Bettzeug; wieder traten ihr die Tränen in die Augen. »Werde ich nun für immer von Holth getrennt bleiben – und Moreta von Orlith?« Der beschwörende Blick, mit dem Leri ihre Gäste ansah, zerriss ihnen das Herz, und Kamiana war nicht die Einzige, die mit den Tränen kämpfte. Die Männer traten verlegen von einem Bein auf das andere, und die Frauen betupften verstohlen ihre Augen.

»Über dieses Thema habe ich viel nachgedacht«, gestand Sh'gall ein. »Wenn das Leben eines Drachenreiters endet, begibt er sich dann mit seinem Drachen an einen anderen Ort, oder kommt danach gar nichts mehr?«

»Ich stelle mir gern vor, dass es für uns irgendwo weitergeht«, räumte Leri wehmütig ein und ließ nun ihren Tränen freien Lauf. »In einem zweiten Leben – als ginge man auf eine Reise. Aber ich bin nur eine törichte alte Frau, die hofft, dass es im *Dazwischen* etwas gibt, in das wir nach unserem Tod Einzug halten.«

Meister Tirone hüstelte und stellte sich in Positur wie ein Lehrer. »Was das betrifft, so wissen wir nur, dass das *Dazwischen* eine Art Korridor ist, der es uns ermöglicht, ohne nennenswerten Zeitverlust jeden beliebigen Ort auf Pern aufzusuchen. Aber darüber hinaus …«, er schaltete eine theatralische Pause ein, »… könnte das *Dazwischen* noch alles Mögliche sein. Vielleicht werden wir seine letzten Geheimnisse nie ergründen. Möglicherweise ist es eine andere Dimension oder eine Art Verwerfung in Zeit und Raum, durch die nur die Drachen reisen können.«

»Eine andere Dimension?« Lidora blickte erschrocken drein.

»Vielleicht ist das *Dazwischen* eine übergeordnete Dimension«, schlug Levalla, die Weyrherrin von Benden, vor. Ihre Stimme nahm einen grüblerischen Beiklang an. »Aber wer weiß das schon?«

»Sicher, kein Mensch hat bis jetzt erklären können, was genau es mit dem *Dazwischen* auf sich hat«, bemerkte Sh'gall. »Und wir vermögen nicht zu sagen, ob dieses Phänomen an Moretas und Holths Verschwinden schuld ist.«

»Hat Orlith Moreta vielleicht gehört?«, erkundigte sich Tirone und schaute in die Richtung, in der die Brutstätte lag.

»Sie sagt nein«, antwortete Leri. »Selbstverständlich hatte ich sie das auch schon gefragt«, fügte sie in tadelndem Ton hinzu, als hätte Tirone angedeutet, sie hätte Orlith vernachlässigt. »Sie ist verzweifelt, am Boden zerstört.« Leri holte tief Luft. »Orlith und ich gehen ins *Dazwischen*, sobald das Gelege ausgereift ist und ihre Jungen schlüpfen.«

Ihre Ankündigung zog einen Sturm entrüsteter Proteste nach sich.

»Warum sollte ich noch hier bleiben?«, fragte Leri, nachdem Sh'gall für Ruhe gesorgt hatte. »Ich wollte ohnehin bald meinen Abschied von Pern nehmen. Und ohne meinen Drachen hält mich nichts mehr in dieser Welt.«

»Liebste Leri, ich kann dir einen noch stärkeren Heiltrunk verabreichen«, schlug Desdra vor. Leri blickte der Heilerin fest in die Augen.

»Kein Mittel ist stark genug, um den Kummer zu lindern, der mich quält, seit ich Holth verloren habe«, beschied sie ihr mit einem Anflug von Groll. Dann wandte sie sich an Lidora, die hemmungslos weinte, und wies sie zurecht: »Jetzt ist nicht die rechte Zeit zum Trauern. Ein Gelege steht kurz vor dem Schlüpfen, und unter den Jungdrachen wird eine Königin sein. Die Drachen sind unsere Zukunft und verdienen all unsere Liebe und

Fürsorge. Auch deine Hilfe wird gebraucht, Lidora.« Ihr Blick glitt zu Kamiana, die gefasst wirkte, obwohl auch in ihren Augen ein feuchter Schimmer stand.

Die junge Weyrherrin nahm die alte Frau in die Arme und drückte sie an sich, allerdings sehr behutsam, um den geschundenen Körper zu schonen. »Du besitzt mehr Mut als wir alle zusammen, liebste Leri.«

Als Moreta mit Holth am nächsten Abend zum Billabong zurückkehrte, probierte sie eine neue Taktik aus. Sie stieg von Holths Rücken und marschierte geradewegs zu Rustys Koppel. Der Hengst stand mit gespreizten Vorderbeinen da und wieherte erregt, wie immer, wenn sich ein Drache näherte.

»Buh!«, rief sie laut und beugte sich über den Zaun.

Das Tier stieß ein so ohrenbetäubendes Wiehern aus, dass Moreta sich vor Schreck an der obersten Zaunlatte festhielt; dann preschte der Hengst los, wobei er auf seiner überstürzten Flucht mit den Hufen wahre Schauer von Erdklumpen aufwirbelte.

Thaniel, der den Radau hörte, erschien in der Tür. Rusty war außer Rand und Band, bäumte sich auf und schlug mit den Vorderhufen nach einer für seinen Herrn unsichtbaren Bedrohung.

Nun, da Moreta Thaniel nach draußen gelockt hatte, trat sie ein paar Schritte zurück und wartete darauf, dass sich der Hengst beruhigte. Als Thaniel sich jedoch anschickte, ins Haus zurückzugehen, lief sie wieder nach vorn und blieb genau vor Rustys Nase stehen.

»Buh!«, schrie sie abermals und versetzte das Tier erneut in helle Panik. Unter entsetztem Wiehern wich der Renner hastig zurück. Daraufhin tat Moreta ein paar Schritte nach hinten, was den alten Hengst völlig zu verwirren schien. Er fixierte sie aus weit aufgerissenen Augen, als warte er voller Angst ab, was sie als Nächstes unternehmen mochte. Mit seinen großen Vorderhufen stampfte er auf den Boden, wie um sie davor zu warnen, sich ihm zu nähern. Da trat Thaniel an den Zaun heran und begann, den Hengst zu sich zu locken.

»Na los doch, Rusty, leg dich wieder ins Zeug«, feuerte Moreta das total verstörte Tier an. »Schau mal, da drüben wartet Holth. Du machst doch sonst immer so ein großes Theater, wenn du einen Drachen siehst. Zeig mal, was du drauf hast, lass Holth hören, wie laut du wiehern kannst.«

Holth, die begriff, worauf es ankam, marschierte in dem behäbigen Watschelgang der Drachen auf Rusty zu. Der bäumte sich prompt auf. In seiner Unrast, sich vor der nahenden Gefahr zurückzuziehen, und seinen Instinkten gehorchend, die ihn zur Flucht trieben, setzte er sich um ein Haar auf seine Hinterbacken. Danach vollführte er die tollsten Bocksprünge und Kapriolen.

Moreta, die Thaniel nicht aus den Augen ließ, sah, dass der Pächter fassungslos war.

Kurze Zeit später machte er kehrt und ging ins Haus zurück.

Moreta wusste, dass es nicht leicht werden würde, zu Thaniel durchzudringen, aber sie war sich sicher, dass Rusty nicht nur ihre Gegenwart spürte, sondern sie auch tatsächlich *sah.* Er schaute sie genau an und nicht durch sie hindurch. Das fasste sie als gutes Zeichen auf. Es musste einen Weg für sie geben, sich Thaniel bemerkbar zu machen und ihren Wunsch zu äußern.

Dieses Mal wartete Marco im *Dazwischen* nicht auf sie. Im ersten Augenblick machte sie sich deshalb keine Sorgen. Er musste seine Patrouillenflüge absolvieren. Doch als die Zeit verging, und er sich immer noch nicht sehen ließ, beschlich sie eine leise Angst.

Holth, kannst du Duluth irgendwo in der Nähe spüren?

Die Königin suchte gleichfalls die Umgebung ab, und ihre Besorgnis übertrug sich auf Moreta. Was würde passieren, wenn er nicht auftauchte und sie für immer und ewig im *Dazwischen* feststeckten? Dabei hatte er einen so verantwortungsvollen Eindruck gemacht. Wo blieb er nur?

Holth, kannst du uns zum Paradiesfluss bringen?, fragte Moreta, obwohl sie ahnte, wie die Antwort ausfallen würde.

Nein, beschied ihr Holth resigniert. *Nichts ist mehr wie früher, ich finde den Weg nicht.*

Moreta fröstelte und sehnte sich nach dem warmen Klima am Paradiesfluss. Was sollten sie und Holth tun, wenn Marco nicht wieder aufkreuzte?

Jählings verspürte sie eine Bewegung in der Luft, und eine gigantische Gestalt näherte sich ihnen.

»Tut mir Leid, wenn ich euch warten ließ. Aber ich hatte nicht damit gerechnet, dass ihr schon so früh zurückkommt«, erklärte Marco.

»Wo hast du dich herumgetrieben?«, herrschte sie ihn an. Zerknirscht fügte sie hinzu: »Entschuldige, wenn ich so über dich herfalle, aber ich hatte schreckliche Angst.«

»Aber, aber, Moreta, du müsstest doch wissen, dass ich euch niemals eurem Schicksal überlassen würde.« Er deutete auf die Düsternis, die sie umgab. »Ich glaubte, in der Ferne etwas zu sehen, und flog hin«, erzählte er. »Doch da war nichts, ich hatte mich wohl getäuscht.« Er zuckte die Achseln. »Es tut mir aufrichtig Leid, wenn ich dir und Holth Angst eingejagt habe.«

»Schon gut …« Moreta winkte ab, zum Zeichen, dass sie seine Entschuldigung annahm.

»Und was hast du heute erlebt?«, erkundigte er sich, nachdem sie an der kleinen Bucht beim Paradiesfluss gelandet waren. »Hat es mit dem Spuken geklappt?«

»Spuken?«

»So nennt man es, wenn die Geister der Toten erscheinen und die Lebenden in Angst und Schrecken versetzen.«

»Ach so, ich verstehe«, erwiderte sie, obwohl sie in Wahrheit gar nichts begriff. Marco schmunzelte, als sie ihm schilderte, wie sie Rusty über die Koppel gescheucht hatte. Dann meinte er, sie hätte mit dem alten Renner etwas gnädiger umgehen müssen.

»Im Augenblick bin ich froh, dass wenigstens der Hengst mich sieht.« Sie wischte sich mit der Hand über die Stirn. »Wenn es mir doch nur gelänge, Thaniel meine Nachricht mitzuteilen.«

Beide beobachteten ihre Drachen, die es sich auf dem warmen, weißen Sandstrand bequem machten. Marco reichte ihr die Wasserflasche, und sie trank einen großen Schluck. Dann bedeutete er ihr, sich auf einen der Felsblöcke zu setzen, die die Feuerstelle umgaben. Sie zündeten jede Nacht ein Feuer an, weil es gemütlich war, in die Flammen zu schauen und sich zu unterhalten.

»Selbst wenn Thaniel mich je sehen könnte, Marco, weiß ich nicht, wie ich ihm meine Botschaft übermitteln sollte«, stellte sie fest, derweil sie mit einem angekokelten Stock missmutig im Sand herumstocherte.

Marco beugte sich vor und nahm ihr den halb verbrannten Stock ab. Dann schrieb er damit vorsichtig ein großes M auf ihren linken Handrücken. »In einer der Feuergruben am Strand finden wir vielleicht ein Stück richtiger Holzkohle. Damit schreibe ich dir die Botschaft ins Gesicht. Was möchtest du Thaniel sagen?«

»Hol Leri.«

»Das ist kurz und bündig und kann nicht missverstanden werden«, meinte er und schrieb ihr mit dem Zeigefinger probeweise die beiden Worte auf die Stirn.

Jeden Abend zur selben Stunde kehrte Moreta zum Pachtgut beim Billabong zurück. Schließlich war Thaniel der allnächtliche Aufruhr auf der Koppel so zur Gewohnheit geworden, dass er zu einer bestimmten Zeit Rusty aufsuchte, so als würde er geradezu auf den Spuk warten. Und immer wieder wandte Moreta ihre erprobte Taktik an, nämlich Rusty zu erschrecken. Sie war überzeugt, dass der Renner sie sehen konnte, denn er starrte sie tatsächlich an, während Thaniel nach wie vor durch sie hindurchblickte.

In der fünften Nacht war sie mit ihrer Weisheit am Ende. Da teilten sich plötzlich die von einem Sturm gepeitschten Wolken, und der volle Mond tauchte die Landschaft in ein gleißendes Licht. In diesem Moment sah Thaniel Moreta und den Drachen.

»Moreta!«, keuchte der alte Mann. Er stieß einen lauten Schrei aus, der Rustys panisches Gewieher noch übertönte, hastete ins Haus zurück, so schnell ihn sein lahmes Bein trug, und verriegelte die Tür.

»Ich glaube, jetzt hab' ich ihn«, stellte sie zufrieden fest und trat mit Holth den Rückflug an.

Wie lange soll das noch so weitergehen, Moreta?, erkundigte sich Holth in klagendem Ton.

Es ist bald vorbei, Holth. Liebevoll tätschelte sie den Nacken des Drachen. *Und jetzt lass uns Marco im* Dazwischen *aufsuchen.*

Kurz darauf trafen sie ihn, und er brachte sie zum Paradiesfluss, wo Moreta ihm von ihren Fortschritten berichtete.

»Vermutlich hast du ihn so erschreckt, dass er annimmt, er sei genauso verrückt wie sein Renner.« Marco schmunzelte. »Aber ich glaube, jetzt ist er so weit, deine Nachricht entgegenzunehmen.« Aus leicht zusammengekniffenen Augen sah er sie an. »Morgen schreibe ich dir die beiden Worte aufs Neue auf die Stirn. Die Schrift ist verwischt. Diese ölhaltigen Hölzer ergeben die beste Holzkohle …« Er zeigte ihr den brennenden Zweig, den er ins Feuer gehalten hatte, während sie ihm von ihrem jüngsten Abenteuer am Billabong erzählte.

Der Meister der Kurierstation höchstselbst brachte Thaniels Brief an Leri in den Weyr. Alle wollten die Nachricht lesen. Der Text lautet: »Sie kommt jeden Abend zur selben Zeit, kurz nach Sonnenuntergang, wenn es gerade dunkel geworden ist. Sie bittet, Leri möge zum Pachthof am Billabong kommen. Was soll ich tun?«

»Ha! Wie einfältig wir doch sind!«, verlautbarte Leri mit schneidender Stimme. »Vermutlich kann sie nicht in den Fort Weyr zurück, weil es nicht ihr eigener Drache ist, den sie reitet. Etwas in der Art muss es sein. Ortlith! Sind deine Jungen reif zum Schlüpfen?«

Von der Brutstätte her erklang ein tiefes Grummeln. Es war Orlith, die mit akribischer Genauigkeit Sand zu einem kleinen Hügel aufhäufte, damit das Ei, in dem die Königin heranreifte, höher lag als alle anderen des Geleges. Orlith bewegte sich so langsam und bedächtig, als wolle sie jedes Sandkorn einzeln an seinen Platz schieben. Dieses zögerliche Vorgehen machte das Zuschauen zur Qual.

»Auf diese Weise schlägt sie die Zeit tot«, hatte Leri erklärt, als jemand sie fragte, warum Orlith mit ihrer Aufgabe nicht fertig wurde.

Bitte beeile dich, Orlith. Moreta hat uns aufgefordert, zu ihr zu kommen. Wir brechen auf, sobald du dein Gelege allein lassen kannst.

Sie dankte dem Meister der Kurierstation dafür, dass er den Brief persönlich abgeliefert hatte, und steckte ihm für seine Dienste eine volle Krediteinheit der Harfnerhalle zu.

»Es war mir ein Vergnügen, Weyrherrin. Soll ich Thaniel etwas von dir ausrichten?«

»Ja, das wäre sehr freundlich von dir«, antwortete Leri würdevoll. Eilig zückte der Meister Block und Stift.

»Schreib, dass ich mich für seine Mitteilung bedanke und dass wir binnen weniger Tage bei ihm eintreffen werden. Er selbst kann nichts unternehmen, ebensowenig wie wir. Wir müssen wohl warten, bis Orlith sich von ihrem Gelege trennen kann. Und für all seine Mühen sei ihm von Herzen gedankt.«

Unter tiefen Bücklingen entfernte sich der Meister aus dem Weyr, und er vergaß auch nicht, sich vor Desdra zu verneigen, die sich nun, da die Seuche eingedämmt war, ständig um Leri kümmerte.

Eines Morgens war es dann so weit. Orlith setzte Leri davon in Kenntnis, dass die Jungen ganz gewiss an diesem Tag schlüpfen würden. Während der Drache mit sanften Bewegungen der Schwingen das Ei mit der Königin auf den eigens dafür angehäuften Hügel rollte, wurde Leri in ihre wärmsten Kleidungsstücke gepackt.

»Als ob das gegen die Eiseskälte im *Dazwischen* etwas nützen würde«, murrte sie und humpelte zum Ausgang ihres Weyrs, ohne ein einziges Mal zurückzublicken. Draußen begrüßte sie strahlender Sonnenschein. »Genau der richtige Tag, um die letzte Etappe meiner Reise anzutreten«, meinte sie. Dann wandte sie sich in Gedanken an den Drachen.

Lass uns diesen Augenblick nicht durch Traurigkeit trüben,

Orlith. Ein Tag, an dem Jungdrachen schlüpfen, kann nur ein Freudentag sein. Man schaut in die Zukunft und denkt nicht voller Bedauern an die Vergangenheit. Dort, wo wir hingehen, werden wir es gut haben, davon bin ich fest überzeugt.

An diesem Tag war Thaniel daheim geblieben, um Brot zu backen. Von all der Aufregung und den Ängsten war sein Haar weiß geworden, und er musste sich beschäftigen. Maynar hatte Rusty gesattelt und Thaniel erzählt, er hätte einen Schwarm Wherrys gesehen, die beharrlich über einem bestimmten Punkt kreisten. Er wollte hinreiten und nachschauen, denn vielleicht hatten die Aasfresser ein geschwächtes Fohlen ausgemacht und warteten nur den geeigneten Moment ab, das Tier zu reißen.

Ehe Moreta auftauchen konnte, traf Leri ein. In dicke Pelze gehüllt, saß sie auf dem Rücken des Drachen. Sobald der Kurier Leris Antwort überbracht hatte, wusste jeder in Keroon, weshalb Moreta ständig zum Billabong zurückkehrte. Sie würde erst dann Ruhe geben, wenn sie sich mit Leri getroffen und Holth gegen ihren eigenen Drachen ausgetauscht hätte.

Thaniel reichte der Weyrherrin ein Stück des frisch gebackenen, noch ofenwarmen Brotes und einen Becher Klah. Leri bedankte sich und fing mit gutem Appetit an zu essen. Thaniel entging nicht, wie verkrüppelt die Finger waren, die den Becher hielten, und dass sie den ausgemergelten Körper kaum noch gerade halten konnte.

»Falls du noch einen Wunsch hast, Weyrherrin, dann brauchst du mich nur zu rufen, und ich komme sofort«, erbot er sich.

»Ich bin zufrieden und benötige nichts mehr«, erwiderte Leri würdevoll und gab dem Pächter den leeren Becher zurück.

Der Stand der Sonne verriet Thaniel, dass der Abend näher

rückte, doch er hatte noch viel zu arbeiten. Während er weiter Brotteig knetete, beobachtete er durch das Fenster Leri und Orlith, die draußen auf Moretas Ankunft warteten. Als er die Arbeitsplatte aus Marmor von den letzten Mehlresten säuberte, nahm er wahr, dass die Sonne unterging. Er schenkte sich einen Becher Klah ein, überlegte, ob Leri wohl auch noch etwas trinken wollte, und entschied sich, ihr einfach frischen Klah anzubieten.

Er trug einen Becher zu ihr hinaus, den sie dankend in Empfang nahm. Doch sie nippte so langsam, dass Thaniel, dessen Bein nach dem langen Arbeitstag schmerzte, ins Haus zurückging, um sich hinzusetzen.

Ungefähr eine Stunde nach Sonnenuntergang tauchte der zweite Drache auf. Thaniel seufzte vor Erleichterung, als er hörte, wie die Drachen freudig trompeteten und die beiden Frauen sich voller Herzlichkeit begrüßten.

Das Wiedersehen trieb Thaniel Tränen der Rührung in die Augen. Von der Tür aus durfte er miterleben, wie Moreta von Holths Rücken sprang und zu Orlith stürmte. Was immer zwischen den beiden Weyrherrinnen im Schein des aufgehenden Mondes besprochen wurde, sollte Thaniel nie erfahren. Doch als er sah, wie Moreta Leri helfen wollte, von Orlith herabzusteigen, eilte er nach draußen und bot seine Unterstützung an.

»Sei bedankt, Pächter Thaniel, weil du so schnell begriffen hast, was ich von dir verlangte«, sagte Moreta. »Die Weyr stehen tief in deiner und deiner Kinder Schuld, und auch Orlith und ich sind dir zu Dank verpflichtet.« Moretas Stimme nahm einen warmen Klang an, und sie musterte den alten Pächter so aufmerksam, als wolle sie sich seine Züge für immer einprägen. Dann widmeten sie sich beide Leri. Wegen ihrer schweren Gelenkerkrankung mussten sie mit Leri etwa so behutsam verfahren wie zuvor Orlith mit dem Königinnen-Ei. Ganz bedächtig bugsierten sie die Weyrherrin auf Holth in Reiterpositur.

»Jetzt sind die richtigen Paare wieder beieinander«, stellte Moreta schließlich zufrieden fest.

Mit einem Ruck hob Orlith den Kopf und schaute in die Richtung, wo der Fort Weyr lag. Sie stieß einen triumphierenden Schrei aus, der wie ein heller Fanfarenstoß klang und von Holth nachgeahmt wurde.

»Die Jungkönigin ist aus ihrem Ei geschlüpft. Sie hat Oklina zu ihrer Reiterin erwählt, und der Name der Königin lautet Hannath. Ach, ich bin ja so glücklich. Gute Nachrichten versüßen selbst die längste Reise.«

»Alessans Schwester hat einen Drachen für sich gewonnen?«, vergewisserte sich Leri. »Ich sagte ja immer, dass die Festung Ruatha Drachenreiter hervorbringen würde.«

»Und jetzt hat es sich bewahrheitet«, betonte Moreta.

Sie straffte die Schultern, verbannte alle Gedanken an Alessan aus ihrem Kopf und wandte sich an Leri. »Wir gehen zusammen, du und ich, Orlith und Holth. Für uns wird es Zeit, in andere Gefilde aufzubrechen.«

Sie setzte ihren Drachen in Bewegung. »Nur noch diese eine Reise ins *Dazwischen*, Orlith«, wandte sie sich an ihre Königin. »Und dieses Mal meine ich genau, was ich sage.«

Der Drache nickte mit dem Kopf, fiel in einen kurzen Trab und schnellte in die Höhe. Holth folgte dichtauf, wobei sie mit einer Tatze den Klahbecher zertrat, den Thaniel auf den Boden gestellt hatte, als er Leri beim Aufsitzen half. Die erschöpfte alte Königin schaffte mit letzter Kraft den Absprung, angefeuert von ihrer Reiterin, die sichtlich darauf brannte, diese letzte Reise anzutreten.

Bald schwebten beide Drachen anmutig am Himmel. Im Schein des Vollmondes glänzten ihre Leiber, und mit mächtigen Schwingenschlägen gewannen sie weiter an Höhe. Gleichzeitig reckten die beiden Königinreiterinnen den rechten Arm hoch und stießen die geballte Faust in die Luft. Thaniel hielt den Atem an, als beide Drachen plötzlich im *Dazwischen* verschwanden.

Er wünschte den beiden Weyrherrinnen und ihren Drachen alles Gute, und dann konnte er die Tränen nicht mehr zurückhalten.

Plötzlich fühlte er sich zuversichtlich wie seit Jahren nicht mehr. Womöglich gab es tatsächlich einen Ort, wohin auch er am Ende seines Lebens gelangen würde, den Ort, wo er zu guter Letzt auch seine geliebte Frau wiedersehen würde.

Er bückte sich, um den Henkel des Klahbechers aufzuheben, der inmitten der Scherben lag. Er steckte ihn in die Tasche seiner Schürze und klopfte darauf. Dieses Stück wollte er aufbewahren. Es würde ihn an Moreta erinnern.

Neil Gaiman

American Gods

American Gods erzählt die Geschichte eines Mannes namens Shadow, der zu Beginn der Handlung im Gefängnis sitzt und seine Strafe für ein Verbrechen verbüßt, das er tatsächlich begangen hat.

Er freut sich auf seine Entlassung, auf das weitere Leben mit seiner Frau, auf seine alte Stelle, die er wieder antreten soll. Doch als seine Frau bei einem Autounfall ums Leben kommt, werden all diese Hoffnungen zunichte, und ehe Shadow es sich versieht, hat er eine ganz andere Arbeit angenommen: als Leibwächter und Fahrer für einen älteren Betrüger, der sich Mr. Wednesday nennt.

Shadow erfährt, dass die Menschen, die nach Amerika auswanderten, auch ihre Götter mitbrachten. Manchen dieser Götter ist es gut ergangen, andere kommen kaum über die Runden, weil die Glaubensreste, von denen sie sich nähren, immer karger werden. Bei seiner Tätigkeit für Wednesday lernt Shadow einige dieser mythischen Gestalten kennen: Tschernobog, den slawischen Todesgott, Mr. Nancy, eine Inkarnation der aus Afrika stammenden trickreichen Spinne Anansi, diverse Parzen und andere Geschöpfe, manche noch in der Erinnerung der Menschen lebendig, viele aber vergessen.

Wednesday ist die amerikanische Erscheinungsform des altnordischen Gottes Odin, und es ist offenbar seine Absicht, einen Krieg vom Zaun zu brechen zwischen den alten Göttern und den neuen, die sich in den Köpfen und Herzen der Menschen eingerichtet haben – Götter des Fernsehens, der Technik, des Geldes.

Shadow stirbt und kehrt zurück zu den Lebenden, Wednesday nicht. Kein normaler Mensch mehr, aber auch kein Gott, verlässt er schließlich Amerika.

Gaiman sagt: »Ich habe *American Gods* von Anfang an als eine Art Fundus aufgefasst, aus dem sich weitere Geschichten schöpfen lassen. Der nächste Roman, an dem ich gerade arbeite, heißt *Anansi Boys* und erzählt die Geschichte von Mr. Nancy und seinen beiden Söhnen Spider und Fat Charley. Bis Robert Silverberg mich anrief und um eine *American Gods*-Novelle bat, hatte ich in Shadow eine Figur gesehen, auf die ich später mal zurückkommen könnte, um weitere Geschichten über Amerika zu erzählen. Dann aber keimte eine andere Idee in meinem Kopf: etwas über Shadow in Nordschottland zu schreiben, verbunden mit alten Geschichten und archäologischen Berichten, die ich gelesen hatte, und diese neue Fabel begann Gestalt anzunehmen.

Während ich an der Erzählung schrieb, wurde mir klar, dass noch eine ganze Reihe von Geschichten über Shadow in Großbritannien und auf der Reise zurück in die USA darauf warteten, ausgesponnen zu werden. Und da wusste ich, wie das nächste *American Gods*-Buch aussehen würde.«

Neil Gaiman

Der Herr des Tals

Eine AMERICAN GODS-Novelle

»Sie ist selbst ein Spukhaus. Sie verfügt nicht über sich selbst; ihre Vorfahren kommen manchmal, um durch die Fenster ihrer Augen zu spähen, und das ist wirklich Furcht erregend.«

Angela Carter

I

»Wenn Sie mich fragen«, sagte der kleine Mann zu Shadow, »sind Sie so etwas wie ein Monster. Habe ich Recht?«

Sie waren, abgesehen von der Bardame, die einzigen Anwesenden in der Bar eines Hotels an der Nordküste von Schottland. Shadow hatte allein vor seinem Bier gesessen, bis der Mann an seinen Tisch kam und sich zu ihm gesellte. Es war Spätsommer, und auf Shadow wirkte alles kalt, klein und feucht. Er hatte ein schmales Buch über schöne Wanderwege in der Umgebung vor sich und plante gerade den Ausflug, den er morgen unternehmen wollte, an der Küste entlang in Richtung Cape Wrath.

Er klappte das Buch zu.

»Ich bin Amerikaner«, sagte Shadow, »falls Sie das meinen.«

Der kleine Mann neigte den Kopf zur Seite und zwinkerte theatralisch. Er hatte stahlgraue Haare, ein graues Gesicht, trug einen grauen Mantel und sah aus wie ein Provinzrechtsanwalt.

»Na ja, vielleicht meine ich das tatsächlich«, sagte er. Shadow hatte, seit er im Lande war, Schwierigkeiten mit dem schottischen Akzent, mit all den gutturalen Lauten, seltsamen Ausdrücken und gerollten Buchstaben, aber diesen Mann konnte er ohne Probleme verstehen. Alles, was der Kleine sagte, war kurz und knackig, jedes Wort so einwandfrei artikuliert, dass es Shadow langsam so vorkam, als habe er selbst beim Reden Brei im Mund.

Der kleine Mann nippte an seinem Drink und sagte: »Sie sind also Amerikaner. Überkandidelt, überbezahlt, überall die Finger im Spiel, wie? Arbeiten Sie auf den Bohrinseln?«

»Wie bitte?«

»Ölarbeiter? Draußen auf den großen Metallplattformen. Von Zeit zu Zeit haben wir hier Ölleute.«

»Nein. Ich komme nicht von den Bohrinseln.«

Der Kleine zog eine Pfeife aus der Tasche, öffnete ein kleines Taschenmesser und kratzte den Tabakrest aus dem Pfeifenkopf. Anschließend klopfte er ihn in den Aschenbecher. »In Texas gibt es Öl, wissen Sie«, sagte er nach einer Weile, ganz so, als würde er Shadow ein großes Geheimnis anvertrauen. »Das ist in Amerika.«

»Ja«, sagte Shadow.

Er erwog, etwas hinzuzufügen in der Art, dass die Texaner der Ansicht seien, Texas liege in Wirklichkeit in Texas, aber er befürchtete, dass er dies lang und breit würde erläutern müssen, und daher schwieg er lieber.

Shadow war seit fast zwei Jahren unterwegs, fern von Amerika. Als die Türme einstürzten, war er nicht da gewesen. Manchmal sagte er sich, es sei ihm ganz egal, ob er jemals zurückkehren würde, und manchmal war er nahe daran, sich das auch abzunehmen. Er war vor zwei Tagen in Thurso aufs schottische Festland gekommen, auf einer Fähre von den Orkney-Inseln, und dann von dort mit dem Bus in den Ort gereist, wo er sich jetzt aufhielt.

Der kleine Mann redete bereits wieder. »Da ist also dieser texanische Ölarbeiter, unten in Aberdeen, unterhält sich mit so einem Alten, den er im Pub kennen lernt, ganz ähnlich wie bei uns beiden im Grunde, und sie kommen also ins Gespräch, und der Texaner sagt: ›Zu Hause in Texas steh ich morgens auf, steig ins Auto‹ – ich versuche gar nicht erst, den Akzent nachzuahmen, wenn's Recht ist – ›ich dreh den Schlüssel im Zündschloss, stell den Fuß aufs Gaspedal und fahr los, und zur Mittagszeit hab ich immer noch nicht die Grenze meines Grundstücks erreicht.‹ Tja, und der gemütliche alte Schotte, der nickt nur und meint: ›Jau, jau, so einen Wagen hab ich auch mal gehabt.‹«

Der Kleine lachte heiser auf, um anzuzeigen, dass der Witz zu Ende war. Shadow nickte lächelnd, um anzuzeigen, dass er den Witz als solchen erkannt hatte.

»Was trinken Sie? Lager? Das Gleiche hier noch mal, Jennie, meine Liebe. Ich bekomme einen Lagavulin.« Der kleine Mann stopfte Tabak aus einem Beutel in seine Pfeife. »Wussten Sie, dass Schottland größer ist als Amerika?«

Es war niemand da gewesen, als Shadow an diesem Abend die Hotelbar betreten hatte. Niemand außer der dürren Bardame, die in einer Zeitung las und rauchte. Er war nach unten gekommen, um sich ans offene Feuer zu setzen, denn sein Zimmer war kalt und der Metallheizkörper an der Zimmerwand womöglich noch kälter als der Raum selbst. Er hatte nicht damit gerechnet, Gesellschaft zu haben.

»Nein«, sagte Shadow, immer bereit, einem Komiker als Stichwortgeber zu dienen. »Wusste ich nicht. Wie kommen Sie denn darauf?«

»Ist alles eine Frage des Blickwinkels«, sagte der Kleine. »Je näher man hinsieht, desto mehr sieht man plötzlich. Einmal ganz durch Schottland zu fahren würde unter Umständen genauso lange dauern, wie durch Amerika zu fahren, jedenfalls wenn man es richtig macht. Wenn Sie zum Beispiel auf die Landkarte gucken, dann ist die Küstenlinie ein solider Strich. Wenn man aber daran entlang geht, dann ist sie total zerfranst. Ich habe letztens mal eine ganze Sendung darüber im Fernsehen gesehen. Tolle Geschichte.«

»Okay«, sagte Shadow.

Der Pfeifenanzünder des Kleinen flammte auf, er saugte und blies und saugte und blies, bis er der Ansicht war, dass die Pfeife anständig brannte, dann steckte er Feuerzeug, Tabakbeutel und Taschenmesser zurück in seine Jackentasche.

»Wie auch immer«, sagte der Kleine. »Mir scheint, Sie haben die Absicht, das Wochenende über hier zu bleiben.«

»Ja«, sagte Shadow. »Sind Sie ... gehören Sie zum Hotel?«

»Nein, nein. Die Wahrheit zu sagen, stand ich in der Lobby, als Sie angekommen sind. Ich habe gehört, wie Sie mit Gordon am Empfang gesprochen haben.«

Shadow nickte. Er hatte gedacht, daß niemand in der Nähe gewesen wäre beim Einchecken, aber möglicherweise war der kleine Mann, während Shadow sich eintrug, durch die Lobby gekommen. Und dennoch ... etwas stimmte nicht an dieser Unterhaltung. An der ganzen Angelegenheit stimmte etwas nicht.

Die Bardame Jennie stellte die Getränke auf den Tresen. »Fünf Pfund zwanzig«, sagte sie. Sie nahm ihre Zeitung wieder zur Hand und setzte die Lektüre fort. Der kleine Mann ging zur Bar, zahlte und kam mit den Getränken zurück.

»Also, wie lange sind Sie in Schottland?«, fragte der Kleine.

Shadow zuckte die Achseln. »Ich wollte mal sehen, wie es hier so ist. Ein paar Wanderungen machen. Die Sehenswürdigkeiten angucken. Vielleicht eine Woche. Vielleicht einen Monat.«

Jennie ließ die Zeitung sinken. »Das hier ist wirklich der Arsch der Welt«, sagte sie fröhlich. »Sie sollten irgendwo hin, wo es interessant ist.«

»Da muss ich widersprechen«, sagte der kleine Mann. »Der Arsch der Welt ist es nur, wenn man es von der falschen Seite betrachtet. Sehen Sie die Karte da, mein Junge?« Er zeigte auf die der Bar gegenüberliegende Wand, an der eine von Fliegendreck übersäte Landkarte von Nordschottland hing. »Wissen Sie, was daran verkehrt ist?«

»Nein.«

»Steht alles auf dem Kopf!«, sagte der Mann triumphierend. »Norden ist ganz oben. Das will uns sagen, dass hier alles aufhört. Es geht nicht weiter. Die Welt ist hier zu Ende. Aber sehen Sie, so war es ja nicht. Das hier war nicht der Norden von Schottland. Dies war das südliche Ende der Wikingerwelt. Wissen Sie, wie der zweitnördlichste Bezirk von Schottland heißt?«

Shadow warf einen Blick auf die Landkarte, konnte aber nichts entziffern, weil sie zu weit weg war. Er schüttelte den Kopf.

»Sutherland!«, sagte der kleine Mann. Er entblößte die Zähne. »South Land, das Land im Süden. Natürlich hat niemand sonst auf der Welt es so gesehen, aber für die Wikinger war es so.«

Die Bardame Jennie kam an ihren Tisch. »Ich werde nicht lange weg bleiben«, sagte sie. »Wenden Sie sich an den Empfang, falls Sie irgendetwas brauchen sollten, bevor ich wieder da bin.« Sie legte noch einen Holzscheit aufs Feuer, dann ging sie hinaus in die Empfangshalle.

»Sind Sie Historiker?«, fragte Shadow.

»Der war gut«, sagte der kleine Mann. »Sie mögen ein Monster sein, aber Sie sind lustig. Das muss man Ihnen lassen.«

»Ich bin kein Monster«, sagte Shadow.

»Ja, das sagen die Monster immer«, sagte der Kleine. »Ich war früher Facharzt. In St. Andrews. Jetzt mache ich Allgemeinmedizin. Na ja, hab ich. Bin inzwischen im Teilzeitruhestand. Geh nur noch ein paar Tage in der Woche in die Chirurgie, einfach um noch ein bisschen mitzumischen.

»Warum sagen Sie, ich sei ein Monster?«, fragte Shadow.

»Weil«, sagte der kleine Mann, indem er sein Whiskyglas mit dem Gebaren dessen hob, der etwas Unwiderlegliches zu sagen hat, »ich selbst so etwas wie ein Monster bin. Gleich und Gleich gesellt sich gern. Wir sind doch alle Monster, nicht wahr? Glorreiche Monster, durch die Sümpfe der Unvernunft schlurfend ...« Er nahm einen Schluck Whisky, dann sagte er: »Sagen Sie, so groß und kräftig, wie Sie sind, waren Sie schon mal Türsteher oder Rausschmeißer? ›Tut mir Leid, Kumpel, du kannst hier nicht rein heute Abend, private Veranstaltung, sieh zu, dass du Land gewinnst‹, so in dieser Art?«

»Nein«, sagte Shadow.

»Aber irgendwas in der Richtung müssen Sie doch schon mal gemacht haben.«

»Ja«, sagte Shadow, der mal Bodyguard gewesen war, der Leibwächter eines alten Gottes; aber das hatte in einem anderen Land gespielt.

»Sie, äh, entschuldigen Sie die Frage, ich hoffe, Sie verstehen mich nicht falsch, aber – brauchen Sie Geld?«

»Jeder braucht Geld. Aber ich komme zurecht.« Das entsprach nicht völlig der Wahrheit; richtig war aber, dass immer dann, wenn Shadow Geld brauchte, die Welt sich alle Mühe zu geben schien, es ihm zu beschaffen.

»Möchten Sie sich ein kleines Taschengeld verdienen? Als Rausschmeißer? Wär 'ne Kleinigkeit für Sie. Leicht verdientes Geld.«

»In einer Disko?«

»Nicht ganz. Eine private Party. Die mieten ein großes altes Haus hier in der Nähe, immer am Ende des Sommers, kommen von überall her. Letztes Jahr auch, alle hatten einen Mordsspaß, Champagner trinken unter freiem Himmel und so weiter, aber dann gab es Ärger. Schlimme Bande, das. Mussten allen das Wochenende verderben.«

»Und das waren Einheimische?«

»Glaube ich nicht.«

»War es was Politisches?«, fragte Shadow. Er wollte nicht in die Lokalpolitik hineingezogen werden.

»Kein Stück. Rowdys, Langhaarige, Idioten. Ist auch egal. Wahrscheinlich kommen sie dieses Jahr sowieso nicht wieder. Sind wahrscheinlich irgendwo in der Pampa und demonstrieren gegen den internationalen Kapitalismus. Aber um ganz sicher zu gehen, haben die Leute mich gebeten, nach jemandem Ausschau zu halten, der notfalls ein bisschen als Abschreckung dienen kann. Sie sind groß und stark, und das ist genau das, was die sich vorstellen.«

»Wie viel?«, fragte Shadow.

»Könnten Sie sich in einer Schlägerei behaupten, falls es dazu kommen würde?«, fragte der Mann.

Shadow sagte nichts. Der kleine Mann musterte ihn von oben bis unten, dann grinste er wieder, wobei ein paar tabakfleckige Zähne zum Vorschein kamen.

»Fünfzehnhundert Pfund, für ein verlängertes Wochenende Arbeit. Das ist gutes Geld. Und zwar in bar. Nichts, was Sie beim Finanzamt angeben müssen.«

»Jetzt das kommende Wochenende?«, fragte Shadow.

»Freitagmorgen geht's los. Es ist ein großes altes Haus. Teil davon war früher mal ein Schloss. Westlich von Cape Wrath.«

»Ich weiß nicht«, sagte Shadow.

»Wenn Sie's machen«, sagte der kleine graue Mann, »erleben Sie ein fantastisches Wochenende in einem historischen Haus, und Sie lernen jede Menge interessante Leute kennen, das kann ich Ihnen garantieren. Der ideale Ferienjob. Ich wünschte nur, ich wäre selbst ein bisschen jünger. Und, äh, ein ganzes Ende größer natürlich auch.«

Shadow sagte »Okay«, und sobald er es ausgesprochen hatte, fragte er sich auch schon, ob er es wohl bereuen würde.

»So ist's recht. Was das Wie und Wann betrifft, werde ich Ihnen noch Näheres mitteilen.« Der kleine graue Mann erhob sich zum Gehen, klopfte Shadow noch leicht auf die Schulter, als er an ihm vorbeikam. Dann war er verschwunden, und Shadow blieb allein in der Bar zurück.

II

Shadow war seit ungefähr achtzehn Monaten unterwegs. Er war mit dem Rucksack durch Europa und bis nach Nordafrika gezogen. Er hatte Oliven gepflückt, Sardinen gefischt, einen Lastwagen gefahren und am Straßenrand Wein verkauft. Schließlich hatte er sich vor ein paar Monaten per Anhalter bis nach Norwegen durchgeschlagen, nach Oslo, wo er fünfunddreißig Jahre zuvor geboren worden war.

Ihm war nicht ganz klar, wonach er dort eigentlich gesucht hatte. Gefunden hatte er es jedenfalls nicht, das wusste er, obwohl er sich manchmal, wenn er auf den Felsklippen herumgekraxelt war oder neben Wasserfällen gestanden hatte, beinahe sicher gewesen war, dass sich das, was er brauchte, gleich um die Ecke befand: hinter einem Felsvorsprung oder im nahen Kiefernwald.

Dennoch war es ein höchst unbefriedigender Besuch gewesen, und als er in Bergen das Angebot bekommen hatte, als halbe Besatzung auf einer Motorjacht zu dienen, die ihrem Besitzer in Cannes zugeführt werden sollte, da hatte er zugesagt.

Sie waren von Bergen zu den Shetland-Inseln geschippert und von dort aus weiter zu den Orkney-Inseln, wo sie die Nacht in einer Bed-and-Breakfast-Unterkunft in Stromness verbrachten. Als sie am nächsten Morgen aus dem Hafen ausliefen, fiel der

Motor aus, vollständig und unwiderruflich, und das Boot musste zurückgeschleppt werden.

Björn, der Kapitän und gleichzeitig die andere Hälfte der Crew, blieb vor Ort, um mit der Versicherung zu verhandeln und die wütenden Anrufe des Bootsbesitzers über sich ergehen zu lassen. Shadow sah keinen Grund dazubleiben: er bestieg die Fähre nach Thurso, das an der Nordküste Schottlands lag.

Er hatte keine Ruhe. Nachts träumte er von Straßen, von den Neonrändern einer Stadt. Manchmal war es im Mittelwesten, manchmal war's in Florida, manchmal an der Ostküste, manchmal an der Westküste.

In Thurso angekommen, kaufte er ein Buch über malerische Wanderwege, besorgte sich einen Busfahrplan und fuhr hinaus in die Welt.

Jennie, die Bardame, kehrte zurück und begann alle Oberflächen mit einem Tuch abzuwischen. Ihre Haare waren so blond, dass man sie fast als weiß bezeichnen konnte, und sie hatte sie am Hinterkopf zu einem Knoten hochgesteckt.

»Was machen die Leute denn hier so, wenn sie sich amüsieren wollen?«, fragte Shadow.

»Sie trinken. Sie warten auf den Tod«, sagte sie. »Oder sie ziehen nach Süden. Damit wären die Möglichkeiten so ziemlich erschöpft.«

»Im Ernst?«

»Na, überlegen Sie doch mal. Hier gibt es nichts als Schafe und Hügel. Wir leben natürlich auch von den Touristen, aber im Grunde sind einfach nie genug von euch da. Traurig, oder?«

Shadow zuckte die Achseln.

»Sind Sie aus New York?«

»Ursprünglich aus Chicago. Aber jetzt grad bin ich aus Norwegen gekommen.«

»Sprechen Sie Norwegisch?«

»Ein bisschen.«

»Es gibt da jemanden, den Sie kennen lernen sollten«, sagte sie plötzlich. Dann warf sie einen Blick auf ihre Armbanduhr. »Jemand, der aus Norwegen hierher gekommen ist. Vor langer Zeit. Kommen Sie.«

Sie legte ihr Wischtuch aus der Hand, schaltete die Barbeleuchtung aus und ging zur Tür. »Kommen Sie«, sagte sie noch einmal.

»Können Sie das denn tun?«, fragte Shadow.

»Ich kann tun, was ich will«, sagte sie. »Das hier ist ein freies Land, oder?«

»Vermutlich.«

Sie schloss die Bar mit einem Messingschlüssel ab. Sie kamen in den Empfangsbereich. »Warten Sie hier«, sagte sie nur, ging durch eine Tür mit der Aufschrift PRIVAT und kehrte nach einiger Zeit in einem braunen Mantel zurück. »Okay. Folgen Sie mir jetzt.«

Sie traten nach draußen auf die Straße. »Ist das hier jetzt eigentlich ein Dorf oder eine kleine Stadt?«, fragte Shadow.

»Ein verdammter Friedhof ist es«, sagte sie. »Hier geht's lang. Kommen Sie.«

Sie gingen eine schmale Straße entlang. Der Mond war riesig und von einem gelblichen Braun. Shadow konnte das Meer hören, wenn auch noch nicht sehen.

»Sie sind Jennie?«, sagte er.

»Stimmt. Und Sie?«

»Shadow.«

»Ist das Ihr richtiger Name?«

»So werde ich genannt.«

»Dann kommen Sie, Shadow«, sagte sie.

Am oberen Ende des Hügels blieben sie stehen. Sie waren am Dorfrand angelangt, und da stand ein graues Steinhäuschen. Jennie öffnete die Gartenpforte und führte Shadow über einen Pfad zur Eingangstür. Als er einen kleinen Busch am Rande des Weges streifte, stieg ein Duft von süßem Lavendel auf. Es brannten keine Lichter in dem Haus.

»Wessen Haus ist das?«, fragte Shadow. »Es sieht leer aus.«

»Keine Sorge«, sagte Jennie. »Sie wird gleich da sein.«

Sie stieß die unverschlossene Tür auf, und sie gingen hinein. Sie schaltete das Licht ein. Das Innere des Hauses bestand größtenteils aus einer Wohnküche. Eine winzige Treppe führte nach oben, zu einer Dachschlafkammer, vermutete Shadow. Auf der Kiefernholzarbeitsfläche stand ein CD-Player.

»Das ist Ihr Haus«, sagte Shadow.

»Home sweet home«, bestätigte sie. »Möchten Sie Kaffee? Oder etwas zu trinken?«

»Keins von beidem«, sagte Shadow. Er fragte sich, was Jennie von ihm wollte. Sie hatte ihn bislang kaum angesehen, ihm nicht einmal zugelächelt.

»Also, hab ich richtig gehört? Hat Doktor Gaskell Sie gebeten, bei einer Party am Wochenende mit aufzupassen?«

»Scheint so.«

»Und was machen Sie morgen?«

»Wandern«, sagte Shadow. »Ich hab mir ein Buch gekauft. Da gibt's ein paar schöne Wege.«

»Einige sind schön. Einige sind aber auch tückisch«, erklärte sie. »Sie können selbst im Sommer noch auf Winterschnee treffen, da wo Schatten ist. Im Schatten halten sich die Dinge sehr lange.«

»Ich werde aufpassen«, versicherte er.

»Das haben die Wikinger auch gesagt«, sagte sie, und jetzt lächelte sie. Sie zog ihren Mantel aus und ließ ihn auf das leuchtend lilafarbene Sofa fallen. »Vielleicht treffen wir uns da draußen mal. Ich gehe gerne wandern.« Sie zog an dem Knoten an ihrem Hinterkopf, und ihre blassen Haare fielen frei herunter. Sie waren länger, als Shadow gedacht hätte.

»Leben Sie hier allein?«

Sie nahm eine Zigarette aus einer Packung, die auf der Arbeitsfläche lag, entzündete sie mit einem Streichholz. »Was kümmert Sie das?«, fragte sie. »Sie bleiben ja doch nicht über Nacht, oder?«

Shadow schüttelte den Kopf.

»Das Hotel ist am Fuß des Hügels«, erklärte sie ihm. »Sie können es nicht verfehlen. Danke, dass Sie mich nach Hause begleitet haben.«

Shadow sagte Gute Nacht und ging durch die Lavendelluft zurück zur Straße. Dort blieb er eine Weile stehen, starrte verwirrt zum Mond hinauf, der über dem Meer stand. Dann lief er hügelabwärts, bis er das Hotel erreichte. Sie hatte Recht: es war wirklich nicht zu verfehlen. Er ging die Treppe hinauf, schloss seine Zimmertür mit einem an einem kurzen Stock befestigten Schlüssel auf und ging hinein. Das Zimmer war kälter als der Flur.

Er zog seine Schuhe aus und legte sich im Dunkeln auf das Bett.

III

Das Boot war aus den Fingernägeln von Toten gemacht, und es schlingerte durch den Nebel, rollte unstetig und bäumte sich hoch auf in der aufgewühlten See.

Schattenhafte Umrisse regten sich auf dem Deck, Männer so groß wie Häuser oder Hügel, und als Shadow näher kam, konnte er ihre Gesichter sehen: stolze Männer, allesamt hoch gewachsen. Das Schaukeln des Schiffes schienen sie gar nicht zu beachten, ein jeder wartete auf dem Deck, als sei er in der Bewegung eingefroren.

Einer von ihnen trat vor, und mit seiner riesigen Rechten griff er nach Shadows Hand. Shadow trat auf das graue Deck.

»Willkommen an diesem verfluchten Ort«, sagte der Mann, der Shadows Hand hielt, mit tiefer rauer Stimme.

»Heil!«, riefen die Männer auf dem Deck. »Heil dir, Sonnenbringer! Heil dir, Baldur!«

Der Name auf Shadows Geburtsurkunde lautete Balder Moon, aber er schüttelte den Kopf. »Das bin ich nicht«, erklärte er. »Ich bin nicht der, auf den ihr wartet.«

»Wir sterben hier«, sagte der Mann mit der rauen Stimme. Er ließ Shadows Hand nicht los.

Es war kalt an dem nebligen Ort zwischen den Welten, der Welt des Erwachens und der des Grabes. Salzige Gischt schlug auf den Bug des grauen Schiffes, und Shadow wurde bis auf die Haut durchnässt.

»Bring uns zurück«, sagte der Mann, der seine Hand hielt. »Bring uns zurück, oder lass uns gehen.«

Shadow sagte: »Ich weiß nicht, wie.«

Darauf stimmten die Männer auf dem Deck ein großes Geheul an. Einige von ihnen ließen ihre Speerenden auf die Planken krachen, andere schlugen mit der flachen Seite ihres kurzen Schwertes gegen die Mitte ihres Lederschildes, und so entfalteten sie ein rhythmisches Getöse, begleitet von Schreien, die sich vom Ausdruck des Kummers zu lauthals heulender Raserei steigerten.

Eine Möwe schrie in der frühmorgendlichen Luft. Das Zimmerfenster war in der Nacht aufgeweht und schlug im Wind hin und her. Shadow lag auf seinem Bett im engen Hotelzimmer. Seine Haut war feucht, vielleicht von Schweiß.

Ein weiterer kalter Spätsommertag hatte begonnen.

Das Hotel stellte ihm eine Tupperwaredose mit einigen Hühner-Sandwiches, einem hartgekochten Ei, einer kleinen Packung

Käse-und-Zwiebel-Chips und einem Apfel zusammen. Gordon vom Empfang, der ihm das Ganze überreichte, fragte ihn, wann er zurückzukehren gedenke, erläuterte, dass sie den Rettungsdienst rufen würden, falls er mehr als zwei Stunden überfällig sein sollte, und wollte sich Shadows Handynummer geben lassen.

Shadow besaß kein Handy.

Er machte sich auf den Weg, in Richtung Küste. Es war wunderschön, eine wüste Schönheit, die gerade in ihrer Verlassenheit die leeren Regionen in Shadows Innerem erklingen und widerhallen ließ. Er hatte sich Schottland als eine eher liebliche Gegend vorgestellt, mit lauter sanften, heidebewachsenen Hügeln, aber hier an der Nordküste schien alles aus Spitzen und scharfen Kanten zu bestehen, selbst die grauen Wolken, die über den blassblauen Himmel fegten. Er folgte der in seinem Buch beschriebenen Route über Wiesen mit niedrigem Strauchwerk, an Bächen entlang, auf felsige Hügel hinauf und wieder hinunter.

Manchmal stellte er sich vor, er würde auf der Stelle gehen und die Welt sich unter ihm fortbewegen, er würde sie einfach mit seinen Füßen weiterstoßen.

Der Weg war anstrengender, als er erwartet hatte. Er hatte geplant, um ein Uhr zu Mittag zu essen, aber bereits um zwölf hatte er sich müde gelaufen und brauchte eine Rast. Er folgte der Route bis zu einem Hang, wo ein Felsbrocken geeigneten Windschutz bot, und kauerte sich nieder, um seinen Imbiss einzunehmen. Vor sich konnte er in einiger Entfernung den Atlantik sehen.

Er hatte geglaubt, allein zu sein.

Sie sagte: »Geben Sie mir Ihren Apfel?«

Es war Jennie, die Bardame aus dem Hotel. Ihre allzu hellen Haare wehten ihr um den Kopf.

»Hallo, Jennie«, sagte Shadow. Er reichte ihr den Apfel. Sie zog ein Klappmesser aus der Tasche ihres braunen Mantels und setzte sich neben ihn. »Danke«, sagte sie.

»Also«, sagte Shadow, »Ihrem Akzent nach zu urteilen, müssen Sie schon als Kind aus Norwegen gekommen sein. Ich meine, für mich klingen Sie wie eine Einheimische.«

»Hab ich gesagt, dass ich aus Norwegen gekommen bin?«

»Na ja, war es nicht so?«

Sie spießte eine Apfelscheibe auf und aß sie direkt von der Messerspitze, peinlich darauf bedacht, sie nur mit den Zähnen zu berühren. Sie warf ihm einen Blick zu. »Das ist lange her.«

»Familie?«

Sie machte eine zuckende Bewegung mit den Schultern, als sei jede denkbare Antwort unter ihrer Würde.

»Gefällt es Ihnen denn hier?«

Sie sah ihn an und schüttelte den Kopf. »Ich fühle mich wie eine *Hulder*.«

Das Wort hatte er schon mal gehört, in Norwegen. »Ist das nicht so eine Art Troll?«

»Nein. Es sind zwar Bergwesen, wie die Trolle, aber sie kommen aus den Wäldern und sind sehr schön. Genau wie ich.« Sie grinste, während sie das sagte, als wüsste sie recht gut, dass sie zu blass, zu mürrisch und zu dünn war, um je als schön durchgehen zu können. »Sie verlieben sich in Bauern.«

»Warum?«

»Weiß der Teufel«, sagte sie. »Aber es ist so. Manchmal merkt der Bauer, dass er mit einer Hulderfrau redet, weil sie hinten einen Kuhschwanz hängen hat oder, noch schlimmer, manchmal ist da gar nichts von hinten, sie ist einfach hohl und leer, wie eine Muschelschale. Dann spricht der Bauer schnell ein Gebet, oder er läuft weg, flüchtet zu seiner Mutter oder zu seinem Hof zurück.

Aber manchmal läuft der Bauer nicht weg. Manchmal wirft er ihr ein Messer über die Schulter oder lächelt einfach nur, und er heiratet die Hulderfrau. Dann fällt ihr der Schwanz ab. Aber sie bleibt trotzdem stärker, als eine Menschenfrau je sein könnte.

Und sie sehnt sich trotzdem nach Hause, zurück zu den Wäldern und Bergen. Sie wird niemals wahrhaft glücklich sein. Sie wird nie ein Mensch werden.«

»Was passiert dann mit ihr?«, fragte Shadow. »Wird sie mit ihrem Bauern alt und stirbt irgendwann?«

Sie hatte den Apfel bis auf das Kerngehäuse aufgegessen. Mit einem Zucken des Handgelenks schleuderte sie dieses jetzt in hohem Bogen den Hügel hinunter. »Wenn ihr Mann stirbt ... ich glaube, dann geht sie zurück in die Berge und Wälder.« Sie starrte auf den Hang. »Es gibt eine Geschichte über eine von ihnen. Sie war mit einem Bauern verheiratet, der sie nicht gut behandelte. Er schrie sie an, half nicht bei der Arbeit, kam ständig besoffen und schlecht gelaunt aus dem Dorf zurück. Manchmal schlug er sie.

Also, eines Tages ist sie morgens beim Feuermachen, und er kommt rein und fängt an rumzuschreien, weil sein Essen noch nicht fertig ist, und er ist wieder wütend, nichts macht sie so, wie es sich gehört, er weiß gar nicht, warum er sie überhaupt geheiratet hat, und sie hört ihm eine Weile zu und dann, ohne was zu sagen, bückt sie sich und greift nach dem Schürhaken. Ein schweres schwarzes Eisenteil. Sie nimmt diesen Schürhaken und biegt ihn, ohne jede Anstrengung, zu einem Kreis, ganz rund, wie ihr Ehering. Sie keucht nicht, sie schwitzt nicht, sie verbiegt das Ding einfach, so wie Sie ein Schilfrohr biegen würden. Und ihr Bauer guckt zu und wird kreidebleich, und er sagt kein Wort mehr über sein Frühstück. Er hat gesehen, was sie mit dem Schürhaken gemacht hat, und er weiß, dass sie die ganzen letzten fünf Jahre jederzeit das Gleiche mit ihm hätte machen können. Tja, danach hat er Zeit seines Lebens nie mehr Hand an sie gelegt, hat kein grobes Wort mehr an sie gerichtet. So, und jetzt erklären Sie mir mal eins, Mister Alle-nennen-Sie-Shadow: wenn sie solche Dinge tun konnte, warum hat sie sich's dann überhaupt gefallen lassen, dass er sie schlägt? Warum wollte sie mit so einem zusammenleben? Sagen Sie's mir.«

»Vielleicht«, sagte Shadow. »Vielleicht war sie einsam.«

Sie wischte die Messerklinge an ihrer Jeans ab.

»Doktor Gaskell hat mehrmals behauptet, dass Sie ein Monster seien«, sagte sie. »Ist das wahr?«

»Ich glaube nicht«, sagte Shadow.

»Schade«, sagte sie. »Sie wissen, woran man mit Monstern ist, nicht wahr?«

»Wissen Sie's?«

»Hundertprozentig. Es läuft immer darauf hinaus, dass man als Abendessen endet. Apropos, ich will Ihnen was zeigen.« Sie erhob sich und führte ihn den Hügel hinauf. »Da drüben. Sehen Sie? Auf der hinteren Seite von dem Berg dort, da, wo er zum Tal hin abfällt, da können Sie gerade noch das Haus erkennen, wo Sie dieses Wochenende arbeiten werden. Sehen Sie's, dahinten?«

»Nein.«

»Passen Sie auf. Ich zeige mit dem Finger. Folgen Sie einfach seiner Richtung.« Sie stellte sich dicht neben ihn, streckte den Arm aus und deutete auf den Hang eines Höhenrückens in der Ferne. Er sah die hoch stehende Sonne in etwas glitzern, das er für einen See hielt – beziehungsweise, korrigierte er sich sofort, einen Loch; schließlich war er in Schottland –, und darüber etwas grau Geglättetes auf dem Hang. Er hatte das für Felsen gehalten, aber es war so regelmäßig und gerade, dass es nur ein Gebäude sein konnte.

»Das ist das Schloss?«

»So würde ich es nicht nennen. Einfach ein großes Haus im Tal.«

»Waren Sie schon mal bei einer von diesen Partys?«

»Einheimische werden da nicht eingeladen«, sagte sie. »Und mich würden sie sowieso nicht bitten. Wie auch immer, Sie sollten es nicht tun. Sie sollten ablehnen.«

»Die zahlen viel Geld«, erklärte er.

Jetzt berührte sie ihn zum ersten Mal, legte ihre blassen Finger auf seinen dunklen Handrücken. »Und wozu brauchen Monster Geld?«, fragte sie lächelnd, und Shadow konnte sich ums Verrecken nicht des Eindrucks erwehren, dass sie unter Umständen *doch* schön war.

Und dann ließ sie die Hand sinken und wich zurück. »Na, sollten Sie sich nicht langsam wieder auf den Weg machen?«, sagte sie. »Es dauert nicht mehr lange, dann müssen Sie schon wieder umkehren. Das Tageslicht schwindet schnell um diese Jahreszeit.«

Sie stand da und sah zu, wie er seinen Rucksack schulterte und hügelabwärts wanderte. Als er unten angekommen war, drehte er sich um und sah hinauf. Sie beobachtete ihn noch immer. Er winkte, und sie winkte zurück.

Als er sich das nächste Mal umblickte, war sie verschwunden.

Er bestieg die kleine Fähre über die Meerenge zum Kap und wanderte zum Leuchtturm hinauf. Es gab einen Kleinbus zurück zur Fähre, und er machte Gebrauch davon.

Abends um acht kam er wieder in seinem Hotel an, erschöpft, aber mit einem Gefühl der Befriedigung. Am späten Nachmittag hatte es einmal geregnet, doch da hatte er Schutz in einer verfallenen Hütte gefunden und eine fünf Jahre alte Zeitung gelesen, während der Regen aufs Dach trommelte. Nach einer halben Stunde hatte es schon wieder aufgehört, aber Shadow war trotzdem froh, dass er gute Stiefel hatte, denn der Boden war sehr matschig geworden.

Er hatte einen Bärenhunger. Er ging ins Hotelrestaurant. Es war leer. Shadow rief: »Hallo?«

Eine ältere Frau erschien in der Tür zwischen Küche und Restaurant und sagte: »Ja?«

»Gibt es bei Ihnen noch was zu essen?«

»Ja.« Sie blickte missbilligend auf seine schmutzigen Stiefel und die zerzausten Haare. »Sind Sie hier Gast?«

»Ja. Ich bin auf Zimmer elf.«

»Nun … Sie wollen sich bestimmt noch umziehen vor dem Essen«, sagte sie. »Es wäre rücksichtsvoll den anderen Speisenden gegenüber.«

»Es *gibt* also noch etwas zu speisen.«

»Ja.«

Er ging hinauf in sein Zimmer, warf den Rucksack aufs Bett und zog seine Stiefel aus. Er schlüpfte in seine Halbschuhe, strich mit einem Kamm durch sein Haar und ging wieder nach unten.

Der Speisesaal war jetzt nicht mehr leer. Zwei Personen saßen an einem Tisch in der Ecke, zwei Personen, die man sich ungewöhnlicher kaum hätte vorstellen können: ein kleine Frau, die Ende fünfzig sein mochte, gebeugt und vogelartig am Tisch kauernd, und ein junger Mann, groß, unbeholfen und völlig kahl. Shadow erklärte sie zu Mutter und Sohn.

Er setzte sich an einen Tisch in der Saalmitte.

Die ältliche Kellnerin erschien mit einem Tablett. Sie servierte den beiden anderen Gästen je einen Teller Suppe. Der Mann pustete sogleich auf seine Suppe, damit sie abkühlte, worauf die Mutter ihm mit ihrem Löffel heftig auf den Handrücken schlug. »Lass das sein«, sagte sie. Dann löffelte sie ihre eigene Suppe laut schlürfend aus.

Der Glatzkopf sah sich traurig im Saal um. Er begegnete Shadows Blick, und Shadow nickte ihm zu. Der Mann seufzte und wandte sich wieder seiner dampfenden Suppe zu.

Shadow studierte die Speisekarte ohne große Begeisterung. Er war so weit, seine Bestellung aufzugeben, aber die Kellnerin war schon wieder verschwunden.

Etwas Graues blitzte auf; Dr. Gaskell stand in der Tür und warf einen Blick in die Runde. Er betrat den Saal, kam auf Shadows Tisch zu.

»Haben Sie was dagegen, wenn ich mich zu Ihnen geselle?«

»Überhaupt nicht. Bitte. Setzen Sie sich.«

Er setzte sich Shadow gegenüber. »Angenehmen Tag gehabt?«

»Sehr schön. Bin gewandert.«

»Beste Methode, sich Appetit zu holen. Also. Gleich morgen früh kommt ein Wagen hier raus, um Sie abzuholen. Nehmen Sie Ihre Sachen mit. Man wird Sie zum Haus fahren. Sie mit allem vertraut machen.«

»Und das Geld?«, fragte Shadow.

»Das werden die schon klarmachen. Hälfte vorweg, Hälfte hinterher. Gibt's sonst noch etwas, das Sie wissen möchten?«

Die Kellnerin stand in der Ecke herum, beobachtete sie, machte aber keine Anstalten, an den Tisch zu kommen. »Ja. Was muss ich tun, um hier mal was zu essen zu bekommen?«

»Was möchten Sie? Ich würde das Lammkotelett empfehlen. Das Lamm kommt aus der Gegend.«

»Hört sich gut an.«

Gaskell sagte laut: »Entschuldigen Sie, Maura. Tut mir Leid, wenn ich Ihnen Umstände mache, aber könnten wir zweimal das Lammkotelett haben, bitte?«

Sie schürzte die Lippen und ging in die Küche zurück.

»Danke«, sagte Shadow.

»Keine Ursache. Kann ich sonst noch irgendwas für Sie tun?«

»Ja. Diese Leute von der Party. Warum mieten die sich nicht ihre eigenen Sicherheitskräfte? Warum engagieren sie mich?«

»Das werden sie außerdem machen, da hab ich keine Zweifel«, sagte Gaskell. »Die bringen ihre eigenen Leute mit. Aber es ist immer gut, einheimische Talente mit zu nutzen.«

»Auch wenn das einheimische Talent ein ausländischer Tourist ist?«

»Ganz recht.«

Maura brachte zwei Teller Suppe, stellte je einen vor Shadow und dem Doktor ab. »Die gibt es zum Hauptgang dazu«, sagte sie. Die Suppe war zu heiß und schmeckte ein wenig nach Essig und mit Wasser angerührten Tomaten. Shadow war so hungrig, dass er seinen Teller fast ausgelöffelt hatte, bevor er feststellte, dass ihm die Suppe nicht schmeckte.

»Sie haben gesagt, ich sei ein Monster«, sagte Shadow zu dem stahlgrauen Mann.

»Hab ich?«

»Ja.«

»Nun ja, es gibt viele Monster in diesem Teil der Welt.« Er neigte seinen Kopf in Richtung des Paares in der Ecke. Die kleine Frau hatte ihre Serviette in ihr Wasserglas gestippt und tupfte jetzt energisch an den blutroten Suppenflecken herum, die ihr Sohn an Mund und Kinn hatte. Diesem war die Sache offenbar äußerst peinlich. »Wir sind weit weg von allem. In die Nachrichten kommen wir nur, wenn irgendein Wanderer oder Bergsteiger verschütt' geht oder verhungert. Die meisten Leute haben vergessen, dass es uns gibt.«

Die Lammkoteletts wurden aufgetragen, auf einer Anrichteplatte, zusammen mit zu lange gekochten Kartoffeln, zu kurz gekochten Karotten und etwas Nassem und Braunem, das nach Shadows Einschätzung einmal als Spinat auf die Welt gekommen sein mochte. Shadow begann sein Kotelett mit dem Messer zu bearbeiten. Der Doktor ergriff seins mit den Fingern und kaute drauflos.

»Sie haben gesessen«, sagte der Doktor.

»Gesessen?«

»Im Gefängnis. Sie waren im Gefängnis.« Es war eine Feststellung, keine Frage.

»Ja.«

»Sie kennen sich also mit körperlichen Auseinandersetzungen aus. Sie könnten jemandem wehtun, wenn es nötig wäre.«

Shadow sagte: »Wenn Sie jemanden brauchen, der Leuten wehtut, dann bin ich wohl nicht der, den Sie suchen.«

Der kleine Mann grinste mit fettigen grauen Lippen. »Doch, bestimmt. Das war nur so eine Frage. Wie auch immer. *Er* da ist ein Monster«, sagte er, indem er mit einem abgekauten Lammknochen durch den Saal deutete. Der Kahlköpfige war dabei, eine Art weißen Pudding zu löffeln. »Genau wie seine Mutter.«

»Für mich sehen die nicht wie Monster aus«, sagte Shadow.

»Ich nehme Sie auf den Arm, fürchte ich. Einheimischer Humor. Vor meinem sollte man jeden warnen, der in den Ort kommt. Achtung: verrückter alter Arzt zugange. Redet andauernd über Monster. Seien Sie nachsichtig mit einem alten Mann. Hören Sie am besten gar nicht hin, wenn ich was sage.« Ein Aufblitzen tabakfleckiger Zähne. Er wischte sich Hände und Mund mit seiner Serviette ab. »Maura, wir würden dann mal zahlen. Die Rechnung für den jungen Mann übernehme ich.«

»Ja, Doktor Gaskell.«

»Denken Sie dran«, sagte der Doktor zu Shadow. »Morgen früh um viertel nach acht. Stellen Sie sich in die Empfangshalle. Bitte pünktlich. Das sind viel beschäftigte Leute. Wenn Sie nicht da sind, fahren sie einfach weiter, und dann sind Ihnen fünfzehnhundert Pfund durch die Lappen gegangen, für ein Wochenende Arbeit. Plus Zulage, wenn sie zufrieden sind.«

Shadow beschloss, seinen Verdauungskaffee in der Bar zu sich zu nehmen. Dort gab's immerhin ein Kaminfeuer. Er hoffte, dass es ihm die Kälte aus den Knochen vertreiben würde.

Gordon vom Empfang betreute die Bar. »Hat Jennie heute ihren freien Tag?«, fragte Shadow.

»Was? Nein, die hat nur ausgeholfen. Das macht sie manchmal, wenn viel los ist.«

»Was dagegen, wenn ich noch einen Scheit aufs Feuer lege?«

»Nur zu.«

Wenn das die Art ist, wie die Schotten ihren Sommer behandeln, dachte Shadow, sich an irgendein Zitat von Oscar Wilde erinnernd, *dann haben sie keinen Sommer verdient.*

Der kahlköpfige junge Mann kam herein. Er nickte Shadow einen unsicheren Gruß zu. Shadow nickte zurück. Der Mann hatte, soweit Shadow erkennen konnte, überhaupt keine Haare: keine Augenbrauen, keine Wimpern. Er wirkte dadurch babyhaft, unausgereift. Shadow fragte sich, ob das durch eine Krankheit gekommen oder vielleicht die Folge einer Chemotherapie war. Er roch nach Feuchtigkeit.

»Ich hab gehört, was er gesagt hat«, stammelte der Glatzkopf. »Er hat gesagt, ich sei ein Monster. Er hat auch gesagt, dass meine Mutter ein Monster sei. Ich hab gute Ohren. Mir entgeht nicht viel.«

Er hatte tatsächlich bemerkenswerte Ohren. Sie waren von einem durchsichtigen Rosa und ragten aus seinem Kopf wie die Flossen bei einem riesigen Fisch.

»Sie haben großartige Ohren«, sagte Shadow.

»Wollen Sie mich vergackeiern?« Der Glatzkopf klang gekränkt. Er sah aus, als wolle er sich prügeln. Er war nur wenig kleiner als Shadow, und Shadow war wirklich sehr groß.

»Ganz und gar nicht.«

Der Glatzkopf nickte. »Das ist gut«, sagte er. Er schluckte, zögerte dann. Shadow überlegte, ob er irgendetwas Besänftigendes sagen sollte, doch der andere fuhr fort: »Es ist nicht meine Schuld. Immer dieser Lärm. Ich meine, die Leute kommen hier raus, um dem Lärm zu entgehen. Und den Leuten. Überhaupt, viel zu viele Leute hier, verdammt. Geht doch dahin zurück, wo ihr hergekommen seid, und hört auf mit diesem Scheißlärm!«

Die Mutter des Mannes erschien in der Tür. Sie warf Shadow

ein scheues Lächeln zu, ging dann eilig zu ihrem Sohn. Sie zog ihn am Ärmel. »Aber, aber«, sagte sie. »Reg dich doch nicht unnötig auf. Es ist alles in Ordnung.« Sie blickte beschwichtigend zu Shadow auf, mit vogelartig zur Seite geneigtem Kopf. »Es tut mir Leid. Er hat es bestimmt nicht so gemeint.« Ein Streifen Toilettenpapier klebte unter ihrem Schuh, ohne dass sie es bemerkte.

»Schon gut », sagte Shadow. »Ist immer schön, neue Leute kennen zu lernen.«

Sie nickte. »Das wäre also geklärt«, sagte sie. Ihr Sohn wirkte erleichtert. *Er hat Angst vor ihr*, dachte Shadow.

»Komm jetzt, Schatz«, sagte die Frau zu ihrem Sohn. Sie nahm ihn wieder beim Ärmel und zog ihn zur Tür.

Dort aber blieb er bockig stehen und drehte sich um. »Sagen Sie ihnen«, sagte der kahlköpfige junge Mann, »dass sie nicht so viel Lärm machen sollen.«

»Mach ich«, sagte Shadow.

»Es ist halt so, dass ich alles hören kann.«

»Machen Sie sich keine Sorgen«, sagte Shadow.

»Er ist wirklich ein guter Junge«, sagte die Mutter des jungen Mannes und führte ihren Sohn hinaus in den Flur, den Streifen Toilettenpapier immer hinter sich herschleifend.

Shadow ging ihnen nach. »Entschuldigen Sie«, sagte er.

Sie wandten sich um, der Mann und seine Mutter.

»Sie haben da etwas am Schuh«, sagte Shadow.

Sie sah nach unten. Dann trat sie mit dem anderen Schuh auf den Papierstreifen und hob den Fuß, um ihn zu befreien. Sie nickte Shadow beifällig zu, dann verschwand sie.

Shadow ging zum Empfangstresen. »Gordon, haben Sie vielleicht eine richtig gute Landkarte von der Umgebung?«

»So was wie eine amtliche topografische Karte? Aber klar. Ich bringe Sie Ihnen gleich.«

Shadow kehrte in die Bar zurück und trank seinen Kaffee aus.

Gordon brachte ihm eine Landkarte. Shadow war von ihrer Detailgenauigkeit beeindruckt: jeder kleine Ziegenpfad schien verzeichnet zu sein. Er nahm die Karte gründlich in Augenschein, verfolgte den Weg, den er gewandert war. Er spürte den Berg auf, wo er gerastet und gegessen hatte. Er ließ seinen Finger südwestlich weitergleiten.

»Schlösser oder Burgen gibt es wohl nicht in dieser Gegend?«

»Leider nicht. Richtung Osten sind ein paar. Ich habe einen Führer über schottische Schlösser, den Sie sich mal ansehen könnten, wenn Sie –«

»Nein, nein, schon gut. Gibt es denn irgendwelche großen Häuser in der Nähe? So groß, dass man sie zur Not als Schloss bezeichnen könnte? Oder große Güter?«

»Na ja, es gibt das Hotel Cape Wrath, gleich da drüben.« Er deutete mit dem Finger auf die Karte. »Aber dies ist doch eine ziemliche verlassene Gegend. Was Menschen angeht, also, wie sagt man, Bevölkerungsdichte, da ist hier praktisch Wüste. Nicht mal irgendwelche interessanten Ruinen, fürchte ich. Keine, wo man hinwandern könnte.«

Shadow bedankte sich und bat darum, am nächsten Morgen telefonisch geweckt zu werden. Er wünschte, es wäre ihm gelungen, auf der Karte das Haus wiederzufinden, das er vom Hügel aus gesehen hatte, aber vielleicht hatte er ja an der falschen Stelle gesucht. Es wäre nicht das erste Mal gewesen.

Das Paar im Nebenzimmer stritt sich oder schlief miteinander. Shadow konnte es nicht ausmachen, aber jedes Mal, wenn er gerade dabei war einzuschlafen, ließen ihn erhobene Stimmen oder Rufe wieder hochfahren.

Später war er sich nie ganz sicher, ob es wirklich geschehen war, ob sie tatsächlich zu ihm gekommen oder ob das der erste Traum in dieser Nacht gewesen war: aber ob Traum oder Wirklichkeit, kurz vor Mitternacht, dem Radiowecker auf seinem Nachttisch zufolge, klopfte es jedenfalls an seiner Tür. Er stand auf. Rief: »Wer ist da?«

»Jennie.«

Er öffnete die Tür, zuckte unter dem hellen Licht aus dem Flur zusammen.

Sie war in ihren braunen Mantel eingewickelt und sah ihm nervös entgegen.

»Ja?«, sagte Shadow.

»Sie werden morgen zu dem Haus fahren«, sagte sie.

»Ja.«

»Ich dachte, ich sollte Auf Wiedersehen sagen«, sagte sie. »Für den Fall, dass ich Sie nicht wieder zu Gesicht bekomme. Und falls Sie nicht wieder ins Hotel zurückkommen. Und einfach weiterreisen. Und ich Sie nie wiedersehe.«

»Tja, dann also auf Wiedersehen«, sagte Shadow.

Sie musterte ihn von oben bis unten, begutachtete das T-Shirt und die Boxershorts, in denen er schlief, sah ihm ins Gesicht. Sie schien besorgt.

»Sie wissen, wo ich wohne«, sagte sie schließlich. »Melden Sie sich, wenn Sie mich brauchen.«

Sie streckte den Zeigefinger aus und berührte sanft seine Lippen. Ihr Finger war sehr kalt. Dann machte sie einen Schritt rückwärts in den Flur und stand einfach da, ihm zugewandt, ohne dass sie Anstalten machte zu gehen.

Shadow schloss die Hotelzimmertür und hörte, wie sich ihre Schritte im Flur entfernten. Er kroch ins Bett zurück.

Dass der nächste Traum wirklich ein Traum war, dessen aber war er sich sicher. Es war sein Leben, in einem wüsten Durcheinander: eben noch saß er im Gefängnis, übte Münzentricks und versicherte sich selbst, dass die Liebe zu seiner Frau ihn all dies würde durchstehen lassen. Dann auf einmal war Laura tot und er aus dem Gefängnis entlassen; er arbeitete als Leibwächter für einen alten Trickbetrüger, der Shadow angewiesen hatte, ihn Wednesday zu nennen. Und dann bevölkerten lauter Götter seinen Traum: alte, vergessene Götter, längst nicht mehr geliebt und angebetet, aber auch neue Götter, kurzlebige, furchtsame Gestalten, betrogen und verwirrt. Es war ein Wirrwarr von Unwahrscheinlichkeiten, ein Fadenspiel, aus dem ein Netz wurde, daraus ein Gespinst und daraus wiederum ein Knäuel, das so groß war wie die Welt …

In seinem Traum starb er am Baum.

In seinem Traum kehrte er zurück von den Toten.

Und danach herrschte Dunkelheit.

IV

Das Telefon neben dem Bett schrillte um sieben Uhr. Er duschte, rasierte sich, zog sich an, verstaute seine Welt im Rucksack. Dann ging er hinunter in den Speisesaal, um zu frühstücken: es gab salzigen Haferbrei, schlaffen Schinkenspeck und fettige Spiegeleier. Der Kaffee jedoch war überraschend gut.

Um zehn nach acht stand er in der Empfangshalle und wartete.

Um vierzehn Minuten nach acht betrat ein Mann in einem Schaffellmantel das Hotel. Er saugte an einer selbst gedrehten Zigarette. Der Mann streckte fröhlich die Hand aus. »Sie müssen Mister Moon sein«, sagte er. »Mein Name ist Smith. Ich bin der Chauffeur, der sie zum großen Haus rausbringt.« Der Mann hatte einen festen Händedruck. »Na, Sie sind ja wirklich groß, was?«

Unausgesprochen blieb: »Ich würde trotzdem mit dir fertig werden«, aber Shadow konnte es heraushören.

Shadow sagte: »Das höre ich öfter. Sie sind kein Schotte.«

»Weiß Gott nicht, Kumpel. Bin nur diese Woche hier, um dafür zu sorgen, dass alles glatt läuft. Ich komm aus London.« Aufblitzen von Zähnen in einem scharf geschnittenen Gesicht. Shadow schätzte den Mann auf Mitte vierzig. »Kommen Sie, wir gehen gleich zum Auto. Die nötige Info kann ich Ihnen unterwegs geben. Ist das da Ihr Gepäck?«

Shadow trug den Rucksack zum Auto, einem schlammbespritzten Landrover, der mit laufendem Motor vor dem Haus stand. Shadow verstaute seinen Rucksack im Laderaum, kletterte auf den Beifahrersitz. Smith saugte einen letzten Zug aus seiner Zigarette, von der kaum mehr als ein Stummel weißen Papiers übrig war, und warf sie anschließend durch das offene Fahrerfenster auf die Straße.

Sie ließen das Dorf hinter sich.

»Wie muss ich denn jetzt Ihren Namen aussprechen?«, fragte Smith. »Belder oder Borlder, oder wie?«

»Shadow«, sagte Shadow. »Ich werde Shadow genannt.«

»Na dann«, sagte Smith. »Shadow. Ich weiß nicht, wie viel der alte Gaskell Ihnen schon über die Party am Wochenende erzählt hat.«

»Ein bisschen.«

»Okay, na ja, das Wichtigste, was Sie wissen müssen, ist Folgendes: Egal was passiert, Sie halten die Klappe. Alles klar? Was immer Sie auch zu sehen kriegen – die Leute wollen sich immerhin ein bisschen amüsieren –, Sie schweigen wie ein Grab. Selbst falls Sie jemanden erkennen, wenn Sie verstehen, was ich meine.«

»Ich erkenne grundsätzlich keine Leute«, sagte Shadow.

»Das ist die richtige Einstellung. Wir haben hier nur dafür zu sorgen, dass alle ihren Spaß haben, ohne dabei gestört zu werden. Die kommen von weither, um sich ein schönes Wochenende zu machen.«

»Hab kapiert«, sagte Shadow.

Sie erreichten die Fähre zum Kap. Smith parkte den Landrover an der Straße, lud ihre Sachen aus und verschloss den Wagen.

An der gegenüberliegenden Fähranlegestelle wartete ein identischer Landrover auf sie. Smith schloss ihn auf, warf die Sachen in den Laderaum und steuerte den Wagen auf einen unbefestigten Weg.

Bevor sie den Leuchtturm erreichten, bogen sie ab und fuhren eine Weile schweigend auf einer weiteren Schotterstrecke, die sich plötzlich in einen Schafweg verwandelte. Shadow musste mehrmals aussteigen und Gatter öffnen; er wartete, bis der Landrover durchgefahren war, dann schloss er sie wieder.

Auf den Feldern und den niedrigen Mauern saßen Raben, riesige schwarze Vögel, die Shadow unerbittlich anstarrten.

»Und Sie waren im Bau?«, fragte Smith plötzlich.

»Wie bitte?«

»Knast. Kittchen. Kerker. Kahn. Wörter mit K, die für schlechtes Essen, fehlendes Nachtleben, unzulängliche sanitäre Verhältnisse und eingeschränkte Reisemöglichkeiten stehen.«

»Ja.«

»Sehr gesprächig sind Sie nicht gerade, wie?«

»Ich dachte, das sei eine Tugend.«

»Okay, akzeptiert. Sollte nur Konversation sein. Fand das Schweigen ein bisschen nervig. Gefällt's Ihnen hier?«

»Glaub schon. Ich bin ja erst seit ein paar Tagen hier.«

»Ich krieg hier draußen echt 'nen Knall. Ist einfach zu abgelegen. Ich hab Gegenden in Sibirien kennen gelernt, die mir gastlicher vorkamen. Waren Sie schon mal in London? Wenn Sie nach Süden kommen, führ ich Sie mal rum. Tolle Pubs. Richtiges Essen. Und jede Menge Touristenkram, auf den ihr Amerikaner so steht. Der Verkehr ist allerdings die Hölle. Hier oben kann man wenigstens Auto fahren. Keine Scheißampeln. Am unteren Ende der Regent's Street gibt's eine Ampel, ich schwör's Ihnen, da stehen Sie fünf Minuten lang bei Rot, und dann schaltet sie für zehn Sekunden auf Grün. Maximal zwei Autos kommen rüber. Ich mein, das ist doch lächerlich. Na ja, es heißt, das sei der Preis, den wir für den Fortschritt zahlen. Stimmt's?«

»Ja«, sagte Shadow. »Kann gut sein.«

Sie waren jetzt endgültig in unwegsamem Gelände, ruckelten und huckelten ein mit Büschen bewachsenes Tal entlang zwischen zwei Anhöhen hindurch. »Ihre Partygäste«, sagte Shadow, »kommen die auch mit dem Landrover?«

»Nee. Wir haben Hubschrauber. Die werden heute Abend rechtzeitig zum Dinner eintreffen. Raus aus dem Helikopter, Montag früh dann wieder rein in den Helikopter und weg.«

»Als ob man auf einer Insel lebt.«

»Ich wünschte, wir wären auf einer Insel. Wir hätten dann keine Probleme mit durchgedrehten Einheimischen, nicht wahr? Kein Mensch käme auf die Idee, sich über Lärm von der Nachbarinsel zu beschweren.«

»Machen Sie denn so viel Lärm auf Ihrer Party?«

»Es ist nicht meine Party, Kumpel. Ich bin hier nur Dienstleister. Sorge dafür, dass alles klappt. Aber davon abgesehen: ja. Soviel ich weiß, können die einen ganz schönen Lärm veranstalten, wenn sie in der richtigen Stimmung sind.«

Aus dem mit Gras bewachsenen Tal wurde ein Schafweg, aus dem Schafweg wurde eine Zufahrt, die fast geradewegs auf eine Anhöhe führte. Eine Kurve, eine plötzliche Kehre, und schon fuhren sie auf ein Haus zu, das Shadow sofort wiedererkannte. Jennie hatte es ihm gezeigt, gestern beim Mittagsimbiss.

Das Haus war alt. Das sah er auf den ersten Blick. Einige Teile schienen noch älter zu sein als andere: einer der Flügel des Gebäudes hatte eine Wand, die aus grauen, schweren massiven Felssteinen gemauert war. Diese Wand ragte in eine andere hinein, die aus braunen Ziegelsteinen bestand. Das Dach, welches das gesamte Gebäude, also beide Flügel, bedeckte, war aus dunkelgrauem Schiefer. Vom Haus aus blickte man auf eine Kiesauffahrt und jenseits davon den Hügel hinunter auf einen kleinen See. Shadow stieg aus dem Landrover. Er betrachtete das Haus und fühlte sich klein. Ihm war, als kehre er heim, und das war kein gutes Gefühl.

Es parkten noch weitere Fahrzeuge mit Allradantrieb auf dem Kies. »Die Autoschlüssel hängen in der Speisekammer, für den Fall, dass Sie mal wo hinfahren müssen. Ich zeig's Ihnen gleich beim Rundgang.«

Durch eine große Holztür ging es, und jetzt standen sie auf dem Haupthof, der teilweise gepflastert war. In der Mitte befand sich ein kleiner Brunnen und jede Menge Gras, ein zerzauster, schlangenhaft gewundener grüner Streifen, von grauen Steinplatten umrandet.

»Dies hier wird der Ort des Geschehens am Samstagabend sein«, sagte Smith. »Ich zeige Ihnen, wo Sie untergebracht sind.«

Durch eine wenig imposante Tür ging es in den kleineren Flügel, an einem Raum vorbei, in dem lauter Schlüssel an Haken hingen, jeder mit einem Pappschild versehen, und einem weiteren Raum voller leerer Regale. Dann durch eine schmuddelige Diele und eine Treppe hinauf. Es gab keinen Teppichboden auf den Stufen, an den Wänden nichts als weiße Tünche. (»Tja, das ist hier der Bedienstetentrakt, nich'? Da wurde nie Geld für ausgegeben.«) Es war kalt, und zwar auf eine Weise, die Shadow langsam vertraut wurde: nämlich drinnen kälter als draußen. Er fragte sich, wie sie das schafften; ob es sich womöglich um ein Geheimnis britischer Baukunst handelte.

Smith führte Shadow ins Obergeschoss und wies ihm ein dunkles Zimmer zu, das einen antiken Kleiderschrank, ein Einzelbett mit Eisenrahmen – Shadow sah auf einen Blick, dass es kürzer war als er selbst – und einen uralten Waschtisch enthielt. Das winzige Fenster ging auf den Innenhof hinaus.

»Es gibt ein Klo am Ende des Flurs«, sagte Smith. »Die Dienstbotenwaschräume sind ein Stockwerk tiefer. Zwei Badezimmer, eins für Männer, eins für die Frauen, keine Duschen. Der Vorrat an heißem Wasser in diesem Flügel ist leider entschieden begrenzt. Ihr Smoking hängt im Schrank. Probieren Sie gleich aus, ob er passt, aber ziehen Sie ihn erst heute Abend wieder an, wenn die Gäste kommen. Äußerst beschränkte Trockenreinigungsgelegenheiten. Im Grunde könnte man auch gleich auf dem Mars feiern. Ich bin in der Küche, falls Sie mich brauchen. Da unten ist es nicht so kalt, falls der AGA funktioniert. Treppe runter, erst nach links, dann nach rechts, und falls Sie sich verlaufen haben, müssen Sie schreien. Nicht in den anderen Flügel gehen, es sei denn, Sie bekommen eine entsprechende Anweisung.«

Damit ließ er Shadow allein.

Shadow probierte die schwarze Smokingjacke an, das weiße Smokinghemd, die schwarze Krawatte. Blitzblank polierte schwarze Schuhe gab es ebenfalls. Alles passte wie maßgeschneidert. Er hängte die Sachen zurück in den Schrank.

Er ging die Treppe hinunter, traf auf dem Absatz Smith an, der wütend auf ein kleines silbernes Handy eintippte. »Der Empfang hier ist total scheiße. Das Ding hat geklingelt, jetzt versuche ich zurückzurufen und bekomm kein Signal. Die reine Steinzeit hier draußen. Wie passt Ihr Anzug. Ist er in Ordnung?«

»Perfekt.«

»Ah, so kennen und lieben wir ihn. Bloß nicht fünf Wörter benutzen, wo es auch ein einziges tut, wie? Ich hab schon Tote erlebt, die mehr geredet haben als Sie.«

»Im Ernst?«

»Ach was, nur so 'ne Redensart. Kommen Sie. Wie wär's mit was zu essen?«

»Klar. Vielen Dank.«

»Gut. Folgen Sie mir. Hat ein bisschen was von einem Labyrinth hier, aber Sie werden sich schon schnell genug zurechtfinden.«

Gegessen wurde in der riesigen, völlig leeren Küche: Shadow und Smith stapelten knuspriges, mit durchscheinend orangem Räucherlachs und kräftigem Käse belegtes Weißbrot auf emaillierte Zinnteller und gossen sich starken, süßen Tee in große Becher. Der AGA erwies sich als ein mächtiger Metallkasten, teils Ofen, teils Heißwassergerät. Smith machte eine der vielen Türen an der Seite auf und beförderte mehrere große Schaufeln Kohle hinein.

»Wo ist denn das übrige Essen? Und die Kellner, die Köche?«, fragte Shadow. »Es kann doch wohl nicht sein, dass wir beide hier allein sind.«

»Gut beobachtet. Wird alles aus Edinburgh geliefert. Das läuft wie am Schnürchen. Das Partypersonal kommt um drei Uhr und bringt das Essen mit. Die Gäste kommen um sechs eingeflogen. Das Büfett wird um acht eröffnet. Es wird ordentlich was erzählt, gegessen, ein bisschen gelacht, alles ganz locker, nicht zu anstrengend. Morgen gibt's Frühstück von sieben bis Mittag. Nachmittags können die Gäste ein bisschen wandern, die schöne Aussicht bestaunen und so weiter. Im Hof wird Holz aufgeschichtet. Abends wird dann Feuer gemacht, und die Leute erleben eine wilde Samstagnacht im Norden, hoffentlich ohne von unseren Nachbarn gestört zu werden. Am Sonntagmorgen bewegen wir uns nur auf Zehenspitzen, aus Rücksicht auf den Kater, den alle haben werden, nachmittags landen dann die Hubschrauber, und wir machen zum Abschied winke, winke. Sie streichen Ihren Lohn ein, und ich fahre Sie zum Hotel zurück, oder Sie können auch mit mir mitkommen, nach Süden, wenn Ihnen nach Abwechslung zumute ist. Klingt gut?«

»Klingt ganz prima«, sagte Shadow. »Und die Leute, die am Samstagabend vielleicht aufkreuzen werden?«

»Bloß Spielverderber. Einheimische, die uns auf die Nerven gehen wollen.«

»Was für Einheimische?«, fragte Shadow. »Hier gibt es doch meilenweit nur Schafe.«

»Einheimische. Die sind hier überall«, sagte Smith. »Man sieht sie nur nicht. Verkriechen sich genau wie Sawney Beane und seine Familie.«

Shadow sagte: »Von dem hab ich, glaube ich, schon gehört. Der Name kommt mir jedenfalls bekannt vor ...«

»Eine historische Figur«, sagte Smith. Er schlürfte seinen Tee und lehnte sich auf seinem Stuhl zurück. »Das war vor, na, sechshundert Jahren – nachdem die Wikinger sich nach Skandinavien zurück verzogen oder Mischehen geschlossen hatten und konvertiert waren, bis man sie nicht mehr von den Schotten unterscheiden konnte, aber noch bevor Königin Elisabeth starb und Jakob aus Schottland runterkam, um beide Länder zu regieren. Irgendwo da in der Zeit.« Er nahm zwischendurch noch einen Schluck Tee. »Also. Andauernd verschwanden in Schottland irgendwelche Reisenden. So ungewöhnlich war das nicht. Ich meine, wenn du dich damals auf eine lange Reise gemacht hast, konntest du dich nicht darauf verlassen, dass du es auch bis nach Hause zurück schaffen würdest. Manchmal dauerte es Monate, bis klar wurde, dass du auf immer verschollen warst, und dann machte man die Wölfe oder das Wetter verantwortlich und beschloss, nur noch in Gruppen zu reisen und im Sommer.

Einmal aber ritt ein Reisender mit einer Anzahl von Begleitern durch ein Tal, als plötzlich ein Haufen, eine Horde von Kindern von den Hügeln gestürmt kam, von Bäumen heruntersprang, aus dem Erdboden auftauchte und sich, mit Dolchen, Messern, großen Knochen und Knüppeln bewaffnet, auf die Reisenden stürzte, sie von den Pferden riss und sie alle erledigte. Alle bis auf diesen einen Typen, der ein bisschen hinter den anderen zurückgeblieben war und der deshalb entkommen konnte. Er war der Einzige, aber einer genügt ja auch, nicht wahr? Er schaffte es bis zum nächsten Ort und stimmte ein lautes Geschrei an, worauf ein Trupp aus Bewohnern und Soldaten zusammengestellt wurde, der sich mit Hunden zum Ort des Überfalls aufmachte.

Sie brauchen Tage, um das Versteck aufzuspüren, sie wollen schon gerade aufgeben, als plötzlich die Hunde beim Eingang einer Höhle anschlagen. Also gehen sie rein.

Es stellt sich heraus, dass es dort unter der Erde ein ganzes System von Höhlen gibt. In der größten und tiefsten von allen sitzt der alte Sawney Beane mit seiner Brut, und an Haken von der Decke hängen lauter Kadaver, geräuchert und bei schwacher Hitze geröstet. Arme, Beine, Schenkel, Hände und Füße von Männern, Frauen und Kindern sind in Reihen aufgehängt wie in der Schlachterei. Gliedmaßen in Salzlake eingelegt wie Pökelfleisch. Haufenweise Geld liegt herum, Gold und Silber, Uhren, Ringe, Schwerter, Pistolen und Kleidung, unvorstellbare Reichtümer, denn sie haben keinen Penny davon ausgegeben. Sind immer nur in ihren Höhlen geblieben, haben gefressen, sich vermehrt und ihren Hass gepflegt.

Seit Jahren schon hatte er dort gehaust, der alte Sawney. König seines eigenen kleinen Königreiches, er und seine Frau, ihre Kinder und Enkelkinder, und einige von diesen Enkelkindern waren auch ihre Kinder. Ein inzestuöser Haufen.«

»Und ist das alles wirklich passiert?«

»Hab ich jedenfalls gehört. Es gibt Gerichtsakten. Man hat die Familie nach Leith gebracht und vor Gericht gestellt. Das Urteil war interessant – es wurde befunden, dass Sawney Beane aufgrund seiner Taten seinen Status als menschliches Wesen verwirkt hätte. Also verurteilte man ihn als Tier. Er wurde nicht gehängt und nicht geköpft, sondern man zündete ein großes Feuer an und warf die Beanes hinein, damit sie bei lebendigem Leib verbrannten.«

»Was geschah mit seiner Familie?«

»Das weiß ich nicht mehr. Ob sie auch die kleinen Kinder mit verbrannt haben, keine Ahnung. Wahrscheinlich ja. In diesem Teil der Welt neigt man zu effizienten Maßnahmen im Umgang mit Monstern.«

Smith wusch die benutzten Teller und Becher in der Spüle und stellte sie zum Trocknen auf eine Ablage. Die beiden Männer gingen hinaus auf den Hof. Smith drehte sich mit routinierten Handgriffen eine Zigarette. Er befeuchtete das Papier, strich es mit den Fingern glatt, zündete die fertige Röhre mit einem Zippo-Feuerzeug an. »So, mal sehen. Was müssen Sie für heute Abend noch wissen? Na ja, das Wesentliche ist klar: reden nur, wenn Sie angesprochen werden – das dürfte Ihnen wohl nicht allzu schwer fallen, wie?«

Shadow sagte nichts.

»Genau. Wenn einer der Gäste Sie um etwas bittet, tun Sie Ihr Bestes, um ihm gefällig zu sein, im Zweifelsfall können Sie mich fragen, aber erfüllen Sie den Gästen ihre Wünsche, solange es Sie nicht von Ihrer Aufgabe abhält oder gegen die Verhaltensregel Nummer eins verstößt.«

»Die nämlich wie lautet?«

»Nicht. Mit. Den. Nobeltussen. Vögeln. Mit Sicherheit sind da ein paar junge Damen dabei, die es sich nach einer halben Flasche Wein in den Kopf setzen, dass sie unbedingt mal ein bisschen ordentlich hergenommen werden müssten. Und falls so was passiert, machen Sie einen auf *Sunday People.*«

»Ich hab keine Ahnung, was das heißen soll.«

»*Unser Reporter entschuldigte sich und verließ den Ort des Geschehens.* Ja? Sie dürfen gucken, aber nicht anfassen? Klar?«

»Klar.«

»Kluger Junge.«

Shadow stellte fest, dass Smith ihm immer sympathischer wurde. Er sagte sich, dass es nicht klug sei, diesen Mann zu mögen. Er hatte schon andere Leute wie Smith kennen gelernt, Menschen ohne Gewissen, ohne Skrupel und ohne Herz, und alle waren sie gefährlich und gleichzeitig liebenswert gewesen.

Am frühen Nachmittag kam das Dienstpersonal, eingeflogen von einem Hubschrauber, der wie ein Truppentransporter aussah: mit erstaunlicher Effizienz wurden Weinkisten und Lebensmittelkartons, Körbe und Behälter aller Art ausgeladen. Es gab ganze Kisten voller Servietten oder Tischtücher. Es gab Köche und Kellner, Kellnerinnen und Zimmermädchen.

Es war allerdings das Sicherheitspersonal, das dem Hubschrauber als Erstes entstieg: große, kräftige Männer mit Hörmuscheln im Ohr und Ausbeulungen unter der Jacke, über deren Ursache Shadow nicht rätseln musste. Sie meldeten sich einer nach dem anderen bei Smith, der sie anwies, das Haus und die Umgebung zu inspizieren.

Shadow machte sich nützlich, trug Kisten voller Gemüse vom Helikopter zur Küche. Er konnte doppelt so viel tragen wie alle anderen. Als er wieder einmal an Smith vorbeikam, blieb er stehen und sagte: »Wenn Sie all diese Wachleute haben, was soll ich dann hier?«

Smith lächelte freundlich. »Passen Sie auf, mein Junge. Es kommen Leute zu dieser Feier, die mehr Geld in der Tasche haben, als Sie und ich in unserem ganzen Leben zu sehen kriegen werden. Die brauchen die Sicherheit, dass jemand auf sie aufpasst. Reiche Leute werden öfters mal entführt. Sie haben Feinde. Alles mögliche kann passieren. Aber solange diese Jungs hier sind, passiert es garantiert nicht. Andererseits, wenn man sie auf die einheimischen Störenfriede losließe, dann wäre das, als würde man sich mit Landminen gegen unbefugtes Betreten schützen. Nich' wahr?«

»Verstehe«, sagte Shadow. Er ging wieder zum Hubschrauber, schnappte sich einen weiteren, mit BABYAUBERGINEN beschrifteten und diesen kleinen schwarzen Eierfrüchten auch beladenen Karton, stellte ihn auf eine Kiste mit verschiedenartigem Kohl und schleppte beide zur Küche, mittlerweile felsenfest davon überzeugt, dass er belogen wurde. Smiths Antwort war vernünftig. Sie war sogar überzeugend. Sie war nur schlicht und einfach unwahr. Es gab keinen Grund für seine Anwesenheit, oder wenn doch, dann war es nicht der, der ihm genannt wurde.

Er ließ sich die Sache gründlich durch den Kopf gehen, versuchte nachzuvollziehen, warum er sich in diesem Haus befand, und hoffte, dass ihm seine Grübelei nicht anzumerken war. Shadow behielt alles für sich, in seinem Innern. Dort war es sicherer.

V

Weitere Hubschrauber landeten am frühen Abend, als der Himmel sich rosa färbte, und ihnen entstiegen noch einmal zwanzig oder mehr elegante Menschen. Viele von ihnen taten es lächelnd und aufgekratzt. Die meisten waren zwischen dreißig und fünfzig. Shadow erkannte niemanden.

Smith ging zwanglos und ausgesprochen souverän von einem zum andern, um jeden einzeln zu begrüßen. »Ja genau, Sie gehen da durch und wenden sich nach rechts, warten Sie im großen Saal. Dort haben wir ein hübsches Feuerchen brennen. Es wird jemand kommen und Sie in Ihr Zimmer führen. Dort müsste dann auch Ihr Gepäck auf Sie warten. Rufen Sie mich, falls es nicht so ist, aber es wird da sein. Hallöchen, Eure Ladyschaft, Sie sehen fantastisch aus – soll ich jemanden kommen lassen, der Ihnen die Handtasche trägt? Sie freuen sich schon auf morgen? Na, da sind Sie nicht die Einzige.«

Fasziniert beobachtete Shadow Smiths Auftreten gegenüber den Gästen, eine meisterhafte Mischung aus Vertraulichkeit und Ehrerbietung, Freundlichkeit und rauem Cockney-Charme: die H, die Konsonanten und Vokale kamen und gingen und variierten je nachdem, mit wem er gerade sprach.

Eine Frau mit kurzen dunklen Haaren, sehr attraktiv, lächelte Shadow zu, während er ihre Taschen nach drinnen trug. »Nobeltusse«, murmelte Smith im Vorbeigehen. »Hände weg.«

Ein beleibter Mann, den Shadow auf Anfang sechzig schätzte, war der Letzte, der aus dem Hubschrauber stieg. Er ging auf Smith zu, stützte sich auf einen billigen Holzgehstock und sagte etwas mit leiser Stimme. Smith antwortete auf gleiche Weise.

Das ist der, der hier das Sagen hat, dachte Shadow. Die Körpersprache verriet es. Smith lächelte nicht mehr, hatte sein Geplauder eingestellt. Er erstattete Bericht, ruhig und prägnant, ließ den Alten alles wissen, was nötig war. Dann holte er Shadow heran, und dieser beeilte sich, der Aufforderung zu folgen.

»Shadow«, sagte Smith. »Das hier ist Mister Alice.«

Mr. Alice streckte seine rosafarbene, pummelige Hand aus, schüttelte Shadows große dunkle Rechte. »Ist mir ein Vergnügen«, sagte er. »Hab viel Gutes von Ihnen gehört.«

»Freut mich«, sagte Shadow.

»Tja«, sagte Mr. Alice. »Machen Sie weiter.«

Smith nickte Shadow zu, er durfte wieder gehen.

»Wenn es Ihnen Recht ist«, sagte Shadow zu Smith, »würde ich mich gern mal umsehen, solange es noch nicht dunkel ist. Damit ich einschätzen kann, von wo die Einheimischen vielleicht kommen könnten.«

»Gehen Sie nicht zu weit weg«, sagte Smith. Er hob Mr. Alices Aktentasche auf und führte den Älteren ins Gebäude.

Shadow machte sich auf, einmal um das ganze Haus herumzugehen. Man hatte ihn hereingelegt. Er wusste nicht warum, aber er wusste, dass es so war. Da waren zu viele Dinge, die nicht zusammenpassten. Wozu muss man einen Herumtreiber wie ihn als Wache engagieren, wenn man richtiges Sicherheitspersonal zur Verfügung hat? Das ergab keinen Sinn, genauso wenig wie die Tatsache, dass Smith ihn mit Mr. Alice bekannt machte, nachdem die anderen zwei Dutzend Leute Shadow behandelt hatten, als wäre er ein menschliches Dekorstück.

Vor dem Haus befand sich eine niedrige Steinmauer. Hinter dem Haus gab es einen Hügel, der schon fast ein kleiner Berg war, davor fiel das Gelände sanft zum See hin ab. Seitlich davon sah man den Weg, auf dem er heute Morgen angekommen war. Er ging zum anderen Ende des Hauses, wo er auf eine Art Gemüsegarten stieß, durch eine hohe Mauer von der Wildnis dahinter abgegrenzt. Er betrat den Garten, um sich die Mauer näher anzusehen.

»Bisschen die Lage peilen?«, fragte einer der Sicherheitsleute, wie alle im schwarzen Smoking. Shadow hatte ihn nicht gesehen, was vermutlich bedeutete, dass er seine Sache sehr gut machte. Er sprach, wie die meisten Bediensteten, mit schottischem Akzent.

»Schau mich nur mal um.«

»Sich ein Bild von der Gegend machen, sehr vernünftig. Um diese Seite vom Haus brauchen Sie sich aber nicht zu sorgen. Hundert Meter in dieser Richtung ist ein Fluss, der in den See fließt, und dahinter gibt's nur nasse Felsen, da geht's dreißig Meter steil runter. Absolut tückisch.«

»Oh. Und die Einheimischen, die kommen und sich beschweren, von wo kommen die?«

»Könnt ich nicht sagen.«

»Am besten gehe ich da mal hin und gucke mir das an«, sagte Shadow. »Mal sehen, ob ich irgendwelche Zugänge erkennen kann.«

»Würd ich nicht machen an Ihrer Stelle«, sagte der Wächter. »Das ist wirklich echt tückisch. Wenn Sie da rumkraxeln, ein falscher Schritt, und Sie stürzen die Felsen runter in den See. Da findet man nicht mal Ihre Leiche wieder, wenn Sie in die Richtung gehen.«

»Verstehe«, sagte Shadow, und so war es auch.

Er ging weiter ums Haus herum. Er entdeckte fünf weitere Sicherheitsleute, jetzt, da er darauf achtete. Er war sich aber sicher, dass noch mehr da waren, die er nicht gesehen hatte.

Im Hauptflügel des Hauses konnte er durch die Fenstertüren hindurch einen riesigen, mit Holz getäfelten Speisesaal sehen, und darin die um einen Tisch gruppierten, sich angeregt unterhaltenden und lachenden Gäste.

Er ging zurück in den Bedienstetenflügel. Dort wurden die Servierschüsseln, nachdem der entsprechende Gang im Speisesaal abgetragen war, auf einer Anrichte aufgestellt, und das Personal durfte sich, die Leckereien auf Papptellern stapelnd, bedienen. Smith saß am Holztisch in der Küche und ließ sich eine Portion Salat mit englisch gebratenem Rind schmecken.

»Da drüben steht Kaviar«, sagte er zu Shadow. »Das ist Goldener Osietra, Spitzenqualität. So was haben die Partyausrichter früher für sich behalten. Ich selbst kann mit dem Zeug nicht viel anfangen, aber Sie sollten sich bedienen.«

Aus Höflichkeit füllte Shadow sich ein bisschen Kaviar auf den Tellerrand. Dazu wählte er einige winzige gekochte Eier, etwas Pasta und etwas Huhn. Er setzte sich neben Smith und begann zu essen.

»Ich kann nicht erkennen, wo Ihre Einheimischen herkommen

sollen«, sagte er. »Ihre Leute haben die Zufahrt abgeriegelt. Wenn hier jemand her will, muss er über den See kommen.«

»Sie haben sich also alles genau angesehen?«

»Ja«, sagte Shadow.

»Haben Sie ein paar von meinen Jungs getroffen?«

»Ja.«

»Und was halten Sie von ihnen?«

»Würde mich nicht mit denen anlegen wollen.«

Smith grinste. »So'n großer Kerl wie Sie? Sie könnten doch wohl auf sich aufpassen.«

»Das sind Killer«, sagte Shadow umstandslos.

»Nur wenn's nicht anders geht«, sagte Smith. Er lächelte nicht mehr. »Gehen Sie doch am besten auf Ihr Zimmer. Ich geb Ihnen Bescheid, wenn ich Sie brauche.«

»Klar«, sagte Shadow. »Und falls Sie mich nicht brauchen, kann ich hier eine ganz ruhige Kugel schieben.«

Smith starrte ihn an. »Sie werden sich Ihr Geld schon verdienen«, sagte er.

Shadow stieg die Hintertreppe hinauf zu dem langen Flur im Obergeschoss des Hauses. Er ging in sein Zimmer. Er konnte Partygeräusche hören und blickte aus seinem kleinen Fenster. Die Flügeltüren gegenüber waren weit geöffnet, und die Partygäste hatten sich, inzwischen in Mänteln und Handschuhen, mit ihren Weingläsern auf dem Innenhof verteilt. Er konnte Bruchstücke der Unterhaltungen hören, die ständig zerfielen und sich neu formierten, die Laute deutlich vernehmbar, aber die Worte und ihre Bedeutung nicht auszumachen. Nur vereinzelt stieg die eine oder andere Wendung aus dem allgemeinen Gemurmel hervor. Ein Mann sagte: »Ich hab zu ihm gesagt, Richter wie Sie besitze ich nicht, die verkaufe ich …« Shadow hörte eine Frau sagen: »Es ist ein Monster, Darling. Ein absolutes Monster. Na ja, was soll man machen?«, und eine andere Frau erwidern: »Ach, ich wünschte, ich könnte das Gleiche über den von meinem Freund sagen!«, und darauf ein wieherndes Gelächter.

Er hatte zwei Möglichkeiten. Er konnte bleiben, oder er konnte versuchen zu verschwinden.

»Ich bleibe«, sagte er laut.

VI

Es war eine Nacht der gefährlichen Träume.

In seinem ersten Traum war Shadow wieder zu Hause in Amerika, er stand unter einer Straßenlaterne. Dann ging er ein paar Schritte, schob sich durch eine Glastür und betrat einen Diner, ein Lokal von der Sorte, die früher als Speisewagen eines Eisenbahnzuges gedient hatte. Er hörte einen alten Mann singen, mit tiefer rauer Stimme, zur Melodie von »My Bonnie Lies Over the Ocean«:

Mein Opa verkauft Kondome an Matrosen
Vorn piekst ein kleines Löchlein er hinein
Die Oma ist 'ne fleißige Engelmacherin
Der Rubel rollt, mein Gott, wie ist das fein.

Shadow ging durch den ganzen Speisewagen. An einem Tisch im hinteren Teil saß ein grauhaariger Mann, eine Flasche Bier in der Hand, und sang: »*So fein, so fein, der Rubel rollt, ach Gott, wie ist das fein.*« Als er Shadow erblickte, breitete sich ein äffisches Grinsen auf seinem Gesicht aus, und er winkte ihm mit der Bierflasche. »Komm her, setz dich«, sagte er.

Shadow setzte sich dem Mann gegenüber, den er als Wednesday kennen gelernt hatte.

»Na, was liegt an?«, fragte Wednesday, der seit fast zwei Jahren tot war, so tot jedenfalls, wie ein Wesen seiner Sorte sein konnte. »Ich würde dir ja ein Bier anbieten, aber der Service hier ist unter aller Sau.«

Shadow sagte, das mache nichts. Er wolle kein Bier.

»Nun denn?«, fragte Wednesday und kratzte sich am Bart.

»Ich bin in einem großen Haus in Schottland, zusammen mit einem Haufen von stinkreichen Typen, und die haben irgendwas vor. Ich bin in der Klemme, aber ich weiß nicht, welche Art von Klemme das ist. Ich glaube aber, es ist eine ziemlich üble Klemme.«

Wednesday nahm einen Schluck Bier. »Die Reichen sind anders.«

»Was zum Teufel soll *das* heißen?«

»Na ja«, sagte Wednesday. »Zunächst mal sind die meisten von ihnen bestimmt sterblich. Etwas, worüber *du* dir keine Gedanken zu machen brauchst.«

»Komm mir nicht mit dem Scheiß.«

»Aber du *bist nicht* sterblich«, sagte Wednesday. »Du bist am Baum gestorben, Shadow. Du bist gestorben und dann zurückgekommen.«

»Na und? Ich kann mich nicht mal mehr erinnern, wie ich das gemacht habe. Wenn sie mich diesmal töten, werde ich jedenfalls richtig tot sein.«

Wednesday trank sein Bier aus. Dann schwenkte er die Flasche, als würde er ein unsichtbares Orchester damit dirigieren, und sang einen weiteren Vers seines Liedes:

Mein Bruder missioniert gefall'ne Mädchen
Von Sünde sollen sie bewahret sein
Für'n Fünfer rettet er dir eine Blonde
Der Rubel rollt, mein Gott, wie ist das fein.

»Du bist keine Hilfe«, sagte Shadow. Der Diner war jetzt ein Eisenbahnwaggon, der durch eine nächtliche Schneelandschaft ratterte.

Wednesday stellte seine Bierflasche ab und fixierte Shadow mit seinem echten Auge, dem, das nicht aus Glas war. »Es sind Muster«, sagte er. »Wenn sie glauben, dass du ein Held, ein Heros bist, dann täuschen sie sich. Nachdem man gestorben ist, kann man nicht mehr Beowulf oder Perseus oder Rama sein. Da gelten dann völlig andere Regeln. Schach statt Dame. Go statt Schach. Verstehst du?«

»Nicht die Bohne«, sagte Shadow frustriert.

Im Flur des großen Hauses lärmten Betrunkene, die sich gegenseitig aufforderten, still zu sein, während sie kichernd weiterstolperten.

Shadow fragte sich, ob es Bedienstete waren oder aus dem anderen Flügel Herübergestreunte, die sich unters gemeine Volk mischten. Aber gleich hatten die Träume ihn wieder …

Jetzt war er wieder in der Hütte, wo er tags zuvor Schutz vor dem Regen gesucht hatte. Ein lebloser Körper lag auf dem Boden: ein Junge, nicht älter als fünf Jahre. Nackt, auf dem Rücken liegend, Arme und Beine von sich gestreckt. Grelles Licht blitzte auf, jemand drängte durch Shadow hindurch, als wäre er gar nicht da, und brachte die Arme des Jungen in eine andere Stellung. Erneutes Aufblitzen von Licht.

Shadow kannte die Person, die die Fotos schoss. Es war Dr. Gaskell, der kleine stahlgraue Mann aus der Hotelbar.

Gaskell zog eine weiße Papiertüte aus der Tasche und wühlte darin nach etwas, das er sich anschließend in den Mund steckte.

»Dolly Mixtures«, sagte er zu dem Kind auf dem Steinboden. »Lecker, lecker. Deine Lieblingsbonbons.«

Lächelnd ging er in die Hocke, um ein weiteres Foto von dem toten Jungen zu machen.

Shadow schob sich durch die Mauer der Hütte, strömte wie

der Wind durch die Risse im Stein. Er wehte hinunter zur Küste. Die Wellen klatschten auf die Felsen, und Shadow glitt über das Wasser hin, durch graues Meer hindurch, die Wellenkämme hoch und wieder hinunter, dem Schiff zustrebend, das aus den Fingernägeln von Toten bestand.

Das Schiff war weit weg, auf hoher See, und Shadow zog über die Wasseroberfläche dahin wie der Schatten einer Wolke.

Das Schiff war riesig. Er hatte vorher gar nicht richtig wahrgenommen, wie groß es war. Eine Hand streckte sich ihm entgegen, zog ihn aus dem Wasser hinauf aufs Deck.

»Bring uns zurück«, sagte eine Stimme, so laut wie das tosende Meer, drängend und grimmig. »Bring uns zurück, oder lass uns fort.« Ein Auge nur brannte in dem bärtigen Gesicht.

»Ich halte euch hier nicht zurück.«

Es waren Riesen, die Männer auf dem Schiff, gewaltige, aus Schatten und gefrorener Gischt gebildete Gestalten, Geschöpfe des Traums und des Schaums.

Einer von ihnen, mit rotem Bart, größer noch als alle anderen, trat vor. »Wir können nicht landen«, donnerte er. »Und wir können nicht weg.«

»Geht nach Hause«, sagte Shadow.

»Wir sind mit unserem Volk in dieses südliche Land gekommen«, sagte der Einäugige. »Aber dann haben sie uns verlassen. Haben sich andere, zahmere Götter gesucht, haben uns abgeschworen und ausgesetzt.«

»Geht nach Hause«, wiederholte Shadow.

»Es ist zu viel Zeit vergangen«, sagte der Rotbärtige. An seinem Hammer erkannte ihn Shadow. »Zu viel Blut ist vergossen worden. Du bist von unserem Geblüt, Baldur. Erlöse uns.«

Und Shadow wollte sagen, dass er keiner von ihnen war, dass er zu niemandem gehörte, aber die dünne Decke war vom Bett gerutscht, seine Füße ragten über das Fußende hinaus, und zartes Mondlicht ergoss sich in die Dachkammer.

Es herrschte jetzt Stille in dem großen Haus. Etwas heulte draußen in den Hügeln, und Shadow erschauderte.

Er lag in einem Bett, das zu klein für ihn war, und stellte sich die Zeit als etwas Gebündeltes, Zusammengeflossenes vor, fragte sich, ob es Orte gebe, wo die Zeit stockte und sich ballte, wo sie träge in der Gegend hing – Städte, dachte er, mussten doch geradezu vollgestopft sein mit Zeit: all die Orte, wo viele Leute sich versammelten, wo sie hinkamen und Zeit mitbrachten.

Und wenn das der Fall war, überlegte Shadow, dann konnte es auch andersartige Orte geben, wo die Menschen dünn gesät waren und das Land wartete, verbittert und unnachgiebig, wo tausend Jahre nur ein Wimpernschlag waren für die Hügel – weiter nichts als ein Dahinjagen von Wolken, ein Erschauern von Binsen im Wind, dort, wo die Zeit so dünn gesät war wie die Menschen …

»Sie werden dich töten«, flüsterte Jennie, die Bardame.

Shadow saß jetzt neben ihr auf dem Hügel, im Mondschein. »Warum sollten sie das tun wollen?«, fragte er. »Ich bin doch nicht von Bedeutung.«

»Weil sie das mit Monstern machen«, sagte sie. »Weil es das ist, was sie machen müssen. Es ist das, was sie seit eh und je tun.«

Er streckte die Hand aus, um sie zu berühren, doch sie wandte sich ab. Von hinten war sie leer und hohl. Sie drehte sich wieder um, so dass sie ihm zugewandt war. »Komm mit fort«, flüsterte sie.

»Du kannst doch zu mir kommen«, sagte er.

»Nein, das geht nicht«, sagte sie. »Es gibt Hindernisse. Der Weg hierher ist mühselig, und er wird bewacht. Aber du kannst rufen. Wenn du mich rufst, komme ich.«

Dann kam das Morgengrauen, und mit ihm erhob sich aus

dem Sumpfland am Fuße des Hügels eine Wolke von Mücken. Jennie schlug mit ihrem Schwanz nach ihnen, aber es nützte nichts; sie gingen über Shadow nieder wie eine Regenwolke, bis er buchstäblich Mücken atmete. Mund und Nase füllten sich mit den krabbelnden, stechenden Winzlingen, und er erstickte an der Dunkelheit …

Er riss sich zurück in sein Bett, in seinen Körper und sein Leben, in den Wachzustand; sein Herz klopfte heftig, und er rang nach Luft.

VII

Zum Frühstück gab's Räucherhering, Grilltomate, Rührei, Toast, zwei kurze, dicke daumenartige Würste und etwas Dunkles, Rundes und Flaches, mit dem Shadow nichts anfangen konnte.

»Was ist das denn?«, fragte Shadow.

»Black Pudding«, sagte der Mann, der neben ihm saß, einer der Sicherheitsleute. Er las beim Essen eine Ausgabe der *Sun* vom Vortag. »Blut und Kräuter. Das Blut wird gekocht, bis es zu einer Art Schorf mit Kräutergeschmack gerinnt.« Mit der Gabel schaufelte er Rührei auf seinen Toast, den er dann mit den Fingern aß. »Ich weiß nicht, wie geht der eine Spruch noch mal: Man sollte niemals zusehen, wie Würste oder Gesetze gemacht werden? So ungefähr, glaub ich.«

Shadow aß alles Übrige auf, aber den Black Pudding rührte er nicht an.

Es gab jetzt auch echten Kaffee, und er trank einen Becher davon, heiß und schwarz, um wach zu werden und einen klaren Kopf zu bekommen.

Smith kam herein. »Shadow-ho. Könnte ich Sie mal für fünf Minuten ausleihen?«

»Sie bezahlen ja«, sagte Shadow. Sie gingen hinaus in den Flur.

»Es ist wegen Mr. Alice«, sagte Smith. »Er möchte Sie mal kurz sprechen.« Sie wechselten von der getünchten Tristesse des Bedienstetenflügels hinüber in die holzgetäfelte Großzügigkeit des alten Hauses. Sie stiegen die gewaltig breite Holztreppe hinauf und betraten eine riesige Bibliothek. Es war niemand da.

»Er kommt gleich«, sagte Smith. »Ich sag Bescheid, dass Sie warten.«

Die in der Bibliothek befindlichen Bücher waren mittels verschlossener Glastüren und Maschendraht vor Staub, Mäusen und Menschen geschützt. An der Wand hing das Gemälde eines Hirsches, und Shadow ging darauf zu, um es sich anzusehen. Der Hirsch wirkte recht hochmütig; im Hintergrund stieg Nebel in einem Tal auf.

»*The Monarch of the Glen*«, sagte Mr. Alice, der langsam, auf seinen Stock gestützt, das Zimmer betrat. »*Der Herr des Tals.* Das meistreproduzierte Gemälde des viktorianischen Zeitalters. Das hier ist nicht das Original, aber es wurde Ende der 1850er Jahre von Landseer selbst gefertigt, als Kopie seines eigenen Gemäldes. Ich liebe es, obwohl ich mir das sicherlich nicht durchgehen lassen sollte. Landseer, das ist der, der auch die Löwen auf dem Trafalgar Square gemacht hat. Ein und derselbe Bursche.«

Er ging hinüber zum Erkerfenster, und Shadow schloss sich ihm an. Im Hof unter ihnen stellte die Dienerschaft Tische und Stühle auf. Neben dem Teich in der Mitte des Hofes waren Leute – und zwar Partygäste, wie Shadow feststellte – damit beschäftigt, Feuerholz aufzuschichten.

»Warum lässt man nicht die Diener das Holz stapeln?«, fragte Shadow.

»Warum sollte man *denen* den Spaß überlassen?«, sagte Mr.

Alice. »Das wäre ja, als würden Sie Ihren Butler ins Gelände schicken, damit er an Ihrer Stelle auf die Fasane schießt. Das Stapeln von Feuerholz, wenn man es mit eigener Hand macht, genau richtig und genau an der richtigen Stelle, das ist etwas ganz Besonderes. Habe ich mir jedenfalls sagen lassen. Ich selbst habe es nie gemacht.« Er wandte sich vom Fenster ab. »Setzen Sie sich«, sagte er. »Mir wird der Nacken ganz steif, wenn ich immer zu Ihnen hochgucke.«

Shadow nahm Platz.

»Ich habe viel von Ihnen gehört«, sagte Mr. Alice. »Wollte Sie schon längst mal kennen lernen. Man sagt, Sie seien ein gescheiter junger Mann, der weiß, was er will. So hat man's mir erzählt.«

»Sie haben also nicht einfach irgendeinen Touristen engagiert, um die Nachbarn von Ihrer Party fern zu halten?«

»Nun, ja und nein. Wir hatten natürlich noch ein paar andere Kandidaten. Aber Sie waren nun einmal perfekt geeignet für die Aufgabe. Und als mir klar wurde, wer Sie sind. Tja, im Grunde ein Göttergeschenk, nicht wahr?«

»Ich weiß nicht. Ist es so?«

»Auf jeden Fall. Sehen Sie, diese Party hat eine lange Geschichte. Seit fast tausend Jahren wird sie veranstaltet. Ist kein einziges Mal ausgefallen. Und jedes Jahr gibt es einen Kampf zwischen unserem Mann und deren Mann. Und unser Mann gewinnt. Dieses Jahr sind Sie unser Mann.«

»Wer …«, sagte Shadow. »Wer sind *die*? Und wer sind *Sie*?«

»Ich bin Ihr Gastgeber«, sagte Mr. Alice. »Ich nehme an …« Er unterbrach sich, klopfte mit seinem Gehstock auf den Holzfußboden. »*Die*, das sind diejenigen, die verloren haben, vor langer Zeit. *Wir* haben gewonnen. Wir waren die Ritter, und sie waren die Drachen, wir waren die Riesentöter, sie waren die Ungeheuer. Wir waren die Menschen, und sie waren die Monster. Und *wir haben gesiegt*. Jetzt wissen sie, wo ihr Platz ist. Und heute Abend geht es in erster Linie darum, dass sie das nicht vergessen. Heute Abend kämpfen Sie für die Menschheit. Wir können sie nicht die Oberhand gewinnen lassen. Nicht mal ein kleines bisschen. Es heißt, wir gegen sie.«

»Doktor Gaskell sagte, ich sei ein Monster«, sagte Shadow.

»Doktor Gaskell?«, sagte Mr. Alice. »Freund von Ihnen?«

»Nein«, sagte Shadow. »Er arbeitet für Sie. Oder für die Leute, die für Sie arbeiten. Ich glaube, er bringt Kinder um und fotografiert sie.«

Mr. Alice ließ seinen Gehstock fallen. Unbeholfen beugte er sich hinab, um ihn wieder aufzuheben. »Nun, ich glaube nicht, dass Sie ein Monster sind, Shadow. Ich glaube, Sie sind ein Held.«

Nein, dachte Shadow. *Du glaubst, dass ich ein Monster bin. Aber du glaubst, ich bin* dein *Monster.*

»Also, wenn Sie es gut machen heute Abend«, sagte Mr. Alice, »– und das werden Sie, das weiß ich – dann brauchen Sie nur Ihren Preis zu nennen. Haben Sie sich jemals gefragt, warum manche Leute Filmstars sind, warum gerade sie berühmt oder reich sind? Sie haben bestimmt schon mal gedacht: *der hat doch überhaupt kein Talent. Was hat er, was ich nicht habe?* Nun, mitunter lautet die Antwort: *Er hat jemanden wie mich an seiner Seite.*«

»Sind Sie ein Gott?«, fragte Shadow.

Da lachte Mr. Alice, es war ein tiefes, kehliges Glucksen. »Der war gut, Mister Moon. Nein, überhaupt nicht. Ich bin nur ein Junge aus Streatham, der sein Glück gemacht hat.«

»Und gegen wen kämpfe ich nun?«, fragte Shadow.

»Sie werden ihn heute Abend kennen lernen«, sagte Mr. Alice. »So, es muss noch einiges vom Dachboden nach unten geschafft werden. Gehen Sie doch Smithie dabei ein bisschen zur Hand. Für so einen kräftigen Burschen wie Sie ist das ein Klacks.«

Die Audienz war beendet, und wie aufs Stichwort betrat Smith das Zimmer.

»Ich sagte gerade«, sagte Mr. Alice, »dass unser junger Mann hier Ihnen helfen könnte, das ganze Zeug vom Dachboden zu holen.«

»Klasse«, sagte Smith. »Kommen Sie, Shadow. Dann steigen wir mal nach oben.«

Sie machten sich auf den Weg, durchs Haus hindurch zu einer dunklen Holztreppe, die sie bis zu einer mit einem Vorhängeschloss gesicherten Tür führte. Smith schloss sie auf, und auf dem Dachboden dahinter stapelten sich Gegenstände, die aussahen wie …

»Trommeln?«, sagte Shadow.

»Trommeln«, sagte Smith. Sie waren aus Holz und Tierhäuten gefertigt. Jede Trommel hatte eine andere Größe. »Okay, bringen wir sie runter.«

Sie trugen die Trommeln nach unten. Smith nahm immer eine und hielt sie, als seien sie sehr wertvoll. Shadow trug zwei gleichzeitig.

»Was passiert denn nun wirklich heute Abend?«, fragte Shadow, als sie das dritte oder vielleicht auch vierte Mal unterwegs waren.

»Tja«, sagte Smith. »Das meiste werden Sie, wenn ich recht verstehe, am besten selbst herausfinden. Während es abläuft.«

»Und Sie und Mr. Alice. Welche Rolle spielen Sie dabei?«

Smith fasste ihn scharf ins Auge. Sie stellten die Trommeln am Fuß der Treppe ab, in der großen Diele. Mehrere Männer unterhielten sich vor dem Feuer.

Als sie die Treppe wieder hinaufgestiegen und außer Hörweite der Gäste waren, sagte Smith: »Mr. Alice wird uns am Spätnachmittag verlassen. Ich bleibe noch da.«

»Er reist ab? Gehört er denn nicht dazu?«

Smith schien gekränkt. »Er ist der Gastgeber«, sagte er. »Aber …« Er brach ab. Shadow begriff. Smith sprach nicht über seinen Arbeitgeber. Sie trugen weitere Trommeln die Treppe hinunter. Als sie damit fertig waren, begannen sie schwere Ledersäcke nach unten zu schleppen.

»Was ist denn da drin?«, fragte Shadow.

»Trommelstöcke«, sagte Smith und fuhr fort: »Das sind ganz alte Familien. Die da unten. Sehr altes Geld. Sie wissen, wer der Boss ist, aber das heißt noch längst nicht, dass er dazugehört. Verstehnse? Und deswegen bleiben sie bei der Party heute Abend unter sich. Sie wollen Mr. Alice nicht dabei haben. Verstehnse?«

Und Shadow hatte in der Tat verstanden. Er wünschte, er hätte nichts über Mr. Alice erfahren. Undenkbar, dass Smith jemandem etwas verraten hätte, von dem er glaubte, er würde lange genug leben, um es weiterzuerzählen.

Dennoch sagte er nichts weiter als: »Schwere Trommelstöcke.«

VIII

Ein kleiner Hubschrauber holte Mr. Alice am späten Nachmittag ab. Die Bediensteten wurden mit Landrovern weggefahren. Smith steuerte den letzten. Nur Shadow blieb zurück – und die Gäste mit ihren schicken Kleidern und ihrem Lächeln.

Sie starrten Shadow an wie einen eingesperrten Löwen, der ihrer Belustigung dienen sollte, aber sie redeten nicht mit ihm.

Die dunkelhaarige Frau, die Shadow bei ihrem Eintreffen angelächelt hatte, brachte ihm etwas zu essen: ein Steak, noch fast roh. Sie reichte es ihm auf einem Teller, ohne Besteck, so als erwarte sie, dass er es mit Händen und Zähnen esse, und da er sehr hungrig war, tat er genau das.

»Ich bin nicht euer Held«, erklärte er, aber sie wichen seinen Blicken aus. Niemand sprach mit ihm, jedenfalls nicht direkt. Er fühlte sich wie ein Tier.

Und dann brach die Dämmerung herein. Sie führten Shadow in den Innenhof, neben den schmutzigen Brunnen, wo er mit vorgehaltener Waffe nackt ausgezogen wurde, und die Frauen rieben seinen Körper sehr gründlich mit einem dickflüssigen gelben Fett ein.

Sie legten ein Messer auf das Gras vor seinen Füßen. Eine Geste mit dem Gewehr, und Shadow hob das Messer auf. Das Heft war aus schwarzem Metall, rau und gut zu halten. Die Klinge sah ziemlich scharf aus.

Dann warfen sie das große Tor auf, das den Innenhof von der Außenwelt trennte, und zwei der Männer entzündeten die beiden hohen Holzhaufen: prasselnd loderte das Feuer auf.

Die Ledersäcke wurden geöffnet, und jeder der Gäste zog einen geschnitzten schwarzen Stock heraus, knotig und schwer wie Knüppel. Shadow musste an Sawney Beanes Kinder denken, wie sie mit erhobenen, aus menschlichen Schenkelknochen gemachten Keulen aus der Dunkelheit hervorbrachen.

Dann stellten die Gäste sich ringsum am Rand des Hofes auf und fingen an, mit ihren Stöcken auf die Trommeln zu schlagen.

Sie begannen langsam, begannen leise, es war ein tiefes, pulsierendes Wummern, wie ein Herzschlag. Dann fielen sie allmählich in seltsame Rhythmen, abgehackte Schläge, die sich ineinander verflochten, lauter und lauter werdend, bis sie Shadows Inneres und seine ganze Welt ausfüllten. Ihm war, als würden die Flammen im Rhythmus der Trommeln zucken.

Und dann, von außerhalb des Hauses, begann das Heulen.

Es lag Schmerz in diesem Heulen, Schmerz und Qual, und es hallte von den Hügeln wider, die Trommelschläge übertönend, ein Heulen des Schmerzes, des Verlusts und des Hasses.

Die Gestalt, die durch den Eingang in den Hof stolperte, hatte die Hände an den Kopf gepresst, hielt sich die Ohren zu, wie um das Donnern der Trommelschläge nicht hören zu müssen.

Sie wurde vom Schein des Feuers erfasst.

Sie war gewaltig groß, größer noch als Shadow, und splitternackt. Vollkommen haarlos und tropfnass.

Die Gestalt nahm die Hände von den Ohren und starrte, das Gesicht zu einer irren Grimasse verzerrt, in die Runde. »Hört auf!«, schrie sie. »Hört auf mit diesem ewigen Krach!«

Und die Leute in ihren schicken Kleidern schlugen härter auf die Trommeln ein, immer schneller auch, und der Lärm umspannte Shadows Kopf und Brust.

Das Monster trat in die Mitte des Hofes. Es sah Shadow an. »Du«, sagte es. »Ich habe es dir doch gesagt. Ich hab dir das mit dem Lärm gesagt«, und es heulte auf, ein tiefes, kehliges Heulen, das von Hass und Herausforderung vibrierte.

Das Wesen schob sich näher an Shadow heran. Als es das Messer erblickte, blieb es stehen. »Kämpf mit mir!«, rief es. »Einen fairen Kampf! Nicht mit kaltem Eisen! Los, kämpfe mit mir!«

»Ich will nicht gegen dich kämpfen«, sagte Shadow. Er ließ das Messer ins Gras fallen, hob die Hände, um zu demonstrieren, dass sie leer waren.

»Zu spät«, sagte das kahle Geschöpf, das kein Mensch war. »Dafür ist es zu spät.«

Und es warf sich auf Shadow.

Wenn Shadow später an diesen Kampf zurückdachte, konnte er sich nur an Bruchstücke erinnern: wie er zu Boden geschleudert wurde und wie er sich ausweichend zur Seite warf. Er erinnerte sich an das Dröhnen der Trommeln und den Ausdruck in den Gesichtern der Trommelnden, wie sie begierig die beiden Männer im Feuerschein anstarrten.

Sie kämpften, rangen und schlugen aufeinander ein.

Salzige Tränen liefen über das Gesicht des Monsters, während es mit Shadow rang. Sie waren, so Shadows Eindruck, einander ziemlich ebenbürtig.

Das Monster schlug Shadow seinen Arm ins Gesicht, und Shadow schmeckte sein eigenes Blut. Er fühlte jetzt Wut in sich aufsteigen, wie eine rote Brandung des Hasses.

Aus einer Kreisbewegung heraus stieß er mit dem Bein zu und erwischte das Monster von hinten am Knie, und während es rückwärts taumelte, landete Shadows Faust in seinem Magen, worauf es voller Wut und Schmerz aufschrie.

Ein kurzer Blick auf die Gäste: Shadow sah die Blutgier in den Gesichtern der Trommler.

Es wehte ein kalter Wind, ein Wind vom Meer her, und Shadow schien es, als hingen riesige Schatten am Himmel, riesenhafte Gestalten, die er auf einem Schiff gesehen hatte, das aus den Fingernägeln von Toten gemacht war, und es schien auch, als starrten sie zu ihm hinunter, als sei es eben dieser Kampf, der sie und ihr Schiff im Bann hielt, so dass sie weder landen noch wegfahren konnten.

Dieser Kampf war alt, dachte Shadow, älter noch als selbst Mr. Alice bewusst war, und diesem Gedanken hing er nach, während die Klauen des Monsters ihm die Brust zerkratzten. Es war der Kampf der Menschen gegen die Ungeheuer, und er war so alt wie die Geschichte selbst: es war Theseus' Kampf gegen den Minotauros, es war Beowulf und Grendel, es waren alle Helden, die je zwischen dem Feuerschein und der Dunkelheit gestanden und das Blut von etwas Nichtmenschlichem von ihren Schwertern gewischt hatten.

Die großen Feuer brannten, die Trommeln dröhnten, pochten und pulsierten wie das Schlagen von tausend Herzen.

Shadow rutschte, vom Monster bedrängt, auf dem feuchten Gras aus und ging zu Boden. Die Finger der Kreatur legten sich um seinen Hals und drückten zu; Shadow fühlte, wie die Welt sich verflüchtigte, die Dinge von ihm wegrückten.

Er schloss seine Hand um ein Grasbüschel und zog daran, grub seine Finger in den Boden, bekam eine Hand voll Gras und feuchte Erde zu fassen und schlug dem Monster den Dreckklumpen ins Gesicht, wodurch es vorübergehend nichts mehr sah.

Er stieß sich hoch und warf sich auf das Monster. Er rammte ihm sein Knie mit voller Wucht in den Unterleib, so dass es aufheulend zusammenklappte und schluchzend in Fötuslage verharrte.

Shadow bemerkte, dass das Trommeln aufgehört hatte, und blickte auf.

Die Gäste hatten ihre Trommeln beiseite gestellt.

Sie kamen auf ihn zu, der ganze Kreis, Männer wie Frauen, die Trommelstöcke in den Händen, aber sie hielten sie wie Knüppel. Allerdings sahen sie Shadow nicht an: sie starrten auf das am Boden liegende Monster, sie erhoben ihre schwarzen Stöcke und näherten sich ihm im Schein der beiden Feuer.

Shadow rief: »Halt!«

Der erste Keulenhieb traf den Kopf des Monsters. Heulend krümmte es sich und hob einen Arm, um den nächsten Schlag abzuwehren.

Shadow warf sich dazwischen, schirmte das Monster mit seinem Körper ab. Die dunkelhaarige Frau, die ihn einst angelächelt hatte, ließ jetzt ihren Knüppel auf seine Schulter niedersausen, ganz leidenschaftslos, und ein anderer Knüppel, diesmal von einem Mann geführt, versetzte ihm einen betäubenden Schlag gegen ein Bein, ein dritter Schlag traf ihn in die Seite.

Sie werden uns beide töten, dachte er. *Erst ihn, dann mich. Das ist es, was sie hier tun. Das machen sie jedes Jahr.* Und dann: *Sie sagte, sie würde kommen. Wenn ich sie rufe.*

Shadow flüsterte: »Jennie?«

Keine Antwort. Alles geschah so langsam. Ein weiterer Knüppel schwebte nieder, zielte diesmal auf seine Hand. Shadow rollte plump beiseite, sah das schwere Holz noch in den Rasen einschlagen.

»Jennie«, sagte er, ihr viel zu helles Haar vor Augen, ihr mageres Gesicht, ihr Lächeln. »Ich rufe dich. Komm jetzt. *Bitte.*«

Ein kalter Windstoß.

Die dunkelhaarige Frau hatte ihren Knüppel hoch erhoben und ließ ihn jetzt niedersausen, schnell und wuchtig, auf Shadows Gesicht zielend.

Der Schlag traf ihn nicht. Eine kleine Hand fing den schweren Stock auf, als wäre er nur ein dünner Zweig.

Blonde Haare wehten um ihren Kopf, stoben im kalten Wind. Shadow hätte nicht sagen können, was sie anhatte.

Sie sah ihn an. Shadow schien es, als sei sie enttäuscht.

Einer der Männer hatte ausgeholt, wollte ihr den Hinterkopf zerschmettern. Der Knüppel erreichte sein Ziel nicht. Sie drehte sich um …

Ein Geräusch, als würde etwas auseinander reißen.

Und dann explodierten die großen Feuer. So schien es jedenfalls. Überall war brennendes Holz, selbst im Haus. Und die Leute schrien im schneidenden Wind.

Shadow erhob sich schwankend.

Das Monster lag blutend und verkrümmt auf der Erde. Shadow wusste nicht, ob es noch am Leben war. Er hob es auf, warf es sich über die Schulter und trug es wankend vom Hof.

Als er auf den gekiesten Vorhof hinausstolperte, krachten die schweren Holztüren hinter ihm zu. Niemand sonst würde noch nach draußen gelangen. Shadow bewegte sich weiter, immer einen Schritt nach dem anderen, den Hang hinunter auf den See zu.

Am Ufer angekommen, blieb er stehen, sank auf die Knie und ließ den kahlen Mann so sanft wie möglich aufs Gras gleiten.

Er hörte etwas krachen und blickte sich um.

Das Haus auf dem Hügel stand in Flammen.

»Wie geht es ihm?«, fragte eine Frauenstimme.

Shadow wandte sich um. Sie war bis zu den Knien im Wasser, die Mutter dieser Kreatur, und sie watete aufs Ufer zu.

»Ich weiß nicht«, sagte Shadow. »Er ist verletzt.«

»Ihr seid beide verletzt«, sagte sie. »Blut und Schrammen überall.«

»Ja«, sagte Shadow.

»Immerhin«, sagte sie. »Er ist nicht tot. Das ist mal eine schöne Abwechslung.«

Sie hatte jetzt das Ufer erreicht. Sie setzte sich auf die Böschung, legte den Kopf ihres Sohnes auf ihren Schoß. Sie zog eine Packung Papiertücher aus ihrer Handtasche, nahm eins heraus, spuckte drauf und rieb energisch damit im Gesicht ihres Sohnes herum, um das Blut zu entfernen.

Das Haus auf dem Hügel war ein einziges Tosen. Shadow hätte nicht gedacht, dass brennende Häuser einen solchen Lärm machen können.

Die alte Frau blickte zum Himmel. Sie machte ein Geräusch hinten im Hals, eine Art Glucksen, und schüttelte den Kopf. »Wissen Sie«, sagte sie. »Sie haben sie reingelassen. So lange waren sie gefesselt, Sie haben sie reingelassen.«

»Ist das gut oder schlecht?«, fragte Shadow.

»Das weiß ich nicht, mein Lieber«, sagte die kleine Frau und schüttelte erneut den Kopf. Sie gurrte auf ihren Sohn ein, als wäre er noch immer ihr kleines Baby, und betupfte seine Wunden mit ihrer Spucke.

Shadow stand nackt am Rande des Sees, aber die von dem brennenden Gebäude ausstrahlende Hitze hielt ihn warm. Er beobachtete die auf der spiegelglatten Wasserfläche tanzenden Flammen. Ein leuchtend gelber Mond ging auf.

Diverse Stellen seines Körpers begannen jetzt zu schmerzen. Morgen, das wusste er, würde es noch viel schlimmer werden.

Schritte auf dem Gras hinter ihm. Er wandte sich um.

»Hallo, Smithie«, sagte Shadow.

Smith blickte hinunter auf die Dreiergruppe.

»Shadow«, sagte er kopfschüttelnd. »Shadow, Shadow, Shadow, Shadow, Shadow. So haben wir uns das aber nicht vorgestellt.«

»Tut mir Leid«, sagte Shadow.

»Das ist alles ganz furchtbar unangenehm für Mr. Alice«, sagte Smith. »Diese Leute waren seine Gäste.«

»Das waren Tiere«, sagte Shadow.

»Mag sein«, sagte Smith. »Aber dann waren es reiche und bedeutende Tiere. Jetzt muss man sich um Witwen, Waisen und Gott weiß was kümmern. Mr. Alice wird alles andere als erfreut sein.« Sein Tonfall war der eines Richters, der die Todesstrafe verhängt.

»Wollen Sie ihm drohen?«, fragte die alte Dame.

»Ich drohe niemandem«, sagte Smith matt.

Sie lächelte. »Ich aber«, sagte sie. »Und falls Sie oder der alte Fettsack, für den Sie arbeiten, diesem jungen Mann etwas zu Leide tun, wird es Ihnen beiden schlecht ergehen.« Ihr Lächeln entblößte spitze scharfe Zähne, und Shadow spürte, wie sich seine Nackenhärchen aufrichteten. »Es gibt Schlimmeres als zu sterben«, sagte sie. »Und ich kenne das meiste davon. Ich bin nicht mehr jung und auch keine Freundin unnützer Worte. Wenn ich also Sie wäre«, sagte sie naserümpfend, »würde ich aufpassen, dass diesem Jungen nichts zustößt.«

Mit einem Arm hob sie ihren Sohn hoch, als wäre er eine Spielzeugpuppe, während sie mit dem anderen ihre Handtasche an sich drückte.

Dann nickte sie Shadow zu und entfernte sich, hinein ins glatte, dunkle Wasser, und bald waren sie und ihr Sohn unter der Oberfläche des Sees verschwunden.

»Scheiße«, sagte Smith.

Shadow sagte gar nichts.

Smith wühlte in seiner Tasche. Er zog einen Tabaksbeutel hervor und drehte sich eine Zigarette, die er anschließend anzündete. »Na dann«, sagte er.

»Na dann?«, fragte Shadow.

»Dann sollten wir Sie wohl mal sauber machen und ein paar Klamotten für Sie auftreiben. Sonst holen Sie sich noch den Tod. Sie haben ja gehört, was sie gesagt hat.«

IX

Das beste Zimmer des Hotels wartete in dieser Nacht auf Shadow. Und kaum eine Stunde nach seiner Rückkehr brachte ihm Gordon vom Empfang auch einen neuen Rucksack sowie einen Karton mit neuer Kleidung, sogar neue Stiefel. Er stellte keine Fragen.

Oben auf dem Kleiderstapel lag ein großer Umschlag.

Shadow riss ihn auf. Er enthielt seinen – leicht angesengten – Reisepass, seine Brieftasche und Geld: mehrere Bündel neuer 50-Pfund-Scheine, mit Gummiband umwickelt.

Der Rubel rollt, ach Gott, wie ist das fein, dachte er freudlos und versuchte vergeblich, sich daran zu erinnern, wo er dieses Lied schon einmal gehört hatte.

Er nahm ein ausgiebiges Bad, um seinen Körper einzuweichen und die Schmerzen wegsickern zu lassen.

Dann legte er sich schlafen.

Am nächsten Morgen zog er sich an, verließ das Hotel und beschritt die Straße, die hügelaufwärts aus dem Dorf hinausführte. Oben auf der Anhöhe hatte ein kleines Haus gestanden, das wusste er genau, mit Lavendelblüten im Garten, einer abgebeizten Kiefernarbeitsfläche in der Küche und einem lila Sofa im Wohnzimmer, aber er konnte sich umschauen, so viel er wollte, es gab kein Häuschen auf dem Hügel und auch nicht den geringsten Hinweis darauf, dass hier je etwas anderes gewesen wäre als Gras und ein Weißdornbaum.

Er rief ihren Namen, aber er bekam keine Antwort, nur der Wind wehte vom Meer her und brachte erste Anzeichen des Winters heran.

Doch als er in sein Hotelzimmer zurückkehrte, wartete sie dort auf ihn. Sie trug ihren alten braunen Mantel, saß auf dem Bett und inspizierte ihre Fingernägel. Sie blickte nicht auf, als er die Tür aufschloss und eintrat.

»Hallo, Jennie«, sagte er.

»Hallo«, sagte sie. Ihre Stimme war sehr zurückhaltend.

»Danke«, sagte er. »Du hast mir das Leben gerettet.«

»Du hast gerufen«, sagte sie tonlos. »Ich bin gekommen.«

Er sagte: »Was ist los?«

Jetzt sah sie ihn an. »Ich hätte dir gehören können«, sagte sie mit Tränen in den Augen. »Ich dachte, du würdest mich lieben. Vielleicht. Eines Tages.«

»Na ja«, sagte er. »Vielleicht können wir es probieren. Wir könnten vielleicht morgen einen Spaziergang zusammen machen. Keinen langen allerdings, ich bin körperlich leider nicht sehr gut beieinander.«

Sie schüttelte den Kopf.

Das Merkwürdigste aber war, dachte Shadow, dass sie nicht mehr wie ein Mensch aussah: sie sah aus wie das, was sie war, ein wildes Wesen, ein Geschöpf des Waldes. Ihr Schwanz zuckte auf dem Bett, vom Mantel verdeckt. Sie war sehr schön, und er stellte fest, dass er sie leidenschaftlich begehrte.

»Das Schwerste daran, eine Hulder zu sein«, sagte Jennie, »vor allem eine Hulder fern der Heimat, ist, dass man, wenn man nicht einsam sein will, einen Menschen lieben muss.«

»Dann liebe mich. Bleib bei mir«, sagte Shadow. »Bitte.«

»Du«, sagte sie traurig und endgültig, »bist kein Mensch.«

Sie erhob sich.

»Immerhin«, sagte sie, »es wird alles anders. Vielleicht kann ich jetzt nach Hause zurück. Ich weiß gar nicht, ob ich nach tausend Jahren überhaupt noch *Norsk* sprechen kann.«

Ihre kleinen Hände, die Eisenstangen verbiegen oder Steine zu Staub zerquetschen konnten, streckten sich ihm entgegen und drückten ganz zart seine Finger. Dann war sie verschwunden.

Shadow blieb noch einen weiteren Tag im Hotel, dann nahm er den Bus nach Thurso und von dort aus den Zug nach Inverness.

Im Zug döste er vor sich hin, ohne aber zu träumen.

Als er aufwachte, saß ein Mann neben ihm. Ein Mann mit scharfgeschnittenen Gesichtszügen, der in einem Taschenbuch las. Als er bemerkte, dass Shadow wach war, schlug er das Buch zu. Shadow warf einen Blick auf den Einband: *Die Schwierigkeit, zu sein* von Jean Cocteau.

»Gutes Buch?«, fragte Shadow.

»Ja, geht so«, sagte Smith. »Sind alles Essays. Sollen persönlich sein, aber jedes Mal, wenn er einen mit unschuldigem Augenaufschlag ansieht und sagt ›Das bin jetzt ich‹, hat man das Gefühl, dass er einen besonders fies hinters Licht führt. *La Belle et la Bête* hat mir allerdings gefallen. Man kommt ihm näher, wenn man sich den Film anguckt, als wenn man diese Essays liest.«

»Steht ja alles auf dem Buchdeckel«, sagte Shadow.

»Wie meinen Sie?«

»Die Schwierigkeit, Jean Cocteau zu sein.«

Smith kratzte sich an der Nase.

»Hier«, sagte er. Er reichte Shadow eine Ausgabe des *Scotsman.* »Seite neun.«

Unten auf der Seite neun gab es einen kurzen Artikel: Arzt im Ruhestand begeht Selbstmord. Gaskells Leiche war in seinem auf einem Picknickplatz an der Küstenstraße geparkten Auto aufgefunden worden. Er hatte einen bemerkenswerten Cocktail aus Schmerztabletten geschluckt, hinuntergespült mit dem Löwenanteil einer Flasche Lagavulin.

»Mr. Alice lässt sich nicht gern belügen«, sagte Smith. »Besonders nicht von bezahlten Hilfskräften.«

»Steht da auch irgendwas von dem Feuer drin?«, fragte Shadow.

»Welchem Feuer?«

»Oh. Äh, richtig.«

»Es täte mich allerdings nicht überraschen, wenn die bessere Gesellschaft in den kommenden Monaten ein bisschen vom Pech verfolgt würde. Autounfälle. Zugunglücke. Vielleicht stürzt ein Flugzeug ab. Trauernde Witwen, Waisen und Geliebte. Alles sehr traurig.«

Shadow nickte.

»Wissen Sie«, sagte Smith. »Ihre Gesundheit liegt Mr. Alice sehr am Herzen. Er macht sich wirklich Sorgen. Auch ich mache mir Sorgen.«

»Ach ja?«, sagte Shadow.

»Unbedingt. Ich mein, was ist, wenn Ihnen irgendetwas zustößt, während Sie im Lande sind? Vielleicht gucken Sie in die falsche Richtung, wenn Sie die Straße überqueren. Wedeln im falschen Pub mit Ihrem Bargeld herum. Was weiß ich. Der springende Punkt ist: falls so etwas passiert, könnte wie heißt sie gleich, Grendels Mama, es in den falschen Hals bekommen.«

»Na und?«

»Wir sind daher der Ansicht, dass Sie das Vereinigte Königreich verlassen sollten. Da wären wir alle auf der sicheren Seite, nicht wahr?«

Shadow sagte eine Weile gar nichts. Der Zug wurde langsamer.

»Okay«, sagte Shadow.

»Das ist meine Haltestelle«, sagte Smith. »Ich steige hier aus. Wir besorgen das Ticket, erster Klasse selbstverständlich, egal, wo Sie hinwollen. Ohne Rückflug. Sie müssen uns nur den Zielort sagen.«

Shadow rieb sich die wunde Stelle auf seiner Wange. Der Schmerz hatte etwas beinahe Tröstliches.

Der Zug kam zum Stehen. Es war ein kleiner Bahnhof, offenbar mitten in der Wildnis. Ein großes schwarzes Auto parkte in der Nähe im fahlen Sonnenlicht. Die Fenster waren dunkel getönt, so dass man nicht ins Innere sehen konnte.

Mr. Smith schob das Fenster nach unten, langte nach draußen, um die Abteiltür zu öffnen, und trat hinaus auf den Bahnsteig. Dann wandte er sich Shadow durchs offene Fenster zu. »Na, was ist nun?«

»Ich glaube«, sagte Shadow, »ich werde mir erst mal ein paar Wochen lang das Vereinigte Königreich anschauen. Und Sie müssen einfach beten, dass ich beim Straße Überqueren immer in die richtige Richtung gucke.«

»Und danach?«

Mit einem Mal wusste Shadow die Antwort. Vielleicht hatte er sie auch schon die ganze Zeit gewusst.

»Chicago«, sagte er zu Smith, während der Zug einen Ruck machte und sich in Bewegung setzte. Er fühlte sich sofort älter, als er es aussprach. Aber es ließ sich nicht ewig aufschieben.

Und dann sagte er, so leise, dass nur er selbst es hören konnte: »Dann geht es wohl jetzt nach Hause.«

Bald darauf begann es zu regnen: riesige, dichte Tropfen prasselten gegen die Fenster und ließen die Welt in Grün- und Grautönen verschwimmen. Tiefes Donnergrollen begleitete Shadow auf seinem Weg nach Süden: der Sturm tobte, der Wind heulte, und die Blitze warfen gewaltige Schatten in den Himmel, und in deren Gesellschaft fühlte Shadow sich nach und nach etwas weniger allein.

Raymond E. Feist

Midkemia

RAYMOND E. FEIST
DER SPALTKRIEG

DIE MIDKEMIA-SAGA
Band 1: Der Lehrling des Magiers
Band 2: Der verwaiste Thron
Band 3: Die Gilde des Todes
Band 4: Dunkel über Sethanon
Band 5: Gefährten des Blutes
Band 6: Des Königs Freibeuter

DIE KRONDOR-SAGA
Band 1: Die Verschwörung der Magier
Band 2: Im Labyrinth der Schatten
Band 3: Die Tränen der Götter

DIE KELEWAN-SAGA (zusammen mit Janny Wurts)
Band 1: Die Auserwählte
Band 2: Die Stunde der Wahrheit
Band 3: Der Sklave von Midkemia
Band 4: Zeit des Aufbruchs
Band 5: Die Schwarzen Roben
Band 6: Tag der Entscheidung

DIE SCHLANGENKRIEG-SAGA
Band 1: Die Blutroten Adler
Band 2: Die Smaragdkönigin
Band 3: Die Händler von Krondor
Band 4: Die Fehde von Krondor

Band 5: Die Rückkehr des Schwarzen Zauberers
Band 6: Der Zorn des Dämonen
Band 7: Die zersprungene Krone
Band 8: Der Schatten der schwarzen Königin

Die Legenden von Midkemia
Band 1: Die Brücke (zusammen mit William Forstchen)
Band 2: Die drei Krieger (zusammen mit Joel Rosenberg)

Die Erben von Midkemia
Band 1: Der Silberfalke

Raymond E. Feists Fantasy-Serie um den Spaltkrieg beginnt mit den Abenteuern der beiden Jungen Pug und Tomas, die es im Leben zu etwas bringen wollen. Pug möchte Magier werden und Tomas ein großer Krieger. Beide können ihre Träume verwirklichen, wobei ihnen die äußeren Umstände ebenso helfen wie ihre eigenen Fähigkeiten. Pug wird während des Spaltkriegs entführt; man entdeckt sein magisches Talent und bildet ihn aus. Tomas stößt auf einen sterbenden Drachen und bekommt von ihm eine Rüstung, die einen alten Zauber enthält und ihn zu einem legendären Krieger macht.

Während Pug und Tomas heranreifen und immer besser mit ihrer Macht umzugehen lernen, erfährt der Leser mehr über die beiden in den Spaltkrieg verwickelten Welten Midkemia und Kelewan. Midkemia ist eine junge Welt, kraftvoll und kampfesfreudig. Kelewan hingegen ist alt und traditionsverbunden, aber auch nicht konfliktfrei. Die militaristischen Tsurani von Kelewan haben das Königreich der Inseln von Midkemia erobert, um ihr Herrschaftsgebiet zu erweitern und in den Besitz von Metallen zu gelangen, die in Midkemia häufig vorkommen, in Kelewan aber selten sind. Die einzige Verbindung zwischen den beiden Welten ist ein magischer Spalt, und durch jenes Portal in der Raum-Zeit konnten die Angreifer ins Königreich der Inseln vorstoßen. Nach und nach findet Tomas heraus, dass er die Macht eines Valheru hat, eines Drachenlords, von denen die Legenden in Midkemia berichten. Diese mystischen Geschöpfe waren fast göttliche Wesen, die gegen die Götter selbst kämpften. Die Handlung der ersten Trilogie erreicht ihren Höhepunkt in *Dunkel über Sethanon*. Der Krieg zwischen dem Königreich und den angreifenden Tsurani geht dem Ende entgegen; Tomas obsiegt über die alte Magie, die ihn zu überwältigen suchte, und Pug kehrt ins Heimatland seiner Jugend zurück.

Die Romane der Kelewan-Saga schildern den Krieg in der Heimatwelt der Tsurani. Die ersten Bände erzählen zeitgleich zu den Ereignissen in Midkemia. Lady Mara von den Acoma, im ersten Buch ein siebzehnjähriges Mädchen, wird in ein mörderisches Spiel aus Politik und Ritualen verstrickt. Durch Intelligenz und Einfallsreichtum gelingt es ihr, erbarmungslose Angriffe von allen Seiten zu überstehen. Mithilfe einiger Getreuen, unter ihnen ein Sklave namens Kevin, in den sie sich verliebt, steigt Mara zur Regentin des Kaiserreichs Tsuranuanni auf und weist sogar die mächtigen Erhabenen, die außerhalb des Gesetzes stehenden Magier, in ihre Schranken.

Die Schlangenkrieg-Saga ist die Geschichte von Erik, dem Bastard eines Adligen, und seines besten Freundes, des Straßenjungen Roo. Erneut sieht sich das Königreich Angreifern gegenüber, aber diesmal kommen sie übers Meer. Es bereitet sich auf den Kampf gegen eine riesige Streitmacht unter dem Banner der Smaragdkönigin vor, einer Gesandten dunkler Mächte, die nach

Vorherrschaft in Midkemia streben. Als mehr bekannt wird von der kosmischen Natur des Krieges als Kampf zwischen Gut und Böse, nehmen auch Pug und Tomas an dem Geschehen teil.

In den drei Romanen der Krondor-Saga geht es um Ereignisse, die einige Jahre nach dem Spaltkrieg stattfinden. Sie schildern weitere Abenteuer von Jimmy Locklear, Prinz Arutha und anderen Personen der ersten Bände.

Die Romane der »Legenden von Midkemia« spielen zur Zeit der ersten Spaltkrieg-Bände, präsentieren aber neue Protagonisten an anderen Orten und berichten von anderen Geschehnissen während jenes ausgreifenden Konflikts.

Feist sieht in Midkemia eine objektive, virtuelle Welt, wenn auch eine fiktive. Für ihn sind alle Geschichten von Midkemia historische Romane und Erzählungen aus jenem phantastischen Reich. *Der Bote* ist eine Geschichte aus den mittleren Jahren des Spaltkriegs, als der Kampf an einer stabilen Front stattfand.

Raymond E. Feist

Der Bote

Der Wind peitschte die Bäume.

Ihre Zweige schwankten und knackten widerstrebend, als die letzten braunen Blätter des Herbstes davonflogen. Ein Rauschen kam von den Kiefern und Tannen und kündigte lange Winternächte und kalte Tage an, die rasch näher kamen.

Außerhalb der Kommandozelte kauerten Soldaten ganz nahe an den Lagerfeuern. Der erste Schnee sollte eigentlich noch Wochen entfernt sein, aber die Menschen spürten, dass ein früher Winter bevorstand. Wie mit Klingen aus Eis schnitt die Kälte durch gepolsterte Überjacken. Soldaten, die ihre ganze Unterwäsche trugen und außerdem noch zwei oder gar drei Paar Strümpfe – wodurch sie ihre Füße in die Stiefel zwängen mussten –, klagten über taube Zehen, wenn die Füße nass wurden. Die Einheimischen sagten einen bitteren Winter voraus. Er würde früh beginnen, hart sein und lange dauern. Viele blickten gen Himmel und rechneten damit, dass bald erste Flocken fielen.

Schon die Gebirgsausläufer der Grauen Türme verschonten nur selten Männer, die sich von einem starken Wetterwechsel ungeschützt überraschen ließen. Die Soldaten des Königreichs der Inseln waren gut ausgerüstet, aber doch nicht auf die ganze Strenge der kalten Jahreszeit vorbereitet. Sie erwarteten, in die Städte der Provinz Yabon zurückgekehrt zu sein, bevor die schlimmste Zeit des Winters begann, und, untergebracht in Kasernen und Häusern, an warmen Kaminen zu sitzen, geschützt vor dem Schnee, der sich vor den Fenstern anhäufte. Doch die erfahrenen Veteranen wussten: Sofern sich das Wetter nicht bald besserte, würden die von der Front heimkehrenden Soldaten durch oberschenkelhohe Schneewehen stapfen, wenn sie LaMut, Ylith und Yabon erreichten. Einige Verwundete, die es unter günstigeren Umständen nach Hause geschafft hätten, würden einen solchen Marsch nicht überleben.

Überall im Lager spürte man Hoffnung, denn die Herzöge, die diesen Krieg führten – so sagte man sich –, sahen bestimmt bald ein, dass ein früher und harter Winter bevorstand, und dann endete der Kampf. Der Verpflegungschef und seine Köche und Helfer, der Quartiermeister und die Burschen vom Tross, die sich um die wenigen noch verbliebenen Waffen und Kleidungsstücke der Soldaten kümmerten – sie alle hielten gelegentlich inne, blickten zum Himmel auf, fühlten das kommende schlechte Wetter und fragten sich: Wird es Zeit für die Heimkehr? Der Waffenmeister hob den verbeulten Brustharnisch eines Reiters, um zu sehen, ob er repariert werden konnte, während sein Lehrling Kohlen in den Schmiedeofen schaufelte. Beide fragten sich, ob der Brustharnisch überhaupt noch gebraucht werde, denn es war doch an der Zeit, nach Hause zurückzukehren, oder? Soldaten, die ihre Wunden in den Krankenzelten pflegten, die Reiter in ihren Zelten, die Söldner, die mit ihren Schlafsäcken und Bündeln überall dort schliefen, wo sie ein wenig Schutz fanden – sie alle fragten sich: Ist es Zeit heimzukehren?

Im Kommandozelt sah Vandros von LaMut auf die Befehlsschreiben, die er gerade bekommen hatte, und nickte zustimmend.

Er wandte sich an den dienstältesten Hauptmann Petir Leyman und sagte: »Wir kehren für den Winter heim. So lauten die Befehle der Herzöge Brucal und Borric.«

»Es wurde auch Zeit«, erwiderte der hoch gewachsene Hauptmann. Er hauchte in die Hände, um seinen Worten Nachdruck zu verleihen, obgleich die dicken Handschuhe seine Finger warm genug hielten. Dann lächelte er. »Ich werde dafür sorgen, dass wir beim Schloss genug Feuerholz haben, Euer Lordschaft.« Das Lächeln verschwand. »Offenbar steht ein schlimmer Winter bevor.«

Der Graf von LaMut sah nach draußen, an der Kohlenpfanne vorbei, die ihn einigermaßen warm hielt. »Es wird viel Schnee liegen, wenn man mich zum Kommandeursappell nach Yabon ruft.« Er seufzte, leise zwar, aber dennoch unmissverständlich. »Falls ich überhaupt dorthin reisen kann. Es fühlt sich nach einem wirklich schlimmen Winter an.«

Leyman nickte.

Vandros stand auf. »Ich brauche einen Melder, der zu den vorderen Stellungen reitet.«

Er ging zur Karte auf dem Befehlstisch. »Diese drei Stellungen. Gruder hier, Moncrief hier und Summerville hier.« Er klopfte mit dem Zeigefinger auf die betreffenden Positionen. »Ich möchte, dass sie sich geordnet zurückziehen. Es ist bereits so kalt, dass sich die Tsurani ebenfalls in ihr Winterquartier zurückgezogen haben sollten.«

»Sollten ist ein gefährliches Wort, Euer Lordschaft.«

»Ja, aber sie sind nie gegen uns vorgerückt, wenn es schneit. Sie frieren dort draußen ebenso wie wir, und sie sind lange genug hier, um zu wissen, dass uns nur noch einige Tage vom Schnee trennen. Bestimmt ziehen sie sich in ihre eigenen Winterlager zurück.«

»Sie sollten uns allen einen Gefallen tun und dort bis zum Frühling bleiben, Euer Lordschaft.«

Vandros nickte. »Gebt Schwertmeister Argent Bescheid, dass wir mit dem Rückzug beginnen. Ich folge in ein oder zwei Tagen mit der Nachhut.«

»Wen auch immer Ihr als Melder für mich auswählt, tragt ihm auf, vorsichtig zu sein«, warnte er noch. »Ich habe von einer Minwanabi-Patrouille gehört, die vom Weg abgekommen ist und sich östlich der Königlichen Straße verirrt hat, nördlich von LaMut. Niemand weiß, was aus ihr geworden ist, aber sie könnte gerade im ungünstigsten Moment wieder auftauchen.«

»Ja, Euer Lordschaft«, sagte Leyman.

»Und schickt ihn rasch her«, befahl Vandros noch, als der Hauptmann das Zelt verließ.

Während er auf den Melder wartete, dachte der Kommandant nach. Er war ein junger Offizier am Hofe seines Vaters gewesen, ein Rittmeister der Leichten Kavallerie, der schneidigsten und kühnsten Truppe in Yabon. Mit einem Gefühl der Reife, die über sein Alter hinausging, erinnerte sich Vandros an die von den Tsurani erteilten bitteren Lektionen. Nach Jahren des blutigen Krieges waren alle seine Illusionen von Ruhm geschwunden.

Die Tsurani, Fremde aus einer völlig anderen Welt – es hatte lange gedauert, bis mehr als nur ein Adliger des Königreichs dies begriff –, hatten Midkemia durch einen Spalt im Zeit-Raum erreicht, einen magischen Durchlass, der ihnen das Königreich der Inseln öffnete. Das Schicksal wollte es, dass sich jener Spalt in einem hohen Tal in den Grauen Türmen befand, wodurch es den Fremden schwer fiel, rasche Angriffe außerhalb des Tals zu führen. Aber auch für das Königreich ergab sich daraus ein Nachteil, denn so war es fast unmöglich, die Tsurani aus ihrer Bastion hoch oben in den Bergen zu vertreiben.

Diese Tsurani waren zähe, unerbittliche Kämpfer und trugen bunte Rüstungen aus einem den Midkemiern unbekannten Material, Knochen, Leder oder etwas anderem, und dieses von fremden Handwerkern zu einer Härte verarbeitet, die fast an die von Metall heranreichte. Im ersten Frühling des Krieges, vor sieben Jahren, hatten sie ohne jede Vorwarnung angegriffen. Sie waren von den Bergen gekommen, um Anspruch auf einen großen Teil des Königreichs der Inseln und der Freien Städte von Natal zu erheben.

Seit dem ersten Feldzug vor sieben Jahren blieb der Krieg ohne Entscheidung. Vandros schüttelte andeutungsweise den Kopf, als er über den schier endlosen Kampf nachdachte. Seit fünf Jahren war er Graf, und während dieser Zeit war die Kriegsplage immer schlimmer geworden. Vor drei Jahren hatten die Tsurani mit einer Offensive gegen Crydee im Westen begonnen und versucht, dem Königreich die ganze Ferne Küste zu nehmen, indem sie seine Festung am Meer einschlossen. Aber die Belagerung war gescheitert, und seitdem hatte sich die Situation kaum verändert.

Zwar behauptete sich das Militär des Königreichs gegen den Feind, aber die Kriegskosten waren enorm. Jedes Jahr gab es steigende Steuern und weniger Rekruten. Im vergangenen hatte die schlechte Lage Vandros gezwungen, den ausgehobenen Truppen für den Herzog von Yabon Söldner zuzuführen. Einige von ihnen hatten sich als tüchtig erwiesen, aber die meisten von ihnen waren nur Körper, die man vor die Schwerter der Tsurani werfen konnte.

Und das Wetter. Vandros hatte sein ganzes Leben in dieser Region verbracht und wusste daher, dass ein sehr harter Winter bevorstand. Während der kältesten Monate kam es nicht selten zu Schneestürmen, aber an diesem Tag fühlte sich die Luft so an, als könnte jeden Augenblick ein Blizzard losbrechen. Seiner Meinung nach kam der Befehl des Herzogs, das Winterquartier aufzusuchen, keinen Tag zu früh.

Der Melder erschien im Eingang des Zelts. »Euer Lordschaft?«, fragte er respektvoll.

»Komm herein, Terrance.«

Der junge Mann trat vor den Grafen und nahm Haltung an. Er trug die traditionelle lamutianische Uniform des Melderkorps. Die runde, flache Pelzmütze, die an der einen Seite das golden glänzende Abzeichen des Korps zeigte, saß genau im richtigen Winkel keck auf dem Kopf. Die waldgrüne Jacke war an den Hüften schmal geschnitten und auf den Schultern und an den Ärmeln mit goldenen Tressen geschmückt. Hinzu kamen vorn sechs goldene Knöpfe. Die Melder trugen eng anliegende graue Reithosen mit ledernem Hosenboden und niedrige Reitstiefel aus schwarzem Leder. Jeder von ihnen war mit einem Kavalleriesäbel und einem Messer bewaffnet, aber darin erschöpfte sich auch schon die Bewaffnung. Vandros wusste, dass diese Reiter einen dicken Mantel über ihrer Uniform trugen, wenn sie unterwegs waren, doch abgesehen davon hatten sie nur eine Haferration für das Pferd und einen Wasserschlauch bei sich. Bei Meldern kam es vor allem auf Schnelligkeit an.

Ärger regte sich jedoch in Vandros, als er diesen Melder nun genauer musterte. Er war ein entfernter Verwandter, der Großneffe seines Großvaters, und diesen Umstand hatte er genutzt, um sich beim Militär einzuschmuggeln, obwohl er nach Vandros' Meinung noch zu jung war und trotz der Einwände seiner Mutter. Es mangelte dem Jungen an Erfahrung und Reife. Terrance war kaum sechzehn. Doch jetzt stand er hier, und es gab nichts, was der Graf daran ändern konnte, ohne Schande über die Familie zu bringen.

Aber es gab auch noch jüngere Soldaten, erinnerte sich Vandros, und das Melderkorps war nicht das Gleiche wie der Dienst bei der Leichten Kavallerie oder den Schweren Ulanen. Der Junge galt als guter Schwertkämpfer, auf dem Rücken eines Pferds ebenso wie zu Fuß; man hätte ihn also einer Abteilung an der Front zuteilen können. Doch sein außergewöhnliches Reitgeschick hob ihn offenbar aus der Kavallerie heraus, denn nur die besten Reiter von Yabon dienten im Melderkorps des Herzogs.

»Du bist an der Reihe?«

»Ja, Euer Lordschaft«, sagte Terrance. »Hauptmann Leyman schickte nach zwei Meldern, und Williamson Denik war der nächste. Also reitet er nach LaMut, und nach ihm bin ich dran.«

Melder wechselten sich ab, und kein Offizier oder Adliger konnte das ändern, ohne sich ihren Zorn zuzuziehen. Jede Gruppe im Heer hatte ihre eigenen Traditionen. Und diese ergab durchaus einen Sinn, denn ohne sie hätten gewisse ältere Melder nur die leichten Aufträge übernommen, die Ritte über sichere Straßen, und die gefährlichen Aufgaben neuen Reitern überlassen.

Vandros schwieg einen Moment lang. Er bedauerte, nicht gewusst zu haben, dass sein junger, wenn auch entfernter Vetter oben auf der Turnusliste stand. Er hätte Petir anweisen können, Williamson zum Kommandozelt zu schicken, um anschließend Terrance zu beauftragen, nach LaMut zu reisen, wo ihn größere Sicherheit erwartete.

Vandros schob diese Gedanken beiseite und deutete auf die Karte. Terrance kannte sie ebenso gut wie der Graf: Sie zeigte den ganzen Bereich des Feldzugs und einige der angrenzenden Regionen.

Niemand wusste genau, warum die Tsurani angegriffen hatten. Alle Verhandlungsversuche waren zurückgewiesen worden, und die Gründe für die Invasion blieben nach wie vor Mutmaßungen überlassen. Viele Adlige des Königreichs glaubten, dass es den Tsurani um Metall ging. Die wenigen Hinweise von gefangenen Tsurani-Sklaven – die Soldaten starben entweder im Kampf oder töteten ihre Verwundeten, bevor sie sich zurückzogen – deuteten darauf hin, dass die meisten Metalle in der Welt der Tsurani sehr selten waren. Vandros fand, dass diese Erklärung nicht ausreichte. Zu viele Männer waren gestorben, ohne dass sich strategische Vorteile ergaben. Es musste um mehr gehen als nur um Metall. Vandros glaubte, dass es einen anderen Grund für den Angriff gab, einen, der bisher verborgen geblieben war.

Terrance sah auf eine Karte, deren Einzelheiten er längst kannte. Im Westen begrenzte das Gebirge der Grauen Türme den dargestellten Bereich. Noch weiter im Westen lag das Herzogtum von Crydee, an den Ufern der Endlosen See. Jene Gebiete befanden sich unter dem Kommando von Prinz Arutha und den Baronen von Carse und Tulan; sie gingen Graf Vandros nichts an. Sein Zuständigkeitsbereich erstreckte sich bis zur Grenze des Herzogtums von Yabon, entlang der früheren Grenze der Freien Städte und bis in die Grauen Türme hinein.

Vandros' Zeigefinger klopfte auf drei Stellen der Karte, eine im Südwesten ihres gegenwärtigen Aufenthaltsorts, eine weitere südlich davon und die dritte südöstlich der zweiten. Diese drei Stützpunkte bildeten zusammen mit Vandros' Hauptquartierlager die Basis der Verteidigungskräfte des Königreichs in der Region. Streitkräfte der vier Lager konnten sich jeglichen Vorstößen der Tsurani schnell entgegenstellen.

Aber während der strengen Winter ließ sich kein Nachschub für sie heranführen, und deshalb mussten sich die Truppen des Königreichs jedes Mal zurückziehen, wenn der Schnee kam.

»Nachrichten für die Barone Gruder, Moncrief und Summerville: Richte ihnen aus, es werde Zeit für den Rückzug.« Vandros legte mit genauen Anweisungen fest, welche Truppen als Erste mit welcher Marschordnung aufbrechen und wann sie die ihnen zugewiesene Stadt erreichen sollten, um dort das Winterlager aufzuschlagen.

Terrance blickte auf die Karte und prägte sich seine Route ein. »Ja, Euer Lordschaft«, sagte er. »Ich habe mir alles gemerkt.«

Vandros forderte den Jungen nicht auf, die Befehle noch einmal zu nennen – er wusste, dass Terrance sie Wort für Wort wiederholt hätte. Wer zum Melderkorps gehören wollte, musste nicht nur ein guter Reiter sein, sondern auch ein zuverlässiges Gedächtnis haben. Gewisse Berichte und Unterlagen gab man einem Melder mit, aber Anweisungen wurden nur mündlich übermittelt. Dem Feind sollten keine Dokumente in die Hände fallen, falls ein Melder ums Leben kam.

»Etappenweiser geordneter Rückzug, Kampf nur zur Verteidigung«, sagte der Graf. Mit dieser Anweisung forderte er die einzelnen Kommandeure auf, beim Rückzug gen Osten Zusammenstöße mit Einheiten der Tsurani zu vermeiden, wobei er von der Annahme ausging, dass der Feind so spät nicht mehr versuchen würde, Boden zu gewinnen.

»Etappenweiser geordneter Rückzug, Kampf nur zur Verteidigung«, wiederholte der Melder.

»Du klingst verschnupft«, sagte Vandros. »Kannst du reiten?«

»Habe mich nur ein wenig erkältet, Euer Lordschaft. Nicht der Rede wert.«

»Dann brich auf«, sagte Vandros. »Äh, Terry …«

»Ja, Euer Lordschaft?« Der junge Mann verharrte im Eingang des Zelts.

»Bleib am Leben. Ich möchte deiner Mutter nicht erklären müssen, auf welche Weise du gestorben bist.«

Terrance grinste jungenhaft. »Ich werde mir alle Mühe geben, Sir.«

Und dann war er fort.

Vandros dachte noch einmal über die Verantwortung nach, einen so jungen Mann in einen gefährlichen Einsatz zu schicken, und fand sich dann damit ab, dass er den Jungen gegen dessen Willen schwerlich schützen konnte. Während der vergangenen fünf Jahre als Graf hatte er viele junge Männer und Jungen in gefährliche Einsätze geschickt. Zwar hätte er es lieber gesehen, wenn Terrance nach LaMut geritten wäre, aber so spät im Jahr bestand nur mehr geringe Aussicht auf Feindberührung. Wahrscheinlich versuchten die Tsurani, es ebenso warm zu haben wie seine eigenen Männer. Er hörte auf, sich Sorgen um Terrance zu machen, und dachte stattdessen über die Marschordnung für den draußen lagernden Hauptteil des Heeres nach.

Als er am Tisch Platz nahm, hörte er, wie die Männer draußen miteinander sprachen und lachten.

Terrance ließ wie üblich die spöttischen Witze und das Gelächter der regulären Soldaten im Lager über sich ergehen, als er zu seinem Zelt ging. »Ist er nicht hübsch!«, rief ein grauhaariger Veteran. »Ich glaube, ich behalte ihn als meinen kleinen Liebling!«

Die Männer am Lagerfeuer lachten, und Terrance widerstand der Versuchung, eine Antwort zu geben. Die älteren Melder hatten ihn gewarnt, als er im vergangenen Frühjahr Mitglied des Korps geworden war – angeblich kam es oft zu solchen Spötteleien. Die anderen glaubten, dass es Melder recht gemütlich und bequem hatten, denn oft sah man sie tagelang in ihren Zelten sitzen und auf einen Reitbefehl warten. Während des Kampfes ritten sie dafür häufig die ganze Zeit über, ohne Schlaf und mit nur wenig Essen; dann mussten sie einen Weg durch das Kampfgetümmel finden und den Feldkommandeuren Mitteilungen überbringen. Aber wenn das geschah, waren die anderen Soldaten so sehr beschäftigt, dass sie vom Kommen und Gehen der Melder überhaupt nichts bemerkten.

Terrance war groß für sein Alter, gut eins achtzig, und bekam allmählich die breiten Schultern eines Mannes. Aber er war blond und hatte blaue Augen, und sein Bart weigerte sich, mehr als nur einen dünnen blonden Flaum über den Lippen und am Kinn zu bilden, was Terrance sehr ärgerte, denn bei den Meldern war es Tradition, sich einen Schnurrbart und einen Spitzbart wachsen zu lassen. Er war bestrebt gewesen, dieser Tradition zu folgen, doch nach einem Monat hatte er wieder begonnen, sich zu rasieren, weil er einfach lächerlich aussah. Die anderen Melder hatten ihn aufgezogen, ihm gutmütig aber auch gesagt, dass der Bart irgendwann kommen würde, da solle er sich keine Sorgen machen. Wenn er sich rasierte, wuchs er sogar schneller, meinten einige von ihnen.

Terrance fand bald heraus, dass ihm Schweigen und ein ausdrucksloses Gesicht zum Vorteil gereichten – dadurch merkte ihm niemand an, wie unsicher er sich manchmal fühlte. Nach dem ersten Monat beim Militär begriff er, dass er sich zu viel vorgenommen hatte, aber im Verlauf der sieben Monate bei den Meldern war er kaum echter Gefahr ausgesetzt gewesen. Trotzdem wurde er die Sorge nicht los, dass er versagen würde, wenn er in Bedrängnis geriete, und dass er damit nicht nur die Kritik der Familie an seiner Entscheidung, Soldat zu werden, bestätigen würde, sondern auch Schande über sie alle brächte, selbst den Grafen. An diese Verantwortung hatte er zunächst nicht gedacht, und jetzt bedauerte er sein überstürztes Handeln.

Wenn er erst ein ganzes Jahr hinter sich und den Winter bei seiner Familie verbracht hatte, auf ihrem Anwesen außerhalb von LaMut … Dann gewann er vielleicht die Selbstsicherheit, die er derzeit nur vorgab. Eine sichere Heimkehr mochte seine Mutter davon abhalten, ihm dauernd Briefe zu schreiben und ihn aufzufordern, sofort nach Hause zurückzukehren.

Terrance erreichte das Zelt, das er mit Charles McEvoy von Tyr-Sog teilte. Charles lag auf seinem Bettzeug, auf dem kalten Boden, und las eine Nachricht.

»Von Clarise?«, fragte Terrance, als er eintrat.

»Ja«, erwiderte Charles, der vier Jahre älter war als Terrance. »Hast du den Auftrag bekommen?«

»Ich bin dran.«

»Wohin geht's, Terry?«

Terrance lächelte und beugte sich über Charles. »Zu den drei vorderen Stellungen«, sagte er. »Ich soll den Baronen den Befehl für die Heimkehr übermitteln. In zwei Wochen bist du wieder bei Clarise. Winterrückzug.«

Der ältere Reiter setzte sich auf. »Wird auch Zeit. Es ist schon so kalt, dass mir die Männlichkeit abfriert! Und welchen Nutzen hätte ich dann noch für Clarise?«

Terrance lachte. Charles hatte im vergangenen Winter geheiratet und seine Frau seit dem Tauwetter im Frühjahr nicht mehr gesehen. »Die Frage lautet: Welchen Nutzen hast du jetzt für sie?«

»Hinaus!«, sagte Charles mit gespielte Strenge und winkte in Richtung Eingangsplane.

»Ich hole nur meinen Mantel und breche sofort auf«, erwiderte Terrance.

»Reite sicher, Terry«, sagte Charles. Das war der traditionelle Melder-Gruß.

»Reite sicher, Charlie«, gab Terrance zurück und verließ das Zelt.

Er eilte dorthin, wo sein Pferd angebunden war, eine neunjährige Braune, trittsicher und wachsam. Es gab schnellere Pferde im Korps, aber Terrance wusste ihre Geduld und Ausdauer zu schätzen. Sie würde den ganzen Tag laufen, wenn er das von ihr verlangte, und anschließend noch ohne Klage zusammenbrechen. Er nannte sie Bella.

Sie hob den Kopf, als er näher kam. Einige andere Pferde wieherten fragend, aber Bella wusste, dass sich ihr Reiter näherte, dass sie heute an der Reihe war. Terrance klopfte ihr den Hals. »Es geht los, Mädchen.«

Er ging zum nahen, auf vier Pfählen ruhenden Schutzdach und entnahm dem Gestell darunter seinen Sattel. Rasch sattelte er sein Pferd und vergewisserte sich, dass ein voller Wasserschlauch sowie ein Haferbeutel zu seiner Ausrüstung gehörten. Die Reise sollte nur zwei Tage dauern: ein Tagesritt zur ersten Stellung, wo er etwas essen und übernachten konnte; dann ein weiterer Tagesritt zurück, erst nach Südwesten und dann Südosten, um die beiden anderen Stellungen zu benachrichtigen. Er sah zum Himmel auf. Es war erst zwei Stunden nach Sonnenaufgang; die Reise sollte also recht einfach sein, wenn sich unterwegs keine Schwierigkeiten ergaben. Terrance rechnete damit, gegen Sonnenuntergang des nächsten Tages zurück zu sein.

Er band sein Pferd los, stieg auf und ritt nach Westen. Außerhalb des Lagers, als Bella warm geworden war, brachte er sie in schaukelnden leichten Galopp und überließ der Stute die weitere Arbeit.

Der Wind schnitt durch Terrances dicken Mantel, und sein Gesicht war taub. Ihm lief die Nase, und inzwischen hatte er es aufgegeben, sie mit dem Ärmel abzuwischen. Sie war jetzt völlig verstopft, und er musste durch den Mund atmen, was den Lungen zusetzte. Etwas schien ihm die Brust zusammenzuschnüren, doppelt so stark wie zu Beginn des Tages. Er wusste, dass er sich mit dem Hinweis auf eine Krankheit hätte entschuldigen können, aber er hatte es für absurd gehalten, wegen einer einfachen Erkältung im Lager zu bleiben. Jetzt fragte er sich, ob es nicht doch besser gewesen wäre, dem Hauptmann der Melder zu sagen, dass er sich zu schlecht fühlte für den Ritt.

Nachmittags hielt Terrance zweimal an und suchte Schutz, während Bella ausruhte. Zitternd stand er hinter einigen Birken, die etwas von dem kräftigen Wind abfingen. Zu lange durfte er unter diesen Bedingungen jedoch nicht ausharren, denn sonst wurde Bella steif, und dann konnte sie erlahmen.

Sie war ein gutes Pferd, zuverlässig und vernünftig, das perfekte Ross für einen Melder. Sie würde seinen Befehlen gehorchen und sie schnell ausführen. Und sie bewahrte immer die Ruhe. Während des Sommers hatte Terrance einmal auf einem Weg angehalten, nach unten gesehen und beobachtet, wie eine Viper näher kroch. Andere Tiere wären vermutlich in Panik geraten, aber Bella hatte einfach nur den Huf gehoben und die Schlange zertreten, bevor sie zubeißen konnte.

Nach der Ruhepause für die Stute stieg Terrance wieder auf und setzte den Ritt zu seinem ersten Ziel fort. Ein Blick gen Himmel teilte ihm mit, dass er hinter den Zeitplan zurückgefallen war, doch er trieb Bella nicht zu rascherem Galopp an. Er würde das Lager einige Stunden später als erwartet erreichen, aber er brachte die Nachricht trotzdem rechtzeitig und konnte auch mit einer heißen Mahlzeit und einem einigermaßen warmen Nachtlager rechnen. Wenn der Wind nicht nachließ, stand ihm am nächsten Tag ein anstrengenderer Ritt bevor, denn die anderen beiden Stellungen befanden sich höher in den Bergen und näher beim Feind.

Er konzentrierte sich auf die gegenwärtige Aufgabe, ritt durch den Wald, mied die wenigen Tsurani-Patrouillen, die vor dem Winterschnee die Grenze kontrollierten, und achtete darauf, dass sein Pferd nicht zu Schaden kam. Zu Fuß hätte er des Nachts leicht erfrieren können und wäre selbst bei Überleben nicht imstande gewesen, das Lager vor dem Mittag des nächsten Tages zu erreichen.

Nach zwei Stunden ununterbrochenen Reitens gewährte er Bella eine weitere Ruhepause. Mit einem lauten Schnauben protestierte sie dagegen, neben ihm gehen zu müssen, wohl weil sie wusste, dass Hafer, Heu und ein Windschutz bei anderen Pferden am Ende dieses Ritts auf sie warteten.

Nach einem halbstündigen Marsch stieg er wieder auf, trieb Bella zu einem gleichmäßigen langsamen Galopp an und ließ den Blick über die Landschaft schweifen. Es war leicht, sich in Tagträumen zu verlieren oder nur einige bestimmte Merkmale der Landschaft im Auge zu behalten. Ein Melder war fast der verwundbarste Angehörige der Armee des Herzogs; noch hilfloser waren nur die Burschen des Quartiermeisters im Tross. Zwei oder drei Bewaffnete im Hinterhalt, und die Befehle des Herzogs würden nie die Barone erreichen.

Drei Stunden vor Sonnenuntergang bemerkte Terrance Bewegung im Norden. Zwischen den Bäumen sah er etwas Buntes, mehr nicht, aber es genügte. Zweifellos eine Tsurani-Patrouille, denn das helle Orangerot, mit dem die so genannten Minwanabi ihre schwarzen Rüstungen schmückten, ließ sich aus keiner Pflanze dieser Wälder gewinnen. Das galt auch für die scharlachrote und gelbe Zierde der so genannten Anasati. Terrance trieb Bella noch etwas mehr an und suchte nach weiteren Zeichen der Invasoren, doch der Wald enthüllte nichts.

Während des ganzen Rests des Tages blieb er wachsam, bis ihn nur noch wenige Minuten vom ersten Ziel trennten.

Als er sich dem Lager näherte, blies ihm der Wind ins Gesicht, und er roch den Rauch der Lagerfeuer. Er hieß ihn willkommen, bedeutete er doch das nahe Ende des erste Ritts.

»Ein Reiter kommt!«, ertönte die Stimme eines Wächters.

Inzwischen lag der umkämpfte Wald hinter Terrance, und er befand sich im gesicherten Gebiet des Königreichs. Wenn er zu Fuß gewesen wäre, hätte man ihn sicher schon fünf- oder sechsmal angerufen. Aber die Tsurani hatten keine Pferde, und deshalb wurde kein Reiter aufgehalten. Er fragte sich, warum die Tsurani im Lauf der Jahre keine Reiter ausgebildet hatten, die eingefangene Pferde benutzten. Aber da niemand, den er kannte, jemals mit einem lebenden Tsurani gesprochen hatte, konnte er nur spekulieren.

Terrance wusste, wo sich das Zelt des Kommandeurs befand, und er ritt dorthin. Soldaten der Provinz Yabon verteidigten die Grenze, außerdem Rekruten aus dem weit im Süden gelegenen Sumpfland. Der Kommandeur war Baron Gruder, einer von Herzog Sutherlands Männern unter dem Kommando des Grafen. Seit er zu einem Melder geworden war, hatte Terrance dreimal mit ihm gesprochen und kannte ihn als kühlen, sachlichen und sehr barschen Mann, dem es an Umgangsformen mangelte.

Ein Wächter führte ihn ins Zelt, und ein anderer brachte Bella zum Windschutz, wo die Ersatzpferde angebunden waren. In dieser Stellung lagerten auch lamutianische Ulanen und eine Abteilung leichte Kavallerie aus Zun. Zwei Kompanien schwerer Infanterie aus Ylith und Tyr-Sog vervollständigten diese Streitmacht. Ein langes, hartes Jahr lag hinter den Soldaten, mit vielen Kämpfen gegen die Tsurani und ihre Verbündeten, die Cho-ja oder »Käfer«, wie die Männer des Südens sie nannten.

Terrance trat vor den Baron. »Ich bringe Befehle vom Grafen, Euer Lordschaft.«

»Nun, ziehen wir uns zurück?«, fragte der stämmige Gruder. Sein Gesicht machte deutlich, dass er mit solchen Anweisungen rechnete.

»Ja, Euer Lordschaft. Eure Streitmacht soll sich etappenweise geordnet zurückziehen, in das Euch vom Herzog zugewiesene Winterquartier.« Die Politik im westlichen Teil des Königreichs veranlasste Adlige von geringerem Stand, eifersüchtig auf ihre Rechte zu achten, und Gruder konnte es ganz und gar nicht gefallen, von einem »fremden« Grafen abkommandiert zu werden. Deshalb wiesen die Melder oft darauf hin, dass die Anweisungen von den Lords Brucal und Borric stammten – damit wollten sie einem weiteren wütenden Wortschwall des Barons vorbeugen. Terrance war halb erfroren und hungrig. Ihm lag nichts daran, zornige Worte darüber zu hören, warum Vandros Gruder an diesem Ort stationiert hatte, ohne genug Männer, Proviant, Waffen, Gold und allen anderen Dingen, die er für notwendig hielt, um seinen Teil des Krieges zu führen. »Kampf nur zur Verteidigung.«

»Sonst noch etwas?«

»Vor etwa drei Stunden sind mir Bewegungen zwischen den Bäumen nördlich des Weges von Osten aufgefallen. Ich habe die Farben der Tsurani gesehen.«

»Weißt du, wer es war?«

»Minwanabi und Anasati, Euer Lordschaft.«

Gruder dachte einen Moment stumm darüber nach. »Unsere neueren Erkenntnisse deuten darauf hin, dass sich jene beiden

Häuser nicht sehr mögen. Wenn sie unter einem vereinten Kommando marschieren, geht es um etwas Wichtiges. Ich muss das im Auge behalten.«

»Sir«, sagte Terrance so neutral wie möglich. Er fragte sich, wie das Königreich je etwas über die Tsurani herausgefunden hatte, da sie lieber starben, als sich gefangen nehmen zu lassen, aber er beherrschte seine Neugier. Er überbrachte Nachrichten; seine Aufgabe bestand nicht darin, sie zu deuten oder zu verstehen.

Der Baron sah den Melder so an, als merkte er erst jetzt, dass er noch immer da war. »Na schön. Hol dir etwas zu essen, und ruh dich aus. Beim ersten Tageslicht beginnen wir mit dem Rückzug.«

Terrance verließ das Kommandozelt und hörte noch, wie der Baron nach einem Burschen rief, der die Offiziere an der Frontlinie verständigen sollte. Er blickte zum Himmel empor. Wolken zogen schnell von Westen heran, und es wurde rasch dunkel, obwohl der Sonnenuntergang gerade erst begonnen hatte.

Das bedeutete, dass die Wolken voller Feuchtigkeit waren, und nach der Kälte zu urteilen würde es in der kommenden Nacht nicht regnen, sondern schneien. Terrance wünschte sich eine warme Mahlzeit und Ruhe, aber zuerst wollte er nach seinem Pferd sehen und feststellen, ob Bella gut versorgt war. Sie kam an erster Stelle.

Als er zu den Pferden schritt, berührte etwas Nasses seine Wange, und erneut blickte er gen Himmel. Erste Flocken fielen. Terrance blieb kurz stehen, während Soldaten an ihm vorbeieilten und die Geschäftigkeit im Lager zunahm, nachdem sie Anweisung bekommen hatten, Vorbereitungen für den Winterrückzug zu treffen.

Die Stimmung der Soldaten verbesserte sich, denn viele von ihnen würden in wenigen Tagen daheim sein, aber in Terrance stieg dunkle Sorge auf. Wenn es in der kommenden Nacht stark schneite, stand ihm ein schwerer zweiter Tag bevor; vielleicht musste er im dritten Lager übernachten, bevor er zur Kommandoposition des Grafen zurückkehren konnte. Stumm bat er Kilian, Göttin der Natur, den Schnee noch mindestens einen Tag zurückzuhalten. Er sah die Gesichter der Männer, die sich auf die Heimkehr freuten, und dachte: *Eine Woche wäre besser.*

Er verdrängte diese Gedanken und ging zu seinem Pferd.

Der Stallknecht hatte sich gut um Bella gekümmert, und sie schnaubte einen Gruß, indem sie von einem Heuhaufen aufsah. Trotzdem folgte Terrance den Vorschriften, untersuchte die Hufe und vergewisserte sich, dass die Stute gut abgetrocknet war. Zufrieden nahm er zur Kenntnis, dass sie einen recht warmen Platz hinter dem Windschutz bekommen hatte, anstatt am Ende der Pflockreihe zu stehen, außerhalb des Schutzes.

Dann bemerkte Terrance, dass weniger Pferde angebunden waren, als eigentlich der Fall sein sollte. Er wandte sich an den Stallknecht. »Ist eine große Patrouille unterwegs?«

»Nein«, erwiderte der alte Soldat. »Wir haben in diesem Jahr viele Männer verloren.« Er nickte in Richtung Pflockreihe. »Und auch viele Pferde.«

Terrance klopfte auf Bellas Hals. »Danke, dass du dich um sie kümmerst.«

»Das ist meine Aufgabe«, sagte der Stallknecht und ging fort.

Terrance lächelte, drehte sich um, ging zum Speisezelt und stellte sich hinter einem jungen Kavallerieoffizier in der Schlange an. Seine Uniform wies deutlich darauf hin, wer er war, und ein Küchenjunge reichte ihm einen Holzteller und einen Metallbecher. Die meisten Soldaten in der Warteschlange hatten eigene Teller und Becher und bewahrten sie bei ihrer Ausrüstung in den Zelten auf.

Das Essen war warm und sättigend, wenn auch nicht besonders schmackhaft. Terrance aß allein und saß dabei unter der windabgewandten Seite des Zelts auf dem Boden. Wie üblich schenkten ihm die meisten Soldaten keine Beachtung. Als er fertig war, gab er Teller und Becher dem Küchenjungen zurück und machte sich dann auf die Suche nach einem Schlafplatz.

Als Melder erwartete man von ihm, das er irgendwo unterkam, was oft bedeutete, auf dem Boden zu schlafen, mit dem Sattel als Kissen und dem Mantel als Decke. Den größten Teil des Jahres über war das hinnehmbar, in dieser Nacht aber unmöglich.

Als sich Terrance den Zelten der Kavallerie näherte, überkam ihn plötzlich ein Hustenanfall. Er hielt sich an einem Baumstamm fest, beugte den Oberkörper vor und zwang sich, tief durchzuatmen. Dann spuckte er scheußlichen grünen Schleim. Immer wieder würgte er und schnitt eine Grimasse angesichts des schmerzenden schwefligen Brennens im Hals, der sich jetzt sehr wund anfühlte. »Verdammt«, sagte er leise. Er war kranker, als er gedacht hatte, und es lag ein weiterer Tagesritt vor ihm, vielleicht sogar zwei, wenn das Wetter schlechter wurde, bevor er zum Lager des Grafen zurückkehren und den Apotheker des Lazaretts um eine Arznei bitten konnte. Bis dahin musste er einfach durchhalten.

Er ging zur ersten Zeltreihe und begann zu fragen: »Habt ihr Platz?« Die ersten sechs Fragen brachten ihm abschlägige Antworten ein, aber im siebten Zelt stieß er auf einen einzelnen Kavalleristen, der kurz aufsah und nickte.

Terrance trat ein und sah auf leeres Bettzeug hinab, durch den Stützpfahl in der Mitte des Zelts vom sitzenden Kavalleristen getrennt. »Nur zu«, sagte der Mann. Ein kurzes Schulterzucken folgte den Worten. »Er braucht das nicht mehr.«

Terrance fragte nicht, wer »er« war – offenbar ein gefallener Kamerad. Er nahm Platz und sah den Kavalleristen an. Der Mann war mindestens zehn Jahr älter als Terrance und wirkte abgehärmt. Seine Augen lagen tief in den Höhlen und waren so gerötet, als hätte er seit Tagen nicht geschlafen. Die Ringe darunter wiesen auf bis in die Knochen gehende Erschöpfung hin.

»Gerade zurückgekehrt?«, fragte Terrance.

»Gestern«, sagte der Mann. »Sind im offenen Gelände auf eine große Tsurani-Patrouille gestoßen …« Er sank auf die Matte zurück. »Unser Offizier begriff nicht, dass wir es nur mit der Vorhut zu tun hatten – bis die anderen aus dem Wald kamen. Es war eine verdammt knappe Sache.«

»Eine gemeinsame Streitmacht? Mehr als nur ein Haus?«

Der Mann nickte. »Unsere dreißig gegen ihre hundert und mehr. Ganz und gar nicht schön.« Er seufzte. »Halte mich bitte nicht für unhöflich, aber ich brauche Schlaf. Morgen reiten wir wieder los.«

Terrance hätte dem Soldaten am liebsten gesagt, dass er am nächsten Morgen neue Befehle bekommen würde, doch so etwas stand ihm nicht zu. »Schlaf gut«, sagte er nur, aber der Mann atmete bereits ruhig und gleichmäßig.

Terrance löste die Schnur, die die Eingangsplane offen hielt, hüllte sich dann in die dicke Decke und sank auf die dünne Schlafmatte. Die Decke roch nach Schweiß und Schmutz eines anderen Mannes, und der Boden war kalt und uneben, aber Terrance hatte unter schlechteren Umständen geschlafen, und außerdem war er jung und müde. Er erlitt zwei Hustenanfälle, und beide Male befürchtete er, den Mann zu wecken, mit dem er das Zelt teilte. Doch wie die meisten Soldaten hatte der Kavallerist gelernt, ungeachtet aller Geräusche in der Nähe tief zu schlafen.

Terrance schloss die Augen und versuchte, sich zu entspannen. Trotz der Kälte spürte er Schweiß an Hals und Rücken, und er zog die Decke noch etwas enger um sich. Bilder von zu Hause und seiner Familie zogen vor seinem inneren Auge vorbei, schienen aber keinen Sinn zu ergeben. Nach etwas Unruhe kam der Schlaf.

Der Morgen brachte Schnee. Auf dem Weg zum Speisezelt stellte Terrance fest, dass es im Lager immer lebhafter zuging, als die Soldaten, die am Abend zuvor bereits geschlafen hatten, ebenfalls vom bevorstehenden Winterrückzug erfuhren. Ernste, grimmig wirkende Männer, die befürchtet hatten, dass dieser Tag weitere Kämpfe brächte, atmeten erleichtert auf, lächelten und konnten Freudentränen kaum zurückhalten, als sie begriffen, dass sie nunmehr mit ziemlicher Sicherheit bis zum nächsten Frühling überleben würden.

Terrances Körper schmerzte, und er fühlte sich so, als hätte er überhaupt nicht geschlafen. Trotzdem, er musste seinen Auftrag erfüllen, und deshalb brachte er ein rasches Frühstück hinter sich, das aus frisch gebackenem Brot, Honig, getrockneten Früchten und einem langen Fleischstreifen bestand, am vergangenen Abend gekocht. Der Koch war großzügig, denn je mehr die Männer an diesem Morgen aßen, desto weniger musste er zusammenpacken und nach LaMut mitnehmen.

Als Terrance sein Frühstück beendete, näherte sich ihm ein Feldwebel, ein narbiger Veteran mit einer Klappe über dem linken Auge. »Der Baron will mit dir reden«, sagte er. Ohne ein weiteres Wort drehte er sich um und schien von Terrance zu erwarten, dass er ihm folgte. Der junge Melder stand auf und schloss sich ihm an.

Am Eingang des Zelts nannte er seinen Namen und wurde aufgefordert einzutreten. Baron Gruder reichte ihm ein Dokumentenbündel. »Füg dies dem Inhalt deiner Tasche hinzu, Junge«, sagte er. »Es ist für den Grafen. Zweifellos haben auch die Barone Moncrief und Summerville Berichte, die du mitnehmen sollst.«

Terrance nickte. »Ja, Euer Lordschaft.«

»Kampf nur zur Verteidigung«, brummte Gruder wie im Selbstgespräch. »Was denkt sich Vandros dabei?« Er schien jemanden zu brauchen, dem er seine Meinung anvertrauen konnte. »Ich habe erfahren, dass vor vier Tagen ein weiterer Außenposten angegriffen wurde! Die Tsurani schicken nicht nur Patrouillen aus, sondern bewegen eine große Anzahl von Männern. Sie haben etwas vor.

Wenn wir diesen Krieg jemals gewinnen wollen, müssen wir den Kampf zum Feind tragen.« Gruder sah zur Karte, die auf dem Tisch rechts von ihm lag, und sein Blick huschte von Markierung zu Markierung, als versuche er, die Zukunft in ihnen zu lesen.

Dann sah er wieder auf. »Vorgestern trafen einige unserer Jungs auf eine große Tsurani-Patrouille, und es war nicht die, die du gesehen hast. Du solltest also wachsam sein. Ich glaube, unsere Gegner wollen vorrücken, wenn wir uns zurückziehen. Sie beabsichtigen vermutlich, sich einzugraben und Befestigungen zu errichten, um das von ihnen beherrschte Gebiet erweitert zu haben, wenn wir im Frühling zurückkehren. Weis die anderen Barone darauf hin, und richte ihnen aus, dass ich mich etappenweise zurückziehe, dazu bereit, wieder vorzustoßen und zu kämpfen, wenn das notwendig sein sollte. Kampf nur zur Verteidigung, natürlich.« Er deutete auf das Dokumentenbündel in Terrances Hand. »Und sorg dafür, dass Graf Vandros meine Berichte erhält.«

Terrance nickte, prägte sich Gruders Bemerkungen ein und wartete für den Fall, dass der Baron noch etwas hinzufügen wollte. Gruder merkte schließlich, dass der junge Melder noch immer da war, und mit einem knappen Wink schickte er ihn fort.

Terrance salutierte, drehte sich um, verließ das Zelt und ging sofort zu den angebundenen Pferden. In weniger als einer Viertelstunde war Bella gesattelt und gezäumt, und er stieg auf und lenkte sein Pferd durch das Gewühl der Männer, die um ihn herum das Lager abbrachen. Er ritt zielstrebig, aber zunächst langsam, damit sich Bella aufwärmen konnte, bevor er sie schneller laufen ließ.

Der Boden war nicht gefroren, und der des Nachts gefallene Schnee und die Füße der vielen Soldaten verwandelten ihn in Schlamm. Terrance ahnte, dass er mehrmals würde anhalten und die Hufe der Stute reinigen müssen, aber wenigstens ritt er noch nicht in der tiefen zähen Masse, die beim Tauwetter im Frühling einem Pferd die Eisen von den Hufen und einem Reiter die Stiefel von den Füßen saugen konnte.

Terrance gab sich mit wenig zufrieden, als er den Ritt nach Südwesten fortsetzte und die Stute zu einem leichten Trab antrieb. Er spürte, wie sie zusammenzuckte, als er einen neuerlichen Hustenanfall erlitt, und klopfte ihr auf den Hals, um sie zu beruhigen. Dann ließ er sie im langsamen Galopp laufen und beobachtete, wie eine Meile nach der anderen hinter ihm zurückblieb.

Terrance zügelte Bella. Die Luft war unbewegt – das Wetter schien in Erwartung des Frosts den Atem anzuhalten. Eine Stunde nach seinem Aufbruch aus dem Lager hatte es zu schneien aufgehört, aber er rechnete bald mit mehr Schnee. Die Sonne hing blass am Himmel. Ihr Schein berührte ihn sanft an der Wange und verspottete ihn mit dem Versprechen von Wärme, die sie für sich behielt. Es war so kalt, dass der Boden zu gefrieren begann, und es geschah immer öfter, dass dünnes Eis unter Bellas Hufen knirschte. Die Kälte durchdrang Terrances Mantel und ließ den Atem der Stute in grauweißen Wolken verdampfen. Und vom Westen her zogen weitere Wolken heran.

Seit dem Verlassen von Gruders Lager hatte Terrance nichts Ungewöhnliches bemerkt, aber er blieb die ganze Zeit über auf der Hut. Das Fieber erschwerte ihm, seine Wachsamkeit so zu verstärken, wie es die Umstände verlangten, aber die meiste Zeit über gelang es ihm, der Schwäche zu widerstehen, die sich immer mehr in ihm ausbreitete.

Terrance ließ Bella ausruhen, während sein Blick die Landschaft absuchte. Er folgte dem Verlauf eines Weges, der am Rand eines sich nach Süden erstreckenden Waldes entlangführte. Nach Norden hin fiel das Land zu einer weiten Wiese ab. Er merkte sich einige Landmarken in der Ferne, denn Karten führte er nicht bei sich – die Armee durfte nicht Gefahr laufen, dass solche Unterlagen dem Feind in die Hände fielen. Wie alle Melder hatte er sich die Einzelheiten der örtlichen Karten eingeprägt und konnte besondere Merkmale der Landschaft nutzen, um seinen jeweiligen Aufenthaltsort zu bestimmen.

Etwas bewegte sich am fernen anderen Ende der Wiese. Gestalten erschienen dort und näherten sich Terrance langsam. Zuerst dachte er an die Möglichkeit einer Tsurani-Patrouille, aber dann verwarf er diese Vorstellung. Es waren etwa zwei Dutzend Personen, und sie gingen in keiner erkennbaren Ordnung oder Formation, sondern schienen nur bestrebt, so schnell wie möglich nach Süden zu gelangen. Ihnen allen fehlten die bunten Rüstungen der Tsurani.

Terrance wartete. Es mochte sich auszahlen, dieser Gruppe ein wenig Zeit zu widmen – vielleicht wussten die Leute von Truppenbewegungen der Tsurani im Norden und Westen. Als sich die Gestalten näherten, erkannte er sie als Dorfbewohner, Bauern oder Holzfäller, nach der Kleidung zu urteilen. Männer, Frauen und einige Kinder; alle trugen Bündel.

Ein Mann sah Terrance und streckte den Arm aus, woraufhin die anderen winkten und riefen. Der junge Melder wendete sein Pferd und ritt der Gruppe über den Hang entgegen. Als er sie erreichte, standen die Leute auf der Mitte der Wiese und wirkten recht erschöpft. Die Kinder klammerten sich an die Erwachsenen, und alle waren außer Atem.

»Hallo!«, rief ein Mann, sobald Terrance in Hörweite war. »Bist du Soldat?« Er sprach die Sprache der Freien Städte, Natalesisch. Terrance, der aus Yabon stammte, verstand das meiste davon. Sein yabonesischer Dialekt war mit dem Natalesischen eng verwandt, obwohl man in seiner Familie vor allem die Königssprache benutzte.

»Ja«, antwortete Terrance. »Wer seid ihr?«

»Wir kommen aus dem Dorf Ralinda, sieben Meilen nördlich von hier.«

Terrance nickte. Er wusste, wo sich Ralinda befand. »Ich dachte, es wäre in den Händen der Tsurani.«

»Gestern zogen sie fort«, sagte die Frau neben dem Mann. »Sie alle. Im letzten Jahr blieben einige Soldaten zurück, die uns bei der Arbeit beaufsichtigten, aber diesmal nicht. Deshalb ergriffen wir die Flucht.«

Terrance nickte erneut, drehte sich halb um und deutete über den Hang nach oben. »Wendet euch dort oben nach Nordosten, und folgt der Kammlinie. Dann gelangt ihr zu einem Waldweg, der euch zu Baron Gruders Truppen bringt. Sie brechen gerade ihr Lager ab, um sich nach LaMut zurückzuziehen. Ihr könnt sie begleiten und Zuflucht vor dem Winter finden.« Er sah den Mann an. »Wohin sind die Tsurani gezogen?«

»Nach Südwesten.«

Terrance rechnete rasch und sagte dann: »Danke. Viel Glück.« Er wendete Bella und ritt über den Hang zum Kamm. Aufregung erfasste ihn. Wenn die Garnison jenes Dorfes nicht zu ihrem Stützpunkt nordwestlich in den Grauen Türmen zurückkehrte, so ließ sich daraus nur der Schluss ziehen, dass sie sich anderen Abteilungen anschließen wollte und einen letzten Angriff plante. Ihre Marschrichtung wies darauf hin, dass es die Tsurani auf Baron Moncriefs Stellung abgesehen hatten. Terrance dachte kurz daran, zu den geflohenen Dorfbewohnern zurückzukehren und sie zu bitten, Baron Gruder Bescheid zu geben. Aber selbst wenn sie Gruders Lager vor Einbruch der Nacht erreichten: Ein Kampf bei Moncriefs Stellung wäre längst entschieden, bevor Gruder Verstärkung schicken konnte.

Außerdem spekulierte er nur, erinnerte sich Terrance. Vielleicht lag er mit seinen Vermutungen ganz falsch.

Doch tief in seinem Innern wusste er, dass das nicht der Fall war.

Er trieb Bella zu einem schnellen Galopp an und hoffte, dass er Moncrief vor den Tsurani erreichte.

Es fiel Bella schwer, weiterhin zu galoppieren. Terrance war bestrebt gewesen, sie so schnell wie möglich laufen zu lassen, ohne sie zugrunde zu richten. Er hatte lange Galopps mit leichterem Gang und Trab unterbrochen, der Stute jedoch seit der Begegnung mit den Dorfbewohnern keine echte Ruhepause gegönnt. So sehr er das Pferd auch schätzte: Die Pflicht verlangte von ihm, es zu opfern, um Baron Moncrief zu warnen.

Er hörte Bellas Atem, ein raues, kratzendes Schnaufen, das darauf hinwies, dass sie kurz vor dem Ende war. Terrance wusste, dass die gute Stute laufen würde, bis sie unter ihm zusammenbrach. Er sah sich in der Zwangslage, die größte Reitgeschwindigkeit mit Bellas Überleben in Einklang zu bringen. Seine Aussichten, Moncrief vor den Tsurani zu erreichen, waren sehr gering, wenn die Stute starb und er die letzten Meilen zu Fuß zurücklegen musste.

Er zügelte Bella und ließ sie langsamer werden, bis sie ging. Nach fünf Minuten im Passgang atmete das Pferd wieder ruhiger. Mit der Rückseite der behandschuhten rechten Hand wischte sich Terrance die Stirn ab und fühlte, wie ihm kalter Schweiß vom Nacken über den Rücken rann. Er fühlte sich sonderbar losgelöst, als er begriff, dass er trotz der Kälte unter dem Mantel schweißgebadet war. Seine Kehle blieb trocken, ganz gleich, wie viel Wasser er trank, und die Lungen fühlten sich wie eingeschnürt an – es fiel ihm schwer, tief durchzuatmen. Hustenanfälle hatten ihn dreimal gezwungen, Bella zu zügeln, während er sich im Sattel zur Seite geneigt und Schleim gespuckt hatte. Die Rippen schmerzten.

Er trachtete danach, den eigenen Beschwerden keine Beachtung zu schenken, sah sich um, hielt nach Landmarken Ausschau und stellte fest, dass er sich im breiten Zugang eines V-förmigen Tals befand. Über drei oder vier Meilen hinweg wurde es immer schmaler und endete am Pass, durch den er Moncriefs Stellung erreichen konnte.

Bewegungen an einer Baumgrenze im Norden weckten seine Aufmerksamkeit, und er hielt Bella an, richtete sich in den Steigbügeln auf und beobachtete die Bäume. Zwischen ihnen, hinter der ersten Baumreihe, bemerkte er Farben in den Schatten: Blau, Grün und Rot.

Er wusste, dass es Tsurani waren, und die unterschiedlichen Farben deuteten auf eine vereinte Streitmacht hin. Offenbar wollte der Feind tatsächlich versuchen, hinter die sich zurückziehenden Truppen des Königreichs zu gelangen und weitere Gebiete in seine Gewalt zu bringen.

Seit dem ersten Jahr der Invasion hatten die Tsurani nicht mehr versucht, ihren Einflussbereich auszudehnen, und so war im Verlauf der letzten sechs Jahre eine stabile Front entstanden. Der Angriff auf Crydee und das Bemühen, Natalhaven und das Bittere Meer zu erreichen, bildeten die einzigen Ausnahmen.

Jetzt deutete alles darauf hin, dass die Tsurani einen erneuten Versuch unternahmen.

Terrance trieb das müde Pferd wieder an.

Wie die meisten wusste er, dass die Tsurani zu den besten Infanteristen zählten, die man je in Midkemia gesehen hatte. Sie waren imstande, an einem Tag und in einer Nacht fünfzig Meilen weit zu marschieren und sofort zu kämpfen, wenn sie ihr Ziel erreichten. Zwanzig Meilen an einem Tag kamen für sie einem Spaziergang gleich.

Terrance schätzte die Entfernung von den Bäumen zum Passzugang ab und begriff, dass er sich beeilen musste, wenn er vor der Tsurani-Vorhut dort sein wollte. Er trat seinem erschöpften Ross in die Seiten, und die tapfere Bella gehorchte ihm.

Zuerst lief sie fast so schnell, wie es ihr ausgeruht möglich war, aber Terrance spürte, wie ihre Kraft mit jedem Augenblick nachließ. Als sie die Hälfte der Strecke zum Pass zurückgelegt hatten, konnte Bella kaum mehr einen langsamen Galopp halten, und als sie sich den Bäumen näherten, ging sie nur noch in unsicherem Schritt.

Terrance sprang zu Boden und streifte rasch den Mantel ab, denn er war zu schwer, um darin zu laufen. Während die Kälte durch seine leichte Jacke stach und der Schweiß das Gefühl noch verstärkte, rückte er die Tasche mit Baron Gruders Bericht für den Grafen zurecht und nahm stumm Abschied von Bella. Er drehte sie so, dass ihr Kopf in die Richtung wies, aus der sie kamen, schickte ein wortloses Gebet an Ruthia, Göttin des Glücks, und schlug der Stute aufs Hinterteil. Sie entfernte sich ein Stück, blieb dann stehen und atmete schwer; ihre Seiten hoben und senkte sich. Sie blickte zu ihm zurück, und Terrance sagte: »Nach Hause, Bella!« Die Stute schien fast zu nicken und ging langsam fort.

Terrance sah zum weniger als zwei Meilen entfernten Pass hin und setzte sich in Bewegung. Der Boden war so stark vereist, dass jeder Laufversuch im Sturz enden musste. Er durfte sich keine Verletzung zuziehen, die ihn daran gehindert hätte, seine Aufgabe zu erfüllen. Und wenn er jetzt fiel, geriet er sehr wahrscheinlich bei den Tsurani in Gefangenschaft oder wurde von ihnen getötet.

Mehrmals fühlte er, wie seine Stiefel um einen Fingerbreit am Boden rutschten. Terrance ging mit langen, aber auch vorsichtigen Schritten, die ihn ohne die Gefahr eines Sturzes dem Ziel näher brachten. Als er eine kleine Lichtung vor dem Waldland erreichte, das zum Pass führte, wiesen Rufe in der Ferne darauf hin, dass die Tsurani ihn entdeckt hatten. Das zwang ihn, trotz des vereisten Bodens zu laufen.

Er sah nach rechts und bemerkte sechs Tsurani-Soldaten, die die Farben des Hauses Minwanabi trugen, Schwarz und Orange, und sich anschickten, ihm den Weg abzuschneiden. Terrance schätzte den Winkel ab und glaubte, dass er den Pass vor ihnen erreichen konnte. Er hoffte, dass die Tsurani die Gegend nicht so gut kannten wie er, denn es gab einige Stellen, wo sie zu ihm aufholen konnten, wenn sie mit dem Gelände vertraut waren.

Wenn sich die Verfolger auskannten, musste Terrance mit dem Tod rechnen.

Er senkte den Kopf und lief noch schneller.

Hundert Schritt vor den ersten Bäumen hörte Terrance, wie Tsurani-Sandalen auf eisigem Boden knirschten und zu ihm aufschlossen. Als die Entfernung auf fünfzig Schritt schrumpfte, hörte er den keuchenden Atem der Verfolger. Bei fünfundzwanzig Schritt sauste ein Pfeil an seinem Kopf vorbei und verfehlte ihn um zwei Armlängen. Terrance duckte sich und erreichte die Bäume, als sich ein weiterer Pfeil in den Stamm bohrte, an dem er gerade vorbeigelaufen war.

Er wich nach links aus und steigerte seinen Lauf auf einem schmalen Pfad zwischen mehreren großen Bäumen. Seine Lungen brannten, und er spürte, wie die Beine zu zittern begannen, aber er lenkte seine Gedanken auf das Ziel, den Tsurani zu entkommen. Das Herz klopfte ihm bis zum Hals, und er fühlte eine so überwältigende Furcht, dass ihm Tränen in die Augen quollen. Er blinzelte sie fort, hielt den Blick auf den Weg gerichtet. Es war ein Wildpfad, der zu einem kleinen Teich führte, etwa zweihundert Schritt entfernt. Als ihn noch fünfzig Schritt davon trennten, wandte sich Terrance nach rechts und lief einen kleinen Hang hinauf. Wenn ihn die Tsurani aus den Augen verloren, würden sie dem Verlauf des Weges zum Teich folgen, und dadurch gewann er wertvolle Zeit.

Aber selbst wenn er den sechs Verfolgern entkam: Das Gros der Tsurani-Streitmacht war zum gleichen Pass unterwegs wie er, und wenn er ihn nicht wenigstens eine kurze Zeit vor ihr erreichte, lief er Gefahr, einem ihrer Bogenschützen zum Opfer zu fallen, denn vor dem Pass erstreckte sich eine Lichtung, die einem laufenden Mann keine Deckung gewährte.

Zum ersten Mal seit Beginn seines Militärdienstes verfluchte Terrance die hohen Reitstiefel. Sie saßen nicht fest genug, und mehrmals hätte er sich beinahe den Fuß verstaucht. Geistesabwesend überlegte er, ob er einen Schuhmacher bitten sollte, das Leder vorn aufzuschneiden und Ösen und Schnürsenkel hinzuzufügen. Dann kam er zu dem Schluss, dass er am besten Umstände meiden sollte, die schnelles Laufen von ihm verlangten.

Mit voller Geschwindigkeit erreichte er die kleine Lichtung und entschied, so schnell wie möglich zu laufen, anstatt nach rechts und links auszuweichen. Er hoffte, bei den nicht weit entfernten Felsen zu sein, bevor ein Bogenschütze der Tsurani innehielt, einen Pfeil auf die Sehne setzte, zielte und schoss.

Irgendetwas – das Surren einer Sehne, die Schritte der Verfolger, um einen weniger geworden, oder schlicht und einfach Eingebung – veranlasste ihn, sich im letzten Augenblick nach links zu wenden. Ein schwarzer Pfeil jagte an ihm vorbei, verfehlte seinen Rücken nur um eine Handbreit. Er sauste nach rechts, erreichte den Einschnitt zwischen den Felsen und lief auf der linken Seite weiter.

Der Pass bot nur zwei Reitern nebeneinander Platz, und Terrance wusste, dass er eine natürliche Verteidigungsstellung bot. Am anderen Ende gab es zumindest einen kleinen Trupp Soldaten des Königreichs, und er wäre in Sicherheit, wenn er das Ende des etwa eine Meile langen felsigen Wegs vor den Tsurani erreichte.

Er hoffte inständig, dass sie der Vorsicht den Vorrang geben und langsamer würden, sobald sie den Pass erreichten, vielleicht aus Furcht davor, dass er ihnen irgendwo auflauerte. Doch nach wenigen Momenten hörte Terrance hinter sich die Geräusche laufender Männer, und da wusste er, dass die Tsurani alles andere als vorsichtig waren. Sie hatten einen Mann gesehen, nur mit einem Schwert bewaffnet, der um sein Leben lief.

Terrances Beine brannten vor Erschöpfung, und seine Lungen schienen nicht genug Luft zu bekommen. Er zwang sich, so tief wie möglich zu atmen. Als er einen Hustenanfall kommen spürte, atmete er scharf aus und kämpfte gegen den Drang an. Er glaubte zu spüren, wie er mit jedem verstreichenden Moment schwächer wurde, und er hatte schreckliche Angst, zusammenzubrechen, bevor er in Sicherheit wäre. Panik konnte schneller töten als alles andere, wusste Terrance, und deshalb unterdrückte er sie, so gut es ging. Er war krank und müde, nahm sich aber zusammen und lief, so schnell er konnte, im Wissen, dass der Tod nur fünfzig Schritt hinter ihm war.

Der Pass wand sich hin und her, was die Bogenschützen der Tsurani daran hinderte, erneut auf ihn anzulegen. Terrance erinnerte sich daran, dass der Weg am südwestlichen Ende des Felseinschnitts breiter wurde und fast hundertfünfzig Schritt weit geradeaus führte. Er hoffte, dass die königlichen Bogenschützen wachsam genug waren, um seine Uniform ebenso früh zu erkennen wie die Art seiner Verfolger.

Er lief durch die letzte Kurve und sah die gerade Strecke vor sich, und tatsächlich endete sie an einer hölzernen Sperrbefestigung königlicher Truppen. Sofort erschallende Rufe wiesen darauf hin, dass man ihn gesehen hatte. Er winkte im Laufen mit der rechten Hand.

Doch als er sich der Schanze näherte, hoben die Soldaten ihre Bögen – und Pfeile schnellten in seine Richtung.

Sie sausten jedoch über Terrance hinweg, und hinter ihm erklang ein schmerzerfüllter Schrei – ganz offensichtlich waren die Tsurani jetzt in Sichtweite der Barrikade. Er wagte es nicht, einen Blick zurück zu werfen, denn vielleicht achtete der Feind gar nicht auf die Deckung durch die Schützen und setzte die Verfolgung fort.

Terrance sprang, als er die Schanze erreichte, über zwei Stufen mit letzter Kraft hoch, landete auf der etwa brusthohen Barrikade und sank zusammen, als Soldaten des Königreichs ihn an der Jacke packten und auf die andere Seite zogen.

Ein grauhaariger Feldwebel half ihm auf die Beine. In seinem Gesicht zeigte sich eine scheußliche Narbe; offenbar stammte sie von einer Wunde, die höchstens eine Woche alt und schlecht genäht war. »Das war ziemlich knapp, Junge«, sagte er.

»Mir blieb … keine Wahl«, brachte Terrance hervor, keuchte und hustete. »Mein Pferd … war erschöpft … und ich habe … wichtige Nachrichten für … Baron Moncrief.«

»Na gut«, brummte ein Soldat, der in der Nähe hinter der Brustwehr hockte. »Aber musstest du unbedingt die dort mitbringen?« Er deutete in Richtung der Tsurani-Bogenschützen, die sich ein Gefecht mit den Bogenschützen des Königreichs lieferten.

»Es war nicht meine Idee«, sagte Terrance, stand auf und hielt den Kopf gesenkt. Plötzlich begann er zu husten und bebte dabei am ganzen Leib. Die Anstrengung war so groß, dass erneut die Rippen schmerzten. Er wandte sich ab, als Flüssigkeit aus den Lungen nach oben kam, spuckte sie aus.

»Das klingt nicht gut«, meinte der Feldwebel.

»Ich werd's überleben«, erwiderte Terrance. »Nur eine üble Erkältung, weiter nichts.« Einen Moment lang stützte er die Hände auf die Knie, richtete sich dann auf. »Ich brauche ein Pferd.«

»Nimm dir eins von den angebundenen«, sagte der Feldwebel. »In der letzten Woche haben wir einige Jungs verloren. Was erwartet uns?«

»Viele Tsurani, so wie's aussieht«, entgegnete Terrance. »Ich muss dem Baron Bescheid geben. Es scheint ein letzter Versuch zu sein, dies Land hier zu erobern.«

»Wundervoll.« Der Feldwebel zog sein Schwert. »Macht euch bereit, Jungs!«, rief er, als Terrance von der Verteidigungsstellung forteilte.

Etwa hundert Schritt weiter südlich stand ein Dutzend kleiner Zelte, und die Soldaten, die in ihnen ausgeruht hatten, liefen nun zur Barrikade – vermutlich hatte der Feldwebel Alarm gegeben, als Terrance durch den Pass gekommen war. Die Bogenschützen sollten in der Lage sein, die Tsurani ein oder zwei Stunden aufzuhalten. Zeit genug für Terrance, das Lager des Barons zu erreichen und dafür zu sorgen, dass die Verteidiger Verstärkung bekamen.

Er sah sich die angebundenen Pferde an und wählte einen grauen Wallach mit breitem Rumpf und gesunden Beinen aus. Das Tier sah nach Ausdauer und Kraft aus, und das brauchte er dringender als die Schnelligkeit, die ihm einige der anderen Rösser boten.

Um ganz sicher zu sein, sah er sich die Hufe des Wallachs an und stellte fest, dass sie gut gepflegt und ohne Soor oder andere Mängel waren. Anschließend überprüfte er die Sättel am nahen Gestell und nahm einen, der fast ebenso leicht war wie der, den er für Bella benutzt hatte. Zweimal zwangen ihn Hustenanfälle, eine kurze Pause einzulegen, aber nachdem er mehr Schleim aus den

Lungen ausgespuckt hatte, fühlte er sich besser und konnte etwas leichter atmen. Vielleicht habe ich das Schlimmste überstanden, dachte er und untersuchte den ausgewählten Sattel. Wahrscheinlich handelte es sich um den Sattel eines Spähers, denn die anderen waren größer und stabiler, bestimmt für Soldaten, die vom Rücken eines Pferdes aus kämpften. Diese Truppe gehörte zur berittenen Infanterie, aber manchmal wurde sie auch als Reserve-Kavallerie eingesetzt, und das spiegelte sich in den Sätteln wider.

Terrance sattelte und zäumte das Pferd, stieg auf und besann sich auf seine Aufgabe. Er dachte nicht daran, wie sehr er sich bei der Flucht vor den Tsurani gefürchtet hatte, schob die Erinnerung daran so weit wie möglich fort. Wenn sie Teil seiner Gedanken geblieben wäre, hätte sie ihn überwältigen und daran hindern können, seine Aufgabe zu erfüllen, und das hätte große Schande über ihn gebracht.

Das Pferd schnaubte und folgte dem Verlauf des Weges, lief fort von dem Kampf, der sich bei der Barrikade anbahnte. Eine Weile ließ Terrance es traben, damit es sich aufwärmte. Dann grub er dem Wallach die Hacken in die Seiten und trieb ihn zu einem Galopp an.

Das Lager des Barons war weniger als vier Meilen entfernt, und es dauerte nicht lange, diese Strecke zurückzulegen. Wortlos stieg Terrance ab und reichte die Zügel dem ersten Wächter am Zelt des Barons. Zum zweiten Wächter sagte er: »Befehle vom Grafen!«

Der Mann nickte, sah ins Zelt und sagte etwas. Einen Moment später trat er beiseite und hielt die Zugangsplane auf. Terrance trat ein. »Nachrichten vom Grafen und von Baron Gruder, Euer Lordschaft.«

Moncrief war alt, fast siebzig, und der Krieg ließ ihn noch älter aussehen. Das graue Haar reichte ihm bis auf die Schultern, und die Augen lagen tief in den Höhlen, unterstrichen von dunklen Ringen. »Ich höre«, sagte er mit sanfter Stimme.

»Vom Grafen: Ihr sollt Euch ins Winterquartier zurückziehen. Geordneter Rückzug. Kampf nur zur Verteidigung.

Von Baron Gruder: Er rechnet mit dem Versuch einer großen Tsurani-Streitmacht, während Eures Rückzugs vorzustoßen, um vor dem Frühling ihr Herrschaftsgebiet auszudehnen.

Und noch etwas, Sir: Bei meinem Eintreffen wurde Eure Barrikade am nördlichen Pass angegriffen. Der dortige Gegner hat etwa Kompaniestärke und besteht aus mindestens zwei großen Häusern, Anasati und Minwanabi.«

Der Baron blinzelte. »Wie bitte?«

»Die Tsurani greifen derzeit Eure nördliche Barrikade an, und der dortige Feldwebel bittet respektvoll um Verstärkung.«

»Warum hast du das nicht sofort gesagt?«, fuhr der Baron ihn an, wartete jedoch keine Antwort ab und rief Befehle. Er wies das Lager an, sich gefechtsbereit zu machen, nach Norden auszurücken und dabei zu helfen, den Angriff der Tsurani abzuwehren.

Terrance wartete, da man ihn nicht entlassen hatte. Als der Baron alle notwendigen Anweisungen erteilt hatte, wandte er sich dem Melder zu. »Sonst noch etwas?«

»Auf dem Weg hierher habe ich mein Pferd verloren und mir bei der Barrikade einen Wallach genommen, Sir. Darf ich ihn behalten, damit ich meine Aufgabe fortsetzen kann?«

»Ja«, sagte der Baron und tat die Frage mit einem Wink ab.

»Habt Ihr eine Nachricht, die ich mitnehmen soll, Euer Lordschaft?«

»Normalerweise würde ich einen Bericht für den Grafen schreiben, aber dafür bleibt mir unter den gegenwärtigen Umständen keine Zeit.« Der Bursche des Barons kam ins Zelt, und zwei andere Bedienstete trugen die Rüstung des Kommandeurs herein. Der

Alte schien zu beabsichtigen, die Verstärkung selbst zur Barrikade zu führen. »Ich erstatte dem Grafen persönlich Bericht, wenn ich nach LaMut zurückkehre. Sag ihm, was hier geschieht. Übermittle ihm meinen Rat, seine Flanke zu schützen, wenn er sich zurückzieht.«

»Sir«, sagte Terrance.

»Du kannst gehen.«

Der Melder verließ das Zelt und nahm die Zügel seines Pferds. Er war krank, hungrig, müde und vor allem durstig. Terrance ging durch ein Lager in Aufruhr, als hunderte von Soldaten Aufstellung bezogen und Kompanien formten, bereit dazu, nach Norden zu marschieren. Selbst die Reservisten, die zurückbleiben würden, um das Lager zu verteidigen oder nötigenfalls andere Stellungen an der Front zu verstärken, eilten hin und her.

Terrance erreichte das Speisezelt und stellte dort fest, dass die Köche und ihre Küchenjungen fleißig dabei waren, Proviant für die Männer an der Front vorzubereiten. Er hielt einen Jungen fest, der einen Korb mit frisch gebackenem Brot auf einen Wagen stellen wollte, und sagte: »Ein Wasserschlauch?«

Der Junge schüttelte seine Hand ab. »Hab keinen. Frag den Proviantmeister.«

Terrance nahm einen Laib Brot und schenkte dem Protest des Jungen keine Beachtung. Er schob sich an zwei anderen Jungen vorbei, die ein halb mit Äpfeln gefülltes Fass trugen, und er nahm einen, bevor sie ihn daran hindern konnten. Der Apfel hatte bereits braune Stellen, aber er biss trotzdem hinein.

Der Proviantmeister beaufsichtige das Aufladen der Vorräte, und Terrance trat zu ihm. »Ich bin der Melder des Grafen. Ich brauche eine neuen Wasserschlauch und einen Mantel, wenn du einen hast.«

Der Proviantmeister sah Terrance an, bemerkte seine Uniform und die Tressen. »Hast du deinen verloren?«

»Zusammen mit meinem Pferd.«

»Ein wenig gedankenlos, findest du nicht?«

Terrance überhörte diese Worte. »Könnt Ihr mir helfen?«

Der Mann deutete auf einen Kleidungsstapel am Rande des Versorgungsbereichs. »Dort findest du eine Jacke oder einen Mantel, wenn dich das Blut nicht stört.« Er drehte sich um und kramte in einem Leinenbeutel. »Und hier ist ein Wasserschlauch für dich.«

Terrance wollte eine weitere Frage stellen, aber der Proviantmeister kam ihm zuvor. »Die Wasserfässer stehen dort drüben.« Er deutete zur Mitte des Lagers, wo Soldaten vor dem Marsch nach Norden ihre Wasserschläuche füllten. »An deiner Stelle würde ich mich beeilen.«

Terrance wusste, was der Mann meinte. Der Kampf an der Barrikade bedeutete, dass der Tross zur Versorgung der Verstärkung verlegt wurde. Die Jungen waren bereits damit beschäftigt, die Wagen zu beladen und Pferde anzuspannen, um so schnell wie möglich Versorgungsgüter zum Kampfgebiet zu bringen.

Terrance verschlang den Apfel und biss hungrig ins Brot, als er seinen Wallach zum Kleidungshaufen führte. Wenn es nicht zu dem plötzlichen Durcheinander gekommen wäre, hätten die Jungen des Trosses die Kleidungsstücke der Gefallenen überprüft und noch verwendbare Stücke gereinigt und dem Quartiermeister übergeben. Zu sehr in Mitleidenschaft gezogene Mäntel, Jacken und Hosen wurden verbrannt.

Zwei Jungen, die einen Wagen zu dem Haufen gelenkt hatten, machten sich jetzt daran, den ganzen Kram aufzuladen. »Einen Augenblick!«, rief Terrance.

Sie hielten inne, und einer fragte: »Was ist?«

»Ich brauche einen Mantel. Meinen habe ich an die Tsurani verloren.«

»Beeil dich«, sagte der andere Junge, ein kleiner, breitschultriger Bursche, der vermutlich schon im nächsten Jahr Soldat sein würde. »Wir sollen dies alles nach LaMut bringen und es dort sortieren.«

Terrance versuchte, nicht auf den Gestank von geronnenem Blut, Schweiß, Urin und Fäkalien zu achten, der allen Kleidungsstücken anhaftete, die man den Toten auf einem Schlachtfeld abnahm. Rasch zog er ein halbes Dutzend Jacken und Mäntel beiseite, bis er vertrautes Grau sah.

Er zog den Mantel eines Melders unter einigen blutigen Hosen hervor und untersuchte ihn. Ein Loch deutete auf einen Pfeil hin, der den früheren Besitzer dieses Mantels zwischen den Schulterblättern getroffen hatte, aber abgesehen davon war er brauchbar. Terrance warf ihn sich über den Arm. »Ich nehme diesen.«

Die Jungen gaben keine Antwort und machten sich wieder an die Arbeit.

Terrance wandte sich ab von der zerrissenen Kleidung der Gefallenen und führte sein Pferd langsam zum südlichen Rand des Lagers. An einem Fass füllte er den Wasserschlauch, und als er aufsteigen wollte, kamen sechs Träger, griffen nach dem Fass und drehten es um. In diesem Gebiet gab es viele Bäche; es war also nicht nötig, Wasser nach LaMut mitzunehmen.

Plötzlich krümmte sich Terrance zusammen, erlitt einen Hustenanfall und spuckte Schleim. Er hustete, bis ihn die Rippen schmerzten, aber schließlich konnte er etwas besser atmen. Er richtete sich auf, und ihm schwindelte für einen Moment. Dann fand er die Orientierung wieder.

Langsam atmete er tief durch und spürte ein leichtes Kratzen, aber keinen neuen Hustenreiz. Terrance wiederholte den tiefen Atemzug und seufzte. Er aß den Rest Brot, streift den Mantel über und versuchte, dem Geruch keine Beachtung zu schenken – bald würde er ihn gar nicht mehr bemerken. Er fragte sich, wer der frühere Besitzer gewesen sein mochte, und dachte kurz darüber nach, wer infrage kam. Jack Macklin war in diese Richtung geritten, als er den Tod gefunden hatte. Es konnte also sein Mantel sein.

Terrance wusste, dass er es wahrscheinlich nie genau erfahren würde. Er saß auf, trieb den Wallach an und ritt in Richtung von Baron Summervilles Lager. Ein Blick gen Himmel teilte ihm mit, dass er einen halben Tag verloren hatte und eine zweite Nacht auf dem Boden schlafen musste, bevor er ins Lager des Grafen zurückkehren konnte.

Unwillkürlich klopfte er auf die Tasche an seiner Hüfte, um sich zu vergewissern, dass er Baron Gruders Mitteilungen nach wie vor bei sich trug. Dann atmete er einmal mehr tief durch und ließ das Pferd schneller werden, denn er wollte sein Ziel vor Einbruch der Dunkelheit erreichen.

Der Wallach war nicht Bella, erwies sich aber als gehorsam und ebenso trittsicher wie die Stute. Er sprach gut an, und Terrance wurde zuversichtlicher, tatsächlich noch den Abend dieses schier endlosen Tages zu erleben. Erst acht Stunden waren vergangen, seit er Gruders Lager verlassen hatte, aber er fühlte sich wie nach einem Ritt über Nacht. Er war vollkommen erschöpft, und dumpfer Schmerz wies darauf hin, dass er nach dem Gewaltritt und der Flucht vor den Tsurani zu wenig ausgeruht hatte.

Der Nachmittag verging langsam. Zweimal spürte Terrance, wie Hitze in ihm emporwallte, ihm Schweiß aus den Poren trieb und über sein Gesicht rinnen ließ, wo er sich im kalten Wind in eine eisige Maske verwandelte. Er bemühte sich, nicht an seine Krankheit zu denken, sondern an die Aufgabe, die es zu erfüllen galt. Als die Abenddämmerung einsetzte, geriet er in Sichtweite von Baron Summervilles Lager. Die Wächter ließen ihn wortlos passieren, und er erreichte das Kommandozelt des Barons, als es dunkel wurde.

Ein Gardist kündigte Terrance an und nahm die Zügel des

Wallachs, als der junge Melder abstieg und das Zelt betrat, um Bericht zu erstatten.

Baron Summerville war der Einzige der drei Kommandeure, den Terrance gut kannte. Er war der Sohn eines anderen entfernten Vetters und Hofbaron in Krondor. »Terry!«, rief er und freute sich, seinen Verwandten wiederzusehen. »Welche Neuigkeiten bringst du?«

»Sir, der Graf hat den Winterrückzug angeordnet.«

»Wundervoll«, sagte Summerville und bedeutete Terrance, Platz zu nehmen. Dann musterte er den jungen Melder und fügte hinzu: »Du siehst schrecklich aus. Bist du krank?«

»Es ist nur eine Erkältung, Euer Lordschaft. Nicht der Rede wert.«

»Wein?«

»Ein wenig, Euer Lordschaft.« Terrances Kehle war wund, und vielleicht half der Wein.

Der Baron winkte, und sein Leibdiener füllte zwei Becher. Terrance nahm das warme Getränk dankbar entgegen. »Befehle vom Grafen«, sagte er. »Geordneter Rückzug. Kampf nur zur Verteidigung.

Von Baron Gruder: Er glaubt, dass die Tsurani während des Rückzugs vorstoßen, um weitere Gebiete in ihre Gewalt zu bringen und bis zum Frühling zu halten.

Von Baron Moncrief: Die Tsurani greifen seine Stellung von Norden an.«

Baron Summerville stand auf, trat zu einer Karte und betrachtete sie eine Zeit lang. »Ich glaube, Gruder hat Recht«, sagte er. »Die Mistkerle versuchen, Moncrief nach Südosten abzudrängen. Das würde uns von Gruder abschneiden, dem dann nichts anderes übrig bliebe, als ganz bis nach LaMut zurückzuweichen.« Er rieb sich das Kinn, das ein prächtiger blonder Bart bedeckte. Selbst hier draußen pflegte er ihn sorgfältig. »Wir sind hier unbedroht, unsere Späher haben keine Anzeichen von Tsurani entdeckt. Ich glaube, ich kann mich an die Befehle des Grafen halten und Moncrief trotzdem helfen. Wenn wir uns gemeinsam ›zurückziehen‹ – natürlich geordnet – so können wir die Tsurani hinter ihre eigenen Stellungen zurückwerfen und dann nach Osten schwenken, während Gruder seine Position hält. Anschließend kehren wir alle zusammen heim.« Er nickte. »Ja, das müsste sich bewerkstelligen lassen. In einigen Wochen wird es so kalt sein, dass die Tsurani keinen neuerlichen Vorstoß unternehmen, und so viel Zeit wäre erforderlich, ihre Truppen neu aufzustellen und eine größere Streitmacht vorrücken zu lassen. Und eine solche Streitmacht brauchen sie für den Fall, dass wir eine Garnison zurückgelassen haben. Ja, so gehen wir vor.«

Der Baron drehte sich zu Terrance um. »Ich muss dich leider bitten, auf einem weiten Umweg zum Grafen zurückzukehren, Terry.«

»Sir?«

»Ich möchte, dass du morgen früh beim ersten Tageslicht zu Moncrief reitest und ihm mitteilst, dass ich mich in seine Richtung ›zurückziehe‹. Bis morgen Mittag verlege ich das Gros meiner Streitmacht, um seine Stellungen zu verstärken. Der Rest hält sich für den Fall bereit, dass weitere Tsurani Moncriefs Stellung umgehen und versuchen, hinter sie zu gelangen.«

»Ja, Sir.«

»Wie geht es deiner Familie, Terry?«, fragte Baron Summerville mit einem Lächeln.

»Gut, Euer Lordschaft. Vor einem Monat habe ich einen Brief von meiner Mutter bekommen. Zu Hause ist alles ruhig, den Göttern sei Dank. Vater dient noch immer in Herzog Brucals Heer im Norden von Yabon, aber bevor meine Mutter mir schrieb, bekam sie eine Nachricht von ihm, und darin hieß es, er sei wohlauf.

Mein Bruder Gerald kommandiert eine Kavalleriekompanie aus Tyr-Sog unter dem Oberbefehl meines Vaters.«

»Man sollte davon ausgehen, dass es allen gut geht, bis man das Gegenteil hört«, sagte Baron Summerville. »Andernfalls fällt es einem schwer, die Mahlzeiten im Bauch zu behalten, wenn du verstehst, was ich meine.«

»Ja, Sir«, sagte Terrance.

»Da wir gerade bei Mahlzeiten sind … Ich würde dich gern dazu einladen, mit mir zu speisen, Verwandter, aber bei Tagesanbruch marschieren wir los, und ich habe noch viel zu tun. Geh zum Proviantmeister, und lass dir von ihm geben, was du benötigst. Du brauchst dich nicht noch einmal bei mir zu melden, bevor du aufbrichst. Du reitest beim ersten Licht des Tages los, in Ordnung?«

»Ja, Euer Lordschaft«, sagte Terrance. Er verstand die letzten Worte als Aufforderung zu gehen, verneigte sich und trat zum Ausgang des Zelts.

Als er die Plane erreichte, sagte der Baron: »Terry …«

»Ja, Euer Lordschaft?«

»Sei ein guter Junge, und lass dich nicht umbringen.«

»Sir«, erwiderte Terrance, lächelte und ging.

Er nahm sein Pferd und führte es durchs Lager, zum Zelt des Proviantmeisters. Bevor er es erreichte, fühlte er, wie sich die Stimmung im Lager änderte, als sich schnell herumsprach, dass die Soldaten am nächsten Morgen früh aufbrechen, Moncrief zu Hilfe eilen und anschließend heimkehren würden.

Er betrat das Speisezelt, empfing dort eine Mahlzeit und nahm damit außerhalb des Zelts Platz. Die Wärme des Kochfeuers durchdrang die Zeltplane, und Terrance saß mit dem Rücken zu ihr, als er das Essen hinunterschlang. Der Koch hatte dem ganz offensichtlich erschöpften Jungen auch eine Flasche gegeben, die vom letzten Abendessen des Barons übrig geblieben und noch halb voll Wein war. Terrance hatte den Teller halb geleert, als er erneut zu husten und zu spucken begann, so heftig, dass sein ganzer Körper schmerzte. Die Rippen fühlten sich an, als hätte er sich auf einen Kampf gegen den Meisterringer des Herzogs eingelassen und wäre von ihm fast zerquetscht worden. Er lehnte sich zurück, atmete langsam und flach. Die Erschöpfung lastete schwer auf ihm, und er schloss die Augen, um eine Weile auszuruhen.

Eine Stiefelspitze stieß sanft an sein Bein. »He, Junge. Du erfrierst, wenn du dich nicht bewegst.«

Der Melder hob den Kopf und sah, dass der Koch aus dem Zelt gekommen war, um Reste wegzuwerfen. Er hatte Terrance schlafend vorgefunden, den Teller auf dem Schoß und den Holzlöffel in der rechten Hand.

»Hast du einen Schlafplatz?«, fragte der Koch.

»Hab noch keinen gefunden«, erwiderte Terrance.

»Wahrscheinlich würdest du vergeblich suchen. Es haben hier kaum mehr Kämpfe stattgefunden, seitdem die letzte Verstärkung eingetroffen ist, und deshalb gibt es keine leeren Zelte.« Der alte Koch rieb sich das Kinn. »Der Proviantmeister hätte sicher nichts dagegen, dass du in der Nähe der Feuer schliefst. Vorausgesetzt, es macht dir nichts aus, morgen früh vor Sonnenaufgang aufzustehen. Dann bereiten wir die letzte Mahlzeit zu, bevor wir aufbrechen.«

»Das macht mir nichts aus«, sagte Terrance. »Ich muss ohnehin beim ersten Licht losreiten.«

»Gut. Dann komm mit.«

Terrance folgte dem Koch zur anderen Seite des Speisezelts, wo zwei Jungen die Feuer bis zum nächsten Morgen bedeckten. Sie gaben mit großen Schaufeln Asche auf Feuerholz und Kohle. Terrance bemerkte erst jetzt, dass nicht nur Holz verwendet wurde. Er begriff, dass es in Hinsicht auf den Tross einiges gab, dem er bislang kaum Beachtung geschenkt hatte.

Neben einem Zelt waren tönerne Krüge und Töpfe aller Größen aufgestapelt. Bei einem anderen sah Terrance Schalen und Platten; ihre Stapel reichten teilweise fast mannshoch empor. Ein Dutzend gemauerte Backöfen stand in der Nähe, und mit hölzernen Schiebern holten Jungen dampfende Brotlaibe daraus hervor. Zwar hatte Terrance vor kurzer Zeit etwas gegessen, aber beim Duft des frisch gebackenen Brotes lief ihm das Wasser im Mund zusammen. »Nehmt ihr die Öfen mit nach LaMut?«, fragte er.

»Das könnten wir«, sagte der Koch. »Wir bräuchten für jeden von ihnen einen Wagen und ein Gespann, aber mit einem Flaschenzug kann jeder Ofen angehoben und auf einen stabilen Karren geladen werden. Doch warum sollten wir uns diese Mühe machen? Wir lassen sie hier zurück, damit sie bis zum Frühling auf uns warten. Der Schnee schadet ihnen nicht. Wir verscheuchen nur einige Tiere oder Vögel aus ihnen, die beschlossen haben, sie als Brutplatz zu benutzen. Nach einer gründlichen Reinigung können sie wieder verwendet werden. Wenn dieses Lager jemals verlegt werden sollte, transportieren wir pro Tag ein oder zwei Öfen zum neuen Ort.«

Der Koch deutete auf die zwei Dutzend Wagen, aus denen der Tross des Heeres bestand. »Da sind wir. Such dir einen Weg hinein, und schnapp dir eine Decke. Die Jungen kriechen unter die Wagen, wenn das Brot für den Morgen fertig ist. Sie sind ein verlauster Haufen kleiner Mistkerle, aber sie werden dich nicht stören. Und du wirst feststellen, dass du es in ihrer Mitte warm hast. Eine Stunde vor Sonnenaufgang wird man dich wecken.«

Terrance bedankte sich, kroch unter den ersten Wagen und stieß auf ein regelrechtes Labyrinth aus Wagenrädern, Töpfen mit persönlichen Dingen, Bündeln schmutziger Kleidung und einigen schlafenden Jungen, die krank zu sein schienen. Er fand einen freien Platz auf einer schmutzigen Decke neben einem Haufen anderer schmutziger Decken, und eine davon zog er über sich.

Er dachte an das Leben der vielen Jungen im Tross und bei der Verpflegung. Es war bereits dunkel, und die meisten Soldaten schliefen, aber sie arbeiteten noch immer, packten im Lager alles zusammen – Waffen, Kleidung, Verbände, Werkzeug – oder kneteten Brot in den Küchenzelten, brieten Fleisch und bereiteten alles andere vor, damit die Männer etwas zu essen hatten, bevor sie früh am Morgen nach Nordosten aufbrachen. Den Jungen blieben höchstens fünf Stunden Schlaf, bevor die Schufterei von vorn begann. Terrance wusste, dass sie im Verlauf des Vormittags und am frühen Nachmittag ein Nickerchen machen konnten, aber die Tage waren trotzdem lang und sehr anstrengend.

Er fühlte Schweiß am Körper, und trotz der Decke und der Nähe zum Feuer fröstelte er immer wieder. Gegen einen Hustenanfall kämpfte er an, erlag einem zweiten und fand schließlich genug Ruhe, um zu schlafen.

Terrance erinnerte sich an einen Soldaten, der ihm während seiner ersten Woche im Lager des Grafen gesagt hatte: »Du solltest lernen, immer dann zu schlafen, wenn du Gelegenheit dazu hast, Junge. Denn du weißt nie, wann sie sich wieder bietet.«

Er verstand die Weisheit dieser Worte und schlief schnell ein.

Für einen Moment wusste er nicht, wo er war. Um ihn herum ächzten Jungen, die nach zu wenig Schlaf aufstehen mussten, und hinzu kam die eigene tiefe Erschöpfung – beides zusammen verwirrte Terrances Sinne. Er setzte sich auf und stieß mit dem Kopf an die Unterseite eines Wagens.

Es war noch dunkel.

»Immer mit der Ruhe«, sagte der Junge neben ihm. »Sei vorsichtig, oder du schlägst dir selbst den Schädel ein.«

Terrance rieb sich die schmerzende Stelle. »Danke. Von jetzt an passe ich besser auf.«

Die Jungen krochen unter den Wagen hervor und eilten zu ihrer Arbeit. Terrance wartete, bis der Letzte von ihnen fort war, und folgte ihnen dann. Er war steifer als sonst vom Schlafen auf dem Boden, fühlte sich trotz der nächtlichen Ruhe müde und elend. Wieder begann er zu husten und spuckte und spuckte, bis ihm der Schmerz Tränen in die Augen trieb.

Am liebsten hätte er sich hingesetzt und geweint. Nie zuvor in seinem Leben war er so erschöpft und hoffnungslos gewesen. Der eigene Körper schien sich ihm ebenso zu widersetzen wie die Elemente, und der Gedanke an den bevorstehenden Ritt war fast unerträglich.

Im Lager des Grafen gab es einen Apotheker, der aus Kräutern und Wurzeln einen Trank zusammenbraute, durch den man sich schneller von einer Erkältung, einem Katarrh und selbst Schlimmerem erholte. Nach der ursprünglichen Planung hätte Terrance am Nachmittag dieses Tages zurück sein wollen und sich an den Apotheker wenden können. Aber das Schicksal bestimmte, dass er auf dem Weg zurückkehrte, den er gekommen war, und es gab eine Streitmacht der Tsurani zwischen den Lagern von Moncrief und Gruder, was für ihn bedeutete, dass er einen weiteren Tag und eine Nacht unterwegs sein würde.

Wenn er Pech hatte, stand er kurz vor einer Lungenentzündung, wenn er das Lager des Grafen erreichte. Fast hätte er sich der Verzweiflung hingeben, doch ihm blieb keine Wahl. Er beschloss, sich eins nach dem anderen vorzunehmen und nur an die unmittelbar vor ihm liegende Aufgabe zu denken, nicht daran, welche Anstrengungen ihn sonst noch erwarteten.

Terrance wanderte durch das Durcheinander aus Jungen, die die letzte Mahlzeit in diesem Lager vorbereiteten und bereits damit begannen, den Rest der Vorräte zu verladen, damit der Tross dem vorrückenden Heer schnell folgen konnte. Er beobachtete, wie sich Ordnung im Gewühle abzeichnete, und bewunderte den Fleiß der Jungen, die genau zu wissen schienen, was man von ihnen erwartete. Gelegentlich schubsten und rempelten sie sich an, aber es waren eben Jungen, und sie vernachlässigten deshalb nicht ihre Pflichten.

Lagerjungen hatten es schwer, fand Terrance, wenngleich nicht schwerer als die Straßenkinder in den Städten. Hier bekamen sie wenigstens ein oder zwei Mahlzeiten am Tag und hatten einen Schlafplatz, wo man sie nicht störte. Betrunkene Soldaten anderer Heere mochten Jungen missbraucht haben, aber schon vor Terrances Geburt waren Körperverletzung oder Vergewaltigung in der Streitmacht des Königreichs mit Hinrichtung durch den Strang bestraft worden.

Einige von ihnen wurden später Soldaten, andere zu Hilfsköchen, Fuhrleuten oder Trossverwaltern. Terrance sah zwei Jungen, die kurz vor dem Mannesalter standen und vielleicht nur zwei oder drei Jahre jünger waren als er: Sie eilten durchs Lager und verteilten Anweisungen; manche der kleineren Jungen bekamen von ihnen Schläge auf den Hinterkopf oder Ohrfeigen.

Beim Kochzelt stellte Terrance fest, dass die Küche bereits abgebaut war. Die Backöfen würden hier auf die Rückkehr des Heeres im nächsten Frühling warten, aber die eisernen Herde wurden auseinander genommen und auf den Abtransport vorbereitet.

Speisen standen auf hölzernen Tischen, und Terrance trat näher, um sich etwas Essbares zu schnappen, bevor die Trompeten die Soldaten zum Frühstück riefen. Er sah einige Wächter, die ihren Dienst beendet hatten und bereits in einer Schlange warteten. Terrance stellte sich hinter einen hoch gewachsenen Infanteristen, der das Wappen von Questors Sicht trug. Als er das Ende des ersten Tisches erreichte, erklangen die Trompeten, und er hörte, wie erschöpfte Männer fluchten, als die Soldaten in den nächsten Zelten erwachten.

Terrance nahm frisches Brot, eine Birne, die noch einigermaßen gut aussah, und ein Stück Käse. Die Birne schob er in die Tasche, um sie unterwegs zu essen. Nach einem Wasserschlauch hielt er vergeblich Ausschau und hoffte, dass der am Sattelknauf noch da war, wenn er sein Pferd holte.

Er setzte sich nicht zu den anderen Soldaten, um zu essen, sondern frühstückte stattdessen auf dem Weg zu den Pferden. Kavalleristen überprüften ihre Rösser, bevor sie zum Speisezelt gingen, denn sie wussten, dass ihr Leben von gesunden Pferden abhing. Die Pferdeknechte hatten so viel zu tun, dass sie Terrance nicht helfen konnten. Er stopfte den Rest des Frühstücks in die Taschen der Uniformjacke und ging zu seinem Wallach. Man hatte ihn nicht gut gepflegt. Der Melder nahm sich einige Minuten Zeit, die Hufe zu reinigen, machte sich dann auf die Suche nach dem Sattel und sah dort seine Befürchtung bestätigt: Der Wasserschlauch fehlte.

Er ging zur Versorgungsstelle und fand dort einen Futterbeutel sowie einen Sack, der gerade noch genug Hafer enthielt. Er kehrte zum Wallach zurück und legte ihm den gefüllten Beutel an – das Pferd sollte fressen, während er sich auf die Suche nach einem Wasserschlauch machte.

Es dauerte fast eine Viertelstunde, bis er einen fand, und nachdem er ihn mit Wasser gefüllt hatte, ging er erneut zu den Pferden. Dort sah er, wie ein stämmiger Knecht seinem Ross den Futterbeutel wieder abnahm.

»He, was machst du da?«, rief Terrance.

Der Pferdeknecht – ein breitschultriger junger Mann mit einer flachen Nase, die auf viele Schlägereien hinwies – drehte sich um. »Ich nehme diesen Beutel ab, das siehst du doch. Niemand hat mir befohlen, dieses Pferd zu füttern, und es gehört zu meiner Reihe, kapiert?«

»Das ist mein Pferd, und es braucht Futter.«

»Futter brauchen auch die Pferde, die in den Kampf ziehen, Bübchen. Du wirst gefälligst warten, bis die anderen gefressen haben, klar?«

Terrance erkannte einen Rabauken, wenn er einen sah, und er wusste, dass dieser Idiot auf eine weitere Schlägerei aus war. Er zögerte nicht und trat dem Pferdeknecht mit ganzer Kraft zwischen die Beine. Der Bursche sank mit einem schmerzerfüllten Stöhnen auf die Knie und presste die Hände an die getroffene Stelle. Er verdrehte die Augen und schnappte nach Luft.

Terrance musste zugeben, dass er es mit einem sehr zähen Burschen zu tun hatte. Die meisten Männer wären einige Minuten lange außer Gefecht gesetzt gewesen, aber der Pferdeknecht überwand den Schmerz schon nach kurzer Zeit. Als er den Kopf hob, musste er feststellen, dass Terrance den Säbel hervorgeholt hatte und die Spitze auf seine Kehle richtete.

»Jetzt hör mal gut zu, du Narr. Du wirst den Futterbeutel nicht anrühren, solange mein Pferd frisst. Hol mir stattdessen den Spähersattel und das Zaumzeug von dort drüben, und bereite den Wallach vor. Wenn du glaubst, dies hier sei eine harte Behandlung, so warte nur ab, was dir vom Baron blüht, wenn er herausfindet, dass du mich an der Ausführung seiner Befehle hinderst. Ich soll *sofort* losreiten. Also, was hast du jetzt zu tun?«

»Ich werde dein Pferd satteln und zäumen … Sir.«

Terrance nahm den Säbel fort. Der Pferdeknecht stand auf, blieb ruhig und humpelte fort, um den Sattel zu holen.

Terrance drehte sich um und fühlte den Blick eines Kavalleristen. »Was hättest du ohne einen Säbel getan?«, fragte der große Soldat.

»Ich hätte viel Zeit damit vergeudet, einen Offizier zu finden, der ihm die Leviten liest«, erwiderte Terrance. »Ich hätte ihm wohl kaum Angst einjagen können.«

Der Kavallerist musterte Terrance kurz und lächelte. »Jemand, der seine Grenzen kennt. Das gefällt mir.«

Terrance begann zu husten.

»Bist du krank?«, fragte der Mann.

»Ist nicht der Rede wert«, erwiderte der junge Melder, keuchte und beruhigte sich wieder.

Der Soldat zuckte mit den Schultern. »Reite gut«, sagte er, wartete keine Antwort ab, beendete die Überprüfung seines Pferds und ging zum Speisezelt.

Der Pferdeknecht sattelte den Wallach unter Terrances wachsamen Blicken. Es würde keine lockeren Sattelgurte oder für das Pferd unbequem sitzende Teile geben. Terrance aß den Rest seines Frühstücks, hängte den Wasserschlauch an den Sattelknauf, stieg auf und ritt fort.

Er hatte das Gefühl, dass seine Brust immer stärker zusammengepresst wurde, und der ganze Körper schmerzte. Und unter solchen Bedingungen musste er trotzdem schnell reiten, um Baron Moncrief Baron Summervilles Nachricht zu bringen. Selbst die Auseinandersetzung mit dem Pferdeknecht hatte ihn in Schweiß ausbrechen lassen.

Dann begann es zu schneien.

»Bei den Göttern«, sagte Terrance leise. »Was für ein grässlicher Morgen.« Er dachte an die Möglichkeit, zum Zelt des Barons zurückzukehren. Er konnte sich im Lazarett melden, ein oder zwei Tage ausruhen und dem Heer auf einem Wagen folgen. An seiner Krankheit bestand kein Zweifel, und der Baron war ein entfernter Verwandter. Er würde der Familie mitteilen, dass Terrance sein Bestes gegeben hatte. Aber wäre es wirklich mein Bestes?, fragte sich der junge Melder.

Eine ganze Minute saß er bewegungslos im Sattel und rang mit sich selbst. Dann gelangte er zu dem Schluss, dass ihm gar keine Wahl blieb, und er trieb das Pferd an.

Kurz vor Mittag geriet Terrance in Sichtweite von Baron Moncriefs Lager. Die Wächter hielten aufmerksam Ausschau, denn es war nur eine kleine Gruppe zurückgeblieben, um Zelte, Ausrüstung und Tiere zu schützen. Sie winkten ihn durch, und er ritt geradewegs zum Kommandozelt. Als er sich näherte, rief der dortige Wächter: »Der Baron ist bei der Barrikade und leitet die Verteidigung selbst.«

»Wie steht's?«

»Nicht besonders gut«, antwortete der Mann.

Terrance ritt weiter und bedauerte, dass er seinem Pferd keine Ruhepause gönnen konnte. Inzwischen hatte er den zähen kleinen Wallach lieb gewonnen. Er war nicht so kräftig und ausdauernd wie Bella, aber willig und gehorsam.

Es ging Terrance immer schlechter. Jeder Schritt des Pferds ließ seinen Leib schmerzen, und er wusste, dass er hohes Fieber hatte, denn trotz der kalten Luft schwitzte er unter dem dicken Mantel. Mal war ihm heiß, dann wieder so kalt, dass er zitterte. Er stieg kurz ab, um seinen Wasserschlauch zu füllen, trat dann beiseite und erleichterte sich. Ihm war klar, dass er möglichst viel trinken musste, bis er das Lager des Grafen erreichte und dort die Hilfe des Apothekers in Anspruch nehmen konnte.

Als er die vier Meilen zur Barrikade zurücklegte, sah er Zeichen des Kampfes. Ein totes Pferd und sein Reiter neben der Straße; zwei Verwundete, die in Richtung Lager wankten, sich dabei gegenseitig stützten. Als er bis auf eine Meile heran war, hörte er den Lärm.

Kurz darauf sah er die Barrikade und hunderte von Männern, die hinter ihr umherliefen. Als er näher kam, erkannte er Ordnung im vermeintlichen Durcheinander. Kompanien standen bereit, um nach vorn zu eilen und die Verteidiger an der Barrikade abzulösen. Andere Soldaten luden die Katapulte, die den Angreifern einen tödlichen Hagel aus Steinen entgegenschleuderten. Die Geräusche des Kampfes hallten von den hohen Felswänden wider, so laut, dass die Männer dagegen anschreien mussten, um sich zu verständigen.

Einige Soldaten schwärmten aus, um die Flanken vor den Tsurani zu schützen, falls diese durch die hohen Felsen kletterten, um von der Seite anzugreifen. Wohin Terrance auch blickte: Überall sah er Tote und Männer, die so schwer verletzt waren, dass sie sich nicht mehr bewegen konnten.

Auf der einen Seite der Straße lagen tote Soldaten in einer Reihe, drei Dutzend und mehr. Auf der anderen trugen Jungen von Tross und Lazarett Leichen aus dem Kampfgebiet fort.

Terrance erreicht die Barrikade, wandte sich dort an einen Feldwebel und rief: »Wo ist der Baron?« Den Worten folgte ein Hustenanfall.

Der Feldwebel sah von der Verteidigungsstellung herab. »Bei den Toten. Welche Nachrichten bringst du?«

Terrance schluckte krampfhaft und zwang sich, möglichst tief zu atmen. »Baron Summerville kommt in aller Eile hierher.« Seine Stimme klang dünn und erstickt, aber der Mann hörte ihn.

»Wann trifft er ein?«

»In einer Stunde, höchstens zwei.«

»Bis dahin können wir aushalten«, sagte der Feldwebel. »Gerade so.«

»Soll ich Baron Summerville etwas mitteilen?«

»Nur wenn er aufgefordert werden muss, keine Zeit zu verlieren.«

»Das ist nicht erforderlich. Er kommt so schnell hierher, wie es die Umstände erlauben.«

»Dann habe ich nur diesen Auftrag für dich, Melder: Sag dem

Grafen, dass Baron Moncrief tapfer gegen den Feind kämpfte und seinen Angriff zurückschlug. Er gab sein Leben für König und Vaterland.«

»Ich richte es dem Grafen aus, Feldwebel. Mögen die Götter Euch schützen.«

»Mögen die Götter uns alle schützen«, erwiderte der Mann und richtete seine Aufmerksamkeit wieder auf die Verteidigung der Barrikade.

Terrance wendete sein Pferd und ritt über die Straße in die Richtung, aus der er gekommen war. Er erinnerte sich an eine Karte dieses Gebiets und begriff, dass er Meilen nach Osten reiten und einen kleinen Weg durch die Berge finden musste, einen Pfad, der sich fast vierhundert Meter über dieser Straße dahinwand und es ihm erlaubte, hinter die Stellungen der Angreifer zu gelangen. Anschließend konnte er den Weg zum Lager des Grafen fortsetzen.

Es fiel weiterhin Schnee, und Terrance hoffte, dass der Pass nicht völlig verschneit wäre, wenn er ihn erreichte. Er klopfte seinem Pferd auf den Hals. »Ich fürchte, für uns beide gibt es erst Ruhe, wenn wir beim Grafen sind.« Die Vorstellung, stundenlang reiten zu müssen, brachte ihn an den Rand eines Zusammenbruchs, und seine Augen füllten sich mit Tränen. Er blinzelte sie fort.

Kälte und Fieber ließen ihn frösteln, und er zog sich tiefer in den Mantel zurück, als er das Pferd erneut wendete und nach Osten ritt. Es hämmerte zwischen seinen Schläfen, und der Hals fühlte sich wunder an als jemals zuvor. Er konnte nicht durch die verstopfte Nase atmen, und die kalte Luft tat in Kehle und Lungen weh. Aber er hatte wieder keine Wahl: Hinter ihm tobte ein Kampf, und es gab keinen Ort, an dem er ausruhen konnte. Er musste versuchen, seinen Auftrag zu beenden, also trieb er sein Pferd an und ritt weiter.

Der Wallach mühte sich den Pass hoch, und gelegentlich rutschten seine Hufe über vereistes Gestein. Terrance versuchte, konzentriert zu bleiben, was ihm angesichts des schlimmer werdenden Fiebers immer schwerer fiel. Er wusste: Wenn jetzt ein Unglück geschah, konnte es seinen Tod bedeuten, denn er war nicht mehr imstande, diese frostigen Höhen zu Fuß zu verlassen. Noch vor einigen Stunden hätten ihm solche Überlegungen große Furcht beschert, aber jetzt fühlte er sich seltsam gelöst, so als spielte es eigentlich gar keine Rolle, wie dies alles ausging.

Der Pass, in dem Moncriefs und Summervilles Soldaten gegen die Tsurani kämpften, erstreckte sich in einer Höhe von etwa tausend Schritt, aber dieser Weg lag noch einmal vierhundert Schritt höher, und seit Tagen hatte es hier geschneit. Es gab noch keine Schneewehen, und deshalb glaubte Terrance, dass er die höchste Stelle bald erreichen würde, aber ein Unfall konnte unter solchen Bedingungen nie ganz ausgeschlossen werden.

Wenn der Wind zuvor mit Dolchen in sein Gesicht geschnitten hatte, so verwandelte er sich nun in Rasiermesser, die jedes Fleckchen bloßer Haut bearbeiteten. Nicht zum ersten Mal wünschte sich Terrance mehr Ausrüstung, eine dicke Hose, einen Wollschal, warme Handschuhe. Natürlich war es besser, das Pferd mit möglichst wenig Gewicht zu belasten, aber derzeit hätte er zwei zusätzliche Reisestunden für ein Paar Fellhandschuhe in Kauf genommen.

Als Terrance zur höchsten Stelle des Passes gelangte, fühlte er sich von Erleichterung durchströmt, obwohl der Wind bestrebt zu sein schien, ihn mit den Klauen eines Raubtiers zu zerreißen. Er trieb das Pferd an, das über den eisigen Pfad ging und wankte, und dachte daran, dass ihn jeder Moment der Geborgenheit des Lagers näher brachte.

Eine Stunde später fand er einen einigermaßen windgeschützten Einschnitt in den Felsen, und dort hielt er an, damit der Wallach ausruhen konnte. Er stieg ab und trat auf einem Vorsprung zwischen den Hals des Pferds und die Felsen, sodass ihn die Wärme des Tiers vor der brutalen Kälte abschirmte. Er klopfte auf seine Taschen, fand die Birne und gab sie dem Tier. Es war nicht viel, aber das bisschen Nahrung schien den Wallach ein wenig zu beleben, und Terrance fühlte sich dadurch besser.

Nach einer halben Stunde im Windschatten der Felsen glaubte Terrance, dass die Kälte für das Pferd schlimmer war als die Fortsetzung des Ritts. Deshalb stieg er auf und ließ den Wallach erneut über den Pfad gehen.

Es war fast dunkel, als er die Gebirgsausläufer und den Weg erreichte, der ihn schließlich zur Hauptstraße und zum Lager des Grafen bringen würde. Entweder ritt er die Nacht durch, oder er lagerte irgendwo und zündete ein Feuer an.

Es war eine schwere Entscheidung. Wenn er weiterritt, lief er Gefahr, dass sich das Pferd in der Finsternis verletzte. Ein Feuer hingegen konnte die Aufmerksamkeit von Tsurani-Spähern wecken, die vielleicht unterwegs waren und nach einem Pass wie dem suchten, den er eben hinter sich gebracht hatte.

Terrance beschloss, weiterzureiten und nur dann anzuhalten, wenn er einen völlig sicheren Lagerplatz fand. Er kam durch ein bewaldetes Gebiet, als er eine Abzweigung in einen kleineren Weg bemerkte. Vielleicht handelte es sich um einen Wildpfad, aber es mochte auch der Weg eines Waldbewohners sein, und möglicherweise führte er zu einer Hütte. Terrance fand, dass Nachforschungen keine größere Gefahr bedeuteten, und so ließ er seinen Wallach den kleineren Pfad gehen.

Nach einer halben Meile sah er ein geducktes Etwas in der Dunkelheit. Es kam fast kein Licht von den wolkenverhangenen Monden; nur der Umstand, dass der große als auch der mittlere am Himmel hingen, verhinderte völlige Finsternis.

Terrance erkannte das niedrige Etwas als eine Hütte, in die Seite eines Hügels hineingebaut. Die Unterkunft eines Köhlers oder eines Holzfällers, vermutete er.

Er stieg ab und sah sich die Hütte an. Sie war verlassen, aber es gab einen steinernen Herd darin, und Terrance schickte sich sofort an, ein Feuer zu entzünden. Sollten sich die Tsurani je so weit abseits der Hauptwege herumtreiben, bedeutete dies, dass die Götter wohl seinen Tod beschlossen hatten, und er fand sich besser gleich damit ab.

Er nahm Feuerstein und Stahl aus dem Gürtelbeutel und fand neben dem Herd trockenes Holz, das sich leicht entzünden ließ. Anschließend ging er nach draußen und holte feuchtes Brennholz, das er langsam ins Feuer schob. Rauch und Dampf stiegen auf, da sich das feuchte Holz zuerst den Flammen widersetzte.

Als er sicher sein konnte, dass das Feuer nicht ausgehen würde, ging er nach draußen und kümmerte sich um das Pferd. Er rieb es mit einer Hand voll altem Stroh vom Boden der Hütte ab, schüttete sich Wasser in die Hand und ließ es trinken. Am nächsten Morgen wollte er sich nach Futter umsehen, doch er befürchtete, dass sie beide nur halb verhungert das Lager des Grafen erreichen würden.

Nachdem er den Wallach versorgt hatte, kehrte er ins Innere der Hütte zurück und sank vor dem Feuer auf den harten Stein. Die Wärme fühlte sich im Gesicht wundervoll an, und in einer Ecke fand er eine alte, zerfranste Decke, rollte sie zusammen und benutzte sie als Kopfkissen. Mit dem Mantel deckte er sich zu.

Terrance atmete stoßweise und nur flach, denn er konnte nicht tief Luft holen, ohne zu husten. Der ganze Körper schmerzte, von den Haaren bis zu den Zehen. Aber er war auch bis zur Taubheit müde und fiel schnell in einen unruhigen, fiebrigen Schlaf.

Als er wieder erwachte, konnte er sich kaum bewegen. Nur glühende Asche war vom Feuer übrig geblieben, und ihrer geringen

Wärme stand die schmerzhafte Kälte an der vom Herd abgewandten Körperseite gegenüber. Mühsam rollte er sich herum und fühlte, wie die kalte Seite Wärme aufnahm.

Ihm schwindelte, als er aufstand. Seine Beine zitterten, und stechender Kopfschmerz peinigte ihn. Sein Magen krampfte sich zusammen, er musste würgen und versuchte hastig, den Brechreiz zu unterdrücken, indem er mehrmals schluckte. Er streckte die Hand aus, hielt die Tür einen Spaltbreit auf und stand eine Weile mit gesenktem Kopf und geschlossenen Augen da, während er darauf wartete, dass sein schmerzender Leib das Gleichgewicht wiederfand. Nach mehreren langsamen Atemzügen öffnete er die Augen.

Terrance blickte durch den Spalt nach draußen und stellte fest, dass die Hälfte des Morgens bereits vorüber war. Er wusste, dass seine Krankheit ein gefährliches Stadium erreicht hatte und seine einzige Hoffnung darin bestand, das Lager des Grafen zu erreichen, bevor er nicht mehr reiten konnte.

Er taumelte nach draußen und fand sein Pferd dort, wo er es am vergangenen Abend angebunden hatte, im Windschatten der Hütte. Terrance musste sich so sehr anstrengen, den Wallach richtig zu satteln, dass sich ein Schweißfilm auf seiner Stirn bildete.

Er glaubte, dass der Wasserschlauch noch genug Flüssigkeit enthielt, und deshalb machte er sich nicht auf die Suche nach frischem Wasser. Auf halbem Wege zum Lager des Grafen würde er einen Bach überqueren; dort konnte er den Schlauch auffüllen.

Terrance fiel beinahe in Ohnmacht, als er aufsaß, und es dauerte fast eine Minute, bis er den Schwindelanfall überstanden hatte. Er brauchte keinen Heilpriester oder Apotheker, um zu begreifen, dass ihn heftiges Fieber aufzehrte, und es gluckerte in seinen Lungen, wenn er tief atmete. Er hatte eine Lungenentzündung und würde ohne Behandlung keinen weiteren Tag überleben.

Er lenkte das Pferd zurück zum Weg und setzte den Ritt zum Lager des Grafen fort.

Der Morgen brachte vage Bilder und Halluzinationen. Manchmal fühlte Terrance sich für einige Momente wohl, nur um dann plötzlich zu erwachen, halb aus dem Sattel gerutscht, und zu erkennen, dass er geträumt hatte. Es erschien ihm seltsam, frei von Furcht zu sein. Entweder starb er unterwegs, oder er erreichte die Sicherheit des Lagers – das war eine einfache Tatsache. Er sparte sich die Mühe, an die Gefahren und Folgen zu denken.

Das Pferd ging so langsam, wie er es ihm gestattete. Immer wieder musste er es antreiben, um dann kurze Zeit später festzustellen, dass er erneut in seiner Aufmerksamkeit nachgelassen und dem Ross erlaubt hatte, langsamer zu werden.

Mehr als einmal kam Terrance zu sich und merkte, dass sich der Wallach vom Weg entfernt hatte und an einigen verstreuten Blättern knabberte. Gegen Mittag konnte er sich kaum mehr im Sattel halten.

Terrance wusste, dass ihm der Tod sicher war, wenn er anhielt. Auch wenn er vom Pferd fiel und das Bewusstsein verlor, würde er erfrieren. Er löste den Riemen der Nachrichtentasche, schlang ihn sich um die Taille und führte ihn durch zwei Metallringe des Sattels – damit band er sich quasi am Sattel fest. Bei jedem Schritt des Pferds wackelte die Tasche hinter ihm.

Die Kopfschmerzen wurden noch immer schlimmer, und der brennende Hals war angeschwollen. Bei jedem Atemzug protestierten seine Lungen, und Hände und Füße fühlte er kaum mehr.

Im Verlauf des Tages gewann er zwei weitere Male genug geistige Klarheit, um zu erkennen, dass er vom Weg abgekommen war, und jedes Mal brachte er den Wallach zum Pfad zurück.

Irgendwann während der endlos scheinenden Stunden im Sattel merkte Terrance, dass er den Weg von den Bergen hinter sich gelassen hatte und wieder auf der Straße war, die zum Lager des

Grafen führte. Diese Erkenntnis gab ihm ein wenig Kraft, und während des größten Teils der nächsten Stunde blieb er wach und nahm seine Umgebung bewusster wahr.

Danach brachten ihn Stunden des Dösens und jähen Erwachens durch die Landschaft, bis er plötzlich heftig zusammenzuckte. Das Pferd hatte sich versteift und geschnaubt, und das Gefühl naher Gefahr ließ Terrance nun hellwach werden.

Er befand sich mehr als hundert Schritt südlich der Straße – der Wallach hatte sie erneut verlassen. Trotz des Fiebers und der Schmerzen richtete er sich in den Steigbügeln auf und spürte, wie sich der Riemen der Nachrichtentasche spannte, mit dem er sich am Sattel festgebunden hatte. Er blickte umher und hielt nach dem Grund für die Unruhe seines Pferds Ausschau.

Dann sah er sie: eine Reihe Gestalten, weniger als hundert Schritt südlich von ihm – geduckt kamen sie näher. Ein grünes Aufblitzen bot ihm Hinweis genug: Tsurani.

Er wusste nicht, ob es sich um eine Abteilung handelte, die einen Flankenmarsch unternahm und beabsichtigte, jene Truppen zu verstärken, die Moncriefs Stellung angriffen, oder einfach um eine Einheit hinter den feindlichen Linien, die versuchte, noch vor den ersten Schneestürmen zu ihrem Lager zurückzukehren.

Terrance hielt sich nicht länger mit der Frage auf, was wahrscheinlicher sein mochte, sondern wendete das Pferd und rammte ihm die Hacken in die Seiten. Der Wallach spürte die von den Tsurani ausgehende Gefahr und brauchte kaum angetrieben zu werden. Er sprang los, in Richtung Straße, erreichte sie und galoppierte.

Terrance beugte sich tief über den Hals des Pferds, hob das Gesäß aus dem Sattel und nahm die Haltung eines Rennreiters ein. Nur noch die Zehenspitzen verblieben in den Steigbügeln. Er kämpfte gegen Fieber und Furcht, hielt sein Ross auf der Straße und hoffte inständig, dass es weiter vorn keine weiteren Tsurani gab.

Jene Feinde, die sich ihm genähert hatten, riefen laut, und andere Tsurani erschienen in ihrer Fluchtrichtung, aber sie waren nicht nahe genug, Terrance den Weg abzuschneiden. Er jagte am nächsten gegnerischen Soldaten vorbei, der ihm einen Pfeil nachschickte, eigentlich nur aus Ärger und nicht in der Hoffnung, ihn zu treffen.

Mit letzter Kraft lief der Wallach im gestreckten Galopp und brachte drei Meilen hinter sich, bevor Ross und Reiter der Erschöpfung nachgaben und Terrance sein Pferd langsamer werden ließ.

Er versuchte, einen langsamen Galopp beizubehalten und begriff plötzlich, wo er war: Wenn er die Kuppe einer kleinen Anhöhe weniger als eine halbe Meile weiter vorn erreichte, geriet er in Sichtweite des ersten Wachtpostens an der Straße.

Plötzlich fühlte sich Terrance wie damals bei einem Wettlauf zu Hause, während des Mittsommerfests. Er war einer der kleinsten Jungen bei jenem Wettkampf gewesen, und man hatte ihn aufgefordert, den Lauf wenigstens zu beenden – an einen Sieg war gar nicht zu denken. Am Ende des langen Laufs, fast fünf Meilen, hatte er in der Ferne die Ziellinie gesehen. Ein anderer Junge war ihm einige Schritte voraus gewesen, und Terrance hatte sich geschworen, das Ziel nicht als Letzter zu erreichen. Voller Entschlossenheit und Willenskraft war er schneller geworden und hatte die Ziellinie einen Schritt vor dem anderen, älteren Jungen überquert. Anschließend war er zusammengebrochen, und man hatte ihn zum Haus seines Vaters getragen.

Terrance griff tief in sich hinein und bezog aus der Erinnerung Willenskraft. Und mit dieser Kraft seines Willens gelang es ihm, das Pferd auf der Straße zu halten. Bald sah er den ersten Wachtposten, der ihn ebenso weiterwinkte wie die folgenden.

Nach einer Viertelmeile sah er die ersten Zelte, weiße Flecken zwischen den Baumstämmen zu beiden Seiten der Straße. Und dann befand er sich plötzlich mitten auf der Lichtung im Lager des Grafen.

Er zügelte sein Ross, und der Wallach wurde langsamer, als er eine Reihe angebundener Pferde erreichte. Ein Pferdeknecht kam, richtete einen kurzen Blick auf Terrance und rief: »Helft mir!«

Zwei Soldaten eilten herbei, um festzustellen, was es mit dem Neuankömmling auf sich hatte, als Terrance der Schwäche nicht länger standhielt und aus dem Sattel zu rutschen begann – nur der Riemen der Nachrichtentasche verhinderte, dass er zu Boden fiel. Er fühlte, wie einige Hände nach ihm griffen, ihn aufrecht hielten, während andere den Riemen lösten.

Dann trug man ihn fort, und er fragte sich, warum ihm nicht mehr kalt war.

Dunkelheit verschluckte ihn.

Jäher Schmerz.

Jemand schien ihm die Haut abzuziehen, ausgehend vom Kopf, Zoll um Zoll, über den ganzen Körper bis hin zu den Zehen.

Terrance setzte sich auf und schrie.

Starke Hände hielten ihn zurück, als er versuchte, aus dem Feldbett zu springen, auf dem er lag. Neuerliche Schwäche erfasste ihn, und die Hände drückten ihn aufs Bett zurück.

»Er wird sich erholen.«

Vor Terrances Augen drehte sich alles, und er war schweißgebadet. Auf seinem Leib glänzte Feuchtigkeit; sie stank nach Giften, die aus dem eigenen Körper kamen. Die Haut brannte, als wäre der Schweiß Säure, und er rechnete halb damit, dass Brandblasen entstanden. Doch dann kam er wieder richtig zu sich, und der Schmerz verschwand. Er fühlte sich schwach, aber gut, und mehrmaliges Blinzeln zeigte ihm Einzelheiten des Raums, in dem er sich befand. Mit der einen Hand strich er sich über die Stirn, und sie war trocken, als er sie sinken ließ. Besorgte Gesichter blickten auf ihn herab, und er sagte: »Es geht mir besser.«

Langsam setzte sich Terrance auf, schwang die Beine über den Rand des Bettes und setzte die Füße auf den Boden. Er sah sich um und erkannte das Zelt: Dies war das Lazarett des Lagers. Neben ihm standen zwei Sanitäter, hinter ihnen der Apotheker und ein Heilpriester. Der Priester nickte, und der Apotheker sagte: »Du warst dem Tode sehr nahe, Junge. Ein oder zwei Stunden länger, und wir hätten deinen Leichnam auf dem Scheiterhaufen verbrennen müssen.«

Terrance atmete tief durch. Er war noch immer schwach, fühlte sich aber besser als seit Tagen. »Was ist geschehen?«

»Du bist bei Sonnenuntergang ins Lager geritten und fast vom Pferd gefallen, und man brachte dich hierher. Wir haben dich die ganze Nacht behandelt. Ich habe dir etwas hiervon gegeben …« Der Apotheker hob eine Flasche. »Und Pater William sprach ein Gebet, und es wirkte. Dein Fieber ließ nach, und die Krankheit wich von dir.«

»Ich bin hungrig«, sagte Terrance und stand auf. Er rechnete damit, dass ihm schwindelte, aber das war nicht der Fall. Er schnupperte und verzog das Gesicht, als er den eigenen Geruch bemerkte. »Und ich sollte ein Bad nehmen.«

»Das sind die Gifte aus deinem Körper, mein Junge«, sagte der Priester. »Mein Zauber hielt deine Seele im Fleisch fest, während der Arzneitrank des Apothekers den Körper von der Krankheit reinigte.«

»Dein Leib braucht Nahrung«, fügte der Apotheker hinzu. »Die Magie des Tranks heilt den Körper nur, erneuert aber nicht seine Kraft.«

»Danke«, sagte Terrance.

»Mir blieb gar keine Wahl«, meinte der Apotheker. »Bestimmt

wäre ich beim Grafen in Ungnade gefallen, wenn ich einen Vetter von ihm hätte sterben lassen.«

»Einen entfernten Vetter«, sagte Terrance.

»Trotzdem ein Verwandter. Wie dem auch sei: Ich helfe jedem, so gut ich kann.« Er blickte sich im Zelt um und sah zu den Sterbenden, die nicht heimkehren würden. »Manchmal genügt es nicht.«

Terrance nickte und bedeutete einem Lazarettjungen, ihm eine Waschschale und ein Handtuch zu bringen. Es war kalt, und er bekam eine Gänsehaut, als er sich wusch und dann anzog. »Ich muss Bericht erstatten«, sagte er zum Apotheker.

»Anschließend solltest du etwas essen und schlafen. Ich möchte dich nicht zweimal in zwei Tagen retten müssen.«

»In Ordnung«, sagte Terrance. Er sah seine Nachrichtentasche neben dem Feldbett auf dem Boden liegen und hob sie auf.

Er verließ das Zelt und sah sich um. Von seinem Wallach fehlte jede Spur; offenbar war er von einem Pferdeknecht fortgebracht worden. Terrance fragte sich, ob Bella den Weg zurück gefunden hatte.

Er ging langsam, sich seiner Schwäche bewusst, aber nicht gewillt, sich vor den anderen Soldaten eine Blöße zu geben. Es erschien ihm wie ein Wunder, dass er noch lebte. Ganz deutlich erinnerte er sich an die Angst, und ihm wurde klar: Bei jedem Auftrag konnte er dem Tod gegenüberstehen. Er *verstand* das jetzt, anstatt es nur zu wissen. Er hatte seine eigenen Schwächen erfahren müssen und hatte sie überwunden. Terrance war in guter Stimmung, als er das Zelt des Grafen erreichte, und dort sagte er zum Wächter: »Ich habe Mitteilungen für Graf Vandros.«

Er musste nur kurz warten, bevor man ihm Einlass gewährte. Der Graf sah von einem Gespräch auf, das er mit einem Hauptmann führte. »Ah, Terry. Ich habe dich vor zwei Tagen zurückerwartet.«

»Ich bin aufgehalten worden, Euer Lordschaft.«

»Bringst du Nachrichten?«

Terrance reichte die Tasche einem Offiziersburschen. »Ein Bericht von Baron Gruder, Euer Lordschaft.«

»Was sonst noch?«

»Eine große Streitmacht der Tsurani hat Baron Moncriefs Stellung angegriffen. Er widerstand ihnen einen Tag lang, und dann traf Verstärkung von Baron Summerville ein.« Terrance schilderte die Einzelheiten und fügte hinzu: »Baron Moncrief fiel im Kampf.«

»Schade«, sagte Vandros. »Er war ein guter Mann. Der Herzog von Bas-Tyra wird alles andere als erfreut sein. Moncrief war einer seiner Barone. Und sonst?«

»Gestern habe ich im Süden eine nach Westen ziehende Einheit der Tsurani gesehen.«

»Ich schicke eine Patrouille, um festzustellen, was es damit auf sich hat.«

»Mehr habe ich nicht zu berichten, Sir.«

Vandros musterte Terrance. Die Uniform des jungen Melders war schmutzig, und Blutflecken zeigten sich am grauen Mantel. »Hattest du unterwegs irgendwelche Schwierigkeiten?«

»Keine nennenswerten, Euer Lordschaft.«

»Dann geh, iss etwas, und ruh dich aus. Und schick mir einen anderen Melder. Wegtreten.«

Terrance verließ das Zelt, und Vandros wandte sich an den Hauptmann. »Ich bin froh, dass der Junge zu den Meldern gehört. Dort ist er viel sicherer.«

Terrance biss hungrig von einem warmen Brotlaib ab, und mit der anderen Hand drückte er ein großes Stück Käse und eine Flasche Wein an sich, die er auf dem Rückweg vom Zelt des Grafen in der Feldküche aufgetrieben hatte. Er fühlte sich gut, hatte aber enormen Appetit. Im Zelt der Melder sah er einen älteren Kameraden, der auf einer trockenen Matte lag, den einen Arm über den Augen.

»William«, sagte Terrance und trat ein.

»Terry?«

»Du bist dran.«

Der Mann nickte und zog die Stiefel an. Terrance nahm Platz, aß Käse und den Rest des Brotes. »Hattest du große Schwierigkeiten?«, fragte William.

Terrance lächelte und nickte. »Keine nennenswerten.«

William erwiderte das Lächeln. »Ich verstehe. Bis bald.«

»Reite sicher, William.«

»Reite sicher, Terry«, erwiderte William und verließ das Zelt.

Terrance beendete seine Mahlzeit und hoffte, dass er eine ganze Nacht schlafen konnte, bevor man ihn erneut losschickte. Aber ob ausgeruht oder nicht: Er würde aufbrechen und losreiten, wenn er an der Reihe war.

Elizabeth Haydon

Die Rhapsody-Saga

Die Rhapsody-Saga:
Tochter des Windes
Tochter der Erde
Tochter des Feuers

Die Sinfonie der Zeit wurde als Geschichte der verschiedenen Zeitalter des Universums geschrieben und in sieben voneinander getrennte Abschnitte unterteilt. Die erste Trilogie »Rhapsody« (»Tochter des Windes«), »Prophecy« (»Tochter der Erde«) und »Destiny« (»Tochter des Feuers«) sowie die Folgebände spielen am Ende des Fünften Zeitalters während des Schismas und zu Beginn des Sechsten Zeitalters, der Zeit des Zwielichts.

Ein Riesenbaum steht an jedem der Orte, die als Geburtsorte der Zeit bezeichnet werden und an denen die fünf uranfänglichen Elemente – Luft, Feuer, Wasser, Erde und Äther – zum ersten Mal in der Welt erschienen. Der älteste dieser Weltenbäume ist die Sagia; sie wächst auf der Insel Serendair, dem Geburtsort des Äthers. Entlang der weit verzweigten Wurzeln der Sagia entkommen drei Gestalten, allesamt Mischlinge und von verschiedenen Verfolgern bedrängt, einer Katastrophe, welche die Insel heimsucht, und finden sich sechzehn Jahrhunderte später auf der anderen Seite der Welt wieder.

Ursprünglich sind diese drei Gefährten Gegenspieler. Rhapsody, die Titelheldin des ersten Sinfonie-Bandes, eine Frau von menschlichem und lirinischem Geblüt, ist eine Benennerin, eine Erforscherin der Überlieferungen und der Musik, und hat die Kunst erlernt, jene Schwingungen zu beeinflussen, welche das Leben bestimmen. Sie versucht, einem alten Feind und dessen Häschern zu entkommen und wird von zwei abstoßenden Männern aus großer Gefahr gerettet. Der eine wird Bruder genannt und ist ein reizbarer und entsetzlich hässlicher Mörder mit der Gabe, den Herzschlag seiner Opfer zu hören und aufzuspüren. Grunthor, sein einziger Freund, ist ein riesenhafter Firbolg-Sergeant mit Hauern, einer beeindruckenden Waffensammlung und eine Vorliebe für schlüpfrige Marschlieder. Diese beiden Männer sind vor dem Dämon des Elementarfeuers auf der Flucht, der Gewalt über den wahren Namen von Bruder hat. Rhapsody ändert seinen Namen zufällig in »Achmed, die Schlange« und bricht damit die Herrschaft des Dämons über ihn. Die drei reisen entlang der Weltenbaumwurzeln durch den Bauch der Erde und dringen mithilfe von Rhapsodys Fähigkeit des Benennens durch das Feuer bis zur Mitte der Welt vor. Dabei werden die misstrauischen Gegner allmählich zu Freunden. Als sie auf der anderen Seite der Erde entsteigen, stellen sie fest, dass sie verwandelt wurden. Sie scheinen außerhalb der Zeit zu stehen. Ferner erfahren sie von der Zerstörung ihrer Heimat und entdecken, dass Flüchtlinge aus Serendair, die durch die Vision eines Königs gewarnt waren, die ganze Welt überquerten und just an dem Ort siedelten, wo auch sie selbst wieder aus der Erde hervorgekommen waren. Die Flüchtlinge hatten ihre neue Zivilisation jedoch durch einen langen Krieg bereits wieder zerstört. Nun verbergen sich die meisten aus ihrer Heimat, die von Eingeweihten Cymrer genannt werden. Die drei Gefährten erfahren, dass ein Dämon namens F'dor die Flüchtlinge begleitet hat und sich nun in einem unbekannten Wirtskörper versteckt, derweil er die Samen der Vernichtung ausstreut. »Rhapsody« (»Tochter des Windes«) berichtet weiter über den Weg der drei Schicksalsgenossen und beschreibt, wie sie ihre Welt verlieren und sich anderswo ein neues Leben aufbauen. Die Firbolg, die halbmenschlichen Nomaden, unter denen sie schließlich leben, erheben sich, und Achmed wird ihr Anführer im Reich von Ylorc – in den Ruinen der cymrischen Zivilisation.

In »Prophecy« (»Tochter der Erde«) führt die Entdeckung einer Drachenklaue in der alten Bibliothek von Ylorc dazu, dass Rhapsody mit Ashe, einem Mann mit verborgenem Antlitz, nach der Drachin Elynsynos sucht, der sie die Klaue zurückgeben will, bevor das Ungeheuer die Bolg aus Rache vernichtet. Neue Einzelheiten aus dem Plan des Dämons F'dor werden enthüllt, aber seine Identität bleibt weiterhin ein Geheimnis. Achmed entdeckt ein Kind aus lebendiger Erde, das in endlosem Schlummer inmitten der Ruinen einer dhrakischen Kolonie liegt. Es wird umsorgt von der Großmutter, der einzigen Überlebenden der Kolonie. Er erkennt, dass der F'dor nach diesem Schlafenden Kind sucht, denn seine aus lebendem Stein gebildete Rippe stellt einen Schlüssel zur Öffnung der Sagia dar. Doch in den Händen des Dämons würde diese Rippe zu einem Schlüssel zur Gruft der Unterwelt werden, mit dessen Hilfe die übrigen Feuerdämonen befreit würden, die nach Vernichtung und Chaos lechzen. »Destiny« (»Tochter des Feuers«) führt die Geschichte zu ihrem Ende. Der Dämon wird demaskiert; darauf folgt eine Schlacht und die Erneuerung der cymrischen Allianz.

Die folgenden beiden Romane »Requiem« und »Elegy« nehmen die Geschichte drei Jahre später wieder auf und legen die Gründe dar, die schließlich zum Weltkrieg führen. Mit jedem neuen Buch werden mehr Geheimnisse enthüllt, wird mehr von der Vergangenheit aufgedeckt und von der Gesamtbedeutung der »Sinfonie der Zeit« erhellt.

Die Novelle in dieser Anthologie spielt im Dritten Zeitalter und berichtet von der Zerstörung Serendairs; sie erzählt die Geschichte derer, die nach dem Auszug der Cymrer zurückblieben.

Elizabeth Haydon

An der Schwelle

Vor zwei Zeitaltern überlebte die Insel Serendair eine Katastrophe, als ein brennender Stern, der das Schlafende Kind genannt wurde, vom Himmel ins Meer stürzte und große Teile der Küste verwüstete, das Inselinnere jedoch verschonte. Als das Kind, das seither durch Jahrhunderte unter den Wellen geschlafen hat, sein Erwachen ankündigt, bereiten sich Erde und Meer auf seine Auferstehung vor, und Gwylliam, der mit dem Zweiten Gesicht begabte König der Insel, sieht in der Vision einer zweiten Katastrophe Serendairs Auslöschung vorher.

Beinahe alle sind geflohen: die Nain aus den nödlichen Bergen, die Lirin aus den Wäldern und Ebenen in der Mitte des Landes und die Menschen. Sie alle sind ihrem König mit drei großen Meeresflotten gefolgt, um ihre Zivilisation auf einem anderen Kontinent wieder zu errichten. Ungläubige, Narren, Halsstarrige, Verzagte und einige, die sich aufgegeben haben, bleiben jedoch zurück und warten auf das Ende.

Auf Befehl des Königs wurde auch eine kleine Gruppe Soldaten zurückgelassen, welche die öffentliche Ordnung und Sicherheit aufrechterhalten soll, falls es doch zu keiner Katastrophe kommt. Sie alle sind dem Untergang preisgegeben und wissen nicht, was ihnen auf dieser Schwelle zwischen Leben und Tod widerfahren wird.

Hier wird ihre Geschichte erzählt, die ansonsten verloren gegangen wäre.

Heißer Dampf bedeckte die See und verlieh ihr ein trügerisch stilles Aussehen wie an einem nebligen Morgen.

Heute liegt mehr Dunst über den Nördlichen Inseln, dachte Hektor und schirmte die Augen vor dem stechenden Glanz der Mittagssonne ab, die vom sich kräuselnden Wasser gespiegelt wurde und ihn blendete. *Eindeutig.*

Er warf einen Blick nach rechts neben sich, wo Anais stand und hinüber zu dem undurchdringlichen Nebel starrte. Der Ausdruck in den silbernen Augen seines Freundes war ruhig und nachdenklich, wie immer. Seit seiner Kindheit war es kaum je anders gewesen. Hektor wusste, dass auch er die Verdichtung des Nebels bemerkt hatte.

Er schaute noch einen Moment lang zu, wie die Dunstfahnen aufstiegen. Dann erhob er sich und wischte sich mit dem Ärmel den Schweiß von der Stirn, wobei er den Blick nicht von dem Dampf abwandte.

»Merkst du immer noch nicht, dass es mehr wird, Sevirym?«, fragte er scherzhaft. Er kannte die Antwort des jungen Soldaten bereits.

»Ich sehe keinen Unterschied zu gestern«, erwiderte Sevirym mechanisch. »Oder zu vorgestern.«

Jarmon, der doppelt so alt wie die anderen Männer war, nahm ebenfalls die Hand von den Augen und seufzte verärgert.

»Das wird er behaupten, bis ihm die Wellen in den Mund schwappen und sich das Meer über seinem Kopf schließt«, sagte er. »Seine Augen sind scharf, aber er ist trotzdem blind wie ein Maulwurf. Frag ihn nichts mehr, Hektor. Damit stellst du nur die letzten Reste meiner Geduld auf die Probe.«

Sevirym spuckte ins Meer, stand auf und folgte Hektor, der sich umgewandt hatte und nun das aufgegebene Dock verließ.

»Ich unterliege keinen Sinnestäuschungen, auch wenn du das glaubst, Jarmon«, murmelte er. »Ich begreife bloß nicht, warum wir unser Schicksal als unausweichlich ansehen sollen. Vielleicht war die Vision des Königs falsch, oder er hat sie nicht richtig verstanden. Vielleicht ist das Schlafende Kind tatsächlich dazu bestimmt, sich zu erheben, aber die See verschlingt nicht die gesamte Insel. Schließlich ist das nicht einmal geschehen, als der Stern ins Meer fiel. Sicherlich werden wir einen Küstenstreifen verlieren, aber wenn wir uns Hügel suchen, so wie wir es all den anderen geraten haben …«

»Ich bitte dich, still zu stein«, sagte Cantha.

Das trockene Krächzen ihrer Stimme schnitt durch den Wind. Sevirym verstummte sofort. Cantha ging mit Worten sehr sparsam um, als schmerze sie das Sprechen. Es war schwierig, ihren Befehlen nicht zu gehorchen.

Hektor blieb stehen, drehte sich um und schaute zum ersten Mal seine Gefährten eingehend an. Es waren vier völlig verschiedene Seelen, die eines gemeinsam hatten: Jeder von ihnen hatte bereitwillig den Rest seiner Lebensspanne aufs Spiel gesetzt, um auf der Insel zurückzubleiben und ihm bei seiner nutzlosen Mission zu helfen.

Er war erstaunt darüber, wie sehr sie sich seit der Abreise der Flotten körperlich verändert hatten, doch noch mehr entsetzte ihn die Tatsache, dass ihm das bisher entgangen war. Jarmons Bart, der sein ganzes Leben hindurch die berühmte Färbung verbrannten Rots gehabt hatte, war so grau geworden, dass er mit dem umgebenden Nebel verschmolz. Canthas Körper, der immer schon dünn und dunkel wie ein Schatten gewesen war, war zu kaum mehr als einem Wispern im Wind geschrumpft. Ihre Augen starrten ihn aus dem Dunst an. Die Stärke ihres Willens war so groß, dass sie noch immer den Raum ausfüllte, den sie einst leiblich beansprucht hatte.

Sevirym schaute zu Boden. Es war deutlich an seinem Gesicht abzulesen, wie sehr Canthas Worte ihn berührt hatten. Er war kaum mehr als ein Kind gewesen, als er sich vorschnell auf Gedeih und Verderb mit Hektor zusammengetan hatte, doch in den letzten fünf Monaten war er um ein Dutzend Jahre gealtert. Trotzdem hatte er sich einen zumindest zeitweise auftretenden Glauben bewahrt, der Jarmon zur Verzweiflung trieb. Doch mit jeder Enttäuschung und jedem Tadel durch einen Älteren schien sich das Leben mehr aus ihm zurückzuziehen.

Hektor sog langsam die Luft ein und fing den wissenden Blick von Anais auf. Sein engster Freund, ihm ein Bruder außer im Blute, hatte immer seine Gedanken verstanden, ohne dass Hektor sie laut aussprechen musste. Vielleicht war es ihr gemeinsames lirinisches Erbe, das ihre Gedanken verband, während sie körperlich sehr unterschiedlich waren. Anais war mit den üblichen Merkmalen der Liringlas geboren worden, den silbernen Augen, der rosigen Haut und dem glatten Haar, in dem sich die Sonne widerspiegelte. Hektor hingegen kam auf seine Mutter heraus, hatte dunkle Augen unter einer ebenso dunklen Lockenpracht. Doch jetzt sahen sie einander bemerkenswert ähnlich. Beide waren blass geworden; ihre Züge hatten durch Erschöpfung und die Hitze der brodelnden See eine graue, wächserne Blässe angenommen.

Er setzte seine Beobachtungen noch eine Weile fort. Die Stille, die Cantha befohlen hatte, hielt ihn im Bann. Er empfand nichts angesichts der Veränderungen, die er wahrgenommen hatte. Dann gab er seinen Gefährten wortlos das Zeichen, ihm zu folgen.

Schweigen herrschte den ganzen Weg entlang des felsigen Strandes, bis die Gruppe die Stelle erreichte, wo die Pferde warteten. Dort gab Anais Sevirym einen Klaps gegen den Hinterkopf.

»Jetzt begreife ich den Grund für dein Zögern!«, scherzte er. »Du willst keine Sandsäcke mehr stapeln.«

Sevirym zeigte ein leises Lächeln. »Kann man mir das vorwerfen?«

»Sicherlich nicht«, sagte Anais liebenswürdig. »Ich möchte mit dir ein Bündnis eingehen, Sevirym. Wir meutern und verlangen, dass diese hirnlose Arbeit eingestellt wird.«

Hektor lachte vor sich hin, während er seinen Rotschimmel bestieg. »Das wäre reine Zeitverschwendung. Die Vernichtung der Insel mag vielleicht noch nicht feststehen, aber der Sandsackdienst ist so unausweichlich wie der Tod.«

»Du baust Luftschlösser, Hektor«, sagte Jarmon verbittert. »Aber wenn es dir die Wartezeit erträglich macht, ist wohl nichts dagegen einzuwenden.«

Anais zog sich in den Sattel. »Das ist deine Ansicht. Ich bestreite das. Wenn ich freilich gewusst hätte, dass wir auf diese Weise eingesetzt werden, wäre ich nicht geblieben. Es ist eine Sache, den sicheren Tod mit dem besten Freund zu erwarten, aber es ist eine ganz andere Sache, sich die sorgsam gesäuberten Fingernägel zu ruinieren, indem man endlos irgendwelche unsinnigen Sandsack-Festungen baut. Das ist einfach unerträglich. Du schuldest mir eine durchzechte Nacht, Hektor.«

Hektor lachte erneut und trieb seinen Rotschimmel zum Galopp an.

Schweigend ritten sie die nordwestliche Küstenlinie entlang bis zum Rand des verlassenen Fischerdorfes. Dort stiegen sie ab und durchkämmten das, was von den strohgedeckten Hütten und zerstörten Hafenanlagen übrig geblieben war. Es war nicht schwer gewesen, diesen Ort zu evakuieren. Die Fischer kannten das Meer und waren unter den Ersten gewesen, die begriffen hatten, welche Gefahr drohte.

Die fünf gingen still durch die mit festem Sand und zertretenen Muscheln übersäten Straßen und führten ihre Reittiere an den Zügeln. Sie hörten lediglich das Wimmern des Küstenwindes, das Rascheln von Stroh und das Knarren von Holz, das Trippeln von Hafenratten und das gelegentliche Schnauben der Pferde.

Bei den Überresten eines jeden Gebäudes trennte sich ein Mitglied von der Gruppe und durchsuchte die Ruine. Es war wenig zurückgelassen worden, denn Fischer waren praktisch veranlagte Leute und hatten alles Nützliche eingepackt, bevor sie ihre Schiffe beluden und mit einer der ersten Flotten zum nächsten Hafen des nördlichen Kontinents aufbrachen.

Bei zwei früheren Gelegenheiten hatten sie Siedler angetroffen, wildäugige Männer, Frauen und Kinder, die von Orten im Landesinneren gekommen waren und auf eine Überfahrt fort von der Insel gehofft hatten, doch die Flotten waren bereits abgesegelt. Diese verlorenen Seelen hatten in den verbliebenen Hütten Unterschlupf gefunden und beteten um ein Wunder oder wanderten im Wahnsinn ziellos umher. Zum Glück hatte man für sie Plätze auf einigen der Rettungsschiffe finden können, die im Kielwasser der Flotten gesegelt waren. Hektor hatte darum gebetet, nie wieder einem Verzweifelten sagen zu müssen, dass es zu spät für seine Rettung war. Das Jammern, das dann einsetzte, erinnerte ihn zu sehr an ein Heulen, das er bei anderer Gelegenheit gehört hatte.

Wie immer erinnerte er sich an Talthea und die Kinder. Wenn er die Augen schloss, konnte er sie beinahe sehen, ihren vorgewölbten Bauch, in Erwartung eines weiteren Kindes, die Hand auf der Schulter seines Sohnes …

»Ein Körper«, rief Cantha aus der Ruine einer alten Pökelhütte.

Jarmon und Anais bahnten sich einen Weg über zerbrochene Laternen und eiserne Beschläge im Sand und öffneten die Tür. Cantha stand unmittelbar hinter der Schwelle. Mit verschränkten Armen schaute sie den Leichnam eines alten Mannes an, der sich in einem Gestell zusammengerollt hatte, das einmal eine Tischplatte zum Ausnehmen des Fischs getragen hatte. Fliegen schwärmten durch die Hitze.

»Er war nicht da, als wir das letzte Mal hier vorbeigekommen sind. Das war vor weniger als zwei Wochen, oder, Hektor?«, fragte Anais.

Hektor nickte bloß und zog die Schwefelhölzer hervor, während die anderen die Hütte verließen. Er entzündete mit einem davon die brüchigen Rietbündel, die vom Dach übrig geblieben waren.

»Wer immer du bist, ich übergebe deinen Körper dem Wind und deine Seele der Obhut des einzigen und alleinigen Gottes«, sagte er sanft. Es waren Worte, die er in den letzten Wochen oft gesprochen hatte, die Segnung eines Benenners, doch ohne den Namen des Toten auszusprechen.

Cantha, von Geburt ein Kind des Windes, blies leise in die Glut, als sie vorüberging. Sie glänzte heller und wurde einen Moment später zu einer dünnen Flamme.

Als sich die Ruine der Hütte mit Rauch füllte und die Flammen allmählich die Reste des Dachs verzehrten, wandte sich die Gruppe ab und machte sich wieder an die Arbeit. Da sie sonst niemanden in dem leeren Dorf fanden, stiegen sie wieder auf und ritten südwärts. Sie warfen keinen Blick zurück auf den wogenden Rauch und die Flammen hinter ihnen.

Die gepflasterten Straßen von Kingsten, der großen Hafenstadt im Süden des Fischerdorfs, vertrieben die Stille, als die Pferdehufe laut über die Steine klapperten und in den leeren Gassen widerhallten, die zum Marktplatz der Stadt führten.

Die unerschütterliche Ruhe auf den Gesichtern der Reisenden schien immer ein wenig zu weichen und sich in allgemeines Unbehagen aufzulösen, wenn sie in die Hauptstadt der westlichen Lande zurückkehrten. Bei jeder Rückkehr wirkte das vormals leuchtende Juwel der Westküste schäbiger und verwahrloster –

ein zerfallender Hafen für Geister und Gewürm, der einmal eine schillernde Stadt gewesen war, erbaut vor vielen Jahrhunderten von einem visionären König.

Als die Gruppe den ausgetrockneten Brunnen auf dem Platz erreicht hatte, stieg sie ab. Seviryms Füße trafen als Erste auf die Pflastersteine, gefolgt von den gedämpften Geräuschen der anderen Stiefel.

»Verdammt«, murmelte er und sah hoch zu der Stelle, wo sich die Statue eines seit langem toten Königs auf einem Hippogryphen einstmals über dem Mosaik erhoben hatte, mit dem das Brunnenbecken ausgekleidet war. Die Statue war schwer beschädigt; die einst ausgestreckten Flügel des königlichen Reittieres waren zu Marmorstücken zerschmettert worden, die verstreut in dem ausgetrockneten Becken lagen. Das steinerne Haupt des Standbildes war von den Schultern gestoßen worden und lag nun auf dem Kopfsteinpflaster der Straße. Die pupillenlosen Augen starrten blind in den dunstigen Himmel.

Jarmon hatte sein Leben lang den Nachfahren dieses Königs gedient. Er wankte durch Staub und Kies zum Sockel der Statue und wischte benommen den Schmutz von der Inschrift:

Ein von Sklaven errichtetes Reich zerbricht noch zu Lebzeiten des Tyrannen, doch eine Stadt, in Freiheit gebaut, steht tausend Jahre.

»Halb daneben, Euer Majestät«, sagte der ältere Soldat leise und fuhr mit dem schwieligen Finger über die Buchstaben.

»Wozu sollte das gut sein?«, wollte Sevirym von niemand Bestimmten wissen.

»Was soll das? Hatten sie nicht genug Sorgen? Mussten sie auch *das* noch tun? Verdammte *Tiere.*«

»Beruhige dich«, sagte Hektor besänftigend. »Das ist doch nur eine Statue. Es hat keine Bedeutung mehr. Aber das Ideal lebt weiter.«

Sevirym verschluckte ein bitteres Lachen, ergriff die Zügel seines Reittieres und führte es von dem staubigen Brunnen fort.

»Es muss schwer für euch Westländer sein, andauernd so im Kreis zu reiten«, sagte Anais nach einem Augenblick, als Jarmon und Cantha Sevirym gefolgt waren und nun die ihnen zugeteilten Straßen durchkämmten. »Wenigstens bleibt es uns Leuten von jenseits des Großen Flusses erspart, die allmähliche Verwüstung unserer Heimat mit ansehen zu müssen.«

Hektor sagte nichts darauf, gab aber seinem Pferd einen geschnalzten Befehl. Er und Anais gesellten sich zu den anderen und ihrer immergleichen Suche in der leeren Stadt.

Er lief benommen an den verlassenen Geschäften vorbei, vor denen er als Kind so gern verweilt hatte, und führte sein Pferd um Haufen aus Bruchglas herum, die einmal das Fenster der Konditorei gebildet hatten. Das Backwerk aus diesem Laden war so vorzüglich gewesen, dass die Bevölkerung geglaubt hatte, es sei von Magie durchtränkt. Er erlaubte sich, ein letzten Mal hier innezuhalten, und versuchte sich an den Duft des Blätterteigs sowie den Anblick der Burgen zu erinnern, die ausschließlich aus Keksen und Konfekt bestanden hatten, und an die aus Schokolade geschnitzten geflügelten Pferde und Drachen mit Schuppen aus Erdbeeren, doch er sah nur das ausgehöhlte Gebäude mit den Flecken aus Licht am Boden, das durch die Löcher im Dach hereinfiel, und roch nichts als den Gestank von Pech und Öl und Verwüstung.

Er wusste nicht, wie lange er hier gestanden und vergeblich versucht hatte, in die Vergangenheit einzutauchen, doch als Anais' Stimme schließlich in sein Bewusstsein drang, war es wie eine Glocke, die ihn aus tiefem Schlaf weckte.

»Nichts außer ein paar streunenden Hunden und einigen Krähen, die in den Traufen des alten Prälatenhauses Unterschlupf gefunden haben.«

»Krähen?«

Anais setzte eine Miene gespielter Ernsthaftigkeit auf. »Ja, und zwar große und hässliche. Eine von ihnen war vielleicht die Frau des Prälaten.«

Hektor lächelte. »Sie hatte eine ziemlich krächzende Stimme, aber leider kann sie keiner der Vögel sein. Möge Gott, der Einzige, meinem Vater helfen. Sie ist auf seinem Schiff gesegelt.«

Anais schüttelte mitfühlend den Kopf. »Der arme MacQuieth. Als ob er nicht schon genug Schwierigkeiten gehabt hätte.«

Hektor nickte ernst. »In den letzten Tagen vor der Abreise hat meinem Vater am meisten die Ironie des Ganzen zu schaffen gemacht. Er hat seine besten Jahre damit verbracht, im serenischen Krieg zu kämpfen, die Insel vor den Feuern der Unterwelt zu schützen und die feuergeborenen Dämonen von der Zerstörung Serendairs abzuhalten. Und nun, da die F'dor geschlagen und die letzten ihrer Art für immer in der Unterwelt eingeschlossen sind, wird die Insel doch dem Feuer erliegen – dem Feuer aus dem Himmel, das in der See verborgen liegt.«

»Trotzdem bezweifle ich, dass diese Ironie deinem Vater am meisten zu schaffen gemacht hat«, sagte Anais und stieß das zerbrochene Ladenschild mit dem Fuß über die gepflasterte Straße.

»Hast du im Stall nachgesehen?«

»Ja.«

»Haben ein paar Pferde überlebt?«

»Erstaunlicherweise sind alle noch da. Die armen Tiere sind nur noch Haut und Knochen. Cantha füttert sie mit dem letzten Rest Heu.«

Hektor stieß einen tiefen Seufzer aus. »Ich glaube, wir sollten von unserer üblichen Runde abweichen, Anais. Bevor wir von hier fortgehen, werden wir die Pferde zu den Wiesen an der Kreuzung vor der Stadt bringen und sie dort laufen lassen. Das ist besser, als sie in ihren Koppeln zu lassen und nur dann zu füttern, wenn wir hier vorbeikommen. Dort draußen finden sie Gras und Wasser.«

»Einverstanden«, sagte Anais. »Die menschliche Bevölkerung ist inzwischen fort. Was bedeutet schließlich eine kleine Verspätung, wenn niemand mehr da ist, dem wir helfen können?«

Hektor warf einen Blick über die Schulter auf die Hauptstraße, die zum Eingang der Verschlossenen Stadt im Norden von Kingsten führte.

»Nicht die gesamte Bevölkerung ist fort«, wandte er leise ein. »Nur diejenigen, die gehen durften.«

Anais folgte seinem Blick und atmete mit einem Schnauben aus.

Während der Seewind durch Kingstens verwahrloste Straßen fegte und den Gefährten den Sand in die Augen trieb, dachten die beiden Männer an die vergangenen Tage zwischen der Abfahrt der Flotte und dem Eintreffen der Rettungsschiffe aus den anderen Ländern. Der junge, soeben erst gekrönte König Gwylliam hatte die Evakuierung befohlen und die meisten seiner Untertanen vor der nahenden Katastrophe gerettet. Er selbst war auf dem letzten Schiff losgesegelt und hatte daher geglaubt, jeder Bewohner von Serendair, der die Insel verlassen wollte, habe das auch getan.

Die Verschlossene Stadt hatte er dabei vollkommen vergessen.

Es war nicht überraschend, dass diese Stadt Gwylliam bei seinen Überlegungen und Planungen entgangen war. Auch wenn sie in seinem Reich einen genau abgegrenzten Bereich einnahm, war sie doch eine Welt für sich. Es handelte sich bei ihr um eine frühere Strafkolonie, die von Räubern und Taschendieben bewohnt wurde. Sie hatten eine finstere und zugleich schillernde Gesellschaft mit Regeln, Regierung und Strafen gebildet, welche für alle Menschen außerhalb der versperrten Tore unverständlich blieben.

Trotz des Anscheins, die Verschlossene Stadt sei hermetisch von der Außenwelt abgeriegelt, führten so viele Tunnel in die Welt hinter ihren Mauern wie in einen Biberdamm oder ein Rattennest. Schon zur Zeit vor dem serenischen Krieg, der vor zweihundert Jahren geendet hatte, war die Verschlossene Stadt in einen Äußeren und einen Inneren Ring geteilt gewesen. Der Äußere Ring enthielt einen blühenden Markt mit exotischen Waren und außergewöhnlichen Dienstleistungen, den die Bewohner der freien Welt besuchen konnten, wenn sie sich an den Toren eingehend durchsuchen ließen.

Sie kamen am mittleren Tag der Woche, der als Markttag bekannt war, beim Klang der großen Messingglocke, kauften auf dem Basar ein und hielten dabei die Münze krampfhaft umklammert, die ihnen den Rückweg aus der Verschlossenen Stadt ermöglichte, wenn die Glocke zur Schließungszeit wieder ertönte. Sie kauften Parfum, das den Geist zu Orten hinter dem Horizont der Wirklichkeit versetzen konnte, Leinen und Seide von unbeschreiblichen Farben, Juwelen, Liebestränke und Heilbalsam sowie unzählige andere Waren aus den entferntesten Ecken der Erde. Die reine Existenz dieser exotischen Güter war ein deutlicher Hinweis darauf, wie durchlässig die dicken Mauern der Verschlossenen Stadt tatsächlich waren.

Der Innere Ring war noch geheimnisvoller. Bei ihm handelte es sich um einen dunklen Ort, zu dem nur die dauerhaften Bewohner der Stadt Zugang hatten. In seinen fensterlosen Gebäuden und schattigen Gassen wurden Geschäfte anderer Art abgewickelt, welche sich diejenigen, die außerhalb der Verschlossenen Stadt lebten, nur in ihren Alpträumen vorstellen konnten.

Als Hektor und seine Gefährten erkannten, dass man die Verschlossene Stadt übersehen hatte, hatten sie ihren Bewohnern einen Platz auf dem ersten Schiff angeboten, das im Kielwasser der fliehenden Flotte einlief. Er war selbst in die Verschlossene

Stadt gegangen, denn die massiven Tore wurden nicht mehr von außen bewacht. Er hatte ein Schloss gesprengt, das Tor weit geöffnet und der bestürzten Bevölkerung, die er auf der anderen Seite vorgefunden hatte, zur Flucht geraten, damit sie sich vor der Zerstörung rette, die unweigerlich käme, wenn das Schlafende Kind erwache und sich erhöbe und dabei die Insel Serendair unter den Meereswellen begraben würde, wie es der König für die nahe Zukunft vorhergesehen hatte.

Damals wimmelte es in der Stadt von Menschen. Sie hatten ihn angestarrt, als wäre er verrückt, sich dann umgedreht, den Blick von ihm abgewandt und waren weiter ihren Geschäften nachgegangen, als ob er überhaupt nicht da wäre.

Als er am nächsten Tag zurückgekehrt war, um sie zu bitten, es sich noch einmal zu überlegen, und ihnen die bevorstehende Katastrophe zu erläutern, hatte er die Tore wieder verschlossen vorgefunden. Eine höfliche Bekanntmachung war an das Tor genagelt, in der sein Angebot dankend abgelehnt und ihm alles Gute gewünscht wurde.

Der Gedanke an die tausenden von Seelen auf der anderen Seite dieser Tore hatte Hektor noch Wochen später heimgesucht, als er und die anderen Retter die verbliebenen Nachzügler aus den Ländern östlich des Großen Flusses und all jene in den letzten Rettungsschiffen untergebracht hatten, die bis dahin den Auszug verpasst hatten. Oft war er vor den Mauern der Verschlossenen Stadt auf und ab gegangen und hatte sich gewünscht, die Regierung würde sich eines Besseren besinnen und ihr Volk retten.

Nach einer Weile wurde ihm die Möglichkeit zu helfen genommen, denn es kamen keine Schiffe mehr, als die Temperatur des Wassers über dem Grab des Schlafenden Kindes stieg. Das Bilgenwasser kochte in der Hitze und einige Schiffe barsten. Hektor brachte nicht mehr die Kraft auf, an all jene zu denken, die sich noch auf der anderen Seite der Mauer befanden und nun verdammt waren, bis zum Ende auf der Insel zu bleiben – wie Teile der Bevölkerung östlich des Großen Flusses, die ebenfalls nicht hatten fortgehen wollen.

So wie auch er und seine vier Gefährten verdammt waren.

Nun war es viel zu spät, um sich darüber noch Sorgen zu machen.

Hektor blinzelte. Die Nachmittagssonne war weitergewandert und blendete ihn nun. Er hielt die Hand vor die Augen und sah hinüber zu Anais, der mit dem Kopf in Richtung der Hafenanlagen deutete.

»Komm«, sagte sein Liringlas-Freund. Seine silbernen Augen glitzerten im Sonnenlicht.

Ohne ein weiteres Wort gab Hektor seinem Pferd einen schnalzenden Befehl und folgte Anais.

Feuer brannten entlang der Werften; die Asche vermischte sich mit dem Dampf der See. Cantha, Jarmon und Sevirym mussten weitere Leichen gefunden haben, menschliche oder andere, oder etwas Schwärendes und so Gefährliches, das es notwendig gemacht hatte, den wertvollen Brennstoff für die Entzündung der Scheiterhaufen zu verwenden.

Die Ironie dieser Höllenfeuer berührte ihn nicht mehr. In den Wochen nach der Ankunft und Abfahrt des letzten Schiffes hatte es auf ihrem Reiseweg viele solcher Feuer gegeben. Sie ritten immer wieder im Kreis durch die Länder westlich des Großen Flusses. Nur einmal hatten sie sich in die östlichen Gebiete gewagt – in jenes weite Land der Unterkönige, die sich zum Bleiben entschieden hatten, weil sie der königlichen Vision nicht glaubten oder bis zum Ende in ihrer Heimat bleiben wollten. Da die Abreise der dritten und letzten Flotte aus dem Hafen von Kingsten erfolgt war, trafen die Nachzügler regelmäßig im *Westen* ein. Daher hatte sich Hektor entschieden, vor allem in diesem Teil des Landes während der letzten Tage die Ordnung aufrecht zu erhalten. Die Plündereien und Aufstände hatten abgenommen, als Hunger und Krankheiten ausgebrochen waren, und entlang der Westküste brannten die säubernden Scheiterhaufen, die wunderbare Signalfeuer abgegeben hätten, wenn auf dem Meer noch Schiffe gesegelt wären.

Die Rauchwolken wirbelten und tanzten jetzt und wurden von den launischen Seewinden umhergetrieben. Hektor sah, wie sich die Schatten seiner Freunde schweigend im Dunst bewegten, Asche harkten und Treibholz auf die Scheiterhaufen warfen.

Am Hafen winkte ihm ein Schatten zu, bei dem es sich nur um Anais handeln konnte.

Hektor ging mit brennenden Augen durch den beißenden Rauch bis zum Ende des Kais, auf dem sein Freund aus Kindertagen wartete. Er stellte sich neben Anais und starrte auf den undurchdringlichen Nebel und die zittrige See. Es war ein Ritual, das die beiden seit der Abreise der Zweiten Flotte oft durchgeführt hatten – eine stille Wacht. Als sie gemeinsam dort standen wie an jenem schrecklichen Tag, an dem sie ihre Frauen und Kinder in die Hände von MacQuieth gegeben hatten, damit er sie in Sicherheit bringe, fanden sie plötzlich ein geistiges Band zurück in die Vergangenheit, in der das Leben für sie noch einen Sinn gehabt hatte.

»Ich träume nicht mehr von ihnen«, sagte Anais und starrte in den Nebel. Seine Stimme wurde vom Jammern des Windes gedämpft.

»Nein?«

»Nein. Du?«

Hektor atmete tief ein, schmeckte das Salz und die Asche und dachte an Talthea, an ihren Sohn und das Ungeborene. »Ja. Jede

Nacht.« Er wandte den Blick ab und schaute auf die Wellen unterhalb des Kais. »Von nichts sonst.« Es war das Einzige, das ihm den Tag erträglich machte: das Wissen, dass die Nacht kommen und ihm diese Träume bringen würde.

Anais nickte nachdenklich. »Wenn ich wach bin, kann ich mich nach Belieben an ihre Gesichter erinnern«, sagte er, »aber nachts träume ich vom Weltenbaum.«

Hektor blinzelte und wandte seinem Freund das Gesicht zu. »Von der Sagia?«

Anais nickte erneut. »Und von dem Wald von Yliessan, in dem ich geboren wurde.«

Trotz der Hitze des Nachmittags verspürte Hektor plötzlich ein Frösteln, als sein Freund den großen Baum erwähnte. Er war die geheiligte Wesenheit von Anais' Volk, den Kindern des Himmels. Die Sagia war einer der fünf Geburtsorte der Zeit, aus dem das Element des Äthers hervorgegangen war, und seine Macht bildete das Herzblut der Insel.

»Was siehst du in diesen Träumen, Anais?«

Anais neigte den Kopf, als ob er sich so leichter erinnern könne. »Ich stehe in Yliessan am Fuß des Baumes, schaue an seinem gewaltigen Stamm hoch bis zu den niedrigsten Ästen, die sich über die Wipfel der anderen Bäume im Wald erheben. Die silberne Rinde glitzert. Um den Baum stehen Lirin aller Art: Lirindarc, die im Wald wohnen; Lirinved, die Nomaden, die in Forst und Feld leben, aber in keinem Teil zu Hause sind; die Lirinpan aus den Städten. Sie alle warten. Die Liringlas, mein eigenes Volk, die Himmelssänger, befinden sich am Rande und winden Blumengirlanden, während sie warten.

Einer nach dem anderen klettert auf die untersten Äste, dann höher. Sie bauen so etwas wie Wohnkugeln – Nester, wenn du so willst. Die Liringlas schmücken den Stamm der Sagia mit Blumengirlanden.« Anais schloss die Augen und richtete seine ganze

Aufmerksamkeit auf die Vision. »Sie singen. Die Lirin flüchten sich in die Sagia und erwarten das Ende in ihren Armen.«

Sevirym's Stimme zerschmetterte die Stille im Hafen.

»Hektor! Hektor! Ein Schiff! Ein Schiff läuft in den Hafen ein!«

Die Männer auf dem Kai drehten sich erstaunt um und spähten noch angestrengter in den Nebel.

Kurz darauf sahen sie es am äußersten Rand ihres Sichtfeldes. Die Segel blähten sich im Wind, als sich das Schiff dem niedrigsten Landungssteg am südlichen Ende der Hauptmole näherte. Hektor rannte den Pier entlang. Anais folgte ihm rasch. Bald darauf trafen sie sich mit den drei anderen Freunden.

Jarmon schüttelte den Kopf. »Narren«, murmelte er und beobachtete, wie das Schiff in dem Dampf verschwand, der vor der Kaimauer aufstieg. »Müssen sich verirrt haben. Kann nicht sein, dass es auf der Welt einen Kapitän gibt, der die Gefahr nicht kennt, in der sie jetzt schweben.«

Auch Cantha schüttelte den Kopf. »Nicht verirrt. Die Bewegungen sind wohl überlegt.«

»Ahoi!«, rief Sevirym, rannte auf die Mole zu und ruderte mit den Armen durch die Wirbel treibender schwarzer Asche aus den Scheiterhaufen. »Ahoi! Ahoi!«

Nur der Seewind antwortete ihm.

Sie mochten eine halbe Stunde oder länger in dem schweren Dunst gestanden haben, bis schließlich Anais ein schwaches Licht erspähte, das sich über die Wellen auf sie zubewegte und knapp über dem Wasserspiegel auf und nieder ging.

»Sie haben ein Beiboot zu Wasser gelassen«, sagte er und deutete auf das näher kommende Glimmen. »Eine Laterne leuchtet dicht über dem Wasser am Bug.«

»Das Schiff ist ein zwei- oder dreimastiger Schoner«, bemerkte Jarmon. »Vielleicht auch eine Brigantine. Ich kann es nicht genau erkennen. Ein ziemliches Ungeheuer, allerdings. Muss kurz vor der Kaimauer vor Anker gegangen sein. Kann nicht behaupten, dass ich ihr das verüble. Wollte bei diesem Nebel nicht in den Hafen einfahren müssen, nachdem auch noch die Leuchttürme ausgefallen sind.«

»Sevirym, zünde eine Fackel an und schwenke sie!«, rief Hektor, während er zum Ende der Mole ging. Er reckte den Hals und spähte durch den Rauch und Dunst, doch er erkannte nur die kleine Laterne, die in der weiten Bucht immer näher schwankte.

»Wahnsinn«, murmelte Jarmon mit zusammengebissenen Zähnen, als Sevirym auf den Kamm des Walls aus Sandsäcken kletterte, den sie entlang der Küstenlinie errichtet hatten, und die Fackel hoch hielt. »Es sind mehr als zwei Monde vergangen seit der Abfahrt des letzten Schiffs. Warum kommen sie gerade jetzt? Sehen sie den aufsteigenden Dampf nicht? Er reicht doch bis in den Himmel. Wie kann ihnen das auf dem offenen Meer entgangen sein?«

»Vielleicht haben sie die gleichen Augen wie Sevirym«, meinte Anais. »Wir sollten abwarten.«

In ungeduldigem Schweigen blickten sie lange in Richtung des Schiffes, dann begaben sie sich gleichzeitig den langen Pier hinunter in die Helligkeit des Nebels hinein, der den am Ende des Kais stehenden Hektor vollkommen verschluckt hatte.

Das Licht aus der Laterne am Bug des Beibootes war nun nahe herangekommen. Sein Strahl wurde vom Sonnenlicht zerstreut, das durch den Dampf an der Küste fiel. Über dem Geräusch der gegen den Pier rollenden Wellen hörten sie eine raue Stimme rufen:

»Ahoi!«

Weiter draußen im Hafenbecken nahmen etliche Stimmen den heiseren Ruf auf.

»Ahoi! Jemand hier? Ahoi!«

Vor den Augen der fünf Gefährten erschienen funkelnde Lichter in einer Bogenformation hinter dem ersten Leuchtfeuer. Ein Beiboot, das von einem Bootsmann gesteuert und von vier Ruderern vorangetrieben wurde, fuhr aus dem Nebel, gefolgt von fünf weiteren Booten.

Im ersten stand ein Mann aufrecht. Sie sahen, wie sein Schatten Gestalt annahm, während sich das Beiboot dem Pier näherte.

»Ahoi! Ich suche nach Hektor Monodiere! Ist er wohl einer von euch?«

»Das bin ich«, sagte Hektor, ergriff den Anlegepfahl und lehnte sich über den Pier hinaus, um den Mann im Beiboot besser zu erkennen. »Warum seid ihr hergekommen?«

Der Mann beschirmte die Augen. »Ich bin Petaris Flynt, Kapitän der *Sturmreiter*, die unter der Flagge von Marincaer segelt. Ich bringe Neuigkeiten. Werft mir eine Leine herüber.«

Jarmon und Anais machten sich daran, das erste Beiboot zu vertäuen, während Cantha zu Sevirym ging und ihm dabei half, die anderen Boote mit der Fackel sicher an den Pier zu geleiten. Hektor bot dem Kapitän die Hand. Als er den Mann auf den Landungssteg zog, bemerkte er, wie schwach sein Griff und wie dünn sein Arm geworden war.

Der Kapitän war ein stämmiger Mann mit einem Brustkorb wie ein Fass. Er hatte einen grauen Vollbart, und seine Augen waren so schwarz wie die Tiefen des Meeres. Er sah hoch zu Hektor, der einen halben Kopf größer war, und richtete dann den Blick auf die anderen und die leeren Docks hinter ihnen. Er schüttelte den Kopf und seufzte.

»Wer hätte sich je vorstellen können, dass noch zu meinen Lebzeiten der große Leuchtturm von Kingsten erlöschen würde?«, meinte er. »Ich hätte eher bezweifelt, dass die Sonne aufgeht. Oje und o weh.« Er gab den Seeleuten im Beiboot das Zeichen, es sich bequem zu machen, und sah dann wieder Hektor an.

»Wir sind hier, um eine letzte Ladung zu übernehmen, Hektor – alle Nachzügler und all jene, die das letzte Schiff verpasst haben. Dies ist wirklich die letzte Gelegenheit, die sich ihnen bietet. Das Meer oberhalb der Nördlichen Inseln brodelt vor Hitze. In einem Umkreis von zehn Meilen um Balatron kochen alle Bilgen in den Schiffen. Wir wissen nicht, ob wir selbst es bis hinaus schaffen. Wir legen mit der Tide bei Sonnenuntergang ab und fahren nach Südwest, so schnell uns der Wind trägt, bis wir zu den Eisfeldern kommen, dann schlagen wir einen Bogen zurück nach Norden. Jeder, der bei Sonnenuntergang an Bord ist, kann mit uns segeln. Alle anderen bleiben ohne Ausnahme hier.«

»Möge Gott, der Einzige und Alleinige, mir meine Undankbarkeit vergeben, aber erlaube mir die Frage, warum du hergekommen bist«, erwiderte Hektor staunend. »Die Schiffslinien an diesen Ort sind seit mehr als zwei Monaten eingestellt. Und drei Monate davor war der Exodus beendet, die Dritte Flotte hat im Frühling abgelegt. Es ist niemand hier, den man retten könnte. Alle, die gehen wollten, sind gegangen.«

Flynt runzelte die Stirn. »Ich bin auf Befehl des Königs von Marincaer gekommen, der von Stephastion, einem der Barone von Manosse, gebeten wurde, mich auszusenden.«

»Manosse?« Hektor schaute hinüber zu Jarmon und Anais, die beide die Achseln zuckten. Manosse war eine große Nation, die eine halbe Welt entfernt an der Ostküste des Nördlichen Kontinents lag, weit weg von den Ländern, in welche jene Flüchtlinge gezogen waren, die sich geweigert hatten, mit den Flotten zu segeln.

»Ja«, sagte Flynt. »Es ist ebenfalls Manosse, aus dem die Neuigkeiten kommen. Die Flotte deines Vaters ist dort gelandet.«

»In Manosse?«, fragte Hektor besorgt. »Warum? Was ist geschehen? Das war nicht ihr Zielort.«

»Anscheinend sind sie in einen großen Sturm geraten«, erwiderte Flynt. Er redete sehr schnell. »Sie wurden am Nullmeridian getrennt. Viele Schiffe gingen verloren. Ein Teil der Überlebenden landete auf Gaematria, der Insel der See-Weisen, obwohl es ein verbotener Ort ist. Dein Vater führte den Rest der Flotte nach Manosse, vermutlich weil er wusste, dass die in Mitleidenschaft gezogenen Schiffe den Rest der Reise nach Osten zum Wyrmland, ihrem ursprünglichen Ziel, nicht überstehen würden. Wie ich erfahren habe, wollen sie dort bleiben.«

Hektor nickte. »Was ist mit der Ersten Flotte? Und mit der Dritten?«

Der Kapitän schüttelte den Kopf. »Keine Nachrichten. Aber wenn sie zum Wyrmland unterwegs waren, fürche ich, dass wir nie wieder etwas von ihnen hören werden. Aus gutem Grund ist dieser Ort kein Teil der bekannten Welt.« Er sah sich nervös um.

»Weißt du etwas über das Schicksal meiner Familie?«, fragte Hektor.

»Ich habe gehört, dass dein Sohn und deine Frau wohlbehalten in Manosse eingetroffen sind. Und deine Tochter ebenfalls. Ich kann dir sagen, dass dein Kind gesund und munter zur Welt gekommen ist.«

»Weißt du, welchen Namen sie erhalten hat?«

»Nein, aber anscheinend hat deine Frau gesagt, du würdest ihn kennen.«

»Und mein Vater? Geht es ihm gut? Und seinem Schiff auch?«

Flynt schaute weg. »Er hat die Reise überlebt. Wie ich hörte, ist sein Schiff heil geblieben.«

Hektor und Anais wechselten einen erleichterten Blick. Diese Nachrichten ließen auch für Anais' Familie Gutes hoffen, die zusammen mit der Hektors gereist war, obwohl sie spürten, dass der Kapitän etwas verschwieg.

»Berichte mir von meinem Vater, was immer du mir bisher nicht gesagt hast«, bat Hektor. »Ist er krank?«

»Meines Wissens nicht.« Nervös gab der Kapitän seiner Mannschaft ein Zeichen, die daraufhin die Ruder aufnahm und auf den Strand zuhielt. Dann wandte er seine Aufmerksamkeit wieder dem jungen Mann zu.

»Dein Vater hält auf dem Meer Wacht, Hektor. Sobald die Überreste der Zweiten Flotte sicher im Hafen gelandet waren und er sich seiner Pflichten entledigt hatte, begab er sich zur Halbinsel Sithgraid an der Südspitze von Manosse und wartete in der Brandung. Es heißt, dass er dort noch immer steht. Tag und Nacht, und jede Hilfe und Gesellschaft außer von deiner Frau und deinem Sohn verweigert. Als der Baron deine Frau fragte, warum er das tue, sagte sie nur, er warte.«

Hektor nahm diese Worte schweigend auf und starrte zum östlichen Horizont. »Vielen Dank.«

Langsam konnte der Kapitän eine gewisse Ungeduld nicht mehr verhehlen. »Also gut, Hektor, ich habe meine Nachrichten übermittelt. Wie ich dir schon gesagt habe, bin ich hergekommen, um die letzten Seelen einzusammeln, die die Insel vor dem Untergang verlassen wollen. Ruf sie zusammen.«

Als ob er diese Worte zum ersten Mal höre, drehte sich Hektor um, sah Flynt eingehend an und nickte.

»Sehr gut.«

»Öffne das Tor, Sevirym.«

Der junge Soldat schaute zweifelnd drein, während sein Blick über den wuchtigen Eingang zwischen den leeren Wachttürmen zu beiden Seiten schweifte. Er betrachtete die Mauer, welche die Verschlossene Stadt umgab. Als er bemerkte, dass sich niemand auf dem Wehrgang befand, packte er den verrosteten Griff und zog mit aller Kraft daran.

Das schwere hölzerne Tor mit den Bronzebeschlägen schwang leise auf.

»Na, schau dir das an«, murmelte Jarmon verbittert. »Vierhundert Jahre lang waren drei Männer nötig, um diese Bronzeschlösser aufzusprengen, und sieben, um das Tor zu diesem Diebesnest zu öffnen. Und jetzt schwingt es so leicht auf wie die Küchentür meiner Mutter. Ich habe wirklich schon zu lange gelebt.«

Hektor schritt durch das Tor und an den dicken, mit Eisenstangen verstärkten Mauern vorbei und versuchte den Anblick dahinter in sich aufzunehmen.

Die Verschlossene Stadt war leer.

Vielleicht erschien es auch nur so. An jeder Straßenecke, hinter jedem vernagelten Fenster, in jeder Gasse spürte er die Anwesenheit von Schatten und das Gewicht der Blicke, die auf ihm ruhten, obwohl niemand zu sehen war.

Sie gingen durch die stillen Straßen und traten über den Abfall des Basars, der das Pflaster bedeckte: Stofffetzen und zerbrochene Marktkarren, glitzernde Glasscherben und Rußspuren von lange erloschenen Feuern. An jeder Straßenecke hielt Hektor an und spähte in die Nischen des Äußeren Rings, aber er sah nichts. Er rief und erhielt keine Antwort.

Schließlich kamen sie zu dem großen Brunnen in der Mitte der Verschlossenen Stadt. Diesen Ort beschrieb ein hoch geachteter Historiker in seinen Schriften als einen »Schacht hinab in das Labyrinth der Unterweltler, die völlig in der Dunkelheit unter den Straßen und in Nestern mit mehr Tunneln als im Königreich der Ameisen leben«. Hektor wusste nicht, ob er diese Legenden über die menschlichen Labyrinthbewohner glauben sollte; er wusste nur, dass jeder Laut, der in den Brunnen fiel, durch die ganze Stadt hallte. Er lehnte sich über den Rand und rief:

»Hallo! Kommt jetzt alle heraus, die ihr euch in Reichweite

meiner Stimme befindet! Ich befehle euch im Namen Gwylliams, des Hochkönigs von Serendair, diesen Ort sofort zu verlassen! Das letzte Schiff wartet im Hafen und segelt mit der Flut bei Sonnenuntergang. Kommt her! Das Schlafende Kind erhebt sich im Nordwesten. Rettet euch!«

Seine Worte hallten von den Steinen der Gassen wider und wurden vom Brunnen und den Straßen zurückgeworfen. Hektor wartete.

Es kam keine Antwort.

»Anais«, sagte Hektor, ohne sich umzudrehen und den Blick von den Straßen und Gassen vor ihm abzuwenden, »geh zurück zum Tor und läute die Markttagsglocke.«

»Bist du sicher, dass sie noch da ist?«, fragte Anais zweifelnd. »Fast alle Glocken von Kingsten wurden vor dem Exodus für Schiffsarmaturen eingeschmolzen.«

»Diese Glocke befand sich in der Verschlossenen Stadt, die bei den Planungen für die Evakuierung übergangen wurde. Sie ist so groß, dass sie nicht von Einzelnen mitgenommen worden sein kann, die bereits aus der Umfriedung geflohen sind. Läute sie, bis die Mauern einstürzen.«

Die anderen drei stellten sich im Kreis mit dem Rücken zu Hektor auf und hielten in alle Himmelsrichtungen Ausschau nach Anzeichen für eine Antwort. Abgesehen von schwankenden Schatten und einem Flattern hier und da gab es keine.

Still wie Steine standen sie mit ihren geladenen Armbrüsten da, deren Pfeile allerdings auf das Straßenpflaster zeigten, und rührten sich auch nicht, als die große Glocke auf der Mauer neben dem Tor läutete.

Wellen aus rauem Bronzeklang ergossen sich durch die leeren Straßen, während Anais immer weiter die Glocke läutete. Ein wildes Flattern erhob sich aus der Traufe eines vernagelten Ziegelhauses nahe beim Brunnen. Eine Taubenschar schreckte aus dem Schlaf hoch und stieg unter wütendem Gegluckse in den Himmel auf.

Fünfzehn lange Minuten erklang die große Glocke. Nach einigen dröhnenden Klängen ebbte der Laut jedes Mal ab, um dann wieder ohrenbetäubend anzuschwellen. Hektor starrte weiterhin in die dunklen Gassen und ertrug den Lärm ohne eine äußerliche Regung, bis schließlich der schwarze Umriss eines Mannes am Ende einer Straße in der Nähe des Brunnens erschien.

»Er soll sofort damit aufhören, oder ich lasse ihn erschießen.«

»Das wäre ein unkluger Befehl«, rief Hektor zurück, während seine drei Gefährten die Armbrüste hoben. »Und es wäre dein letzter.«

Die knochige Gestalt stieß ein raues Lachen aus. Der Mann am Ende der Gasse kam näher. Er humpelte gerade in das Licht des Nachmittags, als die Glocke erneut anschlug.

»Halt, Anais!«, rief Hektor. Im selben Moment, als der dünne Mann auf den Platz trat, hörte die Glocke auf zu läuten. Hektor beobachtete ungeduldig, wie sich der Mann auf seinen Gehstock stützte und den Kopf nach Süden drehte, um die ferne Mauer zu betrachten. Die anderen senkten ihre Waffen nicht.

»Was bitte macht ihr da?«, fragte der heruntergekommene Mann mit einer Mischung aus Verärgerung und Neugier. »Was bezweckt ihr damit, außer die Tauben und meinen Nachmittagsschlaf zu stören?«

»Das letzte Rettungschiff ist in den Hafen eingelaufen. Ich will noch einmal vesuchen, die restlichen Untertanen des Königs in Sicherheit zu bringen.«

Der knochige Mann grinste breit und entblößte dabei ein lückenhaftes Gebiss.

»Aha«, sagte er blasiert und fuhr sich mit der Hand über die grauen Stoppeln in seinem Gesicht. »Jetzt ist mir das Missverständnis klar. Ihr habt da etwas durcheinander gebracht.« Sein

Tonfall wurde versöhnlich, doch es lag eine übertriebene Herablassung darin, als würde er mit Kindern sprechen. »Wisst ihr, das hier sind nicht die Untertanen des Königs. Sie waren es nie. Der König hat diesen Ort schon vor langer Zeit vergessen, so wie sein Vater und sein Großvater vor ihm. Ich bin jetzt der König, seit es niemanden mehr mit wirklicher Macht hier gibt. Nun, eigentlich nennen sie mich den Tyrannen. Das ist *mein* Volk. *Ich* bestimme, ob sie kommen oder gehen, ob sie leben oder sterben.« Er stützte sich auf seinen Gehstock, und sein löchriges Grinsen wurde noch breiter. »Und ich sage, sie bleiben. Also kümmert euch um eure eigenen Angelegenheiten, ihr heldenhaften Ritter. Haut ab und geht auf euer Schiff zurück. Wir danken euch für euer freundliches Angebot, aber als König der Zurückbleibenden lehne ich es höflich ab.«

»Du bist der König des Nichts«, rief Jarmon wütend.

Der Tyrann lachte. »Nun, dann habe ich ja mit Gwylliam etwas gemeinsam. Wie unangenehm. Denn ich bin ein größerer König, als er je war. Er hat sein Volk mit seinen Visionen und Vorhersagen der Katastrophe verängstigt und es dann verlassen. Was ist das für ein König, der sein Reich aufgibt, um die eigene Haut zu retten? Ich bin wenigstens bei meinem Volk geblieben und halte die Stellung. Im Gegensatz zu Gwylliam bin ich kein Feigling.«

Jarmons Gesichtsausdruck verfinsterte sich. Er hob seine Armbrust in Schusshöhe und zielte.

»Gib den Befehl, Hektor«, forderte der alte Soldat zornig. »Ich will ihn haben.«

»Es ist keine Zeit mehr für dumme Spielchen«, wies Hektor voller Unmut den Tyrannen zurecht, hob aber warnend die Hand in Jarmons Richtung.

»Dann hör auf, eure Zeit zu verschwenden«, sagte der Tyrann mit leiserer Stimme. »Kennst du den Ursprung dieses Ortes etwa nicht? Was ist hier denn wert, gerettet zu werden?«

Bevor Hektor eine Antwort gab, versuchte er die Lage einzuschätzen. Er hatte oft gehört, die Stadt hinter den Toren sei voller Trug, doch der hagere Mann vor ihm hatte keine sichtbaren Waffen, und er sah keine offenen Türen oder Fenster, hinter denen sich Bogenschützen verstecken konnten. Aber er wusste nicht, ob Anais' Lage einen Block entfernt genauso gut war.

»Sie«, sagte er und deutete auf die schwarzen Straßen und Gassen. »Jeder, der nie Gelegenheit hatte, sein Leben selbst in die Hand zu nehmen. Jeder, der nur aus einer Laune heraus verdammt wurde. Ein Mann vielleicht. Oder eine Frau. Ein Kind. Alle, die gehen wollen, welche Verbrechen sie auch begangen haben mögen. Vielleicht sind sie ja unschuldig. Im Namen Gwylliams, des Königs, bin ich hergekommen, um ihnen die Gelegenheit dazu zu verschaffen. Tritt endlich zur Seite! Wir haben keine Zeit für deine Winkelzüge. Wir stehen an der Schwelle des Todes.«

Auch die Augen des Tyrannen verdunkelten sich und enthüllten eine seelenlose Tiefe.

»Kommt doch bitte herüber«, sagte er mit eisiger Stimme. »Es ist so unbequem, in Hauseingängen zu hocken.«

»Nach Euch, Majestät«, entgegnete Hektor.

Er senkte die Hand.

Drei Pfeile wurden gleichzeitig abgefeuert und durchbohrten ein Auge, das Herz und die Stirn des hageren Mannes. Sie durchstießen ihn wie Pergament. Der Tyrann fiel mit einem dumpfen Laut auf die geborstenen Pflastersteine des Platzes. Ein weiterer Taubenschwarm stob in die Luft. Der Lärm seines Sturzes und ihres Aufstiegs hallte durch die leeren Straßen. Es folgte vollkommene Stille.

»Anais, läute die Glocke noch drei Mal!«, rief Hektor über die Schulter.

Das metallische Donnern setzte wieder ein, hörte dann auf und erstarb langsam.

»Kommt jetzt!«, rief Hektor in den Äußeren Ring hinein. »Kommt mit uns, wenn ihr weiterleben wollt!«

Lange erfolgte keine Antwort. Dann bemerkte Hektor, wie sich am Rande seines Sichtfeldes Schatten verdichteten und bewegten.

Langsam traten allein oder zu zweit Gestalten in das Licht des Platzes wie Gespenster in die Mittagssonne und verdrehten zunächst die Augen wie im Schmerz. Dünne Männer, ausgezehrte Frauen und ein paar zerlumpte Kinder kamen hervor und blieben dicht beieinander. Sie waren hohläugig und senkten vor ihren Befreiern den Blick. Hektor stieß die Luft aus. Bis zu diesem Moment war er sich nicht sicher gewesen, ob in der dunklen Stadt überhaupt jemand übrig geblieben war, den man retten konnte.

»Sevirym«, sagte er zu dem jungen Soldaten, »geleite diese Leute zum Pier, und bringe sie auf das Schiff. Schick Anais zurück, wenn du das Tor passierst. Wir gehen rasch von Haus zu Haus und in den Inneren Ring.«

Sevirym nickte knapp bei der Erwähnung des dunklen Innersten der Verschlossenen Stadt, wandte sich dann ab und bedeutete den zwei Dutzend menschlichen Schatten mit erregten Handbewegungen, sie sollten auf das Tor zugehen.

»Kommt!«, rief er. »Folgt mir zum Schiff – und zu der Hoffnung auf ein Weiterleben.«

Straße um Straße, Ziegelhaus um Ziegelhaus wurden durchsucht, aber man fand keine Lebenden mehr, sondern nur Verwüstung und Zerstörung. In der Verschlossenen Stadt gab es eindeutig mehr Leichen als in den westlichen Ländern zusammen. Es waren zu viele, um sie zu verbrennen oder auch nur für sie zu beten.

Während sie von Schwelle zu Schwelle, von Säule zu Säule liefen, riefen sie in die leeren Korridore hinein und klopften gegen Wände und Treppen, um jedermann in den oberen Stockwerken herauszutreiben, aber sie scheuchten nur Ratten, schlafende Vögel und wilde Katzen auf, die gerade die letzten Fleischfetzen von den Leichen rissen.

Anais war von Dach zu Dach geklettert und stieg nun herab. Er stand mitten auf der Straße vor der inneren Mauer, die kreisförmig den Rest der Gebäude umgab und den Äußeren Ring von den dunklen Straßen dahinter trennte. Ein schwarzes, schmiedeeisernes Tor, geformt wie ein gewaltiges Schlüsselloch, hing verbogen in den Angeln. Anais beugte sich vor und keuchte vor Anstrengung und Enttäuschung.

»Hier beginnt offenbar der Innere Ring«, sagte er, während er nach Luft schnappte. »Du willst hineingehen, nicht wahr, Hektor?«

»Ja.«

Anais seufzte. »Natürlich. Was für eine Luftverschwendung, dass ich dich überhaupt gefragt habe. Sei so gut und erlaube mir, einmal durchzuatmen. Ich bin schon zu alt für solchen Unsinn.«

Hektor erwiderte nichts darauf. *Was würde ich dafür geben, wenn du die Möglichkeit hättest, alt zu werden, Anais,* dachte er.

»Die Sonne sinkt«, meinte Cantha. Sie beschattete die Augen mit ihrer langfingrigen Hand und starrte in den undurchdringlichen Dunst. »In zwei Stunden wird sie hinter dem Horizont verschwunden sein.«

»Richtig. Uns bleiben noch höchstens dreißig Minuten für die weitere Suche«, sagte Hektor und nickte Jarmon zu, damit dieser das verbogene Tor aufzog. »Dort drinnen sollten wir zusammenbleiben. Es war früher ein sehr gefährlicher Ort, nahe an der Gruft der Unterwelt. Wir dürfen keinen falschen Schritt machen.«

Rasch drückten sie sich durch das Tor, wobei sie das gezackte

Metall mieden, und betraten zum ersten Mal in ihrem Leben die Straßen des Inneren Rings.

Sie waren erstaunlich alltäglich.

Die Häuser in der früher einmal dunkelsten Ecke der Welt waren nicht anders als draußen im Äußeren Ring oder in den dichter besiedelten Gegenden der westlichen Länder. Die Straßen hier waren, sofern das überhaupt möglich war, noch stiller als in der Welt draußen. Nichts von Wert war zurückgelassen worden. Die Gebäude standen unberührt da und erschienen genauso gewöhnlich wie die Häuser in den besseren Wohngegenden von Kingsten. Der einzige erkennbare Unterschied bestand darin, dass sie sich enger aneinander drängten. Sie kämpften um Platz und quetschten sich in die engen Straßen. Seile hingen hier und da aus den Fenstern und verbanden die Straßenseiten auch in der Luft miteinander.

Hektor zog eine Tür auf, die nur noch an einer einzigen Angel hing, und spähte in das Innere eines verfallenen Ladens.

»Mein Vater ist oft durch diese Straßen gegangen«, meinte er. »Er sagte immer, über diesem Ort hänge eine Dunkelheit, welche die Luft selbst durchtränkt. Sie muss auf die ruchlosen Einwohner zurückzuführen gewesen sein, denn anscheinend haben die sie bei ihrem Fortgang mitgenommen.«

»Gut«, murmelte Jarmon. »Vielleicht hat sie ihnen den Weg ins Meer verdunkelt, und sie sind spurlos untergegangen.«

Sie kämmten jede Straße und jede Gasse durch und riefen beständig wie zuvor im Äußeren Ring, doch in diesem Abschnitt der Verschlossenen Stadt wurden ihre Worte von der herrschenden Stille verschluckt.

An einer Straßenecke auf halbem Weg in den Inneren Ring hinein blieb Cantha plötzlich stehen und verließ die Hauptstraße. Die anderen folgten ihr an einigen dunklen Gebäuden entlang zu einer Stelle, wo eines der Häuser zu fehlen schien. Ein graues Loch aus kalter Asche klaffte zwischen den übrigen, unbeschädigten Häusern wie ein fehlender Zahn in einem hohlen Lachen.

Die Frau hielt den Kopf in den Wind und sog die Luft ein.

»Das Haus der Vergifter«, sagte sie. Es war das einzige Bauwerk im Inneren Ring, das dem Erdboden gleichgemacht worden war.

»Sie haben ihre Geheimnisse mitgenommen«, sagte Anais.

»Hier ist niemand mehr, Hektor«, rief Jarmon ungeduldig mit gedämpfter Stimme etwas oberhalb von den anderen. »Können wir diesen Ort jetzt verlassen? Wir haben genug gesucht, um den Einzigen Gott zufrieden zu stellen. Wir sollten von hier verschwinden, bevor wir in eine Falle laufen oder ein anderes Zeichen des Hasses entdecken, das sie für die Streitkräfte Seiner Majestät zurückgelassen haben.«

Hektor schaute auf die verwahrlosten Straßen und leeren Häuser – schweigende Zeugen von Taten, die sie niemals zu beschreiben vermocht hätten, selbst wenn ihre Steine hätten sprechen können. *Ein weiteres Geheimnis verschwindet im Lauf der Zeit*, dachte er verwirrt und wandte sich dann an die anderen, die weiter die Straße hinauf standen und ihn eingehend ansahen.

»Ja«, sagte er schließlich. »Wir haben genug durchsucht. Wir gehen zurück.«

Das zweite Beiboot machte gerade zum Auslaufen klar, als Hektor und die anderen an den Pier im Hafen von Kingsten zurückkehrten.

Sevirym winkte dem Bootsmann zu, er solle warten. Der junge Soldat lief zurück und schaute nach seinen Freunden hinter der Nebelwand.

»Sonst noch jemand?«

»Niemand«, sagte Hektor nur. »Die Stadt ist leer.«

Der Kapitän der *Sturmreiter* kam hastig aus dem Nebel hervor.

»Wir sind nicht einmal zu zwei Fünfteln beladen«, sagte er düster. »Das können einfach nicht alle sein.«

»Ich fürchte doch.«

»Das war kaum das Wagnis wert«, murmelte Petaris Flynt. »Ein Dutzend menschliche Ratten – dafür haben wir es darauf ankommen lassen, ob unser Boot gekocht und auseinander gerissen wird?«

Hektors Stirn verfinsterte sich im schwindenden Licht der untergehenden Sonne.

»Und wenn ihr nur eine einzige Seele gerettet habt, war es den Aufwand wert«, sagte er verbittert. »Ich wünschte, ich hätte die Gelegenheit dazu. Geh auf dein Schiff, Kapitän, und setz die Segel. Eile nach Hause zu allen, die du liebst, und nimm deine menschliche Fracht mit. Verlasse diesen Ort, so lange du es noch kannst.«

Der Kapitän nickte knapp. »Sehr gut. Dann klettere an Bord, Hektor, und wir segeln in Richtung der Eisfelder los.«

Fünf Augenpaare starrten ihn versteinert durch den Dunst an.

»Du verstehst es nicht«, sagte Anais schließlich nach langer, peinlicher Stille. »Wir gehen nicht fort.«

»Ich habe geschworen, hier zu bleiben«, unterbrach Hektor ihn und bedeutete Anais mit einer Geste zu schweigen. »Ich bin auf Befehl meines Königs und Herrn hier geblieben, um in den letzten Tagen die Ordnung aufrecht zu erhalten und ihn nach Kräften zu vertreten.«

»Wahnsinn!«, schnaubte Flynt. »Der König ist weg, Hektor. Die Evakuierung ist abgeschlossen und war erfolgreich. Es ist nichts mehr zum Bewachen übrig. Sicherlich hatte der König nicht beabsichtigt, dich bis zu deinem Tod hier zurückzulassen, denn du hast deine Pflicht vollkommen erfüllt. Komm an Bord.«

»Ich danke dir, aber ich kann nicht.«

»Wegen des königlichen Befehls?«

»Ja, wegen des königlichen Befehls.«

»Dann war dein König ein Narr«, sage der Kapitän verächtlich. »Warum verdammt ein Herrscher gute Männer zum sicheren Tod, indem sie über etwas wachen sollen, das gar nicht mehr da ist? Was für ein König würde so etwas tun?«

»Mein König«, knurrte Jarmon. Seine Augen blitzten vor Wut, als er sich mit den Ellbogen einen Weg zwischen Anais und Hektor hindurchbahnte und erst um Haaresbreite vor dem Kapitän stehenblieb. »Unser König. Und du wärst gut beraten, nichts mehr gegen ihn zu sagen, wenn du nicht selbst zum sicheren Tod verdammt sein willst.«

»Denk doch an deine Familie, Mann«, sagte der Kapitän verzweifelt zu Hektor. Den alten Soldaten beachtete er gar nicht.

Hektor beugte sich zu ihm vor. »Das tue ich bei jedem Atemzug«, sagte er und zog Jarmon sanft beiseite. »Aber ich bin dem König verschworen, und sie« – er nickte in Richtung der anderen vier – »sind mir verschworen. Ich danke dir für deine Besorgnis, Kapitän Flynt, und für deine heldenhaften Bemühungen um die hier verbliebene Bevölkerung. Doch nur einer von uns wird dich begleiten.«

Der Kapitän blinzelte. Die Spannung, die noch einen Moment zuvor in der Luft gelegen hatte, verschwand und wurde von Entsetzen abgelöst, als die vier Gefährten einander mit verblüffter Miene anschauten.

Hektor drehte sich um und bedeutete seinen Leuten mit einem Kopfnicken, sie sollten den Pier hinaufgehen. Gemeinsam mit ihm legten sie den halben Weg zum Dock zurück, schüttelten den Kopf und tauschten verwirrte Blicke aus, bis Hektor außer Hörweite des Kapitäns stehen blieb und durch den Nebel auf den Strand zeigte, wo sich der dunkle Berg aus Sandsäcken erhob.

»Cantha und Jarmon, geht dorthin«, sagte er sanft. »Und du auch, Anais.«

»*Ich?*«, rief Sevirym. Er war zu erschöpft, seine Zunge im Zaum zu halten, und explodierte: »Du schickst *mich* fort? Nein, Hektor, ich gehe nicht.«

Hektor gab seinen bestürzten Freunden ein weiteres Zeichen und trieb sie vom Pier hinunter.

»Ja, Sevirym«, er legte ihm eine Hand auf den Arm. Der junge Soldat schüttelte sie verärgert ab. »Ja, du wirst gehen.«

»Warum? Ist meine Treue zu dir etwa geringer als ihre? Habe ich dich entehrt, dich enttäuscht …«

»Nie«, unterbrach Hektor ihn und ergriff wieder seinen Arm. »Hör mir zu, Sevirym. Die Zeit wird knapp, und wir sollten nicht zu viele Worte machen, damit ihre Bedeutung nicht verwässert wird. Weder ich noch die anderen oder dieses sterbende Land hätten sich einen treueren Gefährten und besseren Freund als dich wünschen können. Aber jetzt musst du mit dem Kapitän gehen, die Flüchtlinge bewachen und sicherstellen, dass sie untereinander Frieden halten.« Unwillkürlich zuckte er beim Anblick des Schmerzes im Gesicht seines Freundes zusammen.

»Ich möchte hier bleiben, Hektor.«

Hektor seufzte. »Nun, Sevirym, das willst du vielleicht, doch das ist nicht von Bedeutung – genauso wenig wie das, was ich will. Wir sind beide Gefangene der Umstände und der Aufträge, die unser Oberbefehlshaber für uns festgesetzt hat.« Sein Tonfall wurde weicher. »Du erfüllst denselben Befehl des Königs wie wir anderen: ›Sorgt in den letzten Tagen für die Sicherheit meines Volkes.‹ Diese zerlumpten Flüchtlinge sind genauso Untertanen des Königs wie du und ich. Sie brauchen unseren Schutz. Führe sie hier heraus, Sevirym. Bring sie in Sicherheit.«

Sevirym schlug die Augen nieder. Es gelang ihm nicht, weiterhin eine unbeteiligte Miene aufzusetzen.

»Befiehlst du mir das gegen meinen Willen und meinen Eid?«, fragte er mit vor Wut erstickter Stimme.

»Nur wenn du mich dazu zwingst«, erwiderte Hektor sanft. »Ich bitte dich einfach, das für mich zu tun – als Freund und Bruder. Du hast geschworen, mir beizustehen und bei der Aufgabe zu helfen, die mir übertragen wurde. Indem du mit dem Schiff absegelst, hilfst du mir viel mehr, als wenn du bleibst.«

Lange starrte Sevirym die verfaulenden Planken des Piers an und lauschte dem Klatschen der Wellen unter dem Nebel. Schließlich nickte er.

Hektor gab den drei anderen ein Zeichen und ging mit Sevirym zum Ende des Piers zurück. Anais hob die Hand. Sevirym erwiderte die Geste halbherzig. Jarmon neigte den Kopf und drehte sich um. Nur Cantha regte sich nicht. Sie starrte mit ausdrucksloser Miene durch den Dunst.

»Ich lasse sie und dich im Stich«, murmelte Sevirym, während sie zur Anlegestelle der Beiboote gingen, wo der Kapitän auf sie wartete. »Ich mag vielleicht überleben, aber ihr verurteilt mich dazu, ab jetzt ein Feigling zu sein.«

Hektor blieb plötzlich stehen und hielt Sevirym mit einem harschen Griff um den Arm an.

»Verdammt sei deine Zunge, wenn sie noch einmal so etwas sagt«, meinte er streng. »Und verdammt sei dein Kopf, wenn er das glaubt. Was ich von dir verlange, erfordert mehr Tapferkeit, als hier zu bleiben, Sevirym. Ich verlange von dir, dass du weiterlebst. Sterben ist leicht; jeder Narr kann das. Es ist das Leben, das Mut erfordert. Und jetzt geh auf dieses verfluchte Schiff und erfülle deine Pflicht dem König, mir und dir selbst gegenüber.«

Nach einem Moment hob Sevirym den Blick und sah Hektor an. »Warum ich?«, fragte er leise. »Ich gehe, Hektor, aber ich will wissen, warum du mich ausgewählt hast und nicht Anais, Jarmon oder Cantha.«

Hektor seufzte. »Weil du nie wirklich geglaubt hast, dass du sterben wirst, Sevirym. Im Gegensatz zu uns anderen hast du immer gehofft, dass die Insel verschont wird und der Tod nicht unausweichlich ist. Vielleicht ist das ein Zeichen des Einzigen und Alleinigen Gottes, dass für dich das Leben noch nicht zu Ende ist.«

Sevirym starrte ihn lange an. Schließlich nickte er. In seinem Blick lag Einverständnis.

»Ich werde Talthea und deine Kinder aufsuchen, Hektor, und sie bis zu meinem letzten Atemzug beschützen.«

Hektor umarmte ihn. »Vielen Dank, mein Freund. Sag Talthea, dass sie und die Kinder bis zum Schluss in meinen Gedanken waren, und berichte ihnen alles, was hier geschehen ist. Alles, Sevirym, sag ihr alles. Verschweige ihr nichts. Sie ist stärker als wir alle.« Sein Griff wurde fester. »Ich will dir noch etwas anvertrauen, Sevirym, das niemand weiß oder außer dir je erfahren wird.« Er beugte sich vor und flüsterte seinem Freund ins Ohr: »Keiner von uns sollte bleiben müssen.«

Sevirym fehlten die Worte; er konnte nur nicken.

Das Ende des Piers war in undurchdringlichen Dampf gehüllt. Der Kapitän wartete noch immer. Hektor sah, wie der Bootsmann die Lampe vom Bug des Beibootes nahm, um Sevirym den Weg an Bord zu erleichtern. Hektor hob die Hand zum Abschiedsgruß.

Im nebligen Glimmen der Beibootlaterne hob auch Sevirym die Hand.

Hektor versuchte, den Schatten nicht aus den Augen zu lassen, bis dieser im Meeresdunst verschwand, dann wandte er sich wieder an den Kapitän.

»Vielen Dank«, sagte er.

»Sind das jetzt alle?«, frage Petaris Flynt mit Bedauern. »Kann ich dich nicht umstimmen, Hektor?«

»Das sind alle«, antwortete Hektor. »Kannst du noch ein paar Pferde aus den Ställen mitnehmen? Auch diese Reittiere haben dem König unter Einsatz ihres Lebens gedient. Falls du noch Platz für sie hast, würde es mich froh machen, wenn sie verschont bleiben.«

Flynt nickte mürrisch. »Welch eine Verschwendung«, murmelte er. »Eine Hand voll menschlicher Ratten, ein paar zu Skeletten abgemagerte Pferde und ein Soldat, während gute Männer zurückbleiben und sich in ihr Schicksal ergeben. Bitte entschuldige mich bei deinem älteren Freund, wenn ich ihn beleidigt habe. Der König, der bei so edlen Männern eine derart große Treue und Verehrung hervorruft, muss ein wirklich großer Mann sein.

Hektor stieß langsam und gleichmäßig die Luft aus. »Er war unser König«, sagte er schlicht.

»Ich verstehe«, meinte Flynt und blickte in die untergehende Sonne. »Deine Gefährten sollen diese Pferde herbringen und in die Beiboote führen.Wir können nur eine letzte Fahrt zum Schiff machen, bevor wir den Anker lichten.« Der Kapitän wollte gerade in eines der noch verbliebenen Beiboote steigen, als Hektor ihn zurückhielt.

»Ich bin der Ansicht, dass jedes Leben, das ich bewahre, auch mein eigenes rettet«, sagte er und schüttelte dem Mann die Hand. »Vielen Dank für deine Hilfe, Kapitän Flynt.«

Der Kapitän nickte. »Es tut mir Leid, dass ich nicht die Gelegenheit hatte, dich näher kennen zu lernen, Hektor«, sagte er. Dann kletterte er in das Beiboot, brüllte der Mannschaft seine Befehle zu und verschwand in dem alles verschlingenden Nebel.

Als die Sonne hinter den Horizont glitt, standen die vier verbliebenen Gefährten auf dem Wall aus Sandsäcken und sahen zu, wie die Masten der *Sturmreiter* im Zwielicht hinter dem schweren Nebel verschwanden. Sie lauschten den anbrandenden Wellen und dem Heulen des Seewinds.

»Da segeln sie hin«, sagte Jarmon schließlich, als die Nacht das Land ergriff und das letzte Licht vom Himmel vertrieb.

Die anderen sagten nichts. Anais übergab Jarmon die Fackel, kletterte von dem Sandsackwall herunter und lief den Pier entlang, bis der Nebel ihn verschluckte. Als er das Ende erreicht hatte, spähte er hinaus in die Schwärze, sah aber nichts.

»Viel Glück, Sevirym«, rief er in den Wind. »Und pass auf das Eis auf!«

Auch Hektor stieg von dem Schutzwall herab. »Ich glaube, wir sollten die Säcke ein wenig verstärken«, sagte er zerstreut und wischte sich den Sand von den Händen. »Wir haben zwar keine Leinwand mehr, aber wir könnten Sand um das Fundament der …« Seine Worte versiegten, als er hinter ihnen am Rande der Dunkelheit zwei Schatten bemerkte.

Eine Frau stand am entgegengesetzten Ende des Hafens, der an die Stadt grenzte. Sie trug die Überreste eines zerfetzten Schals um die Schultern. Sie war eher ein Gespenst als ein Mensch und sagte nichts, sondern starrte nur mit leeren Augen in den Nebel.

Neben ihr stand ein Kind, anscheinend ein Knabe, dünn und langhaarig, jung genug, um noch an der Hand genommen zu werden, auch wenn er allein stand. Seine Augen waren so groß wie die seiner Mutter und wirkten dunkel im Licht der Fackel, doch im Gegensatz zu ihr zeigte sich noch Leben in diesen Augen.

Der Feuerschein zuckte für einen Moment auf, als Jarmons Hand erzitterte.

»O nein«, stammelte er. »Nein!«

Für kurze Zeit war das einzige Geräusch am Rande des Piers das ewige Heulen des Windes. Eisiger, stechender Regen setzte ein und fegte durch den verlassenen Hafen. Hektor wandte sich an die anderen und wischte sich wütend die Haare aus dem Gesicht.

»Jarmon, Cantha, schaff ein Boot herbei. Es muss hier noch welche geben, ein Ruderboot, ein Fischerskiff, irgendetwas …«

»Hektor …«, sagte Anais ruhig.

»Gib mir die Fackel«, verlangte Hektor wild und machte eine Bewegung auf Jarmon zu. »Ich rudere die beiden schnell hinüber. Auf dem Schiff wird man das Licht sehen …«

»Hör auf, Hektor«, sagte Anais mit fester Stimme.

In den Augen des jungen Ritters leuchtete der helle Glanz der Verzweiflung.

»Um Gottes willen, holt mir ein verdammtes Boot …«

»Hör auf«, sagte Cantha. Ihre Stimme schnitt durch den Wind. Die anderen drehten sich nach ihr um. Ihr Gesicht war teilnahmslos, die Augen glitzerten vor Mitgefühl oder – wahrscheinlicher – wegen der kleinen Ströme kalten Wassers, die nun unablässig ihre Gesichter benetzten. »Holt sie aus dem Regen.«

Die Gefährten sahen schweigend und eindringlich ihren Führer an. Sie bemerkten nicht einmal, wie ihre Kleidung und Haare immer nässer wurden. Hektor beugte sich aus der Hüfte vor und stützte sich mit den Händen auf den Knien ab, als ob er plötzlich außer Atem geraten sei. Er stand lange so da, dann nickte er und schnappte nach Luft.

»Wir suchen im Stall Unterschlupf, bis der Sturm vorbei ist«, sagte Anais und drückte Hektors Schulter, als er auf dem Weg zu der Frau und dem Kind an ihm vorbeikam. »Das ist das einzige Gebäude, das noch so etwas wie ein Dach hat.«

Hektor nickte, er stand noch immer vornübergebeugt da.

»Wir werden sie für die Nacht zum Gasthaus an der Wegkreuzung mitnehmen«, sagte er, als er wieder sprechen konnte.

Die Frau regte sich nicht, als Anais auf sie zuschritt, doch die Augen des Kindes weiteten sich vor Angst, und es versteckte sich hinter seiner Mutter. Der Liringlas-Soldat blieb stehen und drehte sich zu den anderen um.

»Hektor, darum kümmerst du dich am besten selbst«, sagte er mit vom Wind gedämpfter Stimme. »Ich glaube nicht, dass er jemanden wie mich schon einmal gesehen hat.«

Hektor richtete sich auf und schüttelte den Regen von Kopf und Schultern. »Ich bin auch zum Teil ein Liringlas, Anais.«

Anais machte eine ungeduldige Geste. »Ja, aber du siehst menschlicher aus, weil du menschlicher *bist*. Komm her.«

Hektor stieß einen tiefen Seufzer aus und trat rasch neben Anais. »Kommt mit uns«, sagte er zu der Frau, aber sie schien ihn nicht zu hören. Wenn sie nicht aufrecht gestanden hätte, hätte er geglaubt, das Leben wäre schon aus ihrem Körper gewichen. Er bückte sich und streckte die Hand dem Kind entgegen.

»Komm mit mir«, sagte er im gleichen Tonfall, in dem er seinem eigenen Sohn gut zugeredet hätte, der nur etwa ein Jahr älter als dieser Knabe war. »Wir werden euch dorthin bringen, wo es trocken ist.«

Das Kind starrte hinter der Frau hervor; Wasser troff aus seinem Haar.

Hektor streckte ihm die Hand entgegen. »Komm mit«, sagte er erneut.

Der Junge dachte einen Moment lang nach, dann ergriff er die Hand der Frau und führte sie, die noch immer ihren durchweichten Schal festhielt, auf die Männer zu.

Mit einem Zischen löschte der Regen die Fackel in Jarmons Hand.

Das Kind schlief den ganzen Weg bis zur Kreuzung. Es saß vor Hektor im Sattel und lehnte sich gegen ihn. Die Frau, die hinter

Anais ritt, schlief ebenfalls, oder es schien jedenfalls so. Ihre tief in den Höhlen liegenden Augen waren geöffnet, leer und glasig, doch nach etwa einer Meile nahm ihr Atem einen regelmäßigen Rhythmus an.

Während der ganzen Zeit im Stall hatte lange Zeit keiner der sechs ein Wort gesagt. Der hartnäckige Regenschauer war zu einem ausgewachsenen, tobenden und alles durchnässenden Sturm geworden, der an den Resten des Stalldachs rüttelte und sich in kleinen Wasserfällen durch dessen Lücken ergoss.

»Wenigstens sind die Pferde fort«, hatte Jarmon säuerlich bemerkt und war vor einem neuen Schwall ausgewichen.

»Zumindest dafür kann man dankbar sein«, hatte Anais geantwortet. Hektor hatte nichts gesagt.

Nachdem der Sturm beinahe vorbei war und große Nebelfetzen über den kalten Boden gelegt hatte, hatte die Gruppe die Straße genommen, die aus Kingsten durch die geborstenen Tore hinausführte. Früher einmal waren sie ein architektonisches Wunder gewesen, nun lagen sie zertrümmert auf der Straße. In der Dunkelheit war die Verwüstung nicht so deutlich zu sehen wie bei Tage, und sobald sie die Stadt hinter sich gelassen hatten, gab es kaum mehr Anzeichen dafür, dass in dieser regnerischen Nacht die Welt aus den Fugen war. Ihre Pferde liefen leichtfüßig über die schlammige Straße. Sie schienen an Kraft gewonnen zu haben. Vielleicht waren sie erleichtert, die Scheiterhaufen hinter sich lassen zu können und sich wieder im kühlen Nebel der sanft gewellten Felder zu bewegen.

Nach einem einstündigen Ritt gelangten sie an die Wegkreuzung, wo das legendäre *Gasthaus zur Kreuzung* stand, allerdings ebenfalls verlassen und beinahe völlig leer. Es war ein historischer Ort wie kaum ein anderes Gebäude, vor zweihundert Jahren Versammlungs- und Zufluchtsort im serenischen Krieg und auch danach berühmt für seine Gastfreundschaft, Geborgenheit und den großen Steinkamin, in dem das Feuer nie erlosch. Nun war das Haus so dunkel und leer wie die Augen der Frau. Es fehlte die Tür mit dem aufgesetzten goldenen Greifen, der angeblich als Talisman des Gasthauses dafür gesorgt hatte, dass es auch zur Zeit der Besetzung der westlichen Länder nicht zu Schaden kam. Die ganze Tür war von der Ersten Flotte mitgenommen worden. Der Eingang gähnte nun wie eine dunkle Höhle.

Die Gastfreundschaft des Hauses musste wohl in seinen Grundmauern stecken, denn sie wirkte sogar jetzt noch und machte es weiterhin zum bevorzugten Rastplatz der Gefährten und zu ihrer Zuflucht, selbst ohne Wirt, Schenk, dienstbare Geister und Tür.

Jarmon stieg ab, entzündete eine Fackel und ging nach drinnen. Er wollte überprüfen, ob seit ihrem letzten Besuch jemand hergekommen war. Während er rasch die leere Taverne und die Zimmer durchsuchte, half Cantha Hektor und Anais, ihr menschliches Gut von den Pferden zu heben.

»Woher mögen sie gekommen sein?«, fragte Hektor, als der Junge schläfrig die Arme um den Hals des Ritters schlang.

»Ich vermute, vom Markt«, meinte Anais und half der Frau aus dem Sattel.

»Wieso haben wir sie übersehen?«

Sein Freund zuckte die Achseln. »Ich weiß nicht, ob wir das haben. Vielleicht sind sie vom östlichen Ufer des Großen Flusses gekommen oder aus einem der Dörfer. Wir können nicht alle retten, Hektor, obwohl du das versuchst. Das weißt du inzwischen sicherlich.«

Hektor fuhr mit der Hand sanft über den Rücken des schlafenden Jungen und dachte an ein anderes Kind, das ihm glich. »Ja, Anais.«

Cantha schritt in die Dunkelheit. Beide Männer bemerkten es, sagten aber nichts darüber. Sie waren an ihr nächtliches Verschwinden gewöhnt. Wie alle Mitglieder ihres Volkes hielt sie Zwiesprache mit dem Wind.

»Alles klar hier drinnen«, rief Jarmon aus dem flackernden Licht des Gasthauses.

»Gut. Mach ein Feuer an, Jarmon. Anais, geh hinunter zu den Vorratsräumen und bring alles Essbare mit, das du finden kannst.« Er trat durch die dunkle Öffnung in die kalte Taverne.

Anais folgte ihm und nickte. »Es sollte noch einiges da sein, falls die Würmer es nicht gefressen haben. Sevirym hatte da unten beachtliche Vorräte angelegt.« Er führte die Frau ins Innere, ließ dann ihre Hand los und stieg die Treppe zu dem verborgenen Gang hinunter, in dem die Nahrung aufbewahrt wurde. Als er mit den Speisen wieder von der dunklen Treppe heraufkam, lachte er leise. Seine silbernen Augen glitzerten. »Erinnerst du dich, wie er gesagt hat, dass es ja wohl sinnlos sei, erst die Katastrophe zu überleben und dann vor Hunger einzugehen?«

Hektor erwiderte sein Lächeln zaghaft. »Ja.«

»Es war gut, dass du ihn mit der *Sturmreiter* losgeschickt hast, Hektor«, rief Anais über die Schulter, während er zum Tisch weiterging.

»Ich freue mich, dass du dieser Meinung bist, Anais«, sagte Hektor.

»Ja«, stimmte Jarmon mürrisch zu, während er in die Funken des Kaminfeuers blies. »Jetzt können wir wenigstens in Frieden sterben.«

Der Junge erwachte, als die Rauchschwaden, die den Geruch von Schinken mit sich trugen, seine Nase erreichten. Als Cantha zurückkam, aß er gierig im flackernden Feuerschein.

Anais hörte zu kauen auf, damit er ihr einen kleinen Stich versetzen konnte.

»Na, was hat der Wind heute Nacht zu sagen, Cantha?«, fragte er scherzhaft und schob ihr den Teller, den sie für ihre Gefährtin zurückgehalten hatten, über die schwere Tischplatte entgegen. Er wartete auf den vernichtenden Blick, den er als Einziger in der Gruppe genoss.

»Viel«, antwortete Cantha nur. Sie hängte ihre Weste zum Trocknen vor den Kamin und setzte sich. »Aber nichts Genaues.«

Die Augen der drei Männer richteten sich auf sie, während sie den Teller an sich zog und aß. Sie warteten in nachdenklichem, beinahe gespanntem Schweigen auf ihre Ausführungen, doch die Frau beendete einfach nur ihr Abendessen und nahm einen tiefen Schluck von Sevirymṣ hoch geschätztem Apfelmost.

Lange Zeit war das Knistern des Feuers der einzige Laut in dem höhlenartigen Gasthaus. Schließlich gab Hektor dem Jungen den unangetasteten Teller seiner Mutter und drängte ihn wortlos, seine Mutter von der Notwendigkeit des Essens zu überzeugen.

»Cantha«, sagte er, während er zusah, wie die Frau ein Stück Hartkäse von ihrem Teller nahm und es anstarrte, »was haben die Winde gesagt?«

Canthas Augen wurden vom Kaminfeuer beleuchtet und waren schwärzer als die sie umgebende Dunkelheit. Die kastanienbraune Haut ihres schmalen Gesichts glühte orangefarben im Licht der Flammen.

»Etwas kommt«, sagte sie nur.

»Was?«, wollte Jarmon wissen. »Was kommt?«

Cantha schüttelte den Kopf. »Wenn die Winde sprechen, sprechen sie meist gemeinsam«, sagte sie mit heiserer, aber deutlicher Stimme.

Dann veränderte sich diese Stimme und drang allen in die Ohren. Es wühlte sie auf wie das Heulen vieler tonloser Stimmen, wie ein Schmerzgesang aus Schreien, die disharmonisch an- und abschwollen.

»Jetzt ist es anders«, sprach ihre Stimme weiter mit der Zerrissenheit des Windes. »Sie jammern wild, als hätten sie Angst.

Was sie sagen, ist wie ein Mahlstrom; es ist undeutlich. Aber was immer da herankommt – die Winde fürchten es.«

Die Männer tauschten einen raschen Blick aus. In Canthas Stimme hörten sie das Wimmern der Seewinde, das Rumpeln des Donners, die alptraumhaften Laute der Zerstörung, wenn Sturmböen Häuser zerschmettern. Es war beinahe wie Kriegslärm – die Verwirrung, die Schreie, das Gefühl, im Toben der Schlacht verloren zu sein. Der Wind sagte etwas Schreckliches voraus, aber es kam nicht unerwartet.

Doch Anais wollte, dass sie es beim Namen nannte.

»Was nähert sich deiner Meinung nach?«, fragte er.

»Das Ende«, antwortete Cantha.

Als das ruhig brennende Kaminfeuer den kalten Hauch der Leere aus den großen Räumen des Gasthauses vertrieben hatte, fielen die Gefährten einer nach dem anderen in Schlaf. Jarmon war der Erste. Als lebenslanges Mitglied der königlichen Garde hatte er gelernt, viele Tage hintereinander wach und aufmerksam zu bleiben, und konnte daher einschlafen, sobald sich Gelegenheit dazu bot. Aus Höflichkeit hatte er seinen Schlafsack abseits von den anderen hinter der Theke ausgerollt, denn Anais hatte sich einmal beschwert, unter Jarmons gewaltigem Schnarchen würde sich das Holz seines Bogens verziehen und sein Schwert rosten.

Die Frau, die noch keine Ansprache gezeigt hatte, war gleich nach Jarmon eingeschlummert. Der Junge hatte mit Anais Murmeln gespielt und mehr als eine Stunde auf Hektors Schoß verbracht und Schattenrisse an die Wand geworfen, bevor er sich endlich neben seiner Mutter in Hektors Mantel eingewickelt hatte.

Cantha nahm ihren Platz neben der offenen Tür ein, wo der

Wind im Schlaf über sie streichen konnte. Es war so etwas wie eine Wache, obwohl kaum die Gefahr bestand, dass die wenigen Plünderer, die sich noch in diesem verfluchten Land befanden, dem Gasthaus nahe kommen würden. Sein Ruf als Zufluchtsstätte des Guten und Bastion derer, die es verteidigten, hatte bis in die Gegenwart überlebt.

Nachdem die anderen eingeschlafen waren, ließen die beiden Kindheitsfreunde den Weinschlauch zwischen sich hin und her gehen. Schließlich sah Anais Hektor an, der nachdenklich ins Feuer starrte, und lehnte sich vor. Seine silbernen Augen waren hell, aber der Blick ernst.

»Also ein Mädchen«, sagte er leise.

Hektor nickte.

»Darüber werden sich die Zwillinge sehr gefreut haben«, sagte Anais und dachte dabei an seine eigenen Töchter. »Sie waren ein wenig verstimmt, weil sich dein Aidan als Junge erwies.«

»Trotzdem waren die drei wunderbare Spielgefährten«, meinte Hektor, lehnte sich zurück und kreuzte die Beine vor dem Kamin. »Es ist tröstlich für mich zu wissen, dass unsere Freundschaft sich auf die nächste Generation übertragen hat.«

»Wie heißt sie? Flynt sagte, du kennst ihren Namen.«

Hektor nickte erneut. »Wir waren übereingekommen, das Kind Elsynore zu nennen, falls es ein Mädchen würde und Talthea nicht den Eindruck hätte, es sei der völlig falsche Name.«

Anais nahm einen weiteren Schluck aus dem Weinschlauch.

»Eine feine Namensschwester hat sie: Elsynore von Rosenwald. Ein wunderbares serenisches Vorbild.« Er hob den Weinschlauch wie zu einem Trinkspruch in Richtung des Feuers.

»Ja, aber das war nicht der einzige Grund für den Namen«, sagte Hektor, während er dem Tanz der Flammen über den Kohlen in dem alten Kamin zuschaute. »Der Wyrm, der sein Land für die Flüchtlinge und den König geöffnet hat …«

»Ach ja, Elynsynos, nicht wahr? Du hast deine Tochter nach ihr benannt, um sie zu ehren.«

»Ja, mithilfe einer Liringlas-Benennerin. Wir haben dem Kind beide Namen gegeben, die wir ausgesucht hatten, den männlichen und den weiblichen, so dass es schon vor seiner Geburt zeremoniell benannt werden konnte.«

Anais lachte. »Hast du nicht erwartet, dass die Drachin dein Kind fressen wird, wenn du ihm einen ähnlichen Namen wie den ihren gibst?«

Hektors Blick verlor seine Wärme. Er wandte sich ab und sah zu, wie sich die Schatten in der Dunkelheit hinter ihnen drehten und wanden. Er schaute die dunkle Gestalt Canthas an, die auf der offenen Schwelle schlief, und blickte dann hinüber zu der Mutter und ihrem Kind. Jarmon sah er nicht, doch das mahlende Schnarchen, das in regelmäßigem Rhythmus beinahe wie ein Marschlied ertönte, zeigte an, dass er fest schlief.

»Ich gebe zu, dass die Nachricht von der ungeplanten Landung meines Vaters und der Zweiten Flotte in Manosse für mich eine ermutigende Neuigkeit war«, sage er schließlich. »Manosse ist einen ganzen Ozean weit entfernt von den Wyrmlanden und eine alte Zivilisation mit gesundem Seehandel, einer Armee und mächtiger Kaufmannschaft – alles Anzeichen für einen sicheren Ort. All diese Flüchtlinge in die Obhut meines Vaters zu geben war vermutlich das Schwierigste, was ich je tun musste. Wir waren ja der Meinung, dass sie in einem völlig fremden Land jenseits der bekannten Welt landen würden, das von einer alten Drachin beherrscht wird, für deren Gastfreundschaft nur Merithyn bürgen konnte. Jetzt weiß ich wenigstens, dass sie in Sicherheit sind.«

»Solange sie in Manosse bleiben«, sagte Anais ernst. »Du wirst dich erinnern, dass jeder einzelne Flüchtling vor dem Gang an Bord dem König auf das Horn Treue geschworen hat. Also unterliegen sie der Pflicht, zu ihm zu kommen, sobald das Horn ertönt, Generation für Generation. Wenn Gwylliam ruft, bleibt ihnen nichts anderes übrig, als zu den Wyrmlanden zu segeln.« Er bemerkte, dass die Schultern seines Freundes ein wenig nach vorn sackten. »Aber es sollte dich beruhigen, dass Merithyn diesen Ort als ein sicheres und üppiges Paradies angesehen hat. Als er mit den übrigen Forschern des Königs ausgelaufen ist, um einen Ort für unser Volk zu finden, hatte noch niemand von den Wyrmlanden geredet oder sie gar mit eigenen Augen gesehen. Da er der einzige von Gwylliams Forschern war, der zurückkehrte und das großzügige Angebot eines Asyls mitbrachte, gehe ich davon aus, dass er wusste, wovon er sprach.«

»Wer weiß?«, meinte Hektor matt. »Wer weiß, ob es überhaupt jemand bis zu den Wyrmlanden geschafft hat? Flynt hat gesagt, dass es keine Nachrichten von der Ersten und Dritten Flotte gibt. Wer weiß? Aber Gott, der Eine und Einzige, hat uns in unseren letzten Tagen einen großen Segen erwiesen. Wir wissen wenigstens, dass unsere Familien wohlbehalten in Manosse angekommen sind. Als sie fortgingen, hatte ich nicht erwartet, je wieder etwas von ihnen zu hören. Und jetzt kann ich in Frieden sterben, wie Jarmon immer so gern sagt.«

Anais stand auf und streckte sich schläfrig. »Ja, aber vermutlich nicht heute Nacht«, sagte er. »Wie lauten deine Pläne, Hektor? Gibt es einen Grund, zu unserer üblichen Route zurückzukehren? Wenn wirklich das Ende naht, wie Cantha glaubt, warum erwarten wir es dann nicht in diesem Gasthaus? Wir haben Nahrung, Feuerholz sowie einen Unterschlupf und vor allem Bier. Hier scheint mir ein guter Ort für unsere letzten Tage zu sein.«

»Ja«, pflichtete Hektor ihm bei. »Ich glaube, darin liegt eine gewisse Wahrheit, auch wenn ich vermute, dass deine Liebe zu gutem Bier mehr als nur ein wenig mit diesem Vorschlag zu tun hat.« Er schaute hinüber zu der Frau und dem Jungen. »Es wäre närrisch, zusammen mit ihnen unsere übliche Runde zu drehen. Die Frau ist ein lebender Leichnam und kann allein nicht für ihr Kind sorgen. Wir sollten es ihnen und uns so bequem wie möglich machen.« Er schüttelte seine eigenen Decken aus und breitete sie vor dem Kamin auf dem Boden aus. Dann legte er sich hin.

»Außerdem sind wir so nahe bei der Stadt, dass wir uns in zwei Schichten um die Sandsäcke kümmern können.«

Anais seufzte auf und rollte sich näher an die Flammen.

So schliefen sie vor dem Feuer, tief in Träume versunken, vom Weltenbaum und den Gesichtern, die sie nie wiedersehen würden, bis die Stille von dem harten, metallischen Klang durchbrochen wurde, mit dem Cantha ihr Schwert zog.

Mit einer fließenden Bewegung, die ihrem Alter spottete, erhob sich die alte Kriegerin und trat über die Schwelle des Gasthauses nach draußen, wo die Vorboten der Dämmerung den Himmel in rauchiges Grau tauchten und so den nahenden Morgen ankündigten.

»Halt! Wer da?«, rief sie scharf ins Zwielicht.

Einen Moment später waren die Männer hinter ihr. Sie spähten durch die Türöffnung, hatten ihre Schwerter ebenfalls gezogen und suchten das Halbdunkel nach dem Geräusch ab, das Canthas Aufmerksamkeit erregt hatte.

An der Wegkreuzung tänzelte ein Pferd erschöpft auf der Stelle. Auf ihm saß ein Reiter, gebeugt vor Anstrengung, und kämpfte darum, aufrecht im Sattel zu bleiben.

»Helft mir«, rief die Stimme eines alten Mannes. »Ich bin Brann aus der Ortschaft Trockenbucht an der nördlichen Küste bei Kyrlan de la Mar. Ich suche die Soldaten des Königs.«

»Jarmon, bring mir eine Laterne!«, befahl Hektor.

Er trat in die kalte, graue Luft und beobachtete eingehend, wie der Reiter von seinem Pferd glitt, einen unsicheren Schritt machte und dann in der Mitte der Straße zusammenbrach. Als der Reiter stürzte, machte das Pferd einige Schritte fort von ihm, was Hektor zeigte, dass beide das gemeinsame Reiten nicht gewöhnt waren. Sobald Hektor die Laterne in der Hand hielt, gab er Anais ein Signal, mit dem Jungen und der Frau drinnen zu warten. Dann bat er Cantha und Jarmon, ihm zu folgen.

»Was willst du?«, fragte er, während er näher kam.

»Ich … ich suche die Soldaten des … Königs«, schnaufte der alte Mann erneut.

Hektor hielt die Laterne hoch, damit der Mann auf der Straße besser beleuchtet wurde. Dem ersten Anschein zufolge handelte es sich um einen Menschen. Er war alt; das weiße Haar hing ihm um das verrunzelte Gesicht wie trockene Blätter von einem Winterbaum.

»Ich bin Hektor Monodiere, in Diensten Seiner Majestät Gwylliam, des Hochkönigs von Serendair. Was willst du von mir?«

»Deine Hilfe, Ritter«, krächzte der Mann und drückte die Wasserflasche beiseite, die Jarmon ihm entgegenstreckte. »Das Schlafende Kind erwacht.«

»Das weiß ich schon. Was soll ich dagegen tun?«

Die Augen des alten Mannes waren vor Erschöpfung blutunterlaufen. In ihnen glomm das Licht der Verzweiflung. »Es gibt vielleicht eine Möglichkeit, es im Zaum zu halten – oder wenigstens einen Teil der Flut abzuwenden, die ihm sicherlich nachfolgen wird.«

Die drei Gefährten tauschten einen raschen Blick; dann spuckte Jarmon aus.

»Unglaublich«, murmelte er, als Hektor den Mann an der Schulter packte und ihm beim Aufstehen half. »Du bist den ganzen Weg von der nördlichen Küste bis hierher geritten, um uns das zu sagen? Warum bist du nicht mit den anderen in die Hügel im Osten oder ins Hochland geflohen?«

Im Licht der Laternen konnten sie die Züge des Mannes nun besser erkennen. Er war tatsächlich ein Mensch, mit dunklen Augen und alt, auch gezeichnet vom schweren Leben in einer rauen nördlichen Seegegend mit Felsenstrand und schwerer Brandung, in der nur die Härtesten das aufgewühlte Wasser in der Nähe der Mündung des Großen Flusses befuhren. Er steckte in der zerfetzten Ölkleidung eines Fischers. Verwesung und Fäulnis durchdrangen seine Kleider und seinen Atem, wie bei all den anderen, denen sie nach der Einschiffung der Flotten begegnet waren. Langsam nahmen sie in Kleidern und Atem selbst diesen Geruch an. Der des Mannes freilich war außerordentlich stark und gepaart mit dem abgestandenen, fauligen Aroma des Lebens am Meer, das kein Fischer je ganz von sich abwaschen konnte.

»Mein Volk ist alt«, sagte er. »Dein Vorschlag erscheint einfach, besonders für die Jüngeren und Gesünderen. Aber wir leben schon seit sehr langer Zeit am Meer, Hektor. Wir sind schwach. Eine Flucht würden viele von uns nicht überleben. Wenn das Kindeserwachen unser Schicksal bestimmen soll, sind wir bereit, uns ihm zu stellen.«

»Warum bist du hergekommen?«, fragte Jarmon barsch. »Solche wie dich gibt es überall in diesem verfluchten Land: Liringlas, Bolg, Bengard, Gwadd, Menschen. Sie alle haben aus tausenderlei Gründen die Vision des Königs verworfen und sind zurückgeblieben. Wir können euch nicht mehr helfen. Euch allen ist ein Platz auf den Schiffen angeboten worden. Ihr habt ihn abgelehnt und damit euer Schicksal besiegelt.«

»Bleib ruhig, Jarmon«, sagte Hektor sanft. Er wandte sich an den alten Mann, dessen Arm er noch immer stützte. »Komm herein und wärme dich. Wir haben Speise und Trank, die wir gern mit dir teilen.«

Der Alte schüttelte den Kopf. »Nein, nein Hektor. Dazu ist keine Zeit. Du musst mir helfen, denn ich glaube, ich … ich habe … einen Weg gefunden …«

»Cantha, ruf Anais«, sage Hektor. Er wartete, bis der Liringlas-Soldat in Rufweite war, und fragte dann: »Was soll ich tun?«

Aus der Mitte des Lichtkreises, den die Laterne bildete, deutete Brann durch die Finsternis nach Südosten, wo sich der Horizont allmählich erhellte.

»Geh zum Schloss Elysian«, sagte er mit erstarkender Stimme. »Ich weiß, dass du das Zeichen des Königs bewachst – sein Zepter. Ich … brauche es.«

Jarmons Arm schoss vor, packte den Mann am Hemd und zog den offensichtlich Wehrlosen vom Boden hoch.

»Unverschämter Hund!«, knurrte er ihm ins Gesicht. Seine Wut drohte überzuschäumen. »Wir stehen am Rand des Untergangs. Wir haben alles aufgegeben, um mit euch Blödsinnigen und Ungläubigen zurückzubleiben, die ihr statt des Angebots eures Königs den Tod gewählt habt, und jetzt glaubst du wirklich, dass wir uns selbst entehren, indem wir das Zepter einem wie dir ausliefern?«

»Lass ihn los, Jarmon!«, befahl Hektor wütend. »Reiß dich zusammen!« Der Soldat ließ den alten Mann verächtlich fallen. Hektor kniete sich neben den Fischer, der nun vor Angst zitterte, und packte ihn bei der Schulter. »Warum brauchst du das Zepter?«

Kurz streiften die Blicke des Mannes die Gesichter der Umstehenden. Schließlich schaute er Hektor eindringlich in die Augen. Das, was er dort sah, schien ihn zu beruhigen.

»Von der höchsten Stelle unseres Dorfes aus konnte man zumindest an klaren Tagen immer über die Meerenge in Richtung der Nördlichen Inseln blicken, in der das Schlafende Kind liegt«, sagte er mit schwankender Stimme. Hektor nickte ihm ermunternd zu. »Jetzt kocht die See. Während der Stern erwacht und Hitze und Kraft sammelt, ist ein großer Teil des Wassers an der Küste bereits verdampft. Wo früher das Becken von Trockenbucht war, ist inzwischen Sand, Ritter. Und der Rückzug des Meeres hat etwas Gewaltiges freigelegt – etwas aus einem anderen Zeitalter.«

»Was?«, fragte Anais.

Der alte Mann schluckte, als er den Liringlas-Soldaten anblickte; dann schaute er wieder zu Hektor.

»Es scheint eine uralte Mine zu sein, Hektor. Vielleicht eine Silbermine, wer weiß. Im Ersten Zeitalter, den Tagen der Götter, bevor der Stern vom Himmel fiel, gab es Minen jeder Art in der Erdkruste, aus denen die alten Rassen ihre Reichtümer holten so wie wir Fische aus dem Meer. Die Größe dieser Mine ist mit Worten nicht zu beschreiben, zumindest nicht mit meinen. Man kann mittlerweile die Erhebungen und Senken erkennen, die sie eingrenzen und sie erstrecken sich, so weit das Auge reicht.«

Hektor zuckte die Achseln. »Ich begreife immer noch nicht, was das mit mir oder dem Zepter des Königs zu tun hat.«

Der Mann namens Brann sprach langsam und bedächtig; sein Blick glitt nervös von einem Soldaten zum anderen.

»Es heißt, dass in den Tagen vor dem Ende des Ersten Zeitalters ein großer Teil des Meeres trockenes Land war. Als der fallende Stern Melita, nun bekannt als das Schlafende Kind, auf Serendair prallte, riss er viel von der Landmasse mit sich. Die Nördlichen Inseln um Balatron waren damals Berggipfel. Beinahe die Hälfte des Ackerlandes ging in der folgenden Flutwelle unter. Jahrhundertelang war Serendair deshalb als das Halbland bekannt.

Vor der ersten Katastrophe wurde diese Mine nach der völligen Ausbeutung verschlossen. Aufgegebene Minen füllen sich oft mit Flüssen aus Säure, und es brennen Feuer in ihnen,welche nur die Zeit löschen kann. Sie bergen trügerische Vorsprünge und tiefe

Schächte. Stollen können einstürzen. Eine Mine von solcher Größe wäre also ein sehr gefährlicher Ort. Deshalb hat man sie verschlossen. Die großen Tore wurden vom Herrscher selbst für immer versiegelt.« Die Stimme des alten Mannes, die heiser vor Anstrengung war, wurde immer leiser. Er lehnte sich vor, damit Hektor ihn verstünde. »Wir glauben, wir haben diese Tore gefunden.«

»Und das Zepter des Königs würde sie aufschließen.«

»Ja«, sagte Brann. Seine dunklen Augen brannten vor Erregung. »In den Händen des Königs oder seiner Betrauten. Es ist das letzte Überbleibsel der königlichen Herrschaft auf diesem Kontinent. Die Tore liegen gegenüber dem Grab des Schlafenden Kindes und sind durch die magische Macht des damaligen Königs versperrt. Wenn du vor dem vollständigen Sternerwachen als königlicher Statthalter diese Tore zu öffnen vermöchtest, könnte die Mine als Auffangbecken oder -speicher dienen. Sie ist eine gewaltige Höhle am Rande des Meeres. Sicherlich kann ein Teil der Zerstörung abgewendet werden, wenn das Meer sich erst einmal in dieses große Loch in der Erde ergießt.« Der Mann verstummte und beobachtete die anderen aufmerksam, als sie von ihm zurücktraten und sich berieten.

»Lächerlich«, wandte Jarmon ein. »Man kann doch das Meer nicht durch ein Loch im Boden zurückhalten. Da kann man ja gleich eine Teetasse nehmen.«

»Nicht unbedingt«, meinte Anais nachdenklich. »Der Fischer hat Recht. Was die Insel beim ersten Mal gerettet hat, waren natürliche Auffangbecken in den Bergen, den Riffs und tief liegenden Gebieten, die das größere Serendair damals umgeben haben. Die See hat einiges von der Küstenlinie weggenommen, aber nicht alles.«

»Du klingst wie Sevirym«, höhnte Jarmon »Sag mir bitte, dass die Anstrengungen deinen Geist nicht zu sehr durcheinander gebracht haben.« Er wandte sich an Hektor und sah, dass ihr Anführer in Gedanken versunken war. »Du auch, Hektor. Das ist doch völliger Unsinn.«

»Und wenn nicht, Jarmon?«, entgegnete Hektor. »Was ist, wenn uns der Einzige und Alleinige Gott in diesen letzten Tagen eine Antwort gegeben hat? Ist es so schwer zu glauben, dass wir ganz oder zum Teil durch seine Gnade gerettet werden?«

»Zweifelst du die Vision des Königs an?«, wollte Jarmon mit erregter Stimme wissen.

»Der König selbst hat sie bezweifelt«, antwortete Hektor leise. »Wenn er sicher gewesen wäre, dass die Katastrophe, die er am Tag seiner Krönung voraussah, die Insel vollständig zerstören würde, hätte er uns – *mich* – niemals zurückgelassen, um die Thronfolge zu sichern.« Er sah Cantha an, deren Augen sich vor Misstrauen verengt hatten. »Stimmt das nicht, Cantha? Ich stehe im Schatten des Königs. Ich stamme aus seiner Blutslinie und bin sein Statthalter. Er hat mich dazu ernannt, damit sich seine Macht noch immer auf dieses Land erstreckt. Wenn die Insel das Erwachen überleben sollte, ist die Thronfolge ungebrochen, weil ich in Gwylliams Namen hier geblieben bin. Er kann zurückkehren und den Thron ohne Kampf zurückerhalten.«

»Ja«, sage Cantha nur.

»Wenn also der König selbst die Möglichkeit gesehen hat, dass keine völlige Vernichtung eintritt, warum sollte es dann für uns sinnlos sein, ebenfalls daran zu glauben?«

Anais berührte Hektor am Ellbogen. »Ist es auch möglich, dass du nur wegen derjenigen daran glaubst, die die *Sturmreiter* verpasst haben?«, fragte er auf Liringlas.

Hektor schwieg eine Weile und zuckte dann die Achseln. »Ich kenne meine eigenen Beweggründe nicht mehr«, sagte er offen heraus. »Ich bin mir nicht einmal sicher, was mein Vater unter diesen Umständen tun würde, und das ist mir immer Prüfstein und Richtschnur gewesen. Meine Sinne sind in einen Mahlstrom der Verwirrung geraten, wie der Wind, den Cantha letzte Nacht beschrieben hat. Ich habe keine Klarheit mehr, Anais. Ich kann dir nur sagen, dass diese Möglichkeit für mich wie ein Versprechen klingt. Es bedeutet zumindest, das wir etwas *tun* können. Auch wenn es bequem wäre, die letzten Tage mit Essen und Trinken hier im Gasthaus zu verbringen, passt mir dieser Gedanke dennoch nicht. Es wäre unrühmlich. Ich würde lieber bei einem sinnlosen Unternehmen sterben, als die Gelegenheit verpassen, so viele wie möglich zu retten.«

Die anderen drei Kämpfer schwiegen und dachten nach. Schließlich sagte Anais: »Trotz deiner Verwirrung bist du noch unser Anführer, auf den wir vereidigt sind, Hektor. Wenn du den Versuch machen willst, sind wir dabei.« Er sah Cantha und Jarmon an. »Oder etwa nicht?«

»Ja«, meinte Jarmon. Cantha nickte kaum merklich.

Hektor dachte noch einen Moment lang nach; dann wandte er sich wieder an den alten Mann mitten auf der Straße.

»Ich werde tun, was du mir vorschlägst«, sagte er schließlich. »Aber eines sollte klar sein. Das Zepter gebe ich nicht aus der Hand.«

In das Gesicht des Mannes trat eine große Erleichterung. »Verstanden. Niemand aus meinem Volk wünscht sich etwas anderes. Du musst wissen, dass die Leute aus meiner Heimat zu dir als ihrer letzten Hoffnung aufschauen und dir ewig dankbar sein werden.«

Selbst die von Natur aus misstrauische Cantha hörte die Aufrichtigkeit in den Worten des Mannes.

Die Sonne hatte sich soeben über den Horizont erhoben, als die sieben nach Osten aufbrachen und dem heller werdenden Morgen folgten. Nebel bedeckte den Boden; es schien, als ritten sie über einen goldenen Pfad mitten in die Wolken hinein.

Der Junge, der ihnen noch nicht einmal seinen Namen gesagt hatte, saß vor Hektor im Sattel und sog die frische Brise und die Herbstpracht in sich ein, die sich allmählich des Landes bemächtigte. Als Kind rußiger Straßen war er verzaubert vom Anblick wilder, von den ersten Vorboten des Frostes getrockneter Wiesenblumen, sanft gewellter, wie ein Meer aus Gras wirkender Felder und noch grüner Bäume entlang der Straße oder in der Ferne, deren Blätter allmählich die Farbe des Feuers annahmen.

Das Schloss Elysian lag im Südosten, jenseits des Großen Flusses, der das westliche Ende der Insel von Norden nach Süden durchzog. Es stand zehn Meilen landeinwärts auf hohen Klippen und beherrschte die Südküste. An klaren Tagen konnte man von den höchsten Türmen aus das Meer sehen, wie es sanft an den windabgewandten Strand rollte, im starken Gegensatz zu den wütenden, schäumenden Brechern, mit denen es in Branns nördlicher Heimat gegen die Ufer tobte.

Als sie nur noch eine Meile vom Großen Fluss entfernt waren, wechselten Anais und Hektor einen verwirrten Blick. Der Fluss war hier im Süden eigentlich ein den Gezeiten unterworfener Meeresarm und brandete majestätisch gegen das Ufer, angeschwollen vom Wasser aus seinen Zuflüssen und dem Meer gleichermaßen. Sein tiefes beständiges Lied war bei Flut meilenweit zu hören. Jetzt aber trug der Wind keinen Laut herbei außer aufgeregtem Vogelgezwitscher und dem eigenen Heulen.

»Vielleicht herrscht ja Ebbe, aber war der Fluss immer so still?«, fragte Anais und zog den Arm der Frau enger um seine Hüfte, als sie bedrohlich zur Seite kippte.

»Er ist inzwischen fast ganz ausgetrocknet«, erklärte Brann mit vor Anstrengung dünner Stimme. »Teilweise gibt es nur noch große, schlammige Pfützen mitten im wasserlosen felsigen Bett. Als ich auf meinem Weg zu euch bei der Steinmühle in Traunhaven vorbeikam, stand das Rad still.«

»Die Hitze des Sterns zieht das Meerwasser in sein Grab«, meinte Hektor und zeigte dem Jungen einen kreisenden Falken.

»Die Küstenlinie im Norden ist mehr als eine Meile ins Meer hinausgewandert«, sagte der Fischer. »Ansonsten wären die Tore niemals sichtbar geworden.«

Sobald er die Worte ausgesprochen hatte, erzitterte der Boden unter ihnen.

Die Soldaten trieben ihre Reittiere voran. Schon vor dem großen Exodus hatte das Schlafende Kind seine Gegenwart durch Erdbeben kundgetan, als ob es sich im Schlaf recke und strecke und bald aufwachen werde. Die Beben wurden immer stärker, hielten aber nicht lange an.

Den Rest des Weges zum Fluss brachten sie schweigend hinter sich. Dann ragte die große Brücke bei Pryces Übergang vor ihnen auf; die Balken hoben sich schwarz gegen die Morgensonne ab und ragten hoch in den Himmel auf.

»Hast du Brot für die Trolle bei dir, Hektor?«, fragte Anais scherzhaft, als sie zur Überquerung ansetzten. Es war eine alte Tradition, eine Scheibe Brot in den Fluss zu werfen, um die mythischen Untiere zu besänftigen, die angeblich unter dem jahrhundertealten Bauwerk lebten.

»Nein«, sagte Hektor und lächelte schwach. »Wir sollten ab jetzt jeden Krümel aufbewahren, Anais. Schließlich wäre es sinnlos, die Katastrophe zu überleben, nur um danach hungers zu sterben.«

»Außerdem sind die Trolle mit der Zweiten Flotte davongesegelt«, sagte Jarmon. Die frische Luft und das weite Land schienen sein Gemüt etwas aufgehellt zu haben.

»Das würde erklären, warum sich die Frau des Prälaten auf dem Schiff deines Vaters befand«, sagte Anais.

»Die Frau des Prälaten einen Troll zu nennen ist eine Beleidigung für die Trolle«, meinte Jarmon.

Die Pferdehufe klapperten über die hölzernen Planken, die das fast völlig ausgetrocknete Flussbett überspannten, und übertönten die Stimmen der Reiter. In der Brückenmitte schauten sie über die Brüstung. Nur mehr kleine Rinnsale tröpfelten noch trotzig durch das steinerne Flussbett.

Die Sonne hatte den höchsten Punkt am Firmament erreicht, als die Türme des Schlosses Elysian in Sicht kamen. Sein weißer Marmor schimmerte noch immer gegen den blauen Herbsthimmel über der Felsklippe und für einen Moment berauschten sie sich an seiner Erhabenheit. Hektor war in jenem Palast geboren worden, so wie seine Mutter vor ihm.

Doch es dauerte nicht lange, bis die Melancholie zurückkehrte. Sie ritten durch die nun verwüsteten Apfelgärten, die das Schloss umgaben. Anders als die Wälder westlich von Kingsten, die bis hin zu Anais' Geburtsort Yliessan, dem verzauberten Wald im Osten, vor dem Exodus rücksichtslos abgeholzt worden waren, hatten die Apfelbäume, deren Holz ungeeignet für den Schiffbau war, für Truhen, Fässer und Feuerholz für die Eisenschmelze herhalten müssen. Die wenigen übrig gebliebenen Bäume waren verkümmert, doch sie genügten, Erinnerungen an schöne Zeiten zu wecken.

Schwerer zu ertragen war der Ritt durch den Erdwald, einen steinernen Wald, der einst zum Fuß der Klippen geführt hatte, auf denen der Palast stand. Der Boden, aus dem die uralten Bäume gesprossen waren, bestand angeblich aus lebendigem Stein, dem reinen Element der Erde aus der Vorzeit. Der Legende nach fielen die Samen der Waldbäume auf die lebende Erde und brachten Mammutbäume, Gummibäume und Eichen hervor, die lebendig vor Magie waren. Diese Bäume waren mit ihren Stämmen aus Grün, Purpur, Zinnoberrot und Gold eng dem lebenden Stein verwandt und deshalb von den Lebewesen verehrt und dem Wetter verschont worden. Die alten Säfte waren in einer endlosen mystischen Sinfonie der Zeit durch Borken und Blätter gekreist. Anais und Hektor hatten ihre Kindheit in diesem Steinwald verbracht, und es tat ihnen in der Seele weh, dass sein wunderbares Holz nun für Rümpfe, Masten und Planken benutzt worden war, die nicht verrotten, verbrennen oder in den Seestürmen splittern würden.

Diese Schiffe haben unsere Familien in Sicherheit gebracht, rief Hektor sich ins Gedächtnis, als sie durch den verwüsteten Wald ritten. *In Sicherheit.*

Auf der anderen Seite des Erdwaldes waren die Burgmauern zu sehen, zu denen dreihundert Stufen hinaufführten. Hektor brachte sein Pferd zum Stehen und sah die anderen an. Er bemerkte den stillen Unmut auf dem Gesicht des erschöpften alten Fischers.

»Du brauchst nicht zu verzweifeln, Brann«, sagte er beruhigend. »Das wäre für die meisten ein zu anstrengender Aufstieg, da die Wagenrampen fort sind. Anais, Jarmon, ihr bleibt auch hier. Cantha und ich werden so rasch wie möglich zurückkehren.«

Die beiden Soldaten, der junge und der alte, holten tief Luft, sagten aber nichts.

Trotz all der Jahre, die er im Palast verbracht hatte, war seine Architektur und Bauweise für Hektor eine nie versiegende Quelle der Begeisterung gewesen. Als er und die älteste Freundin seines Vaters die aus dem Fels gehauenen Stufen hochstiegen und durch die verlassenen Gärten und Terrassen schritten, warfen sie auch einen Blick auf die verborgenen Schutzwälle dahinter. Damals waren mehr als zehntausend Soldaten innerhalb der Palisaden stationiert gewesen, die sich in ansteigenden Spiralen über die Felsvorsprünge bis hinauf zum Schloss zogen. König

Vandemere hatte sie einst so gut versteckt, weil er diesen Ort als leuchtendes Monument einer neuen Friedenszeit errichtet hatte, aber dennoch wusste, dass der Krieg in nicht allzu weiter Ferne lauerte.

Das war der König gewesen, der als Statue auf dem Hippogryphen ritt. Deren abgerissener Kopf lag nun im Brunnenbecken auf dem Markplatz in Kingsten.

Es war Hektors Großvater gewesen.

»Hast du ihn gekannt, Cantha?«, fragte Hektor, als sie über die granitenen Wege durch vertrocknete Gärten schritten. »Vandemere?«

»Ja.« Die Frau hielt den Blick auf die großen Seitentore des Palastes gerichtet, die nun unbewacht waren und zudem halb offen standen.

Sie betraten den Palast, und ihre Schritte hallten durch gewaltige Hallen und endlose Galerien, die kahl und glanzlos in der Dunkelheit lagen.

In Hektor weckte dieser Ort alte Erinnerungen. Nur die Dringlichkeit in der Stimme des Fischers und die Regung einer lange unterdrückten Hoffnung hielten ihn davon ab, ein letztes Mal in die Zimmer, Alkoven und Winkel zu blicken, die er in seiner Kindheit so geliebt hatte. Die meisten Gobelins zierten noch immer die Wände, viele Kunstwerke standen weiterhin an ihrem Platz, unbehelligt von Plünderern und Dieben, die den Rest des Landes leergeräumt hatten. Es war etwas Heiliges an Elysian, das es unantastbar machte – eine Macht, die es beschützte, selbst wenn kein König auf dem Thron saß.

Als Hektor den Korridor betrat, der zur Großen Halle führte, erkannte er, was es war.

In gewisser Weise saß noch immer ein König auf dem Thron. Gwylliam hatte Hektor zum Statthalter ernannt, denn er stammte vom selben Blut ab. Er war die schützende Macht.

»Das war ein großartiger Ort für Kinder«, sagte Hektor, als sie an den Türen des Kinderzimmers vorbeieilten. »Es gab so viele Winkel, die man erforschen konnte, so viele Verstecke. Die Palastwachen mussten mich mehr als einmal suchen. Ich hatte mir einen Unterschlupf hinter der Schabracke eines Sockels gesucht und war dort eingeschlafen. Es war ein großer Spaß – bis mein kleiner Sohn denselben Unsinn gemacht hat.« Er atmete tief durch. »Ich kann mir immer noch nicht vorstellen, wo dieser Junge und seine Mutter sich versteckt hatten, sodass wir sie übersehen konnten.«

»Auf dem Gräberfeld der Stadt«, sagte Cantha, die den Blick auf die gewaltigen Mahagonitüren der Großen Halle vor ihr gerichtet hatte. »In einer der Grüfte.«

»Warum glaubst du das?«

»An ihnen klebte der Geruch des Todes.« Die Frau ergriff den großen Türknauf aus Bronze. »Er umweht sie immer noch, hat sich aber verändert.«

Der dunkle, höhlenartige Raum beherbergte den Thron, von dem aus der letzte, unverheiratete König Hof gehalten hatte. Es war ein erhöhter Marmorsessel mit goldenen und blauen Verzierungen an Armlehnen und Rücken. Hektor ging über den langen Teppich bis zum Podest, stieg rasch die Stufen hoch und setzte sich unerschrocken auf den Sitz des Königs. Er betrachtete Vandemeres Devise, die für alle Zeiten und die nachfolgenden Könige in die Wand vor seinen Augen gemeißelt war:

Dem alle Menschen dienen, obliegt die größte Pflicht, allen Menschen zu dienen.

Er legte die Hand auf die rechte Lehne des Throns.

»Traan der, singa ever monokran fri«, befahl er leise in der mythischen Sprache der Erstgeborenen des Äthers. *Komm her, im Namen des Königs.*

Die Marmorlehne sprang entlang eines verborgenen Spaltes

auf und klappte zur Seite. Aus dem Podest wuchs ein mechanischer Arm bis zur Höhe des Stuhls heraus und hielt in seinem Griff das königliche Zepter von Serendair.

Das Herrschaftssymbol bestand aus einem gebogenen Stück blanken Holzes von der Länge eines Oberschenkels. Es war vergoldet und mit verschlungenen Schriftzeichen beschnitzt. Unter dem Gold waren undeutlich Streifen aus Purpur, Grün, Gold und Zinnoberrot zu erkennen, den Farben der Steinbäume. An seinem oberen Ende leuchtete ein Diamant von der Größe einer Kinderfaust. Er war seltsam schräg aufgesetzt und schimmerte matt in der Dunkelheit des Thronsaals.

Hektor besah sich einen Moment lang das Zepter, dann hob er es von dem Metallarm und nahm es an sich.

Cantha beobachtete ihn dabei. Ihre dunklen Augen glänzten. Er sah sie fragend an und war erstaunt, als sie antwortete. Sonst wachte Cantha stets eifersüchtig über ihre Gedanken.

»Wenn die Krone nicht dem jüngsten, sondern dem ältesten von Vandemeres Kindern übergeben worden wäre, hätte man diesen Anblick schon vor langer Zeit genießen können: dich, Hektor, als König auf dem Thron.«

Hektor erhob sich, und sie machten sich auf den Rückweg durch den Palast.

»Dann ist es mir wohl vorherbestimmt, mein Ende auf diese Weise zu finden«, sagte er unterwegs. »Denn als König hätte ich das Land nicht verlassen. Du aber, Cantha, und Jarmon, Anais und Sevirym wäret mit den anderen fortgeschickt worden, um sie in der neuen Welt zu schützen und weiterzuleben. Aus diesem Grund allein tut es mir Leid, dass die Krone nicht an mich gefallen ist.«

Die Frau sagte nichts darauf.

Schweigend eilten sie aus dem Palast. Auf den Terrassen berührte Hektor sie am Arm.

»Jetzt ist keine Zeit mehr für Rücksichten, Cantha. Sag mir eines: Als der König dich als Erwählte deines Volkes dazu ausersehen hat, hier zu bleiben, hattest du dich vorher dazu angeboten. Du bist die liebste Freundin meines Vaters gewesen. Seinetwegen bist du bei mir geblieben, nicht wahr?«

Die Augen der Frau verengten sich mißbilligend. »MacQuieth hätte mich niemals um so etwas gebeten. Das hätte er von niemandem verlangt.«

Hektor lächelte. »Ich weiß. Aber er musste erst gar nicht darum bitten.«

Cantha seufzte und schaute ihn düster an. Schließlich gab sie nach.

»Nein«, sagte sie. »Er musste mich nicht darum bitten. Ja, ich bin seinetwegen geblieben, damit ich seinem Sohn helfe, weil es ihm nicht mehr möglich ist.« Sie schaute über die Wiesen, die von der untergehenden Sonne in schimmernde Schatten getaucht wurden. »Dieses Ende ist so gut wie jedes andere.«

»Vielen Dank«, sagte Hektor. »Dafür, dass du bliebst und mir die Wahrheit gesagt hast.«

Die Frau nickte bloß.

»Ich möchte dich nur noch um einen weiteren Gefallen bitten«, sagte Hektor, als sie die Steinstufen hinunterstiegen. »Wir müssen uns jetzt trennen. Wenn wir die Frau und das Kind mit nach Norden nehmen, würde uns das nur behindern und ihnen die Möglichkeit des Überlebens rauben. Elysian ist der höchste Ort im südlichen Teil der Insel. Wenn überhaupt etwas von der See verschont bleibt, dann sind es diese Felsen. Bleib bei ihnen in diesen letzten Tagen, Cantha. Beschütze sie – besonders den Jungen. Wir lassen euch Vorräte zurück, und ihr könnt in den Gärten nach Obst suchen.« Cantha nickte. Hektor packte sie am Ellbogen und zwang sie, stehen zu bleiben. »Wenn aber die Flutwelle kommt, müsst ihr zum höchstgelegenen Ort gehen. Am besten bleibt ihr in der Nähe des Wesirturms.« Er deutete mit dem Kopf hinter sich auf den höchsten Turm des Palastes. Cantha nickte erneut.

Jarmon hatte die Pferde zur Abreise bereitgemacht. Als die Männer aufstiegen, hörte Hektor hinter sich Geschrei.

»Nein!«, weinte das Kind und kämpfte gegen Canthas festen Griff an. »Nein!« Es wandte sich mit flehendem Blick an Hektor. »Nein! Will bei dir bleiben! Will bei dir bleiben!«

Diese Worte hallten in Hektors Kopf wider. Es waren dieselben, die auch Aidan vor der Abfahrt am Hafen gerufen hatte, als Hektor die Familie in die Obhut seines Vaters gab.

Will bei dir bleiben! Papa! Will bei dir bleiben!

In seinem Hals bildete sich ein Kloß. Er erinnerte sich, wie die starke und tapfere Talthea bei den Worten ihres Sohnes in Tränen ausgebrochen war. Er streckte die Hand aus und streichelte dem sich windenden Kind über den Kopf, dann nickte er Cantha zu. Das Letzte, war er von dem Jungen sah, waren dessen Bemühungen, sich aus Canthas Armen zu befreien. Er trat und kämpfte trotzig, bis er schließlich völlig zusammenbrach, bevor die Pferde außer Sichtweite waren.

Wie Aidan.

Nun ritten sie den Fluss in nördlicher Richtung entlang und folgten den Eselspfaden. Auf dem Wasser hatten einst Lastkähne Waren von den Nördlichen Inseln und aus fernen Häfen transportiert, die an jeder Wegkreuzung und in jedem Dorf gehandelt wurden, bis die flachen Boote schließlich die gewaltige Stadt Südhaven am Flussdelta erreichten.

Die Felsen am Rand des Eselspfades zitterten, als die Männer schweigend vorbeiritten. Die Beben im Norden waren stärker und häufiger geworden und der Himmel durch den Dunst inzwischen kaum mehr zu sehen. Mit jedem Tag sank der Nebel dichter herab. Zuerst verging den Männern das Scherzen, dann auch das bloße Sprechen.

Schließlich kamen sie in Traunhaven an, der mächtigen Mühlenstadt am Großen Fluss, die einst das Herz des Flusses gewesen war – eine pulsierende Stadt, in der sich der Osten mit dem Westen traf und Wagenkolonnen Korn für die Mühlen sowie Nahrungsmittel für die Märkte im Süden ausluden und alle erdenklichen Güter aus den Lastkähnen aufnahmen. Nun aber war die Stadt leer. Dort, wo früher der Fluss gewesen war, steckten die Räder der großen Mühlen im Schlamm fest oder waren von Felsen blockiert.

Früher hatten zwei Brückenbogen den Fluss an der tiefsten Stelle bei den Stromschnellen überspannt. Die Reisenden konnten darüberschreiten und das wirbelnde Wasser beobachten. Zwischen den Bögen erhob sich Pratts Mühle. Der westliche Brückenbogen war verschwunden, doch der östliche war noch da. Die Männer ritten an ihm vorbei, während die Sonnenhitze immer stärker wurde. Sie war das einzige Zeichen dafür, dass es bereits Mittag war.

Wo die Straße hinter der stillen Mühle eine Biegung nach Osten machte, befahl Hektor der Gruppe, anzuhalten und die Pferde auf die Weide zu führen. Er nahm ein paar glatte Flusskiesel auf und winkte Anais herbei. Gemeinsam gingen sie zum Ufer des Großen Flusses, der mit Ausnahme eines Bächleins in der Mitte des breiten Bettes trocken war.

»Erinnerst du dich daran, als dieser Fluss eine Meile breit zu sein schien?«, fragte er und betrachtete das Wasser, das sich um Felsbrocken und zerbrochene Fässer wand.

»Ja«, stimmte Anais ihm zu. »Hier oben hineinzufallen bedeutete den sicheren Tod. Diese Mühle hat Tag und Nacht gemahlen.

Wenn man nördlich von ihr hineinfiel, war man am nächsten Tag zu Brot geworden.«

»Und jetzt könnten wir hindurchwaten und bekämen kaum nasse Füße. Es ist, als hätte der Fluss nie die Insel geteilt.« Hektor betrachtete die Steine in seinen Händen. »Mein Vater hat einmal etwas zu mir gesagt, woran ich immer wieder denken muss.« Er schwieg kurz und versuchte sich an die Worte zu erinnern. »Er war einer Blutsbrüderschaft von Soldaten verbunden, deren Schutzpatron der Wind war, und hatte daher gelernt, die Tore im Wind zu durchschreiten und so in kürzester Zeit große Entfernungen zurückzulegen. Als ich ihn fragte, mit welcher Magie das möglich sei, sagte er, es handle sich nicht um Magie, sondern nur um die Erkenntnis, dass Entfernung eine reine Illusion sei.

Es gibt Bande zwischen uns, Anais, uns allen, Freunden und Feinden, die das überbrücken, was wir in der Welt üblicherweise als Entfernung bezeichnen. Diese Entfernung, dieser Zwischenraum ist jedoch nichts anderes als die Schwelle zwischen einem Reich und einem anderen, einer Seele und einer anderen – eine Tür oder auch Brücke. Je stärker die Verbindung zwischen zwei Orten ist, desto schmaler ist die Schwelle, und umso leichter überquerbar. Die tatsächliche Entfernung dazwischen wird dabei unerheblich. MacQuieth hat seine größte Tat, nämlich die Vernichtung des Feuerdämons F'dor Zoltan, vollbringen können, weil er sich diese Erkenntnis zunutze gemacht hat. Sein Hass auf diesen Dämon und dessen uranfängliche Rasse war ein Band, das man nicht lösen konnte. Es gab nicht genug Platz auf der Welt, um sie voneinander getrennt zu halten.« Er seufzte tief. »Ich glaube, das ist auch der Grund, warum meine Familie nur einen Atemzug weit von mir entfernt ist und ich sie in meinen Träumen nicht als Erinnerung sehe, sondern wie sie jetzt lebt. Aus diesem Grund träumst du vom Weltenbaum und dem Ort, an dem du geboren wurdest.«

Anais nickte. Eine Weile standen sie in gemeinschaftlichem Schweigen da und beobachteten das Bächlein.

»Wie wird das Wetter in den nächsten Tagen?«, fragte Hektor schließlich und warf einen Stein hinein.

»Abgesehen von der Aussicht auf vollkommene Vernichtung scheint es eine schöne Woche zu werden«, antwortete Anais scherzhaft. »Warum fragst du?«

Hektor warf einen weiteren Kiesel ins Wasser. »Ich wollte wissen, wie es dir auf deiner Reise ergehen wird – ob du trocken bleibst oder durchnässt wirst.«

Anais' Gesicht verlor sein Lächeln. »Reise?«

Hektor nickte. »Ich schicke dich jetzt nach Hause, Anais. Wir gewinnen oder wir verlieren, es macht keinen Unterschied, ob du bei uns bist oder nicht. Die Träume, die du von Yliessan hast, bedeuten, dass dich die Sagia nach Hause befiehlt. Wenn der Weltenbaum dich ruft, wäre es falsch, von ihm fernzubleiben.«

Die silbernen Augen seines Feundes zeigten Trauer und Verständnis zugleich.

»Ich habe viele Dinge erdulden gelernt, die ich mir vor einem Jahr nicht einmal hätte vorstellen können, Hektor – viele tragische und schreckliche Dinge, doch bis zu diesem Augenblick ist mir nie der Gedanke gekommen, dass ich nicht an deiner Seite sterben könnte.«

Hektor warf den Rest der Steine in das Flussbett und wischte sich den Sand mit dem Hemd von den Händen.

»Wir haben unser ganzes Leben in der Gesellschaft des anderen verbracht, Anais, und dabei gut gelebt«, sagte er mit fester Stimme. »Es ist nicht nötig, auch in der Gesellschaft des anderen zu sterben, solange wir einen guten Tod finden.«

Anais wandte sich ab.

»Vielleicht hatte Sevirym Recht, oder du hast Erfolg, und wir sterben gar nicht«, sagte er.

»Vielleicht«, meinte Hektor. »Aber du gehst auf alle Fälle nach Hause.«

Wie zur Bestätigung bebte der Boden unter ihren Füßen stärker als je zuvor.

Auf dem Weg zurück ins Lager hielt Hektor seinen Freund ein letztes Mal an.

»Du sollst wissen, dass du beständig bei mir sein wirst, wo immer wir uns auch befinden mögen, wenn das Ende kommt«, sagte er.

Der Liringlas-Ritter lächelte. »Auch noch nach dem Ende. Nicht einmal der Tod wird uns trennen.« Er klopfte seinem Freund auf die Schulter. »Außerdem schuldest du mir noch eine durchzechte Nacht.«

Als Anais fort war, flossen die Tage und Nächte ineinander.

In der Ferne glühte der Himmel jetzt gelblich durch den Dunst über den Nördlichen Inseln. Die Beben hatten an Lautstärke und Häufigkeit zugenommen und machten die Männer hoffnungslos unruhig und gereizt. Schlaf konnten sie sich kaum mehr leisten, doch die Erschöpfung drohte sie im dichten Nebel vom Weg abzubringen.

Als schließlich in der Ferne das Meer zu hören und dicht über dem Horizont Feuer zu sehen war, wähnten sie sich nahe genug bei der Ortschaft Trockenbucht, um zum vermutlich letzten Mal ein Lager aufschlagen zu können. Hektor kippte die Reste ihrer Vorräte in einen Kessel auf dem Feuer und kochte sie, während sich der alte Fischer zusammen mit Jarmon um die Pferde kümmerte, bevor sie sich zu einem letzten Mahl niedersetzten.

»Brann«, sagte Hektor in dem Versuch, die unangenehme Stille mit einem Gespräch zu vertreiben, »hast du dein ganzes Leben in Trockenbucht verbracht?«

Der alte Mann schüttelte den Kopf. »Nein. Ich bin dort geboren, aber erst kürzlich dahin zurückgekehrt.«

»Oh?«, wunderte sich Jarmon und setzte seinen Becher ab. »Das ist doch seltsam bei einem Fischer, oder? Bleiben nicht die meisten Familien über Generationen an ihrem Ort?«

Brann nickte. »Stimmt. Aber vor langer Zeit bot sich mir die Gelegenheit wegzugehen, und ich habe sie ergriffen. Ich habe die ganze Welt bereist und vielerlei Dinge getan, aber meinen Geburtsort nie vergessen. Als deutlich wurde, dass das Kind erwacht, wollte ich nur noch nach Hause zurückkehren und helfen.«

»Weißt du nicht, dass die Möglichkeit zu helfen sehr gering ist, von der Rettung deines Dorfes gar nicht zu reden?«, sagte Jarmon ernst. »Du bist ein Narr.«

»Nein, das ist er nicht«, sagte Hektor rasch, als er sah, dass das Licht in den Augen des Fischers schwächer wurde. »Es besteht zwar nur eine schwache Hoffnung, aber es ist immerhin eine Hoffnung. Ein Versuch ist nie sinnlos.«

»Das ist alles, worum ich bitte, damit mein Volk vielleicht überleben kann«, murmelte Brann, zog sich das raue Leinenlaken über die Schultern und legte sich zum Schlafen nieder.

Als das gleichmäßige Atmen des alten Mannes anzeigte, dass er in einen sehr tiefen Schlaf gefallen war, holte Jarmon einen abgeschabten Tabaksbeutel aus seinem Gepäck und stopfte die letzten Reste in seine Pfeife.

Unter ihnen erzitterte wieder die Erde. Es schien Hektor, als ob die Erdbeben nun länger dauerten, und fraglos kamen sie öfter. Anais hatte kurz vor seiner Abreise nach Osten gescherzt, dass selbst Sevirym es nun nicht mehr hätte leugnen können.

Hektor schaute in den dunklen Himmel, aus dem die Sterne verschwunden waren. »Du und ich, Jarmon, wir sind die Letzten, die übrig geblieben sind«, meinte er und sah den dichten Dunstwolken zu, wie sie im böigen Wind über den finsteren Himmel huschten.

»Und Brann«, sagte der Soldat und blies einen großen Rauchkringel aus, der sich mit dem Nebel vermischte.

»Und Brann. Vielleicht solltest du freundlicher zu ihm sein. Er hat offenbar Angst vor dir.«

Der alte Soldat lächelte. »Gut.« Er beugte sich über die Feuersglut. »Ich vertraue niemandem mehr, Hektor, besonders denjenigen nicht, die so dumm oder selbstsüchtig waren, das Angebot zur Rettung nicht anzunehmen und nun im letzten Moment doch noch gerettet werden wollen. Es ist gut, wenn sie mich fürchten. Dazu haben sie allen Grund.«

Hektor drehte das Zepter des Königs in den Händen. »Du brauchst Brann gegenüber nicht wachsam zu sein. Das Zepter des Königs besteht aus einem alten, mächtigen Element. Es verrät demjenigen, der es in Händen hält, die Wahrheit. Ich würde erkennen, wenn der alte Fischer lügt, und bisher hat er immer die Wahrheit gesagt.«

Jarmon zuckte die Achseln. »Was bedeutet das schon?«, sagte er gleichgültig. »Du und er sind die Einzigen hier, die noch etwas zu verlieren haben.« Hektor bedeutete ihm, das näher zu erklären.

»Du behauptest, dass für dich bereits im Rettungsversuch der Ruhm liegt«, sagte Jarmon und zog zufrieden an seiner Pfeife. »Aber in Wahrheit fürchtest du die Niederlage. Du hast schon verloren – die Lage war von Anfang an hoffnungslos, Hektor, doch du warst der Einzige, der dagegen angekämpft hat. Wir anderen sind Gefolgsleute, keine Führer. Wir wissen, dass sogar in der unausweichlichen Niederlage Ruhm liegt. Am Ende ist der Ausgang der Schlacht für einen Soldaten nicht von Bedeutung. Wichtig ist nur, wie er selbst gekämpft hat, ob er sich ehrenhaft behauptet oder im Angesicht des Todes gezaudert hat. Ein Soldat entscheidet nicht, wann, wo und gegen wen er kämpft. Die Entscheidung, mit dir zurückzubleiben, war die einzige, die ich je selbst getroffen habe. Und die ich nicht bereue.

Du hast im Stillen mit der Entscheidung des Königs gerechnet, dich hier zu lassen, und auch mit unserem Entschluss, bei dir zu bleiben. Du hättest aufgeben und diese restlichen Tage in Frieden verbringen können, wenn du nicht zum Führen geboren wärest. Im Gegensatz zu dir weiß ich, dass meine Meinung über die Entscheidung des Königs nicht von Belang ist. Für mich ist nur wichtig, wie ich von jetzt an bis zu meinem Ende lebe.«

Hektor schaute in die Dunkelheit. »Ich stehe im Schatten des Königs. Ich stamme aus seiner Linie und bin sein eingesetzter Regent, damit seine Macht über das Land bestehen bleibt. Seine Pflichten sind auf mich übergegangen. Wenn ich sie nicht wahrnehme, habe ich versagt.«

»Täusche dich nicht selbst, mein Knabe«, sagte Jarmon ernst und steckte den Tabaksbeutel wieder weg. »Die Macht des Königs ist zusammen mit ihm geflohen. Das Schlafende Kind erhob sich, als das Schiff des Herrschers an den Horizont gelangte und außer Sichtweite von Serendair segelte. Ich verleugne nicht, dass er durch dich noch Anspruch auf den Thron hat, aber das ist nicht mehr von Bedeutung. Die Macht, die einst unangefochten dieses Land regiert hat, ist gebrochen. Der Schutz, den sie gewährleistet hat, ist verschwunden. Was zu Zeiten des Königs und seiner Vorgänger fest und solide war, hat Löcher bekommen, Hektor – klaffende Löcher. Du kannst diese Löcher nicht stopfen, wie sehr du es auch wünschst. Die Entscheidung ist bereits gefallen. Du versuchst, die Insel in ihren letzten Tagen durch die Stärke deines Treueschwures zu beschützen, aber deine Amtsgewalt bedeutet gar nichts.«

Er nahm die Pfeife aus dem Mund und sah dem jungen Mann in die Augen. »Aber das bedeutet nicht, dass dein Opfer nicht wertvoll war. Du magst vielleicht niemals wahre Größe erreichen, doch wenn man zur Größe erzogen wurde, besteht das größte Opfer in der Erkenntnis, dass man sie nicht erreichen kann. Dem Wort des Königs zu gehorchen und sich geschlagen zu geben, obwohl man glaubt, gewinnen zu können, ist das schrecklichste aller Opfer. Alles andere wird klein daneben.« Jarmon setzte sich auf einen Haufen Blätter neben dem Feuer. »Außer vielleicht Sandsäcke füllen.«

In dieser letzten Nacht träumte Hektor wie immer von Talthea und den Kindern. Der felsige Boden unter seinem Ohr brannte von der zunehmenden Hitze aus dem Norden und machte seine Nachtgesichte dunkel und undeutlich, während sie früher so klar gewesen waren.

Im Traum hielt er seine Tochter im Arm, spielte mit seinem Sohn und sonnte sich in stiller Zufriedenheit über die Gegenwart seiner Frau, als er plötzlich spürte, wie ein Schatten ihn zu sich winkte. Als er aufschaute, nahm der Schatten Gestalt an. Es war der Geist eines lange toten Königs, eines Vorfahren, den er nie gekannt hatte. Die kopflose Statue auf dem Marktplatz in Kingsten war wieder vollständig. Es war sein Großvater.

Vandemere.

Wortlos winkte ihn der König zu sich. Hektor schaute an sich herunter und sah, dass er niemanden mehr in den Armen hielt. Seine Familie war fort.

Er folgte dem Schatten des Königs durch eine grüne Lichtung von ursprünglicher Schönheit, mitten in die Vergangenheit hinein. In diesem Traum wandelte er rückwärts über die Pfade der Geschichte, während er durch einen Schleier aus süßem Nebel tief in den stillen Wald hineinging.

Die Welt um ihn herum drehte sich und löschte die Gegenwart. Das Dritte Zeitalter rollte vor seinen Augen zurück. Er sah, wie die Flotten in die Häfen zurückkehrten, von denen sie vor der zweiten Katastrophe abgelegt hatten. Er beobachtete, wie das neue Reich sich zurückentwickelte zu dem, was es am Ende des serenischen Krieges gewesen war, sowie diesen Krieg selbst. Er sah blutige Schlachtfelder mit zerschmetterten Leichnamen, die wieder zu unberührtem Grün wurden, er sah die Zeitalter vorbeihuschen und die Geschichte sich umkehren, während die Zeit immer weiter zurücklief.

Hektor schaute auf. Der Schatten des Königs war nun weiter entfernt und verschwand beinahe im Nebel.

Er rannte los. Nun lief die Geschichte noch schneller rückwärts: vom serenischen Krieg zurück zu den Völkerkriegen, die ihm vorangegangen waren, zur Ankunft der Menschen in Serendair im Zweiten Zeitalter. Mit rasender Geschwindigkeit ging es weiter. Er rief nach dem König, oder er versuchte es wenigstens, denn kein Laut drang in diesem stummen, nebligen Tal in reichem, kühlem Grün aus seiner Kehle.

Er rannte weiter und verspürte den Zwang, den Grund dieser Vision zu erfahren. Er bemerkte kaum, wie das Zweite Zeitalter dem Ersten Platz machte, den Tagen der Götter, als die Älteren Rassen über die Erde gewandelt waren. Aus den Augenwinkeln sah Hektor, wie die erste Katastrophe sich selbst ungeschehen machte. Er sah die Wasser zurückweichen, die einen großen Teil der Insel bedeckt hatten, den Stern zurück in den Himmel steigen, und er erkannte, wie die Gruft der Unterwelt, in der die F'dor einst gefangen waren, wieder versiegelt wurde und abermals die gestaltlosen Geister enthielt, die zwischenzeitlich entflohen waren.

Mit jedem Ereignis, das ungeschehen gemacht wurde, gestaltete sich die Welt grüner, neuer, friedlicher und lebendiger. Als Hektor diese rückwärts gerichtete Bewegung der Zeit beobachtete, erkannte er, wie viel von der Magie bereits aus der Welt, wie er sie gekannt hatte, verschwunden war und wie sehr diese früher, in ihren Kindertagen, gegenwärtig gewesen war.

Als das Erste Zeitalter zur Vor-Zeit, zur Vorgeschichte verschmolz, sah er die Geburt der uranfänglichen Rassen, die unmittelbar aus den fünf Elementen entsprangen – die Drachen, geboren aus der lebendigen Erde; Canthas Rasse, die Kinder des Windes; die Mythlin, die Wasserwesen, welche die Vorfahren der Menschen waren und die wundervolle Unterwasserstadt Tartechor errichtet hatten; die Seren, die Erstgeborenen, die von den Sternen herabgestiegen waren, und die F'dor, gestaltlose Dämonen, entsprungen dem uralten Feuer, zerstörerisch und chaotisch, die von den anderen vier Rassen in die Gruft gesperrt wurden, um die Erde vor der Auslöschung durch sie zu bewahren.

Er sah die Uranfängliche Welt, ruhmreich und unverdorben. Und selbst sie entschwand seinem Blick. Das Land ging im Meer unter, als der Wind erstarb. Die Oberfläche der Welt brannte, bis sie nichts anderes war als ein glühender Stern, der selbst aus dem Himmel gebrochen und niedergefallen war. Dieser glühende Ball schoss rückwärts und vereinigte sich wieder mit dem Gebilde, dem er entsprungen war.

Er hinterließ nichts als sternendurchwebte Dunkelheit und den Schatten eines lange gestorbenen Königs.

Schließlich drehte sich Vandemeres Schatten um und schaute Hektor traurig an.

Was ist los, Großvater?, fragte Hektor. Zwar drang kein Laut von seinen Lippen, aber die Frage hallte trotzdem in der dunklen Leere um ihn herum wider. *Was versuchst du mir zu zeigen?*

Die Ewigkeit, sagte der König. Er hatte die Worte nicht laut ausgesprochen, aber Hektor hatte sie trotzdem gehört.

Was ist mit der Ewigkeit?, fragte Hektor und versuchte verzweifelt, in der dunklen Leere zu atmen.

Der Schatten des Königs verblasste.

Es ist keine Zeit in der Ewigkeit. Vandemeres Stimme hallte durch die Leere. *Indem du zurückgeblieben bist, hast du darum gekämpft, ihnen mehr Zeit zu verschaffen. Du solltest eher darum kämpfen, sie vor dem Verlust der Ewigkeit zu bewahren.*

Hektor schreckte aus dem Schlaf.

Der Boden unter seinem Kopf sprang auf; eine große Spalte riss die Erde auseinander.

Beim nächsten Herzschlag war er auf den Beinen. Er packte den entsetzten Fischer neben sich und zerrte ihn vom Rand des Abgrunds fort, während Jarmon zu den Pferden stürzte und sie losband.

Ein Grollen wie Donner erschütterte die versengten Bäume in ihrer Umgebung. Der Fischer rief etwas, das Hektor nicht verstand. Sie wichen zurück und zerrten die verängstigten Tiere mit aller Kraft hinter sich her. Blindlings rannten sie in den feuerfarbenen Nebel, bis der Boden unter ihren Füßen nicht mehr erzitterte, sondern nur noch ein endloses Poltern ertönte.

»Alles in Ordnung mit dir, Brann?«, fragte Hektor. Er versuchte vergebens, den Rotschimmel zu beruhigen. Das Tier wimmerte vor Furcht und tänzelte mit angelegten Ohren und wildem Blick.

Die Augen des Mannes waren so glasig wie die des Pferdes, aber er nickte.

»Das Kindeserwachen – es kommt«, flüsterte er. Seine Stimme war in dem Grollen kaum vernehmbar. »Jetzt haben wir keine Zeit mehr für Schlaf, Hektor. Wir sind nicht mehr weit entfernt. Wenn wir uns beeilen, erreichen wir Trockenbucht vor dem Morgengrauen. Wir müssen uns beeilen, bitte! Mein Volk wartet auf seine Rettung.«

»Deine Leute sind närrisch, wenn sie das Dorf noch immer nicht verlassen haben, alter Mann«, murmelte Jarmon. »Die Hitze ist hier schon unerträglich. Wenn sie ihr noch näher sind, hat das Feuer sie bestimmt schon gebraten.«

Hektor packte den zitternden Fischer bei den Schultern und half ihm aufzusteigen.

»Wir gehen«, sage er. »Wir werden nicht mehr anhalten, bis wir am Ziel sind – oder im Nachleben.«

Sie ritten durch die Ebene in der Nähe der Flussmündung, wo einst Städte und Dörfer gelegen hatten. Die Luft war von dickem Rauch geschwärzt, der vor ihrem Blick alles außer dem Flussbett verbarg.

Die Pferde, denen keine Pause oder frisches Wasser gegönnt worden waren, zeigten allmählich Zeichen der Erschöpfung. Als Branns Pferd auf dem Eselspfad zitternd zusammenbrach, zog Jarmon den Fischer, der grau vor Erschöpfung und Angst war, hinter sich in den Sattel und trieb sein eigenes Reittier weiter.

»Tut mir Leid, Rosie, altes Mädchen«, murmelte er und klopfte dem Tier auf den Hals. Seine Hand war über und über mit Schweiß und Pferdeauswurf bedeckt. »Bald ist alles vorbei, und dann kannst du dich ausruhen.«

Schließlich brach der Lärm der anbrandenden See durch den kreischenden Wind.

»Wir sind da«, flüsterte Brann und zerrte heftig an Jarmons Ärmel. »Das Meer hat sich schon weit zurückgezogen, aber man kann es noch hören.«

Hektor hielt seinen Rotschimmel an. Im Norden schossen Funken wie glühende Perlen wirr in den Wind über dem Meer und wirbelten in unheimlichen Mustern über den schwarzen

Himmel. Hektor streckte sich und versuchte, durch den Rauch zu blicken. Er glaubte, Umrisse von Hütten und Hafenanlagen sowie verkohlte Hölzer zu erkennen, die mit der Dunkelheit verschmolzen.

Sie stiegen ab, ließen die Pferde an der Küstenlinie zurück und wateten durch den nassen Sand. Mehrfach kamen sie an Leichen vorbei, die unter einem dicken Überzug aus Asche begraben lagen.

Hektor warf Brann einen Blick zu, doch der Fischer hielt sich tapfer. Er beschirmte die Augen und versuchte, durch den grauen und schwarzen Dunst die Stelle genau auszumachen, wo er vordem die Tore der riesigen Mine entdeckt zu haben glaubte.

»Hier entlang«, rief er. Seine Stimme war wieder kräftiger geworden. »Es war nördlich von dieser Landzunge, an der Spitze der Halbinsel vorbei, wo das Wasser von drei Seiten auf das Land traf.«

Der Boden erbebte heftig, als wolle er den Worten des Fischers Gewicht verleihen.

»Führe uns!«, rief Hektor und folgte dem Fischer auf die Sandbank.

Blind bahnten sie sich einen Weg durch die Ödnis, wo das Meer einst das Land umspült und nun eine Wüste aus Meeressand zurückgelassen hatte. Die weichende See hatte im feuchten Sand die Planken untergegangener Schiffe, zerschellte Riffe und zerbrochene, schartige Muscheln jeder erdenklichen Art freigelegt, wo sich früher die Wellen an der Küste gebrochen hatten.

In der Nähe schoss eine Feuerfontäne in den schwarzen Himmel und fiel schwer ins Meer zurück.

Die drei Männer humpelten über die Landzunge meilenweit durch den nassen Sand, der jetzt ihre Stiefel verbrannte. Als sie eine Stelle erreicht hatten, wo der Rauch die Luft beinahe vollkommen schwärzte, hielt Brann bei einem kleinen, unversehrten

Fischerboot an, das im Grund feststeckte. Er kniete nieder und deutete unter dem tief hängenden Rauch in die Ferne.

»Da«, flüsterte er.

Hektor hockte sich hin und blickte an dem gichtigen Finger des alten Mannes entlang. Seine Augen brannten vor Hitze und Asche.

Zuerst sah er nichts außer endlosem Sand und schwarzem Rauch. Doch nach einem Moment hatten sich seine Augen an die Umgebung gewöhnt. Er hielt den Atem an.

Sie standen auf etwas, das wie ein langer Wall auf dem Meeresboden wirkte – eine feste Aufschüttung, die in einen Abgrund von mindestens tausend Fuß abfiel, in dem sich noch Reste des Meerwassers befanden. Hektor schaute den Wall entlang und sah weder dessen Anfang noch Ende. Die Verwerfung im Boden schien sich bis zum Horizont zu erstrecken; die Klippenwand erweckte den Eindruck, als stehe man auf einer weiten Wiese und schaue gleichzeitig von einem Berggipfel hinunter. Die Mine war so groß, dass man sie nicht einmal an einem klaren Tag ganz hätte sehen können. Sie war seit Jahrtausenden vom Meer verborgen gewesen und dehnte sich unter dem Sand bis in das zurückweichende Meer hinein aus. Nun verstand Hektor, warum Brann der Meinung war, dass genügend Meerwasser in ein solch gewaltiges Becken fließen konnte, um wenigstens einen Teil der Insel zu verschonen.

»Wo sind die Tore?«, rief er durch das Donnern, das von Norden aus dem Meer kam.

»In der Tiefe«, schrie Brann zurück und kämpfte darum, in dem brennenden Wind aufrecht stehen zu bleiben.

»Können wir die Klippe hinunterklettern, Hektor?«, fragte Jarmon. Er suchte nach Vorsprüngen, entdeckte aber keine. »Wenn wir von dieser Höhe hinunterstürzen, gibt es für uns kein Halten mehr. Es wäre wenigstens ein rasches Ende.«

»Da scheint so etwas wie ein Pfad zu sein – oder wenigstens eine Stelle, wo die Felswand etwas flacher verläuft«, sagte Hektor und bückte sich wieder, damit er einen klareren Blick hatte.

Brann beäugte nervös den Himmel. »Wir müssen uns beeilen!«, drängte er, als erneut flüssige Lava hochschoss, Asche herabfiel und der Boden unter ihren Füßen durchgerüttelt wurde. Er eilte zum Rand des Walls und glitt die flache Böschung hinunter, die Hektor bemerkt hatte. Kurz darauf folgten ihm die beiden Soldaten.

Sie hasteten in den Abgrund hinein, sie rannten, glitten, fielen, rutschten auf Händen und Knien und manchmal auch auf dem Rücken, und standen wieder auf, vorwärts getrieben von dem bevorstehenden Kindeserwachen.

Es war wie ein Abstieg von einem hohen Berg. Schließlich fanden sie sich am Fuß einer steilen Felswand wieder. Ihre Füße waren feucht vom Matsch des Meeres, das diesen Ort vor kurzem noch bedeckt hatte. Darunter wurde der Boden felsig.

Über ihnen kreischte und heulte der Wind, blieb aber meist auf der Höhe des Meeres und kam nur kurz in die Schlucht hinab, um ihnen ein wenig Sand in die Augen zu treiben. »Wo sind die Tore?«, fragte Hektor erneut. In der beinahe vollkommenen Stille klang seine Stimme gedämpft.

Brann deutete auf eine hohe Steinplatte im Norden. »Dort«, sagte er mit zitternder Stimme.

Die drei Männer bahnten sich kriechend einen Weg an den verstreuten Felsblöcken auf dem Meeresboden vorbei. Sie erkletterten Vorsprünge, sprangen über Höhlungen und Senken und standen schließlich an der Stelle, auf die der Fischer gedeutet hatte.

Über ihnen erhoben sich zwei massive Felsplatten, glatt wie Granit und weiß wie der Meeressand. Zwischen ihnen klaffte ein dünner Spalt aus Finsternis, doch ansonsten hoben sie sich nicht von den übrigen unterseeischen Felsen ab.

Der Boden unter ihren Füßen erzitterte heftiger als zuvor. Der Wind über der Schlucht kreischte und erhob sich zu einem misstönenden Jammern. Fern schoss Feuer in den Himmel und tauchte die Wolken in die Farbe des Blutes.

Hektor zog das Zepter aus seinem Gepäck. Es glühte hell in seiner Hand. Der vergoldete Schaft unter dem Diamanten glitzerte beinahe bedrohlich.

Die Steinplatten vor ihnen schienen weich zu werden. Die drei Männer sahen gebannt zu, wie der Sand, der sich seit unvordenklichen Zeiten über sie gebreitet hatte, von ihnen abfiel und gigantische bronzebeschlagene Tore mit gewaltigen, hervorspringenden Knäufen enthüllte. Im rechten Flügel befand sich ein seltsames Schlüsselloch. Die riesigen Tore waren mit alten Schriftzeichen und Amuletten geschmückt, die Hektor nie zuvor gesehen hatte.

Brann warf einen beunruhigten Blick über die Schulter auf den Himmel im Norden. »Beeil dich, Ritter«, drängte er.

Hektor schaute das alte Zepter in seiner Hand an. Nun erschien es anders als noch vor einem Augenblick. Der dunkle Schaft aus einstmals lebendigem Holz erinnerte jetzt eher an einen Knochen als an den Zweig eines Steinbaums. Der Diamant ragte aus dem oberen Ende hervor wie der Bart eines Schlüssels. Vorsichtig hielt er ihn vor das Schlüsselloch und versuchte herauszufinden, in welchem Winkel er ihn ansetzen musste.

»Viden, singa ever monokran fri«, sagte er. *Öffne dich, im Namen des Königs.*

Die Schriftzeichen auf den Türen erfüllten sich mit leuchtendem Leben.

Die Vergoldung fiel in sandigen, goldenen Flocken vom Schaft des Zepters.

Hektor steckte den Schlüssel in das Loch und drehte ihn langsam gegen den Uhrzeigersinn.

Es war eher ein Zittern unter der Hand als ein hörbares Geräusch, das ein dumpfes Echo verursachte. Ganz langsam weitete sich der Spalt zwischen den Torflügeln. Hektor drückte gegen den rechten, konnte ihn aber nur ein winziges Stück bewegen. Er versuchte hineinzuspähen, sah aber nur wenig.

Die Dunkelheit in den Tiefen der Mine verschlang alles. Behutsam drückte Hektor das Tor ein wenig weiter auf und kämpfte dabei gegen die Sandhaufen an, die sich mit der Zeit vor den Flügeln gebildet hatten. Brann gesellte sich zu ihm und half ihm mit seinen verbliebenen Kräften.

Hinter ihm schossen die Feuer des Kindeserwachens plötzlich höher in den Himmel. Sie brannten heller und warfen Schatten in die schwarze Höhle hinter den Toren. Hektor spähte erneut durch den Spalt.

Die Unermesslichkeit des Ortes war mehr, als Hektor ertragen konnte. Der kurze Blick hatte ihm keine Begrenzungen, keine Wände gezeigt; es war wie eine Öffnung in den Nachthimmel oder in die Tiefen des Universums.

»Noch einmal, Ritter«, flüsterte Brann blass vor Erschöpfung. »Wir müssen sie weiter öffnen. Schnell, wir haben keine Zeit mehr.«

Jarmon lehnte sich ebenfalls mit aller Kraft gegen das Tor. Mit einem Knirschen, unter dem Hektor erschauerte, schwang der rechte der beiden Flügel weiter in die endlose Dunkelheit.

Hektor schaute noch einmal ins Innere. Wie schon zuvor sah er zuerst nichts. Dann glaubte er am äußersten Rand des Sichtfeldes winzige Flammen zu erkennen, vielleicht Überbleibsel der Minenfeuer, die sogar noch nach Jahrtausenden brannten. Doch als sich die Flammen allmählich bewegten, fühlte er sich plötzlich schwach und benommen, während in seinem Kopf ein schriller Gesang aus tausend Stimmen widerhallte, die vor Vergnügen schnatterten und kreischten.

Die Flammen huschten über ferne Simse in der gewaltigen Grube. Einige waren näher, einige weiter entfernt, doch alle schossen auf die Tore zu und durchsetzten die Luft mit Chaos und Verwüstung.

Hektors Kopf dröhnte von den freudig-schrecklichen, näher kommenden Schreien. Er konnte nur entsetzt zusehen, wie das Feuer anschwoll und hell loderte – eine Legion aus einzelnen Flammen, die von den dunklen Wänden auf die Tore zujagten.

Einen Moment lang drehte sich alles um ihn herum, als ihn die grauenhafte Erkenntnis überkam, was er getan hatte. Die Zeit stand still, während die Wahrheit seine Ohren lauter als das Beben des Schlafenden Kindes umdonnerte.

Er hatte soeben den einzigen Schutzwall niedergerissen, der das Leben von der Leere trennte und zwischen der Erde und ihrer Zerstörung durch elementare Urmächte stand.

Nun war sogar die Existenz des Nachlebens bedroht.

»Mein Gott«, flüsterte er. Seine Hand war schweißnass. »Guter Gott! Jarmon, das ist die Gruft! Wir haben die Gruft der Unterwelt geöffnet!«

Jarmons gutturaler Fluch ging im Lärm der vom Meer ausgehenden Verwüstung und dem orgiastischen Kreischen der näher kommenden Feuerdämonen unter, die über Jahrtausende eingekerkert gewesen waren und nun auf die Freiheit zuhasteten.

Die Soldaten packten den Knauf des Torflügels und zogen mit aller Kraft daran. Es gelang ihnen nicht, ihn ganz zu schließen, denn der Fischer stand ihnen im Weg.

Brann hatte sich breitbeinig über die Schwelle gestellt.

Jarmon wollte den alten Mann aus dem Weg schieben. »Geh zur Seite, du Narr!«, schrie er und keuchte vor Schmerz auf, als sein Arm kraftvoll gegen das Tor gedrückt und dort festgehalten wurde.

Sie sahen den alten Mann an. Sein Gesicht war hart und zu

einer beinahe durchscheinenden Maske unverhohlener Freude geworden. Die einst faltige Haut saß nun fest um ein wildes Lächeln, über dem zwei blutfarben geränderte Augen glommen.

»Ich«, sagte Brann leise, »bin der, vor dem dich die Winde gewarnt haben, Hektor. Ich bin das, was kommt.«

»Nein«, flüsterte Hektor rau. »Du … du …«

Der Dämon in dem Körper des alten Mannes gluckste missbilligend, obwohl sein Lächeln vor Freude funkelte. »Ich bitte dich, Hektor«, sagte er übertrieben höflich. »Dies ist ein historischer Augenblick, den man genießen muss. Wir sollten ihn nicht mit gegenseitigen Beschuldigungen verderben, oder?« Er ließ Jarmons Arm los.

Die Soldaten zogen wieder an dem schweren Tor, doch der F'dor stemmte sich nur noch heftiger dagegen und verhinderte mit einer Stärke, die mit jedem Moment zunahm, dass es geschlossen wurde. Hektor zog mit aller Gewalt, doch er riss sich dabei nur die Haut von den schwitzenden Händen.

Jarmon trat wütend zurück und zog sein Schwert, da machte der Fischer eine knappe Handbewegung. Dunkles Feuer schoss aus seinen Fingern und leckte an der Waffe hoch. Die Klinge schmolz in Jarmons Hand und wurde zu einem Strom flüssigen Stahls. Der Soldat stieß einen Schmerzensschrei aus und stürzte schwer in den Sand.

»Das Zepter …«, keuchte Hektor.

»Hat dir dabei geholfen, die Wahrheit zu erkennen?«, fragte der Dämon mit gespieltem Eifer und warf einen Blick auf seine näher kommenden Gesellen. »Du hattest Recht! Alles, was ich dir gesagt habe, entspricht der Wahrheit. Mein Volk hat wirklich seit sehr langer Zeit am Meer gelebt. Wir sind körperlich schwach, aber stark im Geist. Ohne einen Wirt oder jemanden, der uns hilft, hätten wir die Tore nie öffnen können. Und ich habe es ernst gemeint, als ich dir versichert habe, dass niemand aus meinem Volk auch nur daran denken würde, das Zepter zu berühren, denn wenn jemand von uns einen Gegenstand aus lebendem Stein mit einer diamantenen Krone anfassen würde, wäre das sein sicheres Ende. Deshalb haben wir dich gebraucht und danken dir für deine Dienste.«

»Geheiligter Boden«, flüsterte Hektor. Er zerrte nutzlos an der Tür und bekämpfte die kreischenden Stimmen, die in seinem Kopf weiter anschwollen. »Das Gasthaus steht auf geheiligtem Boden …«

»Ich habe das Gasthaus nie betreten«, sagte der F'dor. »Und auch nicht den Palast, wenn du dich erinnerst. Nein, Hektor, ich habe die Schwellen beider Orte nie überschritten. Du bist an der Kreuzung auf mich gestoßen und hast mich am Fuß der Burg zurückgelassen. Das war freundlich von dir.« Der Dämon lachte wieder. »Und was ich dir von meinem Leben erzählt habe, war auch die Wahrheit. Vor langer Zeit hatte ich die Gelegenheit, meinen Geburtsort zu verlassen. Das war in der alten Zeit, während der ersten Katastrophe, als der Stern die Gruft erschüttert hat. Viele von uns sind entkommen, bevor sie wieder versiegelt wurde, nur um danach durch die Weltgeschichte gejagt zu werden, von Wirt zu Wirt zu fliehen und den rechten Augenblick abzuwarten. Du wolltest jeden, den du findest, vor der Katastrophe retten. Das hast du erreicht, Hektor! Du hast eine ganze Rasse aus dem Kerker befreit. Du hast uns nicht nur aus der Gruft geholt, sondern unser Meister, der so lange die Tore bewacht und auf seine Stunde gewartet hat, wird sogar in dich fahren. Was könnte erbaulicher sein?«

Das Feuer in den Augen des Dämons kam dem am Himmel an Kraft gleich.

»Als der alte Fischer in seinem kleinen Boot hinausfuhr, um herauszufinden, was das Meer aufgedeckt hatte, wartete ich gestaltlos auf ihn. Ich war nach Hause gekommen, als ich von dem herannahenden Kindeserwachen gehört hatte, wie ich gesagt habe.« Der Dämon seufzte. »Ein jüngerer, stärkerer Wirtskörper wäre mir lieber gewesen, aber in Erwartung einer Katastrophe muss man nehmen, was man bekommen kann. Ist die Wahrheit nicht etwas Wunderbares? Die Kunst liegt darin, sie so zu berichten, dass jeder das aus ihr heraushören kann, was er will.

Und ich habe gesagt, dass wir dir ewig dankbar sein werden, Ritter. Das sind wir allerdings. O ja, das sind wir. Auf ewig.«

Jarmon stand zitternd auf und sah Hektor an.

»Hektor«, sagte er gelassen. »Öffne das Tor.«

Die Worte drangen klar und deutlich durch Hektors Benommenheit. Sein Blick verengte sich für einen Moment, dann hob er die Brauen. Er hatte begriffen.

Mit der ihm verbliebenen Kraft warf er sich gegen den rechten Torflügel der Gruft und drückte ihn noch weiter auf als zuvor. Sein Kopf zerplatzte beinahe von dem rasenden Geschrei der dämonischen Horde, die das Tor fast erreicht hatte. Er versuchte den Blick von diesem Grauen abzuwenden, doch er wurde unwiderstehlich von dem herannahenden Feuer angezogen, das fast schwarz vor Erregung brannte, während es auf die Freiheit zupreschte.

Im selben Moment warf sich Jarmon gegen Brann und schlang die Arme und Beine um ihn. Die schwache Gestalt des Dämonenwirtes krümmte sich in den starken Armen des Soldaten, und der Schwung warf sie beide in die Gruft.

Hektor blieb gerade genug Zeit, das Riesentor zuzuziehen, bevor die Masse der F'dor, die seit dem Ersten Zeitalter eingekerkert waren, die Schwelle zur Welt überqueren konnte.

Er zog den Schlüssel aus dem Loch und warf ihn hinter sich. Dann hielt er die gewaltigen Messingknäufe fest und hängte sich mit aller Kraft an sie, bis sich die glimmernden Tore verdunkelten und wieder zu leblosem Stein wurden.

Hektors Geist wand sich unter dem Kreischen, das er hinter diesen Toren fühlte und hörte. Der Stein bebte schrecklich, als die Dämonen von der anderen Seite dagegenhämmerten. Die Erschütterungen fuhren ihm durch den ganzen Körper. Er neigte den Kopf, um ihn gegen das Tor zu drücken und die grauenhaften Laute zu ersticken. Er glaubte, in dem dämonischen Wutgeheul auch Jarmons Stimme zu hören. Die Schmerzensschreie von Körper und Geist waren unmissverständlich.

Während er die brennenden Tore festhielt, die ihm das Fleisch von Brust und Gesicht sengten, wurde der Himmel über ihm weiß.

Mit einem donnernden Brüllen, das die Düsternis des Himmels aufriss, erwachte das Schlafende Kind in den Tiefen der See und erhob sich in feuriger Wut in das Firmament.

Das Gekreisch auf der anderen Seite der Tür verblasste im schreienden Inferno hinter ihm. Er spürte nichts mehr außer der glühenden Hitze, die durch die Steintore vor ihm strahlte und seinen Körper im Rücken buk, als vulkanisches Feuer herabregnete und ihn auf ewig als versteinerte Form mit den Bronzeknäufen verband.

Als er die Schwelle zum Tod, zum Nachleben überschritt, begriff Hektor schließlich, was sein Vater ihm über die Illusion der Entfernung gesagt und was er an Anais weitergegeben hatte. Halb aus seinem Sichtfeld geschoben, näher als sein letzter Atemzug und zur gleichen Zeit eine halbe Welt entfernt, sah er seinen Freund in den Zweigen des Weltenbaumes, seinen Vater knieftief in der Brandung wartend, Talthea mit Aidan hinter ihm am Strand, den Säugling im Arm. MacQuieths Blick ruhte auf ihm und beobachtete ihn von der anderen Seite der Erde aus.

Als sein Geist den Körper verließ, sich zerstreute und bis an die Grenzen des Universums ausdehnte, hielt Hektor sich einen Moment lang an diesem unsichtbaren Band fest, gab seiner Frau und seinen Kindern einen letzten Kuss und flüsterte seinem Vater über die Schwelle hinweg, die beide in Liebe verband, ins Ohr:

Es ist vollbracht, Vater. Du brauchst nicht mehr zu warten. Geh jetzt zurück zu den Lebenden.

Sein letzter bewusster Gedanke galt der Ironie des Schicksals. Als das Meer heranströmte und den Eingang zur Gruft erneut versiegelte und unter sich begrub, blieb sein verbrannter Körper zurück und verriegelte die Tore. Wie er im Leben gewacht hatte, so wachte er nun auch im Tod.

Der Schlüssel aus lebendem Stein lag hinter ihm, begraben im Sand des Meeresbodens, für alle Ewigkeit verloren.

»Apfel, Cantha, büüütte.«

Die Tochter des Windes schaute ernst in das aufrichtige kleine Menschengesicht. Unwillkürlich lächelte sie. Sie griff in die gewundenen Zweige des verkrüppelten Baumes, die außer Reichweite für die dürren Arme des Kindes waren, pflückte eine feste, rote Frucht und gab sie ihm.

Sie schaute nach links, wo die Frau auf dem Boden des verwüsteten Obstgartens saß und geistesabwesend einen Apfel aß, den Cantha ihr vorher gegeben hatte. Sie starrte stumpfsinnig Canthas silberne Stute an, die in der Nähe das Herbstgras abweidete.

Totenstille setzte ein, als sei eine Tür ins Schloss gefallen.

Die Winde, die seit unzähligen Wochen wütend geheult hatten erstarben zu vollkommenem Schweigen.

Jetzt wusste Cantha es.

Einen Moment lang stand sie erstarrt in der weiten Leere einer Welt ohne Luftbewegung am Rande der Katastrophe. Kurz bevor die Winde ihr Gekreisch wieder aufnahmen, packte sie das Kind am Hemd, hob es in die schwere Luft und trug es zum Pferd. Dabei fiel ihm der Apfel aus der Hand und rollte zu Boden.

Cantha zerrte die erschrockene Frau auf die Beine und hob sie ebenfalls auf das Pferd. Plötzlich wurde der Himmel weiß. Sie saß auf und trieb das Tier heftig an, als im Nordwesten der Horizont in einem Feuerball explodierte, der in den Himmel schoss, sich über die Wolken ausbreitete und sie mit schmerzhaft hellem Licht erfüllte. Cantha gab dem Pferd einen einzigen kehligen Befehl, unter dem es noch schneller davongaloppierte. Sie hielt die Frau und den Jungen vor ihr fest.

Selbst an der Südspitze der Insel spürte sie die Erschütterungen und sah die Erde unter den Hufen des Pferdes erbeben. Cantha fühlte, wie sich die Schultern des Kindes hoben und senkten. Vielleicht weinte es, doch all seine Laute wurden von der schrecklichen Wehklage der Winde verschluckt. Sie betete zu diesen Winden, sie schneller zu machen und ihr den Weg zu ebnen, doch es kam keine Antwort.

Am Fuß der Wallanlagen hob sie die beiden Menschen vom Rücken des Pferdes, schnitt die Sattelriemen durch und ließ das Tier laufen. Sie wünschte ihm viel Glück. Dann packte sie die Frau bei der Hand, klemmte sich den Jungen unter den Arm und stieg die Felsenstufen hoch.

Sie hatte die Hälfte des Weges zurückgelegt, und ihre Muskeln schmerzten bereits, als die Winde anschwollen und schwer von Asche und Schutt zügellos wirbelten. Sie umpeitschten Cantha und die beiden Menschen, nahmen ihnen den Atem und drohten sie aus dem Gleichgewicht zu bringen. Schließlich musste Cantha die Frau loslassen, um nicht den Jungen zu verlieren.

»Klettere!«, rief sie ihr zu, doch die Frau blieb bloß stocksteif an Ort und Stelle stehen. Cantha drängte sie weiterzugehen, zerrte erfolglos an ihr, ließ schließlich von ihr ab und rannte blindlings die Stufen hoch, als der Himmel über ihr schwarz wurde.

Durch die dunklen Hallen und die Turmtreppe hinauf trug Cantha das Kind, das nun die Arme um ihren Hals geschlungen hatte. Der Turm erzitterte unter ihnen, schwankte im Sturm, und die mächtigen Quadermauern, die fünfhundert Jahre lang wuchtig und unbeweglich gestanden und gegen Wind, Orkan und Krieg angekämpft hatten, bebten nun.

Schließlich hatten sie das oberste Zimmer des höchsten Turms erreicht. Das staubige Gemach war mit Bücherregalen und Phiolen bestückt und einst die Wohnung des königlichen Wesirs gewesen. Erschöpft setzte Cantha den Jungen ab, nahm seine Hand und rannte mit ihm durch die Studierstube, warf Türen auf, die schon im Wind schlugen, trat unachtsam auf zerbrochene Fensterscheiben, eilte die letzte Treppenflucht hinauf und drückte die Falltür zur höchsten Brustwehr auf. Sie hielt den Jungen fest an sich gepresst, als sie die Plattform betrat, auf welcher der Wesir einst mit den Blitzen gesprochen hatte, und schaute auf die Welt unter sich hinab.

Auf den ausgedehnten Wiesen und in den verwüsteten Wäldern, die Elysian umgaben, sammelte sich Staub in großen Windhosen. Lose Erde wurde von den entfesselten Stürmen aufgewirbelt. In der Ferne rannte das silberne Pferd frei und ohne Sattel. Sie hielt nach der Frau Ausschau, sah sie aber nicht mehr auf der Treppe der Wehranlage.

Sie spürte, wie sich der Junge neben ihr regte. Sie schaute auf ihn hinab und sah, dass er nach Norden zeigte.

Eine Wand aus Wasser, hoch wie der Turm, rollte heran. Aus der Ferne sah sie dunkelgrau aus, und auf ihr schwamm ein Gewirr aus Schutt, der einmal Dörfer und Städte, Brücken und Mühlen gewesen war.

Das war nur die erste Welle.

Hinter ihr türmte sich die wahre Welle auf, deren Kamm Cantha nicht sehen konnte, so hoch stieg sie in den Himmel.

Zitternd ergriff sie den Jungen und setzte ihn sich auf die Schultern, damit sie seinen Gesichtsausdruck nicht sehen musste. Sie starrte auf die senkrechte See, die über die Insel hinwegbrandete und die Flüsse und Felder sowie den verwüsteten Obstgarten unter ihrem Blick verschluckte. Kurz bevor sie über den Turm hinwegrollte und sich mit dem Meer an der Südküste vereinigte, dachte Cantha an die Legenden über die Enklaven der Lirin, die zur Zeit der ersten Katastrophe am Meer gelebt hatten und deren Land untergegangen war, als das Kind auf die Erde stürzte. Die Überlieferungen berichteten, wie sie sich verwandelt hatten. Die einstigen Kinder des Himmels waren zu Kindern des Meeres geworden, hatten in Höhlen und Grotten unter Wasser gelebt und ganze Reiche im Sand des schützenden Ozeans errichtet. Sie hatten sich in den Riffen versteckt und konnten unter den Wellen atmen. *Wenn ein solches Märchen Wahrheit werden kann, dann vielleicht für dich, mein Kind,* dachte sie und streichelte das Bein, das über ihre Schulter hing.

Alles Licht wurde in einem brüllenden Rauschen aus graublauer Wut ertränkt.

»Halt den Atem an, mein Kind«, sagte Cantha.

Vom Deck der *Sturmreiter* aus beobachtete Sevirym, wie in der Ferne das Feuer aufstieg. Hier am Rande der Eisfelder, am südlichen Ende der Welt, war die Insel nun so weit entfernt, dass er es zuerst kaum bemerkt hatte. Das Erwachen glich eher einem strahlenden Farbblitz, hervorgerufen durch den Sonnenuntergang. Doch als die Wolken am Horizont Feuer fingen und die Seewinde zur gleichen Zeit erstarben, wusste er, was er da sah.

Er konnte den Blick nicht abwenden, als das Feuer aufschoss. Es war ein glühend weißer, ferner Blitz, heller als die Sonne. Ohne an die Mannschaft und die Passagiere zu denken, neigte er den Kopf und ergab sich der Trauer, als das Feuer verblasste und im Meer veschwand.

Die Welle ergoss sich über das verkohlte Land bis zu den Rändern der Insel und verschluckte das Hochland vom Norden bis zur südöstlichsten Ecke. Sie brandete über einst ausgedehnte, hügelige Wiesen und Wälder, die nun geschwärzt oder mit glühender Lava bedeckt waren, bis nach Yliessan, wo sie einen Augenblick lang über der Sagia zu schweben schien, deren Zweige mit Blüten geschmückt waren und deren Äste den Kindern des Himmels Schutz gewährten. Dann stürzte sie nieder und vereinigte sich mit dem Meer an allen Seiten.

Das Wasser schloss sich über der ganzen Insel, dem ersten Geburtsort der Zeit, und verschluckte sie.

Dann kehrte der Friede zurück.

Heißer Dunst bedeckte das Meer, das nun so ruhig und still erschien wie an einem nebligen Morgen.

Quellenverzeichnis

Tad Williams, »Der glücklichste tote Junge der Welt« (»The Happiest Dead Boy in the World«). Aus dem Amerikanischen von Hans-Ulrich Möhring. © Tad Williams 2004.

Terry Brooks, »Unbeugsam« (»Indomitable«). Aus dem Amerikanischen von Andreas Helweg. © Terry Brooks 2004.

Anne McCaffrey, »Jenseits des Dazwischen« (»Beyond Between«). Aus dem Amerikanischen von Ingrid Herrman-Nytko. © Anne McCaffrey 2004.

Neil Gaiman, »Der Herr des Tals« (»The Monarch of the Glen«). Aus dem Englischen von Karsten Singelmann. © Neil Gaiman 2004.

Raymond E. Feist, »Der Bote« (»The Messenger«). Aus dem Amerikanischen von Andreas Brandhorst. © Raymond E. Feist 2004.

Elizabeth Haydon, »An der Schwelle« (»Threshold«). Aus dem Amerikanischen von Michael Siefener. © Elizabeth Haydon 2004.

PIPER

Legenden

Lord John, der magische Pakt und andere Abenteuer von Diana Gabaldon, George R. R. Martin, Orson Scott Card, Robin Hobb und Robert Silverberg. Herausgegeben von Robert Silverberg. 544 Seiten. Broschur

Die bekanntesten Helden der Fantasy erleben in diesem Band neue dramatische und überraschende Abenteuer: Diana Gabaldon verwickelt ihren Lord John Grey, bekannt aus der »Highland«-Saga und »Das Meer der Lügen«, in eine übernatürliche Mordserie. George R. R. Martin setzt sein Fantasy-Epos »Das Lied von Eis und Feuer« fort. Und Robert Silverberg kehrt zu seinem legendären »Majipoor«–Zyklus zurück. Fünf phantastische Kurzromane ziehen neue und alte Fantasy-Begeisterte in ihren Bann und treffen viele Geschmäcker: den Liebhaber geheimnisvoller historischer Stoffe ebenso wie den Freund großangelegter epischer Fantasy. Nicht nur für Fans geeignet, sondern auch als Einstieg in die Welten der jeweiligen Autoren und nicht zuletzt als großartiger Überblick über die Vielfalt des Genres.

01/1447/01/L

PIPER

Elizabeth Haydon

Tochter des Feuers

Die Rhapsody-Saga 3. Aus dem Amerikanischen von Michael Siefener. 989 Seiten. Broschur

Die neue Welt steht am Abgrund: Inmitten offener Feindseligkeiten, Intrigen und blutiger Kämpfe greift ein Dämon nach der Macht, um das Land dem Feuer zu opfern. Den drei Gefährten Rhapsody, Achmed und Grunthor bleibt nur wenig Zeit. In einer schrecklichen Vision erfährt die Himmelssängerin, dass blutrünstige Armeen von allen Seiten in die Bolg-Lande einfallen werden. Es gibt nur einen Weg, das Schicksal abzuwenden: Rhapsody und Achmed müssen die Kinder des Rakschas finden und deren verseuchtes Blut reinigen. Indessen bringt der Dämon immer größere Teile des Heeres unter seinen Bann.
Doch auch von anderer Seite droht der Himmelssängerin Gefahr. Der Vater ihres Geliebten Ashe trachtet ihr nach dem Leben. In höchster Not besinnt sich Rhapsody auf den Ruf der cymrischen Blutsverwandten. Doch es ist nicht Ashe, der die magischen Worte als Erster vernimmt …

01/1382/01/R